想你的时候
我会关掉手机

大鱼

有爱的青春陪伴者

想你的时候
我会关掉手机

云水迷踪 著

上

江苏凤凰文艺出版社

图书在版编目（CIP）数据

想你的时候我会关掉手机：全2册/云水迷踪著. -- 南京：江苏凤凰文艺出版社，2023.10
ISBN 978-7-5594-7694-4

Ⅰ.①想… Ⅱ.①云… Ⅲ.①长篇小说-中国-当代 Ⅳ.①I247.

中国国家版本馆CIP数据核字(2023)第075248号

想你的时候我会关掉手机：全2册
云水迷踪　著

责任编辑	王昕宁
特约编辑	裴欣怡
出版发行	江苏凤凰文艺出版社
	南京市中央路165号，邮编：210009
网　　址	http://www.jswenyi.com
印　　刷	长沙鸿发印务实业有限公司
开　　本	880mm×1230mm 1/32
印　　张	18.5
字　　数	567千字
版　　次	2023年10月第1版
印　　次	2023年10月第1次印刷
书　　号	ISBN 978-7-5594-7694-4
定　　价	65.80元（全2册）

江苏凤凰文艺版图书凡印刷、装订错误，可向出版社调换，联系电话025-83280257

· 目 录　　　　　　　　　/ 上 册

第 一 章　　　　才不是黑粉呢 / 001

第 二 章　　　　好久不见 / 036

第 三 章　　　　青春的记忆 / 062

第 四 章　　　　别有用心的影帝 / 092

第 五 章　　　　他的圈套 / 123

第 六 章　　　　比想象更狂野 / 144

第 七 章　　　　学长对不起 / 165

第 八 章　　　　可以追你吗 / 186

第 九 章　　　　有人来抢饭了 / 214

第 十 章　　　　关掉手机 / 245

第 十 一 章　　　做个猛女 / 273

目录　　　/下册

第十二章　　刺探敌情 / 299

第十三章　　她是我的老板 / 333

第十四章　　澄清 / 361

第十五章　　蓄谋已久 / 390

第十六章　　突袭偶像 / 424

第十七章　　唯一的希望 / 459

第十八章　　我爱你 / 485

番外一　　　找到他 / 507

番外二　　　我的定制老公 / 537

番外三　　　岁岁平安 / 571

第一章
/ 才不是黑粉呢 /

今年春节来得早,除夕踩着一月末降临。

时至傍晚,窗外下起了绵密的小雨,淅淅沥沥,将城市里本就不浓的年味冲得更淡。

云娆窝在柔软的大床上,被褥裹得严严实实。然而南方湿冷的寒气无孔不入,雨下了没多久,她就被冻醒了。

眼前是浓浓的一片黑,她现在生物钟混乱,完全分不清昼夜晨昏。

穿上家居服,云娆揉着眼,慢吞吞地往客厅走。

客厅墙面上贴满了新春贴画,门上挂着红福,装扮得喜气洋洋。

沙发中央坐着个身穿运动服的年轻男人,两条无处安放的大长腿交叠,瞳仁深黑,看到她的时候,单边眉毛向上挑了挑。

"醒了?"男人身上一股懒散劲儿,转头朝厨房方向喊了声,"爸,妈,你们的海归大宝贝出来了。"

厨房灶台上的爆炒猪肝正在收汁,肉香四溢。女人将炒勺递给身旁的丈夫云磊,手在围裙上抹了抹,脸上的笑意比火光还明亮,急匆匆地赶了出去。

云磊不得已留在灶台前,一边颠锅翻炒,身体微微后仰,目光跟着老婆姜娜溜向客厅。

只听"咚"的一声——

厨房推拉门合上了,女儿也看不见了。

电视机上的时间显示,现在是下午五点十九分。

农历年最后一个白昼,云娆就这么在睡梦中度过了。

回家真舒服。她抻开肩背,打了个极满足的哈欠。

天空仍旧下着阴冷的雨,适才的寒冷已然扫荡一空,厨房里灶火烹食的"哔剥"声,电视节目的欢歌笑语,还有室外烟花爆竹密集如雨点的轰鸣,无处不是欢欣和熨帖。

姜娜正拉着女儿唠叨,余光瞥见沙发上的某人,她的表情霎时一百八十度大转弯:"云深!咱家沙发可是真皮的,昨天刚请人上门洗护过,你打球回来洗澡了吗?"

云深干脆闭上眼:"妈,让我先歇会儿……"

姜娜瞧他那样就头疼:"你妹妹昨天才回国,你不留在家里陪她,大年三十跑出去打球,不如在球场过年算了。"

"陪她?她从早睡到晚,鞭炮声都炸不醒。"云深忽地扯起唇角,"靳泽难得约我们打球,别提大年三十了,洞房花烛夜我也得去。"

听他满嘴跑火车,姜娜难得地没有继续发飙:"你见到靳泽了?"

"嗯啊。"

"人家现在……是不是特别气派?"

"那还用说,威尼斯金像奖双料影帝,出门一趟,上百个保镖跟随,十几辆豪车护送,全城戒备,水泄不通。"

姜娜张了张嘴:"天啊!"

云深忽地笑了声:"妈,你咋这么好骗?"

姜娜:"嗯?"

"他就开一辆车来,很低调。场地周围的停车位满了,他还打电话问我附近哪里可以停车。"

挂壁电视正在播放相声,你来我往的对话声音,为本就热闹的客厅平添一丝嘈杂。

云娆却忽然沉默了，她站在这样的环境里，像一块误入其中的背景板，显得有些迷失。

靳泽竟然回容州过年了，还和她亲哥打了一下午的篮球。

这种感觉，就像一颗曾经只能遥望的、独属于远大深空的流星，恍然间坠入触手可及的夜空。

云深终于准备去洗澡了，走到妹妹跟前，他突然伸手弹一下她的脑壳："呆子，想什么呢？"

云娆眨一下眼："没什么，脑补你和大明星通电话的情景，真羡慕。"

云深正好停下来与她说道："我没存他号码，手机显示陌生来电，可我一眼就认出这是他。高中背的电话号码直到今天还记着。没想到他这么多年一直不换号。"

姜娜插一嘴："你妹妹小时候也一样，她还会把朋友的电话默写下来贴在墙上。"

云深斜了姜娜一眼："我俩读高中的时候，同学都用智能机上网聊天了。要不是我们只有老人机，用得着背那么多电话？"

话音未落，姜娜脸一拉，丢垃圾似的将儿子扔进浴室。

"砰"的一声，门也甩上了。

云磊和姜娜都是厨师，干这行已经三十年了。

大年夜，恰逢女儿留学归来，他们做了一桌子好菜，场面堪比国宴。

入座后第一筷子，云深给妹妹夹了块红烧鲍鱼："挠啊，欢迎回家。"

云娆眼皮都不抬："哥，二十六岁了，该学认字了。"

云深眨两下眼："哟嗬。"

他管云娆叫"云挠"叫了二十几年，妹妹性格温吞，从来懒得理他。没想到"小沙包"出国一趟，竟然学会回嘴了。

看来她在意大利的这三年，把学习重心从笔译转向口译，还是挺有成效的。

云家没有食不言寝不语的传统，一顿饭吃得欢快又闹腾，聊到《春晚》开播也停不下来。

003

约莫晚上八点半，云娆收到新公司部门负责人发来的拜年邮件。

她走进卧室，关上门。

突如其来的清静如一张大网，将她兜头笼住。

回完邮件，云娆开始认真研习新公司的入职资料包。

申城创译是全国排名前十的大型翻译公司，云娆回国之前就拿到了offer，非坐班全职，只需要接到项目的时候去公司协同翻译，忙起来和全职没差，闲下来就相当于半自由职业者，还可以发展一些自己感兴趣的副业。

云娆的offer来自全公司最精良的意语翻译小组，待遇很高。基于她研毕不到半年的资历，这个offer相当于意外之喜，同组的全是学历高、经验又丰富的前辈。云娆很期待这份工作，入职资料包都快翻烂了。

书桌上的手机忽然响起，消息来自闺蜜三人群聊"脱单是狗"。

黎梨：【新年快乐宝子们！@娆娆公举，你睡醒了没？】

云娆：【早醒啦。除夕加班，明年暴富！】

黎梨：【加班？】

梨梨富婆将群聊名称修改为"加班是狗"。

温柚：【什么，改群名了？可以脱单了？】

黎梨：【搞到你新男神的联系方式了？】

温柚：【嘿嘿。】

黎梨：【趁着新春佳节，赶紧发出爱的问候吧。】

温柚：【可惜了，手握他的电话号码，兴趣丧失了一大半。】

黎梨：【[强][强]你好渣，我好爱。】

围观闺蜜们聊天，云娆忽然心头一空。

脑海中跳出一串倒背如流的电话号码，还有云深讶异的半句话。

——"……没想到他这么多年一直不换号。"

整整九年了。

九年前，她和他的距离曾经很近很近，不仅是同校的学长学妹，还是旁人看起来关系不错的异性朋友。

但云娆从来不敢通过哥哥的关系联系他。

而现在她只是万千粉丝中渺小的一员，私联偶像更是粉圈大忌。

可今天晚上，听云深说靳泽打球还是喜欢小动作犯规，投中三分之后一个撞肩差点把不爱运动的程序员兄弟撞去医院……

凡此种种，和记忆中那个俊朗爱笑的学长形象渐渐重合。

加上新春佳节氛围的催化，云娆的小心脏开始蠢蠢欲动。

我和他曾经是朋友来着。

面对面交谈过，不约而同大笑过，一起骗云深请客吃冰激凌过。

云娆双手捧起手机，下定决心，朝圣般打开短信图标，开始编辑信息。

【靳泽学长，新年快乐。听说你的春节档电影明天就要上映了，祝愿新电影口碑爆棚，票房大卖！】

不错。很友好，也很有分寸感。

云娆垂了垂眼，输入电话号码，拇指轻触屏幕，点击发送。

然后……我是谁来着？

云娆心脏一缩，她竟然忘了署名！

赶紧再补一条吧——

【我是云娆，云深的妹妹，容州一中2011级高一（2）班的学生，不知道学长还记不记得我？】

发出去了。

云娆瘫坐下来，全身力气仿佛被抽干。

她耷拉着眼皮，手指疯狂刷新短信界面。房间里静得吓人，门外，《春晚》小品上演，此起彼伏的笑声衬托得卧室更静，呼吸声都被放大无数倍。

云娆的一颗心吊着，被一根细细的绳悬引着，飘飘荡荡。她受不了这种折磨，起身闯进客厅，将自己丢到沙发上。

今年的《春晚》小品很精彩，热词热梗满天飞，笑点密集。

然而云娆深刻地读懂了一句话——

世界热闹，与我无关。

她有点后悔。因为短暂的心态不正，她踏出了粉丝应当谨守的边界线。

退一万步说，一个规矩的粉丝，给偶像留言拜年之后，不应该期待任何

005

回复。

　　我好不规矩……

　　云娆痛定思痛，很努力地转移注意力，全心全意看《春晚》。

　　窗外的雨似乎停了，透过水渍未干的窗玻璃，能看到极近的半空中有几朵烟花绽放，绚烂金光如雨点四散。

　　云娆抱膝坐在沙发上，姜娜喂她吃水果，冰凉的哈密瓜甜倒了牙。

　　她渐渐平静下来，身体和心灵都走回了现实。

　　仿佛刚才抓着手机的那几分钟，是她短暂梦回青涩的少女时代。

　　梦过无痕，也许靳泽根本不看手机短信，她也可以继续做个单纯仰望的普通粉丝。

　　翌日，大年初一。

　　晚饭后，云深请全家人一起去电影院看靳泽的新电影。

　　大荧幕上的男人一身戎装，英姿飒爽，帅出了新高度。但凡镜头拉近他的脸，影厅中就能听到此起彼伏的倒抽气声，和女孩们过速的心跳交织在一起。

　　云深坐在云娆身边，伸手扯了扯她的马尾辫，低声说："酷不酷？炫不炫？这是我兄弟。"

　　云娆懒得理他，兄弟个头，人家可是顶流巨星，多少年才抽空见你一面，这都能吹上天。

　　于是她随口应付："好的，我知道了。"

　　云深笑起来："我差点忘了，以前你和他也挺熟。"

　　"不熟的。"云娆答得飞快。

　　她心跳莫名漏了一拍，忙不迭给自己洗起了脑——

　　我是个规矩的粉丝。

　　我的爱意很单纯。

　　以前的事情早忘了。

　　现在的感情不求回报。

　　…………

大年初二的深夜，距离云娇发出那条拜年短信已经过去了四十八小时，卧室内一如既往的寂静，云娇随意翻看着意文书籍，未静音的手机突然发出了清脆提示音，转瞬即逝。

她拿起手机，看到一串没有存进通讯录的电话号码。

他回复说：【同乐。】

四十八小时，极简短的两个字。默认了他记得她，也暗示了他们的交情淡如白水。

云娇轻咬了下唇，食指搭上手机侧边电源键，长按着。

手机屏幕彻底黑下来。

她偏头伏上桌面。

一个小时也好，不要再想他。

南方沿海城市的冬天像闹着玩儿，除夕之后短暂冷了两天，二月初，最高温就飙上了20℃。

正月初八这天，是云娇和云深的高中母校容州一中八十周年校庆。

云深开车到母校门口，先把云娇放下了，自己再骂骂咧咧地去找停车位。

八十华诞是个大日子，报名参加校庆典礼的校友非常多，然而校内停车位有限，除了校领导，只有登记在册的知名校友才能把车开进学校，普通校友的车只能在大马路边见缝插针。

前方的临时停车道，各种颜色各种款式的私家车望不到头。

等云深停好车回来，校庆典礼都结束了吧？

云娇有点幸灾乐祸。

小时候她也这样，每次比云深早出门上学，她就会幻想自己踩点到校，然后云深迟到被罚的欢乐画面。

唉，究其原因，还是因为她在现实生活中被哥哥压制得太惨了，只能通过脑补哥哥出糗来寻求心理平衡。

排了五分钟的队，云娇领到校友挂牌，踏进了久别的高中校园。

手机在这时候振动起来，云娇接起群聊视频："你们在我身上装了摄像头吗？这么准时。"

温柚："我刚刚做了个梦，梦见'公举'回学校了，这不，立刻爬起来打视频。"

黎梨此时也窝在床上，脸上涂了一层厚厚的贵妇精华，笑起来油光满面："不愧是你，我的大仙！"

云娆、温柚和黎梨是高中同学。

现在是北京时间下午两点，她们一个在欧洲刚起床，一个在美洲熬最晚的夜敷最贵的面霜，只有云娆有条件参加校庆。

温柚嘴里的"公举"指的就是云娆。读高中的时候，大部分女生对鲜嫩的粉色避之唯恐不及，而云娆深爱粉色，宿舍用品和文具几乎全是粉粉嫩嫩的。

有一次班主任造访她们宿舍，停在云娆床位前问"这是哪个公主的床呀"，从此以后，"娆娆公举"就成了她在朋友中的固定代号。

温柚的代号"温大仙"也很有些来头。她从小就爱整些玄学玩意儿，周易、占星、塔罗……东西合璧无所不用。高考那年，她为年级前几名的学神卜了一卦，竟然直接卜中了高考状元，巧得人头皮发麻。

而黎梨的代号是"富婆"，显而易见，她很有钱，非常有钱，不仅有钱还特别懂得享受，就连她养的小狗"葫芦妹"也是三天一护毛七天一SPA，从头到脚每一根毛都精致得不要不要。

午后两点刚过，到处都明晃晃的，阳光照得人由内而外的暖和。

校门口控制人流，所以校内一点也不拥挤。

大部分人都往即将举办典礼的体育馆去了，云娆不着急进去，一边和闺蜜视频唠嗑，一边慢悠悠地绕着体育馆闲逛。

她开着后置镜头，给姐妹们展示校园建筑的近况。

无线耳机不小心脱落，云娆蹲下捡起来，才塞回耳朵，就听见黎梨惊呼道："哇哦！娆娆你别动，九点钟方向开过来的那辆车好像是我妈去年死活抢不到的帕拉梅拉限量款？"

云娆满脸问号——怕啦没啦？还有车叫这名儿？

她直起身，好奇地问："有两辆，你说的是哪一辆？"

黎梨："这你都看不出来吗？后面那辆长得那么普通。"

　　两辆车都是一身黑，后车紧紧跟随着前车。

　　校园内，车辆限速行驶，留给云娆观察的时间很充分。

　　黎梨煞有介事地给云娆科普豪车品牌，就在这时，靠后的那辆车突然停下，后座上跳下来一个人高马大的壮汉。

　　云娆捏着手机的手陡然一紧，黎梨和温柚也从视频中看到了，紧张地问她"怎么了吗"。

　　壮汉大哥停在云娆面前，黑黢黢的眼睛盯着她："不要拍车牌号。"

　　云娆张了张嘴："什么？"

　　由于身高差，壮汉大哥的表情虽然不算凶，但是自带一股压迫感："姑娘，你这样做是不对的。现在就把照片删了。"

　　云娆总算明白过来："你以为我偷拍车牌号？"

　　脸也太大了吧，就算她要拍，也只想拍车，拍车牌号干吗？

　　云娆伸出手，手机面朝上，平躺在粉白的掌心中。

　　壮汉大哥低头瞅一眼，正对上两张蒙了的女孩的脸。

　　黎梨回过神，很不服气地朝他挥了挥手，温柚也扮了个鬼脸。

　　"我在和朋友视频。"云娆的目光笔直，语气也很沉着，"你们的车确实很好看，所以多看了两眼，真没拍照。"

　　壮汉脸上闪过一丝窘迫，道了声歉，转身回去了。

　　后车停在原地等壮汉，而开在前头的那辆限量版豪车一秒也未停留，此时已经与后车拉开一段距离。

　　照理说，如果前车上面坐了个不能被拍下车牌号的大人物，它应该加速驶进地下停车场才对。

　　可是，正相反，前车似乎减速了。

　　云娆不经意瞥向那边，看到原本紧闭的后座车窗不知何时降了下来。里头黑洞洞的，从她这个角度什么也看不到。

　　她的心脏猛地跳了一下，又重又急。

　　会这么巧吗？

　　可是，好像只有车上坐着的是他，壮汉大哥的行为才说得通。

009

黎梨在电话里感慨:"记得高二时候,有一次云娆的饭卡掉了,被人捡走偷刷了一百块。我们帮她抓到那个人之后,她站在那儿,半天说不出一句指责。"

温柚接上:"今天她面对将近一米九的壮汉,都能不卑不亢地对话,完全不怵了。"

黎梨:"我就说她应该早点转口译的。"

温柚:"可不是。"

黎梨:"娆?公举?我的宝,你怎么不说话?"

云娆恍然回神,将手机举起来,调成前置:"没事,刚才好像看到熟人了。"

温柚:"哪个熟人?你的熟人不也是我俩的熟人。"

云娆磕磕绊绊的:"就……高一同学。"

她们仨是高二分班之后才认识的,而靳泽比她们高两届,云娆和他的所有接触,都发生在高一那年。

校庆典礼快开始了,云娆挂掉视频,随着人流涌入体育馆。

她在中后排找到一个座位。不远处,云深和兄弟们有说有笑,似是完全忘记自己还带了个妹妹。

管他呢,要不是看见了,云娆也想不起自己有个哥哥。

校庆典礼一开场,连续几台歌舞将气氛推向一个小高潮。

云娆低头给姐妹们发小视频,走神间,听到主持人上台串了一句词。

紧接着,她身旁的女生捂嘴尖叫起来。

兴奋的声浪一时间铺天盖地,云娆的心脏仿佛被这浪潮卷到了半空中。

靳泽上台了。

没有人看见他从哪里出现。

主持人说出那句"接下来有请我校知名校友靳泽先生上台"之后,全场观众都蒙了几秒,欢呼如海啸涌来时,他忽然就出现在舞台上了。

靳泽今日一身纯黑西装,头发理得短而利落,白衬衫没有系领带,胸前别了一枚校徽,恰到好处地平衡了矜贵优雅和清爽自然。

云娆从口袋里摸出志愿者发给她的校徽,小心翼翼地攥在掌心。

靳泽的演讲非常短，全长不超过两分钟。

他的声音像溪底的玉石那样清而沉："……激励我踏入演艺圈的，就是脚下这个舞台。我还记得我作为话剧社成员第一次站在这里表演的情形，当时每一个观众的掌声，对我而言都是莫大的鼓励。"

"高二的时候，我在现场看过他的话剧表演来着！"邻座女生抓着另一旁的女伴炫耀似的说，"当时他就很出名了，我去食堂吃饭的时候经常偶遇他呢。"

"哇，真羡慕你呀。"

云娆听到她们的对话，嘴角弯了弯。

靳泽演讲完，没有入席，径直在保镖的护送下离开典礼场馆。

场馆内坐了上千人，云娆仰着渺小的脑袋，礼貌目送他离去。

所有心情牢牢隐藏，她比在场任何一人都镇定。

靳泽离开后，接下来的节目显得那样索然无味。

进行到诗朗诵环节，一部分观众开始昏昏欲睡，云娆就是其中之一。

手机突然振动了两下，云娆拿起来查看，消息来自她的哥哥云深：

【偶然回头看见你，提醒一下，打哈欠的时候嘴巴别张那么大，怪吓人的。】

云娆憋着火回嘴：【吓的就是你。】

云深轻"啧"了一声，胆子真变肥了，这小丫头。

他再回头，原先云娆坐的位置已经空空如也。

迎着清凉微风，云娆来到大操场。

她坐在升旗台的石阶上玩手机，下意识地在微博搜索框里输入"靳泽"和"容州一中校庆"，果然搜到了好多条热乎的新闻和校友微博。

其中有营销号入场，可是热度出奇地低，看起来像资本操作过。

无论实绩还是流量，靳泽都是近年来内娱首屈一指的当红影星。

国内外电影奖大满贯，微博粉丝八千万，国民度和路人缘齐飞，说句不恰当的，简直红到了放个屁都能上热搜的程度。

正是因为放个屁都能上热搜，所以为了避免频繁在热搜蹦跶败坏路人缘，团队会压下和他主业无关的新闻热度，塑造低调而勤恳的实力派演员人设。

云娆记得，高中时代的靳泽是个很爱玩、很张扬的男生。

不知道是不是他工作室人设塑造得太成功的缘故，成名后的靳泽显得低调而清冷，网络上几乎找不到他个人生活的报道，绯闻更是一干二净，活像个禁欲的拍电影机器。

所以，在今天之前，云娆根本猜不到他会参加高中校庆典礼这样的公开场合。

"同学你好？"

云娆的思绪被打断，扭头，看见身后不知何时冒出一个陌生男人。

他怀中抱一台摄像机，正满脸堆笑盯着她："同学，瞧你的年纪，毕业六七年了吧？"

云娆："快七年了。怎么了？"

男人自报家门："我叫程石，是海峡娱乐周刊的记者……"

云娆面色乍变："你怎么混进来的？学校不允许非官方邀请的媒体进入。"

程石连忙拎起脖子上的校友牌："我是正经校友！毕业十三年了，毕业班级是高三（16）班，参加过学校的足球社和合唱团，咱们学校的合唱团名叫'友谊之声'，没错吧？"

一连串的辩驳，有理有据。

云娆的神色软下来："原来是学长啊，不好意思。"

刚才，她担心这人是蹲靳泽的狗仔，所以情绪激动了些。

现在想想，只要不偷拍车牌号这样的隐私信息，公开场合蹲明星，好像也没什么错。

云娆闲扯道："学长也是足球社的？"

程石听到那个"也"字，怔了怔："我们社团六年后竟然招到女生了？"

云娆点头："招了整整四个呢。"

云深和云娆从小就被云磊按在身边陪他看球赛。哥哥天生叛逆，看得越多越烦足球，而乖巧的云娆成功被云磊培养成小骨灰球迷。

程石扫一眼她单薄的小身板："所以……你会踢足球？"

云娆尴尬地咳了声："我不会。我在社团里主要负责做海报、拍照和写新闻稿。"

"原来是同行呀。"程石高兴地一拍大腿，"学妹，我和你简直太有缘了，不仅是一个社团的，还是同行。不知道你愿不愿意帮学长一个小忙？"

云娆觉得有点不对劲，但还是礼貌地问："什么忙？"

程石："按照你的毕业时间，高一的时候应该在学校里见过靳泽吧？"

果然，天底下没有平白无故的套近乎。

程石："我想采访你，几分钟就好，我们聊一聊高中时代的靳泽，说什么都行。"

云娆果断拒绝："第一，我和靳泽学长不熟；第二，我和你也不熟；第三，你肯定要录视频吧？我不想露脸，太奇怪了。"

程大记者不愧是老传媒人了，脸皮子有多厚，嘴皮子就有多溜："学妹别担心，不需要你和靳泽熟，随便说两句对他学生时代的印象就行，我肯定会给你打码的。最重要的一点，学妹，咱俩这么有缘，今天还是校庆日，是校友们相亲相爱的日子，你忍心看学长大过年的交不了差被领导骂吗？"

云娆虽然长得很"软妹"，但是性格挺执拗的，这些理由不足以说动她接受什么鬼采访。

然而，在程石的软磨硬泡之下，她最终答应了。

原因是，如果她不答应，程石绝对还会找其他人采访。

万一他找了不喜欢靳泽的人怎么办？万一受访者乱说一通，损害到靳泽的形象怎么办？

云娆觉得，自己可以完美完成这个任务。

她的硕士第二学位和传媒相关，又是靳泽的粉丝，该说什么、不该说什么，她心里有数。

"不止脸要打码。"云娆想了想，"声音也要做处理，最好……最好处理成男人的声音。"

"男人的声音？"程石一边摆弄机器，一边笑她，"学妹长这么漂亮，口味很独特啊。"

云娆没回话，低头踢了脚地上的石子。

他们在操场宽阔处找了个地方取景，接下来半小时，云娆充分发挥了语言专业学生的特长，"彩虹屁"信手拈来，遇到具体问题就用假大空词汇敷衍过去，好像什么都说了，又好像什么都没说。

程大记者被她绕进去了，他想提意见，但是又不知道该提什么意见。

采访结束时，程石说要请她喝饮料，两人并肩往小超市方向走。

程石一边走，一边还扛着摄像头四处拍点校园风景。

篮球场上有学生打球，程石经过他们同意，拍了几段视频，转头看见云娆站在隔壁空荡荡的场地上发呆。

她微仰着头，视线焦点落在篮球架立柱某处，目光有些出神。

程石顺势看去，除了几个斑驳的锈迹，瞧不出什么稀奇。

"你在看什么？"

云娆张了张嘴，嗓音空灵："没什么。看到他们打球，我突然想起来，靳泽以前经常在这个篮球架下面打球，有一次发生意外，他不小心撞到这个立柱上，把脑门磕破了。"

当时她可真是吓坏了，幸好他伤得不严重。

直至今日，云娆再瞧见这根柱子，心里还是老大不爽。

她垂下眼，忽然注意到身旁黑洞洞的摄像头，脸色一白："你怎么还没关机？"

程石："我现在就关。"

云娆向前一步，脸绷起来："我刚才说的那个……磕破脑门，你都录下来了？"

程石："呃……"

云娆急了："你必须删掉！我随口胡说的，根本没有这回事！"

程石倒退一步："我觉得你刚才说得很真实，靳泽的人物形象一下子变立体了。"

真实？立体？

那有什么用，靳泽的人设不能有一点缺口！

云娆拉着他掰扯了许久,甚至威胁要告他。程石终于勉强答应,绝不会使用那句话。

"你发誓。"

"我发誓,我对天发誓。"程石举三指朝天,"学妹,你看我的名字就应该相信我,我这人很实诚的。"

云娆冷冷道:"那你现在就把视频删掉。"

"不能够啊,前面还有一长段别的视频。"

云娆阴着一张脸,往前走了两步,又回头:"那你剪辑的时候再删。"

程石点头如捣蒜:"肯定的。"

傍晚,云深开车带云娆回家。

"怎么一路都不说话?"云深往她手里丢一颗水果糖,"该不会怪我今天没有陪你吧?唉,谁叫你哥人缘这么好。"

她倒希望今天没有人陪。

云娆剥开糖纸,把荔枝味的透明糖果丢入口中,甜味在齿关缠绕,她的心情也松弛了些。

一个微不足道的我说错了一句微不足道的话而已,就算程大记者不靠谱,又能咋滴?是能被靳泽本人听见,还是能上热搜啊?

云娆莫名笑了一声。

车正好停在十字路口,云深瞥她:"笑什么?吃糖吃傻了?"

云娆懒得和他一般见识,过了会儿,她主动问:"哥,你记不记得,你读高三的时候,有一次打篮球,靳泽把脑门磕破了?"

云深歪了歪头:"好像有这么一回事。"

说完,他忽然眯起眼:"人家现在是大明星,你把他出糗的事儿记这么牢干什么?想敲诈啊?"

云娆无语地噎了下:"我和你说正经的呢!今天下午,有记者找我打听靳泽,我一不小心……真的是一不小心,就把这事儿说出来了。"

云深斜睨着她,忽地勾起唇:"那你完了。"

云娆吓一跳:"啊?"

道路前方,一片刹车红灯映照着云深的脸,显出几分迷幻:"你就等着被他追杀吧。"

被……追杀?

这么严重吗?

云娆好不容易缓和的脸色又垮下来。

顷刻间,云深放肆大笑起来,笑得胸腔都在震:"哈哈哈,你不会真信了吧?我的老妹,靳泽微博粉丝八千万,你这种黑粉一抓一大把,谁有空管你?"

云娆:……我?黑粉?

她想解释自己不是黑粉,可是对云深解释,无异于对牛弹琴。

云娆捏了捏拳,扭头看向窗外。此刻,她终于理解,为什么每年有那么多争抢方向盘导致车毁人亡的新闻。

她想和云深同归于尽。

立刻,马上。

当晚睡前,云娆把卧室窗帘拉得严严实实,又吞了两颗褪黑素。

被子是鹅绒的,很软,盖在身上保暖又轻薄。

一切就绪,云娆躺下后很快入睡。

后半夜,她做了一个长长的、光怪陆离的梦。

迷迷糊糊醒过来之后,云娆支起身子,伸手摸到床头柜上的手机,拿过来看时间。

屏幕光线太亮,她不禁眯起眼。

七点半,还早。

她目光顺势往屏幕中部一扫。

消息栏最上面那条推送,每个汉字分开她都认得,连起来怎么就看不懂?

【微博实时热搜榜单:#靳泽磕破脑门#】

后面还跟了个红得发黑的"爆"字。

云娆丢掉手机,"咚"的一声躺回去。

做噩梦了。

这个梦已经不仅仅是离奇，而是离谱、离离原上谱。赶紧再睡一觉吧，可太恐怖了。

云娆看到"微博热搜榜单：#靳泽磕破脑门#"这几个字的时候，其实已经被吓醒了。

她躲进被窝里，脑袋一片空白。

因为故事情节实在太离奇，云娆躺了一会儿，渐渐确信这真的是一个梦。这样的想法在脑海里扎根，一点点驱散了她的恐惧。

没一会儿，她又睡着了。

然后又做了个梦。

快十月了，容州的天气还跟蒸桑拿似的。

下午放学后，篮球场上热火朝天，男生们抢到场地的开心打球，没抢到的站在一旁互相推卸责任，时不时还要扭打在一块儿。

足球社的部长给云娆发短信，说体育器材室门锁坏了，球拿不出来，问云娆顺不顺路去男生宿舍楼下的储物室抱一个出来。

云娆刚好吃完饭，食堂就在男生宿舍旁边，很顺路。

她拿了球，抄近道横穿篮球场去足球场。

足球场总是冷冷清清，而篮球场上的人像蚂蚱一样多。

云娆一边走一边思考，国家现在推行足球教育了，以后喜欢踢球的人肯定会越来越多。

"小同学，你想什么呢，走路不看路的？"

身旁有人喊她，声音吊儿郎当的。

云娆看到是云深，装作没瞧见，抬脚要走。

云深拦在她面前，低头扫一眼她怀里的足球。

"足球有什么意思，踢半天进不了一个，不如看哥哥打篮球。"

今天中午，云深银行卡里没钱了，拿云娆的卡充值饭卡，意外发现云娆每个月的生活费比他多一百块。

他高三了，又是男生，本来就吃得多，凭什么妹妹比他多一百块？

云深郁闷了大半天，这会儿看到云娆抱着她的宝贝足球出现，控制不住想要捉弄她。

云娆才高一，入学不到一个月，云深的同学们还不知道这个瞳仁和云深一样亮，皮肤也和云深一样白的漂亮女生就是云深的妹妹。

听到云深那句"不如看哥哥打篮球"，他们激动得"哇哇"乱叫，一边怒骂云深"禽兽"，一边忍不住凑过去和云娆套近乎。

"学妹读高一啊？"

"怎么就进了足球社那个狗窝？"

"学妹为什么喜欢足球啊？"

云深的舍友池俊抢答："还能为什么，足球明星更帅呗。"

十五岁的云娆性格很内敛，胆子也小，被这么多人围着，脸都憋红了，一个字也冒不出来。

"明星帅有什么用？现实中又看不到。"云深的另一舍友封杰，单手勾着云深的肩膀，对云娆说，"学妹，现实中啊，还是打篮球的男生更帅。瞧瞧我们云哥，这脸蛋，这身板，你要是嫌他不够帅，咱宿舍还有更……"

"没完没了了还？"

这一句，音调沉沉的，音色也尤其动听。可惜说话的人被挡在人墙后面，看不到脸。

没过多久，云深旁边慢条斯理地踱出来一人。

他个头和云深一般高，穿白色T恤，黑色篮球裤。大夏天的，篮球场上的男生，大部分都脏着一张脸，可他的脸非常白皙干净，就连额角挂的汗水，也像水晶一样纯净。

他的瞳孔在阳光下呈现瑰丽的琥珀色，眼神飘过来，落在云娆脸上，大大方方的，仿佛已经和云娆认识了很久。

这是他们第一次见面。

云娆敢抬头看他的时间，加起来不超过三秒。

靳泽单手卡着腰，淡淡的眼风扫过身旁的兄弟："人家就是喜欢足球，你们嚷嚷来嚷嚷去，只会让人家更烦，然后更讨厌篮球。"

云娆小心翼翼地退了一步。

她想抬手擦汗,可是手在足球上蹭了灰,很脏。
只能忍着。

云娆这副模样,落在云深眼里,像是吓傻了,手足无措。
他忽然有点自责,可是又抹不开面道歉,喉结滚了滚,干巴巴地说:"咳咳,就,没别的意思……有空来看哥哥打球呗,到时候请你吃冰激凌。"
"噢哟!"
不明真相的兄弟们,听到"哥哥"两字,鸡皮疙瘩能掉一地。
云深一胳膊肘击过去:"别乱叫——"
后面还有四个字"这是我妹",但是云娆没给他机会说出口。
"不要。"她的眼神带了点倔,"不会来看你打球的。"
她虽然性子闷、脸皮薄,但也不是任他拿捏的软柿子。
一旦不高兴,没那么容易哄好。
云深再服软:"那不用你看我打球,光请你吃冰激凌。"
云娆:"也不要。"说完就准备走。
走之前,她偷偷看了一眼唯一一个帮她说话的学长,谁承想,她看到那群学长围着云深,表情怪里怪气,满脸的揶揄。
云娆脚步一顿,意识到了什么。
可不能叫他们误会了。
她的嗓门忽然拔高:"云深!"
云深一激灵:"干吗?"
"今天中午充饭卡的钱记得还我,不然我就告诉爸妈你拿生活费偷偷买游戏机。"
一口气说完了,云娆掐了掐掌心,暗示自己,要勇敢地直视哥哥,不要退缩,因为他活该。
云深盯着她看了好一会儿,眼皮一褶,忽地气笑了:"你……你给我过来。"
"这是你妹啊?"靳泽看一眼云娆,又看一眼气急败坏的云深,唇角翘起来,不动声色地向前伸一脚,"你什么毛病,妹妹这么漂亮,你还想家暴不成?"

云深被他绊得踉跄一下，身子歪斜，高大张狂的哥哥形象有了一瞬间的坍塌。

他也不是吃素的，回手就扭住了靳泽的胳膊："狗泽，绊你哥？"

"狗深，敢抓你哥的手？"

"我去你……"

"你小子……"

场面立刻陷入混乱。

云娆站在两米开外的地方，一动不动。

更准确地说，应该是幼小的心灵受到了巨大的冲击，所以当场石化在原地。

他们俩？就这么打起来了？

云娆从小到大语文就很好，可她想不明白，为什么这两人一面称呼对方为"狗"，一面又争着抢着当"狗哥哥"，为此还要干一架？

云深和靳泽没真打，劝架的也没真劝架，看戏看得很乐呵，老半天了，才意犹未尽地把他俩拉开。

"注意点形象，两位哥。"池俊一手按住一人的肩膀，"咱们年级男生的颜值平均值全靠你俩拔高呢。"

云深的T恤几乎扯成了时下流行的露肩装，而靳泽的衣服比他结实很多，稍微整理一下，依旧人模狗样。

云娆忍不住露出一丝笑，还笑出了声。云深听见了，冷冷瞪她，回头，又隔空踹一脚靳泽："这么想要妹妹？回家让你妈给你生。"

靳泽没理他，转过来对云娆说："以后我帮你收拾你哥。"

云娆垂下眼，唇角微微上扬，然后摇了摇头："学校不允许打架。"

她的睫毛很浓密，盖下来的时候，几乎把那双晨星一样的眸子完全遮住。

说罢，云娆突然把手背到身后，从书包里摸出一瓶矿泉水。

她经常去球场看校队踢球，所以每天都有帮队员携带矿泉水的习惯。

她的手不太干净，只用两个指头圈着瓶身，慢悠悠地递过去，语气很轻："学长，你喝水吗？"

"我叫靳泽。"

他特意放轻声音,单手接过矿泉水,二话不说仰头开始灌水。

云娆书包里还有一瓶水。

她纠结半天,觉得只送靳泽学长有点奇怪。

于是,云娆飞快地掏出另一瓶水,眼神往云深那儿一瞥,步子都懒得迈一步,手起瓶飞,直接拿矿泉水瓶朝他扔了过去。

云深心眼大,有他的份就行,并没有觉得被区别对待。

"挠啊……"

他这个做哥哥的还有话要说。

云娆却不等他。

口袋里的手机响了,清脆的手机自带铃声,唱得云娆心惊胆战。

部长还等着她送球,她倒好,围观幼稚鬼打架,把正事全忘了。

云娆连再见都来不及说,抱紧足球,撒开腿,径直冲了出去。

耳边飘荡的最后两个字,来自古铜色肌肤的池俊学长——

"老靳……"

后面的话,就再听不见了。

"老靳,我突然想起来。"池俊捡起地上的篮球,边拍边说,"刚才,好像是你高中三年,第一次接受女孩子送的水吧?"

因为不想给女生无谓的期待,所以靳泽从来不接受她们的任何好意。

靳泽眨了眨眼:"是吗?"

好像是的。

破戒了啊。

"人家学妹对我也没意思,只是好意。"

靳泽一边说,一边弯下腰,将空空的矿泉水瓶正儿八经地摆在球架下面。

云深刚好从他身后走过:"喝完了不扔,你回收废品啊?"

说罢,他捡起靳泽刚摆好的空瓶,眯起一只眼,瞄准几米开外的垃圾桶,"哐哐"两声两个三分球,正中。

闹铃响了。

云娆蓦地睁开眼睛，一瞬间，身体和大脑清醒过来。

又做梦了啊。

这回是个欢乐的美梦，梦到了高一刚开学，第一次围观哥哥和同学打篮球的情景。

更准确点，应该是围观哥哥和靳泽打架的情景。

云娆摸了摸自己的唇角，向上扬着的，她用手拉平。

多少年前的事情了，还笑。

云娆爬下床，洗漱都来不及，第一件事就是打开书桌上的电脑，查看工作邮件。

明天就要离开老家前往申城，后天正式入职。听组长说，第一周就有一个外贸公司的大老板要来，从他们组里挑一个人去意大利做会议翻译。

云娆觉得自己被选上的概率不大，但是面试机会难得，她一定要好好准备。

看完邮件，她随手点开未读消息"99+"的电脑微信。

估计又被拉进某个广告群了。

云娆扫了一眼聊天界面，总共有两个"99+"对话框，分别来自"美洲富婆黎梨"，和"欧洲大仙温柚"。

点开其中一个，往上翻十几条，全是催她起床的表情包。

大清早的，这两人仗着时差抽什么风？

云娆打开三人聊天群，发了个问号。

黎梨回得贼快：【娆！你上热搜了啊！】

云娆：【哈？】

黎梨：【#靳泽磕破脑门#，热搜第一！视频里是你吧！脸虽然遮了，但是衣服一模一样！】

温柚：【妈耶，黎梨刚跟我说这事儿的时候，我没来得及看视频，她说什么"云娆和靳泽一起上热搜了"，搞得我还以为靳泽脑门磕破，是云娆砸的。】

黎梨：【笑死我对你有什么好处？大仙？】

温柚：【这个热搜本来就很好笑。靳泽磕破脑门！换成任何一个搞笑艺人都不会有这种搞笑效果！全国人民都蚌埠住了！】

云娆没有再回复,她现在整个人陷入一种迷离而呆滞的失智状态。

我好像喝醉了?

不对,我根本没醒?

这个梦可太真实了吧?

她狠狠拧了下自己的腿。

"嘶——"好像不痛呢?

…………

痛死了呜呜呜!

云娆眼角都飙出泪花,实在骗不动自己了。她蜷起腿,身体在椅子上缩成小小一团,然后用颤抖的手打开了微博。

　　娱圈八哥:昨夜,海峡娱乐旗下的自媒体平台发布一条视频,视频中的女生讲述了她对靳泽高中时期的印象,一句"他不小心撞到这个立柱上,把脑门磕破了"引发粉丝热议。凌晨,某百万粉丝博主根据视频做了一组原创表情包,获得六位数转发,#靳泽磕破脑门#话题短时间内冲上热搜榜首,成为年后第一个圈内大爆话题。仅凭一句不知真假的话,粉丝就能自娱自乐进而引发全民狂欢,究竟是人性的扭曲,还是靳泽平时太低调,把粉丝都憋坏了?

　　——转发这个立柱,新年头破血流!

　　——这是立柱,这是靳泽,新的一年,祝大家不破不立,涅槃新生!如果你看到他们,记得对他们说,谢谢立柱/靳泽!

　　——听说转发这个立柱,影帝就会主动撞上来?我试试!

　　——虽然我不舍得靳泽磕破头,但是我还是要转发,宝贝下次不要碰瓷立柱了,来碰瓷我吧!

　　…………

云娆看到各式各样拿靳泽玩梗的评论,差点跪下了。

她跟跟跄跄地跑出卧室,客厅里静得吓人,爸妈应该出去买菜了。

她冲到云深卧室前,用力转了两下把手,打不开。

大男人睡觉锁门？什么毛病啊？

"哥！云深！你快起来！"

云娆敲了好几分钟，终于悲伤地意识到，活人是叫不醒一头死猪的。

回到卧室，她瘫坐下来，手和脚都是软的。

到了这个份上，她实在没心思考虑什么粉丝偶像避嫌的事儿。

靳泽估计还不知道这个害他变成全网笑料的女生就是她。

如果可以的话，云娆愿意拿出所有的钱赔偿给他。

她抓着手机，哆哆嗦嗦地打字：【学长，我有个事儿要告诉你……】

不行。

【学长，我错了，热搜上那个磕破脑门……】

也不行。

斟酌半天，云娆最终只发了五个字：【学长，我有罪。】

言辞饱含愧意，字字泣血，恳切至极。

这一次，靳泽没让她等四十八小时。

他秒回了。

靳泽：【加微信说。】

靳泽：【手机号能搜到吗？】

紧接着，云娆的手机屏幕跳出微信提示：【JZ 申请成为您的好友。】

云娆两眼一翻，直挺挺地栽在了床上。

狗云深！被他"狗言狗语"一语成谶，人家这下真的来追杀她了！

大学时期，靳泽患上了轻度失眠，隔三岔五就会入睡困难，但是症状不严重。

今天下午参加完高中校庆，他马不停蹄飞往申城，勉强赶上新上映电影的庆功宴。

照理说，一日奔忙，晚上又喝了点酒，他今夜不该失眠的。

凌晨一点，经纪人廖启华尝试性地给靳泽打了个电话，他正好醒着，秒接了。

廖启华："有个带你名字的热搜升到前五十了，势头很猛。我刚才和公关部开了个小会,决定不了,来问问你的意见。"

靳泽懒懒地挤出一个"嗯"字。

靳泽的工作室,他自己占股最多,是实际控股人,所以相关决策都要经过他的首肯。

新闻宣传和公共形象方面,廖启华这些年帮他打理得很好,靳泽很信任廖启华,没什么问题一般不过问。

所以,既然廖启华大半夜打电话给他,就说明这次的公关问题,很特殊。

靳泽从床上坐起来,打开夜灯。

看到热搜名,他愣了片刻,然后低头仔细核对一遍。

靳泽的靳,靳泽的泽,是他没错。

点进热搜广场,先看到一条十万转的表情包合集。

——转发这个立柱,今年头破血流!

靳泽:啥玩意儿?

别说,这个绿油油的立柱瞧着还挺眼熟。

他凝神一忖,难不成是……

他的视线下滑,停在一条大万转的热门视频微博。

靳泽几乎立刻认出了视频中的受访者。

灰粉色呢子大衣,深蓝色牛仔裤,肤白似玉,乌黑的长发垂落肩头。正是昨天下午,校庆日,他在母校喷泉广场上看到的某人的打扮。

靳泽起了丝兴致,将手机举高些。

一道粗犷的男声冷不防冒出来。

好狠的声音打码。

靳泽细致地看完了整条视频,当然,也包括最后那段"磕破脑门"的原话。

估摸着靳泽大约了解了前因后果,廖启华的电话再次打来。

"放在从前,这样的热搜我们肯定第一时间降热度。但是最近情况不同,应该从长计议。"

廖启华话中的"情况不同",由一篇八卦文章引起。

上周,这篇名为《靳泽,能别装相吗》的文章在某知名论坛横空出世,文章从各个角度论述了靳泽的人设是多么飘忽、多么理想化、多么不接地气。

一个人活生生的人怎么可能没有业余生活?究竟是他装相装到骨子里还是见光死?

通篇的反问和质疑引发了众多网民讨论,各种不利的声音在网络上持续发酵多日。

网民们就是这么奇怪,一面宣扬"净化娱乐圈,关注作品本身",另一面,不挖出你的私生活,不看到你和正常人一样吃饭睡觉拉屎放屁,他们又会浑身不痛快。

而靳泽,一向把自己的私生活隐藏得很极其严实。

实际上他也没什么私生活,正如网友评论所说,就是个冰冷又规律的拍电影机器。

按照公关团队的思路,这个舆论漩涡冷处理就行了,过不了多久,凭借靳泽那张内娱顶级神颜和过硬的演技实力,该"舔屏"的还是会"舔屏",企图嘲讽的也找不到别的黑点,自然就退散了。反正也不是什么天理难容的事儿。

但谁也没想到,今夜蹦出了这么个热搜。谁也不知道,这么一句没头没尾的话是怎么爆红的。

总之,在各路闲出屁来的粉丝和博主的推动下,"#靳泽磕破脑门#"这个诡异的话题,迈着六亲不认的步伐一路往前冲,热度还在持续暴涨。

靳泽头一回被贴上"#搞笑#"标签,还有那根立柱,比他更火,简直成了开年第一辟邪护身招桃花神器。

廖启华:"虽然这个话题有些莫名其妙,但是够接地气,很多网友拿来玩梗,还有很多粉丝关心你的脑袋是否安好,而且不会造成实际上的黑料,最重要的是,正好能抵消掉前段时间说你装相的负面言论。"

话音未落,他又补了句:"当然,这个话题和你的气质不太符合,如果你不喜欢的话，我们……"

"没事。"靳泽悠悠地说，"就这样，观望吧。"

廖启华微微一愣，他原以为，按照靳泽的个性，多半难以忍受自己成为全网笑料，高中的糗事还被翻出来讨论。

就算没有立刻否决，可能也需要他费一番口舌游说。

结果，靳泽就这么答应了？

廖启华松了一口气，忽而调侃道："所以，你高中打篮球的时候，真的把脑门磕破了？"

靳泽的声音一顿："怎么，你打球的时候没受过伤？"

两人私下相处的时候就像老朋友，廖启华的语气越发随意："我脱臼过，还骨折过，但是我不会撞到头啊，更不可能用脸去撞……"

"柱子"两个字还没出口，靳泽飞快打断他："你什么意思？"

廖启华无辜地眨了眨眼。

靳泽："拜托，我好歹是我们班第一后卫，高中的时候差点选进校队。当时我和我舍友打对抗赛，对手三分不进我抢篮板，空中就截到球了，结果不知道从哪儿飞出来一疯子和我抢，跟跳远似的，落点都不会判断，一下把我撞立柱上了。我当时要不是人在半空中，注意力全在球上，怎么会被那疯子撞歪？"

廖启华认识靳泽五年，除了剧本要求，从来没见过靳泽一口气说这么多话。

果然，球技关乎男人的尊严。

那么冷淡自若的人，也能一瞬间炸毛。

"咳咳。"靳泽意识到自己有点破防，声音冷下来，"挂了。"

他说一不二，立刻掐断了电话。

卧室变得寂静，远方的汽笛声仿佛来自另一个时空。

靳泽瞟一眼熄屏的手机，脑海中莫名闪过许多从前的青葱岁月，鲜衣怒马，无所畏惧，何等的张扬恣肆。

没来由地，明明刚怼了人，他的心情似乎还不错。

027

翌日清晨。

透过落地窗往外看，申城半空中弥漫着薄薄的晨雾。

窗边的男人身披一件宽松睡袍，面对着薄雾笼罩的城市，正在喝咖啡。

手机振动了两下，他垂眸扫一眼屏幕。

很快，他放下了手里的咖啡杯。

云娆：【学长，我有罪。】

仅凭五个字，靳泽猛然回忆起那双极美丽的杏仁眼。

总是低敛的、温柔的。

此刻，说不定还含着恐惧惊慌的情绪。

他简短地回了两条消息，然后点开微信，搜索她的电话号码，申请加好友。

云娆立刻通过了靳泽的好友申请，备注名改成"靳泽"，她盯着那两个字，有种梦游的感觉。

云娆深吸一口气，定下心来，发出第一条消息：【学长，对不起，那个视频里接受采访的人就是我。】

靳泽回得很快：【我知道。】

他知道？云娆非常诧异。

虽然程石大哥一点也不实诚，为了红，违背了对她的承诺，但是他打码打得很"厚"，连熟人也很难认出她。

黎梨和温柚是因为校庆当天和她视频过，所以能认出衣着打扮。

那靳泽呢？他也瞧见她了？

昨天下午，母校喷泉广场上，车里的人是他吧？

带着这样的想法，云娆似乎更紧张了：【学长，我不是故意的。我当时以为采访已经结束，走神的时候一不小心说漏嘴了，那个记者答应我会删的。我现在正在想办法联系上他。】

靳泽坐在雪茄椅上，跷起一条腿，身体微微后仰，打字回复：【不是什么负面新闻。别怕。】

何止不是负面新闻，仅仅一夜，他的粉丝暴涨了三百万，公关问题也随之迎刃而解。

再这样发展下去，他说不定还能拓宽戏路，接演一些谐星角色呢。

聊天框另一头，云娆还在疯狂道歉。

靳泽叹了口气，主动转移话题：【真的没事。刚才看了你的采访视频，我才知道，原来你对我印象那么好。还挺会夸的，小学妹。】

各种"彩虹屁"层出不穷，同时把握着度，不会显得浮夸。当记者询问一些私人问题的时候，又能打太极，得体地敷衍过去。

例如，记者问她："靳泽高中早恋吗？"

云娆答："我们学校严禁早恋，中学生的第一要义是努力学习。靳泽学长高中时期学习成绩很好，为了出国，他还要准备托福、SAT和艺考面试，没有那个时间。"

记者再问："那靳泽有关系比较好的异性朋友吗？"

云娆一本正经道："我和靳泽学长不熟，所以无法回答这个问题。我个人认为，只要真心当朋友，不应该区分同性异性。"

通篇采访，除了"彩虹屁"之外就是满满的正能量。

是连靳泽本人听了，都想为她起立鼓掌的程度。

云娆红着脸，认真解释道：【学长，我是你的粉丝。】

因为是粉丝，所以你在我心里永远高大上，"彩虹屁"无限放送。

靳泽盯着那行字，脑海中却回想起了她在视频中说的，"我和靳泽学长不熟"。

他垂下眼睑，扯了扯唇角，问：【什么粉丝？】

什么粉丝？

靳泽应该在问她的粉丝属性。

云娆脑海中冒出的第一个词，是"真爱粉"。

她心里慌慌的，摇了摇头，觉得那样太狂热了。

干脆说"路人粉"吧？

好像也不行，太敷衍了。

她脑子一热，想到一个挺中性的词，直接发了过去。

云娆：【亲妈粉。】

靳泽觉得很不对劲，他是做了什么儿子行为，让她想当他亲妈？

他还想再问问，可这时，云娆突然说自己有点事儿，然后发了个可爱的"再见"表情包过来。

她哥起床了,趿拉着拖鞋"咚咚"踩着地,找她来了。

云深睁眼后,先赖床玩了会儿手机,第一时间就看到好兄弟又上热搜了,还是个"沙雕"热搜,大爆特爆。

不多时,他在热门微博中瞧见一抹熟悉的身影。

再三确认之后,他发现,送他好兄弟上热搜的竟然是……

"云娆!"云深一脚踹开了妹妹的卧室门,"娆啊,你出息了!"

云娆吓得一激灵,手机差点掉了:"哥,你终于醒了!"

她一边说,好不容易平静下来的情绪又有火山喷薄的迹象。

虽然靳泽安慰了她,让她"别怕",但是自己的视频一直高高挂在热搜榜首,叫她怎么不慌张。

兄妹俩正说着话,客厅外边传来响动,爸妈出门买菜回来了。

云娆跑去关上卧室门,回头对云深说:"别告诉爸妈。"

否则,按照老云夫妻俩热情又张扬的性格,女儿上热搜了,他们估计能摆个流水宴席大宴宾客,张灯结彩锣鼓喧天再过一次年。

那她真是跳进黄河也洗不清了。

卧室门外,姜娜手里还拎着菜,蹑手蹑脚地凑过去,竖起耳朵贴到门上:"老公,他俩在房间里聊得挺'嗨'的呢。"

云磊将她拉开:"赶紧做饭吧,你又不是不知道,他俩最烦你这样了。"

姜娜顿时垮了脸:"我怎么样了?"

云磊:"孩子大了,有自己的隐私,别老瞎打听。云深高中那会儿,课本里夹了封女生的信,被你翻出来看了,你还扬言要找那姑娘的家长,云深那时候和你冷战了多久你忘了?"

姜娜不尴不尬地笑了笑:"他那会儿不是高三嘛……唉,要是知道云深这么多年找不着对象,我就应该留着那封信,现在再拿着上门找那姑娘提亲,不知道人家还认不认。"

云磊被她逗乐了:"人家怕是觉得你有毛病。"

"哈哈哈,也是。"姜娜笑着挥了挥手,"走吧,做饭去。"

中午将至,申城的晨雾已经完全散去。

靳泽今天休一天假,他从书房拿出来一本书,结果一页也没看,整个早晨都在刷手机。

看到云深发来消息,他退出微博,点开微信。

云深:【兄弟,对不住啊。】

靳泽笑了声,垂眸回复:【别矫情,真没事。她带我上热搜赚了一波眼球,我还要感谢她呢。】

云深发来一个"龇牙"表情,过不久,问道:【兄弟,热搜词条一般多久能下来啊?】

靳泽:【都是"自来水",我也不确定。】

云深:【凭你的人气,估计还要挂很久吧?】

从他的语气中,靳泽听出一丝异样:【怎么了?】

云深过了好几分钟才回复,挺长一段话:【唉。兄弟,不瞒你说,我妹真给吓坏了。你也知道,她性格挺呆的,胆子也小,从早上起床一直担惊受怕到现在,东西也不吃。如果给你造成了什么负面影响,你别怪她,有事找我就行。】

云深:【陪了她一上午,把我都给整惆怅了。】

靳泽揉了揉太阳穴,眼皮拉得绷直。

不能怪她胆子小,一个普通人,因为说错一句话莫名其妙上了热搜榜一,任谁也难以平心静气。

更何况,靳泽记得,很多年前,她可是个风吹大点都能吹红眼眶的柔弱姑娘。

靳泽低头打了一行字,发送:【根据我的经验,热搜应该很快就能掉下来了。】

云深:【希望吧。】

这边和云深聊完,靳泽稍稍坐直身子,给经纪人打了个电话。

"华哥,联系一下官方,下个小时撤下来吧。"

031

廖启华正在吃饭，嗓音含混："怎么了？我看各方面势头都挺好的。"

靳泽："一个无厘头的词条，一没内容二没深度，挂久了路人感官也不好，适可而止吧。再说了，难不成真要我转行做搞笑艺人？"

廖启华寻思了一会儿，觉得很有道理，能捞的好处差不多也捞完了："我现在就去联系撤热搜。"

靳泽："嗯。"

不到一小时，词条的热度缩减了百分之九十五，从榜一掉到中下部，眼瞧着就要跌出前五十了。

靳泽给云深发了条短信，夸他运气真好，热搜一下子掉下来了。

许久不见回复，他干脆拨了个电话过去。

远隔千里的云家，此时即将开饭。

姜娜布置好桌面，听到儿子卧室里手机响，擦干净手走进去。

她原本没想接，只打算瞄一眼来电显示。看到明晃晃的"靳泽"两个字，她一愣，瞬间亢奋起来，仿佛这辈子没见过手机响，要多新奇有多新奇。

她一秒也没让靳泽等，立时接起电话："喂？"

靳泽那边明显顿了下："……阿姨？"

"小泽啊，真的是你！"姜娜爱看电影，对靳泽的声音很熟悉，话痨属性立刻加满，"云深出去丢垃圾了。不知道你还记不记得阿姨？云深过十八岁生日的时候我们见过的，那时候你来家里做客，我一瞧你这孩子，就知道以后肯定非常有出息。"

靳泽回答得很谦虚："阿姨谬赞了。"

"听说你昨天……"姜娜硬生生吞下"脑门磕破了"几个字，改口道，"受伤了？"

靳泽："嗯？"

今早，云深和云娆猫在房间里嘀咕了大半天，姜娜别的没听见，就听见"靳泽磕破脑门"六个字。

大明星破相了？那可不是小事呢！

姜娜叨了几句伤口护理的要点，怕人家嫌她烦，不敢说太多。

正巧云娆从房门外经过，姜娜连忙喊她："娆娆，快过来。"

云娆没精打采的,双手插在棉袄衣兜里,像个睡不醒的小老太,她丧丧地转头:"什么事啊?"

"过来帮你哥接电话!"

姜娜不知道该和年轻人聊什么,但是大明星的电话,接到就是赚到,绝不能轻易挂了。

云娆完全不感兴趣:"谁啊?我没空。"

姜娜急了,单手捂住手机屏幕,稍稍压低声音,将声如洪钟的嗓门降到普通洪亮:"就是那个大明星!昨天把脑门磕破那个!"

靳泽苦笑:阿姨,我听到了。

云娆的头皮好一阵发麻。

妈妈呀,你把手机屏幕遮得再严实也没用,现在智能机的收音口都安在下边呢。

从客厅到哥哥的卧室,短短一截路,云娆仿佛蹚过了七情六欲的河流,各种滋味体会了个遍,脸上的颜色更是精彩纷呈。

接过手机的那一刻,所有情绪凝结为喉间惴惴不安,又故作持重的——

"喂,学长?"

靳泽那边的声音也有点奇怪,似是郁闷,又似憋笑:"是我。"

大明星的通话"后继有人",姜娜终于放心回餐厅布置去了。

云娆独自待在哥哥的卧室里,紧贴手机的那一侧脸颊迅速泛红:"学长,我正好有事和你说。"

不是什么大事,但在她心里憋了一早上了。可她又不愿意为了这点小事戳开靳泽的聊天框,纠结来纠结去,竟然等来了意想不到的通话。

电话那头,男人的声音很低沉,洗耳恭听的样子:"什么事?"

云娆忍不住摸了摸自己的脖子。

她的嗓音很轻,软软的,像刚采摘的棉花:"我想了想,之前和你说错了。我不是你的亲妈粉,应该是亲妹粉才对。"

靳泽听罢,拖长音:"噢——"

不足两秒,他轻笑了声,接下句:"你这样变来变去的,很可疑。该不会是假粉吧?"

云娆一愣,语气变得急促:"不是假粉!"

她好像听见他又笑了,声音太轻,太缥缈,她真想把耳朵探进手机里听清楚。

可惜,那一丝微不足道的轻笑转瞬就被另一道欠揍的声音覆盖住。

云深早不来晚不来,偏挑这个时候回来了。

"哟嗬,家里进小偷了。"他倚在门边,朝妹妹挑了挑眉,"偷哥哥的手机和谁打电话呢?"

云娆心想,本姑娘行得正坐得端。

可她面皮实在薄,经不起调侃,再加上皮肤白,透红的耳朵尖儿在灯光下特别明显。

她背过身,转念又想,反正刚才都和靳泽说过了,现在也没必要避着。

她清了清嗓,字正腔圆:"我和我亲哥说话。"

亲妹粉,和亲哥说话,非常合理。

云深目光一暗,不带笑意地勾唇:"原来你有亲哥啊?让我看看,是哪个狗东西。"

他走到云娆身边,仗着身高优势,不费吹灰之力就抢回了自己的手机。

看见来电显示,云深弯了弯眼,贴近话筒说:"我当是谁呢——"

他说着话,另一边,云娆才当着两位哥的面逗了能,现在就想跑。

她还没逃出房间,就听见云深后半句,意味深长的:"原来是你啊,狗泽,从高中开始就一直惦记我妹。"

惦记我妹?

惦记?

我?

云娆身形一滞,回过头,眼睛微微睁大,满脸的茫然。

云深朝云娆扬了扬下巴,示意她赶紧滚蛋,他自己继续和靳泽说话。

"那么想要妹妹,让你妈……"话说一半,云深似乎意识到什么,嘴巴急刹车,换了个说法,"那么想要妹妹,去路上随便捡一个,都比我家的强

034 /

一百倍。"

　　原来是这样，云娆松了口气，转瞬又捏紧拳头，愤愤地瞪着云深。

　　电话那头，靳泽的语气悠然自得："云娆说，她是我的亲妹粉呢。"

　　云深单手举着手机，目光向前，带着一丝哂笑，轻飘飘地落在云娆脸上。

　　难怪这姑娘一直磨磨蹭蹭的，赖在他房间不肯出去，原来真认了别人当亲哥。

　　呵，脑残粉。

　　云深收回目光，几不可察地嗤笑一声，慢悠悠地说："兄弟，别怪我没提醒你，今时不同往日，小云娆现在可出息了……"

　　他顿了下，话锋一转："你的糗事她牢记那么多年，我瞧着，分明是黑装粉。"

　　平时开玩笑也就罢了，怎么能在靳泽面前这么说！

　　云娆气得跺了下脚，眼神瞪视着她亲哥乐不可支的脸，目光逛荡半圈，落在他黑色的手机上，登时蔫了下来。

　　门外，云磊和姜娜喊他俩吃午饭。

　　云娆最后剜了云深一眼，实在拿他没办法，整个人急哄哄地转了半圈，终于被气得跑了出去。

第二章
/ 好久不见 /

热搜降下来之后,云娆悬着的心,也跟着落了下来。

她在老家待了最后半日,第二天就启程前往申城,准备入职。

申城比容州要冷一些,好在湿度低,寒气不瘆人。

云娆住的地方位于市中心,寸土寸金的地儿,父母为她买下了一套七十来平方米的二居室。房子不大,但是位置、环境非常优秀,装修也是时下流行的北欧风,简约又漂亮。

新家的家居和日用品,姜娜早就备好了,事无巨细,只等云娆拎包入住。

留学在外三年,直到此时此刻,云娆才切实地感觉到,家里真的变富裕了,从前他们兄妹俩为了省钱买零食,饿着肚子不吃正餐的日子,已经一去不复返。

云娆到申城的当天下午,黎梨正好回国。

她一下飞机,家都来不及回,先打电话找云娆,说现在就要来云娆的新家温居。

云娆用肩膀和脸夹着手机,一边收拾衣柜一边说:"改天吧,我等会儿收拾完行李,接下来的时间都要用来准备明天的面试。"

黎梨:"就那个口译工作的选拔?要去意大利出差?你才刚从那儿回

来呢。"

云娆笑说:"谁让客户开的时薪那么高呢?"

富婆黎梨表示不理解:"你缺钱啊?"

云娆空出一只手拿手机,隔空摇了摇头,然后又点头:"我和你说过吗?我哥前几年开的餐厅赚了很多钱,我可不能比他差太多。"

"行吧,你个小财迷。"

两人又闲扯了几句。

黎梨和云娆认识这么多年,知道云娆事业心挺重的,没过多久,她就识相地主动挂了电话。

当晚,云娆学习至深夜,第二天早早爬起来,认真地化了个全妆。

从新家去公司,大约二十分钟地铁。到达公司之后,他们翻译小组的组长领着云娆去办公室。

组长名叫黎旭,三十五岁左右,个子不高,身材很结实。

云娆注意到他穿着防拉伤的健身裤,走路姿势有点奇怪,似乎刚拉伤过。

路上闲谈时,云娆礼貌地问:"组长,你经常踢球吗?"

黎旭一愣:"你怎么知道?"

云娆笑了笑:"因为你长得就像一直坚持踢球的业余选手。"

此时,两人停在办公室门前,云娆飞快扫一眼室内,看到最大的工位上摆了一张合照,照片左边是黎旭,右边是一位她非常熟悉的意甲球员。

黎旭十分惊讶地上下打量她:"不错呀小云,你是哪队球迷?"

云娆笑起来:"Forza Micity(米城万岁)!"

黎旭的表情从惊讶转变为惊喜,复述道:"Forza Micity!"

云娆落座后,坐在她旁边的年轻男人拍了拍她的肩膀:"你刚才和组长聊什么呢?我刚入职的时候,他对我可冷淡了。"

云娆转过头,年轻男人这时才看清她的模样,满眼惊艳,脸也不自觉地红了。至于云娆后面回答了什么,他几乎一个字也没听进去。

云娆斜对面坐了个二十八九岁的女人,丹凤眼长鬈发,名叫崔以荷。

她只探究地看了云娆一眼,没有说话。

037

云娆给每个在场的、不在场的同事都送了一份小礼物。

职场如战场，她一定要利用自己细心的优点，抓紧每一个有助于事业前进的因素。

他们小组，加上云娆一共五个人，两位同事有任务在身，今天和云娆一起竞争工作机会的就是崔以荷，还有刚和她搭话的黄辉。

两位都比她有资历有经验。

但云娆也不是全无机会。她刚从意大利回国，口语很标准，而且本次跨国会议的主题和食品相关，云家就是搞餐饮的，她对此有一些研究。

面试开始前，云娆随手点开聊得热火朝天的靳泽后援会群聊。

她加的是数据组，群号"018"。

刚进群的时候，云娆意气风发，誓要为靳泽的顶流数据添砖加瓦。

可惜，靳泽的团队不想营造流量氛围，加上他国民度高得离谱，所以数据组没什么工作压力。她所在的这个群，近两年渐渐沦为了充斥闲聊八卦的粉丝养老群。

几分钟前，群里的消息灵通人士发出来一张靳泽的行程表。

云娆早前听说，他近期要去米兰拍一支高奢代言广告。

行程表中只有模糊日期——三月中旬。

如果云娆能拿下这次的工作机会，出国时间大概也在三月中旬，地点是罗马。

距离米兰只有一个小时的航程。

好家伙。

云娆感觉自己的灵魂似乎燃烧了起来。

搏一搏，单车变摩托，赚钱、追星两不误。

等会儿面试更有劲了。

面试结束的当天晚上，组长黎旭发邮件公布了甲方选中的会议翻译。

云娆看到自己的名字，开心坏了，一把拥住身旁的黎梨。

两人窝在云娆新家的客厅沙发上。

黎梨开了一瓶红酒，和她碰杯："你能来申城工作太好了，等大仙从欧洲回来，我们仨又能像高中一样，天天团聚。"

云娆勾住她的胳膊，满眼带笑："富婆带我飞。"

"那当然，有好事第一个拉上你。"黎梨像捏橡皮泥一样捏着云娆柔软的手，忽然想起一事，"昨天吃晚饭的时候，我听我妈说，我家小区二期，占地面积最大的精装别墅，有人全款买下来了。"

"然后呢？"

黎梨朝她挤眉弄眼："听说是靳泽买的。你的偶像靳泽学长。"

云娆听罢，先是睁大眼，眼中惊诧流转，然后又抿唇，表情变得严肃："你可千万不要告诉别人！"

"当然不会，他好歹也是我的学长嘛，我只告诉你。况且我们小区安保很严密，'私生'进不去，但是我可以带你进去。"

云娆摇头："我不是'私生'。"

黎梨："可你是他学妹啊。你前段时间不是加了他的微信吗？你可以通知他一声，就说'学长，我这两天在我闺蜜家玩，要是偶遇你了，你不要误会哦'。"

云娆笑疯了："我有毛病？我才不和他说这么无聊的事呢。"

"那你都和他聊什么？"

云娆撇撇嘴："没聊。他那么忙，我不方便打扰。"

黎梨上手捏了一下她软白的脸："这么禁欲的吗？奇了怪了，真不知道你校庆那天怎么突发奇想说出靳泽磕破脑门……"

"啊啊啊！别说了！求你！"

那六个字简直成了云娆的一生之敌，只要听到就会立刻炸毛，脚趾光速抠出一幢地下布达拉宫。

"好好好，我不说了。"黎梨笑得前仰后合，"好在那个热搜很快就降下来了，我本来以为还能多挂两天呢。"

幸好这话是从黎梨嘴里说出来的，而不是说啥中啥的温大仙。

云娆从桌上抓起一颗草莓，皮笑肉不笑，用力塞进黎梨的嘴里："全靠老天保佑。闭嘴吧你。"

3月10日，云娆随队启程前往意大利。

落地后休整半天，当地时间3月11日，会议正式开始。

会前，客户特意安抚她，让她不要紧张。没想到会上，云娆表现得特别好，不仅翻译水平高，语气和表情也从容大方，全程几乎无差错，深得与会双方认可。

"她真的是应届毕业生？"客户团队中的领导问身旁的秘书。

秘书："是的，去年刚毕业。"

"估计校园工作很丰富，你看，她完全不怯场的。"

领导抬了抬眉，眼中含着赞叹，嘱咐秘书道："晚点再以我的名义包个小费给她。"

会后，和客户团队共进晚餐的时候，云娆说自己有事要在意大利多留一天，就不和大家同行回国了。

大家问她是不是要留在罗马和研究生同学聚会。

云娆含糊地点了点头。然后，转头就买了飞往米兰的机票。

3月12日，米兰街头。

意大利顶级蓝血奢牌，在市场宣传方面极其精益求精，从清晨六点开始，一条几十秒的广告拍了近五小时才结束。

空旷少人的外景街道，因为一名中国巨星的到来而变得拥挤不堪。

在保镖和助理的簇拥下，靳泽回到酒店套房，换了身衣服躺在沙发上小憩。

靳泽躺了十几分钟，睡不着，坐起来看到茶几桌角处放了一沓粉丝信件，是刚才从拍摄地回保姆车的路上助理帮他收的。

助理乐言和他住同个套房，现在在自己房间里，房门紧闭。

百无聊赖间，靳泽捞起那沓信件，一封一封认真地翻看。

大部分信是中文，少部分外国粉丝写英文，因为他只看得懂这两种文字。

有的抒发浓烈爱意，有的含蓄如散文，看完都很暖心。

翻到一张意大利文的明信片，靳泽看不懂，但是行文字体特别漂亮，他于是多扫了两眼。

正准备换下一封，靳泽突然注意到明信片左下角的水印。

罗马大学。

然后，他看见文字最后的落款，一个大写花体字母"R"，优美而飘逸，写得像幅画。

助理乐言正好解决完个人卫生问题，伸着懒腰走出卧室。

靳泽叫住他："乐言，帮我联系一下随行翻译。"

乐言停住脚步，拿手机准备发短信："他现在应该在回家的路上，哥，你事儿急吗？"

靳泽抬起深琥珀色的眼睛，下颌微微拉直，指尖擦过明信片边角："急，你打他电话。"

随行翻译很给力，不一会儿就发了翻译内容过来。

　　学长早安，早上拍摄辛苦了！

　　昨天，我完成了入职后第一个会议口译工作，工资、出差补贴和小费加起来快两万呢。对于我的资历和行业平均水准来说，这是非常高的薪酬了。

　　为了支持你的新代言，我花了四千买了一套同系列的领带和领带夹套装，只买到纯色的，你拍摄用的同款条纹色竟然已经抢光了TAT。

　　本来想自己收藏的，可是我哥生日快到了……好纠结啊……

　　要不然就交给学长来决定吧！如果你在我哥生日之前发一条微博，我就不送给他了；如果你没发呢，我就送给他。

　　我可真机智。[手绘甩头精神小妹]

乍一看她那印刷体一样漂亮的字，靳泽还以为会是什么爱的宣言。

结果是流水账式的碎碎念。

如果他没记错的话，云深的生日就在这个月底。

而他的私人微博已经沉寂了三个多月，所有宣发都由工作室官博负责，简单推理来说，他在月底之前大概率是不会发微博的。

他也确实没这个打算。

靳泽不着痕迹地耸了耸眉。

想送给姓云的傻狗就送呗,搞这些弯弯绕绕干吗。

酒店套房的沙发很宽,靳泽大剌剌坐在正中间。沙发斜后方,乐言愣站着,盯着他老板看了许久。

靳泽的表情看起来很正常,眉目平和,神态自若。

唯一不正常的地方,是他一手拿着翻译发来的翻译稿,一手拿着明信片,逐字核对,已经读了很多遍。

乐言盯不出所以然,终于绕到他身边,谨慎地问:"泽哥,这封明信片有什么问题吗?"

靳泽:"没有。"

"那你在看什么?"

靳泽头也不抬:"我在学意大利语。"

乐言似懂非懂地"哦"了一声。

等靳泽终于放下明信片,乐言给他倒了一杯温水,坐在他身边,和他确认接下来的行程。

"今天下午可以休息几个小时。晚上六点半,品牌方邀请聚餐,我们还没有答复去不去。哥,我建议还是去一下,他们的市场总监列席,很多信息可以沟通交流,另外,那家餐厅特别出名,据说要提前一个月排队才能排上,不吃白不吃啊。"

靳泽点头,言简意赅:"去。"

他沉默了一下,忽然扯过乐言手中的记事本,前前后后,毫无章法地翻看。

"怎么了哥?"乐言凑过去问。

靳泽的指尖稍稍停顿了一下,状似无意地问:"最近有没有什么事,需要我发微博的?"

乐言张口想答"没有",倏然反应过来——老天开眼,这位哥这是要主动发微博了?

靳泽的微博平常就他自己管,华哥曾经提出要找专人帮他打理,当时他们的对话是这样的——

靳泽:"我没什么日常好分享。"

华哥:"不用分享私人的东西,粉丝只要看到和你相关的内容就很高兴了,比如转发一些品牌方合作呀,电影宣发呀……"

靳泽:"那工作室官博发什么?"

华哥:"呃……"

靳泽:"为什么要重复工作?"

华哥:"嗯……"

靳泽:"我看到重要的会转的。"

华哥:"……行。"

然后,今年第一季度快过去了,他只在年初转发了一条春节档电影的预热微博,然后就跟忘了微博账号密码似的,回归与世隔绝的山顶洞人生活,再也没上线过。

山顶洞人突然主动要求下山,乐言恨不得敲锣打鼓列队欢迎他进城,一下就跟打了鸡血似的:"哥,你等着,我这边给你列个清单,你想发啥样的都有……"

"不急。"靳泽瞧乐言那样,莫名感到头疼,"你先把今晚的事情安排好。"

"得嘞。"

花了半个多小时处理完公事后,乐言抱起抱枕,歪在沙发上发了一会儿呆。

他比靳泽小两岁,是整个团队中最年轻的员工,因为办事干脆利索,性格又活泼热情,刚进工作室不到一年就被廖启华提拔,做了靳泽的头号助理。

二十四五岁的年纪,总归是青春洋溢,工作空闲时间只想着玩。

"泽哥。"乐言从发呆中回神,双腿盘起来,对着靳泽满脸堆笑,"下午没什么事儿的话,我想去看意甲,今天米城踢巴城,柯桓首发上场呢。我大概五点就能回来。"

043

柯桓是现今国内最成功的留洋球员，十九岁拿下中超亚军，二十岁进入意甲豪门米城，二十一岁从预备队选入一队，几乎场场首发。在国内球迷眼中，他简直是国足未来最大的希望。

　　靳泽掀起眼帘："喜欢足球？"

　　乐言憨笑道："五大联赛，NBA，法网……都喜欢，有啥看啥。"

　　别看靳泽为人冷淡疏离，其实是个很好说话的老板。乐言认为他肯定不会拒绝，甚至试探性地再进一步："哥，你要不要和我一起去？国外总比国内安全，认识你的人少，机不可失啊。"

　　靳泽单手拿着手机，摇头："我有事。"

　　"好吧。"收到靳泽的答复，乐言一点也不郁闷。老板拒绝他是正常，答应了才有鬼呢。

　　靳泽斜倚着沙发，眉宇低垂，长指轻点屏幕，发出一条微信消息：【在意大利？】

　　对方几乎秒回：【是的呀，学长怎么知道？】

　　靳泽勾了勾唇，谎话信手拈来：【前几天和你哥连麦打游戏，他说的。】

　　他们有个高中宿舍群，群里六个人，其中四个来自清华北大中科大，他是全宿舍成绩最渣的，结果现在成了最忙的那个。群里游戏邀请满天飞，可他真没什么时间组队开黑，平均一个季度加入一次。

　　乐言买完票，抬眼看见靳泽微弯着腰，正在低头发消息。

　　身后，阳光透过全景玻璃窗将他笼罩，点点碎金落入发间。

　　男人背光的脸尤其深邃，轮廓线条堪称完美，再加上今早造型师精心打理的发型，整个人简直脱离了肉骨凡胎，活像某个艺术家不为人知的传世杰作。

　　帅到连乐言这个钢铁直男都心口一跳的程度。

　　难怪那么多女生做梦也想变成靳泽手里的手机，被他这样认真地注视，没有心脏病也能被蛊进医院挂急诊。

　　靳泽：【下午有时间吗？】

　　靳泽：【要不要一起喝个下午茶？】

发完这两条信息，靳泽放松身体躺倒进沙发，眉宇松弛，不经意对上乐言的目光。

"怎么了？"

乐言拎了拎自己的衣领，然后再摸脖子，动作多得像只猴："我在想，哥，凭你的魅力，这个世界上肯定不存在能够拒绝你的女生。"

闻言，靳泽淡定地朝他挑了挑眉梢。

手机的振动感贴着掌心传过来，消息来得比想象中的慢。

云娆：【学长对不起TAT。】

他瞥一眼，眼神静默，似乎并不意外，然后自嘲地轻笑了一声。

不存在能够拒绝我的女生？

这不就是嘛。

紧接着，云娆又发来两条消息：【我和朋友约好了一起看意甲。】

【学长晚上有时间吗？我请你吃晚饭呀，我知道很多米兰的美食。】

过了好几分钟，靳泽回复：【再说吧。】

身旁，乐言刚买完球赛门票，喜滋滋地展示给靳泽看："哥，我的号码好吉利，连着三个'6'呢。"

"是挺吉利的。"靳泽盯着递到面前的手机，扫了两眼，没什么情绪地说，"退了吧。"

乐言没反应过来，无辜地张了张嘴："啊？"

靳泽淡淡瞥了他一眼："退了买VIP座，两张，带你公费看球。"

米兰下午的天气很好，蓝天镶嵌白云，柔风习习，叫人由内而外的舒适。

靳泽戴一顶鸭舌帽、墨镜、口罩全副武装，虽然脸遮得严严实实，旁人绝对认不出来，但是他的身材和气质太扎眼了，混在人群中，时不时有热情的外国女孩过来搭讪。

一路上，乐言像只护犊子的老母鸡一般紧张，直到进入宽敞的VIP坐席，才松了口气。

今天比赛的两只球队都是热门，八万人容量的球场，上座率高达百分之九十。

靳泽摘了墨镜，目光淡然地扫视球场一周。

人山人海的球场，人头攒动密密麻麻，只有下方的绿茵场是一片净土，碧绿而神圣，接受着所有人的目光洗礼。

球员列队入场，观众席上爆发山呼海啸。

乐言也跟着鼓掌叫好。

VIP座的观赛位置极佳，绿茵场风景一览无余。

柯桓首发上场，在一众金发碧眼的外国大高个中，年仅二十一岁、身高一米九的他，顶着一张俊朗的黄种人面孔，显得那样耀眼突出。

乐言激动地扯了扯靳泽的衣袖："哥！开球了！柯桓踢前锋啊！"

靳泽"嗯"了一声，反应不大。

乐言识趣地缩回手。

论身价，他身旁坐着的这个，比球场上那位要高不少。

倒不是说他自负，只是靳泽素来淡漠，对演戏之外的事情都提不起什么劲，就算今天球场上有世界级的球王，他估计也是这副心不在焉的模样。

足球对男人的吸引力仿佛与生俱来，渐渐地，靳泽的目光也胶着在柯桓身上，眼睛一眨不眨地看完了上半场。

中场休息时间，乐言扒在VIP坐席的围栏前到处张望，忽然发现了宝藏似的，转头对靳泽喊："哥，米城的替补席就在我们斜下方，你要不要过来看看？"

靳泽拿着手机，不知道在琢磨什么。

听到乐言的话，他站起身，百无聊赖地凑了过去。

他人斜倚着栏杆，视线还停留在手机屏幕上。

乐言短暂地瞥了一眼，看见一个聊天框，头像特别粉嫩。

转瞬他就熄屏了。

"替补席在哪儿呢？"靳泽问。

乐言指了指西北方向："那里。金色头发的是米城队长，柯桓也在，现在正在和旁边的姑娘聊天……奇怪，那个姑娘好像也是中国人？他们靠得好近，该不会是他女朋友吧？"

乐言很快自问自答："应该不是，女朋友不能进内场的，估计是工作人员。"

　　球场内漫天喧嚣,异乡的语种、热烈的口哨声不绝于耳。

　　靳泽的目光定格在柯桓身旁的姑娘的脸上。

　　她戴着工作人员的挂牌,巴掌大的脸笑眼弯弯,贴在那名被誉为"中国足坛唯一希望"的男生旁边,两人仿佛在说悄悄话。

　　她说,和朋友约好看意甲。

　　原来是坐在替补席上看,而朋友是未来足坛巨星。

　　靳泽轻描淡写地移开眼。

　　身旁,乐言分析不出所以然,问靳泽:"哥,用你专业的影帝眼光看看,那姑娘是不是柯桓的女朋友?"

　　靳泽睨了乐言一眼,颇有些无语,用极淡的声音回答:"人家是翻译。"

　　"前插的时候注意对方后腰,下半场至少有三个人专门盯着你……前几天暴雨,中场偏左的草地砸出一块大坑还没补,千万不要在那里踢中长直塞……"

　　说话带手势是意大利人的习惯,云娆一边翻译,不自觉也带着手势。

　　柯桓没看她,面朝教练的方向不停地点头:"好,知道了。"

　　中场指示告一段落,柯桓转向云娆,叹气:"姐,你不在的这段时间,我快被翻译软件搞疯了。"

　　他长得太高,云娆需要仰头才能直视:"最近自学得怎么样了?意语A2能过吗?"

　　柯桓笑了笑,说:"不知道。但是我最近英语学得不错,要不要给你展示一下?"

　　云娆也笑:"别贫。助教叫你了,快过去检查一下装备。"

　　"收到!"

　　下半场开场后,云娆缩坐在替补席的小角落里,将自己的存在感降到最低。

　　她掏出手机,第一百零一遍查看和靳泽的聊天记录。

　　靳泽约她喝下午茶。

她拒绝了。

随目光所至,她的情绪第一百零一次崩溃。

云娆猛地揪紧自己的长发,恨不得拿脑门"哐哐"撞大墙,最好撞到脑震荡,撞到彻底失去记忆,撞成痴呆也没关系。

总好过现在这样痛苦而不甘心地活着。

她有什么办法呢,提前答应了小柯要来看他比赛,总不能为了偶像爽朋友的约。

好像……也可以爽?

呜,现在说什么都迟了!

下半场,柯桓不负众望,在第八十分钟为米城打破僵局,取得一球领先。

这一球一直延续到终场哨响,帮助米城拿下本赛季至关重要的一分。

云娆陪着柯桓接受当地媒体的采访,不仅当翻译,还给他递毛巾递水,像亲姐一样悉心关照。

天色渐暗,两人踩着落日余晖往更衣室方向走。

柯桓的手机突然响起来。

是经纪人的电话,他第一时间接起。

"什么?"

柯桓以为自己在意大利待太久听不懂国语了。他疑惑地挠了挠头,重复道:"靳泽要来更衣室?"

听到"靳泽"两个字,云娆脊背一直,耳朵像天线似的竖起来。

柯桓的声音一下子拔高:"真的是那个靳泽?来找我拍照?天啊,我得先去洗把脸。"

电话挂断,柯桓激动地转向云娆:"云娆姐,靳泽要来找我拍合照!我带你去见大明星!"

云娆比他更震惊,整个人都摄住了。

柯桓还以为她听不懂:"你不会不知道靳泽吧?"

云娆似乎才喘上气:"当然知道了!"

"他刚好在米兰,还看了我的比赛。"

柯桓毕竟年纪小，虽然成名后见过不少名人，但是靳泽的咖位和国民度摆在那儿，传言说他特别神秘低调，柯桓觉得，自己应该是撞了大运了。

走向更衣室的路，云娆像踩棉花一样，整个人轻飘飘的，有点分不清梦境、现实。

豪门俱乐部的主场更衣室可不是什么阿猫阿狗都能进，云娆只有幸参观过一次。今天，柯桓带着她再一次走进这个充斥强烈荷尔蒙的地方。

然而，她的注意力再也集中不到那些风格极强的室内装饰上。

靳泽等到其他球员都离开了才现身。

他带着一个很年轻的助理，没有带保镖。

云娆认识他的助理，名叫乐言，是一个活泼又干练的小哥。

靳泽和柯桓握手问候的时候，乐言很热情地和云娆打招呼："小姐姐，你长得好漂亮，有没有兴趣进娱乐圈啊？"

没等云娆回复，柯桓先她一步，笑着回应："想挖我姐，先经过我的同意哦。"

柯桓刚来意大利踢球的时候，语言不通、不受重用，时不时还会遭到种族歧视，风光之下全是不为人知的可怜。

在很偶然的情况下，他认识了学语言的云娆，两个人一拍即合，一个需要翻译，一个需要开口翻译的机会，就这样互相扶持走过两年，然后互相成就了彼此。

对柯桓来说，云娆是他在异国他乡最亲的亲人，护姐是他的本能。

靳泽的目光在他们脸上睃了一圈，更衣室冷白的顶灯照出他脸上明暗轮廓，衬得那双眸子颜色更深。

他不动声色地看向云娆，眸中蕴着碎光，唇边温和含笑："学妹，好久不见。"

距离上一次这样面对面说话，已经过去九年。

按照人体内所有细胞七年更换一次的理论，和九年前相比，他们已经是截然不同的两个人。

在场的其余两人像是听不懂他的话，一个赛一个的吃惊——

049

"哥？学妹是怎么回事？你们认识啊？"

"云娆姐，你竟然是靳老师的学妹？"

这九年，云娆见过靳泽很多次。电影大屏上、社交媒体中，甚至追星前线现场……当他的视线扫过灯牌手幅织就的蓝海，她就是万千人中的一个。

一个再普通不过的粉丝。

至于现在这种紧张慌乱的心情，早就和动荡的少女时期不同了。

任何一个真情实感的粉丝，见到偶像都不可能心如止水。

"学长，好久不见。"

她半垂着眼，语气像羽毛一样轻。

和她相比，靳泽的视线没有一丝摇晃。

他解释说，他和云娆是高中校友，差两级，在校时有共同朋友，所以认识了。

一句话总结，就是认识，但不熟。

两位巨星都是大忙人，短暂寒暄了几句，很快进入正题——互赠签名，拍合照。

镜头前，靳泽和柯桓并肩站着，共同拎起一件米城主场球衣，展示他们的签名。

柯桓笑得特别灿烂，露出八颗整齐的白牙。

靳泽比他沉稳得多，但是也展示出了少有的亲近，像大哥哥一样，主动伸手搭上了柯桓的肩膀。

乐言举起手机，各个角度连拍了好几张。

他身后，云娆挣扎了一会儿，最终没忍住，也偷偷举起手机。

方方正正的手机遮住她半张脸。露出来的一只眼睛，亮得像十五的满月，美丽又圆满。

云娆仔细盯视着手机屏幕，唇边挂着一丝含蓄的，若有似无的笑。

直到她冷不丁对上靳泽投过来的视线。

云娆立刻收了笑，变得老实巴交。

转瞬，她意识到，靳泽只是在看她的镜头，目光在显示屏上交汇，只有她自己知道。

她唇角的弧度又有些控制不住了。

手机镜头框出一方画幅，左边是亿万少女的梦，右边是亿万球迷的梦，次元壁碎裂一地，绝对称得上世纪同框！

云娆失去理智般狂按拍照键，倏忽听到亿万球迷的梦，也就是柯桓，笑嘻嘻地喊了她一声："云娆姐。"

"怎么了？"

柯桓摸了下脸："既然都认识，过来一起拍照啊。"

云娆：天底下竟有这种好事？

柯桓说得理所当然，说完还朝她招了招手，示意她快点过来，别浪费时间。

云娆点两下头，表情完全绷不住了，从眼角到眉梢，一路乐开花。

柯桓十分自然地指了指自己身侧，云娆也十分自然地朝那边走去。

才踏出几步，原本搭着柯桓肩膀的靳泽，蓦地收回了手。

他微垂着眼，往侧旁挪了一步，空出自己和柯桓中间的位置。

这一步，把柯桓和云娆都搞蒙了。

柯桓心眼大，马上招呼云娆："你站中间来吧。"

云娆脑门顶着一个问号。

"愣着干什么？"就连靳泽也开口了，"快点过来。"

云娆脸上乐开花的表情顿时凝重了起来。

她乖乖走过去，站定，转身，离靳泽只有半步之遥。

他身上带着好闻的香水味，雪松后调，安静而沉稳，却无法使她的心情安定下来。

像缥缈的云雾，像扑面的海潮，而她全然淹没。

右手边是亿万少女的梦，左手边是亿万球迷的梦。

今天，一定是她这个无足轻重的小透明人生中最辉煌的一天！

乐言指挥三人凑近些，不要显得太生分。

靳泽淡定地靠到云娆身边，低头就能看见她发顶小小的漩涡。

他正准备抬起手，另一条健壮有力的手臂就在眼皮子底下插队横了过来，先他一步搭在女孩纤细的肩膀上。

被异性触碰的云娆几乎没有反应。

拍照嘛，勾肩搭背很正常，况且柯桓在她眼里，就跟云深似的，都是亲兄弟。

直到她腰后环过来另一条手臂。

人家只虚揽着她的腰，衣料轻微触碰，臂膀了无痕迹地擦过，绅士到了极点。

拍照嘛，搂个小腰也很正常。

可是为什么——

云娆感觉，自己好像快要昏过去了。

但就算真要昏过去，云娆也一定会撑到要到三人合照之后，再昏。

拍完照，她连路都走不太利索了，脚丫子迈开一步，身体也跟着一歪，像片晃晃悠悠的落叶，眼看着就要摔倒。

靳泽下意识地伸手，想扶住她的手臂，谁承想捞了个空。

他的动作在半空中顿了顿，视野范围内，他看到了另一只和他一样捞空之后悬停在半空中的手臂。

还挺默契。

柯桓也想拉云娆来着，但是没想到这位姐虽然身体歪七扭八，步子却迈得很快，"嗖"地就冲出去了，他连片衣角都没摸到。

两位巨星不尴不尬地对视一眼，默默收回了手。

云娆这边，完美避开了帅哥们的搀扶，目标清晰明确地冲到乐言面前，笑得像朵花，开口就是甜妹嗓："乐言哥，加个微信呗？"

被她那双亮晶晶的大眼睛柔情蜜意地看着，乐言不禁红了脸，加微信的时候，手机都差点没拿稳。

谈笑间，乐言不经意撞上他老板靳先生的视线。

老板抱臂站在他们身后，脸色有那么一丝的难以名状，总之，看着不太友好。

单纯的乐言以为，老板嫌他动作太慢太磨蹭，时间不等人，他们得赶紧赶下一个行程了。

老板身份贵重,辞别的话肯定由他来说比较好。

乐言逮着柯桓又吹了几句"彩虹屁",话锋极其自然地转到——我们该走了,山一程水一程,人生何处不相逢,大家后会有期。

柯桓说要送送他们,乐言连忙婉拒"这怎么好意思",手拦得严严实实不要柯桓送。

他转头却看到,他老板一点要走的样子也没有。

隔着两三米的距离,他听到靳泽低低地冒出一句:"你等会儿去哪儿?"

云娆抬起眼。

要不是看到靳泽在看自己,都不知道他在问谁。

她很不争气地放弃对视:"去朋友家。"

"嗯。"靳泽单手插在衣兜里,语气有些懒散,"走吧。"

"啊?"

如果云娆没听错,"走吧"两个字也是对她说的,而且是个陈述句,不是在询问她的意见。

靳泽似乎早料到她的反应,淡然地解释说:"送你去你朋友家。柯桓等会儿还要训练吧?"

柯桓点头说"是",云娆也跟着点头。

其实她不用人送的,没那么娇贵。

但是她也可以娇贵一下。

礼貌的小姑娘此时应该要推拒一句,表示谦虚和不好意思。

但是她也可以不那么礼貌。

总之,云娆一个字也没说,生怕靳泽的"走吧"两个字发出两分钟之内撤回,她手忙脚乱地收拾好自己的一应物品,乖乖地跟在了靳泽和乐言身旁。

今天大清早飞抵米兰之后,云娆赶去围观靳泽拍广告,中午吃了顿饭就来了球场,一直待到现在。

所以,她的行李还随身携带着,一个粉色的拉杆箱,一个粉色的双肩包,

053

拉杆箱上面放着一个精致小巧的纸袋，Logo 正是靳泽代言的奢牌。

靳泽说要帮她拿行李的时候，云娆想了想，觉得自己最好不要拒绝。

然后，她把三个行李中最宝贝的——那个重达半斤的纸袋递给他。

靳泽内心：嗯？

乐言也提出帮她拿行李。

因为乐言肩上背了一个包，云娆犹豫了下，想起自己现在的娇贵人设，最终还是把最重的行李箱推了过去，甜甜地说了句"谢谢"。

靳泽内心再次：嗯？

云娆觉得这样分配非常合理。

还剩一个背包由她自己负责。

她稍稍弯腰，单手勾住背包的一边包带，然后把腰直起来，另一只手去够另一边包带。

捞了一下，捞不到。

她身体扭过去一些，再捞，还是捞不到。

奇了怪了，云娆转向另一边，动作幅度有点大，差点撞到靳泽的胸口。

他身上沉稳的木质香调一瞬间笼了过来，明明很淡，却好似铺天盖地。

云娆身体过电似的僵了下，然后感觉自己肩上一轻。

原来这人一直拎着她的背包，仗着自己身高手长，把她当小孩逗。

这个小插曲过后，云娆说不清自己心底是什么感觉，有点小不爽，更多的是心口莫名其妙地发热。

直到她看见靳泽背着她那个粉艳艳的、少女心十足的背包往外走，男人黑衣黑裤，身材高瘦挺拔，她的背包在他清冷矜贵的背影里突兀到了极点。

云娆找到了自己心口莫名其妙发热的原因。

因为靳泽待她一点也不生疏。

他人看着冷淡了不少，内敛沉稳，浑身生人勿近的气质，和九年前轻狂又张扬的少年相比，简直判若两人。

但是他还和从前一样热心肠，还会和她开玩笑。

用云深的话说，就是"眼热别人有亲妹"，所以把兄弟的亲妹当成自己的。

时隔九年，他对她依然像高中时候那样，很亲切。

云娆特别高兴。

可是她不确定，如果自己也像从前一样和他相处，会不会很傻很天真。

上车之后，云娆和靳泽一起坐在后排。

靳泽终于脱掉鸭舌帽，略显凌乱的短发上，跳跃着车内微末的浮光。

救命。

这种近距离蛊粉画报是我能看的吗？

云娆很不争气地冒出一个嗝。

临到嘴边的"学长"两个字，也在柯桓的影响下，突变成了"靳泽老师"。

"靳泽老师。"

话一出口，她就感觉不对劲，然而只能硬着头皮继续下去，为了前后连贯，还把"你"也换成了尊师重道的"您"，

"听说您晚上还有别的行程？我朋友家住得很远，您如果赶时间的话，把我送到附近的车站就行了。"

靳泽扭头看向她，动作幅度很小："你朋友家在哪儿？"

云娆老实答："拉马达莱区，靠近罗镇了。"

"那是很远啊。"司机师傅用手指划拉几下地图，提议，"要不这样，我先送老师们回酒店，然后再送这位小姐去她朋友家？"

乐言点头："正好，早点回酒店让泽哥歇会儿……"

"先送她去朋友家。"靳泽平静地打断他。

车内静默一瞬，他又问云娆："准备什么时候回国？"

云娆："明天早上，八点的航班。"

靳泽倏地抬起眼帘："据我所知，你朋友家所在的区，离机场很远。"

"嗯……"

靳泽顿了下："乐言，你帮她在我们住的酒店订一间房。"

乐言答得干脆："没问题。"

"不用，不用！"云娆真不好意思这样麻烦人家，"朋友家确实有点远，那个，我自己订房间就行了。"

055

一眨眼的工夫，乐言朝她扬了扬手机，憨笑道："已经订好了。"

手速之快令人叹为观止。他俩要是组个绑架团伙，一个帅得天崩地裂在前面勾引，一个绑架手法干脆利落在后面动手，估计没几个小姑娘能逃出他们的魔掌。

说不定还有一些个憨傻的姑娘，被绑架了，还乐颠颠地帮人数钱。

云娆以为，自己就是其中的典型代表。

云娆搓了搓手，按捺着激动之情："靳泽老师，谢谢您……"

"云娆同学。"靳泽跷着腿，左手搭在膝盖上，食指规律地轻敲，薄唇轻启，"我怎么得罪你了？"

中华文化博大精深，汉语文学深奥玄妙，云娆觉得，一定是自己太愚钝了，所以听不出靳泽老师这句话的真实含义。

现在的她不似从前胆怯，遇到不懂就问——

"您这话是什么意思？"

靳泽额上的青筋蓦地跳了跳。

要不是他熟悉云娆的性格品行，换作别人，能说出上面那句话，绝对是皮太痒，来找抽的。

靳泽忽然扯松自己的安全带，单手撑上车座，猝不及防地凑过去。

他靠得并不太近。

他琥珀色的眸子半敛，双眼皮内折，露出一道细褶，唇线抿直了，语气轻描淡写："云娆同学，你看着我。"

看着呢。

云娆咬住下唇。

她肤色很白，因此颜色变化特别明显，随着时间的流淌，从耳朵尖儿开始，整片整片的皮肤被涌起的血气染红。

靳泽维持着倾身的姿势没动："我看起来老了很多？"

云娆头摇得像拨浪鼓："没有！"

"那你为什么……"他的身体回到原位，清沉沉的目光仍旧定格在云娆脸上，语气像是十分疑惑不解，"要把我喊得那么……年长？"

明明是尊称，哪里年长了？

云娇虽然想不明白他的脑回路，但是她素来乖巧听话，学语言的这些年，嘴也练得挺甜的："学长，你不老，和高三的时候长得一模一样！"

"是吗？"靳泽蓦地笑了笑，笑声低得几乎听不见，无端地引得人耳朵痒，"但是，我那时候挺傻的——"

云娇极其狗腿地打断他："谁说的？有我哥垫底，你再傻能傻到……"

等一下。

这句话好像有点不对劲？

她慌忙改口："真的很帅，学长最帅了。"

话音方歇，靳泽似乎愣了一愣。

他绝对料不到，有朝一日能从云娇嘴里听到这么直白的夸奖。

他斟酌着词句，缓而又缓地问："你一直这么想吗？"

云娇不明就里："什么？"

"就是高中的时候——"

说到一半，他忽然住嘴，无声地自嘲了一下。

都过去多少年了，问人家这么无聊的事情干什么。

"没事。"他及时将话题翻篇。

一时间，车内静得像哑剧上演，窗框外边疾速跃动的画面，恍惚来自另一个次元。

或许因为和靳泽处于同一空间，或许因为车内暖气开得太足，云娇感到气血上涌，脑子很沉重，所以反应也变得迟钝。

她用她的"2G网络"脑袋，接收到靳泽的上上句话，然后慢腾腾地来了句："高中的时候，学长难道不帅吗？"

声音细细软软的，没什么气势，但似乎又很有底气。

靳泽的目光不经意往她嘴上逛了一圈。

两瓣唇薄薄的，淡粉色，唇形像樱花娇嫩。

究竟抹了几层蜜，说话才能这么甜？

他的指腹在安全带边沿滑了下，眉峰稍抬，语气显得悠长："怎么不早告诉我？"

云娆两只手揪紧衣摆，食指撞在一起差点打架："啊？"

早告诉，是要多早？

这些年她在他微博底下吹的"彩虹屁"，可比这厉害多了，最早能追溯到靳泽刚出道的时候……

"就高中那会儿——"靳泽摸了摸下巴，仿佛陷入回忆，嗓音放得很轻，"学长还以为，你不喜欢我呢。"

轿车前排还坐着两个大活人。乐言感觉自己的耳朵可能出现了比较严重的问题，准确地说，就是幻听。

如果他的耳朵没毛病的话，那么问题一定出在——

老板被掉包了？

这个长得和他老板一模一样，帅得惊天地泣鬼神但是唇角挑着个臭不要脸的弧度还不正经地逗了小姑娘半条路的花孔雀是从哪个犄角旮旯里冒出来的？

对，就是花孔雀。

这三个字，乐言绝对想不到，有朝一日能用来形容他那清冷卓绝高雅矜贵惜字如金的影帝大老板。

透过后视镜，乐言只能看到靳泽优雅高贵的半边肩膀。

此时此刻，他更想看一眼云娆。

尤其想搞清楚这个姑娘，究竟是何方神圣。

这位此时正非常没骨气地扒拉着自己的指甲。

回想高中的时候，靳泽、云深还有他们宿舍那帮咋咋呼呼的男生，说话确实都挺随便的，也都爱逗她玩。

是不是她太久没被逗了，所以现在，靳泽学长随便和她开个玩笑，她才会这么上脸上头？

云娆还记得前段时间云深那句语出惊人的"从高中开始就惦记我妹"。

她当然不会再犯傻误会了。

——靳泽学长虽然爱开玩笑，但是他和那些没脸没皮的男生可不一样。

他这么问我,一定是原因的。

云娆大概想出了所以然,非常诚恳地答复:"学长,我读书的时候比较闷,不爱说话,如果因为表现得太冷淡让你误会了,我现在澄清一下,绝对没有针对你的意思。"

车内一派寂静。

前排的乐言死死捂住嘴,憋笑快憋出内伤了。

天底下竟存在这样老实又可爱的姑娘,人家明摆着在撩她,而她却当成阅读理解,回答得如此正经,丝毫不解风情。

那些令人脸红心跳的暧昧气氛,一下子被她这颗顽石打碎了。

乐言一边憋笑,一边暗暗地同情起了自家老板——

一拳头打在棉花上,还被棉花吞了一口,一定超级尴尬吧。

靳泽却完全不需要他同情。

正相反,靳泽听到云娆的回答,眼角的笑意更浓了几分。

仿佛早知道她会这样说,仿佛正期待着她会给出怎样又呆又乖的回答。

回酒店的后半程路,靳泽单手支着额,闭着眼睛靠在车窗边小憩。

从此时起,车内没有人再说话。

云娆低头戳手机玩,她所处的现实世界有多安静,微信群聊的网络世界就有多爆炸。

本着好运要分享给姐妹的原则,云娆把从乐言那儿要到的三人合照发在了闺蜜群里。

她再三嘱咐:【各位冷静!请勿外传!】

网上冲浪金牌选手黎梨第一个炸了:【冷静?你叫我冷静?】

银牌选手温柚紧随其后,直接爆了粗:【我去!竟毫无PS痕迹!】

云娆:【是吗?我觉得自己巨像P上去的[哭哭]。】

黎梨:【真的不可以发在朋友圈吗?我连配文都想好了,就写"看图答题——我闺蜜的身价后面有几个零?"】

温柚抢答:【起码千万级别。】

黎梨:【@柚柚大仙,格局小了。靳泽的身价上亿,云娆C位他作配,

059

怎么可能才千万？】

温柚：【我打错字了，千亿！起码千亿起步！】

说时迟，屏幕上立时跳出一行小字——

黎梨富婆将群聊名称修改为"千亿公举宇宙后援会"。

黎梨激动了：【从今天开始你就是千亿"公举"！】

温柚也激动了：【震惊！某不知名女子群聊成员平均身价竟高达百亿！】

云娆双手紧抓手机，微弓着腰，唇角没抿住，"扑哧"蹦出一声笑。

她的笑声很轻，怪就怪车内太静，前排的人或许听不见，但与她同坐在后排的靳泽听得一清二楚，几乎同时就睁开了眼。

"笑什么？"的靳泽嗓音含着一丝哑。

云娆不禁自责开了："是不是打扰到你了？"

靳泽坐直身子："你笑你的，我没睡着。"

她现在哪还笑得出来，破罐子破摔道："才不笑了。"

她才说完不笑，身旁的男人不知是有意还是无意，眼尾觑着她，唇角就往上挑。

很久以前靳泽就发现了，这姑娘看似文静内向、面皮薄，其实性子有点"劲劲"的，没大家想象中那么乖顺。

正因为她时不时"劲劲"的，怪好玩，所以他老是忍不住逗她……

"哥，还有一公里就到酒店了。"乐言的声音打断了他的思绪，"保镖在酒店正门等我们，门口有二十来个粉丝在蹲。"

二十来个是什么概念？相对于靳泽的知名度，简直就是少得可怜。

见惯了人山人海的大明星本人感到尤为放松。

他身旁，云娆扒着窗户四处张望，等轿车驶过十字路口，离酒店还有四五百米的时候，她忽然叫停司机："师傅，把我在这里放下吧。"

乐言刚才就一直纠结该怎么和云娆提这事儿，没想到她自己能考虑到，主动要求下车，免得被粉丝或者狗仔拍到，造成一些不必要的麻烦。

云娆利落地跳下车之后，又叫司机打开车后备厢，把自己的行李全部拿走了。

她的动作很快，拿完行李往路边一站，俨然成了陌生人，一眼也不往车里多看。

后座上的那一抹剪影，自始至终纹丝未动。

直到车开走，云娆才慢悠悠地抻开肩骨，放任视线跟随着车尾，汇入车流向前远去。

她的步伐不紧不慢，转过一个大弯，直行两百米的地方就是酒店正门。

这家酒店没有地下停车场，云娆看到载着靳泽的轿车已经停在下客处，粉丝们在车外挤作一团，隔着这么远都能听到他们兴奋的呼喊声。

行李箱滚轮摩擦地面的声音放缓，云娆越走越慢。

恰逢三月仲春，亚平宁半岛季风旺盛，风从西南方向的地中海吹来，遥遥卷裹着远方而来的潮气。

忽而一阵疾风刮过，云娆浅蓝色的长裙被风带起，棉质布料轻柔，一下被卷起老高，吓得她"哎"了一声，慌忙丢掉手边的行李箱，按住裙摆。

过肩长发拍了一半在脸上，把视野遮得一干二净。

等风小些，云娆才空出一只手捋开头发，眼前再度亮起来。

与此同时，百米外的尖叫声也冲上了顶峰。

她维持着狼狈的姿势，不由自主地朝那边看去。

人群簇拥的中心，英俊而高挑的男人似乎微微侧过了头，画面定格一瞬，云娆的心脏猛然一跳。

她觉得自己可能是疯了。

靳泽戴着墨镜，根本看不到眼睛，而且他们隔着一百多米的距离，她竟然下意识脑补出了他正在看自己这种异想天开的情节。

云娆莫名有些烦躁。

她甩手丢开自己的裙摆，蓝色长裙荡开水波似的纹理，很快垂顺下来，严严实实地盖到她脚踝上方。

很多年前，也有这样一阵作怪的风，如今天这般不怀好意地捉弄她。

也是那阵作怪的风，无差别地拂过每一个人，却偏偏吹乱了她一整个漫长的、微不足道的少女年华。

061

第三章
/ 青春的记忆 /

十月初,今年第 23 号台风"荔枝"过境容州,留下一地狼藉。

台风走后气温降得飞快,在校方的督促下,环卫工人加班加点清理掉校园各处的枯枝烂叶,运动会赶在秋凉之前马不停蹄地拉开帷幕。

高三年级的观赛位置被安排在主席台北侧,高三(7)班的位置又在北侧的最北边。

北侧的最北边的最边缘的位置,坐着两个十分想把自己边缘化,却因为长相太出众,无论如何边缘不起来的男生。

"咱俩这个位置得天独厚,前面是两棵大榕树,啥也看不见。"

云深抱着一本习题集,说完一句话就咬一下笔盖,劣质塑料的口感令他刷题有如神助。

靳泽腰弯得比他还低,看 NBA 文字直播正入迷,冷不防听到身旁有人喊他名字,下意识就把手机扔到云深的习题本上。

来人是班长,一个清秀的圆脸姑娘,特意过来问他俩去不去围观教师接力赛。

云深摇头说不去,还劝班长也不要去:"老班那实力,绝对不希望太多人看见他丢人。"

他一边说，一边不着痕迹地把靳泽的手机塞到屁墩下面。

靳泽离班长近些，站着和她说了两句话。

他是体育委员，班委之间正常沟通，可班长离开的时候两只耳朵都红了。

靳泽转回来，第一时间找自己的手机。

云深斜他一眼："丢下面去了。"

他右手边就是观众台的边沿围栏，围栏下边是杂草丛生的绿化带。

靳泽"哦"了声，没事人似的："赔我一部就行，折旧费算你……"

"一折都没用，老子没钱。"云深说着，忍不住挪了挪自己的屁股，生怕把靳少爷这部将近一万的高贵手机给坐"骨折"了。

瞧云深那副屁股不适的模样，靳泽的眼皮狠狠一抖。

姓云的就算真把他手机扔了也没事，可他这样侮辱他的手机就出了大事。

隔壁座的女生刚还在欣赏这两个帅哥的盛世美颜，一眨眼的工夫，两人都没脸了，只剩扭打在一起的一坨残影。

云深的屁股像是和大地连体了，靳泽差点把他四肢卸下来，然而并没有什么用。

不远处，挂在树干上的广播喇叭传出"刺啦刺啦"的杂音，然后是一道稳重的男声："高一年级甲组趣味接力比赛即将开始，请高一(1)班、高一(2)班、高一(3)班、高一(4)班参加趣味接力的同学到检录处检录。"

靳泽正勾着云深的胳膊往后拽，毫无防备地，这厮突然自己站了起来。

两人的肩膀狠狠相撞，俱是吃痛一声。

靳泽被撞得都忘了捡手机："你这是干吗？"

云深没搭理他，往外走几步绕开大榕树的遮掩，做眺望状："趣味接力在哪儿比呢？"

靳泽用两根指头拎起可怜的手机，没找着餐巾纸，只能嫌恶地先将手机丢进口袋。

他来到云深身边，无语地看他找了半天，最后发现比赛地点就在他们所在的观众台正下方。

"走啊，看比赛去。"云深拿胳膊肘拐了靳泽一下。

靳泽嗤笑道："'学神'不刷题了？"

"回来再刷。"云深露出意味深长的表情，状似勾引，"带你看体坛名宿表演绝活，开开眼界。"

一中的观众台每一级都很高，云深挨个蹦下来，姿势很不优雅，回头看见靳泽绕到旁边去走台阶，优哉得不行。

路上偶遇几个特意从他身边经过的女生，似乎是认识的，他还微笑着打招呼。

云深算是明白了，为什么靳泽这家伙大部分时间都欠揍得不行，还是有一堆妹子追着捧着管他叫"校草"。

他是真的爱演。

像他这样从小被人捧着长大的少爷，以后进军演艺圈，凹贵公子人设简直不要太容易。

云深大概脑补出了十年后的靳泽。

戏都不用怎么演，每天只需要顶着他那张脸孔雀开屏，拍点没深度的"舔屏"剧，接点时尚资源，就能躺着赚粉丝的钱，最后红遍大江南北。

"我有那么帅吗？眼都盯直了。"隔着三五米的距离，靳泽朝云深抬了抬下巴，一脸张狂。

云深回以"给老子滚"的表情，转身就走。

没走两步，他就被刚买了饮料回来的舍友池俊和封杰逮住了。

"云神，高考省状元稳了吗？怎么就跑下来闲逛了？"池俊勾住云深的脖颈，笑着打趣。

云深指了指后面慢悠悠跟着的某人："省状元的事儿再说，我妹要跑趣味接力了，我带我小弟去加油。"

他顿了下，又问池俊和封杰："一起？"

"成啊，好久没见到云娆妹妹了。"

一听到要去看漂亮学妹比赛，他俩来了劲儿，一左一右地搭着云深，叫他赶紧带路。

"就在前面。"云深嫌热，松了松肩膀，把他俩的手臂卸下来，"等会儿比赛开始之后,别乱喊,会影响到她。"

池俊和封杰连连点头,虽然不太明白他为什么强调这个,但是转念一想,小云娆素来面皮薄,估计是怕他们喊得太大声,她在赛场上会紧张吧。

此时,大操场朝西的半截,学生们里三层外三层围出大约一百五十米的直跑道,高一年级甲组的趣味接力比赛即将在此处拉开序幕。

趣味接力比赛,顾名思义,玩的就是一个"趣味"。

每个参与接力的学生都要经历四个关卡,分别是翻跟头、钻筒洞、扛沙袋过独木桥,以及最变态的蒙眼跑。蒙眼跑要求学生蒙住眼睛转五圈,然后在伸手不见五指的情况下向前跑三十米,最后交棒。

这项赛事不考验体能和耐力,纯属娱乐,所以很多班级都会派一些没报名田径项目的学生来参加。

体育委员拿着登记册来找云娆的时候,云娆没怎么思考就答应了,她下意识地认为,这个项目应该很趣味、很欢乐,一点也不难。

直到她看见详细的关卡说明。

体育委员就怕有人出尔反尔,名单老早就上报给学校体育部,她想反悔都来不及。

像接力赛这样的多人比赛,几乎全班同学都会跑来围观。

因为占地面积大,场面壮观,还会吸引很多其他班级,甚至其他年级的学生。

说得极端点,那就是全校瞩目。

比赛还有五分钟就开始了。

云娆抽签抽出了第七棒,压轴出场。

一中要求女生剪短发,云娆上周末刚理了头,精致小巧的下颌和一截颈子露在外边,在阳光下如珠似玉,白得晃人眼。

她从口袋里抽出一张纸巾,擦了擦淌到脖颈的汗珠。

只听一声枪响,首棒运动员冲出起点。

观众席滚起了热浪,加油叫好声连成一片。

065

池俊扯着云深的衣袖，另一只手挥起了拳头："高一（2）班必胜！"

靳泽和封杰也跟着喊："高一（2）班必胜！"

云深揉了揉脸，实在想笑，唇角一咧，不紧不慢地随了句："必胜必胜。"

没过多久，"必胜"二字言犹在耳，云深的笑容却垮在了脸上："高一（2）班是来搞笑的吗？"

只有第一棒运动员是正常人，没什么波折地跑完了全程。第二棒运动员在过独木桥的时候踩空跌了下去，抱着腿半天起不来；第三棒运动员钻筒洞时把鞋给钻掉了；第四棒运动员抱走了隔壁班的沙包，好不容易扛着沙包走完独木桥，又被裁判老师叫回来还沙包，然后重走一次⋯⋯

他们班来到第六棒的时候，另外三个班级已经鸣金收兵，八棒全跑完了。接下来的舞台将是高一（2）班的独舞。

场边的观众好像更兴奋了。

输赢什么的已经不再重要，他们现在就想看看，高一（2）班剩下的这几棒还能出什么幺蛾子，还能不能比前几棒更搞笑。

第六棒运动员顺风顺水地跑完了，大家看上去有点失望。

除了高三（7）班的四名男生。

"云娆接棒了！"

池俊一向是朋友中最咋呼的那个，没忍住嚷嚷了一声。

他嗓门大，穿透力还强，只见场中奔跑的娇俏身影蓦地一颤，想必是听见了。

云娆有多紧张，只有她自己知道。

前三项都还好，虽然走独木桥的时候有点晃，但是有惊无险。

来到最后一个关卡前，云娆抓起道具桌上的眼罩，尽管心底发怵，还是毅然决然地戴了上去。

场边，云深微微弓着身子，肩背发抖，实在忍不住了。

"泽宝。"他对着靳泽念了声，一会换一个称呼，全凭心情，"接下来请欣赏你姑姑云娆带来的表演——呆子摸瞎。"

云深这个人，说起来实在复杂。

作为云娆的哥哥，他虽然算不上多么温柔贴心，但是对妹妹是有很强保护欲的。比如比赛开始前，他让舍友们不要大喊大叫影响云娆比赛，就是怕她因为太紧张而摔倒，或者发生其他丢大脸的事。

但是与此同时，他这个人又很贱，习惯幸灾乐祸，一边担心妹妹丢大脸，一边又热衷于欣赏一切别人丢大脸的事儿，甭管这人是不是他妹，总之，就是好玩，就是爱看。

靳泽杵在云深身旁，身子微微前倾，探出头往场内看。

云深说得一点没错。

现在的云娆，是真的呆子，也是真的摸瞎。

她从小就特别怕转圈，属于转一圈就晕的人才。

不仅怕转圈，还怕黑，小时候家里一停电她就哭，能一直哭到来电。

除此之外，她的方向感还很差，刚走过的路倒回来就忘，对于角度和方向的感知非常弱。

而今天趣味接力赛的最后一个关卡，把这三项都占全了。

靳泽就这么眼睁睁看着她戴上眼罩，转了五圈，停下之后缓了缓神，晃晃悠悠地迈开步子。

然后一头撞进了观众席。

云深实在忍不住了，隔着十来米，大声指挥起了妹妹："不是那边！右转九十度才是跑道！"

透过好几层喧嚣，云娆听见哥哥的声音。

她还是分得清左和右的。

至于九十度……

她凭记忆倒回原来的位置，右脚划出个直角，向脚尖的方向再次前进。

台风天的余威在这时候发作。

耳边一阵呼啸，云娆被扑面的狂风吹得倒退一步。

她很努力地往前，一步，两步，风声渐渐变弱，嘈杂的环境中，好几道高高低低的笑声越发清晰。

067

云深真的不想笑这么疯。

可他真忍不住。

这难道就是传说中的兄妹连心吗？说了右转九十度，她却笔直地朝着云深他们所在的方位走了过来。

云娆像盲人摸象似的，双手向前伸，忽然感觉到有人碰了碰她的掌心。

耳边传来云深的爆笑声，她意识到，是哥哥在逗她。

"挠啊，哥快不行了。"

他笑得快要窒息了。

云娆愤愤地缩回手，转了个方向，又不小心抓到另一只手。

那只手的指骨很修长，指尖凉凉的，触之如玉质。

他牵引着她的手，没有立时松开。

云深忽地停了笑："靳泽，收回你的'爪子'。"

云娆心口一跳，她惊慌失措地甩开那只手，后退一步，双手在低空中挥舞着，做出推拒的动作。

而靳泽却没有放弃，他朝前迈了一步，还想再拉她。

然后，他忽然感觉到，有什么东西，毫无章法地碰上来。

兄弟们一下子炸锅了，开始咋咋呼呼，笑个不停。

靳泽却像个局外人。

他似乎能透过眼罩看到云娆眼中的无助。

或许她班上的同学已经不在乎比赛了，或许所有的观众都只想看笑话。

但是靳泽见不得小姑娘难过。

他忽略了周遭所有人的目光，再次拉住云娆的手臂，耐心地将她往正路上带。

掌心握着的那一截藕臂，肌肤极其细嫩，还在微微颤抖着。

靳泽心想，她一定很害怕。

其实，云娆现在已经不知道害怕为何物了。她耳朵里只剩下那群讨人厌的苍蝇的"嗡嗡"声，包括云深在内，"嗡"得她血气上涌，太阳穴突突地跳。

她之所以颤抖，是因为愤怒。

云娆攥紧了拳,隔着一层眼罩,扭头瞪视着黑暗中的声源方向。

她薄唇翕动,咬牙挤出三个字:"五花肉。"

顿了下,她尚觉不够,音调拔升了些,开启无差别攻击:"全部都是五花肉!"

操场上很嘈杂,她的声音不大,却带着破釜沉舟的气势。

五花肉?

靳泽眉心一跳。

他已经把云娆引到跑道上,终于松开了手。

她走后,靳泽望着那气鼓鼓的背影,特别伤感地耸了耸肩。

比赛一结束,云娆就意识到自己莽撞了。

视野全黑的时候,其实她的听觉特别灵敏。

努力回忆一遍,那些欠揍的笑声里,完全没有靳泽学长的声音。把她带回跑道上的,好像也是他。

而她的理智被怒火吞没,"五花肉"三个字,当时属于是无差别地送给他们四个。

云娆不知道想到了什么,睫毛颤了一下,脸蛋也莫名其妙地热了起来。

云娆此时一个人呆坐在宿舍里,桌上放了一杯早上装的凉水。

水杯是粉白色的,长了两个兔耳朵。

云娆将杯子拿过来,送到嘴边,灌了一大口凉水。

接下来的很长一段时间,她捏着水杯上的兔耳朵,想事情想得出了神。

误伤了无辜的人,应该尽快道歉来着。

那她要怎么道歉?

云娆整个扑在了桌面上,空荡荡的骨瓷杯也倾倒下来,骨碌碌地转了半圈,最后停在她手边。

她要忘了这事儿。

就算忘不了,也要假装忘记。

靳泽学长人那么好,一定不会放在心上的。

运动会第二日，所有比赛在下午四点之前尘埃落定。

接下来的一个多小时将召开本届运动会的闭幕式和颁奖仪式。

全校学生在大操场上席地而坐，乌泱泱的一大片，场面蔚为壮观。

校长第一个上台做闭幕演讲。

他身材很圆，脑袋更圆，一脸亲切的福相，名字里又带个"福"，所以同学们私底下都喊他"福哥儿"。

全中国的校领导都一个样，演讲时候的声音，是学生们效果最好的催眠曲。

池俊的脑袋前后摇晃了十几个来回，终于磕到了坐他前面的靳泽的背上。

已经睡熟的靳泽一下子被他磕醒了。

靳泽一睁开眼，就看到他前面的云深腿上放了张卷子，正在埋头苦刷。

靳泽直呼救命，腿伸直踹了云深一脚："公众场合，注意点，全年级都被你卷哭了。"

仗着班主任在前面盯梢，他料到云深不敢扑过来揍他。

果然，云深只拍了拍校服上的灰印，没有下文了。

午后的太阳在天上高高挂着，阳光很亮，热意却淡淡的。

台风都走了四天，今天下午的风依旧生猛，直刮得人脸蛋疼。

到了颁奖仪式环节，班主任朝靳泽招了招手，让他提前来到班级列队的最前端等候。

靳泽有一项总分个人奖需要领，他又是他们班的体育委员，还要代表班级领两个团体奖。

就在他站起来的时候，刚才踹云深那脚的报应来了。

他才迈开一步，云深就把他的鞋按住了。

"你光脚上去吧！"

靳泽人站着，又是校草，数不清的视线集中在他身上。

他眼皮一跳，不好张口骂人，只能耐心地谈判道："深哥，我现在代表的可是我们整个七班的形象。"

他维持着一只脚深陷泥潭拔不出来的姿势维持了十余秒，直到班主任在前头喊他"快点,别给我装瘸",云深才不情不愿地放他一马。

主席台在观众席正中央偏上的位置,海拔高度有将近六米。

云娆此时就站在主席台旁边的小房间里,透过一扇窗往外看。

她是学校礼仪队的成员,等会儿要端着奖牌和奖状去颁奖台上给获奖运动员颁奖。

她今天穿一身学院风格子裙套装,上半身是白衬衫,下半身是红色百褶格裙,裙摆在膝盖往上一点的位置。套装都是均码,因为她腿长,所以裙子显得比其他队员更短一些。

待在台上特别无聊,还没地方坐,于是云娆一直透过窗户在看下面黑乎乎的人山人海。

她视力很好,能通过身形轮廓找出许多认识的人。

不知道为什么,她看高三(7)班的时间比看她自己班的时间长得多。

然后,就看见靳泽站在风中"拔"了十几秒的腿,动作怎么瞧怎么搞笑。

旁边的女生忽然说了句:"靳泽到前排等颁奖了!"

又有另一道声音,语气带着笑:"我上台前特意去运动会积分榜看了眼,他在高三年级个人总分榜排第七,按咱们这个站位,等会儿很大概率就是我给他颁奖。"

"哎呀,我要跟你换!"

"别,顺序是队长排的,你要换去找她。再说了,你的位置可是C位呢。"

"C位有什么意思……"

云娆站在队伍最末端,安安静静地听她们聊,自始至终没什么存在感。

运动会颁奖仪式正式开始了,第一项是高一年级个人总分奖。

云娆端着托盘走出小房间,脸色忽地一变。

风太大了。

她们所处的位置高,左右又没有东西遮挡。

大风正好从南面吹过来,而云娆是靠南端的最后一个人,前排的姐妹们被她挡着,没有她感受到的那么严峻。

——裙子……不停地被风吹起来。

071

云娥双手端着托盘,时不时就要松一只手下去按裙摆。

获奖学生和校领导都就位了。

台下几千双眼睛仰望着,众目睽睽之下,云娥的心几乎提到了嗓子眼。她的脸青一阵白一阵,额角也冒出了细小的汗珠。

托盘又大又重,云娥一只手拿不了多久,好几次临到走光边缘才伸手下去按裙摆。

她在心里不断地祈求上天,赶紧收了这妖风。

主席台左下方,隔着好几级大台阶,排队等候领奖的靳泽似乎看出云娥有点不太对劲。

很快,轮到高三年级个人总分颁奖。

靳泽走上领奖台,礼仪队回房间换了一批奖牌奖状,也出来了。

刚才那个姑娘猜测得没错,靳泽就站在她面前。

他离云娥也挺近,斜对面。

普普通通的白色夏季校服穿在他身上,竟穿出了股飞扬意气。

少年抽条时期总显得清瘦,但他骨架极漂亮,肩宽而直,腰细,腿部修长,因为喜欢运动身上还有轮廓分明的肌肉线条,风一吹,宽松的校服贴到身上,那画面,几乎让好几个礼仪队的姑娘脸上着了火。

靳泽偏了偏头,朝云娥挑一下眉。

云娥只匆忙瞥了他一眼,眼神很快就涣散开了。

她双唇苍白,两条细长的腿紧紧夹在一起。

校领导来给靳泽挂奖牌的时候,靳泽视线一滑,正好瞧见云娥的裙摆飞了起来,白生生的大腿刺了下他的眼睛。

她很快按住了,要多惊险有多惊险。

这之后,校领导和获奖运动员转向大操场展示奖状、拍合照,礼仪队的女生们站在身后。

直到列队下台,靳泽也没有再回头去看云娥。

他一路小跑回到操场,班主任看他为班争光了,想拍一拍他的肩膀以示鼓励。

谁知,手还没捞到人,这厮突然加速,风风火火地冲向后排男生队伍。

他的校服在身后鼓起,脸迎着光,如一阵放肆狂风,吹皱了路旁一大片少女心湖。

"靳泽!后面还有团体奖要领,你回去干吗?"

班主任在身后大喊。

靳泽头也不回:"马上就来!"

个人总分奖颁完,下一项就是班级团体总分奖。

主席台上,云娆崩溃地重复着端一会儿托盘,再趁大家不注意按一下裙子的动作,心脏吊在半空中晃啊晃的,都快麻木了。

只有回房间换奖状的时候,她才能歇一口气。

身旁的女生又讨论开了,说高三(7)班团体奖拿了第三名,这次靳泽应该会站在谁谁谁的对面。

那个"谁谁谁",谁也没料到,竟然是云娆。

靳泽特意换到了最边角落的位置,站定在她面前的时候,云娆感觉,灼目的天光都被他高大的身姿遮去了大半,甚至连作怪的大风都变小了。

因为他往外侧了一步,用身体挡住了风口。

由于他乱站地方,颁奖的时候也混乱了一会儿。

靳泽趁乱将几个沉甸甸的东西塞进了云娆掌心。

他背光站,琥珀色的眼睛却蕴满了碎光,声音很低,耳语一般对她说:"把这两个东西夹在裙子里面。"

云娆极快地点了一下头。

莫名其妙地,她眼眶也酸了一下。

手里攥着的是两对强力磁铁,表面很热,全是他掌心的温度。云娆不敢再看他的眼睛,怕自己一不小心就可怜得冒出眼泪。

这一轮颁奖结束,云娆回到房间里,默不作声地把磁铁夹进了裙子内侧。

裙摆沉甸甸地坠下来。

虽然不太好看,但是再大的风也刮不起来了。

她终于能挺直腰杆,端正地完成礼仪工作。

后面又过了好几轮各种各样的奖项。到环校跑接力赛颁奖仪式的时候，云娆的心情又紧张起来。

这回，她不是担心走光，反而还有点期待。

因为靳泽又要上台了，他们班环校跑接力比赛拿了全年级第一名。

颁奖仪式的背景音乐热烈而欢腾。

随着那韵律感十足的鼓点，云娆扬起笑，非常诚挚地等待着他上台。

他领的是第一名，将会站在 C 位接受校长的颁奖。

站在云娆前面的女生忽然转头问她："你和靳泽是不是认识啊，他前一次上台的时候好像特意来找你的。"

云娆想了想，扯了个谎："我哥是他同学，托他拿点东西给我。"

"哦。"女生半信半疑的。

要出去颁奖了，云娆伸长脖子，看到靳泽走在队伍中央，帅气的脸上噙着笑，显得有点浑不懔。

然后，就听到他叫了个男生的名字——

"陈意舟，你跟我换个位置呗。"

男生瞧了眼他的 C 位宝座，点头："那敢情好啊！"

他们人都走到颁奖台上了，就在校长的眼皮子底下换了位置。

校长福哥儿认识靳泽，因为靳泽高二的时候是话剧社社长，代表学校去市里省里参加过好几次演出，名声特别响亮。

"小泽。"福哥儿喊了他一声，"站我跟前来，别乱跑。"

校长发话了，全体校领导和学生们都噤了声。

负责颁奖仪式秩序的德育处主任吓了一跳，眼神溜到靳泽身上，火辣辣的，几乎能扒了他的皮。

靳泽回了下头，明明捣乱被抓包，脸上却一点悔悟的表情也没有。

他张了张嘴，语气别提多张狂："校长，我们班拿了第一名，我要站在第一个。"

有理有据，掷地有声。

福哥儿素来脾气好，又很喜欢这个学生，他无奈地哼笑了下，干脆随他去了。

就这样，靳泽放弃了校长对面的C位，来到了从南边数"第一名"的位置。

他微微低下头，瞧着云娆，冲她眨两下眼睛："学妹，好久不见。"

"呼呼"吹了一下午的狂风，仿佛突然静止了。

风声、仪式奏乐、嘈杂人声，一切无关的声音通通消失在耳边。

那双琥珀色的瞳孔，深邃得几乎能把云娆吸进去。

明明才见过两次，说什么好久不见。

云娆一板一眼地端着托盘，没有说话。

她怕一说话就暴露了自己失控的心跳。

如果说上一次靳泽来找她，给她送磁铁，她心里是满得能溢出的感动。

那么现在……

他来找她，只为了说一句开心话逗她。

她真的很开心。

但是，好像还产生了更多更奇怪的心情。

颁完了奖，靳泽随队转身面向大操场，向全校师生展示他们班获得的奖状。

呼啸的狂风展开又一轮猛烈攻势。

这回，云娆毫发无损。

急促的闹铃打碎了梦境。

云娆睁开眼，第一件事情就是查看手机时间。

凌晨五点过五分，赶飞机正正好。

她坐起来，用手背探了探脸颊，一片滚烫，还有心跳，像被火车碾过的铁轨，"哐哐哐"地跳，一点也不稳重优雅。

她其实很少梦见高中的事儿。那段故事太久远了，像回忆里泛黄的、字迹也都模糊的画卷。

可今天这个梦，无比真实，几乎把好不容易走出来的她拽回了当年那个瞬间。

云娆不是很高兴。

075

她昨天才见过靳泽，人家现在就在她隔壁住着。

他把她当妹妹一样照顾，无论过去现在，还是梦里梦外。

而她做梦都在分泌这些可恶的多巴胺。

云娆从床上跳下来，将酒店房间的窗帘拉开到最大。

天空黑沉沉的，极远的天际线那儿透出一抹鱼肚白，光亮还很微弱。

窗边的女孩深吸了一口气。

她喜欢眺望这世界，用广阔映衬渺小，了解了自己的微不足道，也就不会被莫名其妙的情绪所困扰。

她能感觉到，身体慢慢地吸收掉了那些多巴胺和肾上腺素，很快回归到稳定状态。

只用了十五分钟，云娆就洗漱完毕，穿上轻便的衣服，带着所有行李离开酒店房间。

她在靳泽住的套房门口停了会儿，给他发信息：【学长早上好。我先回国啦，你一定要好好休息哦。】

发完这句话，她将手机塞进口袋。

她拖着行李箱走进电梯之后，口袋里突然传出"叮"的一声。

靳泽：【早。】

云娆惊讶极了：【学长已经起了？】

靳泽：【嗯，时差有点乱。】

靳泽：【司机在酒店门口等你，车牌号 8098。】

电梯从二十二楼匀速下坠，轿厢顶部的灯带投下一片暖黄。

云娆两手抓着手机，很长一段时间不知道该回什么。

说真的，云深要是有靳泽一半贴心，云娆这短暂的一生，就不用花大半个青春的宝贵时间用来祈求上天让自己重新投一次胎。

她肚子里有千言万语，最后的答复却很简短：【好的，谢谢学长[可爱]。】

靳泽没有再回复。

一踏出酒店大门，云娆就找到了那辆车。

司机是中国人，不仅下车帮她搬行李，还好心给她带了早饭。

云娩心里很暖，路上时不时和司机大叔聊些国内外的见闻。

司机师傅看云娩长得温婉，说话也亲切和煦，终于将憋了许久的问题问出口："云小姐，你和那个，靳老师，是……朋友吗？"

"朋友"两个字，他说得很犹豫，慎之又慎。

云娩先是"嗯"了一声，很快，她察觉到一丝不太对劲，连忙补充："我是他好朋友的妹妹，他对我还挺照顾的。"

何止挺照顾。

不仅安排车辆接送，还派人大清早去买早餐送过来，要方便携带的早餐，还不能放凉了。这里可是意大利，生活节奏慢，早晨十点都不一定有餐厅开门，可真难为了那个买早餐的小伙子。

司机师傅点了点头，似乎觉得刺探明星隐私不好，最终也没再多问。

云娩低头咬了一口温热的培根芝士饼。

口感松软，偏咸了点。搭配热牛奶咽下，味道变得不偏不倚，刚刚好。

她不禁心想——

她也要做个不偏不倚刚刚好的妹妹粉。

如果他愿意的话，去掉那个"粉"字，更好。

靳泽的回国机票订在当地时间下午四点。

昨天晚上，他和乐言直到午夜时分才从宴会所在地驱车回酒店。

凌晨五点云娩走的时候，他不是醒了，是根本没睡。

七点多躺下歇了会儿，不到中午又醒了。

国内正值晚间，华哥拉了个视频会议，靳泽和乐言也参加了，团队成员凑在一起聊剧本选题和几个重要的商务合作。

短会开了半个小时就结束了。乐言注意到靳泽眼底淡淡的乌青，劝他再去床上躺一会儿。

靳泽听从了他的建议。回到房间，他坐在床头，随手拿起手机查看消息。

高中宿舍群聊蹦出一条游戏邀请。

池俊：【老铁们，我又被女朋友赶到客厅睡了。】

池俊：【电脑在房间里，玩不了端游，有没有人来两把"农药"？】

077

池俊：【@云深，云神拿打野带我飞啊，好久没看见你上线了。】
云深：【前段时间忙。】
云深：【上号。】
…………
靳泽：【还缺人吗？】
云深揉了揉眼睛，再看一眼手机屏幕。
哟嗬，竟然不是幻觉。
池俊比他更激动，直接一通群聊电话拨过来："老靳！我想你了！"
靳泽哼笑了声，用懒散而暧昧的语气掩盖住声音中的疲惫："我段位低，哥哥们带带我。"
云深抖了抖鸡皮疙瘩："带你可以，别恶心人。"
靳泽："好嘞。"

上号之后，他们发现靳泽的段位只有"黄金"，简直不是一般的低。
云深是出了名的没耐心，要不是今天拉的人是神龙见首不见尾的靳大影帝，他看到这段位直接就点退出了。
三人开了局匹配，两王者带一黄金，段位差距悬殊，匹配了好几分钟才召齐人。
池俊："既然不打排位，那云哥把打野让我吧，我想放飞一把。"
云深："行。"
靳泽的英雄不多，选了个上路曹操，云深玩中路周瑜，池俊说放飞真的很放飞，搞了个花里胡哨的貂蝉打野。
游戏开始不到五分钟，云深在中路无情地虐杀了对面法师两次。
靳泽在上路闲得抠脚，除了补刀吃经济，剩下的时间就在两边野区逛街。
逛着逛着，他忽然冒出一句："老云。"
云深："泽哥什么吩咐？"
靳泽松了松眉心，语气很淡，像是随口一提："小云娆和那个秦照，现在还在一起吗？"
云深有点惊讶："你说小秦妹夫啊？你竟然还记得他？"

小秦妹夫。

靳泽神色一僵:"这不是,最近加了云娆微信,忽然想起来了。"

云深叹了口气:"早分了。小秦妹夫都有别的女朋友了。"

不错。

好久没听到这么动听的消息了。

"什么时候分的?"他又问。

"不知道,估计早就分了吧,她在家里从来不说这方面的事。"

靳泽垂了垂眸,默默地溜到自家野区,打池俊的小鸟。

刚认识云娆的时候,靳泽就知道,她和姓秦的小子青梅竹马,关系比她和亲哥还好。

高三前半年,云深时不时就在他耳边叨叨"小秦这人能处,请客吃饭是真大方"。

靳泽对此嗤之以鼻。

十八岁的他曾多次幻想,如果他不用出国读书,他总归是有机会的。

后来,出国这事儿都压不住他了,每天跟疯了似的计划出国之后怎么保持联系,多久回来见一次面。

结果他连人都没追到,就发生了那档子事。

十八年的自信、嚣张、无畏,一下子全没了。

高三毕业之后,像条落水狗一样出了国。

"老靳,你卡住了啊?"池俊操纵着妖艳的法师英雄在他身边晃悠,"家里网不好?"

靳泽咳了声,从墙体里走出来:"我在国外,延迟率很高。"

他回到上路又杀了一波小兵。战火纷飞的中路,云深不幸被敌方防御塔送回了泉水老家。

云深双手丢开手机,想起一事,笑嘻嘻地说:"泽宝,我妹昨天和我说,她出国当翻译,没日没夜赚了两万块,花了四千给我买生日礼物。啧,差点把我感动哭了。"

靳泽:"哦。"

云深继续:"她还说了,那玩意儿是你代言的,还夸我戴起来绝对比你帅。"

靳泽:"呵呵。"

你就放屁吧。

等我这把游戏打完,立刻马上就去找一条微博发,让你的生日礼物全落空。

周瑜这个英雄蓝耗高,云深复活之后,没玩多久蓝条就空了。

他找池俊软磨硬泡了许久,终于要来了一个宝贝的蓝 Buff(增益)。

池俊懒得帮他打,云深就操纵着没蓝条的周瑜,一点一点地普通攻击。

专业逛街人员靳泽从他身边走过,云深一惊一乍道:"离我远点,别把我爱的蓝抢走了。"

爱的蓝。

靳泽微微一笑。

有点感兴趣呢。

当周瑜辛辛苦苦打蓝打到只剩最后一滴血的时候。

逛街逛到野区外边的曹姓男子,隔着墙使出一个二技能,不费吹灰之力抢走了周瑜的"爱的蓝"。

云深当即怒了:"曹贼!夺妻之仇不共戴天!"

靳泽优哉地问:"夺妻,你的妻在哪儿呢?"

云深:"蓝 Buff 就是我的妻。"

"没意思。"

靳泽靠躺在床头,双腿伸长,随意地交叠着。

他忽地扬一下唇,语调尤其漫不经心:"没有老婆,拿别的替。"

起码来个近亲什么的,给他夺一夺。

譬如妹妹,就挺不错。

一局游戏二十来分钟,靳泽"菜"得连他自己都害怕,结束后主动退出了房间。

他现在情绪放松了不少,感觉躺下就能睡着。

头才沾上枕头,手机就"嗡嗡"地响了起来。

知道他私人号码的都是故交好友,靳泽没注意来电显示,随手就接通了。

"喂?"嗓音透着一丝困倦的喑哑。

"小泽,是我。"电话那头传来沉稳的男声,"听说你现在在意大利?"

靳泽揉了揉眉心:"嗯。"

男人似是听出了他的冷淡,语气越发和蔼:"我微信上问了启华,他说你五月有一周的空当,要不要回家住几天?"

家?就美国那个,能算家吗?

靳泽连坐都懒得坐起来,放任倦意席卷,回话的嗓音没有一丝温度:"爸,妈的忌日也在五月,您还记得吗?"

电话那头的人沉默了下。

靳泽寡淡地笑起来:"也是,您记性不好。否则当年,也不会连我妈快死了,都忘记告诉我。"

电话挂断之后,靳泽平躺在床上,头痛欲裂。

他不知道靳诚是以什么心态喊他回美国的。

他不会回去,也不想回去。

或许是爷爷奶奶的意思?

过去那些旧事,老人家是无辜的。

他明明困到了极点也累到了极点,却因为头疼,心静不下来。

拿手机看时间的时候,屏幕上跳出一条微信消息。

出乎意料地,竟然是云娆发来的一张图片。

【学长!我在芬兰机场看到了你的代言海报!】

靳泽撑起身子,靠坐在床头:【芬兰?】

云娆:【啊,忘了和你说,我要在赫尔辛基转机来着。】

靳泽忽地气笑了:【为什么不买直飞?】

云娆过了两分钟才回:【转机的机票便宜啊……】

如果靳泽没记错的话,云家现在一点也不缺钱。

有钱了之后,都不知道宠宠女儿吗?

他将被子卷到下腹，抓着手机，大抵是神志有点恍惚，他不由自主地发了一句话，没有一点铺垫：

【云娆，我爸让我五月份回美国住几天，你说我要去吗？】

人头攒动的机场，云娆坐在自己的行李箱上，盯着这行字看了许多遍。

她下意识想回，当然要去呀。

可她再读一遍那句话，有种难以言说的感觉，她觉得靳泽的每一个字似乎都写满了抗拒。

她忽然就改变了想法。

云娆：【不要去。】

消息发出去不足半分钟，她的手机突然唱起了歌，伴随着"嗡嗡"振动声，差点从掌心滑脱。

靳泽竟然直接打了通电话过来。

"为什么？"他开门见山地说，嗓音像是喝醉了，"不想让我走吗？"

听着靳泽的声音，云娆的耳郭倏地染红了。

她用两只手拿着手机，语气轻得像春天的雾，在嘈杂的机场背景音中，显得那样模糊。

她说——

"是啊。"

靳泽还没有高兴足一秒，就听到她紧跟的后两句：

"我当然希望学长一直留在国内了。"

"我们所有粉丝都这么希望。"

行吧，听起来挺窝心的，但他更想听到另外一种说辞。

"那就听你的。"靳泽懒洋洋地说，"我不去了。"

听他说话，云娆感觉似乎有好几根羽毛在耳朵里挠，痒得不行。

她微微正色，换上关心的口吻："学长，你是不是很累？"

他所处的地方特别安静，衬得那声音喑哑低沉，显出几分空寂。

靳泽应了声："嗯。"

云娆摸了摸自己的脸蛋："那你赶紧睡一觉吧。"

"本来有点睡不着。"他顿了顿,话音电流传递了上千公里之后,莫名透出一丝缱绻,"听到你的声音,就想睡了。"

这话怎么听起来怪怪的?

云娆也不知道自己回了什么,估计是"晚安好梦"之类的,然后胡乱就把电话挂了。

机场广播正好开始召唤旅客登机,她拖着行李箱往登机口走,步伐很快,像被什么人追赶着。

云娆一边走一边回忆——

靳泽学长以前就这样吗?

明明累得半死了,还要说些话逗她,简直是不分场合不分时间地开屏。

还是……他已经习惯对女孩子这样了?

说不定对很多女生都这样。

云娆登上飞机,放行李箱的时候,动静有点大,把前面看报的大叔吓得回头瞟了她一眼。

可她自己没什么感觉。

落座后,云娆从包里拿出 iPad,挑离线电影看。

她的 iPad 里下了很多电影,其中大部分是某二字学长的作品。

他在电影里的形象,可以说,和"花孔雀"三个字完全不沾边。

总是清冷孤拔,不染烟火,遗世而独立。

云娆翻一遍列表,最终选择了靳泽的成名作《灰白》。

他就是靠这部作品拿下了威尼斯电影节最佳男主角,积攒了名气、人脉和资本之后,以碾压之势回归国内影坛,成为圈内同龄明星望尘莫及的存在。

这是一部文艺片,故事情节简单,但是后劲很大,云娆看一次哭一次。

今天在飞机上,不出所料,云娆又破防了。

靳泽在电影里饰演一个被父母抛弃的孤儿。

某一天清晨,他在临海小镇的街道上和生母不期而遇。

整个电影,就围绕着冷漠而孤独的青年,和他一生悲惨的妓女母亲展开。

两个人因为巧合不得不同行三天,这三天的旅途中,他们互相厌弃对方,冷暴力之后又争执，循环往复。当最终剖开心迹和解的时候，旅程到头了，青年目送身背巨债的母亲逃离美国，一生一世不复相见。

电影最后的画面是他被追债的人按进海水里，生死未知。

整个电影几乎看不见彩色，冷淡到了极点。

海水是黑暗的，黑暗的背面则是了无边际的灰白天空。

云娆真不知道靳泽是怎么拍出这么痛苦的片子的。

她擦了擦眼泪，戴上眼罩，脑海中已经没有那只"花孔雀"，而是灰暗无垠的海崖边，靳泽那双清寂而绝望的眼睛。

十几个小时的航程，靳泽难得在飞机上睡了个整觉。

在申城机场落地后，他换了身轻便衣服，非常低调地从VIP通道离开了。

时值傍晚，机场高速上车流如织。

直到廖启华打电话来，告诉他柯桓在微博上发了他们俩的合照，靳泽这才想起来，自己差点忘了一件大事。

事关他好兄弟的生日大礼。

"以前没听你说喜欢足球啊，怎么跑去看意甲了？"廖启华没等他回答，接着说，"不过这样挺好的，难得和体育圈联动一下，话题很优质，粉丝面也能拓一拓。"

靳泽"嗯"了声，问："工作室官博转了吗？"

廖启华："当然转了，知道你不爱用个人号。"后面还暗戳戳跟了句，"说不定连账号密码都忘了。"

靳泽扶额："我记得。"

两人在电话里又扯了些别的事。

廖启华说剧本说得正起劲，身边的小助理忽然扯了扯他的衣袖，把手机递到他鼻尖下面。

他有点郁闷，心说小姑娘你把屏幕贴这么近干吗，当我瞎子吗？

然后，看到屏幕上的画面，他真以为自己瞎了。

"老靳！"他用肩膀和脸夹着手机打电话，手用来翻看小助理的手机，唇角咧开了，"祖宗哎，你竟然真的记得账号密码。"

靳泽心说你当我傻吗？顿了下，他主动提起："以后每个月尽量都发一两条，你满意了吗？"

"满意满意，不能再满意了！"

说完剧本的事儿，挂电话之前，廖启华莫名其妙地问了句："靳泽，你最近是不是心情很好？"

他昨天迫于无奈把靳泽的行程发给了靳泽的父亲，本以为今天迎接他的会是一座万年冰山，没想到天气如此和煦，还撞上了意外之喜。

靳泽展眉，淡笑道："还行吧。"

这话说得平淡，廖启华还想刨根问底，靳泽却突然乏了，说有事明天见面再谈，然后就挂了电话。

靳泽依然捧着手机，切到微信界面，回一个粉色头像的姑娘的新消息。

云娆：【学长晚上好。】

云娆：【刚才看到学长的个人号和工作室都转了柯桓的微博，有一件事想和学长说一下。】

云娆：【其实小柯的微博和INS都是我在运营，我相当于他的半个新闻官。】

云娆：【如果学长有任何互动或者合作需要的话，都可以和我联系（当然我也要和他的经纪团队确认）。】

说了一大堆，怪正儿八经的。

靳泽听云深提过，云娆研究生第二专业就是体育新闻，搞这个确实在行。

他转念又想，自己的微博有八千万粉丝，都不用别人帮忙打理，姓柯的倒是很会享受。

他敛着眸，回了一个字：【行。】

过了会儿，他登上微博，关注了柯桓，然后切回微信问云娆：【他INS叫什么？】

云娆回了一串英文字母。

厨房里的奶锅"咕噜咕噜"叫了起来。

云娆连忙放下手机，跑到灶台旁边把火关小，拿了把捞勺搅拌锅里的高汤，顺便去了点浮沫。

085

确认靳泽没有再回复之后，云娆回到厨房，安心地把自己的晚饭煮完。

她的手艺虽然比不上父母和哥哥，但是横向对比同龄人，算是很出众的了。

今晚的云娆变成了饭桌上长辈最不喜欢的那类人，一手执筷子，另一只手拿手机，每吃一口饭都要划拉两下屏幕，网瘾中毒已深。

她在柯桓和靳泽的微博之间切来切去，看到粉丝们因为他们的梦幻联动激动得"嗷嗷"乱叫，她点赞点得手都要软了。

吃饭、消食、洗澡，一套流程下来两个小时过去了。

夜已深，窗外吊兰细长的枝叶拍打着窗棂，发出"沙沙"的轻响。

云娆今晚不想工作，她盘腿坐在沙发上，不由自主地点开和靳泽的聊天框。

他问她柯桓的 INS 叫什么，估计想去柯桓主页逛逛吧。

如果他心情好，说不定 INS 也能互相关注一下。

等等！

靳泽有 INS 吗？

云娆心头一跳，连忙搭了个梯子爬出墙，登上 INS 一看——

妈耶。

靳泽竟然注册 INS 了。

才两个小时不到，他新注册的 INS 账号涨粉近百万。

而关注栏，显示的数字是"1"。

这个幸运儿的官方认证是"米城俱乐部前锋柯桓"。

云娆惊了。

八千万粉丝都惊了。

他们的震惊全部反应在了微博热搜上。

——#靳泽柯桓# 果然爆了！我人也傻了？好不容易等来哥哥注册个人 INS，结果只是为了关注柯桓？

——#靳泽柯桓# 一天之内转发合照，微博互关，注册 INS 单向关注，路人看到都一把子震惊的程度。

——#靳泽注册INS只关注了柯桓#巨星和巨星之间惺惺相惜,纯友谊而已,求求不要乱带节奏!

热搜爆得突如其来,靳泽团队的反应也很快。

等云娆再次打开靳泽的INS主页,他的关注列表已经多出一溜的影坛名宿。

微博广场的清扫也在进行中。

其实靳泽这个INS号不是刚注册的,老早就认证好了,锁起来没用而已。

至于关注柯桓,就是随手一点的事儿。

团队临时通话结束后,靳泽逛了圈微博,有点哭笑不得,但也没太放在心上。

难道还能真叫人捕风捉影找出点啥不成?

他今晚唯一犯的错。

就是太好奇那位皮下了。

靳泽工作室的雷霆手腕名不虚传,三个顶部热搜,一个爆,半小时之内就被清理出热搜前五十名队伍。

深夜十点多,窗外的风都静了。

云娆盖了条毯子躺在沙发上,围观后援会群里的姐妹们聊今晚这出戏。

有人说靳泽的微博和INS肯定不是他本人在管。

也有人说蹭个热度也百利无一害。

马上有人跳出来反驳她,说靳泽已经是超一线,不需要这有的没的。

然后就吵起来了,和谐已久的粉丝养老群闹得不可开交。

直到现在,云娆都不太敢点开微信。

如果不是她找靳泽自爆是柯桓官方的皮下,可能一切都不会发生。

加上上个月的磕破脑门事件,今年开春,她已经直接或间接地送了靳泽两个爆。

还都是那种……

把他原有人设往死里坑的冤种话题。

云娆仰躺在靠枕上,看群里姐妹吵得群情激荡,内心毫无波澜。

人已经麻了,救不活了。

她颓废地想——

这两天找时间给靳泽学长写一篇"小作文"负荆请罪吧。

开头她都想好了,和上次一样,就写"学长,我有罪"。

云娆一边兀自颓废,一边麻木地盯着手机屏幕,就看见微信通知栏从上面掉下来,告诉她有个叫靳泽的给她发了两条新消息。

她眸光滞了一瞬,心口惴惴的,缓了一会儿才点开微信。

只要别和我绝交,什么都好——

靳泽:【[图片]】

靳泽:【小云娆,想养猫吗?】

出乎意料的是,他开启了一个崭新的话题,就好像什么事情都没有发生,语气甚至更亲近了。

云娆终于将手机拿近些,打开他发过来的那张图片。

图片里是一只两三个月左右的英国短毛猫,金虎斑花色,脸圆得像个球,虹膜还未褪,滴溜溜的大眼睛呈现漂亮的灰蓝色。

云娆从小就喜欢猫。

大学以前,家里房子小,养不起,后来有钱了,她又在国外,也不方便养。

她莫名产生了一种想法,有点自恋,但又很合理。

她觉得靳泽学长好像是来安慰她的。

云娆鼻头一酸,她明明视力很好,手机却拿到眼皮子底下看。

靳泽又发了几张照片过来,都是不同角度的奶猫美照。

他现在应该和小猫在一起。

那里是猫舍吗?

云娆定睛放大其中一张照片,觉得背景更像家庭环境。

右下角有个鹅黄色毛茸茸的东西……

像是女人的棉拖。

也对。

现在都深夜十点多了,哪家猫舍还开着。

等她回过神来,双手已经不受控制地发出去一条消息:【学长,你现在在猫舍吗?】

挣扎片刻,最终没有撤回。

然而,等待回复的那十几秒,难熬程度超出了她的预期。

靳泽:【不是。】

靳泽:【在朋友家,她家刚好有一只奶猫滞销,非要深更半夜喊我过来处理掉。】

靳泽:【普通朋友。】

他答复得很大方。

云娆蜷坐在沙发上,双手绕过膝盖抓着手机。

她有点想笑,唇角向上扬了扬,又忍住了。

手机在掌心熨得滚烫。

云娆一字一字郑重地写:

【学长,方便帮我问问主人猫咪多少钱吗?我想买。】

靳泽靠站在猫窝附近的墙边,微垂着眼回消息,看不出神色:【嗯。】

隔了半分钟。

靳泽:【猫价五百。】

靳泽:【还有一些七七八八的药品、玩具。】

靳泽:【她说友情价,那些算你二十吧。】

云娆掰着手指头算。

这也太友情了吧?

品相那么好的猫咪,加上药和玩具,竟然才……

靳泽:【520,微信转我就好。】

世界上的谐音梗有很多,大部分都要读出来才能领会其中玄妙。

但是"520"这个数字,已经融通了谐音和视觉信号,完全不需要揣摩,大马路上随便拎个中国人过来,看到这个数字都会会心一笑,抑或是心口一跳。

云娆属于后者。

她的大脑给出的第一反应是——这也太巧了，竟然刚好是这个数字。

过了会儿，她又觉得天底下没那么多巧合。

估计是猫咪主人给出的价格和这个数字相差不多，靳泽学长转达的时候化整为零，取了个吉利数吧。

可是话说回来，这个数字实在容易让人浮想联翩……

云娆忍不住发消息问：【真的是这个价吗？】

隔着屏幕，靳泽都可以想象出她那副呆愣愣的实诚样子。

叫人想逗也下不去手。

他恍然失笑，回：【差不多吧，给你凑个好看点的数字。】

果然是这样。

云娆回了句"谢谢学长"，然后飞快地转了五百二十元过去。

靳泽盯着那栏转账信息，眼尾一褶，有点哭笑不得。

他缺这点钱吗？

还有，她是怎么办到的，用简简单单的两句话，就能把那么暧昧的数字和氛围搅成一潭死水。

靳泽有些无奈，同时又觉得越发好玩，眼尾的笑意更深了。

再这样下去，他们可真要变成"亲生兄妹"了。

他在猫窝旁边蹲下，兀自撸了会儿猫，然后又拿起手机给云娆发消息：

【你明天有空吗？我让我朋友开车送猫到你家。】

几乎一发出去，聊天框上方就跳出"对方正在输入"，不过十几秒，她的消息蹦出来：

【我明天早上要去公司一趟，下午都有空。而且不需要麻烦人家送，我可以上门取猫的。】

靳泽想了想，问：【你有车吗？】

云娆：【没有，但我可以打车呀。】

过了会儿，靳泽又说：

【我朋友可能需要上门考察一下你家的环境，你方便吗？】

原来是这样。

真是个负责的好主人。

云娆当即同意了。她把家庭住址发给靳泽之后,又问他要他朋友的联系方式。

靳泽回了句:【你跟我联系就行。】

他说得随意,云娆当下也没细想,甚至因为可以和靳泽多说几句话,偷偷地高兴了很久。

等到睡前,她洗白净了躺上床,被子一直卷到下巴下面,一边昏昏欲睡一边回想今天的点滴,才后知后觉地产生一丝疑窦——

靳泽学长看起来,可一点不像喜欢传话的人。

第四章
/ 别有用心的影帝 /

今天云娆起得很早,去公司上班的路上,顺手给同组的所有同事买了咖啡。

她今天有翻译稿审校的任务,内容挺复杂的。一到办公室,她就看见自己工位上堆了一大摞文件,像座令人头疼的小山包。

今天办公室里人很齐,云娆挨个给同事们发咖啡。

组长第一个收到,笑着夸了她一句:"客户的好评都发我这儿来了,说你不像应届毕业生,是见过大场面的,之后如果有合作需要,他们还是指定你去。"

隔壁座的黄辉撑着脑袋加入夸夸群,语气透着一层不甚明显的羡慕:"厉害了,第一次出任务就攒了位忠实客户,以后人脉不得上天啊。"

云娆不知道回什么,自谦了两句就不说话了,安安静静地走到下一个人身边送咖啡。

那人名叫崔以荷,比云娆大四岁,是她的同校直系学姐。

崔以荷说她早上喝过了,现在喝不下。

"还是谢谢你的好意,我要是也像你一样会做人就好了。"

不知道是不是云娆的错觉,这句话听在耳朵里,总觉得不是全然的友好。

她回到工位上坐下，双手拨开桌上的堆山码海，给自己腾了点空间操作电脑。她把文件分类放好，再点开翻译和协同办公软件，这一整个早晨，她几乎没再抬起头。

　　到了午后，阳光从窗纱里透进来，微风卷着窗台外边的天竺葵微微颤动。云娆拿起桌面上轻轻振动的手机，看到靳泽给她发消息，问她能不能提前到三点送猫。

　　他们原本约在四点，但是他的朋友傍晚有重要的会，担心来不及。

　　云娆立刻知会了组长一声，领导同意之后，她将手提电脑和工作文件一股脑儿塞进包里，这就回家居家办公去了。

　　公司离家很近，不过二十来分钟，云娆就到了家。

　　昨晚睡前，她已经心血来潮地把整个屋子打扫了一遍。现在回到家，她也闲不住，一放下包就把妆卸了，外衣脱掉，套上粉色摇粒绒家居服，拿着小型吸尘器和抹布开始对付房间里不易清理的边边角角。

　　差不多到点的时候，云娆闪进洗手间，对着镜子观摩了一下自己的脸蛋。

　　都是女生，她现在又在家里，没什么好见外的。

　　她俯身靠近台盆，捧了把清水洗脸，又拿梳子将头上静电乱飞的长发梳直。

　　清清爽爽，这样就完事儿了。

　　门铃被按响的时候，云娆瞥了眼手机时间。

　　秒针一跳，正好三点整，比《新闻联播》还准时。

　　云娆跑向玄关打开门。门只露出一条缝的时候，她就听见一声轻细软萌的"喵"，直叫得她心花怒放。

　　房门完全打开，门外站的却不是她预想中的漂亮小姐姐。

　　而是一个一米八七的大汉，戴着鸭舌帽、墨镜、口罩，背上还背了个黑色的运动背包，简直是杀人越货必备。

　　要不是他手里拎着一个粉黄色的拱柱状猫包，云娆就要报警了。

　　再然后，她稍稍定睛一看。

　　比起报警，她好像更应该抱紧。

门外的男人穿一身雾霾蓝色套头毛衣,搭配黑色运动长裤,极出色的骨骼条件在宽松休闲的衣着下也能凸显出来,尤其是那双腿,比例实在惊人,云娆忍不住用眼睛丈量,然后微微张开了嘴。

"学……学长?"

"朋友有急事来不了。"男人似乎轻笑了声,"小云娆,不让我进去?"

他面部近乎完全遮盖,只露出极小块的冷白色皮肤。

云娆却忽然紧张起来,忙不迭将他迎进房间,自己关门的时候,又探出头去左顾右盼,确认没有人尾随,这才放心地合上了门。

相隔两天不到就再次见到他,云娆觉得自己一年的运气都用在这几天了。

她从鞋柜里取出一双干净的男士棉拖,轻放在靳泽脚下。

鞋码正好。

靳泽慢悠悠地跟着云娆走进客厅,眸光垂下来,在鞋面上掠过。

他下意识猜测这是云深的鞋,随口评价道:"怎么搞了双这么'灰头土脸'的鞋?"

云娆转过身,水亮的杏眼望着他:"是吗?可是我爸还挺喜欢的。"

靳泽微微一哂,改口:"我看走眼了,叔叔品味真好。"

他将猫包搁在沙发旁边的地上,抬眸看到一身粉色睡衣的小姑娘站在茶几后面,神态不太淡定地晃悠了两圈,也不招待他,冒了句"学长我先上个洗手间",人就跑没影了。

洗手间的灯光是冷色调,清清淡淡照下来,却衬得云娆脸上一抹红分外明显。

她攥着拳,人站在盥洗镜前又急又气地转了个圈。

救命啊!

她穿的这是什么?从头到脚各种不同的粉色,毫无层次感地堆叠,衣服材质也低幼得令人发指。

还有这张脸,素得像块墙面,配上这头虽然整洁但是宛若挂面的黑长直,简直无趣到家了。

而且,人家已经见过她这副尊容,如果现在跑去化个妆再打扮得花枝招展,靳泽估计会觉得她有毛病。

云娆认命地泄了一口气。

她将长发束起来,涂了点变色唇膏,就这么破罐子破摔地走出洗手间。

卧室区廊道口拐一个弯就到客厅。

隔着不到十米的距离,云娆看到他已经摘了所有遮面的工具。

茶几上,几株百合和尤加利叶舒展,遮掩住他的半张脸,白色和青色的花叶犹如画报中的拱托。他露出的那双眼低垂着,正在看手机,目光温和如玉,英挺的轮廓仿佛被这环境所虚化,画面是那样的浑然天成。

太不真实了。

云娆噤了噤声,话堵在嗓子眼出不来。

终于,看到男人腿上爬出来一只好奇的小奶猫,她缓过神,快步走到他身边。

靳泽淡淡瞥她一眼,勾唇笑:"不介意我把它放出来熟悉一下环境吧?"

"不介意呀。"她没敢看他,怕自己心率失常,所有目光都胶着在小奶猫身上,温柔地评价了句,"它好像完全不怕生。"

靳泽点了点头:"小男孩嘛,胆子大。"

隔了会儿,他又问:"名字想好了吗?"

"想好了。"云娆憋着笑,抬手摸了摸自己的耳后,"看到它的第一眼,我就觉得它像只小狮子,所以打算给它取名'西几'。"

"西几?"

靳泽跟着念了声。

他顶着张矜贵无匹的脸,念了个像口齿不清,又萌到极点的名字。

云娆被这反差击中了。她心里在疯狂尖叫,面上却装得若无其事,两只手圈起猫咪软圆的身子,把它带到自己腿上,低头顺毛把玩。

小猫快三个月大,刚断奶不久。

云娆用几根手指揉了揉西几的头,没几秒,小猫咪就发出了舒服畅快的呼噜声。

她的指头下滑来到猫咪的脸蛋上,遵循着撸猫法则,把小家伙伺候得摇头晃脑，主动用脸蹭她的手。

准备帮它抓挠下巴的时候，云娆一没注意，指尖擦过它嘴巴，就这么被小家伙张嘴含住了。

它的动作很轻，眼睛半眯着，细小的牙磕在云娆指尖上，做出吸吮的样子。

云娆的心瞬间萌化，软得稀巴烂。

然后，就听见身旁传来一道低沉缱绻的男声："它想喝奶了。"

话是这样说没错，但是为什么她整个人突然臊透了，耳朵像烧起来，仿佛听见了多么见不得人的暧昧低语。

云娆不得已丢开了小西几，慌慌张张地站起来，顺着靳泽的话说："我……我下班的时候买了羊奶来着，现在就去泡给它喝。"

靳泽点一下头，身子稍稍后仰，倚上了沙发靠垫，好整以暇地看着她在客厅里走来走回。

水很快烧好了，云娆抱着奶粉罐往餐厅方向走，步伐匆匆遽遽的，左脚差点把右脚的拖鞋踩掉。

半路上，靳泽忽然叫住她。

他在这儿坐了半天，主人全程只顾着逗她的新宠玩，几乎不搭理他这个长得还不错的大活人。

连口水都没有，他有点伤心呢。

靳泽几不可察地叹了口气："给我也来一杯吧。"

云娆停住脚步。

她双手抱起奶粉罐，低头查看起了罐身说明，鸦羽似的长睫垂下来，侧脸柔得像春天的一朵飞絮。

她在找成年人该喝多少剂量。

靳泽意识到这点，忽地失了笑，声音带了丝哑然："云娆，我不喝羊奶。"

云娆扬起脸，目光怔然地投过来，下意识地问："那你喝什么奶？"

沙发上的男人眨一下眼，对上她的视线。

他瞳色浅，目光却幽深，像一片不见底的海。

"你说呢？"

他含笑反问。

云娆抱着奶粉罐站在几米开外,手心贴着罐身,很快,冰凉的铁皮罐就被她掌心的温度烘成了烙铁一块。

下半辈子去地窖里生活吧。

云娆哀戚地对自己说。

能问出"你喝什么奶"这种问题的人,不配接触阳光。

为了给她留点面子,靳泽主动移开了目光,然而,唇角上挑的弧度还是暴露了他的心情。

小西几正好爬到他腿上,拿脸蹭了蹭他的手背。

靳泽敷衍地抓抓它脑门,余光又从眼尾那儿不着痕迹地瞥出去。

女孩原先呆立的地方,此时已经空空如也。

"小西几。"

男人总算分了些耐心给它,然而,他手上撸着猫,心里却三心二意地想着——

真可爱。

说的是你的主人。

云娆从客厅落荒而逃之后,隔了好几分钟,她才拿着两杯温热的奶制品出来。

一杯鲜牛奶,她以光速搁在茶几上,动作快得只能看见残影。

然后,她用空出的一只手捞起小西几,走到墙边放下,慢悠悠地给它的小汤盆倒满冲泡羊奶。当西几凑过去舔奶的时候,她就蹲在它旁边叫它的名字,一遍又一遍地给它顺毛。

这差别也太大了。

靳泽独自靠坐在沙发上,双手抱臂,心理严重不平衡。

虽然奶猫确实可爱,随随便便"喵"一声,翻个肚皮就能勾走小姑娘的魂。

但是他也不赖吧。

前段时间,某人还信誓旦旦地说自己是他的粉丝。

097

靳泽就没见过偶像来粉丝家里做客，是这个待遇的。

虽然他也没听说过哪个偶像会去粉丝家里做客。

总之——

"云娆。"他淡声喊她，说完还拍了拍自己身旁的沙发，"过来。"

那副从容自若的样子，仿佛他才是这个家的主人。

云娆的耳朵此时还红着，如果说靳泽像家里的主人，那么她现在的神态动作就像个贼。

她虽然面皮薄，但是和其他文静内敛的姑娘相比，有个算不上优点的优点。

那就是自我消化能力强，实在消化不了的话，她就推卸责任。

"过去可以。"她站直了身子，不像贼了，但也不那么自然，"你先别笑了，你不笑我就过去。"

靳泽不假思索："我没笑。"

"你明明就在笑，我视力很好的。"云娆甚至能丈量出那个弧度，不太明显，但是特别勾人，勾得她有点恼。

又来了，随时随地开屏的"花孔雀"。

"好吧。"

靳泽抬手摸了下脸，手从唇角那儿擦过，没感觉自己在笑，但是心情奇好，估计自然而然就反应在脸上了，肌肉控制不了的那种。

隔着一张玻璃茶几，云娆仍然站着不动，默默地和他对峙着。

靳泽忽然蹙了下眉心，表情莫名透出一丝苦涩："唉，你应该知道吧？我明天要进组拍戏了。"

云娆怔了怔，就听他继续说："要在山里住几个月，有很多夜戏和打戏，后期需要减重十斤，结局还是惨死异国他乡……"

他说得很平静，并没有惺惺作态，但演员就是有这种本事，能够让观众从他平静的语调中感受到不平静的情绪。

靳泽就这么在云娆面前演了起来，并且演得很成功，成功地把一直和他保持距离的姑娘勾到了身边。

云娆对靳泽的行程比对自己的行程还了解。

靳泽将要拍摄的这部电影是一部战争片,他在片中饰演一名逃亡的战俘,电影的具体情节未知,但是为了映射战争的残酷,可以想见,影片结局一定十分悲壮。

靳泽演的电影,除了献礼片和商业"恰饭"片,十部里有七八部都是悲剧。

照常理来说,他这种颜值水平的男星很少参演悲剧,因为过于出色的外形容易喧宾夺主,导演不会喜欢。

但是靳泽不一样,他的情绪表达和眼神戏完全压得住那张脸,观众入戏之后,甚至会忘了这个男人原来是内娱颜值排行榜前三的顶级帅哥。

云娆坐在他身边,想着这些事,问出了一个困扰她多年的问题:"学长,你为什么这么喜欢拍悲剧啊?"

"谁喜欢拍悲剧了?"靳泽的回答很现实,"都是为了冲奖。"

云娆似懂非懂地点了点头。

小西几喝饱了奶,开始在陌生的新家里四处探索。云娆的目光跟了它一会儿,看它迈开小短腿跑到落地窗边,窗外的阳光斜斜照射进来,将它滚圆的身子拉长了投射在地上。

云娆看见身旁的靳泽抬手看了眼手表,如果她没数错,这是他进屋之后第三次查看时间。

云娆倏地站起来,绕过茶几跑进卧室,不多时,抱着一个方方正正的精美礼盒走了出来。

"学长,这是送你的。"云娆将盒子放到茶几上,脸上带着一抹红晕,有些不好意思地打开盖子,"里面都是一些助眠神器,我挑了很久才选出这些,亲测有效。"

靳泽靠近了些,问:"你知道我睡不好?"

云娆点头:"你去年一共接受了二十七次采访,其中有五次提到在片场没睡好,四次以要去补觉为由结束采访,频率还挺高的。"

靳泽望了她一眼,颇有些讶然。

"就……我们所有粉丝都知道的。"她找补道。

盒子里躺着四五件助眠神器,云娆煞有介事地一一介绍起来:"这个是助眠软糖,荔枝味的,睡觉之前可以吃一颗,就算里面的氨基酸不管用,吃点甜的也能放松身心;这个是薰衣草香薰石,建议放在床头柜上,味道闻起来特别宁心静气;这个是月牙形的乳胶枕,有减压效果,枕它睡觉还不容易落枕……"

她一边说,看到靳泽修长的手指轻轻抓起盒子里唯一一个奇奇怪怪的东西——布偶小人。

她双颊的红晕似乎更深了些。

"这是什么?"靳泽好奇地问。

"这是……我说了你不要笑我。"

"不笑。"

话音未落,他唇角已经向上扬了扬。

云娆吸了口气,一鼓作气道:"这是我从温大仙那儿求来的助眠小人,据说只要把这个小人放在枕头旁边就能踏实睡觉,也不会做噩梦了。"

"温大仙?"靳泽笑了声,"温柚吗?"

云娆点头,过了会儿,忽然纳闷道:"学长怎么知道温柚?她是我最好的朋友,我们高二才认识的。"

那个时候,靳泽已经出国留学了。

他哑然了一瞬,回答说:"那个小神婆,我高三的时候她就挺有名了。"

"哦。"

靳泽垂下眼,将传说中的助眠小人捏在掌心。它小小的脸上画着一个月亮,头戴巫师帽,手长脚长,圆圆的躯干上穿着一件藏蓝色的男生睡衣。

他随手把玩着柔软的布偶,嗓音含了一丝玩味:"怎么是个男孩?"

云娆凑近了些,不明所以地看着他。

客厅里很静,窗外偶有鸟雀扑翅的声音,"哗啦"几下就飞远了。

靳泽捏了两下布偶小人细长的手脚:"长得没有小云娆可爱,也没有小云娆嘴甜,差点意思。"

云娆回味一遍他说的话,眉一蹙,脸上的红晕霎时褪干净了。

非要一个可爱嘴甜的"女孩",才能陪他一起睡吗?

云娆心一凉,几乎确定了,他在粉丝们心中树立的清冷禁欲的形象全是演出来的。

在娱乐圈那个大染缸里,他不知道像这样挑逗过多少个女孩。就连面对她的时候,他也是随时随地,信手拈来。

云娆原本撑着腿半蹲在靳泽身边,现在忽然站直身子,眼睛比坐在沙发上的靳泽高出一截,眉毛轻皱着,声音也有些僵硬:"学长,你这样说话很奇怪。"

靳泽望着她,薄唇纳闷地抿成一条直线。

"你要是不喜欢我送的礼物,还给我就好了。"

说完这句,她的勇气也耗完了,几乎立刻垂下眼睛,闷头开始收拾桌上的大纸盒。

此时靳泽才反应过来,心脏揪了一下,面色诚恳了几分。他声音却放得很轻:"我说错话了,和你道歉好吗?"

云娆没抬眼,手上的动作也没停。

男人伸出骨节分明的右手,温柔又强势地按住了纸盒:"对不起,但是我很想要这个礼物,还可以送给我吗?"

云娆的脾气一下子撤回去了。

她幅度很小地点了点头,把手收回来,背在身后,指尖忽轻忽重地捏着家居服上的摇粒绒,隔着薄薄的绒布,指甲偶尔会掐进指腹里。

在她眼皮子底下,靳泽第四次查看手表时间。

几乎同时,他搁在沙发扶手上的手机振动起来,有人来电话了。

接完电话,靳泽对云娆抱歉地笑了笑,说他赶时间赴一场重要的餐会。

还让她别送,接他的车已经在楼下等候多时。

因为刚才那段小插曲,两人之间的气氛变得异常僵硬。

云娆只送他到玄关那儿。

临别时,靳泽垂眸朝她脚边的小西几说了声"再见"。

高挑英俊的身影很快消失在门前的方寸之地。

以前他每次进组，相当于人间蒸发，除了表演之外的任何事情都不过问。除非杀青，否则几乎不会踏出片场。

未来的很长一段时间，应该都不能再联系了。

更别提像今天这样见面。

思及此，云娆虚脱似的倒在了沙发上，双脚把鞋一蹬，蜷着腿缩抱住了自己。

她真不知道刚才为什么反应那么大。

人家只是随口说了句玩笑话，也没有很露骨，她以前在学校里围观他们几个互飙脏话的时候，都不觉得有什么问题。

现在人长大了，脾气也见长，当着偶像的面就敢甩脸色。

她算哪门子的粉丝啊，真把自己当人家的亲妹妹吗？

云娆懊恼极了，抱着腿在沙发上骨碌骨碌地滚。

她觉得自己再也不可能见到靳泽了。

他如果真的想要个妹妹，什么样的没有。

像她这样又闷又无趣，唯一的优点温柔乖顺也不复存在的女生——

只配拥有云深那样讨人厌的亲哥。

三月末，申城随处可见飘舞在空中的扬絮，直到连续几天的春雨将城市冲刷了一遍，空气中的异物感才有所减轻，再度放晴的时候，天色也变得敞亮开了。

云深生日那天是周末，天气晴得很离谱，蓝天白云浓墨重彩，像油画颜料调出来的色调，美得有点不真实。

云磊和姜娜最喜欢这样的日子。

云深生日前一周，他俩提前来到申城小住了一段时间。

云深也在申城工作，和妹妹的公司相距甚远。

他租住的房子很大，足有三室两厅近两百平方米，爸妈来申城的这段时间，云娆也搬到哥哥家住，每天早半小时起床通勤，但是有美味的三餐等着她，一点也不亏。

趁着天气晴朗，午后时分，云深和几个同事相约高尔夫球场，组了个生日局。

临出门前，云磊把他叫住了，叮嘱他早点回家吃晚饭，又让他把妹妹带上一起出门玩。

云深脸一皱，不说自己不想带，而说："她就喜欢在家宅着。"

"这么好的天气，你妹妹一个人窝在房间里翻译，太阳都见不到，你这个做哥哥的……"

"砰"的一声，房门关上了。

看在这小子今天过生日的份上，云磊忍住了把他妈妈叫来和他大战三百回合的冲动。

云家人从来不生隔小时的气。

等云深玩完回来，一家人又其乐融融地聚在一起给他过生日。

云爸爸云妈妈给儿子送了一本《脱单手册》，据说是全球著名的恋爱心理学大师写的。云娆给哥哥送了一个单反镜头，云深收到之后愣了愣，有点不甘心地问她："说好了送领带套装的，怎么变成这个了？"

云娆扁了扁嘴："买是买了……不记得搁哪儿了。"

"你可真有钱。"云深冷觑她一眼，然后叹了句，"我比老靳更帅的梦破灭了。"

其乐融融的家庭时光只持续了一顿饭的时间。

饭后，云深又要出门了，这回的聚会对象是几个在申城工作的高中好友。

下午的"父子情深"剧本再次上演。

姜娜在厨房里清洗碗筷，剩云娆留在客厅看电视，有幸围观并参与进了这出好戏。

"带上妹妹再走啊！"云磊苦口婆心道，"她都在家里宅了一整天了，周中那几天也是，一回家就闷头关屋里加班，太辛苦了。"

云深揉了揉眉心："她自己没朋友吗？"

父子俩不约而同地瞄向沙发上端坐的云娆。

云娆当然听见他们说话了。

她有朋友，只是这段时间工作确实忙。

而且……她也确实不想出门，一个人静静待着挺好。

云磊见女儿一动不动完全没反应，于是替她回了："朋友是朋友，哥哥是哥哥，再说了，你的朋友也可以变成她的朋友。"

"强词夺理。"

云深倚着墙无奈地站了会儿，不知道想到什么，忽然扭过头，破天荒地喊了云娆一声："挠，走不走啊？"

云娆难以置信地拽了拽耳朵："你叫我？"

"不然呢？"云深单手卡着腰，唇边勾起一抹恣肆的笑，"看你天天加班怪可怜的，哥哥带你见偶像去。"

原本五分钟就能出的门，硬是被这姑娘拖到一个小时才走。

她的解释非常冠冕堂皇——见偶像之前，必须要沐浴更衣净手焚香，以示她的激动与尊敬。

"你怎么不斋戒三日呢？"云深催她催得头都大了，"别化妆了，那几个你都认识，谁没见过你十五岁素面朝天的傻样。"

云娆觉得她的速度已经很快了，洗头洗澡换衣服化妆，哪个姑娘不要花一两个小时。她心里也有点急，再加上云深在一旁催个不停，最后的化妆环节完成得很草率，腮红和口红还是带到车里在路上补的。

"瞧你那样，没出息。"

云深一边开车一边嘲讽妹妹。

其实他能理解云娆的心情，和她说带她去见靳泽的时候，她没有激动得找不着北，已经出乎他的意料了。

云娆懒得和他一般见识，兀自化完了妆，边看窗外景致边问："靳泽学长不是在拍戏吗，怎么有时间过来？"

"他这两天刚好在隔壁市的摄影棚拍，离得近就来了。"云深看一眼手机时钟，接着说，"只不过，他时间很紧，估计要晚一两个小时才能到。"

现在已经晚上八点了，如果靳泽十点左右到，玩两个小时，回组里的时候就是凌晨了。

如果玩"嗨"了，也不知道回去之后睡不睡得着。

还有，上次见面结束得那样尴尬而仓促，今天再见到，他还会像以前那样温和亲切地对待她吗？

脑子里团着许多乱七八糟的事儿，云娆的表情就变得有点凝重。

明明才差两岁，云深好像和她有了代沟，越发看不懂这小妹妹在偶像见面会的路上怎么能摆出一张苦瓜脸。

他忽然想起一事，在十字路口等红灯的时候拿起手机发了几条消息。

云娆有点好奇，目光飘过来，云深大方地告诉她："多带你一个，其他人都没什么问题，但是大明星不一样，我得提前知会他一声。"

云娆点头，过了不到两分钟，只听云深的手机"叮"了一声，对方回消息了。

云深扫了眼，哼笑了下，干脆拿给云娆看。

靳泽：【好久没见云娆妹妹，开始期待了。】

"好久"这两个字，在云深看来，或许长达九年。

可是为什么，就连云娆心里也觉得，已经好久好久没有见过他了。

明明才过了两周而已。

云深订的会所很高档，坐落在外环某知名的富人区。

侍应生引着两人来到预订的包厢，里头已经坐了四个人，除了池俊学长带来的女朋友，云娆全都认识。

天花板上的彩色射灯投下缭乱的灯光，将每个人的脸映照得忽明忽暗。

多少年过去了，池俊学长咋咋呼呼的性格一点也没变。

他坐在沙发靠右的位置，单手搂着女朋友，桌上的酒明明还没开，他的状态却兴奋得像已经喝了三瓶："来了来了来了，各位观众请举起你们的双手！现在朝我们走来的是寿星我深哥，清华学神，2012年高考市状元，高中三年只要语文不考记叙文他就能稳坐年级第一……"

云深尴尬死了，扯着不上不下的唇角骂他："给老子闭嘴吧！"

池俊就跟没听见他说话似的，继续拉着女朋友介绍道："跟在我深哥旁边的漂亮妹妹更厉害，今天封博士没来，所有人里面学历最高的就是她，罗马大学双学位海归硕士，刚毕业就拿到好几千时薪的高级口译人才……"

这回，连云娆也受不了了："学长，别说了……"

时薪几千的口译工作，她一个月接不了几个，被池俊学长这样介绍，搞得她好像一个月能赚几十万一样，做梦都不敢梦这么大的。

在"池大主持人"鼓动人心又尴尬至极的开场白中，包厢内的氛围热络起来，新鲜话题层出不穷，云娆也能跟着聊天跟着笑，不出意外，学长们都夸她长大了变活泼开朗，比十五岁那会儿闷葫芦似的好玩多了。

等压轴嘉宾到，黄花菜都凉了，酒肯定得先喝上。

云深叫侍应生进来开了一瓶香槟，将高脚杯往桌上一摆，整个格调都上来了。

云深他们宿舍是一中当年出了名的学霸宿舍，除了艺考生靳泽，全员Top10大学毕业，Top2都出了两个。

别看他们玩闹的时候脑袋仿佛缺根筋，毕业这么多年了，在座的随便挑出来一个都是社会精英，然而一旦凑到一块儿，年少时候那股傻劲儿就跟坏了的水龙头似的，汩汩往外冒。

他们不要高脚杯，偏让侍应生拿平底杯过来，啤酒混着香槟、冰红茶什么的喝，活像一群刚进城没见过世面的毛头小子。

云深不让云娆喝酒，她自己也不想喝，拿冰红茶滴两滴洋酒意思意思算了。

酒过不知道几巡，音响差不多该"开张"了。

池俊先上台唱了首摇滚版的《生日歌》点燃全场，然后换了个麦霸哥上台，正好没人和麦霸哥抢麦，生日会就这么变成了他的专场演唱会。

台下观众"喇喇"点着想听的歌，麦霸哥几乎每首都会唱，唱得还都很不错，相当于免费点了个驻包厢歌手，你开心我也开心。

麦霸哥开开心心地唱了五六首，不经意瞥到下一首歌的歌名预告，突然撂挑子不干了。

"哪个给我点的《单身情歌》？我追我女神追了快半年，眼看就要成功了，老子不唱这个，不吉利。"

池俊坐沙发上快笑趴了："嫌晦气你就下来吧，我给我深哥点的。"

云深拿酒杯的手一抖:"你什么意思?"

"在座的除了你,还有哪个是单身而且没有追求对象的?"

池俊笑得越发大声。

云深冰凉凉的目光扫视包厢一周,最终落向了坐在他身边的某同姓女子身上。

这群兄弟有多难缠他是知道的。

你要是不唱,他们扛也要把你扛上舞台,话筒贴着嘴,不哼两句让他们高兴了绝对下不了台。

然而唱歌是云深的一生之敌,他宁愿单身一辈子,也不愿意张嘴给这群人留下一手机的视频音频笑料。

非逼他唱的话,他只能卖妹妹了。

"我妹也单身,瞧她这呆样,估计也没有想追的人。"说完这话,云深凑到云娆耳边,求人也没点求人的样,"妹啊,你也知道你哥五音不全,今天还是哥的生日,算哥求你了,江湖救急。"

云娆脑子里只剩下一句诗——本是同根生,相煎何太急。

"娆妹妹竟然没有男朋友?全天下男的眼睛都瞎了吗?"

学长们又咋呼开了,一个比一个起劲。

如果能听漂亮妹妹唱《单身情歌》,那可比被云深这个大老爷们污染耳朵有意思多了。

云娆心里并不愿意,但是架不住四个嘴强王者轮番软磨硬泡,他们把音乐都停了,整个氛围组全等她一人重启。

算了。

云娆开了一瓶啤酒,眯着眼小灌一口。

唱就唱吧,当年在意大利学语言的时候什么脸没丢过,"莽"就是了。

况且她唱歌也不难听,《单身情歌》这么脍炙人口的歌,堵着耳朵都不会唱歪。

不知谁按下了播放键,韵律感极强的电吉他前奏骤然响起,学长们沿途鼓掌欢呼,云娆在一片歌舞升平中走上舞台。

"抓不住爱情的我,总是眼睁睁看它溜走……"

清甜温软的声音蔓延开,全包厢都炸了。

"世界上幸福的人到处有,为何不能算我一个……"

"算算算!必须算!"

学长们捧哏捧得声嘶力竭。

台上唱的是《单身情歌》,底下全员上演《浮夸》。

主歌刚唱两句,包厢的房门忽然从外打开。

侍应生小哥探头进来,表情略显惊悚,似乎被里头狂热的场景吓得不轻。

小哥身后还跟着一人,黑衣黑裤黑超遮面,廊道外灯光暗淡,他的身影匿在阴暗处,轮廓有些模糊不清。

全员寂静了一瞬,很快——

"最厉害的终于来了!"

池俊激动得差点把酒杯砸了,幸好他女朋友也和他一样激动,所以他没有傻得很突兀,

"我泽哥!UCLA(加利福尼亚大学洛杉矶分校)全宇宙最好的电影学院毕业,威尼斯影帝!金像奖影帝!柏林影帝提名!高中三年蝉联校草!就睡我头顶上!我这头靠他开过光了,摸一次十块,摸完十年内包你走上人生巅峰!"

靳泽是唯一一个没有打断他这尬破天际的介绍的人。

侍应生离开后,他慢条斯理地摘下墨镜和口罩,唇角不知上扬了多久,琥珀色的眼睛像铺了一层浮游萤火,低声笑骂道:"哪儿来的疯子……"

话音方落,他的目光向左偏转几十度,缥缈又温和地在云娆脸上定了一下。

听清楚这首歌的伴奏,他眼中闪过一丝讶异,笑意更深了。

云娆的嗓子像被火舌舔了一口,干哑得不行。

她握着话筒呆站在舞台上,然而这场炼狱才刚刚开始。

"娆妹妹别停啊,继续唱,这种时候怎么能没有歌声!"

"影帝而已,又不是歌手,在他面前没必要紧张。"

"就是就是,你刚才唱得可好了……"

云娆咽了口灼热的空气,摸摸自己的脖子,重新凑近话筒。

歌曲正好进行到副歌片段,她木愣愣地开口——

"找一个最爱的深爱的想爱的亲爱的人,来告别单身。一个多情的痴情的绝情的无情的人,来给我伤痕。"

舞台下边,两三个人拉着靳泽入座,他不着急坐下,先送了云深一个詹姆斯签名篮球,两兄弟像模像样地揽肩抱了下。

云娆移开目光。

老歌的感染力不是盖的,她渐渐陷入情绪里,唱歌的声音加大了力度——

"孤单的人那么多,快乐的没有几个,不要爱过了错过了留下了单身的我,独自唱情歌,这首真心的痴心的伤心的单身情歌,谁与我来和……"

她谁也没看,侧对着包厢众人,双手抓着话筒卖力地唱,最后一个转音加飙高音的"噢——"也完整又给力地唱出来了。

曲毕,云娆在一片掌声中鞠了个躬,往台下一跳。

要回到她原先坐的地方,就必须经过坐在最外面的靳泽。

"学长晚上好。"

她眼神乱飘地问了声好。

"唱得很不错。"

靳泽把腿让开,身体向后靠了靠,眼神留在她脸上,逛了圈,似乎还想说点什么,可最终尽数堵了回去。

云深坐靳泽身旁,瞧云娆见到偶像这么平静,还挺惊讶的。

他一只手搭在靳泽肩上,目光跟着妹妹,随口对兄弟说:"她怎么对你这么冷淡?还有,刚才上台的时候不情不愿的,你一来,她突然唱得老猛了。"

云深说话也没避着人,云娆从他身前经过,听得一清二楚。

她正准备往云深的新鞋上踩一脚,就听到靳泽回头问了一句:"有很冷淡吗?"

云深:"她看都懒得看你一眼。"

"我那是紧张！"云娆停在云深身前不走了，细白的脖颈莫名其妙红起来，"我见到靳泽学长，紧张一下都不行吗！"

"可以。"云深不知道她忽然发什么飙，"你唱歌唱魔怔了？"

"你上台唱《单身情歌》试试，看看魔怔不魔怔。"

"我唱得没你好听，这首歌就是为你量身定做的。"

"你……"

比无赖，云娆绝对不是她哥的对手。

她无助地咬了下唇，不由自主地瞥了靳泽一眼，很快又收回目光。

"怎么就量身定做了？"靳泽忽然插话，手里把玩着空空如也的酒杯，嗓音清沉沉的，"我有预感，小云娆今年就会脱单。"

云深像是听见一个多好玩的笑话，"嗤"了声："何以见得？"

靳泽挑一下眉，随手把高脚杯搁在桌上，四平八稳："就是这么自信。"

台下，云娆非常不解地看向靳泽。

如果是为了帮她解围，话说到前一句就足够了，而他偏偏加上一句"就是这么自信"，这就搞得有点难收场。

因为云娆她自己一点也不自信。

可她如果表现得太不自信，岂不是当着哥哥的面打靳泽的脸吗？

她咬了咬牙，顺着靳泽的话往下说："你等着吧，我也很有自信。"

哟嗬。

云深跷起一条腿，双手抱胸仰了仰脸。

偶像和粉丝统一战线，一唱一和地对付他呢。

可以，谁怕谁。

云深眼神示意云娆快点从他跟前滚蛋，别堵着路。等她真走了，他又在后面冷飕飕地冒了句："我一定等着。"

他巴不得云娆早点谈恋爱，给他们家那二老找点事儿干。省得他俩一天到晚催他催得着急上火，火势蔓延全家，烧得所有人屁股疼。

云娆在云深另一边坐下后，故意和他空出半个身位，仿佛她哥身上沾了什么气味浓郁的东西。

对于妹妹的嫌弃，云深权当看不见，兀自抿了两口酒，忽然抓起桌上的冰红茶往云娆杯里灌，边灌边说："你想谈恋爱可以，别给我找不三不四的人。"

云娆心说"我也没想谈恋爱"，过了会儿，大概是听出她哥话里一星半点的关心，闷闷地回了句："哦。"

麦霸哥在台上飙起了高音，包厢里的气氛像滚水似的沸腾开来，然而台下有人用极低的声音说了句话，几近气音，云娆却听得一清二楚："什么是不三不四的人？"

"老靳，你今天问题很多啊。"云深睨了他一眼，垂眸想了想，"就是那种工作不稳定、家庭不和谐、每天只会臭打扮勾引小姑娘、满嘴跑火车的男人。"

啧。

靳泽心想，这不就是我嘛。

他笑着回了句："眼光别太高，差不多就行了。"

"说得轻巧。你要是有个像她这么呆的妹妹，你能放心？"

"不放心。"靳泽顺着云深的话往下说，"可我也没有妹妹，要不你送我一个？"

云深喝了点酒，玩笑开起来很随意："行啊，就这个。"他用拇指指了指身旁的云娆，"喜欢就拿去呗。"

云娆偷听到这儿，整张脸涨得通红。

韵律感极强的摇滚音乐充斥着耳膜，混杂的各种酒气也在空气中弥散。

再之后，她就没听到靳泽回话了。

直到麦霸哥唱到嗓子哑，底下端坐的大老爷们也没一个愿意上台接替他的话筒。

池俊听他唱歌听的耳朵都腻了，干脆上台把人拽下来："哥，差不多该坐下玩会儿游戏了。"

闻言，云深手往桌子下面摸，从抽屉里取出几个骰盅，每人面前分一个，准备玩猜骰子的游戏。

111

池俊好心问云娆:"娆妹妹会玩吗?"

云娆点了点头:"会。"

后面还有半句话——但是很"菜"。

她憋住没说,不想露了怯,说不定今天就走大运了呢。

游戏规则很简单,每个人摇两下骰盅,然后记住自己的点数,从寿星云深开始,依次搏大。

包厢里总共七个人,三十五个骰子,他张口就来:"十个'6'。"

云娆吓了一跳,她可一个"6"都没有啊。

靳泽紧随其后:"十二个'5'。"

云娆脑子糊住了。

这群哥哥竟然一个比一个猛。

她左手边坐着池俊的女朋友,轮到她的时候,小姐姐温和地说了个:"十六个'6'。"

云娆一阵胆寒,最终决定闭眼跟:"十七个'6'。"

说完这话,她大气都不敢出,总感觉下一秒云深就要开她了。

然而云深摸了摸下巴,还在犹豫。

云娆最终没逃过这关,小姐姐抱歉地朝她笑了笑,说出来的话可一点不抱歉:"开。"

云娆,卒。

人傻好骗的形象立住了。

池俊贼殷勤地给云娆满上一杯啤酒,然而她指尖还没碰到酒杯,杯子就被云深拿走了。

"我替她喝。"云深语气淡定又无奈。

在场的"苍蝇"们立刻"嗡嗡嗡"地叫开了,嚷的什么"兄妹情深""感动中国",云深快烦死了,喝完了酒把杯子往桌上一拍,狠叹一口气:"话撂这儿了,今晚她的酒全我喝。你们是没见过我妹发酒疯,为了老云家的面子,我自愿牺牲。"

又一堆人嚷嚷着"不信",漂亮妹妹发酒疯能疯到哪儿去,肯定是他这个做哥哥的护犊情深。

"随便吧。"云深懒得解释了。

又开始一轮,云深凑到妹妹耳边低声说了句:"能给点力不?"

云娆用力点了两下头,但连着十轮,云深被灌了起码八杯。

他人没醉,肚子已经喝胀了,一只手抓着妹妹的肩膀,另一只手朝她竖起大拇指:"我们挠,真的牛!"

云深今夜自认倒霉,但是在场的人精们可没那么好糊弄。

眼见云娆又输了一把,云深酒杯满上了,大伙儿却不干了:"娆妹妹,你哥都快吐了,他今天好歹是寿星,得给他留点面子啊。要不你不喝酒,换个惩罚方式?"

云娆飞快点头:"行。"

看她哥被她害成那样,她心里真的蛮绝望的。

"真心话大冒险,挑一个吧。"

云娆想了想:"真心话。"

她这小半辈子坦坦荡荡,一没谈过恋爱,二没干过坏事,除了……

她小心翼翼地飞快瞥向右边,隔着捂着肚子消化的哥哥,好巧不巧,正好对上靳泽投来的视线。

云娆立马收回目光,心脏悄无声息地坠了一下。

真心话问来问去,无外乎是男男女女之间的那些事儿。

池俊摩拳擦掌,抢在所有人之前抛出了他的问题:"初吻!妹妹的初吻是在什么时候!"

这个问题好答,云娆腼腆地笑了笑,声音轻轻软软道:"在未来吧。"

"葛优瘫"在沙发上的云深忽然一激灵,唇角向上勾起来:"哟嚯。"

如果"呆子挠"没骗人的话,小秦妹夫,呸,秦照这人是真能处。恋爱谈到分手,竟然乖得连亲都不敢亲一下。

他想起来前段时间靳泽问过秦照的事儿,于是转了转目光,想和兄弟默契地对视一眼。

谁承想,靳泽和他一点也不默契。

高贵的影帝先生摸了下下巴,眼睑微微垂着,目光越过他看向左边,唇角抖了抖,似乎在憋笑。

隔了会儿,靳泽终于忍不住,摸了摸后脑勺,低头笑了出来。

"你笑毛啊?"云深拿胳膊肘捅靳泽。

靳泽似乎才回过神,"啊"了声,唇角拉平:"谁笑了?"

不愧是影帝级别的人物,面部表情收放自如,云深现在还真看不出靳泽脸上有笑过的痕迹。

难道刚才是他出现幻觉了?

或许吧,那笑容可太灿烂了,恍惚一眼,云深还以为见到了十八岁那年幸福快乐无所顾忌的靳泽。

好不容易逮着漂亮妹妹玩真心话,没问出点劲爆的东西,大家都有点不甘心,赶紧开了下一局。

转了半圈到靳泽那儿,他报了个点数,怪离谱的,三个人同时要开他。

靳泽认命地打开骰盅,果然输了。

场上男生们的罚酒数量已经加到三杯,靳泽从头到尾没输过,这是头一回,云深兴冲冲给他倒酒,满到溢出来才停。

靳泽手肘压在膝盖上,身体稍稍前倾,修长的手指敲了下杯壁,摇头:"喝不下了。"

一片骂声此起彼伏。

靳泽耸一下肩膀:"我也想玩真心话。"

骂声骤止,好几道疑惑的视线在他脸上转来转去,大意是想——果然当了影帝的人,脑子结构和正常人不一样。

有傻子主动要玩真心话,大伙肯定鼓掌欢迎,然而靳泽的身份地位摆在那儿,问他的问题很需要琢磨。

感情方面的事儿,他们既想知道又不想知道。

几乎所有人都下意识地认为,靳泽身边不缺女人,私生活就算不混乱,也清白不到哪儿去。

他们这个圈子里,能有几个管得住下半身的男人。

万一真问出了点劲爆的东西，兄弟总不能不处了，感情上面肯定会发生点变化。

记忆中十七八岁单纯率性的样子，估计就要幻灭了。

可是，要问点其他的，又没什么意思。

这辈子能有几个让影帝说真心话的机会？

最终，"池主持人"把这项艰巨的任务交给了他女朋友。

房间里所有人中，小姐姐和靳泽最不熟，她激动得冒出了汗，同时也压力山大。

纠结好半天，小姐姐抱紧了她男朋友的手，小心翼翼地说："要不，就问和上一个问题一样的吧。"

初吻是什么时候。

这几个字，小姐姐都不太好意思当着靳泽的面说。

没有人唱歌之后，音乐依然在播放，麦霸哥往歌单里加了很多首旋律好听的外语歌，调低音量当作背景音乐。

现在正在播放的是电影《了不起的盖茨比》中的插曲《Young And Beautiful》。

低沉的女声如丝绒柔和，副歌部分的鼓点叩击灵魂。

"我的回答也和上一个回答一样。"靳泽悠悠地说。

"你就放屁吧！"云深第一个勾住了靳泽的肩膀。

紧接着，曼妙的音乐被铺天盖地的嘲讽叫骂声覆盖：

"骗小孩呢。"

"糊弄我们也不说点靠谱的东西。"

靳泽快被蜂拥扑上来的疯子掐死了。

"咳咳咳……真没骗人……"他扯开压在喉咙上的一只"爪子"，"只借位过两张脸，真没了。"

后面那句，兄弟们是信的。靳泽拍的电影几乎没有感情戏，就算有，也是不重要的支线片段，一到亲密画面就拉远景，接吻的是泽是狗分不清。

云娆不着痕迹地挪远了些，免得被某个扑人的疯子误伤。

115

她抓起酒杯，偷偷给自己倒了一杯啤酒。

靳泽学长说他的初吻还在，云娆是不太相信的。

他性格好又会说话，还动不动就开屏撩小姑娘，娱乐圈里遍地是美女，充斥着各种诱惑，怎么可能没谈过恋爱。

可她又不知道靳泽为什么要说谎。

明摆着，说出这句话，一定会被兄弟们暴打一顿。

可他还要这样说。

云娆想不通，默默地咂了一口酒，没喝多少，就被脑袋后面长眼睛的哥哥把酒杯夺走了。

"小朋友学什么喝酒。"云深教训她。

云娆撇了撇嘴："嗤，你才是小朋友。"

时至凌晨，各种酒桌游戏玩了个遍，大老爷们没几个能坐直了，沙发上歪七扭八地躺了好几条"虫子"，有的睡成"死尸"，有的半梦半醒，时不时还要蠕动一下。

其中最幸福的莫过于带了女朋友过来的池俊。

他整个都醉趴了，跟只树袋熊一样挂在女朋友身上，睡一会儿，醒来，就赖着女朋友亲嘴，两个人旁若无人地缠吻在一起……幸而周围也没几个"活人"了。

除了云娆和靳泽。

他俩喝得最少，前者有亲哥挡酒，后者酒量好，酒桌游戏玩得更好，除非被针对，或者他自己主动认栽，否则他连酒杯都碰不了几下。

云深歪在沙发靠垫上睡了五分钟，忽然一阵反胃，惊醒过来。

他伸出右手捞了捞右边，没捞到人。

"靳泽呢？"他转头问妹妹。

云娆把他扶正了些："靳泽学长出去接电话了。"

云深点一下头，伸手拍了拍晕乎的脑门，手滑下来的时候，顺势搭上妹妹的肩膀："那就你吧，扶我去一趟洗手间。"

如果没有她这个游戏黑洞，凭云深的酒量，真不至于醉得路都走不稳。

云娆有点心疼哥哥，单手抱紧了哥哥的腰，让他把一部分重量压到自己肩上。

都说醉酒的人地心引力会增加，云深虽然没醉到不省人事，但是他个子高块头也大，即使只压了一只手臂过去，云娆也感觉非常吃力。

她在男士洗手间门口顿了顿，心一横，闷头架着哥哥走了进去。

洗手间里还有别人，云娆把云深丢在盥洗台那儿，转头就遮着眼睛跑了。

才踏出门框一步，有人正好往洗手间这边走，云娆差一点点就撞上，幸好及时刹住了车。

她连头都不抬，手还捂在脸上："那个，我哥喝醉了，我送他……我先走了！"

走廊上灯光很暗，靳泽只看到一个乌黑的头顶，摇头摆脑地说了句话，然后绕开他就要跑。

靳泽眼疾手快地抓住她的手腕。

只一瞬，就放开了。

云娆往后退了一步，仰起脸，昏晦光亮中，目光撞进一双深邃的、锋芒尽敛的眼睛。

他的脸呈现玉质的冷白色，一点酒气和酡红都没有。

"你哥还好吧？"他轻声问。

云娆点了点头，又摇头："不是太好……"

她觉得自己好像个代码错乱的机器人，有点控制不住表情和动作了。

"学长要上厕所吗？"

靳泽摇了摇头："随便逛逛……刚才回包厢看了眼，有点太刺激了。"

太刺激了？

云娆脑海中蓦地冒出池俊学长和女朋友坐在沙发上拥吻的画面。

同理心太强，她的心跳莫名其妙地漏了一拍。

云娆又退了一步，樱唇翕动："是……是挺刺激的。"

"别退了，后面是盆栽。"靳泽提醒道，语气含了一丝若有似无的笑。

云娆扭头看了一眼。

果然，她的左脚已经把一枝长条状的枝叶踩趴在地上。

"哎呀，不好意思。"她突然冒出这么一句话。

我在说什么？

云娆快被自己无语死了。

她摸了摸下颌，看着对靳泽说："我好像……有点喝醉了？"

"嗯，看出来了。"

他的语气依然带着几不可察的笑意。

云娆咽了口唾沫，装模作样地扶了扶额头，脑袋一晃，身体也一晃，整个人歪歪斜斜地绕开靳泽又打算跑路。

谁知，下一秒，她腰后就环过来一只手臂。

和上次在米兰拍合照的时候不一样。

男人修长有力的臂膀直接贴了上来，隔着几层布料，触感坚硬而温热，独属于异性的温度和荷尔蒙似燎原之火漫了过来。

"你喝醉了，一个人准备去哪儿？"靳泽低声问。

两人只剩咫尺之隔，云娆看见自己被微风拂起的长发，丝丝缕缕地飘到了靳泽脸上。

心跳几乎贴着鼓膜狂震。

云娆张了张嘴："我准备回包厢……"

靳泽垂眼看她，视线几乎融进暖而暗的灯光中，声音也低沉得模糊了："人家在做刺激的事，你……"

话说到这儿，他突然住了嘴。

又没忍住，在她面前表现得轻佻了。

小云娆不喜欢轻佻的男生。

靳泽缓慢地呼出一口气，是时候松手了。

再抱五秒？

就五秒。

靳泽在心里极缓慢地读着秒。

"啪嗒！"秒针到站。

在他松手之前，一道突兀的声音从几米开外的洗手间门口传来，音色冷冽而低哑——

"靳泽,你干吗呢?"

云深手扶在门框上,胃里翻江倒海,眼前的画面也在不停地旋转跳跃。

借着洗手间内的灯光,他看到门外站着一男一女,男生高大,女生娇小,胸贴着胸,嘴……好吧,好像没有贴着嘴。

什么地方谈情说爱不好,偏堵在男厕所门口。

云深翻了个白眼,扶着门往前踱了一步,准备喊云娆过来搀他回包厢。

门口除了那对男女没有别人。

他不经意间又扫了他们一眼,目光经过两张熟悉的侧颜,倏地一顿。

他虽然喝醉了,但是眼睛没有瞎。

很快,震怒模糊了云深的双眼,他磨了磨后槽牙,音色冷到了极点:"靳泽,你干吗呢?"

此言一出,门外的两人忽地一下弹开了。

靳泽只退了一步,而云娆慌里慌张地退到了围栏边,动作歪歪斜斜,脸上红一阵白一阵的,像喝多了假酒。

云深走到他俩旁边,身体晃了一晃才站稳。

他脑袋里一团糟,完全搞不清现在是什么状况。

他胡乱地思考了一会儿,忽然意识到,自己可能错怪兄弟了。

刚才看到他俩贴在一起,他下意识认为有人要欺负他妹,现在转念一想——一个是顶流巨星,一个是顶流巨星的脑残粉,谁主动谁被动一目了然。

"兄弟,见笑了。"云深抬手按着额角,很铁不成钢地喊了妹妹一声,"躲那么远干吗,过来。"

瞧她那一惊一乍的样子,肯定做了亏心事。

等云娆慢吞吞地挪到跟前,云深感觉自己头更痛了。

喝醉的人,说话也没什么分寸,只见他张口就斥责道:"看见你偶像就那么'饥渴'吗?"

云娆的脸色更魔幻了,赤橙黄绿青蓝紫滚过一遍。

"你……你说什么呢！"她眉头蹙起来，求助似的看了靳泽一眼，"我才没有！"

靳泽接收到她的目光。

他在心中权衡了一下，天平的一边是说实话，然后被云深打死，另一边则是将错就错，然后……顶多被小云娆娇瞋一眼。

权衡完毕，他无辜地摊开双手，展示出了自己的无奈和被动。

云娆内心：明明是你先搂着我的！

好吧，虽然是我先装醉。

云娆叹了口气，自己追的偶像，他再不要脸也只能自己受着。

果然，云娆妹妹只含羞带气地瞪了他一眼，然后就默认了自己因为过于"饥渴"主动勾搭偶像学长的诬名。

靳泽松了口气，走到云深身边主动把他的胳膊架在自己肩上。

扛着大醉鬼往前走了两步，靳泽见云娆没跟上，回头笑着问："小醉鬼，要我也拉你一把吗？"

云娆紧忙走上前去，嗫嚅地说："不用不用，其实我只有一点点醉。"

靳泽挑一下眉："没关系，两个一起上，我也撑得住。"

您能正经点吗？云娆在心内腹诽。

包厢里歪七扭八的醉汉，靳泽逐一给他们喊了出租车或者代驾运回家去，他自己等到料理完所有人才走。

云深在车上睡了一觉，到家的时候酒醒了些，不用人全程搀着。

家里黑灯瞎火的，云娆摸索着打开了客厅磁吸灯，然后被客厅内的人吓得一"咯噔"。

姜娜竟然还没睡觉，一直坐在沙发上等他们回来。

她叽里咕噜地骂了他们兄妹俩几嘴，骂完又心疼，走去厨房端了两碗温热的醒酒汤出来。

云娆一点没醉，但也喝了两口汤暖暖胃。

回卧室之后，她快速冲了个澡，吹完头发看一眼表，竟然已经凌晨一点半了。

她飞快地滚到床上把自己裹好，睡前随手清理一下微信未读消息。

在她洗澡的时候，靳泽给她发了条信息，问她和云深到家没。

云娆翻了个身子，趴在床上回复：【早就到啦，准备睡觉了。】

靳泽回得很快：【嗯。】

隔了会儿，云娆准备和他说晚安，却看见聊天框上方冒出一行"对方正在输入"。

她于是抱着手机耐心地等。

不多时，靳泽果然发来一条新消息：【刚才没帮你说话，没有生气吧？】

云娆忽然一怔。

等她想起洗手间门外那场尴尬，脑海中回溯的感触不是被云深诬陷的愤怒，而是她和靳泽咫尺相贴时，那阵温柔带起她长发的微风。

云娆脸一热，双手在键盘上飞跃：【没生气，我早就忘啦[可爱][可爱]。】

靳泽：【嗯。】

小学妹年纪轻轻，忘性是真的大。

轿车在城际高速公路上飞驰，车内亮一盏暖灯，车外是无边的深黑。

男人修长的手指搭在太阳穴上，并无章法地打圈轻揉。

他忽然垂下眼睑，手也放下来，落在手机旁边，又发了几句话过去：

【没生气就好。】

【还有，以后不要在男人面前装醉。】

不要在男人面前装醉？这是在责怪她吗？

云娆缩了缩脖子，小心翼翼地回复：【我知道了。】

隔着屏幕，靳泽似乎能窥见她那副怯生生的样子。

他的拇指还搭在键盘上，输入框中躺着未发送的三个字"除了我"。

以后不要在男人面前装醉。

除了我。

没等他琢磨出这句话轻浮不轻浮，半暗的手机屏幕忽而亮起来。

云娆：【学长明天还要拍戏吧？今晚一定要好好休息哦。】

云娆:【晚安。】

靳泽半靠在车窗边,轻扯了下唇。

他长指默默地把输入框中的几个字删掉,平静答复道:【晚安。】

第五章
/ 他的圈套 /

转眼来到季春之末，草长莺飞的时节。

云娆置顶了一堆工作群聊，铁轨似的从上到下铺满了整个微信首页。

其中裹着一个异类，那就是她的"千亿公举宇宙后援会"闺蜜群聊。

周六上午十点，云娆已经出门了，而这个时间对于黎梨富婆来说还是"一大早"。

黎梨：【我今天起了个大早！】

黎梨：【@娆娆公举，千亿公举到哪儿啦，要不要本富婆开豪车去地铁站恭候您的大驾？】

云娆：【你醒了就好，我快到了。】

黎梨：【爱你么么哒。】

黎梨：【那就在我家小区门口见呀。】

地铁到站了，云娆将手机塞进口袋，顺着人流涌向出站口。

宇宙第一闲人黎梨每天在群里招魂似的招人来她家玩，温柚两周内去了三次，云娆四月一整月都忙得脚不沾地，也在月中抽出一天去参观了一回"富婆宫殿"。

现在是月底，也是她本月第二次光临"富婆宫殿"。

站在"云翡佳苑"四个烫金大字下边，云娆感觉自己无论摆出什么姿势，都显得格格不入，配不上这奢雅华贵的小区大门。

黎梨穿一身长至脚踝的针织毛衣裙，站在大门后面朝云娆招了招手："快过来。"

小区内的道路很宽，但并不太明朗，因为路旁遍植大树的缘故，更突出了沉稳和幽静。

黎梨家的别墅门牌号是一期17幢，在东区，两人步行经过小区正中的中庭时，云娆莫名走慢了两步，目光顺着朝北的道路望了望。

黎梨指着路边的石榴花对云娆说："上回你来的时候都是花苞，今天已经开了大半了。"

云娆点了点头，目光却没看向花树："是呀。"

黎梨忽然笑起来："他杀青了？"

云娆终于扭回头："啊？"

黎梨："你上回来的时候，靳泽还在剧组拍戏，就没见你像今天这么呆。"

云娆伸手拧一下她的腰："我哪有？"

黎梨勾住云娆的手，把她往朝东的路上带："他家在最北边，远着呢，从这里看不见的。"

两人打打闹闹地到了家。今天黎梨的父母都不在，宫殿里只有她俩和几位忙里忙外的用人。

黎梨起得晚，早午饭合着一起吃，不到十一点就要开饭了。

人在"宫殿"里待久了，状态也变得懒散又萎靡。

云娆陪黎梨吃完这顿饭，望了眼特地装在托特包中带来的手提电脑，内心天人交战，终于，懒散小人打败勤劳小人，怂恿着她将托特包的开口推向另一边，一屁股在沙发上安了家。

用人在茶几上摆了几盘水果，窄窄一条过道后面，两名美丽的女孩对着瘫。

85寸挂壁电视正在播放某过期综艺，男明星女明星们站在跳水台上答题，答错的会被惩罚机器推进泳池里变成落汤鸡。

　　黎梨左手拈一颗青提，咬半颗进嘴里，看着电视"咯咯"笑，突然轻踢一脚身旁的云娆。

　　"你偶像怎么不参加综艺？既轻松又赚钱，偶尔还能来个湿身诱惑让粉丝们大饱眼福，简直了，微博粉丝分分钟破亿啊。"

　　云娆轻"嗤"了声，回踢黎梨一脚。

　　"靳泽学长才不靠这些博出位呢。"

　　黎梨："我就搞不懂了，你这么迷恋他，为什么整天把自己弄得那么禁欲。"

　　云娆："我哪儿禁欲了？"

　　黎梨："就……比如现在吧，如果他在家，你和他的直线距离只有不到一公里，你就一点也不激动？不想做点什么吗？"

　　云娆将身子支起来些："都说了，我不是'私生'。"

　　"哦。"黎梨朝她眨巴眼睛放电，"确定不想去瞅一眼？"

　　"……不确定。"

　　话音一落，云娆自己先笑出了声。

　　她拿一个方形靠垫枕在身后，挺直了腰，抱着手机琢磨了起来。

　　为了减轻心中的负罪感，彻底和"私生"行为划清界限，云娆觉得自己有必要和偶像本人知会一声。

　　她摸了摸下巴，低头打字：【学长，你现在在哪儿呢？】

　　靳泽的回复快到根本不给她任何时间回想自己问得突不突兀。

　　像租了个小秘书时时刻刻蹲在微信跟前一样。

　　他说：【在家。】

　　云娆兴奋得一哆嗦，手指颤颤悠悠地在键盘上打字：

　　【学长，我有个闺蜜，名叫黎梨，前段时间她和我说，她家……】

　　字打到一半，靳泽的消息又来了。

　　他说：【我前段时间搬了新家。】

　　他又说：【你高二班上是不是有个叫黎梨的？她家好像和我家在同一个小区。】

怎么回事？

为什么他把我想说的话都给说完了？

云娆一脸蒙地删掉了自己正在打的字，回：【学长认识黎梨？她是我最好的朋友。】

发出去之后，云娆总感觉这个场景似曾相识。

上个月靳泽学长来家里送猫，也这么说出了温柚的名字。她的两个好闺蜜，他全认识，可真厉害。

靳泽的回复有理有据：【黎梨是黎氏集团大小姐，又是我的新邻居，想不认识都难。】

"靳泽学长认识我啊？"黎梨不知道什么时候趴到了云娆身旁，正好看到她聊天框里的内容，"你和他说了你要在小区里乱逛如果偶遇他的话别把你当'私生'了吗？"

云娆撇了撇嘴："还没有，我现在说。"

对话框那头，靳泽正坐在餐桌边，午饭才吃一半，筷子往桌上一搁就没再拿起来过。

餐厅后面是一扇全景落地窗，午后清凌凌的日光照射进来，透过纱帘，在地上映出一片浮动的光影。

靳泽微垂着眸，慎之又慎地输入一行字"周末有空的话可以来我家坐坐，叫上黎梨一起"，消息还未发出，手机轻轻振动了下，一条新消息跃上屏幕。

云娆：【学长，我现在就在黎梨家。】

靳泽眸光一怔，忽地勾了勾唇。

紧接着，又来了几条信息。

云娆：【听说云翡佳苑的园林景观和绿化做得特别好？】

云娆：【我和黎梨刚吃完饭，准备在小区里到处逛逛。】

云娆：【就随便逛逛，哪里都走走看。】

随便逛逛，"哪里"都走走看。

他似乎读懂了什么。

这么有趣的吗？

靳泽唇角的笑意更深了。

他伸出食指轻点屏幕,把原本写在输入框里的话尽数删除,隔了会儿,只回一个字:【好。】

既然小学妹喜欢玩这样的戏码。

那他就陪她玩玩,乐意之至。

靳泽径直起身,信步走到客厅外边,叫来管家先生简单嘱咐了几句。

"顺着这条道,一路向北,走到尽头再拐个弯就到了。"黎梨将云娆的手搁在臂弯里,不怀好意地调侃她,"你别紧张啊。"

云娆没有反驳。

她今天仔细打扮了,白色小针织衫搭配牛仔裤,脸上也化了像模像样的淡妆,见谁都不丢人。

但是双颊莫名浓重起来的腮红,还是暴露了她此时的心情。

云翡佳苑非常大,尤其靳泽家还在新建成的二期边缘,和黎梨家足足隔了一公里有余。

两人直奔目的地而去,都走了将近二十分钟才到。

只见一排青葱蓊郁的榕树掩映,碧绿屏障之后,两米高的铁栅栏圈出一片私人别墅园区,瞧着面积足有黎梨家两倍大。

"二期这建筑面积也太离谱了。"黎梨富婆感觉自己家被比下去,不太爽快地拉着云娆往前走,"看看那边有什么,总不至于泳池也比我们家的大吧?"

云娆紧跟在黎梨身后,含着笑小声说:"我就静静看着你们有钱人装相,不点评。"

黎梨回过头:"你应该把他家从头到脚扫描到脑子里,积攒晚上做梦的素材。"

云娆也不和她见外了:"你说得对。"

花园和泳池在朝南的半边,两人沿着围栏绕过大半幢别墅,停下来的时候都有点喘。

此时正午刚过,太阳周围笼着一层薄薄的云翳,投射下来的日光并不刺眼。

云娆的视线穿过围栏,投向不远处的泳池,池中清水荡漾,岸边还有茶台和沙滩座椅。

她忍不住叹了一声:"太幸福了吧。"

黎梨瞧着她笑:"今晚的做梦素材就是,阳光,榕树,大别墅,大泳池,再来一个湿身美男……你觉得如何?"

云娆脸都快笑僵了:"好的好的,梦里啥都有。"

话音未落,云娆忽然止了笑,眼尾的细褶荡开,目光直愣愣地盯着某处。

黎梨顺势看去,一时间也噤了声,身体仿若定住了一般。

别墅主体朝南的玻璃幕墙中,忽然开了一扇小门。

如影视剧情节般,靳泽从室内缓步走出。

他穿一身质感高级的深灰色长袍,系带悬于左侧,高挑清俊的筋骨轮廓随步行动作时隐时现,冷白色的皮肤在日光下呈现曜目的玉质光泽,即使只是随意地在家中行走,也生生走出了米兰时装周的矜贵与气势。

黎梨听到身旁的闺蜜咽了口唾沫。

声音真的有点大。

男人站定在泳池边,目光若有似无地朝外瞥了一眼。

云娆和黎梨皆是一惊,但很快,他便收回目光,随手捡起圆桌台面上的一副泳镜。

或许是日光清亮晃了眼,或许是微风习习吹动树梢掩盖住了视线。

总之,云娆完全没注意到靳泽手上的动作。

他就那么一拉,一拨。

一瞬间,衣衫尽褪。

云娆控制不住地尖叫出了声。

尖叫溢出喉咙的瞬间,手的反应快过大脑,闪电般飞速捂住了失控的嘴巴。

这个动作又急又狠,云娆感觉自己的双唇几乎被手掌给扇麻了。

然而更麻的是她的眼睛。

她觉得自己不应该再看了,但是眼珠子完全不听脑瓜子的使唤。

视网膜像一张装备了雷达的大网,精准地兜住了几十米开外那一抹男色。

男明星的身体,对于观众和粉丝来说并不是什么秘密。

相比某些热衷于依靠颜值和身材吸引眼球的男星,靳泽在电影中露肉的次数很少,全部加起来也没有几分钟。

作为忠实粉丝,那短暂的几分钟,云娆拥有无数种剪辑版本,反复观看过很多次。

然而……

像今天这么裸,像今天这样独家放送,绝对是她做梦都不敢尝试的情节。

质地柔软的长袍已然褪尽,男人随手将其丢在身旁的藤椅上。

他全身上下仅着一条墨蓝色泳裤,白皙冷然的肌肤在日光下暴露无遗,窄腰宽肩,比例完美得令人咂舌。

目光描摹细处,顺着修长的臂肌,滑落向起伏的腹肌,再往下是令人血液沸腾的人鱼线……男人的身体轮廓仿佛镀了层金边,深刻性感到了极点。

黎梨像是才看到这一幕,后知后觉地惊呼道:"天啦……"

才蹦出两个字,她的嘴就被云娆堵严实了。

"别出声!"云娆还有一只手,顺便把闺蜜的眼睛也捂上,"不许看!"

黎梨眼前一黑,挣扎着把云娆的手尽数挡开,压低声音骂道:"凭什么?你这个自私的女人!"

两个人互掐了一阵,最终云娆退让一城,不得已和闺蜜分享起了如斯美景。

清透日光中,靳泽站在泳池边,从容地做起了拉伸。

云娆和黎梨的视线紧跟着他的动作,如果目光有温度,不远处的半裸影帝一定已经被她俩烤焦了。

黎梨低头看了眼自己的臂弯,云娆的胳膊正勾在那儿,激动得哆嗦个不停。

"你有没有觉得……"黎梨忽然问,"他好像瘦了不少?"

身上没有一丝赘余的肉,相比从前在广告海报中瞧见的身形,确实清瘦了些。

云娆点头，嗓音有些干涩，语气中带了一丝心疼："他拍上一部电影的时候减重了十几斤。比起杀青那天站姐拍的路透图，现在已经好很多了。"

话音未落，泳池边的男人拉伸完毕，佩戴好游泳用具之后俯身跃入池水之中。

他以蝶泳姿势向前疾行，展臂带起规律的浪花，身姿矫捷宛若水中银龙。

黎梨的胆子大起来，拉着云娆走近些，直到靠近别墅周围的围栏，进无可进。

后者却不那么情愿，总觉得她们此时的行为非常不得体。

说得难听点，怪猥琐的。

云娆在道德崩坏的边缘疯狂摩擦，可是眼神无论如何收不回来。

黎梨："幸好我读书那会儿没有很用功，视力还不错，否则现在肯定后悔死了。"

云娆学生时代挺用功的，但是视力保护得更好。

靳泽学长每一次折臂抱水，都像电影画面一样清晰，水花声却消失不见，完全被她心脏"咚咚"的轰鸣覆盖了。

正因为画面过于美好，云娆心里因窥伺而产生的罪恶感越积越多。

她扯一下黎梨的手臂，悲伤地说："要不我们还是……"

"对了。"黎梨突然想起一事，打断她，"刚才在家里的时候，你是不是和靳泽说过我们要出门逛小区？"

云娆："嗯，我说了。"

黎梨看着她，不可思议道："他该不会知道我们要来，所以才临时决定出来游泳上演湿身诱惑吧？"

云娆被这个大胆的猜测震慑住了。

她张了张嘴，好半天才回："怎么可能。现在还不到一点，除了我们，谁会在这个时候出门闲逛？"

黎梨耸一下肩："那你说，又有谁大中午不睡觉跑出来游泳？况且这才四月底，又不是夏天。"

完了。

她怎么觉得黎梨的猜测好像有点道理?

云娆正蒙着,泳池中的靳泽游了几个来回,忽然撑着大理石台面跃上了岸。

这一回,两个小姑娘都机智地提前捂住嘴,将尖叫声生生咽进肚子里。

男人浸透全湿的身体比下水前更加诱人。

云娆捏了捏自己微微发热的鼻腔,远远看着他走向池岸边的圆桌,擦干净手之后,拿起桌上的手机,垂眸操作起来,像是在打字。

仅隔不到半分钟,云娆口袋里的手机倏地振动起来。

不会这么巧吧?

她慌忙掏出手机查看。

还真就这么巧了。

靳泽:【你们出门了吗?】

云娆将手机递给黎梨瞧了眼:"你看,他根本不知道我们出门了没有,怎么可能故意……故意那个……"

故意上演湿身诱惑。

后面几个字她说不出口。

"行吧。"黎梨没所谓地说,"我刚才还替你激动了一下,以为他就是故意吸引你呢。"

云娆耳朵一红:"别胡说!"

她低头回复说还没出门,目光不由得朝泳池方向瞥了一眼。

视线范围内,靳泽像是收到了她的消息,再次垂眸打字。

这种感觉很奇妙。

罪恶、隐秘与甜蜜交织,伊甸园中的禁果大概就是类似滋味。

不一会儿,她就收到了期待中的回复。

靳泽:【大概什么时候出门?要不要来我家坐坐?】

靳泽:【[图片]】

图片中是他家别墅的门牌号。

131

发完这两句话,他没有等待回复,放下手机之后再度滑入泳池。

围栏外边的俩小姑娘莫名其妙又掐了起来。

"娆啊,我还是觉得你的偶像学长对你很不一般!"黎梨疯狂摇晃着云娆的肩膀,"你看他游到一半,想起你,特意爬出来给你发消息,还邀请你去他家做客!我简直闻到了爱情的味道!"

云娆也伸出手来摇她:"你能不能小点声!"

"你这句话明明更大声!"

"我哪有!"

两个人站在别人家围栏旁边掐来掐去,一时忘形,云娆感觉有什么东西从手里滑了出去。

她一把推开黎梨,然后惊喜地发现——

她的手机飞了!

不仅飞了,还穿过围栏缝隙飞到了靳泽家的灌木丛中!

一生温婉的云娆差点"惊喜"得爆粗口。

黎梨也蒙了。

两个姑娘慌慌张张地蹲到围栏下边的石墩子旁边,石墩足有三四十厘米高,她们轮流上阵,伸手往围栏里头够,然而直到胳肢窝卡在石墩子上,半边肩膀都探进去,也够不到手机掉落的位置。

两人急成了热锅上的蚂蚁,好一阵手忙脚乱。

手机掉落的地方草叶繁茂,她们折腾了许久,到最后,连手机具体消失在哪堆草里都记不清了。

围栏内,十几米开外的地方,悄然伫立着一个四十余岁的中年人。

他是靳泽的管家,姓李。

从云娆的手机飞进围栏里头开始,他已经默默地围观了好几分钟。

明星的住所强调安全隐秘,靳泽又是一个特别注重隐私的人,所以这幢别墅内外安装了无数台摄像头和警报装置,只要有人长时间靠近,控制中心就会立刻发出警报。

今天中午,靳泽嘱咐他打理一下泳池,同时还让他把别墅周围的警报装置全关了。

李管家纳闷了半天,现在终于知道先生这么吩咐所为何事。

他在钓贼。

衣服脱了,家门也敞开,恨不得叫贼姑娘爬到他头顶上兴风作浪。

他给靳泽做了快五年的管家,对这位影帝雇主的印象一直停留在沉稳、淡漠,待人温和且疏远的清冷形象。

直到今天。

他终于见识到了,什么叫作三观碎裂,什么叫作人设崩塌。

人绝对不能心存侥幸,干坏事也绝对没有好下场,更何况是偷窥偶像游泳这种罪大恶极的行径!

云娆和黎梨悔不当初,可是现在她们已经没有退路了。

必须尽快把云娆的手机捡出来才行。

两人闷头商量了一会儿。

几分钟后,云娆非常无奈地拿着黎梨的手机,等靳泽游泳休息的间隙,给他打了通电话。

靳泽看到陌生的来电显示,犹豫了一会儿才接起。

"喂?"

声调十分疏冷。

云娆小心翼翼地将手机贴近耳边:"学长,我是云娆,我的手机出了点问题,所以拿黎梨的手机给你打电话。"

"噢。"男人的语气变得温和,"怎么了?"

云娆看了黎梨一眼,怯声说:"那个……我们现在出发去你家,不知道你方不方便?"

靳泽单手将外袍披到肩上,背对着围栏方向,悄然勾了勾唇:"方便。"

电话挂断后,云娆和黎梨估算着从家里走过来的时间,找了个隐蔽的地方歇脚。

两个"小贼"前脚刚走,靳泽后脚就慢悠悠地踱到她们"偷鸡摸狗"的地方。

他没看清她们具体在干吗,但是能猜出个大概。

果不其然,他在一片茂密的草丛中找到一部颇为眼熟的粉壳手机。

靳泽蓦地笑出了声。

他站在原地纠结了会儿,最终,没有"好心"捡起来,而是把失物留在原地,径自扬长而去。

二十来分钟之后,两位端庄持重的小姐正式按响了靳泽家的门铃。

李管家将她们迎进别墅。

他的神色极为平静。跟着靳泽久了,多少也习得些许影帝的本领。

相较之下,云娆和黎梨的演技拙劣多了。

如果没有前面那档子事,云娆不敢想象现在的她该有多开心。

得偿所愿来到偶像家做客,学长学妹之间感情增进,还能参观漂亮别墅,积攒晚上做美梦的素材。

结果……

唉,说多了都是泪。

三人拐过一道回廊,进入客厅,靳泽已经坐在沙发上等她们了。

他上身穿白色圆领无帽卫衣,下身是宽松的灰色棉质长裤,整个人看起来休闲又居家。

看见她们进来,靳泽起身迎接。

两个小姑娘并肩站着,目光都有点躲闪,问候的声音却异常整齐:"学长中午好。"

那架势,活像在学校里干完坏事的学生撞见了教导主任。

靳泽愣了愣,淡声道:"你们好。"

落座后,主人带头寒暄了几句,主客之间的对视在所难免。

云娆的目光只要触及他,无论哪个部位,脑海中就会立刻浮现出沐浴在日光下的性感男性身躯。

人家明明穿着衣服,她的视线好像能自发地把他衣服扒光。

"云娆。"靳泽喊了她一声,将一杯鲜榨果汁推到她面前,"你的脸怎么那么红,是家里太闷了吗?"

此言一出,黎梨差点笑出了声。

云娆死死捏着闺蜜的手背,先是摇了摇头,然后又点头:"好像确实有点闷。学长,要不我们出去逛逛?"

黎梨立刻附和道:"对呀,我们刚才来的时候就发现了,学长家的花园好漂亮,我还挺想参观的。"

靳泽靠坐在沙发上,平静地摸了摸下巴:"晚点再去吧。现在太阳光从头顶上照下来,既晒,风景也不好看。"

两个做贼心虚的小姑娘蓦地没声了。

plan A 宣告失败,云娆打好精神,立刻展开 plan B。

客厅西北角有一段旋转楼梯,云娆瞥见李管家走上二楼,状似不经意地问靳泽:"学长,除了李叔,你家还有别的用人吗?"

靳泽:"没了。不喜欢家里太多人。"

云娆点了点头,心安了些。

闲谈间,她拿起玻璃杯喝一大口果汁,又问:"学长,你家的卫生间在哪儿呢?"

靳泽作势起身:"我带你去。"

云娆慌忙摆手道:"不用不用,你告诉我在哪儿,我自己去就行了。"

"行。出了客厅往右拐,经过玄关再往前几步,右手边就是了。"

"好的。"

云娆起身离开后,同伙黎梨立刻开启她的表演。

只见黎梨捡起茶几上的遥控器,装模作样地摆弄起来:"学长,我想看综艺节目,你家这个网络电视的遥控要怎么操作呀?对了,我看综艺很挑的,现在暂时只想看水果台挑战赛第三季的第十二集,麻烦你帮我调出来一下,谢谢。"

靳泽脑中闪过一个省略号。

黎梨做惯了千金大小姐,没事找事起来很是熟练:"学长,你家这个珍珠青提味道不正宗呀,要不叫李叔过来换个水果吧?我口味也不挑,各种当季水果搞个拼盘就行。对了,你是不是不知道哪里的珍珠青提比较正宗?我可以给你科普一下……"

靳泽微微敛了敛眸，余光从云娆消失的方向逛了一圈回来，然后好整以暇接住了黎大小姐递过来的戏："洗耳恭听。"

这场戏的领衔主演云娆，此时已经偷摸着溜出了别墅正门。

靳泽家的院子太大，她好不容易走到泳池附近，转头看见围栏旁边一片雷同的树木和草丛，顿时一个头两个大。

云娆的方向感非常差。

此时天光极盛，她站在泳池边眯着眼朝外看，陀螺似的左左右右转了半天，仍然回忆不出自己当时所在的具体方位。

刚才走得太匆忙了，早知如此，她应该带着黎梨的手机出来，至少还能打个电话听声辨位。

云娆叹了口气。

无奈之下，她只能使用最蠢笨的方法——

地毯式搜寻。

四月底的天气不算热，太阳也不毒辣，但是晒得久了，再加上心情焦躁，云娆体内渐渐漫起了潮意，额角也渗出几点晶莹。

有钱人家的花园太离谱了！

她弯腰摸遍了好几处草地，弄得一手泥，仍然找不到，心情简直跌落谷底。

不知过了多久，正当她直起腰，用手背揩汗的时候，忽然听到前方不远处的草丛里传来一阵熟悉的电话铃声。

云娆眼中终于燃起了希望。

肯定是黎梨，看她这么久没回来，所以机智地……

她用脏兮兮的右手拨开草叶捡起手机，同时也看清了屏幕上的来电显示。

云娆记得，前不久她刚和靳泽说过，她的手机出了点问题。

就当这个问题是信号不好吧。

她没有接通电话，任由铃声持续作响。

别墅二楼朝南的阳台上，靳泽左手搭着栏杆，目光从手机屏幕上移开，落向花园中拔腿狂奔的女孩。

要不是黎梨那家伙拖了他那么久,小云娆也不会晒这么久的太阳,遭这么多的罪。

云娆一路奔回别墅大门前,三步并作两步跨上台阶,微驼着背喘了几口气。

气顺了之后,她抬起眼,看见自己特意虚掩的门不知何时被风吹上了。

那一刻,她体会到了什么叫绝望。

掌中的手机仍在振动。

通话等待的最后几秒,云娆按下接听键。

既然靳泽现在和黎梨待在一起,喊谁来开门都没有区别了。

电话竟然接通了。

靳泽有些吃惊,抬手把手机贴近耳边:"云娆?"

"学长……"她的声音很软很闷,一点力气也没有,像是做了错事又闹脾气的孩子,语气中含着七分郁闷,还有三分极易察觉的依赖,"学长,你下来救救我呗。"

大约一分钟后,别墅大门由内打开。

门外没人。

靳泽穿着拖鞋踏出门,好不容易才压下唇边的一丝笑。

云娆此时正坐在大门左侧花坛的石墩子上,两只脏兮兮的小手垂在身侧,脑袋也耷拉着。看见他出来了,她抬头苦哈哈地瞅他一眼,脚丫子动了动,最终没站起来。

如果她现在手里有铁锹,一定会挖个深坑把自己活埋了。

除了犯傻、出糗,在他面前,她好像做不出什么正常的事儿。

他要是问她怎么把自己关外面了……

就老实回答吧,谎话是永远圆不完的。

"很喜欢这个花园?"靳泽问了个意料之外的问题,嗓音轻轻的,带着无形的安抚力量,"刚才也说想出来逛。"

云娆脸色一哂,抿了抿唇:"嗯。"

她喉咙口莫名泛起一丝酸,顺着人家给的台阶往下走:"学长对不起,我应该和你说一声再出来的。"

她话音越说越低,最后一个字轻得几乎听不见。

靳泽悠悠地向前一步,英俊的面孔逆着光,忽然抬手揉了揉她的脑袋,低声叹了句:"逛你自己家花园,说什么对不起?"

四目相对,靳泽的眼神很平静,仿佛他只是随口说了句稀松平常的话。

云娆也想让自己这么认为。

她微仰着头,唇瓣无意识地张开一条缝,瞳孔铺着一层透亮的水光,目光茫然地看着他。

靳泽心里像被什么东西轻轻挠了一下,眸光微不可察地颤了一颤。

好像又唐突了。

他最近老是控制不住自己。

"……随意点,当成自己家就好。"

换了一种说法,整句话的画风都不一样了。

靳泽不由得又想起他去云娆家送猫那天,一时嘴快说错了话,然后收获的那道诧异又不悦的眼神。

所以他尽量收敛。

但是每次一收敛,自己的形象莫名其妙就朝着长辈的方向发展。

比如现在,他宛如一个尽地主之谊的主人,或者邻居家温和慈爱的大哥哥。

所有的浮想联翩戛然而止。

靳泽叹了口气,声音藏着一丝只有他自己能听出来的无奈:"别坐这儿了,快进去吧。"

云娆站起来,身子晃了一晃,站稳后亦步亦趋地跟着他走进屋内。

客厅沙发上,黎梨斜靠着一方抱枕正在看综艺,瞥见他俩一前一后走进来,笑了声:"这么巧啊?"

云娆没忍住翻了个白眼。

不关心闺蜜的死活也就罢了,这里可是她偶像的家,黎大小姐一举一动放肆自如,倒是完全不把自己当外人。

直到此时，云娆才分出一部分心情观察这幢别墅的内饰。

靳泽家的室内风格呈现冷调的朴素，随处可见空旷和留白，但是一点也不随意，墙面涂层和家具材质都是精心挑选过的，表面有粗糙纹理，质感和谐统一，俨然是当下流行的，强调质朴隐奢的侘寂风装修风格。

云娆之所以懂这些，是因为她曾经接过室内设计文件的翻译任务。

而她的好闺蜜黎梨完全不懂。

等云娆洗干净手坐到沙发上，黎梨立刻凑过去，先祝贺她成功捡回手机，又低声细语地吐槽道："靳泽学长家的室内设计好无聊，除了灰就是白，一点生气也没有。刚才你不在的时候，我强烈建议他以后娶一个像你一样的老婆，如果老婆喜欢粉红色，那他的家就能鲜亮一点，看起来才像活人住的地方。"

云娆惊了，眼睛瞪得老大。

"你不胡说八道会死吗！"

黎梨缩了缩肩膀，躲开闺蜜的小粉拳攻击，浑不憷地"咯咯"笑起来："你别急着生气啊，靳泽学长听完之后，还夸我说得很有道理呢。"

他那个人，就算你和他说我夜观星象发现你明天有血光之灾必倒大霉，他都会含笑对你点点头，夸你说得很有道理。

云娆心里这么想着，却憋不住脸红。

她手上的动作重了些，激得黎梨还手和她互打，两个人在沙发上闹作一团，直到身旁响起一道温沉的声音，她们才不尴不尬地停了手。

"怎么打起来了？"

话语含着薄薄的一层讪。

黎梨忍住了把刚才那番话再说一遍的冲动，好歹也要给闺蜜留点面子。

她不说话，云娆更不可能说了。

云娆垂头闷坐着，细白的脖颈透出一抹血色，左手使劲掐右手，薄薄的手背被她掐出好几道红印子，跟自残似的。

靳泽站在沙发斜后方，声音从看不见的地方传进云娆耳朵，听得她耳根子一阵发烫："你们玩你们的，我去厨房弄点水果。"

云娆转头看向他:"不用麻烦,这里不是有提子吗?"

靳泽扬了扬眉:"黎梨学妹似乎对提子不太满意。你们难得来一次,不搞个水果拼盘招待一下,确实是我招待不周。"

话音未落,黎梨就收获了云娆的一记怒瞪。

转头,听到靳泽喊她的名字,云娆立刻换上一副呆萌乖巧的表情,变脸之神速、重色轻友之程度令黎梨大开眼界。

"云娆,方便的话,进来给我搭把手吧。"他这样说。

云娆乐意之至,立刻站起来屁颠颠跟他进了厨房。

厨房空间呈"回"字形,朝南的一侧开了一扇窗,格局大气,采光也明亮通透。

靳泽轻车熟路地从冰箱冷藏室取出五种不同的水果。

他率先捧起最重的哈密瓜洗净削皮去核,然后放在料理台上切成大小相同的块状。

他的刀工干净利落,云娆围观了一会儿,忽然小声问了句:"学长会做饭吗?"

靳泽:"会一些,在国外读书的时候学的。比起你哥的手艺肯定差远了。"

云娆默然地点一下头。

她记得靳泽家里很有钱,读书的时候每周都有豪车接送,手机和球鞋永远是名牌最新款,俨然一个十指不沾阳春水的大少爷。

但转念一想,他在国外留学工作期间肯定独居过,不喜欢请用人的话,自己会做饭也很正常。

云娆安安静静地站在水槽前洗草莓,微凉的自来水打湿手心手背,她却有些心不在焉,目光时不时就要往旁边瞟。

料理完哈密瓜,靳泽现在正在用水果刀削橙子皮。

他的手很白很漂亮,骨节分明,五指修长清瘦,但是一点也不羸弱,握着冷光冽冽的刀具削皮几乎不用使什么劲,然而手背上还是会跃出几道极浅的青筋,时隐时现。

不知道被这样一只手牵着，或者捧着脸，会是什么样的感觉……

"啪嗒"一声。

云娆掌心的草莓脱手坠入水盆中，溅起少许晶莹的水花。

她恍然回神，意识到自己刚才做出了多么越界的幻想，整个人顿时臊透了。

靳泽像是完全没有注意到她的慌张，仍在有条不紊地剥切橙子。

厨房里极其安静，静到云娆开始担心，自己过速的心跳声会不会传进别人耳朵里。

片刻后，靳泽停下手中动作，偏头看着她，低声询问道："你下个月25日有时间吗？"

云娆听罢，费了挺大劲儿才想起来今天的日期。

今天是4月28日，离5月25日还有将近一个月。

她嘴唇动了一下，然后又停住，思考清楚了才回复："我可以提前把那天空出来。"

靳泽顺着她的话说："空出来吧，到时候陪我去个地方。"

云娆下意识地问："什么地方？"

"到时候再告诉你。"

这段邀约对话简单又坦诚，字面上看不出多少旖旎，但还是让云娆的心绪整个飘荡了起来。

她忽然想起不久前在别墅门口，靳泽安慰她的那句"逛你自己家花园，说什么对不起"。

当时她没敢多想，所有感觉都往兄妹亲情上靠。

然而经过黎梨的胡言乱语，还有刚才那番对话——

云娆渐渐发觉，她的心思好像变得很不纯粹了。

周围的环境静得让人发狂。

云娆终于忍不住，随便问了个问题打破这恼人的寂静："学长，你这次休假可以休息几天啊？"

"两天。"靳泽顿了顿，补充道，"今天，明天。后天中午飞伦敦。"

"啊……"

这也太辛苦了。

上周才杀青离开剧组,然后连着跑了一周的通告,拍戏失去的体重都没有养回来,才休息两天又要出国。

如果她没猜错的话,靳泽此行奔赴英国应该是去客串一部新电影,那个英国导演很出名,执导的电影获奖无数,靳泽之所以接这个客串角色就是为了和导演混个脸熟。

他是真的很有野心,同时也很拼命。

"你呢,周末应该没什么事儿吧?"男人低磁的嗓音将云娆拉回现实,然后,他的下一句话又把她拖入另一个更不现实的幻境,"明天有时间吗?"

短短三分钟,他约了她两次。

云娆做梦都不敢梦这么大的。

可是,这一回,她过了很久都没有答复。

"有约了?"靳泽作出叹惜的神情。

云娆明明没有做错任何事,却觉得自己简直罪大恶极,罪孽之深重足以投入十八层地狱。

她明天要去参加大学同学聚会。

提前报了名,交了钱,但是这些都不重要。

云娆心里很想参加这次聚会。

大学四年,她过得并不开心。

虽然成绩稳定优异,但她因为腼腆内敛的性格,失去了很多本该属于她的机会和荣誉。

而现在的她已经脱胎换骨,工资高、能说会道,专业实力更是同龄人中的翘楚。

她很想回去会一会那些老同学,带着一点虚荣的心理,同时让自己清楚明白地看到,这三年留学生涯所付出的那些汗水都是有收获的。

云娆深吸一口气,缓声说道:"学长,我明天有大学同学聚会,估计还要喝酒,会弄到很晚。"

料理台上，五种颜色各异的水果已经拼好了盘。

靳泽双手托起果盘，静看着她，忽然沉声嘱咐道："不要喝酒。"

云娆朝他眨了眨眼："我就喝一点点，不会醉的。而且我和那些人在一起，就算喝醉了也不会……那个……撒酒疯。"

话音方落，靳泽一时没忍住，低低地哼笑了一声。

云娆愣了愣，就见他立刻收了笑，拿着果盘径自走出厨房，只留给她一个高瘦挺拔的背影。

他难道……知道了些什么？

云娆在水槽里洗干净手，擦干，然后将冰凉的掌心贴到脸上，揉面团似的用力搓揉了几下，暗暗宽慰道——

不至于不至于，不要自己吓自己。

第六章
/ 比想象更狂野 /

翌日，晚间。

外语专业素来女多男少，今天到场的同学凑齐两大桌，平均每桌分到"1.5"个男生。

他们班的班长任伟恰好是珍稀男孩，他人缘好又能来事儿，活跃气氛的本事真不是盖的，一群女孩子在他的领导之下，喝酒碰杯的豪迈劲儿比起男生也丝毫不逊色。

云娆混在其中喝啤酒兑冰红茶，该闹腾的时候绝不含糊，性格变化之大令许多老同学啧啧称叹。

老同学中有个叫柏薇的，大四的时候曾经从云娆手里抢走一个政府项目机会，多年后再见到，那个安静沉闷的书呆子不仅性格变开朗了，手里还捏着比她高好几倍的工资，这让柏薇多少有点难以接受。

因为懒得挪地方，饭后的喝酒和游戏环节仍然留在酒店包厢里进行。

酒过好几轮，大家喝得都有点晕乎了，班长任伟这才想起来鼓动大家玩游戏。

班里女生多，玩的游戏也简单易操作，就是"叫7"。

所有人围桌报数，逢"7"及"7"的倍数敲杯跳过，否则就要接受惩罚。

这个游戏比猜骰子简单多了，游戏黑洞云娆经过好几轮才"开张"，浅输一局。

"真心话还是大冒险？"任伟一边洗牌，一边笑嘻嘻地问她。

他手里那副牌是他们班委会自制的真心话大冒险惩罚牌，牌面没有最变态，只有更变态。

云娆看着他的动作，微醺的小心脏狠狠一凛。

酒桌斜对面，团支书柏薇主动关心她："云娆，你就玩真心话吧，他们搞的大冒险招术特别狠，不适合你。"

云娆本来想选真心话的，被她这么一"关心"，逆反心态激出来了："真的吗？说得我都想试试了。"

半分钟后。

云娆看着手里那张卡纸，眼皮剧烈抖动，全身的肌肉都僵住了。

她对于自己以小人之心度君子之腹，没有乖巧听从柏薇同学的良言警句感到十万分的后悔。

> 随便找一间陌生包厢，进去之后对包厢里的人说：我刚刚吃饭烫到舌头了，好痛好痛，有没有谁的腹肌是冰的让我缓缓？

好过分！

一生温婉的云娆差点当场掀桌。

看到她的惩罚，全班都"嗨"了。

好几个人簇拥着云娆往外走，云娆已经放弃抵抗，像朵浮萍被洪流卷出包厢。

兴许是上帝听到了她悲痛的呼救，门外的世界一片漆黑，整层酒店，竟然只剩他们一间包厢未散客。

云娆来不及高兴几秒，班长大人当即就把她的惩罚方式做了可行化微调："既然外面没人了，那你就发朋友圈吧。"

"这个狠啊，感觉社死面更广哈哈哈。"

145

"可别害她丢了工作,发的时候允许屏蔽领导和家人吧,半个小时之后删?"

"嗯嗯,找个人监督一下,除了领导和家人的标签,其他都不能屏蔽哦。"

…………

云娆像个牵线木偶,别人戳一下她动一下,极其麻木地完成了这项变态惩罚。

云娆:【我刚刚吃饭烫到舌头了,好痛好痛,有没有谁的腹肌是冰的让我缓缓?】

发出去之后,云娆暗暗宽慰自己,这种和她日常人设完全不符的言论,朋友们一定能破解她的苦衷。

至少黎梨和温柚肯定能看出来。

惩罚监督员一号忽然叫起来:"哇,云娆,才发出去十五秒就有人给你点赞,这人的昵称还名叫柯桓,笑死我了,我猜他绝对是个傻子意甲球迷。"

云娆嘴角一抽。

你说是啥就是啥吧。

隔了两分钟,她低头看一眼屏幕,差点背过气去。

全体云家人惨遭屏蔽,剩余的全世界最了解她的两个人,黎梨和温柚,竟然带头在她的评论区盖起了"公举牛"的高楼。

视线下移,高楼下边跳出一条新评论。

云娆眼前彻底一黑。

靳泽发了一个问号。

她要换个星球生活,立刻马上。

监督员二号和三号同时嚷嚷起来:"厉害了,你的朋友圈都是名人啊,刚才是柯桓,现在又来了个靳泽,你到底哪里找来这些乱起巨星昵称的中二朋友哈哈哈哈!"

乱起巨星昵称的中——二——朋——友。

说出来怕把你们吓死,这些中二朋友就是巨星本人。

云娆扯了扯唇,报以无奈微笑。

"我不会提前删的，不用再监督啦。"她一边说，一边抽走自己的手机，转身挡住旁人的视线。

她手指小幅度划拉屏幕，眼睛却只盯着靳泽发来的问号。

一股悲凉莫名涌上心头。

她忍不住开了一瓶啤酒，直接对嘴，狠狠灌下大半瓶。

游戏继续进行，又有新的可怜娃挨罚，成功分走了大伙留在云娆这儿的注意力。

云娆的酒量很差，再加上云深总说她喝醉了撒酒疯怪吓人的，所以云娆很少喝酒，不得不喝的时候也会掺很多饮料再下肚。

但是云深也说过，她撒酒疯是有条件的。

大部分时候都很正常，醉了之后喜欢一个人静静地待着，因为醉得很快所以不至于把自己喝瘫，有起码的分辨力，也能自己打车回家。

云娆低头划拉着手机，身旁的同学找她碰杯，她想了想，大方地又喝了一口啤酒。

约莫半个小时之后，终于可以删朋友圈了。云娆揉了揉晕乎的脑袋，渐渐记不清自己刚才喝了多少了。

她的思绪沉下来，不受控制地、一点一点地陷入了发呆状态。

靳泽：【你是不是喝酒了？】

等了将近十分钟，不见人回，靳泽蹙了蹙眉，又发了两条消息：

【你现在在哪儿？】

【我去接你。】

隔了半分钟，对方直接发过来一个定位。

没有任何文字描述。

靳泽：【好。】

靳泽：【乖乖等我。】

云娆：【快快快！】

靳泽现在可以肯定，这姑娘喝酒了，甚至大概率喝醉了，脑子已经很不清醒。

他从衣柜里随手抽出一件薄外套,搭乘家用电梯下到车库。

夜至参横,冷风轻扫着地面枯叶,道路两旁的灌木丛中时不时传出不合时宜的低低蝉鸣。

一辆低调的石墨灰色轿车驶出小区正门。

柏油马路上极其空旷,靳泽踩重了油门,轿车加速向前疾行。

车内没有开灯,时明时暗的路灯暖光透进来,映照着驾驶座上男人清俊的侧颜,以及唇角那抹若有似无的笑。

他的表情并不是全然的紧张担忧。

上周电影杀青之后,靳泽赶了几场通告,百忙之中抽空和好兄弟云深来了一场"吃鸡"双排。

看见招进来这人,云深提前做好了心理准备,输赢看淡,和影帝兄弟维持好感情才是本场游戏的重点。

靳泽完全没有辜负云深的期待,开局就"落地成盒"。

云深记得,靳泽读书那会儿游戏技术挺好的,就算很多年不玩,操作也不至于如此辣眼睛。

殊不知,靳泽就是故意往人家枪口上撞。

他将自己祭天之后,自然而然地开启纯唠嗑模式,东拉西扯问到云娆为什么不能喝酒。

云深要分心"爆"对手的"头",想也不想就说:"她酒量差,喝多了会发疯,非常可怕。"

"怎么个可怕法?"靳泽轻轻咳了声,为自己的好奇解释道,"新剧本有很多醉酒戏,我需要多了解一点不同的醉酒状态。"

"就……"云深这人热衷于分享别人的糗事,没怎么犹豫就说了,"她平常有多安静胆小,喝醉了就有多狂野。"

靳泽有点不信。

"真的,她只要盯上谁了,就跟狗看到肉骨头一样扑过去啃,手脚并用挂在人身上,八爪鱼似的,怎么也甩不下来。"

靳泽呆住了:"不会吧……"

"骗你干吗。她毕业聚餐那天，我去接她回家，她全程跟只树袋熊似的扒着我，老子幼儿园毕业之后就没被妹妹亲过，那天差点梦回幼儿园。"

靳泽脸色一僵，声调霎时冷下来："她亲你了？亲哪儿了？"

"没亲到，被我给躲开了。"

云深一下"爆"头"爆"歪了反被对手打伤，躲在掩体下面爬了会儿，越听靳泽这问题越觉得不对劲，

"当然亲脸啊，你想什么呢？她只是喝醉了，会认人的，又不是失了智！"

靳泽扯了扯唇，嗓音依旧不大爽快："那真是挺危险的。"

云深："还行吧。"

靳泽："怎么个还行？"

云深："都说了她会认人了。在关系一般的人面前，她喝醉了只会发呆，乖得像个孙子，行为能力挺正常的。只有在家里人和她喜欢的人面前才会发疯缠人，比如我和老云老姜，还有她那两个形影不离的闺蜜。"

靳泽淡淡应了声"噢"。

这个话题本该告一段落了，可是云深似乎想起了什么，忽然笑了一声："本来我生日那天晚上让她喝点酒也没什么。"

靳泽："然后？"

云深："这不是有你在嘛。"

"嗯？"

"她是你的'脑残粉'——"云深像是笑得喘不过气了，隔了会儿才"呼哧呼哧"地冒出后半句，"我真怕她喝醉之后当场发疯对你做些什么。"

天底下竟有这种好事？

思及此，靳泽搭在方向盘上的左手滑上了脸，不轻不重地捻了两下自己的耳垂。

夜色浓重，而他眼底的笑意更深了。

车速提得几近飞起。

"受害人"正在飞速赶来的路上。

深夜，在酒店服务人员的催促下，这场聚会终于匆匆忙忙地散场了。

班委会成员肩负起了帮忙叫车、叫代驾以及护送女同学上车离开的责任，没喝醉的照顾一下喝醉的，撤退流程进行得有条不紊。

云娆、柏薇和另一个喝醉的女生在包厢里留到了最后，安静等待着亲友过来接她们回家。

柏薇酒量很好，是三个人中唯一清醒的那个。她自顾自刷了会儿手机，状似不经意地问云娆："今天还是你哥来接你吗？"

喝醉后的云娆能听得懂人话，但是听懂了也不想回答，始终沉默着，显得有些没礼貌。

柏薇以为她没听见，重复了一遍。

云娆摇一下头，就当作回应了。

没过多久，柏薇似是一个人待着太无聊了，又问："不是你哥，那是谁来接你？男朋友吗？"

云娆总算起了点反应，微驼的背挺直了些，仍是摇头。

行吧。要不是三年前毕业聚餐那晚，云娆哥哥来接云娆回家的时候把柏薇给惊艳到了，她才懒得热脸贴冷屁股问那么多呢。

三个女生，一个趴桌上睡觉，一个弯着腰玩手机，还有一个坐直了发呆，就这么互不打扰地消磨着时间。

不知过了多久，包厢外传来规律的敲门声。

柏薇的男朋友刚给她发消息说还在路上，她有些郁闷地抬起头，看到包厢门从外打开，一个身量极高的男人信步走进来，她的眼睛一下子盯直了。

天啊。

她从来没有在现实中见过腿这么长、身材比例这么好的男人。

他上身穿黑色夹克，下身是休闲款式的直筒深灰长裤，夹克微敞着，内搭T恤上方露出一截冷白色的脖颈，再往上，黑色口罩遮住了大半张脸，鸭舌帽的帽檐压得很低，眼睛匿在阴影里，旁人几乎看不见任何五官。

柏薇的视线一秒都移不开。

如果说云娆的哥哥长得像普通大学里的校草，那么眼前这位，光看身材就足以评电影学院的校草，在明星之中都是万里挑一的帅。

大抵是花痴的心灵被帅哥击中了，七荤八素之中，柏薇竟然产生了一种微妙的熟悉感。

　　男人朝她微微颔首，然后停在了云娆面前。

　　"喝醉了？"

　　他的声音低沉而悦耳，带着一丝浅浅的责怪。

　　云娆仰视着他，水光迷离的大眼睛缓慢地眨了一下。

　　靳泽轻叹了口气："走吧。"

　　"等一下。"柏薇忽然插了句话，转头问云娆，"来接你的人确定是他吗？"

　　虽然这个帅哥身材好气质佳，但是他把脸遮得那么严实，云娆又喝醉了，柏薇觉得自己有必要确认一下。

　　靳泽一只手悬停在半空中，手指向上朝云娆勾了勾。

　　"学长……"

　　沉默许久的云娆破天荒地开口了，乖乖抬起手放进他掌心。

　　临别时，靳泽转头对柏薇道了声谢。

　　柏薇的脸颊"唰"地红了。

　　是做梦的时候梦到过吗？为什么她越来越觉得，自己应该认识这个帅哥。

　　唉，不得不承认，她现在羡慕死云娆了。

　　酒店回廊里的灯灭了一半，柔软的地毯上坠落着明一块暗一块，交替向前延伸。

　　电梯停靠，靳泽拉着云娆走了进去。

　　轿厢内光线充足，暖黄的灯带从头顶上照耀下来，亮得有点晃眼睛。

　　空气中弥漫着淡淡的酒气，恍惚带着一丝甜味。

　　靳泽用空余的一只手揉了揉太阳穴，说话的声音很低，明明隔着半米左右的距离，却像在云娆耳边低语："让你不要喝酒，为什么不听？"

　　半晌，轿厢内静静的，除了电梯运转的"滋滋"声，只剩下两道深浅不一的呼吸。

　　靳泽暂时还不知道云娆喝醉了不爱答话。

他偏了偏头，松开拉着她的那只手，转而卡到腰间，眼睛审视般地垂下来："你……"

才说出一个字，他就发现，云娆的神态变了。

准确地说，是他一松开她的手，她的眼神就显而易见地晃了晃。

电梯匀速下行，寂静的轿厢内倏然传来"咚"的一声，像是硬物撞击到了金属，接触面积比较大，所以声响并不清脆，有点闷。

相撞的东西其实有三个。

发出闷响的，是靳泽的背和电梯的不锈钢墙壁。

不声不响的，是一软一硬两具身躯。

这一幕发生得太快了，靳泽仿佛只看见一道残影，如同恶犬扑食肉骨头，和云深的描述一模一样。

他这是要被扑倒了吗？

和"肉骨头"扑了个满怀之后，云娆的动作没有任何停下来的意思，她的两只细胳膊已经成功挂上了靳泽的肩。

然而她还觉得不够，右手摸索着绕过人家的后颈，因为身高差，这个动作有点艰难，但她的右手还是努力地够到了左手，两只手搭扣似的扣在了一起，然后不断缩小双臂中间那个圈的面积。

除了手，她的两条小细腿也在不断地往上蹭，动作类似上树，偶尔滑下来踩到地，又会立刻蹬一脚蹦高一些，仿佛电梯的地面有多烫脚，她细皮嫩肉的，一下也不能沾。

上上下下蹦了几次，她忽然感觉自己身体一轻，不费什么劲就攀到了最满意的位置。

这个动作类似抱小孩，靳泽一下把她抱得比自己还高。

女孩子的身体比想象中还要轻一点。

体重虽然轻，威力却一点也不小，被她胡乱地抱蹭两下，靳泽整个人都不太好了。

"怎么这么皮？"

他又问，这一回，低低的嗓音直接贴着她耳膜敲响。

云娆粉白的耳朵外圈瞬间红透了,然而她依然不答话,身体微微弓下来,脑袋贪婪地往人家脖颈那儿钻。

这些年,云娆爬过不少棵"树"。

妈妈和闺蜜像柔软的小树,根本经不住她的热情,经常她一扑,连人带"树"都要滚到地上。

经得住的大树都是男性,其中又以云深遭她毒手最多。

可是云深很嫌弃她,不给扒拉不给抱,动辄就要把她拎起来扔得远远的。

既有力气又不排斥她,好像只有爸爸了……

但是今天这棵"树"和爸爸又很不一样。

比爸爸更高更强壮一点,骨骼棱角分明,肌肉也硬硬的,抱起来有点硌手。

还有身上的味道。

爸爸是厨师,身上长年带着饭香,闻着会让人肚子饿。

而这个男人的味道,让云娆联想到了清晨的空山,清冷而静谧的木质清香随风萦绕鼻尖,不属于温暖的味道,闻着却让她身体发热,心跳和血液流速一并奔腾起来。

现在的云娆不知道回避为何物,过速的心跳通过相贴的胸口渡过去,似乎也有别人的心跳声传回来,混在一起异常杂乱,分不清你我。

她的脸蛋很热,快要烤熟了,然后抱着她的那人温柔地把她托高了些,微凉的下颌贴在她滚烫的肌肤上。

这也……

太舒服了吧!

云娆把他的脖子箍得更紧了,脸颊贴着那块清凉的地方碾来碾去,像是怕他跑了似的,腿也紧紧地缠住,隔着薄薄的几层布料,蹭过的坚硬肌肉几乎立刻热胀了起来。

靳泽虽然做了心理准备,但是这个狂野程度还是刺激到他了。

他现在被云娆逼站在电梯角落,头皮发紧,难熬得快炸了。

然而,他仰头就能看到黑洞洞的摄像头正在盯视着他。

"叮"的一声,电梯终于缓慢停了下来。

靳泽还来不及松一口气，抬眸看到楼层显示屏上数字，这口气忽地又提了上来。

他按的是地下停车场负一层，可是现在电梯停在了一层。

靳泽微微垂下头，鸭舌帽的阴影完全遮住了面孔。

电梯门打开，有人进来了。

那人只跨出一步，脚步倏地一顿，喉咙口似乎也发出愕然的一声"呃"，仿佛见到了多么惊悚的画面。

靳泽的太阳穴跟着跳了两下，然后就感觉怀里的生物似乎对他突然的僵硬有些不满，手掌往下摸到他蝴蝶骨那儿掐了下，鼻尖也无意识地压住了他搏动的大动脉。

来人一袭保安制服，还算有素质，很快就当作什么也没见，默默地站到了另一个角落。

短短一层楼的距离，电梯下行时间不过几秒，却显得异常漫长。

因为云娆不小心滑下去了一点，然后就开始手脚并用地往上爬，唇边溢出"呜"的一声，伴随着"呼哧呼哧"的呼吸声，整个轿厢的气氛瞬间被诡异而尴尬的暧昧所充斥。

终于，这场漫长的折磨到头了。

电梯到达负一层。

靳泽将云娆往上提了些，用略显无奈的声音，对身旁可怜的保安大哥叹道："老婆比较缠人，见谅。"

话音一落，他抱着怀中的女孩率先走出电梯。

很快找到停车的位置。

"先下来好不好？"男人低声问。

女孩无声地抗拒。

靳泽走到副驾驶车门旁边，颇为艰难地空出一只手开门。

掌心触到冰凉的车门把手时，倏地一顿。

头顶上的日光灯似乎是短路了，规律地明灭变换着，投下的光影仿佛卡了帧，在空旷的地下室中好似一颗闪烁的星子。

靳泽深潭似的眸中似乎也有闪烁的星子一晃而过。

他忽然收回手，往后退了两步，打开后座车门，费了好一番劲儿才把黏糊的"小八爪鱼"弄进去。

然后，他自己绕车半圈，从后座的另一边车门坐了进去。

车厢里有点闷，靳泽把四个窗都开了条缝，谨慎考虑不敢开太多。

终于摘掉口罩和帽子，他深呼吸几口，转头看见右座上的云娆正在挠脖子，细白的小手搁在颈窝那儿，有一下没一下地抓挠着，像只猫儿。

他倾身凑过去，抓住她一只手腕。

"过敏了？"

云娆抿了抿唇，没有挣扎，只用那双含水含雾的眼睛怔然望着他。

靳泽用目光简单检查了一下她裸露在外的皮肤，除了浮起一层淡淡的红，并没有看到类似过敏的红肿和皮疹症状。

他依旧扣着她细瘦的腕骨，声音带着淡淡的命令意味："不许乱抓。"

云娆终于不太自在地转了转手腕，喃出一个字："热。"

片刻之后，冷空调打开了。

靳泽从扶手箱下面拿出来一瓶矿泉水，递给她。

云娆接过却不喝，两手把玩着冰凉的瓶身，时不时还放到脸颊旁边贴贴降温。

玩了没多久，水瓶忽然被人抽走了。

云娆抬起眼，目光有些呆，似是纳闷这人怎么这样，自己把水递给她，然后又自己抢走。

眨眼间，靳泽就把矿泉水瓶藏了起来，云娆像看变魔术一样，眼神更呆了。

空调送风口"呼呼"吹着冷风，车厢内的温度降下来，气氛也变得更安静。

靳泽仰靠着坐，两人的视线无声地交锋，他忽然探究地问了句："知道我是谁吗？"

云娆身体虽然凉爽了，可脸上依然铺着一层酒后的酡红。

见她不回答，靳泽凑近一些，重复道："我是谁？认不认得？"

云娆现在的脾气可一点也不稳定。

她像是被问烦了，嘴唇动了动，老大不情愿地说："靳泽。"

她很少像这样直接喊他名字。

多半是名字加上"学长",或者只喊"学长"。

认得就好,别把他当成别的什么人又贴又抱的就行。

走神间,只听身旁的小醉鬼又喊了声:"靳泽。"

"嗯?"

得到回复后,她似乎有点高兴,唇角翘起来,仿佛确认了一件多么快活的事儿。

靳泽也跟着她笑,琥珀色的瞳孔流淌着细碎的光。

倏尔,他望着云娆的笑眼忽然顿了一下,瞳孔也在此时放大了一瞬。

再然后,原本偏浅的瞳色变得幽暗,双眼皮的褶也更深了,小云娆真是,比他想象中的还要更狂野。

两个人刚刚还在对着笑,这姑娘忽然往前一俯身,双手撑在坐垫上,腿也跪上去,就这么朝他爬了过来。

车内不比室外,空间狭小,她似乎有点施展不开。

爬到靳泽身边之后,她直起身,又膝行向前挪了两步。

那画面落在男人眼底,实在带感,惹得他喉结无意识地滚了滚。

他还来不及缓口气,就见云娆一只手搭上了他的肩膀,眉头皱了皱,像是正在思考接下来自己的手和腿该往哪儿放,才能再一次完整地把自己挂到这棵"树"身上。

"想过来吗?"靳泽低声问,声音含了一丝哑,隐约似在诱惑。

云娆又不回答了。

靳泽现在已经知道她喝醉了不爱说话,不等她答,就主动向后一仰,方便这小醉鬼抱过来。

自此之后,他一动不动,将自己的被动地位展示得清楚明白——

之后如果发生什么,都和我没关系,我是身不由己惨遭蹂躏的那个。

下一秒,靳泽就没那么淡定了。

他本以为云娆会先抱住他,然后再顺势斜坐到他腿上,没想到这姑娘路子这么野,直接抬起一条腿跨坐过来,两只膝盖砸到座椅上,身子往前一滑,就这么飞扑式地撞进了他怀里。

一串动作又猛又出乎意料，靳泽的下巴磕了下她的脑门，还挺疼的。

他顾不上自己，先捧起云娆的脑袋查看。

"猴急什么？"

他忍不住笑开了，指腹在她额角揉了揉，滑落下来的时候不着痕迹地碰了碰她脸颊。

"好了，现在任君处置。"

车厢内只亮着一盏昏暗的方形顶灯。

灯光暖黄，云娆背光而坐，脸是暗的，但是双颊两团酡红烙在瓷白的肌肤上异常显眼，且有越发浓郁的趋势。

她脑袋里哪有什么蹂躏不蹂躏、处置不处置的，就想凑得近一点，再近一点，把人紧紧扣着和自己严丝合缝，让他跑不了，这就完了。

殊不知这样的亲近，对一个年轻气盛的男人来说有多难熬。

不同于电梯里的"恶犬上树"，现在的云娆除了猫咪撒娇似的轻蹭，再没有别的动作。

然而坐抱着不动比站抱着乱动离谱多了。

小姑娘看着瘦，到底是一家子厨师养出来的，该有肉感的地方毫不含糊。

大约只坚持了两分钟，靳泽就受不了了。

"娆娆。"

男人的声音已经哑得很明显了："你能不能往后面坐一点？"

靳泽第一次感受到什么叫度秒如年。

十几秒听不到回复，他不得已伸手扣住了她的腰，有点强硬地把她的身体抱远了些。

还来不及松一口气，这醉鬼立刻极为不满地重新挪了上来。

他早就不舒服了，这会儿，脑袋里的神经简直绷成了张满弓。

他不由得有些后悔，为什么要上赶着来受这种罪。

他脑中时不时有邪念反复闪过。

云深说她喝醉了醒来之后断片断得非常彻底，宛如失忆。

那就算发生什么，估计第二天她也想不起来。

157

然而邪念终究只是一闪而过。靳泽绝对做不到乘人之危,更何况面对的是她。

就算真要欺负,也得等人清醒了再说。

他用了很长的时间调整呼吸,终于在极度的不适中找到一个勉强能撑住的平衡点。

他抬起手,轻轻摸了摸云娆埋在他颈间的后脑勺。

真要推开她,他也做不到。

反正都这样了,既然我不能欺负她,那就让她来欺负我吧。

静谧之中,靳泽那双深邃的眼睛凝视着她,云娆撑着他的肩膀,脸抬起来,细密长睫随着眨眼的动作轻颤。

她抿了抿唇,脸色烧得更红了。

几乎没怎么犹豫,云娆忽然俯身在靳泽侧脸上亲了一口。

"吧唧"一声,还挺清脆。

靳泽根根分明的睫毛也狠狠颤了下。

怎么办,人家把他当亲哥哥了。

靳泽的左手落在云娆腰际,不怀好意地轻掐了一下。

云娆特别怕痒,很快跟着哆嗦了下,喃喃道:"干吗……"

见她张口说话了,靳泽缓缓凑到她耳际,悠然道:"我不是你哥。"

云娆只"唔"了声,就算回应。

靳泽:"如果把我当亲哥,你这样坐在哥哥腿上,显然是不对的。"

这样不对那样也不对,明明刚才任她扒拉任她抱的。

云娆有点恼,小动作多了起来,手往下摸到几块硬得像烙铁的肌肉,可惜她没作几下妖就被人按住了。

"别乱动。"

他声音听起来也变凶了,语速飞快。

云娆垂了垂眼睛,目光落在刚才自己摸到的地方:"怎么不是冰的。"

"你想干什么。"他的声音又不凶了,只剩下全然的无可奈何。

云娆用手背擦了擦嘴,理直气壮地说:"我舌头烫伤了,要拿腹肌冰镇一下。"

靳泽被她折磨得已经玩不动了，有些无力地说："一直都是热的，想变冰可不容易。等你哪天吃冰的冻到舌头，就给你暖一暖。"

"哦。"云娆掐了下自己的手指，忽然"嘶"了声，飞快地捂住自己的嘴，"怎么回事，嘴巴突然好冷。"

靳泽无语："你嘴巴冷，手乱动干什么？"

"好摸吗？够了吗？

"小学妹，我有理由怀疑你平常老实文静的样子都是装的。"

云娆："才没有装！"

"你知道你现在在摸哪儿吗？"

…………

睡梦中的云娆忽然紧紧抱住了被子，身体弓成一只熟虾，手心滚烫，全身上下也热烫着，仿佛刚从沸水锅里捞出来一般。

接下来的整个夜晚，她一直在做梦。

梦中有空山清野的草木香，微凉的风刮过脸畔，她的身体轻盈得像是飘了起来，有人在她耳边轻描淡写地低语，她极自然地想抱住那个人，却被他温柔地放在了草地上，他的指尖顺着她的长发抚下来，慢慢地再也感受不到。

熟悉的闹铃响起，云娆倏地睁开眼睛。

看了眼时间，发现没有太迟，她又瘫软下来。

几分钟后，她扶着额头坐了起来。

昨天晚上……我是怎么回家的？

最后的记忆停留在同学聚会的酒桌上，她和身旁的女生碰了碰杯，然后又开了一瓶啤酒……

天啊，她好像喝了真不少。

云娆揉了揉眉心，单手拿起床头柜上的手机，查看微信未读消息。

靳泽：【厨房里有粥，定好时了，你醒来就能喝。】

云娆的眼睛倏地睁大。

这是什么?

她指尖划拉屏幕,很快看到了昨晚的聊天记录。

靳泽:【你是不是喝酒了?】

靳泽:【你现在在哪儿?】

靳泽:【我去接你。】

云娆:【[定位地址]】

靳泽:【好。】

靳泽:【乖乖等我。】

云娆:【快快快!】

目光最后落在她自己发出去的那三个相同的汉字上。

云娆难以置信地捂住了嘴。

这是什么!

所以昨天晚上是靳泽学长接她回家的?而她竟然一点印象也没有了?

云娆低头瞄了眼自己身上的衣服,外套脱掉了,只剩一件软质衬衫,睡了一夜之后满是褶皱。

她连滚带爬地冲进洗手间,停在盥洗台前。

明净透亮的镜子映着她的脸,妆已经卸干净了,脸颊柔软白皙,头发微微凌乱,除了眼睛有点肿,看起来并不太丑。

云娆不敢回想这个妆究竟是谁卸的。

洗手间内灯光明亮,她拿出手机请了一个小时的早假,然后站在镜子前面发了几分钟呆。

再之后,洗漱、冲澡、吹头发换衣服,一应流程结束,云娆才慢腾腾地踱进厨房,舀了一碗靳泽为她准备的南瓜小米粥。

小米粥香甜暖胃,她却有些难以下咽。

她的拇指在手机屏幕上剐蹭来剐蹭去,终于听天由命般按下拨号键。

回铃音响了大约十五秒。

"喂。"

听筒中传来熟悉而清润的嗓音。

不知怎么回事,听着他平静如常的声音,云娆的耳朵却莫名其妙地烧了起来,仿佛感受到了男人吞吐在她耳郭边的热气。

她抓狂地揪住自己的长发,道谢的声音异常干涩:"学长……那个,昨晚谢谢你送我回家。"

"不用谢。"靳泽顿了顿,嗓音忽地变轻,"或许,你应该补偿我。"

云娆愣住了:"什么?"

电讯号送来男人低低的一声笑:"你昨天抱了我一路,亲了我好几口,还对我上下其手。小学妹,你觉得你该不该对我负责,好好补偿我一下?"

她一定呆住了,不仅呆,说不定还非常恐惧。

靳泽完全能猜测出他说出这番话之后,她的眼神、表情,甚至最终给予他的回应。

可他忍不住不逗她,甚至期待着奇迹出现,比如她以其人之道还治其人之身,反过来撩他。

然而他最终还是失望了。

沉寂许久之后,电话那头的姑娘紧张而慌乱地辩解道:"学长,那个……我哥也跟我说过很多次,我喝醉之后状态会比较,那个,比较失常,或者说,比较奔放。他就被我亲过好几口,真的,我也亲过黎梨、温柚她们,就是一种……表达友好的方式?我绝对没有别的意思!也绝对不是针对学长你!至于上下其手……估计是喝醉了之后肢体有点失控,我可以对天发誓我是无意的!当然,我知道我肯定犯错了,你想要什么我都愿意补偿你,干什么都行,多少钱都行,只要我有……"

明明是意料中的回答,靳泽听到之后,脸色却显而易见地阴沉下来。

他抬眼望向窗外,机场高速旁边是连绵的田野,此时阳光普照,他却察觉不到温度的存在。

"瞧你紧张的。"仍是那般轻描淡写的声音,语气温和无虞,旁人几乎听不出情绪变化,"你只亲了一下我的脸,其他什么也没做。就当作偶像给你的福利,不需要什么补偿。"

他想要的补偿,她也给不起。

161

电话挂断后，靳泽仍旧望着窗外，维持着微微偏头的动作，一动不动。

前排的乐言忽然唤了他一声："哥，你怎么了吗？"

刚才靳泽的电话并没有避着他，他听到靳泽从一开始轻松又愉快的嗓音，像在调戏小姑娘，然后一下子沉静淡漠下来。

其实，靳泽长期给自己配音，声线控制力是很强的，只是他刚才在打电话，只注意对电话中那人保持声音的稳定，并没有过多地控制表情。

正因如此，乐言通过后视镜，清楚地看到了他眼梢笑意的消逝过程。

靳泽的声音仍旧淡淡的，内容却有些劲爆："被一个不喜欢我的人始乱终弃了。"

乐言无言片刻，小心翼翼地问："云娆小姐吗？"

没有收到回复。

乐言大起胆子，再次通过后视镜偷偷窥伺后座上的老板大人。

暖亮的晨光透过窗玻璃照进来，却衬得阴影部分更黑更暗。他的脸匿在阴影中，轮廓显得有些模糊，肤色是十分白皙的，眉宇间笼罩着一抹若有似无的阴云。

乐言突然觉得，他这样也挺好的。

至少会不爽，郁闷的表情表现在脸上，总比从前冷淡漠然，对什么都温和从容，甚至漠不关心来得好。

也就这几个月吧，乐言才惊奇地发觉，原来老板这张脸，或许曾经是天生带笑的。不是那种礼貌温和的微笑，而是张扬自在的笑，不带任何忧虑和烦恼的模样。

靳泽演的电影十有八九是正剧或悲剧，所有人都以为他天生自带冷感，情绪内敛含蓄，乐言也一直这样以为。

直到近期偶尔撞见他和老同学连麦打游戏，他会大笑着爆粗口，更经常的是他抱着手机不知道和什么人聊天，唇角勾着，虽然极力压制，但还是有荡漾的情绪莫名其妙地溢出来。

这才像个活生生的人，立体又鲜亮。

是不自觉散发出来的情绪，不是根据剧本安排演出来的。

"哥，要不你直接追吧，表现得明显一点。"

乐言说这话的时候，对自己的职业感受到了深深的愧疚。没想到他一个圈内从业人，竟然主动劝说艺人去谈恋爱。

但是作为下属和朋友，他只是希望他哥开心一点罢了。

靳泽仍然未动，目光眺望着飞速后退的旷野，脑海中忽然冒出一句多年前听到的，心狠决绝的话——

"不爱你的人，无论怎么强求都没用。"

他不自觉地蹙了蹙眉。

年少的时候，他总是想不明白，为什么曾经恩爱的父母突然就走远了。

没有发生任何冲突和矛盾，他们忽然之间开始冷战，然后分居。

母亲搬走之前最后一个夜晚，他听到父亲在卧室里恳求她不要走，那么坚韧固执的男人，几近声泪俱下。

自此之后，父亲就像变了一个人，原本就不太温柔的他性格越发冷酷偏执。

那时候，靳泽还过着衣食无忧的大少爷生活，大部分时间都住在学校里，家庭生活的阴霾深藏心底，对他自由快乐的校园生活并没有造成太大影响。

十七岁那年，他遇到一个女生。

但他高三毕业之后就要出国留学了。

靳泽每天都在纠结这事儿，终于在某个周末，他万分苦恼之下，独自跑到母亲住的公寓，想找她倾诉一番。

那是个初冬的午后，家乡的行道树四季常青，冬日稀薄的阳光下，葱郁的枝丫随风摇曳。

一片树影中，靳泽看到母亲正在和一个陌生的男人拥吻。

他有点记不清那个时候母亲和父亲究竟办完离婚手续没有。

总之，他在震惊和难以忍受的反胃之中逃走了，比他参加运动会田径比赛的时候跑得还快，跑得还远。

"不爱了就是不爱了，感情变了谁也没有办法。"当时有个人这么评价道，甚至还让他回去劝劝他那个偏执的父亲，早日放手，别再执迷不悟，"不论贫穷富有，不论是否生儿育女，不爱你的人，无论怎么强求都没用。"

靳泽收回眺望窗外的目光，左手搭在窗台，指尖轻抵着太阳穴："等我从英国回来，五月底刚好有一周的假，我会找她表白。"

"好！"乐言激动得拍了下手，他自己明明没什么恋爱经验，却非常认真地帮忙分析道，"哥，你条件这么好，人家就算现在不喜欢你，你好好追，肯定很快就能追到的。到时候，你要诚恳一点，先问问人家喜欢什么样的，怎么样才能接受你，然后见机行事就行了，千万不要太莽了，现在的小姑娘都很有主见的。"

靳泽点一下头，终于绽开一丝笑："是的，她很有主见。就听你的。"

第七章
/ 学长对不起 /

　　春末与初夏的连接稍纵即逝，仿佛昨天才穿着御寒的外衣，今天就剥得只剩轻薄短袖，冰箱冷藏柜也在瞬息间被冷饮所填满。

　　惬意的周末，闺蜜三人组一早便聚在云娆家，四仰八叉地窝在沙发上看电视剧。

　　小西几在她们身上蹿来蹿去，这几个懒人动都不动一下。

　　云娆枕在温柚腿上，从这个位置，温柚可以清晰地看到她眼下一抹乌青。

　　温柚忍不住伸出手在她眼窝那儿蹭了下："怎么回事？你以前可是全宿舍最能睡的一个。"

　　云娆侧过身去，耳朵后面莫名其妙地浮起一层血色。

　　隔了一会儿，电视剧正好切下集，唱起了片头曲。

　　云娆忽然撑坐起来，两手捧着脸，声音含混不太清晰："宝贝们，我完了。"

　　身旁两个立马坐直了凑过去。

　　云娆："我感觉我做不了靳泽的妹妹粉了。"

　　磨蹭半天，云娆半是主动半是被动地透露出，自己自从那天在靳泽家外边看到他脱衣服游泳之后，夜半时分经常梦回那一幕。

更离谱的是,或许是同学聚会那天晚上她狂性大发做了什么不得了的事儿,后来做梦的时候,不仅视觉印象清晰,竟然连触觉也分外真实,经常惊醒过来之后分不清楚梦境现实,深陷梦中的缠绵难以自拔。

"我变色了。"云娆痛心疾首地道,"过年的时候砂糖橘吃多了。呜呜呜!"

黎梨一脸见怪不怪的样子,说:"我打从一开始,就觉得你根本是个'老婆粉'。"

黎梨:"喜欢你就上嘛,别被粉丝这个角色禁锢住了。"

云娆拧了拧眉,似是觉得黎梨这个提议多么离大谱。

黎梨掰着指头给她算:"你说你,学历高,会赚钱,申城有房,家庭条件也不错,长得还漂亮,身材嘛……也很有料,重点是你们认识那么多年了,老熟人之间最方便下手。配他,一点也不差。"

云娆有气无力道:"所以?方法论在哪儿?"

她压根就不信世上存在什么简单可行追到顶流偶像的方法论……

黎梨:"约他出来,吹点小风,喝点小酒,小灯那么一拉……"

温柚在一旁鼓掌附和:"妙计呀。"

云娆白眼都快翻上天了,然而通红的脸颊还是暴露了她的心情:"人家只把我当妹妹,再胡说八道就把你俩赶出去!"

认识云娆的都知道,她绝对不是那种随随便便的女生。

但是或许人都是会变的。

一个做梦都想和偶像发生点什么的女人,谈什么单纯,谈什么守身如玉。

"当妹妹怎么了?又不是亲的。"温大仙说话总是富有哲理,"尤其是这种没有血缘的妹妹身份,想做什么不方便呢?"

"你也给我闭嘴吧!"云娆一枕头压过去,嘴里笑骂着,心跳快得都要撞出喉咙口了。

"妈耶,公举你松松手,大仙快被你捂死了。"黎梨盘腿坐在一边,没心没肺地劝架。

云娆总算撒了劲,抬手摸了摸自己通黄,哦不,通红的脸蛋,坐下的时候还要意犹未尽地踹温柚一脚。

她就不该和她俩说这事儿。

说完之后,本来就飘浮在半空中的心绪,现在几乎要搭乘火箭飞上外太空乱窜了。

"你这就叫色厉内荏。"温柚慢吞吞地坐起来,回踢云娆一脚,"在外人面前乖得像个孙子,只知道欺负自己人。"

她还想加一句,"你刚才就是被我戳中下怀了",这话停在喉咙口,嚼了嚼,考虑到自己的生命安全,最终没蹦出来。

还别说,云娆这小身板,看起来柔柔弱弱的,真要发起飙来,那力道可不是盖的,刚才险些把她摁回"老家"见祖宗。

一场笑闹过后,三个人恢复了半瘫痪看电视的状态。

液晶屏幕上播放着都市女性职场剧,看到一对相处融洽的同事因为争夺客户资源反目成仇的情节。

富婆黎梨有点不解:"她俩就这么撕起来了?明明昨天还商量着一起逛街买包呢。"

云娆:"电视剧里比较夸张。至少我身边的同事都很友好的。"

正闲谈着,云娆放在茶几上的手机忽然振动起来。

她瞄一眼来电显示,匆匆走进卧室接听。

"喂,组长?"

电话那头,组长黎旭的声音不似往常洪亮,显得低沉而含蓄:"小云啊,有个事需要你帮个忙。"

"你说。"

黎旭顿了下,再开口的时候,声音更温和了些:"下周五和周六,也就是25日和26日,有个客户需要你跟着去一趟帝都,服装设计行业的,和我们合作很多次了。他们只要女翻译,时薪非常高。"

他重点强调了"时薪非常高"这五个字,然而云娆想也不想就回复:"不行。组长,我两周前就请了25日的假了,你也批过了呀,我那天真有事。再说了,我知道这个项目是以荷姐的,这么大的客户,她难道不要了吗?"

黎旭:"你25日在市内吗?"

黎旭:"崔以荷家里出了急事,那两天不在市内。许茹现在在意大利,也赶不回来,组里女生只剩下你了。"

跟了好几年的客户都舍得抛下,云娆大约能猜到,崔以荷家里发生的肯定不是什么好事。

她同情地叹了口气,转头依然拒绝:"不行,领导,我那天真有事。"

黎旭想必也是没辙了,仍然揪着她不放,软言棍棒交替着来:"你看看能不能重新安排一下时间?这个客户是行业内的龙头,地位高,对公司而言很重要。我们如果出尔反尔,先不论人家找了别家我们丢了生意,如果对公司的声誉造成负面影响,以后这整个行业的单子我们都不好拿了。"

中国和意大利之间的商业往来,时尚领域占了很大一头,如果换作别的行业,黎旭估计不至于这么着急上火。

他问云娆25日究竟有什么事,让她给一个充分的自己实在不能来的理由,云娆临时编不出来,更不可能说真话。

直到电话挂断,两个人依旧谁也不让步。

回到客厅,云娆在领导那儿吃的瘪,"噼里啪啦"全给闺蜜倒了出来。

作为"社畜",温柚十分理解她,也理解黎旭:"咱们小员工就是一根钉,哪儿有缺漏往哪儿塞。你领导也没办法,他的工作就是压榨你,没冲突的时候都好,起了冲突哪管你需不需要私生活。"

云娆刚想说凭什么别人甩锅我来接,转念顾及人家家里可能出大事了,情有可原,而她……

"我的事也是千载难逢的大事。"她喃喃一句,想到靳泽提前一个月和她约好,而她满心期待了这么久,临了却发生变故,简直烦躁得头都秃了。

闺蜜三人凑在一块儿讨论了许久。

工作上的事情,黎梨和温柚分析起来很冷静,一致认为还是服务好公司的大客户比较要紧。

黎梨:"你不是说靳泽接下来会休息挺长时间吗?问问他事情急不急,能不能换一天。"

云娖心里不大情愿。

可是思来想去，靳泽找她，应该不存在什么非哪天不可的事。

她踌躇着发了条消息：【学长，你下周五那天的事急吗？】

紧跟几个哭鼻子的表情包，云娖接着说：

【能不能改天呀？】

【领导下周五给我安排了个活儿，实在推不掉。】

消息发出去之后，云娖抱着手机，经历了漫长、痛苦又惭愧的一个多小时，终于收到回复。

靳泽：【刚才有事，没看手机。】

靳泽：【没关系，你忙你的，我的事不要紧。】

云娖松了一口气，可是心脏像被人捏住了一角，一点也不松快。

她试探着问：【学长，改天我请你吃饭好吗？】

靳泽回得很快：【好。】

靳泽：【晚点再聊。】

云娖正输入着"26日或27日可以吗？周中我也没问题"，看到靳泽发来的回复，她默默删掉了上述字眼，回了句：

【学长去忙吧，不要太辛苦了。】

她丢了手机，重新瘫回沙发上，感觉接下来一整个周末，不对，一整个月末，她都不会再快乐了。

周中的日子在奔忙中过得飞快，转眼就来到了敲锣打鼓喜迎周末的星期五。

早晨，云娖在家里收拾行李，除了电脑包之外只带一个双肩包，轻装上阵。

中午的航班，客户会派车到公司楼下接她，所以云娖带着行李准时去公司上班，顺便处理一些别的活儿。

早高峰的地铁车厢像个拥挤的沙丁鱼罐头，云娖被挤得好几次双脚离地，手机在包里响了很久，是组长打的电话，她一点感觉也没有。

出了地铁口拐个弯，上楼就是公司。

她一来到办公室,就觉得气氛有点不对。

瞅一眼隔壁座的黄辉,他好像在对她挤眉弄眼,好像又是她的幻觉。

办公区左侧,隔着一条回廊是一间小型会议室,他们平常经常使用。

此时会议室的门正关着,里面有一男一女两道声音传出。

云娆模模糊糊听了一会儿,没听清楚半句话,脸色却霎时变了。

顷刻后,会议室里的人出来了。

组长黎旭走在前头,脸色阴沉,看到云娆的时候,他目光停滞了一下,眉头拧得更深了:"小云来了?唉……"

他的后半句话,云娆没注意听,眼神只死死盯着组长身后跟出来的那个人。

"以荷姐,你家里不是有急事吗?"她的声音很干,隐约还带着怒气,完全不似平常的温婉形象。

崔以荷刚刚被领导教训了一通,脸色也不太好看。撞上云娆的目光后,她故作淡定地扯了扯唇:"突然又没事了。"

有几秒的时间,云娆像是在消化崔以荷这句话的意思,又像是在酝酿自己的愤怒。

"你有毛病吗?"她控制不住地骂了一句。

崔以荷似乎没料到她的反应这么激烈。

不知为何,云娆的反应越激烈,崔以荷唇边的弧度更甚:"我向你道歉,对不起。但是你也没必要这么激动吧,这个客户本来就不是你的。"

云娆又听不懂了。

隔了会儿,她反应过来,完全被气笑了:"拜托,出尔反尔的是你,你撂挑子了,领导只能找我,还占用了我宝贵的假期时间。你以为我缺你这个客户吗?"

"你不缺吗?"崔以荷双手抱胸,反问她,"不要说得那么勉强,听到可以接手我这个客户,你应该很高兴吧?从来没见过那么高的时薪吧?可惜了,就算我出尔反尔,昨天我和他们联系的时候,人家还是说只要我,其他翻译他们都觉得不靠谱。"

云娆半张脸都僵了:"所以……你家里根本没事,就是特意搞这出,把我和领导当猴耍？"

崔以荷没有答复她的问题："你不要朝我瞪眼，你年纪还小，以后多的是机会……"

话还没说完，伴随着"啪"的一声脆响，崔以荷妆容精致的脸霎地朝右一偏，连带着半边身子也往右转了半圈。

办公室霎时静可闻针，在场的所有人都蒙了。

人们常说，暴力是世界上最低级的手段。

也许未来云娆有无数个更得体、更理智的报复方式，但是此时此刻，她脑袋里一片空白，所有细胞都在叫嚣着"给她一巴掌"，唯一清醒的认知就是——如果现在不发飙，她一定会抱憾终生。

管那么多以后，以后还能再打她吗？

不能了，只有现在。

崔以荷怎么也料不到，一个平常看起来柔柔弱弱、话都不敢大声说的小妹妹竟然敢动手打她。

"你疯了？"

崔以荷捂着脸站直身子，长鬈发披散像个女鬼，眼瞧着就要扑上去撕扯云娆，周围的男同事眼疾手快，一把拉住了她。

云娆也被同事拽住胳膊，嘴上却不饶人："打你还要挑日子吗？你怎么不看看自己几斤几两？"

崔以荷整个被她激怒了，再加上刚才在会议室里被组长教训责怪，肚子里本就窝着火，此时一并泄了出来。

"你一个应届毕业生，凭什么拿四位数的时薪？凭什么和我抢客户？还不是因为你给柯桓当过随行翻译，是柯桓的朋友，所以组长才把那些项目分给你，如果没有这层关系，你觉得凭你的资历能进我们组吗？一个走后门的关系户，还敢打我……"

话说到这儿，云娆总算明白了，为什么崔以荷要搞这一出硌硬她，以及崔以荷对她莫名其妙的敌意的源头。

组长黎旭是柯桓的死忠粉，从柯桓少训时期追起，人在哪儿他就追哪个俱乐部，每天津津乐道的，他们这些组员听得耳朵都长茧。

云娆也是米城粉丝，作为下属，她免不了通过共同爱好和上级套近乎。但是她很有分寸，更在乎自己和巨星朋友之间的感情，所以她和领导套近乎的层面止步于俱乐部同好，从来没有拿自己和柯桓之间的私交来说事儿。

黎旭的反应很快就印证了云娆的清白："你说什么？云娆是柯桓的随行翻译？"

崔以荷看着组长，表情渐渐变得凌乱张皇。

她从罗马留学圈朋友那儿得到的消息，肯定不会有假。

当嫉妒在心里扎根，一切她自以为的不合常理的工作安排，自然而然全都往那个推测上面靠。

渐渐地，崔以荷对此深信不疑，感受到自己在组里的地位受到威胁，这才自损八百，搞了这么一出戏来展示自己的地位，顺便也挫一挫云娆的锐气。

结果……

"我第一次听说这事儿。"黎旭被她们闹得一个头两个大，"别在外边丢人现眼了，你们两个，都给我到会议室里来。"

闹了一整个上午，直到客户打电话催促，崔以荷不得不走了，这场莫名其妙的职场闹剧才告一段落。

云娆本来是受害者，可她因为在公开场合打人，被罚了薪。

当然，她一点也不后悔。

崔以荷的下场更惨，黎旭被她气得够呛，直接把组里的矛盾捅到上级那儿，请求公司人事部来裁决。

可惜，作为一个利益至上的私企，崔以荷能力强，履历优秀，创造的财富远大于制造的混乱，办公室里的同事估摸着，她大概率不会被扫地出门。

说起来都觉得可笑，云娆满心期待的假期，被工作安排无情挤走之后，现在竟然失而复得。

中午阳光毒辣，云娆只带了手机，离开公司之后，她漫无目的地走过两个街区，随便挑了路边一家冰室歇脚。

点了一份车仔面套餐，云娆坐在窗边位置，单手托腮，望着窗外行色匆匆的白领金领，肆意地放空发呆。

日光从头顶上投下来，不远处的几幢高楼，外墙呈现惨白色，亮得晃眼睛。

云娆闭了闭眼，低头，掏出手机，盯着某个对话框继续发呆。

眼睛是出神的，手指却自己动了起来。

云娆：【学长，你现在在哪儿呢？】

隔了几分钟，对方回复说：【在外面。】

简单的三个字，没有任何信息量，显得那样疏远又淡漠。

云娆的心情恍惚飞回大年初二，收到他"同乐"短信的那一刻。

套餐半天上不来，她又饿又难过，闲着没事干的时候心情很容易乱飞，她觉得自己真是倒霉透顶了。

身旁的窗玻璃忽然发出"咚咚"两声，云娆茫然地抬头，对上一双熟悉的眼睛。

那人身材瘦高，面容清隽，下颌靠后的位置隐约能看见一颗小痣，据家长们说，那颗痣是云娆小时候拿圆珠笔捅出来的。

秦照很快走进冰室，坐到云娆对面。

"这儿离你公司有两公里吧？怎么一个人跑这么远吃饭？"

云娆笑了笑，掩不住语气中的怏怏："我今天休假，随便逛逛。"

秦照已经吃过了，他看云娆心情似乎很低落，于是一直坐着陪她聊天，有一搭没一搭地说些趣事。

"念念呢？你们没有一起吃饭吗？"云娆边吃边问。

念念是秦照的女朋友，姓周。他俩的公司离得很近，每天形影不离的。

"她今天早上出外勤了。"秦照顿了下，"我和她周末都要加班，今天反而不忙，所以下午调休半天一起去看画展。你要不要和我们一起去？"

云娆摇头："我去干什么，当电灯泡吗？"

秦照笑起来："好久没见了，念念老和我念叨你。不知道你今天碰上什么事，我还是建议你去看看画，念念特别喜欢这个画家，说看了她的画之后心情总会变好。"

云娆舀了口面汤喝，嘴里一直淡淡的，没什么滋味。

反正她下午也没安排，与其一个人呆到发疯，不如去感受一下艺术的熏陶，顺便换换脑子。

"好吧，那我就叨扰了。"

"你说话怎么还跟个老太婆似的。"

"我哪有！"

约莫下午三点，云娆、秦照和周念三个人打车来到城南一家美术馆门前。画展主题名为《季春之末》。

季春本就是末春的意思，一末再末，云娆有预感，今天展示的画可能会比较颓废萧条。

"今天怎么要排队？还拉警戒线了。"

周念左手挽着云娆，右手挽着她男朋友，脚步一顿，停在美术馆门前呆若木鸡。

秦照张望了一会儿："好像在控制人流，我们赶紧去排吧。"

美术馆门前有七八个保安守着维持秩序，周念拉着秦照抱怨个不停，问今天是什么倒霉日子，周末都没见过这么多人。

队伍慢吞吞地前进，云娆安静站在他俩身后，低头百度今天办画展的画家信息。

画家艺名春泥，画风印象派，擅长运用光、色彩和松散的笔触描绘风景，真名不祥，生年不详，七年前的五月末因脑癌逝世于云城。

百科中罗列了春泥的许多奖项和画评，但是关于本人的真实信息少得可怜。

其中包括唯一一张她本人的彩色照片。

照片是在她作画中途拍摄的，镜头下的女人衣着朴素，脸上未施粉黛，容貌极为清绝动人，尤其是那双瞳色清浅的眼睛，眼中含着七分柔情，以及被抓拍时的三分诧异，美得令人扼腕叹息。

不知为何，云娆忽然改变了自己刚才的想法。

终于排队进入美术馆，果不其然，所有画作一派生机勃勃，没有任何萎靡的影子，暮春的残花在春泥笔下依然肆意舒展着芳华。

出乎他们三人的意料，展厅内非常空旷，一点也不像因为人太多才排队控制人流的样子。

周念的职业和美术相关，她手里拿一个笔记本，随时记录感想。

走到一幅蓝粉相间的杏树画前，她掏出手机准备拍照，摄像头还没打开，就被身旁的工作人员制止了。

周念："门票上明明写着可以拍照。"

工作人员："今天下午不可以拍，其他时候都行。"

"太倒霉了，今天是什么鬼日子哦。"周念悄悄凑到云娆和秦照身边抱怨了句。

逛过半个中庭，三人来到展厅西南角。

只听不远处传来几声喧闹，伴着一串"噼里啪啦"的脚步声，听起来人数挺壮观。

好多人凑过去看热闹，云娆、周念、秦照三人也混在其中。

"我的天，好多保镖，每个都好高好壮。"身旁的女生惊叹道。

云娆伸长脖子往前看，只见两队身穿黑色制服、人高马大的保镖将前方通道牢牢守住，人群中散落的保安挨个阻止游客拿手机拍照，云娆没忍住举起手机，也被训了一句。

她追了好几年星，也接过好几次机，一眼就看出现在是什么场面。

展厅外控制人流，展厅内的保镖简直比游客还多。

能请出这个阵仗的私人保镖，云娆直觉以为，来人的咖位起码是一线往上……

"来了来了来了！"身旁激动的女生再次嚷嚷开来。

视线越过几颗黢黑的后脑勺，云娆看到保镖人墙中出现了移动的人影。

人数不多，大约三四个，其中最高最显眼的那个戴着一顶黑色鸭舌帽，口罩侧边露出一只耳朵，皮肤极为白皙，在展厅清透的灯光下泛着丝丝冷然。

他的身形被遮挡得严严实实，什么也看不见，然而云娆看到他的瞬间，心口就莫名其妙"咚咚"重跳了两下。

"云娆？"

身后传来秦照的呼唤，云娆扭头，发现他们仨不知什么时候被冲散了。

保镖人墙簇拥之中的男人骤然停步。

"我在这儿！"

云娆看到秦照就在离她很近的地方，连忙招了招手。

秦照三两步赶过来，眼角眉梢带着笑："真不愧是专业追星的，钻得好快啊。"

云娆笑着捶了他一下，转头，继续张望不远处的大佬过路现场。

人墙中的男人已然抬步离开，驻足的那几秒被云娆完全错过。

顷刻之后，又有一名身材较矮的男人急匆匆地从人墙中间经过。

或许是大佬已经离开，保镖们站姿放松了些，云娆从两人间的缝隙中看清了那个年轻男人的身形和穿着。

他大约一米七出头，身材匀称，穿一件浅蓝色薄卫衣配牛仔裤，配一双纯白的运动鞋。

云娆眸光一怔，呼吸蓦地有些凌乱。

可能是她想多了，毕竟追星女孩总肖想自己是福尔摩斯转世——

但是前天的机场接机图里，乐言穿的白色运动鞋和这双鞋太像了。

加上大佬的身高、肤色、鸭舌帽兜住的头型，还有她自己的一些直觉反应——

云娆猛然间确定了，自己就是福尔摩斯转世，一定不会猜错。

人群散开后，秦照陪着周念回去看画，云娆也跟过去，只不过注意力再也难以集中到画上。

"云·福尔摩斯·娆"捧起手机，决定验证一下自己的推理。

【学长，我刚才好像看见你了。】

发完这句话，她连接下来怎么回都想好了。

如果对方答复说自己刚从画展离开，她就说她今天干完活儿路过美术馆，偶然撞见他和一群保镖，然后顺理成章问他等会儿要不要一起吃饭。

如果对方答复说不在画展，那她就说自己在开玩笑，工作太累了放松一下，然后顺理成章约他明后天请客吃饭的时间。

想象很丰满，然而现实总是骨感。

约莫三分钟之后，靳泽回：【我也看见你了。】

云娆突然脊背一凉。

按照上周爽约的理由，她现在应该在工作，或者在忙别的什么事儿，总之绝对不能出现在展厅里头开开心心心地看展。

而且，如果靳泽看到她的话，那么肯定也看到她身边的秦照了。

爽了偶像的约，借口说要工作，然后和别的男人来看展。

还被当场抓包。

"倒霉"两个字已经不能形容云娆今天的遭遇了。

她一定是上辈子毁灭了全世界！所以这辈子上天这样报应她！

云娆站在某个展区中间一动不动，比雕塑还像雕塑。

她垂着头，缓过了劲儿之后，想到一个不算办法的办法。

那就是卖惨。

只要她够惨，就能转移别人的注意力，顺便用惨兮兮的方式洗一洗自己身上的冤屈。

云娆：【学长，呜呜呜，我好饿 TAT。】

云娆：【工作的事情晚点和你解释[大哭][大哭]。我今天下午偶遇秦照就被他拉来看展，结果当了一下午的电灯泡，超级可怜的 TAT，秦照和他女朋友你侬我侬的都不管我，他们等会儿去吃晚餐也不带我，我好饿怎么办，呜呜呜。】

云娆：【[小肥猫扁嘴狂哭.jpg]】

她以前从来没尝试过这种做作的说话方式。

今天被倒霉遭遇刺激到了，激发出了前所未有的技能。

就是不知道效果如何，万一把人家恶心到了的话——

靳泽：【晶典百货负二楼停车场 C 区。】

靳泽：【过来。】

杵在同一个位置太久，云娆抬脚往前走的时候，小腿似乎猛然通了电，从下往上狠狠麻了一下。

她不得已放慢步速，晃晃悠悠地走到秦照和周念身边，说自己临时有点事儿，要先走。

周念打趣着说："找男朋友啊？"

云娆笑着摇了摇头。

腿上的酥麻劲儿退去之后，云娆走得很快很快，步伐生风。

展厅冷亮的灯光照在她发顶，晕出一圈细碎的光。

周念收回目光，抬眼看向身旁的男人。

她挽着他的手臂，忽然低头，猫咪似的在他肩上蹭了一下。

秦照的视线垂下来，周念仰头对上，扬起一个狡黠的笑："我觉得她就是去找男朋友，要不就是暧昧对象。"

男人眨了眨眼，眸光清澈而从容："谁知道呢。"

两人接着手挽手逛画展。

周念时常想到大四那年，她拜托云娆把秦照约出来陪她过生日的情形。

秦照没有准备生日礼物，问她想要什么。

她伸出右手，掌心向上，让秦照把手放上去。

他拒绝了。

一年后，他们同校读研，还是她的生日，秦照主动牵住了她的手。

周念一直都知道，秦照喜欢云娆，两个人青梅竹马，竹马暗恋青梅。

但是她也知道，从秦照握住她的手的那一刻起，那些暗恋的光阴已经从他心里彻底抹去。

他依然喜欢云娆，就和周念喜欢云娆一样，他们一辈子都会是要好的朋友。

等他们结婚的时候，周念打定主意，一定要把新娘捧花精准地丢到云娆手里。

当然，前提是，他俩要比云娆早结婚。

前往约定地点的路上，云娆攥着手机，把聊天记录来来回回看了很多遍。

那些做作的语气、措辞，强买强卖的撒娇痕迹……

噢，我的上帝啊！

云娆满脑袋充斥着夸张的欧式翻译腔，将自己令人作呕的卖惨表演嘲笑了好几个来回。

午后的日光十分柔和，穿过层层林立的高楼斜照下来，树影也被拉长，错落有致地铺将在地面上。

云娆踩过这一片树影，像穿行在钢琴黑白键上的小人。

晶典百货和美术馆之间只隔着一个十字路口。

跑过两段红绿灯，云娆脸上起了一层薄汗，等到推开商场大门，冷空气扑面而来，汗液蒸发，她就感受到了加倍的舒爽。

商场里的行人很多，道路也杂乱，云娆好不容易跟着标识找到电梯，下到负二层，没想到停车场的路标更乱，对于路痴来说简直具有毁灭性打击。

云娆不知道自己找了多久，或许是走路走太快的原因，或许是停车场里阴暗闷热的原因，等她终于找到那辆石墨灰色的轿车，停在门外敲了敲窗户，她才发觉自己心跳快得几乎要撞出胸口。

窗外看不见任何车内的风景，云娆定了定神，拉开车门快速钻了进去。

"你再不到，我就要打110报警了。"

她人还没坐稳，耳边就传来一声轻笑，明明是带着嘲意的一句话，掉进耳朵里，却无端叫人心猿意马。

云娆转过头，看见身旁的男人正在慢悠悠地摘下鸭舌帽、墨镜和口罩。

他坐了这么久，怎么现在才摘……

蓦然间，云娆想到一种可能。

或许他早摘了，只是不久前又戴上，因为某个路痴迟迟找不到地方，所以他准备……

"学长对不起。"

云娆摆出小学生一般的端正坐姿，遇事不决先认错。

靳泽从眼尾淡淡瞥她一眼："好端端的，道什么歉。"

他的声音依旧温和清润，可是不难听出一丝说不清道不明的低落。

他眼中有窗外灯光微弱的颜色，但是一垂眼，忽然全部匿进幽深的黑暗中。

云娆直觉以为，他今天心情不好。

她本不是话多的性子，这会儿忽然话痨附身，"噼里啪啦"地讲起了她今天的倒霉遭遇。

倒霉到了这种地步，多少具有一些搞笑效果。

"……她实在太过分了，我没忍住，轻轻地打了她一下……"

说这话的时候，云娆心虚极了，抬起眼帘靳泽正好转头过来看她，眼神交错，他牵起唇角："小云娆还会打人呢？"

读书的时候似乎亲眼见过，这姑娘被她哥逗得面红耳赤，怎么也说不出话来反驳，等到逼急了，她突然攥着拳头出其不意地给了她哥一下。

那一拳头又疾又狠，直打得云深"嗷"的一声。

所以，今天，他不得不对"轻轻"这个形容词存疑。

"她如果还敢欺负你，你告诉我，我帮你欺负回去。"他忽然淡淡提了句。

云娆动了下嘴唇，不太理解的样子。

靳泽："你不是说她是S牌的御用翻译吗？那些出名的国内时尚品牌，我都投了点钱，老板也都认识。"

"不用，不用。"云娆连忙拒绝，眼尾却忍不住弯了起来，"我会靠实力碾压她的。"

"别动手就行，小暴力狂。"

"我才不是。"

话音方落，身畔传来一声哼笑，细微的笑声像钻进耳朵作乱的小虫子，一路酥痒，通达她心脏。

不说话的时候，车内安静下来，只剩两道清浅的呼吸声音。

空气中隐约飘来清冷的木质香水味道，云娆摸了摸鼻子，电光石火间，她脑海中蓦地冒出一连串模糊断续的画面。

相同的轿车，相同的座位，相同的冷调清香，混杂着酒味充盈鼻息。

她坐在男人腿上，被人抱开之后仍旧不甘心地黏了上去。

体表肌肤炽热而滚烫，然而抵在身上的是更炽烈的温度，而她像只执意扑火的飞蛾。

这又是什么记忆？

做梦梦到的吗？

可是那种切实的触感，又硬又烫手……

"你很热？"耳边一道低沉的声音将云娆拉回现实。

云娆转眼看了看靳泽，不知为何，对上那双清淡的琥珀色眼睛，她的脸蓦地更红了。

"不热的。"

她双手绞着衣摆，费了好大劲儿才把脑海中不合时宜的画面压下去。

车内再次陷入沉静。

以前，照顾到云娆文静的性格，挑起话题的一般都是靳泽。他情商高、会说话，云娆和他待在一起很少冷场。

可是今天，冷场的频率实在有点高了。

好像如果云娆不主动说点什么，他一句话都懒得开口。

车内没有亮灯，停车场里光线太弱，明明是白天，周遭却像黑夜一般阴暗。

男人额前的碎发自然地垂下来，微光映照的眉宇轮廓不甚清晰。见惯了电影、广告中造型精致的他，现在的模样明显透着一股懒散，还有少许深藏的颓然和疲倦。

他望着窗外。云娆望着他，慎之又慎地问："学长今天不开心吗？"

靳泽修长的指尖落到下颌，极轻地剐蹭了下皮肤。

他回头看她，瞳孔中簇着一团化不开的墨："今天是我母亲的忌日。"

他微微敛着眉，声音极为平静，只是那份平静中掺杂着叫人难以忽视的悲伤和无奈。

隔了一会儿，他又说："这个画展是我为她办的。她生前最喜欢五月，也曾在遗书里说，能在五月末陨灭，真是不幸中的万幸。"

话音落下后，空气静得几乎要凝固了。

云娃从震惊中勉强回神，张了张嘴，好半天才冒出声音："学长，对不起……"

她觉得自己简直糟糕透了，在这么重要的日子爽约，凑巧遇上了之后，尽知道说些无聊的事情妄想调剂气氛，甚至还产生了亲昵的幻想，满脑子只装着微不足道的小情小爱。

云娃顿了下，想到靳泽学长应该不喜欢她动不动道歉，于是改口道："我有个朋友，她名叫周念，是学美术的。今天逛画展的时候她和我说，这个名叫春泥的画家是她的灵感缪斯，每次逛春泥的画展，都能感受到不一样的美丽、生机和力量。所以他们才拉着我来看，希望越来越多的人能传递这份感受。"

靳泽眼中滑过一点碎光，扯了扯唇："谢谢。"

云娃本来也想说点自己的观后感，可是她的艺术造诣不高，唯恐说错话，纠结了半天，最后却蹦出一句完全无关的："学长……你晚上想吃点什么？"

靳泽的情绪似乎放松了些，语气恢复了几丝悠然："今天我请你吧，去吃家常菜，下次再让你请。"

"好呀。"

云娃点两下头，或许是听到关于"下次"的约定，她不由得高兴了起来，唇角跳出笑涡，很快又觉得不合时宜，连忙敛了笑。

靳泽忽然抬手揉了下她的头发："想笑就笑。"

她还来不及回味发间温柔的触感，身旁的男人已经下了车，绕到驾驶座旁，开门坐上去。

云娃也飞快跳下后座，钻进了副驾驶，顺手把口罩墨镜递过去，叮嘱他开车的时候也不能放松警惕。

在一个僻静的中式院落吃完晚餐，靳泽又开车带云娃兜了会儿风，大约晚上九点的时候把她送回了家。

单独相处了好几个小时，然而两人说的话加起来统共只有小几十句。

云娆对自己的角色有清晰的认知，今天的责任就是陪着他品味沉默。

所以，直到回到家，她所获得的信息量少得可怜。

而她控制不住不去好奇。

家人群里，老妈发了条链接，让儿子女儿帮忙砍价。

云娆点进去的时候，看到她的大忙人老哥竟然砍得比她还快。

这就说明，大忙人今晚估计不太忙。

生怕他一有空闲又扎进游戏的海洋，云娆连忙发消息过去占领她哥的时间。

云娆：【哥，有个事情和你打听一下。】

她打字打得飞快，轻描淡写地打了句"靳泽学长的妈妈去世了吗"，然后撒了个小谎，说是从别的资深粉丝那儿听来的消息。

云深秒回：【你们脑残粉真恐怖。】

云娆：【[发呆][发呆]】

云娆：【我是以靳泽学长的朋友的身份问的！绝对不会告诉别人。】

云深不回消息了，云娆咬咬牙，给哥哥拨了个电话。

回铃音响了半分钟云深才接，声音懒散极了："我要'开黑'，没空。"

云娆："我就问两个问题，不是很隐私的那种。"

云娆："哥哥~！"

云深被她突如其来的撒娇惹得虎躯一震："你给我好好说话。"

云娆也没想到，她这种毫不自然的强行撒娇竟然有用。

"好的，好的。"她微微正色，"哥，靳泽学长妈妈去世这件事，你有印象吗？"

云深回忆了一会儿："嗯。大概是大二下学期吧，不知道听他本人说的还是别人传的，好像得了癌症，突然之间就去世了。"

云娆："你们那时候应该有联系吧？他……还好吗？"

云深揉了揉眉心："有联系，但是很少。这小子高三毕业之后突然不爱聊天了，暑假聚餐也没来，问他的时候人已经在国外了，挺莫名其妙的。"

他不知想到什么，又说："其实好像高三下学期他就有点不对劲？不过那时候我们都忙着高考冲刺，他已经拿到 UCLA 的 offer，也不常来上课。"

云娆:"那应该和他妈妈去世没有关系,时间线不一样。"

"嗯。"电话那头传来"沙沙"的声响,云深似乎换了个坐姿,"对了,他大三的时候回国了一次。当时我在申城实习,他也在申城,就见了一面。那时候看他整个人都不一样了,瘦了很多,还有点颓废,估计就是受妈妈去世的影响。"

云娆缓缓地消化,似是想到什么,然后喃了句:"你们大三的时候,我也在申城读书呢。"

云娆比他们低两级,那年她刚考上申城外国语,读大一。

云深:"你这么说我似乎有点印象……当时我和靳泽好像有打算去找你来着,没找吗?"

"当然没有了!"云娆忽然有点激动,"如果你们来找我,我肯定会记得的,绝对不会忘。"

自从他们高三毕业之后,这么多年,她再也没有见过靳泽,直到后来靳泽出道,她在追星现场,作为万千粉丝中的一粒尘埃,远远遥望到了他,仅此而已。

云深:"好吧,那可能是我记岔了……都过了六七年了,印象实在不深。"

后面又瞎聊了几句,云深着急"开黑",这通电话就这么撂了。

夜已经深了,晴空无月,星辰闪烁之下是浓重的黑暗。

云娆躺在床上辗转反侧,不停回想着云深说的话。

他们真的有打算来找她吗?为什么没来?还是这一情节根本不存在,只是她哥的记忆出现了错乱?

床头灯被她摁灭,室内陷入彻底的黑暗。

云娆合上眼,手和腿尽力舒展开来,大脑放空,任由身体往下坠。

不管怎么说,都是六七年前的事情了,就算见到了又能怎样?

她漫长的暗恋轨迹也许会波动一下,然后,还是照着原有路线,航行在孤单无垠的海。

直到最近,这片海才终于掀起了浪。

如同海啸一般，卷天盖地。她好像再也没法欺骗自己，前方是一片风平浪静。

他们后天就能再见面了。

在这片呼啸的海域中，她明明早已经翻了船。

第八章
/ 可以追你吗 /

午间温热的微风穿过纱窗，轻拂过胡桃木色的桌面。

桌上靠墙位置，摆着一本风景画台历。

5月25日的日期，被黑色的油性记号笔圈起。

5月27日，星期日，也就是今天，被人用粉色的荧光笔画了个圆润的爱心。

从晨起到现在，云娆坐在书桌前，审了三个多小时的译文。

直到肚子轻叫了声，她意识到已经中午了，于是匆忙将工作收尾，走进厨房下锅煮面。

她准备午餐多吃一点，这样晚餐的时候就能更轻松地保持优雅从容的进餐姿态。

为了挑选请靳泽学长吃饭的餐厅，云娆这两天翻遍了点评软件，做了很多笔记，纠结到头秃，终于选了一家口味好、环境清雅，重点是私密性特别强的法式餐厅。

满心期待地打电话去餐厅，好家伙，要提前一个月预订。

退而求其次问了几家，她的运气一如既往的差，那些配得上请学长吃饭的餐厅，几乎都要预订。

万般无奈之下，云娆选择求助万恶的"资本家"。

消息发在群里不过五分钟，黎大小姐一通电话，云娆最先看中的那家餐厅，奇迹般有位置了。

云娆把餐厅信息转给靳泽，结果被他调侃"小云娆最近真是赚大钱了"。

他总是这样，为了表现亲昵，名字前面非要加个"小"。

但是云娆挺喜欢他这样喊自己的。

好像从那一个微不足道的字里，能感受到多么与众不同的宠溺。

然后他又说，下午五点左右会开车到她家接她。

时间来到今天，午饭的餐桌边，云娆嘴里嘬着面，左手拿着手机，眼睛上上下下地把那段聊天记录回看了一遍又一遍。

她食欲好得离谱，比平常多了三分之一分量的面，她眼皮眨也不眨就全吃完了。

这种时候，闺蜜群里那两人少不了狂刷存在感。

黎梨：【约会倒计时五个小时！】

云娆手一抖，紧忙回复：【吃个饭而已，老早说了要请他的。】

黎梨：【哦。】

黎梨：【想请他吃饭的人排队排到南极了，请问怎么就轮到公举你了呢？】

云娆琢磨了很久，回：【因为我是他好朋友的妹妹。】

这话一发出去，她自己第一个笑开了。

黎梨：【那请问你哥是他的救命恩人吗？】

黎梨：【还是借给他八千万一直不还？】

云娆笑疯了，满载食物的肚子一抽一抽，有点难受：【我洗澡去了，不和你们说了！】

黎梨：【刚吃完饭不能洗澡吧。】

温柚：【她估计要洗两个小时，再做个SPA。】

黎梨：【好的，记得搓白点，闪瞎学长的狗眼。】

洗澡就是个借口，云娆只是单纯没法和她们聊下去了。

这一回，不是因为她们在胡言乱语，而是因为，她觉得这两个"疯婆娘"

的话，好像越来越有道理了。

靳泽为什么对她这么好？

为什么她想请他吃饭他就来？

为什么在母亲忌日这样重要的日子让她陪在身边？

再和她俩聊下去，云娆一定会多想的。

但是，她的唇角已经咧得收不回来，思绪就像开了闸的洪水，肆意狂奔而下，怎么也阻挡不了。

大约下午两点，云娆挑好晚上要穿的连衣裙，提前放在床上，自己抽一条干净的浴巾钻进浴室开始洗澡。

盥洗台旁边的墙面上装了一面伸缩式的化妆镜，此时镜面正好朝着淋浴间方向。

隔着干湿分离的淋浴间玻璃，雾气氤氲之中，云娆看到自己上扬得过分的唇角。

她不顾满手沐浴液泡沫，抬手就把自己的唇角按下来。

隔了会儿，又飞上去。

她就这么来来回回地玩自己的脸，乐此不疲。

直到手指都被泡得起了皱，脑袋快被蒸腾的热气熏晕了，云娆才慢吞吞地关了水，离开淋浴间。

擦身体，抹身体乳，敷面膜，吹头发，一套流程进展得特别顺滑，就连头发也柔顺得出奇。

云娆一边哼歌一边抹护发精油，丢在浴室置物架上的手机也跟着唱了起来。

她拿过手机，瞥见来电显示，眼皮颤了颤，忙不迭接起："学长？"

靳泽那边很安静，云娆以为他还在家里，结果他一开口就是："今天下午闲得慌，我已经到你家楼下了。"

靳泽其实很习惯独处。在美国的那几年，他一直是独居，大部分时间，空荡荡的房子里都只有他一个人。

或许是新换的别墅面积太大的缘故，或许是今天中午李叔做的菜不合他胃口的缘故……

总之，午后他在沙发上坐了会儿，翻剧本看不进去，电视节目也索然无味。

等他回过神，人已经走到车库，车门自动解锁打开了，诱引着他离开这个空荡冷清的房子。

电话那头的人停顿了许久，靳泽察觉到自己唐突了："我不上去，就在楼下等着，等多久都行。"

"十分钟。"云娆轻轻地说，"给我十分钟……吹一下头发。"

"好。"

电话一挂断，云娆抚了抚胸口，立即开启火箭冲刺模式。

她的头发早就吹干了，此时已经来不及烫卷，但光披散着又像个女鬼，于是她两手拢起长发，手法麻利地扎了个高丸子头，头顶和两鬓扯蓬松些，发型部分就这么完事。

然后是衣服。

刚才挑好的连衣裙在家里肯定不方便穿，她站在衣柜前踱了几个来回，终于抽出一件纯白色软质法式衬衫和黑色高腰长裤，套上之后清新又舒适，衣着部分也完事了。

最后是这张脸。

没时间了。

云娆沾了点遮瑕膏抹到黑眼圈上，取一支烟粉色口红点涂上下唇，抿开，再用手抹一点到脸颊上提提气色……

门铃在这时响了起来。

身后的楼道有人经过，靳泽将鸭舌帽扯低，稍稍向前一步，站得离门很近。

片刻之后，房门由内打开，一股馥郁温暖的沐浴液清香扑面而来。

隔着一层口罩，靳泽心念一动，感觉自己几乎要被这暖香迷晕了去。

他快步走进玄关，垂眸看见白衣黑裤扎丸子头的小姑娘低头在他面前放了双崭新的、深蓝色的男士拖鞋。

他心内想到什么，直接就开口了："上次好像不是这双。"

只见云娆单薄的肩膀忽地颤了颤，声音细得像蚊蚋："就……买别的东西送的。"

189

其实是上次靳泽来送猫的时候，评了句拖鞋颜色不好看，她第二天就买了双新的，一直藏在鞋柜里，刚才也不知怎的，明明旧的那双放在外边，她却把新的拿出来了。

还有他的记性，未免也太好了些。

连着两次做客，主人招呼得都很草率，把他迎进门之后就晾在那里，自己跑没影了。

幸好，今天还有个小西几帮忙招待一下。

两个多月不见，西几同志膨胀了好大一圈，看得出来，新家的伙食是相当好的。

云娆跑进厨房捣鼓了一阵，杯子洗干净了才想起来还没问人家要喝什么。

"凉水就行。"

话音未落，才出现在客厅的主人又只剩个背影。

连张脸都不给客人瞧一瞧。

靳泽望着她趿着拖鞋"噔噔"走远的方向，身体往后一靠，干脆把目光锁定住了。

不多时，云娆捧着两杯凉白开走出来，视线和沙发上的男人对上，她状似不经意地垂了眼，等到绕到他旁边坐下，再抬眸，发现他还盯着自己不放。

她妆化得粗糙，连粉底都没上，被人这样盯着，不由得猜测自己是不是面色很差，或者脸上蹭到了什么脏东西。

两人同时拿起茶几上的水杯抿了一口。

西几从靳泽腿上跳下来，尾巴高高直立着，"喵呜"一声朝着云娆的方向爬过去。

云娆没注意到这个小东西，手背忽然被它蹭了一下。

她又一激灵，同时看见身旁的男人牵起了唇角。

"学长。"云娆终于憋不住了，"你一直盯着我干吗？"

靳泽稍稍直起腰，目光清润："有个问题想咨询你一下。"

云娆愣了愣，不自觉又拿起水杯喝了一口。

这个动作之后，男人唇边的笑意更放肆了。

她垂下目光，看到自己正前方摆着两杯一模一样的水，脊背猛地一僵。

如果她没记错，刚才靳泽学长喝过一口水。

现在这两个杯子却都跑到了她面前。

"我不介意。"

他像是被逗乐了，语气拖腔带调的。

云娆倏地站起来逃进厨房，几分钟后拿了两个颜色不同的杯子出来。坐下的时候，她双颊微红，特意离他远了些。

"你刚才说，有问题要咨询我？"云娆捧着杯子，主动挑起话头，"和翻译有关的吗？"

她说话的时候，正巧有风吹进客厅，带起了曳地的纱帘，"沙沙"的响动和她的声音一样轻轻柔柔。

靳泽的喉结向下咽了咽，掀起眼帘看她："是感情问题。"

纱帘被风卷高了些，云娆的心也像被狂风卷到了半空中。

她的声音莫名哑了哑："什么？"

靳泽仍然望着她，声音低沉："我认识一个姑娘。她长得很好看，为人聪明、强干。"

非常高的评价。

云娆眨了眨眼，心想，能让靳泽用这些词形容的女生，一定很不一般。

不知怎的，她心底忽然荒了一块。

靳泽的上眼睑垂下来一点，掩住少许深邃目光："但是她只是看着乖，实际上性格很固执，脾气不小，偶尔还会耍毛。"

他顿了顿，轻轻叹气："最要命的是，她长了两只漂亮的耳朵，却经常听不懂人话。"

好刁蛮的女生，是哪家的千金大小姐吗？

云娆咬了咬嘴唇，听完靳泽的几段描述，她心底大片大片地荒芜开来，血液流速也变得极其迟缓。

极为不安的预感几乎将她淹没。

终于——

"我挺喜欢她的。"

云娆的心脏几乎停跳了，眨眼和微笑的动作异常机械。

靳泽的声音听起来很不真切："可是她从来不往这方面想，只把我当成亲人。"

室外的风似乎静止了，纱帘落回地面，午后的日光斜照进来，像一块明亮的、边缘不规则的固状物。

云娆感觉自己心口发冷，输送到四肢的血液全是凉的。

她不该做那些不切实际的幻想，更不该从妹妹，或者是粉丝的角色中僭越出去。

这么多年没有一点长进，就是因为没被当头棒喝过，因为靳泽这些年异性绝缘，绯闻也绝缘，从来都是孤身一人。

但是，没有人总会孤身一人。

"你觉得我应该怎么办？"她听见他这么问。

云娆僵硬地扯一下唇角："什么？"

靳泽朝她笑了笑，英俊的五官舒展开，眉宇间尽是温和："我应该怎么做，让她把我当成可以动心的异性。"

他的声音太好听了，用最温柔的声音诚心咨询她，怎么追他喜欢的女生。

云娆思绪完全凌乱了，声音也颤颤悠悠的："那就……展示点亲人以外的……"

"什么意思？"

云娆像个代码错乱的机器人，脑子一团糟，眼皮不停地跳，薄薄一层口红下边，唇色是煞白的。

关于靳泽这个问题，她蓦地想起来，不久前姐妹们调侃她的时候，给过一个正确答案。

"……吹点小风，喝点小酒，小灯那么一拉……没有血缘的亲人，想做什么不方便呢……

"要不你就……"她抓起茶几上的水杯猛灌了一口，断断续续地说，"就……给她搞点突破亲人之间尺度的东西。"

这一回，轮到靳泽愣住了。

靳泽怀疑自己听错了。

可是室内很安静，云娆的声音虽然略微沙哑了些，总体来说还算清晰，他应该不至于到幻听的程度。

靳泽脸上的笑意逐渐荡开，眼尾弯出细细的褶。他含笑看着身旁的女孩，见她忽然伸出左手攥了下水杯又松开，淡粉色的嘴唇轻轻翕动着，从喉间又闷出一句话："你……别让粉丝知道了。"

她心里疼得在滴血，第一时间却顾念他的名声和事业。

靳泽："已经有粉丝知道了。"

云娆猛然一抬眸，只见他笑吟吟地说："就是你啊。"

是啊，就是我。

云娆眼睛蓦地笼上了一层雾，喉咙口卡了卡，表情再也稳不住了，整个人像弹簧似的弹站了起来。

"我们继续聊。"靳泽仰头看着她，语气装得很单纯，"你刚才说的，突破亲人之间的尺度，怎么个突破法，教教我……"

只听"咚"的一声闷响，云娆的膝盖不小心撞上了茶几边角。

她强忍着没喊疼。

靳泽连忙站起来扶她，然而他连片衣角都没碰到，就被她惊慌地躲开了。

"学长，那个，我突然有点事。"云娆的眼神飘忽不定，偏偏不落到他脸上，"组长让我去公司一趟，我现在得走了。"

靳泽怔了怔，纳闷地定在原地。

"下次……下次再请你吃饭。"

她甩下这么一句，随手从茶几上捞走手机，头也不回地冲出玄关，"哐"的一声关上门，走了。

室内陷入彻底的寂静，一人一猫相顾无言。

靳泽抬手揉了揉额角，回想上一次来云娆家做客的时候仓促又尴尬的分别，没想到，第二次上门，结局竟然更加惨烈。

说好了请他吃晚饭，却把他撂在家里，自己摔门走了。

靳泽缓缓坐回沙发上，抿一口凉水，皱着眉头回想自己今天的所作所为。

好像确实……挺奇怪的。

提前两个小时跑来人家楼下，让她不得不把他迎进家门，进来了之后又直勾勾地盯着人家不放。

可是，至于气成这样吗？

就因为他说喜欢她？

靳泽仰靠进沙发里，右手有一下没一下地给窝在身边的小西几顺毛。

回忆起刚才，他忍不住又勾了勾唇角。

明明没喝醉，清醒的小云娆怎么也这么狂野主动。

倏尔，不知想到什么，他忽然敛了笑。

如果云娆心里认定的主人公是她自己，凭她那胆小怕羞的性格，是绝对说不出那么主动奔放的话的。

靳泽的眼皮狠狠跳了跳，所以，她从头到尾，根本一句人话都没听懂。

按照这个逻辑——

是因为他向她咨询怎么追别的女生，所以才生气的吗？

靳泽一边懊恼地拧着眉，一边莫名其妙又笑了。

她只要不是麻木淡定地给他支招就好。

听说他喜欢别的女生之后，一秒都待不住，难过又失控地把他丢在这里——

这是一个单纯乖巧、只把他当作亲哥的妹妹应该有的反应吗？

靳泽松开了眉心，表情越发舒展，渐渐地，全身上下每一个毛孔、每一块肌肉都得到了前所未有的放松。

仿佛整个人坠入了柔软缥缈的云层中，身体轻得几乎要飘起来。

他忽然捧起身旁的西几，重重地在它脸上香了一口。

西几被他亲得缩起脖子，落地之后弓起了背，惊恐万状地盯着这个突然发疯的人类。

靳泽从它碧绿色的瞳孔中找到自己的倒影，确实挺疯的。

他抓起沙发扶手上的手机，熟练地拨打某个电话号码。

其实他并不急于这一时，但还是早点说清楚比较好——

电话拨出不足一秒，听筒中传出机械而冰冷的女声："对不起，您所拨打的电话已关机。"

这就有点离谱了。

五月末，午后的气温俨然像是夏天。

云峣从小区的树荫底下跑出去，身上很快起了一层薄汗。

将近四点的日光从前方的大楼缝隙中斜照过来，亮得晃眼睛。

她停在车水马龙的柏油马路旁，手里攥着手机，几绺长发从丸子头里松出来，垂落在肩头。

离开了自己家，除了手机之外什么也没带，她茫然地站在路边，思考自己接下来该去哪儿。

哥哥住的地方太远了，黎梨家稍微近些，但是她现在实在不想接近那个小区。

思来想去，只有温柚家比较合适。

她叫了辆网约车，手机一切回主屏幕，就看到某人的蓝色应援图静卧在显示屏上。

不仅主屏幕，锁屏也是类似的应援图，不管划到哪儿，都能看到那片温柔广袤的海。

她点开打车软件，记住车牌号，不等切回主屏幕，直接长按锁屏键，将手机关了机。

仿佛这样，就能把那些悸动、失落和想念，通通深藏进断电的黑暗之中。

约莫二十多分钟后，正窝在卧室里看恐怖片的温柚被一阵急促的敲门声拽出被窝。

大白天的，她背上的汗毛全竖了起来，满脑子鲜血淋漓骷髅头乱飞。

她一步一顿地走到玄关，凑近猫眼往外看了一眼，一下子松了口气。

打开房门之后，门外那家伙简直比恶鬼还凶猛，闷头就撞进了她怀里，两手勾着她的脖颈，脸摁在她的睡衣上面"呜呜"地哭。

温柚带着这"哭包"坐到沙发上，抽了张纸巾盖住她的脸："不是要约会吗，怎么跑我这儿来了？"

云娆囫囵地擦掉眼泪和汗，嘴角耷拉着像苦瓜，支支吾吾半天说不出话。

温柚："难不成……你偶像脱单了？"

云娆一愣，心想大仙不愧是大仙，这也太神了。

她顺匀了气，粗略地回答说："或许吧。"

她很想倾诉，但是心里有条警戒线，那是长久的追星生活锻炼出来的——偶像的私事不能对别人乱说，就算是最好的闺蜜也不行。

当然，如果和她有关的话，她或许就说了。

可是那个故事根本轮不到她出场。

温柚不是刨根问底的人，比起聊天套话，她更喜欢自己算，一切通过玄学手段来了解。

"不应该啊。"温柚拿自己的杯子给云娆倒了点果汁，然后盘腿坐在她身边，"我之前帮靳泽学长算过了，他今年确实走桃花运，但是还没到时间呢，而且过程挺曲折的。"

云娆喃了句："肯定不会曲折的，谁能抵挡得了他。"

温柚挑了挑眉："我呀，我就一点也不喜欢他那款。"

前一秒还处于伤透了心的状态中，下一秒云娆就愤慨了："凭什么，你凭什么不喜欢他？"

"因为我身边太多人喜欢他了。长得一张祸国殃民的脸，这样的男人太危险了。而且，我拿星盘给他算过行星元素，他的元素是隐士，你知道隐士意味着什么吗？就是这个人擅长忍耐，心里压着很多事儿，真实的性格比较偏执。你再看看他以前那副吊儿郎当的花孔雀模样，里外像两个人，不觉得有点毛骨悚然吗？"

云娆眨了眨眼："不觉得啊。"

"行，当我没说。"

温柚的爷爷是美国人，她和她爷爷、她爸爸的眼睛都是蓝色的，而她的瞳孔颜色较深些，几乎完美复刻夜空的颜色，定神看人时显得异常幽深。

"都到这个份上了，你怎么还一副'老婆粉'的做派？"

"……习惯了，一时改不过来。"

云娆垂眼按了下手机，没反应，这才想起来已经关机了。

温柚叹了口气："别想了，去我房间看电影吧，我一个人看得慌。"

云娆点头："要不，我今晚在你这里睡吧？"

"好呀，你想睡多少个晚上都行。"

除了吃晚饭的时间，云娆和温柚自从躺上床，就没再下来过。

电影一部接一部地放，中间几乎没有间隔，影片的情节和情绪占满了云娆的脑子，帮助她暂时遗忘那些事，遗忘那个人，短时间内得以喘息。

可是，电影不会无休止地播放下去，就像这个平淡又跌宕的周末，总会过去。

时至凌晨，明天是周一，两个"社畜"不得不关投影睡觉了。

静默的卧室，浓重的夜，云娆维持一个姿势躺了很久，睡不着，却不敢翻来覆去打扰温柚。

不知道过了多久，她从床上爬起来，摸黑走到客厅倒水喝。

沉睡的手机终于打开，入目的第一条消息，是来自靳泽的未接来电。

云娆撇了撇嘴，整个眼眶都酸了。

人总是在深夜时分变得异常感性，尤其是悲伤的情绪，一到夜里就容易洪水泛滥。

云娆感觉，自己的难过已经淹到下巴那儿了。

理智告诉她不该生气，靳泽又不是靠粉丝过活的流量偶像，他完全可以掌控自己的私生活，和什么人交朋友、和什么人谈恋爱，都是他的自由。

站在朋友或者亲人的角度，更不能否定他的正常交往行为。

她就是有点气不过。

这段时间相处下来，就算她再傻再迟钝，也能感觉到靳泽对自己的与众不同。

而且分明就是他主动开屏勾引她，不然她安分守己了这么多年，怎么会一夕之间动了歪心思，产生那些或暧昧或缠绵的妄想。

云娆越想越气。

她独自坐在浓黑的夜色里，掌心点亮一抹荧光，脑袋低垂着，忍不住愤慨地想要倾吐点什么。

她有好几个微博账号，其中大部分是用来追星做数据的。

互动数量最低的账号，是她高中时期注册的私人号，读书的时候时不时发些生活感想，后来朋友圈用多了，渐渐就遗弃了这个鲜有人知的窗口。

她登上那个名为"小云小云爱吃梨"的微博账号，@列表有一排小红点，大部分来自"小黎小黎吃柚子"，少部分来自"小温小温吃朵云"，都是些"沙雕"新闻和搞笑段子的转发评论@。

有些笑话真的很冷很好笑，但是她现在一点也笑不出来，身体微微颤抖着，眼眶里蓄着一片迷雾。

云娆难过的情绪从下巴那儿淹上了脑门，在黑夜的催化下，她的愤怒也攀上了顶峰。

这只"花孔雀"，一定对着很多不同的女孩子开过屏。

明明心里有白月光，还要勾引别人。

而她作为受害者之一，竟然傻傻地以为自己是唯一。

【小云小云爱吃梨：不守男德！脱粉了！】

在这个几乎没有活人的私人账号里埋怨控诉，已经是云娆的极限了。

她大概真的会慢慢脱粉吧。

不是因为靳泽这个人不值得崇拜了，而是经过这段时间，她或许再难回到曾经单纯仰望的日子了。

周末一过去，就连天气也传染到"社畜"的苦闷，连着两天都是阴雨绵绵，见不到一丝阳光。

云娆将自己活埋进堆山码海的文件里，心无旁骛，工作效率高到组长主动来找她说你再这样下去别人都没活干了。

她的手机调回了系统自带背景，某个曾经置顶的聊天框也丢了下去，甚至加了把消息免打扰的锁，避免自己在消息到来的第一时间看到。

只要不在第一时间看到，就不会那么急切地想要回复了。

周一周二两天，靳泽几乎隔几个小时就给她发一条消息，每天晚上各打一通微信电话，她故意错过，道了声歉之后就没有然后了。

周三周四，他有私人行程，旅途中分享照片给她，云娆一律"[大拇指]×3"敷衍回应。

转眼到了周五，天空中的浓云蓄了一周的力，黑沉沉地倾轧而下，将整个申城笼罩于厚重的雨幕之中。

大风刮过紧闭的窗户发出"哐哐"响动，雨点落地的声音更响亮，在安静的办公室内，几乎震耳欲聋。

天气这样差，工作狂云娆也加不下去班了。

傍晚六点刚过，她撑一把长柄黑伞，站在写字楼正门内等网约车。

瓢泼大雨拍打着大厦的玻璃幕墙，嘈嘈切切如落珠声。

天边滚了几声闷雷，云娆看网约车只差一个转弯就到了，于是撑起雨伞，大步闯进雨幕之中。

大雨围囿之下，视野范围非常狭窄。

云娆看到一辆黑色轿车缓缓停在她身旁的马路上，车灯打着双闪，车牌号末尾隐约是个"6"。

一阵狂风卷过，云娆的伞差点被吹变形。

她连忙打开后车门钻进去，一边收伞一边报手机尾号："3527。"

隔了会儿，不见司机回复。

她抬起头，目光对上一双熟悉的丹凤眼，蓦地愣住。

"云娆姐。"乐言坐在驾驶座上，朝她友好地眨两下眼，"我正打算叫你呢，没想到你和我心有灵犀，自己上来了。"

云娆："不好意思啊，我约的车应该在后面。"

她右手扶上车门，立刻听见乐言的声音拔高了些："你别走呀，我就是特意来接你的。"

云娆动作一顿，递去疑惑的眼神。

乐言憨笑了下："事情是这样的。那个，老板今天生病了……"

"他怎么了？"她不自觉向前倾了倾身，很快，又讪讪地靠了回来，"你继续说。"

乐言："老板前两天连续应酬了几场，今天不小心淋了雨，好像发烧了。"

199

可是李管家这几天请假回老家，没人照顾他。本来我应该去的，可是刚才华哥打电话给我，说有急事非要我去办，这不……想麻烦云娆姐姐帮我个忙，去老板家里照顾照顾他。"

其实乐言只比云娆小两个月，可他姿态放得低，"姐姐"两个字叫得比谁都甜。

云娆抽了张纸巾擦拭肩膀和手臂沾上的雨水，平静地反问："据我所知，学长工作室在职的私人助理，少说也有五六个。"

乐言："嗯……是这样的，我们工作室的人虽然多，但不是随便哪个都能进出老板家。老板在申城有很多套房，他现在最经常住的那个云翡佳苑，也是最隐蔽最私人的住宅，整个工作室只有我和华哥去过，如果太多圈内人进进出出，岂不是非常容易暴露。"

云娆差点就杠一嘴，怎么不让那个聪明强干还喜欢闹大小姐脾气的漂亮姐姐去照顾他。

当然，为了维持稳重的形象，她没有说出口。

乐言看了眼手机，脸色一沉："哎，老板说他烧到39℃了。"

乐言再次向云娆投来可怜兮兮的求助目光："小云姐姐，拜托你了，你可是泽哥在申城最亲的人了。"

云娆不知道他这个"最亲的人"是怎么得来的结论。

但是，说她不担心靳泽，肯定是假的。

云娆一时间想起温柚分析的靳泽的性格，他好像有双重人格，一面外放如花孔雀，一面又极其隐忍，尤其对于自己的事，如果今晚没有人去管一管他，说不定他烧到沸腾烧到全身起火，都自己一个人静静地挨着不吭声。

手机在包里振动了半天了，是网约车司机打来的电话。

云娆抱歉地取消了订单，紧跟着叹了口气，抬眸对乐言说："那就麻烦你送我过去了。"

轿车驶进地库的时候，耳边的雨声退去大半，连带着心情也变得有些空荡。

云娆下车之后，乐言朝她挥了挥手，径直就开车走了。

看来经纪人交代的事儿真的挺急的。

云娆搭乘家用电梯到达别墅一层，踏出轿厢之后，淅淅沥沥的雨声似乎变大了。

一层的客厅里只亮着一盏落地灯，光线暗淡，四周空旷无人，旁边的几条通路一片漆黑。

如果他现在烧得严重的话，应该躺在卧室里休息吧。

云娆的心不禁揪了起来。

上回来靳泽家做客，她只逛了一楼，没有上楼，楼梯在哪儿也记不清了。

云娆于是原路折返，搭乘电梯上到二楼。

电梯门一开，滂沱的雨声和雷鸣几乎敲打在耳畔，嘈杂宛若万马奔腾。

云娆快步走出去，转头就看到露台方向窗门大开，狂风将窗帘卷至半空中，夜影中如同飞舞的鬼魅。

他果然病得不轻，家里没人了，风雨这么大，连露台落地窗也不记得关一下。

云娆这般想着，步伐迈得更快，直到离露台只剩三米左右的距离，她的步子倏地顿住了。

落地窗外，向南面拱出的露台上，竟然坐着一个人。

他的左手悠然地搭在圆台茶桌上，身体倚靠着藤椅，似是在欣赏夜雨瓢泼的盛景。

即便裹着一层宽松长袍，男人肩颈、脊背的绝佳轮廓依然可见一斑。

除了靳泽还能是谁。

云娆缓步踏出露台，发觉这儿淋不到雨，轻轻松了口气。

"学长？"室外雨声大，她不得不加大音量，"你怎么坐在这儿？"

靳泽抬头望向她，白皙肤色泛着冷调的光，眼底仿佛蓄着一片深海。

他没有答话，只朝她眨了下眼。

云娆几乎被电到，视线下滑，猛然撞见他外袍内裸露的一片胸膛。

"你……你干吗不穿衣服！"她诧异地倒退一步。

靳泽抬起右手，无意地撩了撩自己本就松敞的衣襟，语气清清淡淡："因为我发烧了，很热。"

201

天幕中突然划开一道闪电，映亮了男人英挺如雕塑的半张脸、锋利的喉结，以及锁骨往下极为精壮的两片肌肉。

"哦。"云娆似乎觉得很有道理，飞快地点了两下头，下半句好似口吃了，"但你……你不能淋到雨，那个……你赶紧进来，我……我刚才在路上买了点药，现在去楼下厨房给你泡。"

话音未落，她连忙转身跑出露台。右手边就是旋转楼梯，云娆慌不择路地俯冲了下去。

到达一层之后，她惊喜地发现——

自己竟然迷路了。

循着不远处暗淡的一点光亮，云娆扶着墙壁往前走。

她一边走，一边用手背轻探自己滚烫的脸颊。

不知从什么时候开始，她两片不争气的脸颊莫名其妙烧红了，热度直通心脏，在这风雨伴奏的黑夜中越发让她心惊肉跳。

云娆摸索着到达客厅，总算来到了有光的地方。

她记得厨房在客厅的西南面，先从这里拐个弯，再往前走就到了。

云娆夜视力不错，一边走一边仰头在墙面上找电灯开关。

右转之后，没走两步，她的手腕突然被人拽住了。

那是一只很大的手，掌心温热，手指却微微冰凉，粗糙的指腹摩挲着她的腕部肌肤，引起一阵过电般的战栗。

云娆紧张地转过身，"学长"两个字还来不及吐出口，她的手臂就被人扣在了墙上，连带着整个身体都"咚"的一声贴上了墙。

回廊里很暗，但云娆能看清他的脸，无论何时都令她悸动不已。

"小云娆，咱们聊聊呗。"

靳泽的声音依旧温润低沉，像溪底深流，从她心上淌过。

云娆傻傻地点头："聊什么？"

"你最好解释一下。"

靳泽勾起唇角，漆黑的眼底却不含笑意："不守男德是什么意思？"

她的第一反应是，这人竟然偷窥她的私人微博？然而很快，巨大的恐惧和背地里乱说话被人抓包的惭愧瞬间将她笼罩，全身的血液似乎都凝固住了。

"我……那个……"云娆张口结舌，脸蛋涨得通红，脖颈也泛起血色，一时间脑袋宕机，连句整话都说不出来。

靳泽抵近了些，面容低垂，滚烫的吐息几乎吹到她耳畔："听说你要脱粉？"

我想脱粉吗？

不，我不想。

还不是因为你，都怪你！

一时间，云娆找回少许心智，脑海中晃过前些天自己难受委屈的画面，嘴巴也流利起来："是，我要脱粉了，我现在看上了XX男团李轩志，顶流偶像杨炫越，大众男神瞿秋庭……他们都很帅，业务能力也强，我正准备考察一下，看看未来专心粉哪一个……"

一口气说了一长串话，云娆还来不及赞叹自己巧舌如簧，顷刻后，她唇边不受控地溢出一声惊呼，身体猛然间腾空，就这么被人扛到了肩上。

"学长？"

云娆挣扎了两下，心跳快得几乎要从喉咙口飞出去。

靳泽单手抱着她腿根，过膝的一步裙已经卷到了他手臂下方。

他的手往下探了探，毫无阻隔贴上肌肤，云娆瞬间不敢动弹了。

穿过回廊，绕过客厅，走上旋转楼梯，再进入卧室区，云娆双手贴着男人紧实的背，大气不敢出。

等到他终于停下，一阵天旋地转之后，云娆被人扔到了床上。

床铺的弹性极佳，云娆失重般颠了两下，一只手撑着床稳住重心，一只手忙不迭将飞至腿根的裙摆扯下去。

庆幸这夜色幽暗，主卧内灯火尽熄，否则她从头通红到脚的傻样一定会被他嘲笑的。

所以，她现在在他的床上。

他们这是要……

云娆极度紧张地往后缩了缩，脊背微微弓着，光裸的脚丫子也绷直了，

203

脚趾和手指一并蜷进了柔软的被褥里。

怪她夜视力太好，当靳泽撑着床沿俯身靠近的时候，她竟然能看清他幽深眼底的一抹碎光，带着极其致命的吸引力。

他身上好闻的木质清香一时间铺天盖地，裹挟在倾略性极强的雄性荷尔蒙之中，比他的身体更快一步压了过来。

"学长……"

云娆整个慌了，两手胡乱推拒着，指尖无意之中带到他的外袍，没想到这玩意儿顺滑得如此过分，竟然就这么被她扯了下来。

半身赤裸的男人实在憋不住了，哑然低笑道："这么主动的吗？"

云娆悄声答："明明是你欺负我。"

"嗯。"他忽然抬手捏了捏她的下颌，指尖从那滑腻的肌肤上擦过，留下异常暧昧的触感，"我想勾引你。"

极为动听的低音炮，隐约藏了丝戏谑。

这一回，靳姓孔雀彻彻底底开屏求偶了。

云娆周身战栗不已，呆呆地坐在原地："啊？"

靳泽朝她挑眉，敛眸低笑说："傻子，不是你这么教我的吗？"

一室沉寂，室外喧嚣的风雨仿佛倒退到千里之外。

云娆只能听见自己擂鼓般的心跳，震得脑壳发颤，耳膜也发疼。

她用手指攥了一下床单，然后又松开，声音微弱得像秋夜枯草中的虫鸣："是我……吗？"

靳泽一时间有点弄不清她这个反问对应的是哪一个认知。

——不是你这么教我的吗？

——是我吗？

还是——

——我认识一个姑娘……挺喜欢她的……我应该怎么做，让她把我当成可以动心的异性？

——是我吗？

靳泽屈起一条腿，半坐在她身边，干脆将这两个认知合二为一："小云娆,你说她是不是听不懂人话?或者,她明明听懂了,故意建议我和她来点刺激的……"

"我没有!"云娆抬头瞪了他一眼,鼓起一瞬间的气势,转头又泄光了,眼神软成了泥,"我真的听不懂……怎么能听懂……"

"那你现在听懂了吗?"

他收起戏谑的表情,下颌线微微绷直,望着她的眼神既温柔,又带有不甚明显的压迫意味。

云娆的视线从他鼻梁上滑下来,路过嘴唇、喉结,掉到裸露的胸膛上,然后又一惊一乍地抬上去,无处可去般落入他眼底。

他喜欢的人,竟然是我吗?

云娆简直不敢触碰这个认知。

可她又控制不住自己逐渐膨胀的心情,像个越吹越大的热气球,在密度差的作用下,热气球飘上了天空,摇摇晃晃地越升越高。

她明明坐着一动不动,却感受到了腾空而起的飘浮和失重。

那些不可思议的感情肆意翻滚着,像酒气一样,冲动之时尤其上头,搅得她脑袋昏昏沉沉,然而五感却极其敏捷生动。

她听到靳泽稍稍靠近时衣帛和床单摩擦发出的"沙沙"声,还有他沉稳的呼吸,吸气后短暂停顿,然后对她说:"我可以追你吗?"

云娆眨了眨眼,一脸茫然。

靳泽失笑道:"只是问可不可以追你,这都要考虑?"

她连忙摇头:"当然可以。"

话音落下时,云娆甚至在心里反问自己:我需要他追吗?

听说靳泽喜欢自己,她高兴得快要晕过去,但是关于要不要在一起,她心里一点底都没有。

她暗恋了靳泽很多年,然而,在这段漫长的岁月中,她从来没有一秒钟肖想过能和他在一起。

他们的距离太远了,曾经是异国,现在是顶流巨星和平凡"社畜",她的感情一直小心翼翼地珍藏着,是她心里最宝贵、最脆弱,也最不能宣之于口的东西。

如果要开启这段感情，她一定会非常认真，一定会一头陷进去。

云娆深吸了一口气。

可是，她接受不了失败，绝对承担不了分离的痛苦，她会疯的。

她不知道回国后短暂相处的这几个月，靳泽是怎么突然喜欢上她的。

也许看她文静可爱，也许回忆起了曾经的青葱岁月，认为她作为他的老乡、老同学，有共同话题，适合发展一下关系。

而他那样的人，处于那样一种工作环境和社会地位之中，恋爱的方式注定和普通人不一样。

如果他只是一时冲动，只想和她玩玩，那么，比起一时的欢愉，云娆宁愿从来没有开始过。

珍藏在内心深处、揉进了血肉里的东西，绝对不能被破坏了。

"怎么突然变得那么凝重？"靳泽伸出食指戳了下云娆微微鼓包的脸，低声说，"我会认真追的，你慢慢地、慎重地考虑就行。"

他一点也不急，甚至希望她越谨慎越好。

这么多年都挨过来了，今天终于坦白了心迹，他已经得到了前所未有的放松。

更何况，眼前这个呆瓜，虽然对他有好感，估计更习惯把他当成哥哥看待。

他可不想稀里糊涂地开始了，然后时时刻刻笼罩在阴影之下。

云娆小幅度地点了两下头，似是察觉到了对方的真诚，浅抿着的唇角蓦地向上挑了挑。

气氛渐渐平缓，窗外的雨势似乎也减弱了。

云娆咽了口唾沫，鼓起勇气道："学长，你能不能……先把衣服穿上？"

他赤身裸体靠得离她那么近，一身冷白色的漂亮肌肉极具视觉冲击力，云娆根本控制不了自己的视线，温热的鼻血已经在鼻腔里头蓄势待发。

靳泽朝她扬眉，轻浮一笑："不守男德的人，从来不穿衣服。"

"我错了！"她连忙换了个跪坐的姿势，双手可怜巴巴地撑在床面上，"学长最守男德了，就算有人拿着刀架在我脖子上逼我，我也不会脱粉。"

"油嘴滑舌。"

靳泽微微敛眸,却不急着穿衣服。

色相都已经牺牲到这个份上了,干脆趁此机会,多刺激刺激这只呆鹅吧。

他忽然侧过身,白皙英俊的脸庞凑得极近,眼皮带动长睫扇了下,不怀好意道:"刚才就想问你,腮红是涂到脖子上了吗?你怎么哪儿哪儿都红扑扑的?"

他一边说着话,适应黑夜的眼睛清晰地看到她细嫩的脖颈浮起一层更艳的粉。

片刻之后,没听到回答,靳泽稍稍离远了些,叹气:"是不是不喜欢我离这么近?"

云娆下意识地摇头。

靳泽:"那为什么不说话?"

云娆:"我……紧张。"

对方又笑了:"你不觉得我轻浮就好。"

云娆忽然抬起眼睛:"学长,除了我之外,你还会这样逗其他女孩子吗?"

靳泽倏地敛了笑,眉心一蹙:"当然不会,你说什么呢?"

"那就好。"她稍稍坐直了些,唇边的笑涡冒出来,"那就一点也不轻浮。"

靳泽的耳朵像被羽毛挠了一下,心痒难耐。

他忽然想起第一次去云娆家的时候,自己不小心说了句轻佻的话,把小姑娘惹生气了。

所以那时候,她是以为他生性孟浪,随便见着个姑娘就要出言挑逗,所以才突然生气?

他可真是冤大发了。

靳泽有些无奈,又觉得万分有趣:"这么说的话,如果我只逗你一个,就不会生气,对吧?"

云娆的下巴才刚点下来,就见他倾身凑得更近,温热的大手隔着一层薄薄的衣物贴上她腰际,不轻不重地揉了揉。

她的身子触电般往后一缩:"学长,你还发着烧呢,我……我去给你拿药吃。"

其实她心里跟明镜似的。

他全身上下一点生病的样子都没有,发烧是假,骗人才是真,就是特意把她骗过来调戏的。

虽然如此,云娆却不打算戳穿他。

还是一样的道理,如果她是他孔雀开屏唯一的求偶对象的话,那她很乐意被调戏……当然,调戏也要有个度,她胆子小,人也呆,没见过什么世面……

"你摸摸看。"

靳泽突然抓住云娆的手,眼神透出一股病态的迷乱,他低喘了一声,冷白清透的皮肤竟然逐渐泛起红热,长指禁锢着云娆的小手,径直按在自己赤裸坚硬的胸膛上,哑声问,"是不是很烧?"

他真应该庆幸自己是演员,吐字清晰标准,不至于让人把这几个字听歪了去。

然而,云娆虽然听得正,脑袋却长歪了。

何止是烧……

简直是老房子着火——烧、起、来、没、救、了!

她的手指被烫得蜷了蜷,灼热的体温通过相贴的肌肤渡过来,再沿着她的皮肤蔓延遍全身。

云娆感觉,现在真有人发烧了,那就是她自己。

世界上为什么有他这么会演的男人?

不仅身体滚烫,面颊泛红,就连眼神也立刻变得虚弱了起来,而且一点表演痕迹也没有,就算下一秒他轰然晕倒在她面前,云娆也觉得合情合理。

这个小卧室已经容不下他了,他应该立刻去奥斯卡颁奖现场领小金人才对!

只听"扑哧"一声轻笑,靳泽松开手,转瞬就恢复了正常状态:"不闹你了。"

这姑娘太单纯了,再闹下去,感情不见得升温,她可能要被他吓死了。

其实,在孔雀开屏界,靳泽也是个新手。拍戏的这些年,他从来没有接触过类似的人设,也没有受过其他异性的刺激。但是,只要云娆出现在周围,他体内的洪荒之力就开始蠢蠢欲动,想逗她,想把她弄得脸红心跳,完全出自本能。

　　这大概就是传说中的天赋异禀、无师自通吧。

　　直到靳泽老老实实往身上套了一件T恤，云娆紧绷的心情才缓和了些，眼神也不会乱飞了。

　　室外的闪电和雷鸣已经彻底消停，只剩下细密小雨，雨水顺着屋檐斜淌下来，沿着窗棂挂出一条薄薄的水帘。

　　靳泽在手机上订了餐，附近的餐厅很快送餐过来，琳琅满目的菜品摆满了餐桌。

　　两人坐在餐桌边，头顶上有一圈柔光筒灯，不远处客厅的水晶吊灯也开着，明亮的光线从四面八方照射过来，视野范围内几乎看不见一片阴影。

　　不久前，黑暗卧室中发生的一切，在亮堂的地方回想起来，仿佛蒙上了一层迷幻的滤镜，显得那样不真实。

　　吃饭的时候，云娆每隔几秒就要抬头看对面的人一眼，以此来确定今晚发生的一切是真实存在的，不是她的臆想。

　　一觉起来之后，梦境并没有破灭，她正在不断地求证这一点。

　　靳泽作为一个从小帅到大，后来还当了明星的男人，非常习惯女孩子偷看的视线。

　　他淡定地吃饭，淡定地喝汤，淡定地抽了张纸擦掉云娆唇珠上沾的酱末，温柔地问道："好看吗？"

　　老实姑娘小云非常诚恳地点了两下头。

　　比起浪费时间害羞，不如趁此机会多瞧他几眼，还能让眼睛做个顶级SPA。

　　她干脆捧起了脸，目光笔直地望过去："学长，你是不是大后天就要去帝都拍公益广告了？"

　　"后援会的消息？"靳泽顿了顿，说，"提前了，后天下午就走。"

　　"噢。"

　　云娆揉了揉脸，顺手挤走刚冒出来的那一抹失落。

　　他的假期转眼只剩下一个整天了。

接下来有新电影上映,他又要开始全国各地跑通告、拍商广,然后马不停蹄进组准备新戏……云娆光瞄一眼后援会整理出来的、满满当当的行程,就替他感到窒息。

靳泽给她夹了一筷子菜:"明天是周六,带你出去玩?"

云娆的脸垮下来:"明天要加班,客户公司有会议要跟。"

靳泽点头:"那我去接你下班。"

"别,客户公司在市中心,人多眼杂的,你不要去。"云娆想了想,"要不,学长明晚来我家吧,上次说要请你吃饭的,谁知道……明天晚上我做饭给你吃。"

靳泽看着她,琥珀色的眸子清透如玉:"这回确定能吃上饭吗?"

云娆点头如捣蒜:"一定能!"

她双手捧着碗,卷翘的长睫微微垂下,已经开始思考明天要准备什么好菜了。

靳泽:"我没什么忌口的,但是吃多了某些海鲜可能会过敏,比如……"

"海蛎、青口贝。"云娆不自觉就抢答了,片刻后讪讪道,"我们资深粉都知道。"

靳泽眨一下眼。

他不记得自己有在任何采访中透露过这些信息。

倒是他高中的时候,曾经吃错了东西,浑身发红长疹子,然后被那群幸灾乐祸的舍友疯狂嘲笑。

不过,时隔多年,小云娆肯定没有印象了。

"你以后会更资深的。"

他忽然低低地说了句。

桌对面的女孩显然没听见。

她面色如常,杏眸清透含光,吃饭的坐姿非常端正。

靳泽静默地看着她。

只要她愿意。

翌日,风雨冲刷过后的天空碧蓝如洗,几朵白云悠然游弋在高空中,空气也格外清新。

打车去客户公司的路上，经过城南 CBD，云峣托着脸往外看，发现大悦年华商厦幕墙外，不知何时换上了靳泽的单人巨幅广告。

广告上的男人一袭深灰商务西装，气质清冷矜贵。他眼睫微垂，正在低头搭扣左腕上的 G 牌男士腕表。

简单平常的一个动作，在他的演绎之下，每一个 LED 屏的光点都展现出了极致的奢雅和成熟魅力。

直到轿车驶远，广告牌的边角都看不见了，云峣才不情不愿地收回视线。虽然心里依然充斥着现实与梦境交织的眩晕感，但是她正在努力适应。这颗来自遥远深空的流星，似乎真的坠入了她触手可及的夜空。

到达客户公司之后，云峣喝了杯水就开始工作。

早晨的口译内容非常密集，可她的注意力集中度很低，时不时就要拿起手机看一眼。

趁着会议间隙，云峣去茶水间泡咖啡喝，用以醒神。

她的意志力太薄弱了，人家明明没有发消息给她，她却深受"预期中的消息"的影响。

等会儿再开会的时候，必须开飞行模式了。

可是——

他为什么不给我发消息？

咖啡机在身后"嗡嗡"作响，云峣拿起手机，正巧看到微信通知栏跳出来。

靳泽：【资深粉丝，想不想要高清健身照？】

身后有人走过来和云峣打招呼，云峣吓了一跳，手忙脚乱地把手机倒扣在吧台上。

"看什么呢，笑得那么开心？"

"没什么。"云峣倒退一步，把手机拿起来，"在看……偶像的帅照。"

"你喜欢谁啊？"

"靳泽。"

"家人啊，我也超喜欢他！可是他最近根本不'营业'。你有新物料吗，

211

发来让我也看一看？"

云娆装模作样地发过去几张旧图，女生回复说这些她都见过了，然后就吐槽起靳泽的团队不宠粉也懒得运作流量，路人粉丝虽然很多但是资深粉丝也没什么新物料吧啦吧啦的一大堆，云娆频频点头表示感同身受。

其实，没有哪个明星不想宠粉，但是靳泽有他更想做的事情。他把所有时间和精力都用来打磨演技，演技越好，路人盘就越大，相对地，"营业"少了，唯粉就受冷落，虽然说起来有点残忍，但是这样才是一个优质偶像导向的正常粉圈生态。

"虽然他'营业'少，但是作品多呀，质量也很高。"云娆说道，"所以我觉得做他的粉丝一点也不苦。"

"话是这样说没错……但是他的作品太正经了，我就是单纯馋他身子。"

云娆内心：呃……

"你说他未来有可能接那种脱衣服的广告吗？别老接商务风了，来点运动健美风吧。"

云娆内心：嗯？

聊着聊着，云娆也莫名其妙地馋了起来，进口咖啡豆磨出来的咖啡都不觉得香了。

她捧起手机，小脸"通黄"，慢吞吞地回了一个字：【想。】
余光瞥一眼身旁的同事，她侧了侧身子，心情变得隐秘又自私。
别的美图都可以分享给姐妹们。
但是这个绝对不行！她必须一个人私藏！
靳泽：【想也没有。】
云娆：【嗯？】
靳泽：【小学妹怎么回事，上班摸鱼？】
可恶。
她竟然被钓鱼执法了。
片刻之后，对方又发来一条消息。
靳泽：【好好上班。晚上都满足你。】
晚、上、都、满、足、你。

云娆抓着咖啡杯的右手狠狠抖了一下。

这话说得仿佛她有多么欲求不满似的……

身旁的女生看她神态异常,又过来慰问了下。

云娆一不小心,手机没遮好,让人家瞧见了她的对话框。

那个女生只看到"靳泽"两个字,惊讶了一瞬,转眼又笑道:"你好聪明,我也要把我男朋友的备注名改成'靳泽'……等等,算了,他那个王八蛋哪里配得上这个名字。"

这时,有同事进来把女生叫走,她离开后,茶水间内只剩云娆一人。

云娆思索着,"靳泽"两个字太招摇了,有时候连她自己看到,都会心惊肉跳一下。

该给他换个什么备注比较好?

要隐晦一点,同时也要配得上他。

云娆琢磨了两分钟,想到一个意语单词——Calamita,意思是"磁石"。

他整个人就像磁石堆砌出来的,对她具有极致的吸引力。

而她确认自己喜欢上他的那天,他曾往她手心里,放入两对带有他体温的强力磁铁。

云娆的心脏倏然重跳两下。

这个只有她自己能看得懂的词语,用来指代他,简直再合适不过了。

第九章
/ 有人来抢饭了 /

第三次去云娆家做客,靳泽一分不早一秒不迟,掐着表准时按响了云娆家的门铃。

进门之后,他熟练地捧起地上的西几,一边顺毛,一边状似无意地抱怨道:"你妈妈怎么比明星还忙?白天给她发消息,傍晚才回复。"

他的口罩墨镜都摘了,身后的门却忘了关,只见云娆化作一抹残影,紧张兮兮地飞扑过去把门关严实了。

她还是有点不敢看他,尤其在他问了那个问题之后。

总不能回答说,因为我太想你了,没办法好好工作,所以才把手机调成飞行,下班了才收到你的信息。

靳泽撸够了猫,将小西几放到沙发上,一只手变魔术似的从身后摸出一个小纸袋来。

"今天是儿童节,给西几买了两件小衣服,看看合不合身。"

一件卡通蛋黄卫衣,一件格纹绅士小礼服,云娆帮忙给西几套上,大小刚刚好。

圆滚滚的猫咪穿上衣服之后瞬间走不动路了,呆坐在那儿,既可爱又乖巧，正好方便云娆"咔嚓咔嚓"地给它拍照。

靳泽评价道："西几长得太快，估计衣服过两天就小了。"

云娆有点纳闷："学长，你怎么想到要给它买衣服的？"

给猫咪过儿童节，还买这些奶萌的东西，可一点也不像他的作风。

靳泽："朋友送的，顺手就带来了。"

云娆眨一下眼，声音微微拖长："哦……"

靳泽忽然笑了声："小云娆也想过儿童节吗？"

"啊？"

"怪我，忘了给你买一件。你也是小朋友。"

云娆站在他身旁，手指背在身后搓了搓，耳朵又热起来，说道："我不用啦……"

靳泽："小云娆喜欢穿什么样的小衣服？"

他每句话都带个"小"字，云娆虽然觉得这样很亲昵，但是听多了，偶尔也感觉奇奇怪怪的。

她忍不住细声细语地驳斥道："不要老是'小小小'的，我已经很大了。"

靳泽站得离她两步远，微微敛着眸，眼底略显幽深，下颌轻点了两下："嗯，是挺大了。"

明明是复述她的话，为什么从他嘴里说出来，就显得那么不正经？

顷刻之后，靳泽掀起眼帘，像是才发现自己的话含义颇深。

他当然一点也不单纯，但是，此时他突然觉得，即使是暗喻性质地点评女孩子的身材，也是件不礼貌的事。

所以，他决定临时改个口。

不能点评女孩子，那就展示他自己吧。

"我说的挺大——"靳泽眨一下眼，"指的是我自己。"

这段对话结束之后，和上一次做客的剧情殊途同归，云娆又把靳泽一个人撂下，自己跑了。

幸好这次她没有跑出家门，只是把自己锁进厨房，闷头做起了菜。

炒完第一道菜，云娆才发现抽油烟机没开。

215

难怪她觉得这么闷，头昏脑涨的，脸蛋也烧得像锅底一样热。

炖锅上的排骨汤已经熬得差不多了，香菇的清香混杂着肉香溢满了厨房，少许香味从推拉门的缝隙中漏出去，不出意外地勾来了一猫一"孔雀"。

猫扒着玻璃门一阵猛刨，"孔雀"则礼貌地敲了敲门，问："我可以进来吗？"

"不行！"

云娆无情地赶走了两名"动物园来客"。

如果放他进来，他会在满是油烟的厨房开屏吗？

一定会的。云娆心想。

这个世界上已经没有什么能阻止他展示他绝美的孔雀羽毛了。

约莫半个小时过去，四菜一汤上齐。

云娆去洗手间洗了把脸，快速补了个素颜妆。到餐厅的时候，她看见靳泽正举着手机拍她做的菜。

"介不介意我发个微博？"他淡声道。

云娆的表情顿时犹如五雷轰顶。

靳泽笑了下："开个玩笑。"

她拉开椅子坐下，揉了揉刚才被他吓僵了的脸蛋。

上周，靳泽的微博粉丝数量破九千万了。九千万是个什么数字？他路人粉多，活粉也多，相当于十几二十分之一的中国人都关注了他。

而他的个人微博，从来没有发过任何一条日常。

如果他发了今天吃饭的照片，那些闲出屁来的粉丝说不定能数出她今天做饭放了几粒盐。

云娆定了定神，又觉得自己刚才的表情好像太惊悚了。

鉴于之前的经历，她对热搜有点轻微的PTSD（创伤后应激障碍）。

如果他真的想发，云娆推测，自己应该会掏出所有账号转评赞三连，然后在夜深人静的时候偷偷抱着手机傻乐。

"我动筷了？"

男人清沉的声音将她拉回现实。

"好呀，我也饿坏了。"云娆一边说自己饿，一边拿了个搪瓷小碗，先给靳泽盛汤喝。

纯白的骨瓷勺漂开浮沫，舀起鲜浓汤汁，一勺，两勺……靳泽的视线也跟着她的动作，耐心地等。

就在这时，毗邻餐厅的玄关外，突然传来"嘀嘀"的密码锁按键声，连续六下。

云娆的手悬在半空中，靳泽也讶然地扭头看了过去。

"对不起，密码错误。"

"嘀嘀嘀嘀嘀嘀！"

"对不起，密码错误。"

两周前，社区办了场安全讲座，公安部的讲师在讲座上建议业主勤换密码，云娆被讲师分享的几个入室抢劫案例吓得够呛，一回来就把大门密码给换了。

连续几次错误之后，门外传来了极熟悉的、低沉又欠揍的嗓音："换密码了？"

隔了会儿。

那人按响门铃，抬高音量喊道："挠，我闻着味了啊，一天到晚的就知道炖香菇排骨。快出来开门。"

靳泽眼睁睁看着他的汤碗落回桌面，失落地叹了声："真不巧，有人来和我抢饭了。"

云娆"唰"地从座位上弹了起来，她睁大眼睛，拧眉看向身旁的靳泽："学长，你赶紧找个地方躲一下。"

靳泽内心：嗯？

云娆急得脸都涨红了："不能让他看到你在这里……太，太奇怪了。"

靳泽听罢，点了两下头："好像是的。"

如果门外那个人看见他在云娆家里，用脚指头想都知道他图谋不轨，他估计会被当场咬死在这里，尸骨无存。

云娆慌忙拉着靳泽往卧室区域走。

"我去次卧躲躲?"

"不行,我哥经常去次卧休息。"

"洗手间呢?"

"也不行,家里只有一个洗手间,肯定会被发现的。"

云娆将人拽到主卧门口。

踏进房门之后,入目一片鲜嫩的粉色,靳泽一边担忧自己的小命,一边忍不住勾了勾唇。

好可爱的房间。

"学长,那个……"她说话犹犹豫豫,手上的动作却非常麻利,"能不能委屈你躲一下衣柜?"

靳泽内心:呃……

女孩子的衣柜虽然大,但他好歹长了一八七,确定能塞进去吗?

云娆飞速拉开最大的两个衣柜门,权衡之后,她关上拥挤的冬季衣柜,将夏季衣柜底部的几个收纳盒抱出来,弯腰一股脑儿塞进床底下。

夏衣单薄,她随手划拉两下,很快腾出一块足够塞人的空间。

"学长,拜托了……"

云娆拽着靳泽的袖子,急得下唇都快咬破了。

靳泽无奈道:"我身上外衣脏。"

顿了顿,他又说:"要不要洗个澡脱光了再进去?"

都什么时候了,他还有心情在这里开屏!

云娆狠狠了下唇:"我不嫌脏,求求你了。"说罢,她绕到靳泽身后,推着他靠近敞开的衣柜。

男人单手扶上柜门,一只脚踏进去,重心还来不及转移,只听门外某人又狂吼了一声,他就被身后一股受惊过度所爆发的蛮力硬推进了衣柜里。

靳泽身子一弓,脸侧划过层层叠叠的轻薄衣料,鼻梁猛地撞上了某件垂挂在横杆上的柔软布帛。

他眨眼的时候,睫毛也能刮到。

映在瞳孔里的,是一件粉色蕾丝吊带内衣,散发着异常甜腻的薰衣草花香。

靳泽呆了呆。

这就有点幸福了。

或者说,可能还有点难受。

周遭光线在此时消失殆尽,大门外的叫魂声也几乎听不见了。

"学长,对不起,真的非常对不起。"

张皇失措的一句话落下,伴随着一串凌乱的脚步声,还有"哐"的关门声,靳泽耳边陷入了彻底的沉寂。

门铃按钮都快被人戳起火了。

不知等了多久,房门后面的"蜗牛妹"终于舍得爬过来,伸出她的"小触手",慢吞吞地打开了门。

透过门缝,云娆小心翼翼地瞅了她哥一眼。

妈耶,外面好冷。

她忍不住缩了缩脖子。

云深顶着张千里冰封万里雪飘的冰冻脸,明明站着一动不动,以他为中心的四周似乎刮起了一阵凛冽北风。

"耳朵聋了去装个耳蜗。"他面无表情地把房门推开到最大,"腿折了就去接。"

云娆让出玄关的脱鞋位置:"刚才在洗手间里,没听见。"

云深懒得听她解释。他径自弯下腰,打开鞋柜拎了双男士拖鞋出来,随手丢在面前的地上。

云娆胆战心惊地看着他。

靳泽的鞋,被她塞在了鞋柜最底端,还拿她自己的靴子盖在上面,应该不会被看见。

昨天,云娆问了云深好几道家常菜的做法,云深百忙之中抽空回答她,顺嘴问她是不是要请朋友回家吃饭,云娆说没有,就是自己周末在家想练练厨艺。

到了今天,云深白天忙完工作,下午有事要在这附近办,办完了正好拐到妹妹家蹭饭，顺便考察一下这姑娘的厨艺有没有长进。

云娆从小就爱喝排骨汤，尤其喜欢香菇炖排骨。以前父母忙着打理饭馆，没时间照顾他们兄妹俩，云深就肩负起了给自己和妹妹做饭的责任，一天到晚做香菇排骨，他对这道菜熟悉到用鼻子都能闻出是几几年的香菇。

"下锅之前，香菇泡太久了。"

云深闻着味儿点评了句，然后趿着拖鞋走进屋里，脚步在餐厅门口一顿，回头睨云娆一眼。

"你一个人，吃四菜一汤？"

云娆被问得一激灵："是啊，我最近……增肥。"

云深掀起眼帘，上下打量她："没必要。"

他往前走两步，忽然摸了摸鼻子，眉头蹙起来。

云娆跟在他身后，差点一头撞上。

来到餐桌边，云深拉开椅子，大刺刺地坐下："不给你哥拿一套餐具？"

"拿！马上！"

云娆跑进厨房，顺手把刚才紧急藏进水槽里的餐具给洗了，收到橱柜里头。

她拿着新餐具走出来的时候，云深沉黑的目光胶着在她脸上，无言了一阵，突然扯一下唇角，冷声问道："交男朋友了？"

云娆本就紧绷的神经一下子炸开了："啊……没有啊，哥你胡说什么呢！"

云深斜觑她一眼，很快收回目光，唇角拉平，不再说话了。

接下来的进餐时间，云深吃得特别慢，每一口都细嚼慢咽，时不时还要品鉴两句。

云娆坐在他身边，捧着碗，大部分时间都在发呆，食不下咽。

她的目光顺着哥哥的手，滑上肩颈，再滑到脸上，描了一遍他深刻的侧颜线条，谨慎地观察着他的表情。

现在看起来，他神态淡定自若，似乎没有再纠结刚才那个问题。

可是他刚才为什么突然那么问？

除了餐桌上的菜比较多，显得有些异常，其他该藏起来的东西云娆都藏好了。

她稍稍定下心，快速扒了几口饭。

身旁，云深仍旧不疾不徐地吃着饭，偶尔还拿出手机划拉两下，心情闲适得不行。

想到自己的偶像还在衣柜里躲着，一个人闷在狭小的空间里饿肚子，云娆渐渐急躁起来。

她忙不迭给云深夹了几筷子菜，学老妈的语气教育他："吃饭的时候不要玩手机。"

云深像是没听见，仍然我行我素。

揣在口袋里的手机振动了两下，云娆拿起来查看。

靳泽：【饿晕了。】

靳泽：【世上还有人记得我吗？】

这话说的，九千万粉丝都是摆设吗？

还有个九千万分之一的姑娘，正在为你坐立难安，思考怎么和她哥斗智斗勇解救你呢。

云娆一口气甩出去十几个跪拜求饶的表情包。

不知过了多久，等到饭菜几乎凉透了，云深终于放下筷子，擦干净嘴走出了餐厅。

初夏的天，白昼很长。此时太阳已经完全沉入山脊，时间实在不早了。

云娆看哥哥似乎一点也不着急走，她草草收了下碗筷，委婉地下逐客令："哥，你赶紧回家忙你的事儿吧，我等会儿要加班，没时间陪你。"

"行。"

云娆没想到他答应得这么快，谁知他后面又跟一句："上个洗手间就走。"

云深前脚踏进洗手间，云娆后脚就跟过去，紧张兮兮地等到云深快出来了，她再跑回原来的位置坐着。

洗手间门"咔嚓"打开了，云娆竖起耳朵，听到一串脚步声，却没有直接走到客厅来，而是不知去哪儿逛了一圈，再从容不迫地走出来。

"我回了。"

221

云深捡起自己的手机，临走前，那双幽深的眼睛定定审视了云娆刹那，直看得她心底发毛。

确定哥哥下楼之后，云娆长松了一口气。

她轻手轻脚地走进主卧，停在衣柜前，好不容易松开的这口气又提了起来。

她轻轻拉开衣柜门，声音比光线先闯进去："学长？"

"学长，我哥走了。"

她将衣柜门开到最大，抬眼看见柜子里的男人仰坐着，一双大长腿显然无处安放，膝盖屈着，脚也顶到了柜壁。

光线照进来的时候，他微微眯起了眼，像是才睡醒，懒懒散散地说了句："早上好。"

云娆脸憋成猪肝色，猛然间想起自己衣柜里还挂了几套内衣。

她抬眼往上看，发现那些内衣挂在离靳泽很远的地方，被其他正常的衣服掩盖着，真是不幸中的万幸。

"学长……你快点出来吧，吃饭了。"

靳泽离开衣柜的时候，状似留恋地夸了句："洗衣液和柔顺剂的味道我很喜欢，什么牌子的，等会儿发我一下。"

刚放出来，又调戏上她了。

云娆心里觉得惭愧，有气无力地应了声："好。"

重新回到餐厅，桌上的菜都撤走了，云娆拿起手机要点外卖，靳泽从她身后把手机抽走，顺手揉了下她的后脑勺，轻声说："剩菜拿出来热一下就好了。"

他的声音低沉又动听，可云娆听完之后整个人更丧了，蔫垮垮地转头看他："想好好请你吃一顿饭，怎么就这么难。"

"以后有的是机会。"

靳泽朝她眨一下眼，主动走进厨房热菜去了。

除了一点点没吃到第一口菜的可惜，他的心情总体来说还是很愉快的。

来日方长，云深能抢他一顿饭，还能抢他一辈子饭不成？

云娆刚才已经吃饱了，现在光托腮看着他吃。

她偶像不愧为内娱顶级神颜，就连吃剩饭剩菜的动作也优雅帅气到了极点。

云娆盯了他一会儿，电量一下子充满了，唇角又浮起笑意。

"学长，下次，下次我一定会做一顿更好吃的补偿你。"

靳泽悠悠叹了口气："唉，我第一次这么后悔。"

"后悔什么？"

"后悔把档期安排得这么满。"他抬眸深看她一眼，"接下来的一整个夏天，我都没什么时间休息。下一个假期，满打满算要到秋天了。"

云娆"哦"了声，指尖戳进脸蛋里，眼中难掩失落。

她比谁都了解他有多忙。

他们的关系看似稍稍前进了一小步，然而这一小步，抵得过长久的忙碌和分离吗？

靳泽捻着筷子转了下，这个动作宛如十几岁的少年，什么东西搁在手里都要转一下才舒服："以后不会了。"

云娆："嗯？"

"以前，除了拍戏，我没有其他感兴趣的东西。"他忽然放下筷子，空出的手指轻描淡写地摩了下碗沿，"现在有了。等这段忙完，以后的工作会重新安排。"

云娆不难推测，他话中"现在感兴趣"的东西是什么。

她两只手都捧上了脸，指尖盖到眼睛下方的位置，灼热的脸蛋被手掌遮起来，只露出一小部分粉白色的肌肤。

气氛一度暧昧甜蜜，云娆好想说点漂亮话，可是舌头像木头一样僵硬，只怕话说起来一点也不漂亮，全冒着傻气。

整整七年的语言学专业，她像是学到垃圾桶里了。

靳泽吃饭像大扫除一样，非常捧云娆的场。

他认认真真清着盘，还剩最后几口汤的时候，他的电话突然响了。

靳泽看一眼来电显示，表情肉眼可见地沉了沉。

他差点就要走出阳台接听，幸好云娆眼疾手快地把他拉了回来，然后关闭阳台落地窗，窗帘也拉得严严实实，不漏一点缝隙。

他这张脸太招摇了，隐蔽措施一定要做到最好。

这之后，靳泽就站在落地窗旁边，面对紧闭的窗帘打电话。

云娆这间公寓面积小，客厅和餐厅几乎连在一起，尽管靳泽站在客厅边角那儿说话，在餐厅收拾碗筷的云娆也能隐约听到一些。

一开始，他的声音非常冷硬生疏，后面却忽然放软了。

"我明天就去，买最早的航班。"

"嗯。"

"其他事情就不劳您费心了。"

…………

打完电话，靳泽回到餐厅，看到余下的那小半碗汤已经被云娆清理掉了。

"暴殄天物。"他倚在厨房门框那儿，叹了句。

云娆洗干净手快步走过去，仰头问他："学长，我刚才听到了一点，你奶奶生病了吗？"

靳泽："住院了，老毛病，不用太担心。"

"那你……明天几点飞美国？"

"凌晨六点，工作也要推迟。"他顿了顿，似是万般不舍，"陪小云娆的时间要缩短好几个小时了。"

云娆抿了抿唇，没吭声。

她本来想留他下来一起看部电影，晚点再去吃夜宵什么的……看来他现在就要走了。

靳泽转过身，往客厅方向踱了两步，背对着她问："时间还早，要不要一起看电影？"

云娆走到他身边："学长，你不早点回家休息吗？"

靳泽转头看她，说："六点二十的飞机，清晨道路通畅，我最迟可以四点出发。"

云娆又不懂了。

靳泽笑："从你家出发。"

她是不是漏了什么信息？

所以他刚才说的"陪小云娆的时间要缩短好几个小时"，指的是从正常起床时间，缩短到凌晨四点？

等一下……

云娆蓦地倒退一步，身子抵上了墙面："学长，那个，我建议你还是回家休息比较……"

"回不去了。"

他语气坦然，不像开屏时的轻浮，反而有点身不由己的意味。

云娆更呆了。

大家都是九年义务教育出身，她还是文科生，大学四年读的是国内大学，为什么，她觉得自己的中文理解能力如此差劲，根本跟不上影帝先生深奥曲折的思路。

靳泽弯了弯唇，笃定地说："小云娆，你信不信，如果我现在从你家里走出去，明年的今天就是我的忌日。"

云娆动了下嘴唇，还是一脸可可爱爱没有脑袋的呆样。

靳泽实在忍不住，上手轻轻刮了下她的鼻尖："你高考考了多少分？"

云娆机械地答："644分。"

"厉害。"靳泽唇角的弧度更深了，"如果有一个人比你考高了整整70分，你觉得他怎么样？"

"大概是'学神'转世吧。"

云娆忽然想到了什么，瞳孔轻震："你说的难不成是……"

靳泽点头："一个高考考了714分的'疯狗'，不是那么好糊弄的。"

高考714分，总分市状元，裸分省状元，她的亲哥哥，'疯狗'云深。

云娆的嘴巴慢慢张成了"〇"字形："不会吧……你的东西我都收好了，没有露什么马脚啊。"

"不能用正常人的脑子类比他脑子的精密度。另外，之所以叫他'疯狗'，也因为他的鼻子就跟狗一样灵。"靳泽叹了口气，"怪我，今天出门前就感觉香水喷重了。"

云娆猛嗅两下，摇头："我觉得很清淡呀？"

225

靳泽笑了声:"那是因为,你已经被我腌入味了。"
"呃……"
今天的"骚话"实在超量,靳泽自己都觉得有些过分。
他总算正了正色,认真解释道:"我敢给你打包票,你哥现在还没走,估计就在楼下车里守着蹲我呢。"
他的语气非常平静,可是云娆脑补了一下那幅画面,蓦地感受到了一股从脊背泛开的悚然冷意。
还是男人了解男人。
经此点拨,云娆觉得,这的确像她哥能做出来的事。
"为了让我多活几年。"
靳泽正经了不到半分钟,孔雀羽毛又开始蠢蠢欲动。
"小云娆,今晚只能叨扰你了。"

晚上八点左右的小区并不安静,各家各户的人声、电视声,花园里的虫鸣、宠物们的打闹声交织在一起,微热的夜风拂过,到处充斥着闲适的生活气息。
云娆手里攥一个黑色垃圾袋,不疾不徐地走出公寓楼下的单元门。
垃圾桶安置在单元门斜前方十五米左右的树荫下。
风吹树梢摇晃,暖黄色路灯穿过层叠繁茂的叶片,在地上投下影影绰绰的光斑。
云娆丢完垃圾,踏着一路光斑往回走。道路前方,灯光暗淡的夜色中,一排私家车整齐停靠在花圃旁边,几乎所有车位都被占满了,从干道旁边一直延伸到看不见的幽深小巷深处。
她不敢细看,只一晃眼过去,然后就故作淡定地走进单元门口。
直到进入电梯,云娆才猛地捂住胸口,开始大喘气。
如果她的视力没那么好,真的很难发现。
云深的车隐匿在好几辆相同色系的轿车之中,从云娆这个方向看过去就是黑糊糊的一团,而从他那个方向看过来,视野开阔又清晰,简直是蹲点监视的绝佳方位。
回到家,云娆仔细关好门,转头惊魂未定地对靳泽说:"学长,你猜得太准了,他真的还在楼下。"

靳泽则是一脸淡定,丝毫没有将死之人的觉悟:"别慌。"

话音落下,只听"喵喵"两声,西几爬到云娆脚边拿脸蹭她的裤腿,提醒她该给猫主子铲屎加猫粮了。

云娆将西几抱起来,一边给它顺毛一边平复自己的心情。

然后,她在客厅里走来走回,一会儿捯饬猫砂猫粮,一会儿倒水泡茶,怎么也闲不下来。

忙到实在无事可干,她最后检查一遍家里所有门窗的帘子都拉严实了,终于晃晃悠悠地走到靳泽身边,坐下。

"该紧张的是我。"靳泽看着她,忍不住揶揄,"你这样,显得我们两个好像真的在偷情。"

"偷情"两个字,他刻意说得又慢又轻,低低的气音扫过云娆耳畔,很快把她两只耳朵都说红了。

他好像特别喜欢这样,先把小姑娘逗得害羞又可怜,然后生出一丝恻隐之心,开始说些正经的安慰话。

"根据我对云深的了解,他不会蹲一整夜的。那么怕麻烦的人,蹲一两小时顶天了,累了他自己会回家的。"

听完他的话,云娆简单分析一下,觉得有道理:"我哥估计就是……一时有点生气我瞒着他。"

"嗯。"靳泽顿了顿,"妹妹都这么大了,做哥哥的难道还不允许她带男人回家吗?"

云娆先"嗯"了一声,片刻之后,又觉得这话怎么听怎么怪。

回想一遍,好像说得也没错。

她确实带了个男人回家,来着。

靳泽:"其实,如果是他不认识的男人也就罢了。"

可这人不能是他曾经形影不离的好兄弟,这相当于云深自己引狼入室,自家肥肉被自己带进来的豺狼叼走了,还瞒着他,也不知道这头大尾巴狼把他当冤大头盯上他家肥肉多久了,搁谁谁能受得了。

后面那些话他没有说出口,不过云娆可以脑补出来。

所以,云深的思路可以总结为——

和我妹妹谈恋爱可以,和我妹妹谈恋爱且姓靳名泽你必死。

云娆先为偶像擦了把汗,自己又忖度一会儿,然后对靳泽说:"学长,我哥现在肯定猜不到是你。那等会儿他蹲累了走了之后,我下去帮你望望风,你就可以回家了。"

靳泽瞟向她,半眯起眼:"急着赶我走?"

"没有的事……"

靳泽:"现在快八点了,还不知道你哥什么时候走。我明天凌晨四点要起床,来来回回地挪地方也不方便。"

他说话倒是毫不客气。

云娆搓了搓手,暗暗对自己说:既然这样,就让他留下来吧。

其实她一点也不排斥他住在她家,反正家里有次卧,被褥也够用。她只是太紧张了,一想到他要住在隔壁,她就担心自己会一晚上睡不着,也担心房间狭小、家具朴素,他会不会住不习惯。

至于其他一些不合时宜的东西……云娆在心里举三指发誓,今天是6月1日,儿童节,不宜少儿不宜,她绝对没有乱想,绝对。

西几小朋友吃饱饭之后,颠着圆滚滚的肚皮爬到了沙发上,随便找了个地方,脚一蹬头一窝,准备睡觉。

靳泽瞥了眼腿上忽然冒出来的小家伙,不动声色地把它拎起来,往隔壁沙发软垫上一丢。

此时,云娆正低头划拉影片库,思考放什么电影看。

她最终选了一部外语喜剧片,从头乐呵到尾的那种,这样看的过程中不会出现一些奇奇怪怪的片段,看完之后也不会有心理负担,正好。

客厅的筒灯调成暗光模式,室内环境如暮色四合,唯有一台挂壁电视机发出声响,影片中的人物鲜明地跃动着,观影效果一等一的好。

然而,事实证明,看电影的时候最影响观影人的,不是电影本身,不是周围环境,而是一起看电影的那个人。

他就在旁边坐着,不声不响,一只手松垮垮地搭在沙发靠枕上,电影斑驳的光点落在他棱角分明的侧脸，如同无规律跃动的萤火，却比电影画面还要引人注目。

他离她不算太近，但是存在感太强了。

还有那阵若有似无的木质冷香，云娆之前一直觉得很淡，此刻却仿佛被他的味道包裹其中，环境越暗、越静，她的五感就越灵敏。

通通只针对他。

他的手肘偶尔轻轻擦过她的手臂，云娆佯装得非常淡定，从头到尾没有动弹一下。

大约半个小时之后，身旁亮起淡淡的荧光。

靳泽似乎也看不进去这部电影，单手拿着手机刷了起来。

屏幕里头一阵哄堂大笑，屏幕外，两个人诡异地沉默着。

云娆终于忍不住，主动凑过去问他："学长，你看什么呢？"

靳泽像是才回过神："抱歉。刚刚华哥给我发了个最新版本的剧本，是已经签约的电影，改编动得挺大的，我看进去了。"

"哦。"云娆又问，"哪一部电影，可以告诉我吗？"

"可以。片名暂定《寒秋》。"

云娆眨一下眼，嘴角不自觉撇了撇："我知道这部电影。女一、女二和女三都请了绝世大美女来演。"

靳泽牵起了唇，总感觉空气中莫名飘过来一丝酸味。

"她们加起来，都不如小云娆的头发丝长得标致。"他不知从哪儿捻到了一根头发，捏在指尖细细地把玩，"而且这是一部战争片，到时候所有人都灰头土脸的，看不出谁美谁帅。"

——她们加起来，都不如小云娆的头发丝长得标致。

这句话也太夸张了，夸张到让人听起来没那么高兴，反而还觉得不走心。

电视屏幕中的世界也入夜了，影片光效渐渐低暗下来。

或许因为看不太清他的脸了，云娆忽然鼓起勇气问了句："学长，剧本里有感情戏吗？"

靳泽抬起眼，幽暗的瞳孔中摇曳着几星浮游萤火。

他的心情似乎更好了，回答之前，先主动往云峣那儿挪了挪，手往后搭上沙发靠枕的时候，几乎擦着她的肩膀伸过去。

"没有感情戏。"他眨一下眼睛，一脸淡然地说出后半句，"但是有激情戏。"

出乎意料的是，云峣竟然没什么反应。

没有感情戏就好。她暗暗放宽了心。

至于激情戏，近几年管得那么严，那些少儿不宜的片段最长不超过五秒，而且只可意会不可言传，一旦激情开始立刻拉远景，要不就是烛影摇曳床墩子震荡，都不用上床替，摆两个人偶在床上摩擦摩擦就足够了。

靳泽垂眸凝视着她的侧颜。

说有激情戏，她竟然松了口气，看起来还挺满意？

他忽然凉凉地笑了下："怎么，小云峣很想看我演激情片段？"

云峣不懂他怎么得出这个结论的："没有啊。"

靳泽："你想看也没法，我不会演。"

云峣张了张嘴，脸颊微微泛红，有点纳闷地瞅着他。

房间里很暗，但他肤色白，微末的亮光勾勒出英挺深隽的轮廓，不仅皮相俊美，骨相更是优越到了极点，仿佛生来就是为大荧幕存在的。

本该出现在影院荧屏上的脸，此时半敛着眸望着她，近在咫尺。

云峣的呼吸全乱了，声线也不太稳定，细细地打着颤说："我……我不想看。你不会演最好。"

"你怎么不问问我为什么不会演？"

他似乎又凑近了些，动作很温和，但是身高差摆在那儿，靠近时总有一些压迫的味道。

云峣用力眨了两下眼睛。

她的目光越过他宽阔的肩膀，朦胧暗淡的灯光下，她仿佛看见了一扇色泽极其艳丽，羽翼舒展着、宽大而又饱满的孔雀尾屏。

这个男人——

是妖精变的。

他又准备勾人了。

云娆单手撑在沙发坐垫上，弱小可怜又无助地向后退了点，复述他的话："你为什么不会演？"

靳泽低低叹了口气，嗓音轻得像碎裂的气泡："因为，我都快三十了，还没有体会过真正的激情。"

他的瞳孔宛如夜中含光的琉璃，眼神定定攫住她，仿佛正在责备——

我之所以不会演，全都怪你。

他靠得……实在太近了。

云娆撑在身后的手臂微微弯曲，身体后倾，几乎要被他压到沙发上。

明明才二十六岁，竟然自称快三十，他说的话没有一句不夸张的。

她已经退无可退，呼吸渐渐急促起来，视线落在男人深邃的眼底，怎么也挪不开。

兔子急了还咬人呢，在极度的害羞和紧张之中，云娆反而生出一丝叛逆。

她飞快眨了两下眼，樱唇翕动，貌似无知地问了句："都快三十了，还能激情得起来吗？"

空气仿若凝滞了一瞬。

电视屏幕忽然变亮，光线从侧面映照过来，将他的脸分成明暗相交的两块。

靳泽短暂的怔愣之后，他眼底闪几分哂然，眼尾随笑意上扬，瞳色更暗了几分："激情不激情的，试试不就知道了。"

他话音未落，云娆撑在身后的手莫名一软，上半身忽地躺倒在了沙发上。

靳泽朝她眨一下眼，眼中闪过显而易见的诧异和促狭，仿佛正在感叹：小姑娘这么主动的吗？

云娆一只手折起被自己压在了身后，另一只手则卡在身体和抱枕之间，慌乱之中找不到撑坐起来的支点。

"学长，你……借我扶一下。"

她干脆用那只手扣住了靳泽的肩膀，身体扭了扭，想把被压住的另一只手解放出来。

很可惜，她选择了一个非常错误的支撑物。

他忽然弯下腰,她的手也就顺势从他肩上滑了下来,然后被他在半空中捉住,反手扣在头顶。

她的睫毛像蝶翼那样轻颤,双颊通红,眼中写满了无助和惊恐。

靳泽错开她的眼神,欺身下去,温热的唇贴到她耳畔:"小云娆,饭可以乱吃,话不能乱说,知道吗?"

云娆用力地点一下头,本来还想再点两下,可是随着她点头的动作,耳垂轻轻擦过男人嘴唇,那一阵酥痒如电流一般瞬间蔓延全身,让她忍不住狠狠哆嗦了一下,腰眼那儿麻得不行。

没想到,靳泽垂了垂眸,忽然伸手在她又酥又麻的腰眼那儿掐了一下,简直是无情凌虐。

云娆直接"啊"的尖叫了一声。

不单单是受惊的那种尖叫。

总之,声音非常奇怪,非常非常非常的奇怪。

云娆刚才被他压到沙发上都不敢反抗,此时听见自己的声音犹如垃圾网站自动弹出的广告,整个人忽然爆炸了。

她牵动全身力气一鼓作气翻了个身,成功让自己从沙发上滚了下来。

幸好,四肢着地,脸蛋差一点点就和实木地板亲密接触了。

靳泽慢吞吞地坐直了身子,动作有些许的僵硬。

他唇边溢出一丝笑:"你干吗呢?"

云娆没理他,或者说没好意思理他。

云娆爬坐起来,羞愤地想用手捂捂脸,忽然发现自己竟然捂了个空。

哦,难怪刚才脸没有着地,原来她已经没有脸了。

"不欺负你了,上来吧。"靳泽拿手碰了碰她的肩膀,一触即离,"你手机振动了下。"

云娆直起腰,破罐子破摔似的赖坐在地上,一只手从茶几上捞过手机,查看未读消息。

云深:【注意安全。】

他说得很隐晦。

估计他是蹲累了,准备走了,所以发条消息提醒她一下。

可是大半夜的,孤男寡女共处一室,需要注意的安全,只有……

"发什么呆?"靳泽看她身子更僵了,忍不住问道,"谁的消息?"

云娆一下子站了起来,双手背在身后,微微凌乱的长发垂落肩头,衬得面庞皎洁如月,花瓣似的两片唇却艳丽极了。

"我……我爸的消息,他提醒我明天要上班,今晚早点睡。"

"嗯。"靳泽点了点头,也从沙发上站起来,高大的身姿立即笼罩住了她,"你家好像只有一个浴室,方便我冲个澡吗?"

"方便的。"

云娆跑去摁灭了电视机,再把客厅灯光调亮,视野范围一下子开阔起来。

一些混乱的情绪退去,然而,更多的东西在灯光下无所遁形。

比如他们凌乱的头发、褶皱的衣襟、颊边的红晕……明明什么都没做,却有无数的心猿意马残留下来。

靳泽叫的跑腿小哥正好把换洗衣服送到,他不方便露面,让云娆帮忙拿进来。

东西到手之后,靳泽说他想先洗,云娆觉得正好,她可以趁他洗澡的时候把次卧收拾得更漂亮一点。

家里堆了许多助眠神器,每一样她都测评过。买的时候,云娆并不抱希望能送给他,后来他来她家送猫,她挑拣了几样亲手送出去,已经觉得自己撞了大运。

今天,她又挑了一些效果不错的枕头、熏香之类的,仔仔细细摆进了次卧。

这些东西将会伴他入眠。

而他与她一墙之隔。

云娆缓缓深吸一口气,心想,今晚也得给自己搞几件助眠神器。

不然一定会兴奋得睁眼到天亮。

云娆在两个卧室之间穿梭来穿梭去。

床单上有几个折痕看着很别扭,她左左右右地扯来扯去,弄不平,寻思要不要拿熨斗过来熨一下。

抬头时，才发现靳泽已经洗完澡，站在门框那儿不知道多久了。

他穿一身宽松白T和灰色长裤，肩上搭着一条毛巾，乌黑的短发湿漉漉的，鬓角那儿汇聚了一滴水珠滚下来，在浅色的布料上洇出一块不规则的深色水渍。

他身上清冷的香水味全部冲洗掉了，从头到脚，每一根头发丝、每一个毛孔都被她那些柔软香甜的浴液味道占领。

云娆又开始脸热了，但是心情也变得特别好。

"学长，你明天还要早起，赶紧睡觉吧。"

"嗯，那就晚安了。"靳泽稍稍侧开一步。

"晚安。"云娆从他身边错身而过，没急着走，等他进去之后，再殷勤地帮他把房门关严实。

现在才刚过十点，平常这个时候她都要看会儿书、看会儿剧，或者加会儿班，熬到十一二点再睡，可是今天，云娆也准备洗洗睡了。

她定了明天凌晨三点的闹钟，起来给靳泽做完早饭，再回去睡回笼觉。

这般想着，云娆回卧室拿了浴巾，急匆匆地闯进浴室。

进去了她才意识到，靳泽才刚洗完不久，她应该散散雾再去……

可是，浴室镜面上的水雾非常稀薄，地面上虽然有水渍，但是云娆几乎感受不到一点点热度。

她忍不住用手探了探出水口，竟然是凉的。

所以，他冲了冷水澡吗？

可现在才六月初，还不到最炎热的日子。

云娆将浴室门合上，换洗衣物搁进置物架，人站在镜子前面许久没有动弹。

空气中飘浮着甜腻的香氛，主要是樱花味、水蜜桃味，还莫名掺了一丝若有似无的冷调。

她忽然用力拍了两下脸，以极快的速度脱光衣服钻进淋浴间。

冲水的时候，她又忍不住想，对比她哥洗澡的时间，靳泽学长洗得似乎确实久了点。

234 /

云娩这趟澡，洗得比她哥还快，囫囵抹一遍浴液，再囫囵冲几分钟就结束了。

临睡前，她也不知道怎么想的，跑进厨房倒了杯热水，半是关心半是羞赧地敲开了次卧房门。

靳泽似乎已经睡下了，房间里是黑的，他的眼神也懒懒的，透出一丝疲惫，接过水杯的时候愣了愣，然后抬起另一只手摸了下云娩的脑袋。

云娩这时候才想起来，人家的奶奶还在住院。

他或许习惯了逗她玩，刚才看电影的时候，黑灯瞎火的，没忍住开了个屏，但他心里压着事，想来也不会对她怎么样。

倒是她自己，胆子又小又爱胡思乱想，动不动就一惊一乍的，总免不了出糗。

回到卧室，云娩熄了灯躺上床，四周静静的，她的心情也平静下来。

等他忙完这一趟，再见面的时候，她一定要稳住，胆子也要大一点。

有机会的话，两个人坐下来认真聊会儿天，聊一聊从前、现在，也聊一聊未来。

她是真的很喜欢他。

只要他有一半喜欢她，一半就够了。

确认了这样的感情之后，她立刻就愿意去到他身边。

申城今年夏天多雨，气温一直上上下下的，没机会攀太高。

他们老家容州就不一样了，太阳连日暴晒了半个多月，最高温在四十一二摄氏度上飘，终于气象台说要来雨了，有超强台风，劝大家该停工的停工该停学的停学，通通窝在家里避难去。

近两年，老云和老姜两位大厨握着亲儿子给的投资，开了不少分店，生意日渐红火。

他们做起老板之后，渐渐离开餐馆厨房，一心想要回归家庭厨房。

然而一儿一女都在外地工作，他们做了饭也没人吃，待在容州很是煎熬，于是隔三岔五就跑来申城，大部分时间都是短住。

今年夏天，他俩看电视机里一会儿红色高温预警，一会儿红色台风预警，晴天雨天都是灾难,不是人住的地儿。于是他们收拾收拾行李,八月初来到申城避难,准备长住一个月。

这段时间,云娆也搬到哥哥家里住。

她换地方住了,但是没告诉靳泽。

因为他人虽然不在身边,每天忙得脚不沾地也聊不了两句,但是他说要追她,说到做到,无论再忙都会早晚问候,礼物更是跟不要钱似的往她家里送。

云娆生怕被爸妈还有哥哥看出什么端倪。

刚开始,他只送些小玩意儿,猫零食猫玩具之类的,云娆很喜欢,一概收下。

直到最近一个月,他连送了几套大牌成衣给她。云娆很纠结,问他这些要多少钱,他却说不要钱,都是拍摄时候用过的样衣,品牌方随手送给他。

云娆很纳闷:【你还负责女装的拍摄?】

靳泽的答复非常无赖:【不行吗?】

那些昂贵的礼物,云娆几乎都没拆。直到今天照例回一趟公寓收快递的时候,她没忍住,拆了一个首饰盒子,里面是一条粉钻手链,躺在黑丝绒布上,像一串闪耀在夜空中的星带,夺目的光芒勾得她心痒手也痒,小心翼翼地从盒子里取出手链,戴在了左手手腕。

打车回哥哥家吃晚饭的路上,她用手机拍了一张佩戴手链的照片,发给靳泽。

他现在在祖国中部某个自然保护区里取景拍戏,那里荒无人烟,信号很差,但是即便有信号,白天给他发消息,一般也要等到深夜,才能收到回复,或者接到一通卡回上世纪的2G电话。

云娆到家的时候,家人已经煮好饭坐在餐桌边等她了。

她打开门走进去,餐厅里的说话声音停顿了一瞬。

姜娜朝女儿抬了抬下巴,示意她赶紧洗干净手过来吃饭,转头就继续投入到他们刚才喋喋不休的话题中。

"那个姑娘真的很不错。"姜娜一只手压在餐桌上,每次她试图"驯服"云深的时候,总喜欢拿食指一下又一下地敲桌,仿佛这样就可以扰乱他的心志，"名牌大学毕业，家世好，长得也很有福气……喂，筷子放下，等你妹妹坐下来再一起动筷。"

云深求助似的往洗手间瞥了眼。

云娆抹了泡沫正在搓手，听见他们的对话，刻意把动作放慢了。

"妈，我现在真的很忙，没时间考虑这些。"

"妈知道你很忙，也很辛苦，所以希望有个人能在身边陪陪你。"

"别。"

云深蹙起了眉："等我三十了你再着急行吗？"

现代社会，二十多岁的男生确实没什么好催的，况且云深长得帅、事业有成，照理说，姜娜应该把心稳稳地放在肚子里，等就是了。

她之所以这么着急，是因为最近一段时间，她心血来潮地回味自己教养儿子女儿的二十多年，两个孩子都成才了，她很高兴，然后她猛然发现，云深这小子，从"呱呱"落地到"唰唰"赚钱回家，二十几年的生命里，竟然从来没出现过除了她和妹妹之外的女性。

像云娆，看着呆呆闷闷的，其实四岁就开始和隔壁小区的小男孩一起玩过家家了，五岁的时候还带了个姓秦的小男生回家，说这是她在幼儿园最好的朋友。

而她哥云深，学生时代除了学习之外只有两个永恒的话题——篮球游戏、篮球游戏，NBA所有球星他如数家珍，然而随便抓一个同班女生问他认不认识，他回答说这谁啊看起来有点眼熟。

姜娜一开始没当回事，还觉得儿子不爱和女孩子玩就不会早恋不会影响学习，挺好的。

后来，云深考上了男女比例严重失衡的"五道口职业技术学院"，当了四年的"单身技工"，找不到女朋友也算正常。

小棉袄云娆出国留学之后，姜娜只剩儿子可以盯着管教，大约从这时候开始，她越盯越觉得不太对劲。

这份不太对劲一直压在心里，几年过去，今年初春的时候忽然炸开了。

那天是个周末，大约中午的时候，姜娜看儿子好像还没起，准备去他房间喊他起床吃饭。

237

门才推开一条缝,她就听见云深笑嘻嘻的声音从电脑桌那边传来:"宝贝再爱我一次,求你了。"

他在自己房间里懒得戴耳机,电脑喇叭直接放出了对方的回答,十分低沉爽朗的男声:"我也爱你深深。"

姜娜吓得直接把房门关上了,也就漏听了后面的对话——

"糟了,我老婆瞪了我一眼。"

云深大笑:"你闭嘴吧,赶紧把步枪给老子扔过来。"

"渣男,刚刚还说爱我。"

"再给我一个弓弩,还能爱你一万年。"

"你要是对这个姑娘不满意,妈还认识几个年纪再小一点的,和你妹妹差不多大,大学刚毕业的也有……"

云深无奈扶额,看到云娆终于慢腾腾洗完手走了出来,立马将"锅"一甩:"妈,你有时间还是多关心关心咱们娆吧,我看她好像有情况了。"

云娆脚步一顿,长方形的餐桌只剩云深旁边有位置,她不情不愿地拉开椅子坐下,假装没听见哥哥的话。

姜娜听罢,果然上心了:"什么情况?"

满桌子的好菜已经放到半凉,云娆摇头说没情况,然后执起筷子,招呼大家赶紧先吃饭。

云深坐在她左手边,垂眼看见妹妹手腕上钻光熠熠的细链,忽然伸出食指轻轻勾了下:"哟,新首饰,应该不便宜吧。"

云娆将左手垂到桌下,淡定地说道:"入职大半年了,一条手链还是买得起的。"

几个来回之后,没探出女儿这边有什么情况,姜娜的谈话重心又放回儿子身上,说他都二十六了还是母胎单身,工作越忙越是要照顾到自己的人生大事云云。

云深被她喃得一个头两个大,饭也吃不进去,不耐烦地给他老妈举了个例子:"妈,我有个兄弟,他名叫靳泽……"

云娆听到"靳泽"两个字,眼皮猛地跳了跳。

只听云深继续说:"大明星,比我还大两个月,人家也没谈过恋爱。这说明什么,有事业心的男人都没空搞这事。"

姜娜冷哼一声:"人家跟你说没谈过你就信啊?"

云娆喝进去一口汤,朝她妈眨了眨眼:"应该没谈过的。"

云深:"你瞧,'脑残粉'都这么说。他要是谈了,挠不得哭死。"

靳泽没谈过恋爱这事儿,比云深没谈过稀奇多了,姜娜的注意力一下子全被吸引过去。

"竟然是真的?"她捅了捅身旁老公的手,"你信吗?"

他们刚才聊了半天,云磊都插不上话,现在"话筒"递到他面前,他却忽然卡了壳。

"大明星的事情,我怎么知道。"他慢悠悠地说,"可能就算谈了,他也没放在心上,谈完就跟没谈过一样。"

云娆夹菜的手忽然在半空中停了下,原本微微上扬的唇角不自觉拉平了。

姜娜觉得老公说得很有道理,忍不住叹了句:"是哎。当明星的女朋友,是真可怜。"

云娆将喉咙里的饭菜咽下去,轻轻插了句嘴:"你们什么也不知道,怎么能乱评价。"

她的语气很平静,餐桌上的另外三人听到,只当她为偶像抱不平,没有多想。

云磊看了女儿一眼,继续发表他的看法:"做父母的,哪个愿意自己的女儿去和明星谈恋爱?都是表面光鲜,背地里不知道多苦,还要躲躲藏藏的,而且大概率走不到最后。"

姜娜给儿子女儿分别夹了菜:"听到了吗,你们两个到时候可别找什么小明星谈。"

云深嗤笑道:"你对我俩可真有自信。"

其实姜娜还真的挺有自信的。光论颜值水平,她生的两个娃,就算扔明星堆里,瞧着也不逊色。

这顿晚饭,前半程仿佛开个了家庭八卦会议,满肚子话掏完了,后半程终于安静下来。

239

夜幕渐渐罩住了全城，这里离市中心比较远，天空的颜色更深些，一轮明月缓慢爬上半空中，洒下淡淡的清辉。

云娆没什么食欲，表情怏怏的，准备喝掉最后半碗汤就离席。

这时候，她放在餐桌上的手机忽然震了起来。

手机摆在她和云深中间，两个人同时垂眼看过去，云深的反应比她更快些，纳闷地读出一个陌生单词：

"Calamita，什么意思？"

云娆吓了一跳，飞快地拿起手机往阳台方向跑。

阳台的大理石台面上摆了几株盆栽，花团锦簇红艳艳的，一看就不是云深的风格。

等老云老姜一走，这几盆花估计就会出现在小区楼下的花圃里，路过的大爷大妈可以随便捡走。

云娆用两只手指捻着花瓣，含笑问："学长，你今天信号怎么这么好？"

"下午进城了。"

电话那端，男人的声音低沉又清晰："我看到照片了，手链很衬你。"

听到他的话，云娆不小心把花瓣扯了下来，嫣红的花瓣落入掌心，她合起手，视线往下，落到腕间柔和晶莹的手链之上。

"我只收这个，其他东西你拿回去。"

"行啊。"靳泽顿了下，涎皮赖脸道，"我转手孝敬姜阿姨。"

"你……"云娆攥了攥手，想起饭桌上父母提醒她和哥哥的话，忽然心头一空，开玩笑似的说给靳泽听，"我爸妈才不喜欢明星呢。"

靳泽似是笑了声："明星是明星，我是我。"

他的声音一如既往的清润动听，像微凉的夜风拂面，云娆适才郁闷的心情一下子爽快多了。

她差点忘记，靳泽再怎么说也是哥哥的好兄弟，老云老姜一直以来都很喜欢他。他们就算对圈内人的恋爱观带有偏见，也不会搞顽固不讲理的那一套。

再说了，靳泽出道至今从来没传过绯闻，肯定不是他们反感的那种人。

"你家里有人吗？"他突然问了句。

云娆转头看了眼正在客厅里聊天的爸妈："我在哥哥家，刚吃完饭呢。"

"行。你哥家在哪儿呢，能给我个地址吗？"

云娆一愣："你要干吗？"

靳泽此时正独自坐在摄影棚附近的休息室里，脸上带妆，眉宇间隐约笼着一层疲倦。

昨晚拍了场大夜戏，直到现在都没有合过眼。

他跷着腿靠坐进沙发，右手指尖轻抵着太阳穴，听到电话里女孩警惕的声音，冷不防伤了下心。

"没干吗。等下个月我有空了，得找时间去和老云套套近乎，增进一下感情。"

云娆眼尾一弯，很快又扁了扁嘴："你能有什么时间……"

她抱着手机杵在阳台老半天了，纤细的身子微微向前倚着围栏，说话声音轻轻细细的，四肢动作不多，但背影瞧着总有些忸怩。

通话告一段落，云娆依依不舍地放下手机，耳畔忽然传来一道戏谑的声线："和男朋友聊完了？"

云娆抬眼看到她哥那张阎王脸，心底一怵，讪笑道："同事而已，聊工作。"

云深瞥她一眼，身子向后转，视线经过窗台上俗气的几盆盆栽，眉头微不可察地蹙了蹙。

他背靠阳台围栏，用眼尾淡淡觑着云娆："谈就谈了，又不是未成年人，有什么好遮掩的。"

儿童节那天，他去云娆家蹭饭，刚踏进玄关就觉得不太对劲。

云深虽然不爱喷香水，但是鼻子从小就灵，尽管混着饭香，他还是第一时间就闻到了一股男士香水味，中后调是杜松和香根草，清冷深沉，和他妹妹云娆素来钟爱的软妹甜暖风简直天差地别，绝不可能是她自己买来用的。

然后，他走进餐厅，看到桌上的四菜一汤，再回想起昨天云娆莫名其妙找他咨询做菜，答案已经呼之欲出。

云深当下是有点恼火的。

妹妹素来老实胆小，能把男人带回独自居住的公寓，说明关系已经很亲密了,可她竟然从来没有透露给家里人一声。

更搞笑的是,今天他碰巧撞上,明明可以大大方方见个面,可这位哥倒好,竟然往小姑娘房间里躲,是有多见不得人?

云深故意拖拖拉拉地吃饭,吃完了再借故上洗手间,去主卧、次卧转了转。他不方便直接动手翻妹妹的房间,面上倒是没瞧见什么异常。

回到客厅,云娆话里话外都在赶他走,云深干脆将计就计,走了,然后把车挪了个位置,停在隐蔽又利于观察的角落,他自己就坐在驾驶座上守株待兔。

云深的耐心素来很差,守了大概一个多小时他就乏了,心底那点薄怒也散得一干二净。

换位思考一下,如果他找了女朋友,不想告诉他妹,结果他妹蹲在他家楼底下监视他女朋友什么时候出来……啧,想想都觉得挺变态的。

最后,残留的一点好奇心作祟,云深把车留在妹妹家楼下,行车记录仪开着,自己打车回家该干啥干啥去了。

第二天中午,他取回车,把行车记录仪来来回回翻看了三四遍,愣是没找到可疑人员的踪影。

摄像头取景的范围连贯而清晰,唯独凌晨三四点那段时间,有一辆面包车临时停在他的车头前面,把摄像头遮得严严实实,大约十分钟就开走了。

云深自认为是巧合。

如果真的有人为了躲他,特地凌晨三四点走人,还叫了辆车挡住他的行车记录仪,那也太变态了,比他守在妹妹家楼下蹲人的行为还要变态一万倍。

世界上应该不太可能存在这么变态的人。

总而言之,云深现在只知道妹妹带男的回了家,具体是男朋友还是其他牛鬼蛇神,他还得再探探。

云娆站在哥哥身边,手指有一下没一下拨弄着叶片,嘟囔着说:"真没有男朋友。"

云深扯了扯唇,心内冷笑道:挠真出息了,还没在一起就敢把男的往家里带。

"那就是暧昧对象?"

左腕间的手链微微晃了晃,云娆眨一下眼,觉得这个描述有点贴近,可她不太喜欢"暧昧对象"这样的称呼,听起来肤浅、随意,像随时都有可能碎裂的泡沫,让人一点也不安心。

"都不是。"她转头瞪了她哥一眼,有样学样地复述了一遍云深在饭桌上怼老妈的话,"有事业心的女人,都没空搞这事。"

云深虽然智商高,但是情商方面实在差强人意。他暂时想不到妹妹有什么欺骗他的理由,只能暂且相信她说的是真话。

不经意间,他的目光落向云娆的手链。

净度和切工等级极高的粉钻,由铂金链条连接,镶嵌了整整六颗。

大万数估计都悬,价格起码六位数往上。

他们家近几年虽然富余了,但是早年吃苦养成的节俭习惯不容易改,尤其是爸爸妈妈和哥哥,妹妹吃的苦是最少的。

云深本人没什么费钱的爱好,他创业赚的多,自己存一部分,投资一部分,剩下的全部往家里送。

老云老姜更不爱花钱,除了必要的养老存款,花出去的大部分钱,都砸在了宝贝女儿身上。

送她出国留学,给她在超一线城市买房,一应开销全包,还存了一笔数额庞大的嫁妆。

所以,他们整个云家,现在最有钱且最能花钱的,恰好是年纪最小的云娆。

对于妹妹花六位数买个手链,云深倒不觉得有什么问题,本来钱打给她就是用来花的。

他只是由此联想到了一种可能……

"挠啊,你最近俨然是富婆姿态了。"他忽然轻笑着说。

云娆朝他挑了挑眉,难得表露出一丝轻狂:"不行吗?"

云深双手抱臂,眼尾余光快速略过客厅里的二老,忽然压低声音凑到她耳边:"既然不是男朋友,又不是暧昧对象——"他顿了下,半是嬉笑半是探究地问,"你该不会,养了个小白脸了吧?"

云娆被哥哥过分离奇的脑洞震慑住了，许久没有回神。
　　云深瞧她那副呆样，以为自己猜中了，不免起了一身鸡皮疙瘩："我去，你是真行。"
　　难怪躲躲藏藏的不敢见人，清冷挂的香水也能喷得那么妖娆。
　　云娆的脸蛋肉眼可见地快速涨红，一开始张了张嘴，想辩驳几句，后面不知怎么想的，突然改口："你说是什么就是什么吧。"
　　相隔几千公里的某偏远城镇，某知名影帝在拍摄文戏的过程中突然猛打了几个喷嚏。

第十章
/ 关掉手机 /

日复一日,阳光投落下来的阴影慢慢向北面延伸,几场阴雨之后,暄气初消,转眼便来到了九月。

云家二老原本打算八月底就回家。大都市对于他们而言太压抑了,偶尔当成旅游来一趟还好,长住实在不习惯。

某天姜娜翻了翻日历,发现中秋节就在九月初,于是他们决定多留几天,等过完团圆节再回老家。

云娆却等不到中秋节。

靳泽杀青飞回申城的前一天,她就搬回了自己的公寓,以工作为由堵住了爹妈的念叨。

尽管靳泽回到了申城,未来一个月也没有出差安排,但他每天的行程依然很紧,数不清的通告,盈利性或非盈利性的酒会晚宴排队等着他参加,他能推掉的都推掉了,但是基数实在太大,不得不参加的活动还是占用了他的大部分时间。

中秋节之前,云娆只见了他三面,其中还有一面是人山人海的追星现场,他受邀参加一个关系匪浅的后辈的电影发布会,结果到场的靳泽粉丝数量比发布会上所有主演的粉丝加起来都多,场面一度尴尬。

另外两面，一次是他来接她下班，两个人一起吃了晚饭，去私人影院看了场电影，还有一次是池俊学长的婚前单身派对，靳泽只待了两个小时就走了，期间揉了一下云娆的脑袋，帮她挡了两杯酒，然后就被云深笑话说不如你来当她亲哥。

靳泽直接拒绝了。

云深当时还有点尴尬，偷偷发短信安慰云娆，不要把靳泽的话放在心上。

中秋节当天，一轮圆月高悬，缓慢穿行在薄纱似的云雾中。

这天刚好是星期一，法定节假日的最后一天，翌日就是工作日。

两周前，云娆获得了她入职以来最重要、规格最高的一个工作机会，也是凭她现在的资历能够摸到的天花板级别的客户。

中秋节之后的星期二，她要随市体育局的领导前往米兰，参加促进友好城市之间体育交流、商讨两市足球乒乓球友谊赛举办事宜的大型会议。

本来这类政府项目，都有固定的公职小语种翻译员负责陪同，结果本次会议的主办方对分配的翻译员很不满意，于是向市内的几大翻译公司伸出了橄榄枝。

云娆研究生期间修的体育新闻学位帮了她大忙，经过几轮面试，领导选中了她。如果能够顺利完成这一任务，她的工作履历相当于贴上一层金箔，未来的口译时薪有的涨了。

"这么快就要走啦？"

姜娜正在厨房收拾碗筷，听到门口的动静，特地跑出来问。

云娆麻利地换好了鞋，左手已经拉开房门："明天就要出国了，我早点回去准备准备。"

中秋节的团圆饭，她只吃到半饱，因为接下来还有一餐。

明天确实要出国，但是她该准备的都已经准备停当，之所以急着跑路，是因为某人已经开着车等在楼底下了。

小区门外的临时停车道上，一辆黑灰拼色宾利隐匿在葱郁的树影之下。

云娆一路小跑，停步之后匆匆拉开了副驾驶车门，发现今天有司机，她尴尬了一瞬，钻进后座的时候心跳越发快了。

靳泽坐在靠左的位置，浅色衬衫搭配深灰色西裤，额发利落地向上梳起，露出白皙干净的额头，却没有什么造型痕迹，显得分外清爽。

一坐进来云娆就发现，他换香水了，虽然味道和之前那款差不多，但是从辛香木调换成了水生木调，少了几分清冷，多了几分温柔和沉着。

"小云娆，中秋节快乐。"

他一边说，一边拎出一个精致的硬质纸袋递给她："节日礼物。"

云娆没有伸手，踟蹰道："我都没有准备……"

靳泽朝她眨一下眼："你最近那么忙，可以理解。"

这话说得云娆更无地自容了。

非要论谁更忙更辛苦，靳泽比之于她，肯定有过之而无不及。

他把纸袋子轻放在她膝上，纸袋封口很窄，云娆偷瞄一眼，猜不出是什么东西。

轿车在此时缓缓启动，开往靳泽事先预订好的用餐地点。

因为车厢里有外人的缘故，他说话的时候，帮云娆系安全带的时候，都显得非常绅士得体。

"还郁闷呢？"靳泽笑着问，"你不是说，追星的这些年，给我准备的礼物能堆满一整个房间吗？到时候随便拿一个给我就行。"

云娆摸了摸鼻子："那怎么一样。"

靳泽顺着她的话往下说："嗯，好像是。"

云娆抬眸瞄了他一眼，有些不明所以。

车厢内很静，城市的霓虹倒映在窗玻璃上，宛如一片片飞速后退的烟火。

靳泽转脸注视着她，喉结微微滚动："因为是我在追你，所以我送就好，这是我单方面的心意。"

他话语低沉磁性，窗外的流光溢彩跳跃在他的睫毛、鼻尖、唇峰，当他的轮廓随呼吸起伏时，那些光点也随之颤动。

云娆仔细思考着这句话，觉得有道理，又觉得不太对。她的思路杂乱，心跳也有点凌乱，空调冷风吹拂过肌肤，却带不走慢慢渗出的热意。

"如果你也想回赠我。"靳泽稍稍垂眸，目光落在她指尖，"我不想要单纯的节日礼物。"

最近几个月,他每一天都很忙,忙到睡眠严重不足,忙到没时间失眠,却一定能空出时间来想她。

他原本以为自己一点也不急,这么多年都忍过来了,她想考察他多久就可以考察他多久,甚至吊着他都没问题。

但是最近他发现,自己经过这些年,似乎一点也没有冷静下来。

尤其是获得了一丝一毫的希望之后,他好像比十几岁的时候还冲动,所有工作之余的时间,都把自己浸泡在粉红色的幻想之中。

就比如现在。

不管驾驶座上有没有其他人,他都想要抓着她的手。

轿车驶过一条灯火辉煌的繁华街道,窗外人来人往,节日气氛十分浓厚。
然而,隔着一层薄薄的玻璃,所有热闹和喧嚣都被排除在外。
云娆几乎可以听见自己血管里血液流动的声音。
她攥了攥手指,指尖勾着纸袋的提耳,郑重地回答:"我会好好准备的。"
靳泽看她一脸严肃,忽然牵起了唇,声音也轻快了些:"我现在就有点期待了。"

他们将要去的餐厅离云深家有十几公里,节假日的晚上道路十分拥堵,轿车驶上高架桥之后,前方,红通通的车尾灯绵延一片。

司机默默叹了口气,后座上的两人却一点也不着急,一路上东拉西扯,聊得很"嗨"。

云娆说起自己最近这段时间疯狂加班的后遗症,好不容易闲下来看剧,主人公在屏幕里说话,她躺在沙发上不动弹,嘴里却念念有词地跟着翻译。

"太傻了,我妈从旁边路过,以为我在念经。"云娆向后仰靠着椅背,抻了抻肩膀,"中秋节三天假,只有今天不加班。我打算这趟忙完,从意大利回国之后,找领导批几天假休息。"

靳泽点头:"好。我应该也能空出两天。"

他一副理所当然的样子,倒是把云娆惹得脸一红:"哦。"

靳泽:"时间比较仓促,我们要不要一起在申城周边逛逛?"

原本云娆的计划,就是躺在家里狠狠"瘫痪",可是经他这么一提,她才意识到，如果两个人都有假期的话，确实可以待在一起久一点，而不是短暂的一顿饭、一场电影的相聚。

这同时也意味着，关系的进一步升级。

"要不然……去夷山岛看日出？"

云娆快速翻看了几篇周边游笔记，怯生生地提议。

夷山岛是申城周边的知名旅游景点，就在海岸线以东一百公里外的海上。

岛上伫立着一座孤山，临海还有旧日的灯塔和连绵不绝的海崖，岛上住宿便捷，旅游设施也发达，但是自驾过去路途非常远，每日游客限流，上岛需要提前预定，所以无论什么时间去都非常空旷。

云娆读大学的时候就一直想去，奈何她和大学同学关系处得很一般，要好的闺蜜也都在外地上学，找不到同伴，自然也就没机会出去旅游。

"都听你的。"靳泽低头查起了攻略，忽然叹了句，"我有很久没见过日出了。"

他常常起得比太阳早，却并没有闲心望一眼晨雾暝暝的地平线。

生活一日赶着一日向前走，有趣的事情太少，他宁愿让工作侵占一切无聊的时间。

其实世界上有数不清的有趣又有意义的事情。

他不是直到现在才发现，而是直到现在意识到，原来这些事情也可以和他有关。

"那我们就一起看呀。"云娆兴奋地说，片刻之后，又觉得自己看起来有点急切，声音不由得放低了些，"只要学长有时间……就行。"

靳泽眨了眨眼："为了和你一起看日出，我可以现在就退休。"

又来了。

云娆默默地将脸转向了窗外。

她正在很努力地练习面对孔雀开屏脸不红心不跳的能力。

很可惜，今天的练习依旧失败。

申城直飞米兰，航程将近十三个小时。

甲方领导坐头等舱，随行的云娆也跟着沾光。她随身只带一个托特包装电脑，其余行李有专人负责领取和运送。

托特包里除了电脑，还放着一个毛茸茸的小玩意儿。

那是一只比手掌略大一圈的银灰色毛绒小熊，身体和四肢都圆滚滚的，躯干上穿了一件粉红色小T恤。

不知道是不是商家刻意为之，T恤的尺寸似乎小了点，穿着衣服的小熊肚皮紧绷绷，显得滑稽又可爱。

这个小玩偶，就是靳泽送给云娆的中秋节礼物。

云娆对小熊爱不释手，同时又觉得这份礼物很稀奇，不像靳泽的风格，后来联想到，他都能在六一儿童节的时候送西几猫咪衣服，送她小熊玩偶好像也很正常。

一行人到达酒店的时候已经是当地时间九点多钟。

云娆放下行李之后，没歇多久，就被叫去开了一场小会，等到散会回到房间，时间已经将近凌晨。

此时，国内大约下午四五点钟。

云娆在飞机上睡得很不安稳，倦意累积到了现在。她洗完澡躺到床上，不过十秒，上下眼皮就打起了架。

昏昏沉沉睡去之际，床头柜上的手机突然"嗡嗡"振动起来，云娆把手机抓到脸前面，眼皮都不用睁开就知道是谁。

温柚：【公举！你睡了吗！】

温柚：【不好意思，刚才说要帮你算一卦，结果不小心睡着了。】

温柚昨天晚上参加公司举办的节日派对的时候，不知怎的，竟然失足掉进了泳池。她不会水，在泳池里扑腾了好久才被人七手八脚地救上岸，然后就光荣地生病了，请了两天病假待在家里无所事事，于是抱着微信到处戳人免费算命。

云娆翻了个身，趴在床上给她回消息：【来，给我算，我今天想抽塔罗。】

如果放在平日里，温柚大半夜想要发功，云娆多半会默默地关掉手机当作什么也没瞧见，第二天再搭理她。

然而明天是个大日子，云娆一早就想让温大仙帮忙算算，明天的工作能否顺利完成，会不会出现什么差错。

她对大仙的卜算能力非常信任，如果大仙说明天顺顺利利，那她就可以放松一点，反之，她就要打起十二分的精神应对。

温柚给云娆拨了个视频。

她此时盘腿坐在床上，面前摆一张小方桌，桌面上从左到右摆了四张塔罗牌，牌面朝下。

紧接着，温柚说了一通大仙卜卦术语，也不知道是不是她自创的，总之云娆听了几百遍，一遍都没听明白过。

大仙介绍完了她的宝贝塔罗牌，将四张牌依次翻开，让云娆根据第一印象挑选一张。

云娆揉了揉困倦的眼睛，稍稍定神，很快挑中了最顺眼的那张。

她藏了点小心思，希望明天马到成功，所以选了张牌面最为阳光，看起来就事业有成的"圣杯"牌。

"你选择的是圣杯一。"透过手机屏幕，温柚瞧见云娆一副困歪了的傻样，遂主动跳过了大仙术语，直接说人话，"在你最关心的事业方面，这张牌显示了非常有利的征兆。圣杯中水满溢出，说明你将收获超出期望的成功和肯定……"

听到这里，云娆惬意地吁了一口气，觉得自己可以满足地去睡觉了。

紧接着，大仙忽然皱了皱眉：

"但是，有一件小事需要提点你一下。"

云娆打了个哈欠："什么？"

大仙正色道："这张圣杯一，是一组牌面中唯一一张逆位牌。你必须注意逆位牌意的预兆。你所求之物虽然满得溢出了手心，但是逆位预示着水流杯空，可能会遇到意想不到的挫折，比如感情方面的否定、拒绝或背叛。"

云娆还没来得及张嘴怪她尽说些不吉利的，大仙的眉头很快又松开了："不过，在我看来应该问题不大，主要还是好的预兆。"

云娆："什么意思？"

大仙："圣杯一的逆位症结在于图中的这只手，这是占卜人的手，也就是你的手，哪面朝上是通过你自己的心态来反应的，只要主观能动性够强，

251

一切挫折都可以化解。"

云娆忍不住笑出了声,说:"主观能动性都出来了,注意你玄学大仙的身份啊。"

温柚扯过来两张纸巾擤了擤鼻涕,跟着笑:"新时代玄学理论需要社会主义与朴素唯物主义有机结合,你'奥特'了。"

"我不仅'奥特',我还要'狗带'了。"云娆说着就把自己砸到了枕头上,"晚安大仙,借你吉言呀。"

"晚安公举,祝你一飞冲天,未来时薪过万。"

"爱了爱了,今晚做梦素材有了。"

视频挂断后,云娆将被子卷到下巴下边,身体又轻又困倦,可是脑袋里忽然浮现出了大仙预测的"圣杯逆位牌意",总感觉不那么爽快。

她睡前习惯检查一遍所有社交软件。

早前和靳泽道过晚安了,他现在正忙着和几个知名导演编剧开会,除了让她早点睡之外没有再聊其他的。

云娆今晚最后悔的一件事情,就是一不小心点开了企鹅软件,逛进了粉丝后援会群聊。

【微博瘫痪预定!出道多年零绯闻知名影帝、影圈二字顶流恋情曝光!该二字顶流新电影杀青之后,8月30日飞回申城,有记者拍到,他于8月31日至9月9日,半夜十一点至一点间频繁现身碧城天地小区**幢*单元,十日内光临该公寓多达五次,且都在夜深人静时只身前往。中秋节当夜,9月10日凌晨一点,记者终于拍到他和一高挑美女同时现身公寓楼下,恋情曝光石锤!】

【二字顶流绯闻女友身份大起底!据悉,女方名叫简沅沅,职业是S牌某设计部门主管,身高一米七三,长相酷似影后肖芸,侧颜又神似404女团门面程子怡,一个字形容就是"美",两个字形容就是"绝美"。绝美外形、模特身材再加上年薪百万,不知道粉丝对这个新晋国民情敌是否满意?反正小编是挺满意的。】

云娆看完粉丝转在群里的几条微博文字,只有呼吸稍微凌乱了点,心里还笃信这一定是以讹传讹的谣言。

直到她点开微博原文,界面自动眺进软件内,她看到了微博文字底下的几张配图。

晦暗不明的环境,微风晃动的树影,镜头无限拉近,捕捉到了冷色灯光下,身姿笔挺出尘的男人。

那些背影、线条流畅如画,轮廓清敛藏锋……

化成灰云娆都认得。

还有中秋节当夜,那件清爽干净的浅色衬衫。

他说要和她一起去夷山岛看日出。

夜里更深露重,他转头就走进了别的女人的家。

云娆一瞬间睡意全无,喉头阵阵发紧,心跳也异常沉重。

她爬起来摁亮一排顶灯,周遭一时间亮如白昼,她也清晰地看见了自己抓着手机微微颤抖的手。

她背靠着床头坐,双腿蜷在身前,手机屏幕仍停留在微博广场的界面。

后援会第一时间收到消息,微博此时还处在暴风雨前的平静,而"#靳泽恋情曝光#"词条的热度正在呈指数型疯涨。

简沅沅。

云娆鬼使神差地在微博搜索框输入这个名字。

她的微博主页十分专业利落,除了服装设计展示、品牌新闻宣传之外,只有寥寥几张生活照的分享。

一头青木棕色长鬈发,肤色白皙,瞳色清浅,五官精致而美艳,在出众气质的烘托下丝毫不落俗套,隐隐还透着高冷的厌世感。

这张脸,放在娱乐圈里也算得上顶级美人。

云娆继续往下翻,手指倏地一顿。

某一条分享日常生活的九宫格微博里,她看到了两只纯色英短。

一只银点银渐层,名叫普普,还有一只11色金渐层,名叫莉莉。

它们都长着圆滚滚的脸蛋,晶莹碧绿的大眼睛,还有短而粉嫩的鼻头……

太眼熟了。

据说金渐层和银渐层串出来的小孩，大概率不是纯色，身上或多或少会出现虎斑纹。

而她的西几刚好就是一只金虎斑。

云娆重新钻进被窝，身体阵阵发抖，脑子也乱成了一团。

手机屏幕上方的消息栏不停地往外跳，私聊、闺蜜群、企鹅群、微博推送，来自于北京时间下午五点的消息几乎能吞没凌晨十二点的她。

云娆切回主屏幕后，没有点开任何的软件。

她现在必须睡觉了，明天的工作至关重要，清晨六点就要起床准备。

不能再看到任何相关的话题，多看一眼她就会多崩溃一分。

她再次熄了灯，食指长按电源键之后，手机屏幕彻底暗下来，声响全无。

应该不至于失眠一整夜吧。

云娆侥幸地想。

熹微的晨光透进窗帘缝隙，在地上留下一条窄而长的光缝。

云娆揉着眼睛从床上爬起来，腿垂在床沿，坐着发了一会儿呆。

很不幸，昨晚她没有睡好。

好几次挣扎在迷乱的梦境和现实之中，然后心脏猛地坠了坠，她又惊醒过来。

清晨六点，云娆站在洗手间盥洗台前，掬起一捧又一捧冰凉的水洗脸。

抬起头，镜子中的自己长了一张极苍白的脸，眼眶却红通通的像只兔子。明明没有流眼泪，却像哭过一整夜一样。

房门在这时被人敲响，门外的同伴礼貌地提醒她该起床了。

云娆隔着门应了声："马上出来。"

她回到卧室，收拾文件的时候，余光瞟到床头柜上静悄悄的手机。

还是不开机了，就这样吧。

云娆自认为不是一个意志力坚定的人，她现在脑子里有无数种冲动，想大哭一场，想把微博里每一条有关的推送评论都看一遍，还想打电话过去狠狠地质问他……

但是幸好，她是一个识大局的人。

如果搞砸今天的工作，她一定会死得更惨。

云娆将板砖似的手机丢进托特包底部，拎起包，打开门走了出去。

门外，等她的同伴扫了她一眼，诧异道："昨晚没睡好吗？怎么气色这么差？"

云娆淡淡勾了勾唇角："口红涂薄了而已，等会儿吃完早饭再补一层。"

八个小时的工作时间，从市政府会议室，到圣西罗球场，最后在市体育中心的展览室逛了两圈，下午四点左右，今天的行程告一段落。

云娆的精神状态确实不太好，但是翻译水平和专业素质依然在线，翻译内容恰好是她擅长的领域，所以完成度很高，工作过程总体来说比较轻松。

行程结束的时候，团队中级别最高的领导特地叫秘书来问云娆要不要一起去聚餐。

云娆的体力值已经消耗光了，只能无奈婉拒。

秘书："陈老师夸你比得上同传水平了，希望以后能在大会的同传间里看到你。"

云娆听到这句话，几近虚脱的身体忽然回光返照了一瞬。

申城小语种翻译圈里，数得上名的同传不超过十个人，而且大部分同传工作都被高校里的老师包圆了。工作难，机会少，所以大部分学语言的学生都会修第二专业，为自己的未来另谋一条出路。

云娆深知自己还达不到同传水平，但是能听到这样的夸奖，她感到非常高兴。

打车回酒店的路上，云娆忽然想起昨天晚上自己抽的那张塔罗牌。

硕大的圣杯置于掌中，清澈的蓝色水流溢出杯口，像喷泉一样流淌下来。

——"圣杯中水满溢出，说明你将收获超出期望的成功和肯定……"

——"但它同时是这组牌中唯一一张逆位牌，预示着意想不到的挫折，比如感情方面的否定、拒绝或背叛。"

云娆真不知道该夸大仙神，还是怪她太神。

云娆回到酒店，房间里的床和桌面已经收拾过了，一切都是崭新而干净

255

的，完全看不出昨晚使用过的凌乱痕迹。

可她的心情，揉皱了之后，还可以再熨平吗？

云娆躺坐进窗边的长沙发，柔软的印花靠枕拱托着她的后脑勺，身体一点一点地卸了力。

她终于掏出阔别八小时的手机。

手机正播放着开机动画，她的眼泪一下子就掉下来了。

现在可以哭了。

她要哭一整晚，要大声地骂人，顺便也骂醒自己这个傻瓜。

昨晚失眠的时候，她脑袋里出现最多的画面就是简沉沉那张美丽的面孔，还有同样美丽高贵的两只纯色英国短毛猫。

如果他的绯闻女友长得稍微丑一点点，云娆都不会这么不自信。

可是，看到简沉沉生活照的那一刻，云娆作为女生，心脏都猛地跳了一跳。

其实云娆自己，从小到大一直被人夸漂亮，光拿五官比，她可能并不比简沉沉难看，但是气质这方面，她完全被碾压得死死的。

人家年纪轻轻就是奢侈品牌的设计部主管，一脸高傲，很有气质。

而她呢，从小被哥哥"呆挠呆挠"喊到大，整个人的气质，简直就是大写的"呆"。

还有她们的猫之间的差距。

简沉沉家里的两只，如果没猜错的话，应该就是西几的爸爸和妈妈，随便拎出来一只，身价估计都能突破五位数。

而她家的西几空有完美出身，却是个身披虎斑的串串，身价更惨，竟然只有"520"……

手机开机的短短十几秒，云娆脑中几乎闪过了一篇主题为"自卑"的议论文。

呜呜呜……

眼泪顺着脸庞滚下来，砸在丝质衬衫上，洇出浅浅的一块水渍。她吸了吸鼻涕，看到手机亮了起来，锁屏界面跳出几条未接来电的通知。

从凌晨开始，靳泽给她打了五通电话。

云娆忽然坐直身子。

她点开微信置顶聊天框,这里面还有六通未接来电。

除了未接来电之外,还有——

凌晨两点。

靳泽:【看微博。】

凌晨六点。

靳泽:【怎么一直关机?】

中午十二点。

靳泽:【工作需要吗?还是手机坏了?】

靳泽:【开机了给我回个电话。】

云娆呼吸一紧,下意识就想回个电话给他,但食指在接触屏幕的时候忽然顿住。

她还不知道应该怎么面对他。贸贸然打过去,要不就是大哭着埋怨,然后仪态尽失,要不就是被他牵着鼻子走,哄得分不清南北东西。

他既然叫我看微博,那就先看看微博吧。

说不定有反转了。

云娆用手背揩了揩眼泪,指尖点开黄色大眼仔软件。

从热搜第一浏览到热搜第五十,再点进广场、超话……云娆用力眨两下眼,有点不敢相信自己的眼睛。

竟然什么也没有?

昨晚那个"#靳泽恋情曝光#"的词条,俨然是大爆特爆的趋势,这才过了十几个小时,别说热搜了,连相关话题都找不到一个。

这就是资本的力量吗?

可是有钱又怎么样,就算压住了舆论,事实也不会因此反转……

云娆的手指轻轻跳跃,界面转到了靳泽的微博主页。

今天凌晨两点,北京时间早上九点,靳泽的个人账号转发了一条工作室的澄清微博。

微博很长,配图也很多,云娆深吸一口气,逐字逐行认真浏览。

【靳泽工作室:关于@娱记李小刀于今晨发布的"某知名影帝、影圈二字顶流恋情曝光"微博，现做出如下回应……由于其散布不实信息所造成的名誉侵害及不良社会影响，本工作室将依法保留追究其法律责任的权利。】

云娆追星多年，虽然她的本命低调事儿少，但是圈子里乱七八糟的事情层出不求，各种绯闻澄清见得不要太多。

然而，这是她第一次见到这么硬核的澄清微博。

靳泽工作室承认了靳泽和简沅沅认识，两个人是相交多年的好友，而靳泽在杀青之后的十几天内确实多次前往简沅沅的住所，那是因为他受简沅沅之托，每隔一天要上门帮她喂一次猫。

所有人读到这里，可能都会觉得非常荒唐，因为这个理由实在太敷衍了，明摆着是糊弄观众的借口。

然后，靳泽工作室在微博配图里直接公布了靳泽8月31日至9月10日深夜十一点至一点的全部行程。

不仅有文字说明，还配上了监控录像动图。

无良娱记蹲到靳泽之后，只拍他进入公寓的照片，却只字不提他什么时候走的。

实际上，根据工作室公布的监控录像，靳泽每次进入公寓之后，停留时间从来没有超过半个小时。

真要做点什么，这个时间显然不足够。

与此同时，为了进一步澄清二人关系清白，工作室还联系到简沅沅，要到了简大设计师的出差申请和航班具体信息，以及足以证明她身在外地的照片详情信息。

简沅沅那十几天根本不在申城，所以才会找朋友上门喂猫。

而娱记拍到的，"中秋节当晚靳泽和简沅沅同时现身公寓楼下"那张照片，工作室直接放了一段连续且多角度的监控视频出来澄清。

靳泽喂完猫走下楼，在公寓楼底下恰巧碰到了出差提前回来的简沅沅。

他停下来和她说了一句话，她也和他说了一句话。

交谈过程全程不超过二十秒。

然后，一个上楼回家，一个完事走人。

澄清微博到此结束，证据链清晰连贯，事实真相显而易见。

云娆拿食指不断戳着屏幕，这张图看一遍，那张图看一遍，眼睛睁得大大的，眼泪已经渐渐干涸在眼角。

她还有点蒙，需要花些时间消化一下，然而，手机在这时突然暗下来，伴随着"嗡嗡"的振动声，屏幕正中跳出某人的微信头像。

云娆慌乱地接通了。

"喂？"

电话那头的背景音十分嘈杂："手机修好了？"

云娆摸了摸脖子，声音带了一丝哑："……是啊。"

对方似乎长长地松了一口气："那就好。"

几秒钟的无言，靳泽忽然问："昨天的热搜，你看到了吧？"

云娆："嗯。"

"工作室的微博写得很明白了，如果你还有什么疑问，都可以问我。"

云娆的左手停在下颌角，指尖冰凉，轻轻摁压着温热的皮肤。

她现在脑子还很乱，有一堆问题想问，又不知道该怎么问出口。

他们之间并没有亲密到事无巨细都要报备的程度，他有他的朋友，有他的私交生活，她也有她的私人空间，平常和朋友一起聚会一起玩，也没有和他交代过。

如果她的好朋友请她帮忙上门喂猫，她也一定不会拒绝，无论男生女生。

只是……还是感觉有点怪。

至于哪里有点怪，云娆暂时说不上来。

"我……我昨天很难过。"云娆细声细气地说，"但是时间太晚了，第二天又要早起，我只看了一眼微博，就马上去睡觉了。"

靳泽似是不相信："才一眼吗？"

如果只看了一眼，至于把手机关机一整天，消息不回电话不接，让他一直担惊受怕到现在？

云娆莫名其妙地哽咽起来："说了一眼就是一眼。"

"好好好……"靳泽叹了口气，"那你现在在干什么？回酒店休息了吗？"

"嗯。"她很快平静下来，"我准备睡觉了，明天上午就回国。"

259

对方显然愣了愣:"这么快就回来了?"

云娆语塞。

靳泽自知失言,改口道:"不好意思,我忘记你之前和我说的回国时间了。"

他的声音略显低哑,似乎是没休息好。

话音落下后,听筒里头忽然传来一串模糊而机械的女声播报,周遭声响杂乱,云娆听得很不真切。

"学长,你现在在哪儿呢?"

靳泽稍稍仰头,抬眸望了一眼 VIP 等候室上方的 LED 大屏,密密麻麻的航班信息不断地向下滚动。

他左手捏着一张登机牌,忽然将其揉进掌心,机票信息上"申城 to 米兰"几个字很快皱成了一小团。

他实在太慌了,慌到完全忘记了她的回国时间。

现在飞过去找她,航程十几个小时,落地的时候说不定她都已经登机了。

"我在……超市。"靳泽随口胡诌。

"超市?"云娆难以置信,"你去超市干什么?自己一个人吗?这也太危险了。"

"没事,随便买点菜。"靳泽忽地扯了扯唇,自嘲道,"太久没逛超市了,走了半天,都找不到更下饭的东西。"

室外天光大亮,卧室里却像黑夜,窗边厚实的遮光帘掩盖住日光,床头灯投下暗淡的暖黄色光圈,慵懒而又静谧。

手机里的世界却是另一番风景。

黎梨:【大仙,你心也太大了吧?】

温柚:【有吗?】

黎梨:【没有吗?你男朋友连见你一面都没时间,结果大半夜跑去别的女人家给她喂猫,一喂就是十几天,你竟然觉得这没什么?】

温柚:【就是因为太忙了所以才凌晨去喂猫呀,总不能约你凌晨见面吧?而且只是喂猫而已,又见不到人,这不就是纯粹的助人为乐吗?】

云娆：【等一下……他还不是我男朋友。】

黎梨：【更离谱的是，他又不是普通人，他是影帝哎，微博粉丝都一亿了，自己开工作室养了一堆员工，明明知道出门上街很危险，还非要亲自去喂猫，这正常吗？】

云娆：【他微博粉丝没有一亿，刚刚九千万……】

温柚：【梨子，如果我找你帮忙，你却叫个莫名其妙的人来我家里，我会很不爽。虽然我也觉得他作为影帝出门挺危险，但是完全可以理解吧。】

黎梨：【我不能理解。况且这事儿不能像你这样类比，我们俩多少年交情了？而且我们都是女生哎。】

温柚：【男生女生没区别吧，只要关系不越界，交情多好都行。】

温柚：【@娆娆公举，公举还有个青梅竹马十几年的男生朋友呢，感情不见得比我们仨差。】

黎梨：【我不管，反正我很不爽[恼火][恼火]。】

她俩在群里吵得热火朝天，云娆作为当事人，根本插不进去话，偶尔冒个泡，很快就淹没在两座火山喷发的滚滚浓烟之中。

她丝毫不觉得这两位火山话多，相反，她们说的每一句话，云娆都当作自己的思想在博弈。

现在的她很纠结，也有点迷茫。

兀自发了会儿呆，云娆突然在群里发了个通话邀请。

黎梨秒接了，温柚正在上班，今天下午活儿不多，她很快溜到一个清静的地方，开始带薪摸鱼。

"公举有何吩咐？"

云娆叹了一口气："前几天和你们说过，我回国之后要和学长一起周边游嘛。我现在……突然不想去了。"

话筒那边的两座"活火山"突然卡住了。

顷刻之后。

黎梨："虽然我刚才骂了靳泽学长几句……但是你不能放弃啊！"

温柚："公举！你要支棱起来，不能这样！"

云娆清了清嗓："咳咳，谁说要放弃了？"

她靠坐在床头，右手拿着手机，左手两根手指牵着靳泽送她的小熊玩偶的爪子，一晃又一晃："我现在就是……脑子很乱。我觉得你们刚才聊的都很有道理，然后我个人是倾向于相信他的，我觉得他有关系好的女生朋友很正常，如果秦照让我去他家喂猫，不管我有多忙，我都愿意帮他，连着喂一年都没问题。"

"所以……"

"所以。"云娆的声音微微抬高，"我觉得有问题的是我自己。呜呜呜，我太厌了，想说的话说不出口，想问的问题也问不出来，遇到点事儿就想着逃避。我觉得我不能以这个状态去面对他，整个人稀里糊涂的，一点也不讨人喜欢……有没有什么药吃了能让人变得勇猛一点？"

黎梨憋笑道："好的，我知道你想变成猛女了。"

温柚："早上他不是去机场接你了吗？你们都聊什么了？"

云娆又叹气："啥也没聊。他问我怎么不说话，其实我满肚子话，憋成气球快炸了，可是当着他的面什么也说不出来。然后他看我一脸没睡好的样子，就嘱咐我回去好好睡觉，送我到家他就走了。"

温柚沉吟片刻："呃……确实挺稀里糊涂的，你是属乌龟的吗？这么喜欢缩着。"

"你俩半斤八两，这个群里只有我一个猛女。"黎梨尖酸地嘲了句，话音一顿，忽然提了个建议，"公举，你既然不想和你偶像周边游，要不，咱们仨找个远一点的地方玩一趟回来怎么样？我觉得你有必要好好发泄一下，猛女也不是说当就能当的。"

云娆听罢，对这个建议很感兴趣："好呀。领导给我放两天假，我自己又请了两天，加上周末，可以休息六天。但是……大仙估计休不了这么久吧？"

"我可以。"温柚的答复出乎意料，"现在都九月了，我今年的年假一天都没用过。"

黎梨："一口气请掉四天，你不心疼啊？"

温柚笑了笑："我最近也郁闷得慌，确实需要放松一下，就这么说定了。"

通话结束后,黎梨带头做起了攻略。大约到傍晚,温柚下班的时候,擅长吃喝玩乐的黎大小姐已经做完了详尽的攻略,她将攻略发到群里,像颁布圣旨似的,没什么讨论的余地。大小姐大手一挥,直接把机票、住宿、旅行团一条龙服务安排得妥妥当当。

尽管完全没有话语权,但是旅游前夕最烦人的东西都有人包圆解决,小云和小温非常乐意像这样被大小姐支配。

第二天下午,闺蜜三人组的大西北C省五日游如同闪电一般拉开序幕。

"想要放松心情,释放你缩头乌龟一般的灵魂,就要去最高最宽广的地方,感受一下大自然的伟大和神圣才行。"

三人排队登机的时候,走在最前头的黎梨转头对云娆说:"所以我们的第一站定在C省B县的银河之城。现在是初秋,风景最好的时节,晚上找个空旷的地方露营,还可以看到漫天的银河……那里的海拔有将近三千米,幸好我们仨都是体育弱鸡,肺活量小,估计不会有太严重的高原反应。"

云娆点头如捣蒜:"好期待啊。"

三个小姑娘刚好占了一排靠窗的座位。

她们把随身的背包放进座位上方的行李舱,落座之后,立刻叽叽喳喳地聊了起来。

飞机此时还停靠在登机口附近,乘客差不多上齐了。

"你和靳泽学长说要'鸽'他的时候,他什么反应?"温柚好奇地问。

云娆斜她一眼:"你怎么一副幸灾乐祸的样子?我和他说得很清楚,我出去散散心,回来之后马上就会去找他。他的反应也很平静,让我和你们好好玩。"

温柚:"哦……你们怎么都这么没劲……"

她话音未落,只听"咚"的一声闷响,一个纯白色的女式双肩包突然从她们头顶正上方的行李舱上掉了下来,落在坐在靠过道的云娆脚边。

云娆立时站起来,非常诧异地捡起背包,用手轻轻拍掉灰尘:"怎么会掉下来?"

她一边说,坐在靠里位置的温柚和黎梨同时抬起头,望向上方的行李舱。

飞机行李舱的底槽微微向内倾斜,设计得十分安全牢固。虽然舱门还没

263

有关闭,但是她们的包并不大,适才放进去的时候明明塞得挺深的,飞机停在地面上一动不动,怎么会突然自己掉出来?

掉出来的那个包是温柚的。

她也站起来,从云娆手里接过背包,翻了翻里面的衣服和化妆品,所有东西安然无恙。

太诡异了。

云娆转头看了温柚一眼,坐在靠窗位置的黎梨也抬眸看向她。

温柚面色一沉。

她研究玄学多年,总觉得这个怪事不是什么好兆头。

云娆和黎梨同时捕捉到温柚表情的变化。她们俩虽然不懂玄学,但是她们坚信大仙就是玄学的化身。大仙的包好端端从行李舱上掉了下来,这一定是上天给她们仨的警示。

一名空姐走过来喊她们坐下系好安全带,飞机马上要起飞了。

话音方落,云娆和黎梨脑中同时闪过无数帧空难现场的惨烈画面。

"我……我还想活。"黎梨吓得声音都在哆嗦,"大仙,你说这会不会是不祥的预告?"

云娆也吓坏了:"那我们怎么办?快跑吧?"

黎梨点头:"不管怎么样,绝对不能拿自己的生命开玩笑。"

看着她们紧张的样子,温柚笑出声:"你们两个想什么呢?我要是能预知生死和空难,我早成仙了,还在这里和你们俩瞎混?"

黎梨翻了个白眼:"你刚才明明说不是好兆头的。"

温柚:"第六感而已,今天没带工具没法认真算,说不定预示的只是等会儿上厕所要排队。再说了,我之前正儿八经给你俩算过,你们今年都是鸿运当头,你忘了吗?"

"没忘没忘。"黎梨总算松了口气,"人家就是有点怕死。"

云娆用力点头:"我也怕死,我还没有和学长表白呢,我不能死。"

"要不你现在紧急发一条短信表个白?"

云娆攥了攥手机,脸一红,轻声说:"手机已经关机了。"

"尻包。"黎梨笑骂了句,话锋倏地一转,"我看别人的旅游攻略上说,银河之城有一条特别好看的登山道,步行几公里之后会到达一个观景台,对面群山环伺,台下是绵延不尽的桦木林。据说在那个观景台上喊出自己的心愿,高原上的山神就会祝福你美梦成真。你到时候一定要许愿自己将来做个猛女。"

云娆大笑起来:"哈哈哈,我准备好了!"

飞机在这时缓缓启动,平稳地驶向起飞轨道。

几分钟前的"不祥预兆"已经被她们抛诸脑后,将近三小时的飞行旅程很快就在嬉笑之中度过,飞机平安落地B市,没有任何不幸降临。

翌日上午,闺蜜三人组跟随旅行团来到银河之城风景区正门口,导游在景区门外交代了几句,旅行团就此分散行动。

她们仨目标明确,一进入景区就搭乘大巴来到长海登山道入口处,开启今日的徒步攀登之旅。

登山道是近几年新修缮的,走起来并不费劲,但是整个风景区所处海拔极高,就算游人没有高原反应,也是进气少出气少,一旦走快了就要停下来喘一会儿。

道路的左侧是山林旷野,溪流水沟交织其中,右侧则是岩石与山壁,属于青藏高原山脉群的一部分,只需抬头就能望见不远处的连绵高山,山顶笼着白雾和积雪,终年不消。

走走停停地攀登了两个多小时,三名小姑娘终于来到她们的目的地——问山观景台。

"本来还想再往上几公里……呼,真爬不动了,咱们就到这儿吧。"

"我看行。"

"我也觉得行。"

三个"体育弱鸡"可谓心有灵犀。

九月中,桦木林的叶片颜色已经开始分层,从台上遥遥望下去,上层飘浮着浅浅的黄,绿色沉在底下,像苍绿的底面托出了一大片的金,不是绚烂的色泽,而是接天连地的朦胧和苍茫。

黎梨上半身倚靠着木质围栏,双手圈在嘴边,使出吃奶的劲儿大喊道:"我要吃遍全世界所有好吃的甜点!"

富婆的愿望果然与众不同。

喊完这句话,她顺了好一会儿的气,然后拿胳膊肘碰碰身旁的温柚:"大仙,该你了。"

温柚:"我不。"

温柚是典型的"社交牛杂症",自己人面前牛哄哄,公共场合却怂得像个孙子。

观景台上除了她们之外,只有一对陌生的小情侣,而且坐得离她们很远。但是四周环境太空旷了,稍微大点的声音都能在山与山之间反复回响,这对"社恐"患者来说又是另一种折磨。

云娆:"我们难得来一次嘛,你不是说你最近也很郁闷吗?把你郁闷的事情喊出来,让山神帮你解决。"

温柚缓缓呼出一口气,抱臂的手卸下来,终于搭在了围栏上。

高原上的天空蓝得发紫,几朵白云慢悠悠地飘浮着,被深蓝色的天空映衬得亮得刺眼。

温柚望着那几朵浮云,深深吸气,大喊道:"拜托拜托,让我算准我自己的桃花运!"

此言一出,云娆和黎梨同时笑趴了。

温柚虽然算别人很玄,但是她从来算不准她自己,无论学习、事业,还是桃花运,只要给自己算,她脑子就一片空白,非要硬算出来,结论也全是歪的。

"大柚子想要结束二十四年的'母胎 solo'了。"黎梨总结道。

云娆:"说得好像咱俩不是'母胎 solo'似的。"

黎梨白她一眼:"轮到你了,猛女。"

此时一阵秋风扫过,桦木林荡起层层叠叠的叶浪,云娆的额发被风撩起来,然而她的脸还是很热,热得需要拿冰凉的双手贴在脸上降温。

她学黎梨的动作,拿双手拢在唇边,气沉丹田,一字一顿:"我喜欢你!"

那个人的名字太抓耳,她刻意隐去了。

只要她自己和山神知道就好。

云娆的声音干净又清亮,像在宣泄自己憋闷于心多年的秘密。

发泄完心底秘事之后,云娆终于说出了她的愿望:"我要……你只能喜欢我一个!"

"好!"

黎梨和温柚同时鼓起了掌。

云娆回头朝她们挑了挑眉,仿佛在炫耀自己很猛。

她们一下子都来劲儿了,接二连三地对着远处的群山乱喊。

从"年薪百万"到"年薪千万",最后连"向天再借五百年"这样离谱的愿望都喊了出来。

三个人笑得快要缺氧,满面通红地拥抱了在一块儿。

突然之间,桦木林中传来一阵轰然巨响,成千上万只鸟儿从林间展翅窜出,一时间铺天盖地,锋利的鸟鸣声震耳欲聋。

几秒之后,黎梨突然失去重心身子一歪,惊慌失措地抓住了云娆的手:"你们有没有觉得……地板在晃?"

"没……"

云娆才吐出一个字,紧接着,周围的树林发出剧烈的"沙沙"响动,脚下的地板也猛然间颤动起来。

"地震了!"

不远处的登山道上有人尖叫着跑了下来。

"地震了?"

"地震了!"

平日里稳固的大地在脚下失控般晃动,云娆、黎梨和温柚三人紧紧攥着对方的手,脸色一个比一个惨白。

她们仨的惊恐程度不亚于任何人,但是和周围疯狂跑动的其他游人相比,她们的行为又镇定许多。

"你们别忙着下山啊,观景台上空旷平坦,待在这里最安全。"黎梨大声地朝准备跑下山的游客喊道。

她们的老家容州就处在环太平洋地震带边上,隔壁湾省时有地震,容州震感强烈,所以她们从小到大经历了很多次演习,对于地震时如何最大程度地保护自己非常了解。

"离山体远一点,到空旷的地方来。"

"小朋友别抱着了,让他站到地上。"

"现在震感好像变弱了?我们留在这里等待救援就好。"

云娆记得,地震发生的时间,大概是上午十点二十分钟。

第一次震感最强烈的地震结束后,几乎每隔半个小时就会杀回来一次余震。

山路逼仄,他们不敢贸然下山,一直从上午十点多等到下午将近三点,大家互相分享食物,保持充足的体力,终于等来了景区的工作人员。

C省正好处在纵贯中国的南北地震带上,隔壁D县是震源中心,据工作人员称,此次地震或许达到6.5级以上。

直到傍晚,夕阳坠落,云娆她们才撤离出景区大门。

原本住的酒店回不去了,她们和另外几十名游客被消防救援人员安置到了临近景区的一幢旅馆中。

她们有三个人,工作人员给分配了两个标准间,嘱咐她们无故不要外出,乖乖待在旅馆里面,一应生活物资都有专人配送。

工作人员离开后,她们仨挤在一张床上,瑟瑟发抖地后怕了很久。

"谁对着山神喊'向天再借五百年'了?"温柚说了句调节气氛的话,"气得人家都发抖了,没见过这么赖皮的游客。"

云娆和黎梨挽着手笑起来,紧绷的情绪总算放松下来。

她们的手机从地震开始的那一刻就失去了信号。

黎梨爬下床,在房间里来回踱步:"你说,我们的家人朋友看到新闻是不是都吓死了?"

云娆点头:"当然了……唉,比起我自己,我更担心我爸妈。"

以姜女士那个紧张兮兮的性格，估计真的会吓晕过去。

接下来的一整个晚上，她们仨都抱着手机到处找信号。

室外时不时传来喧闹的人声和消防队伍的列队声，她们睡不着觉，三个脑袋都贴在窗户上往外看。

零点左右的时候，黎梨突然叫了声，说有信号了。

云娆和温柚立刻抱着手机爬起来，然而她们还来不及在微信输入框打完半句话，信号转瞬就消失了。

温柚："我听说消防救援队有那种专门连通信号的直升机，估计那个带着信号的飞机刚刚从我们附近飞过去呢。"

黎梨："我们这里不是震中，受灾不严重，估计人家照顾不到我们。"

云娆想了想："这样，我们先编辑好朋友圈，等会儿万一人家的飞机又飞过来了，第一时间就可以发出去给所有亲人朋友报平安。"

这一夜，她们在惊吓和疲惫之中沉沉睡去，直到第二天早上有人敲门送餐，才迷迷瞪瞪地醒过来。

大约下午一点的时候，信号短暂地恢复了几分钟。

她们听见隔壁房间的动静才发现来信号了，最后剩的时间果然只够发一条朋友圈。

云娆写的是：【我们都在旅馆里乖乖等待组织安排，很安全，大家不要担心。】

朋友圈短暂刷出了这两天的新图文，她看到老姜和老云发的一串祈祷表情，眼泪倏地就下来了。

信号消失后，三名都市女性又回到了无所事事的"瘫痪"状态。

惊恐的情绪已经退散得差不多了，她们有一搭没一搭地聊着天，要不就在房间里晃来晃去地做运动，无聊得头顶都要冒泡。

直到傍晚，黎梨同志在旅馆电视柜下面摸出了一盒纸牌，她们无趣的山顶洞人生活终于迎来唯一乐趣。

三个人围坐在一张床上玩起了斗地主。

由于物资极度匮乏，黎梨翻遍全屋只找到一圈透明胶带，所以她们的惩罚机制设计得尤其复古——输了的人就撕一条纸巾，用透明胶带贴在脸上。

两个小时过去，十几轮斗下来，游戏黑洞云娆一个人独占三分之二的惩罚纸条，整张脸几乎没剩几块还能贴的地方，活像个满脸长满白花花舌头的变异版无常鬼。

"你……两个炸在你手上也能输？"黎梨和云娆同队，欲哭无泪，"我脸上这些全是你害的。"

"谁不是呢？""地主"温柚幸灾乐祸地撕下两条餐巾纸，"过来贴纸吧。"

"呜呜呜……"

云娆被贴得连眼泪都没地儿流了。

只听房门外忽然传来一阵敲门声，声音比以往要轻些。

温柚松开她俩的脸，睨一眼云娆："你输了，你去开门。"

云娆双手扒住自己的脸："那我把这些都摘下来……"

"别啊！你休想。"温柚和黎梨异口同声，"肯定是工作人员来送物资了，你就躲在门后面，伸手把东西拿进来不就好了。"

云娆："……行吧。"

她慢吞吞地爬下床，两只手分别掀开两张眼皮上的纸条才能看得见路。

来到房门口，她躲在门后边，右手轻轻转动门把手，把门开到大约四十五度的时候，她将自己的左手伸了出去。

门外的男人静静伫立着，表情有些纳闷。

他目光向下一瞥，看到一只纤细白皙的小手，从门后边颤颤巍巍地伸了出来。

那只手指骨纤细，掌心粉白，微微凸起的腕骨往下，挂着一串熟悉的粉色手链。

旅馆走廊的灯光十分昏暗，那几颗粉钻却熠熠生辉，仿若银河之城天穹上闪烁的星光坠落于此。

"那个……我今天忘记洗脸了，不想见人。"云娆躲在门后面，伸出来的那只手向上，"有什么东西，你挂我手上就好。"

话音落下，门外许久没有回复。

云娃眨两下眼,有点蒙。

不知僵持了多久,直到她手臂都举酸了,掌心处终于传来异物的触感。

她的手被人牵住了。

那人指尖冰凉,掌心却十分炙热。他先是轻轻碰了碰她的手心,很快,便用那只远大于的她的大手,将她的小手完全笼罩住。

云娃全身过电似的颤了颤,猛然间缩回了手。

门外的男人眼中蓦地闪过一丝失落。

一股异常熟悉的感觉刺进了云娃的心脏。

她用两只手抓着门把手,一毫一厘地将房门拉大了些,然后小心翼翼地探出了半张脸。

"噗!"

目光触及她脸蛋的一刹那,门外的男人没忍住笑出了声。

云娃一下子将门开到最大,整个人走出门后。

胸腔内心脏狂跳,她震惊地睁大了眼:"学长?"

"嗯。"靳泽用虎口抹了抹唇,止住笑,低磁的嗓音如微风扫过她耳畔,"哪里来的小无常?"

云娃怔在原地,感觉自己脸上的纸条都要烧起火了。

小无常?说的是我吗?

男人好不容易压下来的唇角又翘起,低垂的眸中蕴着宛如夜空的深邃和缱绻:"小无常。"

他顿了顿,忽然如释重负地轻叹了一声:"求你了,快把我的命索走吧。"

话音未落,身前的女孩晃了晃脑袋,满脸纸条如风吹幡动,快速扑簌了一下,突然之间又紧紧贴到脸上。

她大抵是做了一个起跑前的预备动作,然后三步并作两步,如一阵蛮横狂风,猛地扎进了靳泽怀里。

云娃这一下抱得靳泽有些措手不及。

她的身体柔软又纤细,可是冲过来的力道非常大,靳泽虽然很快搂住了她,但还是冷不防被她扑得倒退了一步。

"呜……"云娆吸了吸鼻子，脑袋使劲埋进男人胸膛，声音哽咽起来，"你怎么过来了？"

靳泽像给猫咪顺毛那样，轻柔地抚摸她的头发，等她抱够了蹭够了，才稍稍松开些，低头端详她那张眼泪、餐巾纸和透明胶带糊在一块的脸蛋："当然是来找你的。"

云娆依依不舍地揪着他的衣摆，这才看清他黑色的 T 恤外边披了一件蓝色小马甲，胸前口袋位置印着"抗震救灾，志愿先行"的口号。

靳泽："我赶上了申城第一批支援 C 省的志愿者队伍，搭乘临时航班降落在 B 市，然后就过来找你了。幸好这里只是震区边缘，B 市过来的道路没有完全被封锁。"

他朝云娆微微一笑："今天是我唯一一次庆幸自己是个名人，能拥有这项特权。"

每当灾难降临的时候，政府领导和影响力大的各界知名人士总有渠道能够第一时间抵达灾难现场，向灾民发出慰问，传递关心和爱心。当然，其中不乏宣传作秀的成分。

他话说得简略，可是云娆能想象，短短一天的时间里，这绝不是一件能够轻易办到的事。

为了来找她，他不知道动用了多少人脉和资源。

她一下又一下点着头，心里感慨万千，揪着他衣摆的手用力到发白。

"别哭了，再哭真变成无常鬼了。"靳泽低声笑话她，顿了顿，又说，"能不能先让我进去？被人看到就不好了。"

云娆听罢，慌忙将他拽进房间，反手飞快地关上门。

第十一章
/ 做个猛女 /

云绕和靳泽一前一后走进卧室区域。

靠墙的一张单人床上，黎梨和温柚早就撕光了脸上的纸条，正襟危坐。

尽管已经做好了影帝见面会的心理准备，她们还是没忍住，被帅得倒吸一口气，然后红着脸，一板一眼地打招呼："学长晚上好。"

"你们好。抱歉打扰了。"

"没事没事，我们非常欢迎你。"

黎梨说完，目光溜到云娆脸上，眼睛飞快眨巴几下，仿佛在为她摇旗喝彩——电影都不带这么演的，我们公举太牛逼了，竟然直接把影帝勾了过来！如果这都不算爱我有什么好悲哀！

靠墙的两个小沙发堆满了她们的东西，云娆只能拉着靳泽暂时坐在床边。

靳泽："你坐吧，我站着就行。"

"没事……我们没有换洗衣服，都穿着脏衣服睡觉的，床也不见得多干净。"

"好吧。"

靳泽终于坐下了，然而，不到十秒他又站了起来。

因为原本好端端坐在床上的黎梨突然连滚带爬地翻了下来，所有人都手忙脚乱地站起来扶她。

"我……我好像吃坏东西了，肚子突然好痛。"黎梨死死捂着下腹，另一边手抬起来擦了擦额角并不存在的冷汗，"学长，那个，隔壁那个标间也是我们的，我去那边的洗手间蹲一会儿。"

临走前，她还不忘收拾好自己的背包，一并带走。

温柚很快接住了她的戏："梨子，你是不是很难受？要不要我过去照顾你？"

说罢，她不着急扶黎梨，反而先去收拾自己的双肩包。

黎梨火速点头："要。柚子你过来陪我就够了。"

她们俩的演技过于浮夸，在真正的影帝面前，无异于拿着剧本念剧情——我们先撤了，你们留下来好好聊，聊得越深入越好。

云娆当然看出了她们的意图，她尴尬地站在一旁，面色越发红涨。

靳泽却完全没有心理负担。

即便对手演技稀烂，他也能自然而然地配合，更何况这种大恩人戏份，他浑身上下简直刻着"从善如流"四个大字。

两位戏精飙着戏走人了，吵吵嚷嚷的房间一下子安静下来。

时间很晚了，室外除了叶梢晃动的"沙沙"声，再没有其他足以分辨出的声响。

仿佛电视剧的背景音乐忽然消失，两位主角莫名沉默着，或多或少感受到了无所适从。

云娆耳朵里的世界其实一点也不清静。

有朝一日，如果她聋了，一定是被自己极不安分的心跳声给震聋的。

"你不觉得难受吗？"靳泽忽然问了句。

云娆疑惑地转过头，就见他伸出一根食指，轻轻地挑了挑贴在她下巴上的小纸条。

云娆才反应过来，自己的脸皮都快和这些纸条融为一体了。

她抬手摸了摸脸，眼睛下方的几张纸条被泪水打湿黏在脸上，此时还没干透，模样肯定非常滑稽。

"嘶……"

云娆撕纸条的动作有些忙乱,没掌握好力道,胶带剥离皮肤的时候生生扯疼了脸。

"你动作轻点……要不还是我来吧。"

靳泽稍稍转过身,眸光垂下来,极其自然地接替了她的工作。

他左手捧着她的脸,右手用指腹轻轻刮开胶带的边角,然后捏起边角一厘一厘往外撕。每撕开一点,他的指尖都会前进一分,小心翼翼地抵在她脸上,生怕弄疼了她。

几张纸条撕下来,云娆被胶带黏住又剥离的那部分皮肤,还不如被靳泽触碰过的那些皮肤红。

她微微仰着脸,既希望他撕得快一点,又希望他慢慢来,千万别着急。

眼眶周围的遮盖物清理干净之后,她缓慢睁大眼睛,隔着极近的距离,只看了他一眼,仿佛被那张过分英俊的面孔烫到,又飞快地挪开视线:"学长,我现在是不是很丑?"

靳泽笑了声,右手轻轻揭开最后一张纸条,左手仍然意犹未尽地摩挲着她的下颌:"怪可爱的。"

他声线很低,其中的笑意仿佛带着电流,听得云娆从耳郭到腰际一阵发痒。

她垂下的目光不自觉飘到他右手上。

那只手五指修长分明,指甲干净又圆润,皮肤很白,能看见手背上微微凸起的青紫色血管。

云娆的心情依然很紧张,但是经过这趟短暂又倒霉的旅程,她觉得自己已经成长了不少。

奋力地向山神宣告了自己的心事与心愿,这些东西从此可以不再是秘密。

做个猛女。

心底一道声音这么怂恿她。

云娆下定决心,眼神紧盯靳泽的右手,然后缓慢伸出了自己蠢蠢欲动的小爪子。

二十厘米,十厘米,五厘米……

靳泽突然将手拿开，从膝上转移到床上。

他身体微微后仰，单手支着床面，稍稍活动了下肩胛骨，然后长舒了一口气："我这两天快要吓死了。"

云娆及时收回小心思没得逞的失落："什么？"

"你发朋友圈的时候，我刚好在飞机上，落地才看见。"

靳泽始终注视着她，仿佛需要一遍又一遍确认她的安全，他才能够安心。

他眼底笼着一层淡淡的乌青，琥珀色的眼睛也透出疲惫。

房间里的灯是暖色调的，温暖的光芒包裹着他，却驱不散他脸上的苍白色泽。

云娆的心蓦地揪了起来。

虽然遇上地震的是她，可她毫发无损，昨天晚上虽然担惊受怕，最终也一觉睡到了天亮。

然而，瞧靳泽现在的状态，他这两天很可能完全没合过眼。

"学长，现在好晚了，你要赶紧休息呀。"

"嗯，马上就休息。"靳泽看了眼手表，"你先洗还是我先洗？"

云娆愣在原地，下意识地张嘴："你先。"

靳泽笑了笑："好。"

在云娆回过神之前，他已经拿了条干净的浴巾，利索地走进浴室。

等一下……

所以现在的情况是……

我今晚要和学长睡同一间房？

云娆猛地冒出一声响嗝。

她从床边站起来，踱到过道上，回头望一眼身后的两张单人床。

虽说是标准间，床宽只有一米二，但是昨天晚上她和温柚黎梨瑟瑟发抖地挤在一起，一米二的床其实也能塞下三个人。

等等，想这个干什么！云娆用力地拍了拍脸颊，像只无头苍蝇似的在过道上晃来晃去。

她几度坐下，又几度站起，不知纠结了多久，忽然推开门走了出去。

要不，还是和温柚黎梨挤一挤吧。

户外夜色浓重，高原地带的漫天银河在眼前铺展开来，壮观而又绚烂。

云娆停在走廊上，面朝遥远的喜马拉雅山脉群，山野间沁凉入骨的夜风扑面而来，她却丝毫不觉得冷。

做个猛女。

心底的这道声音更响亮了。

云娆攥了攥拳头，转身折返回去。

甫一拉开房门，浴室门也正好打开，她抬眼就撞上了靳泽的视线。

男人黑发濡湿，新换的白T似是沾染了不少水雾，颜色略显透明，薄薄衣料下，强壮的身体轮廓与肌肉线条足以窥见。

美男出浴，画面张力与刺激性直接拉满。

旅馆内廉价的浴液香味，从他身上散发出来，和荷尔蒙裹挟在一起，莫名变得高贵而又性感。

"你怎么出去了？"他话语含着担心。

云娆耳根子一热，猛女变呆头鹅："就……闲逛一下。学长怎么洗这么快？"

"莲蓬头里的水温不是很高，我怕等会儿没热水了。"他顿了顿，带上命令式的口吻，"别乱晃了，快去洗澡。"

呆头鹅乖巧点头："好的。"

直到她闪进浴室，才后知后觉地意识到，原来他是为了她才洗得这么快。

云娆忽然联想到了很多事。

从少年时代的张狂，到青年时代的稳重，靳泽经过这些年，唯一不变的一点，就是他始终非常温柔。

尤其是最近这段时间，他对她简直温柔到了骨子里。

云娆一瞬间非常想哭，一瞬间又忍住了眼泪。

她要做个猛女。

不能再敏感羞涩了，必须快点向他袒露心扉。

淋浴房的水温确实不太高，而且，或许是云娆今晚体温太高的缘故，她甚至觉得有些冷。

因为没有换洗衣物，洗完还得穿脏衣服，所以云娆洗得也很快。

加上吹头发的时间，不到半小时，猛女出浴了。

一头蓬松柔软的青丝披散在肩，云娆拿手拢了拢，带着三分怯意和七分志气，毅然决然地往起卧区走去。

房间里的灯全都亮着。

稍远些的单人床上，雪白的被褥中间鼓起一长团，状态安稳，气息匀长，已然沉沉入睡。

云娆蹑手蹑脚地爬上了隔壁那张床。

尽管来不及表白，但是能和他像这样安安稳稳地躺在同一个空间里睡觉，云娆已经非常满足了。

她掀开被子，身子钻进被窝，回头看一眼熟睡的他，很快熄灭了房间里的所有灯光。

旅馆的床单质地偏硬，被芯也有点沉。

云娆翻来覆去，许久难以入睡。

外物的因素都是次要的，她之所以睡不着，主要原因是她自己太兴奋了。

眼睛渐渐适应黑暗后，云娆总忍不住往隔壁床那儿瞟。

许久后，她干脆放弃抵抗，直接面朝靳泽侧躺着，想欣赏多久就欣赏多久。

困意席卷上来的时候，她带着一脸花痴进入梦乡。

这一整夜，云娆都睡得很浅。

大约到后半夜，近清晨，天已经蒙蒙亮。

云娆感到一阵轻微的摇晃，灾后应激的身体立刻反应过来，猛然间睁开了眼。

是余震，振幅十分轻微，转瞬即逝。

她松了口气，准备继续睡的时候，隐约间，听到隔壁床上传来几声粗重的呼吸。

靳泽睡得很沉，没有被余震晃醒，但他好像做噩梦了。

云娆打开一盏床头灯，凭借暗淡的灯光，看到靳泽眉头紧锁，额间鬓角涔涔地渗出冷汗，呼吸也不太通畅。

她连忙摸出几张湿巾，坐到他床边，小心翼翼地擦拭他的脸颊。

那只昨晚她觊觎良久的手，此时正好探出被褥。云娆毫不犹豫地握住，被他掌心滚烫的温度吓了一跳。

短短几分钟之后，靳泽的眉心渐渐松开了。

云娆右手攥着湿巾，指尖隔着一层微凉的巾帛，从他额头滑到太阳穴、颧骨，再顺着笔直流畅的下颌线，最终落到脖颈下方，结束旅程。

男人凸起的喉结微不可察地滚了滚。

他好像已经不做噩梦了，表情很放松，掌心的温度也降了下来。

借着不甚明朗的灯光，云娆仔细端详着熟睡中的男人，渐渐有些看痴了。

不仅因为他帅得惊天地泣鬼神，也因为人在半夜情感作祟，她此时陷在感动里，心脏某个角落软得一塌糊涂。

此时的他，本应该待在最安全的地方，沉心工作，享受千万粉丝的追捧，而不是为了她不远万里闯入灾区。

现在，她完全可以确认他对自己的心意了。

云娆心念一动，她微微俯下身，想亲一下他的脸颊。

上次喝醉酒的时候也亲过，偷偷再亲一次，应该没什么关系吧？

她的左手仍旧牵着他，纤细柔软的五指渐次收紧。

二十厘米，十厘米，五厘米……

做个猛女！

此时此刻寂静良夜，她心底里的那道声音突兀地冒了出来，分贝尤其惊人，几乎振聋发聩。

她的身体忽地顿了顿。

顷刻之后，女孩水润的双唇下移，掠过靳泽高挺的鼻尖，如蜻蜓点水般在他唇上啄了一下。

男人紧抿的双唇出乎意料的柔软。

好好亲。

云娆脑中突然蹿过一丝电流。

她猛地回神，意识到自己干了件惊天地泣鬼神的大事。

想她一生正直，一夜竟成了贼，还是采花的那种……

"小云娆。"

睡梦中惨遭轻薄的男人忽然睁开眼，嗓音极喑哑，隐隐裹着一层初醒时的慵懒。

云娆对上那双幽静的琥珀色眼眸，全身陡然一颤。

完了。

她如同惊弓之鸟，立刻站起来准备跑路。

但还没来得及迈开第一步，她的左手就被那只大手用力捉住。

靳泽尽管刚睡醒，力气却完全足够碾压她。

几乎没使什么劲儿，他就轻而易举地把她拽了回来。

云娆跌坐在床边，屁股还没坐稳，手上钳制住她的力道忽然松开，炙热的掌心转而贴上她的腰肢。

下一秒，她就被摁进了他怀里。

再然后，天旋地转间，两人上下位置交换，她的后脑勺磕上了他的枕头。

一阵温热的吐息蹿过云娆耳畔，引得她周身狠狠战栗。

"学长。"云娆吓得直接认怂，"我错了呜呜呜，对不起。"

昏黄灯光下，靳泽垂眸直视她，瞳孔尤其幽深，隐约含着一丝戏谑笑意："一句对不起就完事了？"

云娆缩了缩脖子，小猫似的哭："呜呜呜……"

他的身体很烫，但并不沉，想来刻意控制了力道，没有把重量全压到她身上。

"这是我的初吻。"靳泽的声音有点闷，眉宇轻蹙，故作恼怒道，"你准备拿什么赔？"

云娆眨巴眼睛，细密长睫宛如颤动的鸦羽："那……也是我的初吻，我已经把我的初吻赔给你了。"

强词夺理。

男人忽地冷笑道："你是用不正当方式偷走的，经过我的同意了吗？"

他话音落下，云娆哆嗦得更狠了。

高原上氧气本来就稀薄，她的呼吸很急促，心脏一下一下撞着胸口，然而这些反应，都能通过紧贴的身体传递给他。

她在他身下小幅度扭了扭，终于丢兵卸甲："那……学长你说，怎么赔？"

女孩的话音越说越微弱，仿佛深秋最后一道蝉鸣，隐匿在灌木之下，可怜兮兮地丧失了话语权。

靳泽挑了挑眉，慢悠悠地俯下身，鼻尖暧昧地碰了碰她的："我的初吻很宝贵。"

他唇角带笑，哑声建议道："要不，用你来抵吧。"

靳泽已经有好几年，没有感受过这种倒头就睡的快乐了。

连续紧绷了两天的心情，在确认她平安之后一下子松弛了下来。

他连头发都懒得吹，拿毛巾擦到半干就躺上了床。

床单、被芯、被罩无一不劣质，还散发着略微刺鼻的消毒水味道，靳泽置身其中，却感觉分外舒适。

不知道浴室里的热水够不够用……

脑海中大约只飘过了这么一句话，下一秒，他就陷入了昏沉沉的梦境。

梦里是十一月中，深秋的蓝天澄净得像一块上了釉彩的玻璃。

天气晴好的时候，容州的最高温能达到二十度。

校道两侧的常青树之中突兀地栽了两棵银杏，唯有它们会枯黄，落叶，然后在地上画出金灿灿的两个圈。

每天中午，云娆都会从食堂门口朝西的这条通道拐出来，经过这两棵银杏的时候抬头望一眼，预测它们什么时候彻底变秃。

这条路不是回宿舍最近的一条。

但是只要往这边绕，就能经过篮球场。

今天午饭后，云娆从食堂二楼拾阶而下，听到篮球上传来久违的喧哗吵闹声。

最近没有篮球比赛，球场上大多是瞎玩瞎练的，而且午休时间大家都很懒，一般不爱去围观别人打球。

除非场上出现了某些特别人物。

云娇和同班同学已经走到超市门口，她借口要买东西，让同学先回宿舍，她自己则拐进了超市。

本想逛一圈就出来，可她忽然发现冰柜上新了，里面有她最爱的香芋味可爱多。

几分钟后，云娇左手抓着冰激凌，穿过那辆棵日渐光秃的银杏树，踩着一地焦黄走进篮球场。

果不其然，能在午休时间引起不小轰动的，除了他们学校的校草学长，没别人了。

篮球场边大约围着二十来号人，并不拥挤。

云娇在球架附近找到一个视野开阔的位置，站定后，没着急看比赛，先低头剥起了冰激凌。

场上共有十名男生，分别来自高三（7）班、高三（8）班。

据说是早晨的体育课上，他们起了点小冲突，所以在当天中午约了场"友谊赛"，增进增进感情。

云娇剥掉冰激凌二分之一的纸包装，拿了张餐巾纸包住垃圾，塞进口袋里。

她一抬头，身穿白色卫衣的云深正好把球传出去，转头就朝她喊了起来："大冷天的吃冰，当心冻坏嘴。"

云娇正准备翻白眼，云深旁边一身黑衣的男生莫名其妙推了他一下："人家牙口好。"

云深立刻回推男生一下："你又知道了？"

靳泽挑眉："不行吗？"

话音落下，两个人开始互相推搡，就这么起了内讧。

直到对手运球到他们家门口，轻轻松松上篮得分，他们才依依不舍地放弃咬死对方，先解决共同的敌人要紧。

云娇两手捏着可爱多的脆皮筒，一口咬下一大块，舌尖卷了卷冰甜的冰激凌，含在舌苔上等它慢慢融化。

她的目光追随着球场上一身黑衣的男生，唇角不自觉地扬起来，嘴巴里的冰激凌好像变得更甜了。

几个来回之后，七班渐渐占了上风。

云娆身旁的女生刚才一直在感慨靳泽为什么这么帅，突然话题一转，其中一名女生问同伴："白色衣服那个也好帅啊，而且，为什么我觉得他特别眼熟？"

另一名女生回答："人家是高三年级的准状元，学校官网首页上就挂着他上学期参加全国学联的照片呢。"

"难怪这么眼熟，好强啊。"

强个头，疯子罢了。

云娆终于结结实实地翻了个白眼。

她心里非常郁闷，不明白这些小姐妹为什么放着盛世美颜的校草不看，非要关注比靳泽丑那么那么那么多的云深。

虽然外貌上可能没有差太多。

但重点是心灵！姓云名深的疯子没有心！

场边的少女们，热烈讨论有之，暗暗腹诽也有之，场上的少年们自然也少不了嬉笑怒骂。

"老靳，你今天很'嗨'啊？"池俊朝靳泽招了半天手，结果这人一顿花里胡哨操作，死活不把球传给他。

这一轮进球后，池俊寻了个空子凑过去调侃他："上学期打年级赛的时候，几乎全校女生都来给你加油，我看你都没今天这么狂。"

靳泽边跑边说："上学期我才高二。"

池俊听得丈二和尚摸不着头脑。

球权在两队之间频繁交换，终于，对手寻了个空子传球到七班篮下，所有七班男生回到自家半场协防。

靳泽现在是真的有点飘，表演欲爆棚。

他司职得分后卫，本来抢篮板是中前锋的活儿，怎么也轮不到他上。

然而，他瞄到人群中一条缝隙，三两步挤到了篮下。对手投球不进，篮球在球筐上溜了一圈，正好往他这个方向掉下来。

这个篮板他抢定了。

靳泽迅速判断了球的落点，果断起跳，于千军万马中率先摸到了篮球屁股。

如果他没记错的话，小云娆应该就站在这附近呢。

不知道她看不看得懂，他这一跳的滞空时间可是非常牛……

靳泽不由得有些走神，就在这走神的毫秒之间，八班那个体重将近一百八的胖哥恰好也跳起来抢落点，他比靳泽稍慢些，然而，等他看到靳泽抢在他前头占了位置，他那庞大的身躯已经刹不住车了。

只听"砰"的一声闷响，两人在空中激情碰撞。

如果放在平时，靳泽多半能稳住，顶多落地后踉跄几步。

然而，他刚才实在有点得意忘形了，满脑子都是超长滞空和漂亮学妹，刹那后，他的身体被撞飞了出去。

场边的女生们陡然爆发出尖叫。

众目睽睽之下，靳泽一头撞上了斜前方的球架立柱。

场面一度陷入混乱，比赛被迫中止，所有人蜂拥而上围住了他。

和立柱亲密接触之后，靳泽眼前一黑，勉强站稳了。

他一只手扶着立柱，身形有些摇晃，仿佛下一秒就要晕倒。

脑壳"嗡嗡"响了许久，脑浆也是一阵翻江倒海。

"老靳，你没事吧？"

耳边传来兄弟们忧心忡忡的声音。

靳泽抬手摸了摸自己的额头，指尖触及一片冰凉。

他忍不住低声骂了句脏话。

"你脑门磕破了，都流血了。"

"赶紧的，老云，我们扶他去医务室吧。"

"嗯……麻烦大家让让。"

围观同学们让开一条通道，等他们架着靳泽走出去，所有人又跟了上去，浩浩荡荡地簇拥着伤患往医务室方向走，场面蔚为壮观。

云娆挤在人群中间，吓得脸都白了。

医务室在行政楼一楼，入口有点窄。

靳泽、云深和池俊三个人进去了，其余无关人等全被医生轰了出来。

一中的午休时间不长，经过这一番折腾，转眼都快到下午上课时间了。

跟来医务室的同学们渐渐散了，各回各的宿舍或教室，最后只剩下云娆还守在医务室门口。

她手里还捏着小半截可爱多"屁屁"，紧张到忘了吃。

不知过了多久，云深和池俊从医务室里出来了。

云娆的目光越过他们，往后看。

直到医务室门一关，没有其他人了，她才堪堪收回视线。

云深瞧见她，皱了皱眉："你不回宿舍睡觉，杵这儿干吗？"

云娆："靳泽学长还好吗？"

"好些了。医生让他去医院看看，他不去，估计今天下午就在医务室躺着了。"

靳泽的原话是，我躺一会儿就行，要是打篮球打到送医院查脑袋，太他妈丢人了。

云娆点了点头，忽然嘱咐道："哥，那你今天下午记得帮他整理一下笔记和作业……"

"他撞糊涂了还是你撞糊涂了？"云深忍不住弹了下妹妹的额头，"你靳泽学长现在是艺术生，文化课爱上不上。"

云娆后知后觉地"哦"了声。

一中不招艺术生，所以没有针对艺术生的课程，所有学生都上一样的课。

靳泽当年是正儿八经文化课考进来的，在这所全省最好的高中里，他的成绩还算不错，高一高二都能维持在中上游。

高二的时候，他决定出国学表演，就这么从普通学生变成了艺术生。艺术生对文化课的要求比较低，凭靳泽高一高二的文化课基础，高三随便读读就够了。

所以，在云深等人废寝忘食备战高考的时候，他可以在医务室里开开心心地躺一下午。他的假条，班主任都是看也不看就批过。

285

"你下午不上课了？留这儿当门神？"

云深瞧她那呆样，忍不住腹诽。

池俊在一旁抱不平："老云，你就不能怜香惜玉一点？我要是有个这么漂亮的妹妹，每天早上都会笑醒。"

云深懒得搭理他，双手插兜里向前走。

不知想到什么，云深忽然顿住步伐，纳闷道："最近怎么回事，这么多人觊觎我妹。"

池俊跟上去："除了我还有谁？"

云深向后努了努嘴："里面躺着的那个脑震荡。"

他的亲生妹妹，他说一句不好的都不行。

到底谁和谁有血缘关系？

行政楼大门外走进来几名女老师，高跟鞋踩地发出规律的"噔噔"声音，在空旷的大厅里，显得异常响亮。

云娆回过神，终于舍得挪开担忧的目光，慢腾腾地跟着哥哥走了出去。

下午第二节是语文课，语文老师是个戴眼镜的斯文大叔，说话声音非常温柔。

他今天讲的是古诗词，那些文绉绉的话从他嘴里说出来，简直和催眠曲有异曲同工之妙。

云娆有睡午觉的习惯，可惜，今天中午离开医务室之后，一到教室，预备铃就响了，她连趴在桌子上眯一会的时间都没有。

第一节课做物理实验，大部分时间都站着，所以不怎么犯困。

现在，报应来了。

云娆坐在第四组靠窗的位置，窗外日光柔和，还有习习凉风扑面而来，别提多惬意。

她单手托着腮，上下眼皮渐渐互殴了起来。

身旁极近的地方突然传来"哐哐"的碰撞声。

云娆瞬间惊醒。

是她左边的窗户，正在猛烈地晃动。

很快，不仅窗户，教室顶上的日光灯和风扇也剧烈地摇晃了起来，"吱呀吱呀"的声响异常刺耳。

讲台上，素来温柔的语文老师突然朝台下大喊道："地震了！大家快点，按秩序撤离到操场上！"

说时迟，学生们惊慌失措，有人尖叫也有人倒抽气，但是所有人的反应都很果断，当即抛下一切物品，前四排从前门鱼贯而出，后四排则从后门撤出，在走廊上和其他班级的学生们迎面撞上，杂乱的脚步声汇聚成沉重的闷响，震得整栋教学楼晃得更厉害了。

十余秒后，校园广播发出警报，尖锐的嘶鸣响彻校园。

校领导的声音和警报一同响起："同学们，地震了，学校震感强烈，请大家按秩序撤离到大操场，不要慌乱……"

黑压压的人群很快冲出了教学楼，云娆踩到平地上的时候，明显感觉震感比在教学楼上弱了许多。

汹涌的人潮压过喷泉广场，快速朝着大操场的方向前进。

耳边充斥着警报声、鼎沸的人声，还有各种物体的碰撞声，一片杂乱的混响。

云娆跟随大部队跑到行政楼下，忽地放慢了脚步。

她不知想到了什么，转头瞥一眼身旁红砖白墙的行政楼，突然只身冲出了人群。

她跑得很快，快到几乎感觉不到地板在震动。

行政楼的逃生通道在北面，朝南的大厅里此时空无一人。

云娆目标明确地冲到了医务室门前，"哗"的一声打开了紧闭的房门。

医务室内灯光明亮，几排药柜看起来纹丝不动，但是，瓶瓶罐罐碰撞的脆响时不时回荡在耳边。

他应该走了吧？

云娆心里这般想着，仍然坚定地跑进医务室，来到安置病床的房间，然后用力拉开了遮挡在身前的白色布帘。

平躺在病床上的靳泽听到声音，不解地转了转脖子，看向身后。

"学长，你怎么还在这里！"

云娆既惊讶又生气。

靳泽愣了愣,医务室在一楼,震感很弱,况且他本来就头晕,就算地板晃得再厉害,他也感觉不太到。

医务室附近没有广播,门又关着,他隐约听到一些声响,混杂着炸雷般的脚步声,其实能猜出外面正发生着什么。

但是他太懒了,隔壁湾省经常地震,容州时不时就有震感,他对此早就习以为常。

今天可能震得稍微猛了一点。

靳泽想,如果有一个玻璃罐被震到地上摔碎了,我就跑。

结果啥事都没有。

所以他才……

但令他没想到的是,竟然有人记得他还躺在这里,特地冲进来找他。

靳泽恍然回了神,尽己所能,用最麻利的动作撑坐了起来。

这一切发生在极短的时间里。

隔着几米的距离,他看见她苍白恐惧的小脸,还有那双异常美丽的杏仁眼,眼中写满焦急。

她是真的很怕。

怕地震,怕死,却还要冒着危险来找他。

靳泽摸了摸脖子,心跳很快,唇有些干:"对不起。"

"学长。"云娆深吸一口气,细软的声音微微发颤,"我们快逃吧。"

我们快逃吧。

我们。

快逃吧。

靳泽在心里反复复述这句话,顶着头疼,飞快地站了起来。

云娆三两步冲到他面前,紧紧抓住了他的手臂。

她鬓角挂着冷汗,刘海略显凌乱地贴在额头上,睫毛和瞳仁微不可察地战栗着,看起来有些狼狈。

靳泽却处在震撼中。

两人并肩逃出了行政楼。

来到空旷平坦的地方,大地似乎平静了下来,他们应该已经安全了。

靳泽呼吸着室外清透温凉的空气,一颗心却没有放下来,反而高高地悬在了空中。

和地震无关,他不怕死,想的是别的事。

上半夜的梦,他在梦里磕破脑门,还遇上了地震,全校大逃生,可是他睡得尤其放松,因为回忆里的心情太过美好,和那天的天气一样,碧蓝如洗,阳光洒落在少女乌黑的发顶,晕出浅浅的光圈,她仰头看他的时候,眼睛里藏着一片璀璨迷人的星云。

可是,梦境并没有到此结束。

顺着时间线,他来到自己仓促而混乱的高三下学期。

十七岁的时候遇见她,他曾以为,自己还有大半年的时间计划未来。

等以后出国了,他可以每周末回来一次,他不怕辛苦。

或者,干脆就留在国内,重新申请国内的表演系院校,时间来不及的话,gap 一年也没关系。

那时候的他觉得世界上没有什么事情可以阻止他。

从小到大,靳泽想要什么就能拥有什么,所以他总是很任性,也一直有任性的资本。

可是一个寒假过去,一切都变了。

他亲眼看着家里的车一辆一辆变卖出去,房产交出去抵押,最后连居住了很多年的别墅,也不得不搬走。

父亲在家里成天酗酒,把自己生意失败的责任全部推卸给母亲,说如果不是她不顾一切地抛弃他,他也不会性格大变,更不会做出那些偏激的行为,将自己经营多年的心血付之一炬。

靳泽当时不理解,每天听父亲在耳边怨恨母亲,渐渐地,也觉得家庭破产,生活从云端跌入泥沼,最大的责任出自抛夫弃子的母亲。

再加上他曾经撞见的,母亲和别的男人拥吻的画面,他简直恶心透了,从内而外的对这个将他带到世界上的女人感到反感和厌恶。

他完全没办法适应突如其来的贫困生活，巨大的家境落差也导致，在高中阶段的最后一个学期，靳泽的性格仿佛也被撕裂，他不再张扬随性，变得很沉默，而那个时候身边的朋友们都在紧张地备战高考，玩闹的时间本来就少，所以大家对他的变化并没有太在意。

在收到dream school（梦想学校）的offer之后，靳泽干脆不再来学校上课了。

父亲之前在美国投资的创业公司成了他们家唯一的救命稻草。父子俩的绿卡早已经批下来。

他不可能留在国内了。

他们家，甚至连飞去美国的机票钱都要挤一挤才能凑齐。

其实这些都还好，只是没钱而已，只要他适应了从富家少爷过渡到贫困生的落差，生活还是能继续下去，就是苦一点而已。

可是大二的时候，母亲突然去世了。

大约凌晨四五点，他忽然有些呼吸不上来，像得了高反，又像被人扼住了咽喉。

梦里有人疯狂撕扯着他的衣服，痛苦又愤怒地发泄着，摔东西，砸门，所有能破坏的东西全部想要毁坏。

整个错乱的空间仿佛也在摇晃……

"学长？"一道熟悉而细软的声音，轻柔地在耳边呼唤他，"你怎么了？"

他几乎立刻就平静了不少，梦境的颜色一时间只剩下温柔。

有什么凉而软的东西贴上了他的脸颊。

一遍又一遍，从额头擦拭到脖颈。

手也被握住了，触感微凉，源源不断的力量从相贴的掌心传递过来。

某次，她无意识地碰到他的喉结的时候，他就醒了过来。

清醒的一瞬间，梦里的感受尽数消失。

现实中的五感清晰极了，他仿佛从来没有入睡过。

然后，他就被轻薄了。

那一瞬间，他突然又有点分不清梦境现实。

这是真实的吗？

她竟然……这么猛吗？

昏暗的室内只亮着一盏床头灯。

倒映在眼中的那张脸，一如少女时期的惊慌失措。

梦境和现实在此刻完美重合，跨越了光阴的长河，依旧让他心动异常。

然而，一切又和当年截然不同。

借着暖黄的灯光，他看见她仰躺在身下，鼻息咻咻，双颊透出诱人的粉色，眨眼频率很高，双颊如蝶翼忽扇。

靳泽忍不住逗她。

云娆听了，瞳孔怔然放大了一瞬，脸颊烧得更厉害了。

除此之外，没别的反应。

他轻缓地眨一下眼，气音含笑："不说话就当你默认了。"

云娆狠狠地咬住了唇，上下牙关研磨唇壁，全身都不受控制地战栗起来。

靳泽原以为，怕羞如她，应该马上就会发出声音。

没想到，她竟然真的不说话，还挺主动的。

他眼底笑意更甚，伸出左手扶住她侧脸，低头就吻了下去。

四唇厮磨，炙热的吐息在狭窄的空间中交换。

考虑到小学妹现在还很紧张，靳泽一开始只是浅尝辄止。

他的左手缓缓探入她脑后，轻柔地抚摸她的后颈，同时微微将她的脑袋抬起来迎合自己。

唇很软，动作也温柔，像在陪她玩游戏，让她一点一点卸掉僵硬和防备。

可是……

云娆能感觉到对方高挺的鼻梁抵进自己的肌肤，距离刻度为负，熟悉又陌生的触感包裹着她，比劣质浴液香味更深刻的，是他铺天盖地的雄性荷尔蒙。

云娆只稍微放松了一会儿，在海拔将近三千米的高原上，很快又感到极度的缺氧。

她紧张地揪住了靳泽的衣摆。

他的手掌忽然渐渐用力,将她的下颌抬得更高。

"张嘴。"

他用低哑的声音,半是诱惑半是命令。

云娆"唔"了一声,神态有些沉溺,像只被人类摸上瘾了的宠物小兽。

顷刻间,双唇再次被含住了。

她张不张嘴的,其实无关紧要。

靳泽的舌尖探入她唇缝间,非常强硬地,直接撬开了她的齿关。

他进入到她的口腔中,卷起了她害羞的舌头,然后四处搜刮,攻破城池之后,在每一个地方留下痕迹宣告主权。

津液在深吻的刺激下快速地分泌,然后互相交换。

云娆躺在下边,口腔容量本来就不大,还被亲得很敏感。

她忽然"咕"的一声,咽了一大口下去。

靳泽的动作一顿,忽地笑出了声。

他稍稍错开脸,俯身埋在她颊边,仍在低低笑个不停。

他的声音本来就很好听,再加上有一点缺氧,笑声之中混着加重的呼吸,效果简直了,迷人程度再上一层,直接抵达催勾魂级别。

云娆全身血液仿佛都在沸腾,心脏撞得胸口都快麻了,隔着两层薄薄的衣料,她都怕自己烧到红热的体温烫到人家。

靳泽在她耳畔笑够了,左手从她脑后抽出来,落在她小巧粉红的耳朵上,指尖下滑捏了捏她的耳垂,有点爱不释手。

"再亲一会儿?"他忽然问。

云娆眨了眨眼,根本来不及回答,呼吸就再一次被他夺走。

这一回,她的身体总算慢慢柔软下来,原本死死绞着他衣摆的双手,也不受控制地滑了上去,亲昵地搭在他宽阔的肩上。

隔着一层衣物,她摸到了他同样滚烫的皮肤,还有肩后的三角肌,发达得刚刚好,轮廓漂亮极了,同时也硬得像块烙铁,她想收紧手指的时候,怎么都陷不进去。

云娆自然而然地闭上了眼,正亲得晕头转向,突然猛地掀开眼帘,上下牙关紧张地合起来，不小心咬了靳泽一下。

靳泽稍稍撑起上半身，灯光映出他微红的俊颜，唇角依稀挂着两条暧昧齿痕，轻微红肿的嘴唇薄而充血，似乎被她咬破了。

他眼中蕴着浓重的夜色，偏浅的琥珀色瞳孔此时幽深得透不出一丝光，

云娆一边大喘气，胸口起伏，表情无助又可怜，一边呆呆地看着他撤出不安分的左手，伸到自己肩上，抓住扣在那儿的她的手，动作缓慢地带到他炽热的胸膛处。

云娆忍不住蜷了蜷手指。

"公平起见。"

他低垂着眼，眸光深深攫住她，薄唇轻启时，嗓音已经哑到极致，

"你也可以摸我。"

云娆都快不认得"公平"这个词语了。

这公平吗？

她的右手手掌贴着男人炙热的胸肌，手感坚硬，但出乎意料的是，她有点舍不得挪开手。

竟然真的很好摸。

她似乎被某种邪恶的、不知名的魔法蛊惑了。

靳泽已经松开她的手腕，垂眸，无声地注视着她，然后惊讶地发现，她竟然没有缩回手。

那只雪白柔软宛如棉花的小爪子，正在以一秒一毫米的速度，颤抖地探索着。

他今晚似乎发现了许多奇妙的事情。

有没有可能，这个看似羞涩胆小、和他对视三秒以上就要脸红的妹妹，灵魂深处其实住着一只黏糊又主动的小馋猫？

这样就可以解释，为什么她喝醉之后会变得那么缠人。

因为本性暴露了。

云娆的视线跟随着自己的指尖，缓而又缓地移动。

好棒。

她在心底默默地叹了一声,唇角的笑涡不受控制地冒了出来。

顷刻之后,第三次舌吻降临。

伴随而来的,还有非常公平的互动。

明明已经亲过两次,对方的吻技在短时间内突飞猛进,可云娆却整个傻住了。

她很快就意识到,这样不太对劲。

她的身体变得非常奇怪,时而仿佛融化成了水,时而又僵硬得像石头,完全脱离了掌控。

哪里公平了,她还没胆子享受,就已经单方面被享用了。

听到云娆忽然不自在地挣扎了一下,被堵得严严实实的嘴唇也溢出低低的呜咽,靳泽立时放开她,稍微侧转了身子,似乎也有点不好意思,用喑哑的气音说了句"抱歉"。

就在昨夜睡前,他还正正经经地认为,待在这么不美好的环境里,他完全没有一点想要和她发生什么的冲动。

然而现在,他才后知后觉地看清了自己的真面目。

就算幕天席地,只要她在,他随时可以失控。

云娆迅速扯平了自己皱巴上卷的衣服,手脚并用爬下了床,逃跑的时候,因为腿软,差点摔倒在地上。

她以迅雷不及掩耳盗铃之势滚回了自己的床,撩开被子盖住身体和半张脸,只剩个圆溜水润的眼睛露在外边,怕羞又警惕地盯着隔壁床的男人。

靳泽稍稍撑起身体,靠坐在床头,好整以暇看着她。

房间窗帘遮光度有限,室外朦胧的晨光透进来,随着时间推移,光线越来越清晰。

待到暧昧的欲念渐渐褪去,靳泽揉了揉太阳穴,又恢复了那副惯常的淡定姿态。

"都六点了,还睡得着吗?"他忽然问。

云娆蒙着被子,声音有些模糊:"不知道。"

"那就聊一聊。"他垂着眼,目光温和,语气似是勾引,隐约又有些不满,

"亲都亲了,就没有什么话想跟我说吗?"

话音未落,紧紧缩在龟壳里的小姑娘蓦地坐了起来,动作利索地吓了靳泽一跳。

"有……有话说。"因为没穿内衣,外衣也轻薄,所以云娆有些不自在地含着胸,声音也怯怯的,但是,她想说的话,还是非常坚决地,张嘴就说了出来,"学长,我已经喜欢你很多年了。"

室外忽然传来雀啼阵阵,声音婉转清亮,预示着即将到来的晴好早晨。

靳泽回望她清亮的眼睛,愣了愣。

很多年了。

想来是她成为他的粉丝之后,单纯地崇拜了他很多年。

大荧幕上的他,在剧情的包裹中,在服化道的改造下,其实和真实世界中的他并不是同一个人。

但是没关系。

只要她对他有好感,这就足够了。

靳泽的嗓音不自觉轻了几分,似是有些紧张:"既然这样,可以接受我了吗?"

怔然的神情转而落到云娆脸上。

她的心莫名吊了起来,不明白靳泽为什么要用这种略显卑微的语气和她说话。

云娆虽然不自卑,但她有自知之明。

她只不过是一个再普通不过的姑娘,不是什么旁人求而不得的宝藏。

"学长,我说了,我一直很喜欢你……"她又强调了一遍自己刚才说过的话,然后,她忽然抱紧怀里的被子,继续倾诉自己的心声,"而且,我是第一次谈恋爱……"

"第一次?"

靳泽突然打断了她。

借着朦胧的日光,云娆看见他倏然皱起的眉头,脸色也肉眼可见地沉了沉。

295

她不知道自己哪里说错话了。

难道，他不喜欢没经验的女生吗……

云娆紧张地绞紧了雪白的床单："初恋……不行吗？"

"你和秦……"靳泽蹙眉看着她，片刻之后，眉头渐渐松开，表情似乎有些凌乱，郁闷和高兴的情绪交替着闪过，"算了，没事。"

云娆点了点头，继续说："虽然我没有恋爱经验，但我是很认真的……我希望学长也能认真地对待我。"

靳泽忽地失笑，想为自己抱不平："我是怎么不认真了，让你——"

他话音一顿，似是意识到了什么。

最近乱七八糟的事情太多了，他一时间竟然忘记了那场令人无语的闹剧。

靳泽缓慢侧开脸，昏昧的晨光在他脸上划出一道模糊的明暗交界线，映出极度纠结而混乱的神情。

云娆安静地看着他，默默攥了攥拳头，心里有什么即将破口而出。

终于，靳泽下定决心，重新望向她："关于前几天那个绯闻，娆娆，如果你很在意的话，有些事情我可以解释……"

"我相信你。"说完这句话，云娆的心情彻底放松下来，"我不想过多干涉学长的生活，也不需要你事事对我报备，只要——"

她最在意的，其实只有一点："只要你能多挤出一些时间陪我就行了。"

他们都有各自的社交圈，都有各自要好的朋友，但是，如果确定了关系，确定了对方这个特殊的存在，就应该给予对方特殊的待遇。

她不会侵占他所有的时间，只是希望，她能是分配到他最多时间的那个，就足够了。

靳泽的眉眼一瞬间柔和了许多："接下来几个月的工作我已经推掉了很多。"

云娆还来不及沾沾自喜，就听见他无缝衔接的下半句："以后就靠小云娆养了。"

她真应该随身带个计时器，记录一下这只花孔雀每隔多久就会开屏一次。

不过，今天他正经的时间很长，已经很不错了。

养就养吧。

虽然她大概率养不起,但是她会为了养得起他,从此努力努力更努力地工作。

所以,他们现在是在一起了?

思及此,云娆脸一红,不动声色地滑躺了下来,两只手慢慢捞起被子,连身子带脑袋,统统裹得严严实实。

黑暗闷热的被窝里,她终于可以放任表情乱飞,唇角恨不得咧到耳后根,眼尾也挤出了几道深深的笑纹。

她用手捂住自己的嘴巴,不敢笑出声音。

隔着一层厚厚的被褥,云娆听到隔壁床上传来一道模糊的声线:"床这么大,你为什么要缩在角落里?"

云娆微微一怔。

一米二的单人床,大吗?

倏尔,那人继续自说自话:"我知道了。"

顿了顿,他笑着续上:"小云娆是在给我让位置呢。"

"才没有!"她立刻掀开被子,露出通红如晚霞的一张脸,"我……我要起床了。"

话音方歇,只听房门外突然传来"咚咚"的敲门声,声音很响亮,如规律的惊雷,一时间搅散了室内所有怦然的情愫。

"是送早饭的吗?怎么这么早就来了。"云娆慌乱地跳下床,"学长,你躲一下,我去开门。"

语毕,她抱起搁在床头的背包,闪进洗手间快速整理好仪容仪表,然后走到门口打开房门,整个人大刺刺挡在门口,不让外人的视线穿进去。

门外站着一名负责安置旅客的消防救灾工作人员,他确实是来送早饭的,之所以来得这么早,是为了通知她们三个,接她们去 B 市机场的车已经到了,让她们快点收拾一下,半小时之后就启程。

云娆感激地道了声谢。

回到房间,靳泽已经听见他们的对话,不需要她再复述一遍。

才刚刚确定关系，转眼就要分开了。

云娆走到靳泽身边，非常不舍地拽了拽他的衣摆："学长，我要走了，你什么时候走啊？"

靳泽抬手摸摸她脑袋："我还要再留一天。"

"啊？"

"华哥和我一起来的。我们来都来了，还是做完明星该做的事情再走。等会儿天再亮点就去隔壁县的灾民安置点慰问一下，送点物资。"

"好吧。"云娆点了点头，"那你要注意安全。时间允许的话，你再睡会儿吧？"

靳泽状似松快地抻了抻肩膀："不用。活了二十六年，昨晚是这辈子睡得最好的一觉。"

云娆对孔雀开屏的免疫力还是太低了，耳朵忍不住又热起来。

靳泽低头拨了拨桌上的三份早餐："快拿去分给你的闺蜜们吧。"

云娆从袋子里拎出一份，放在靳泽手边，说："我们三个一起吃两份就够了。"

去隔壁送早饭的时候，云娆特意没带自己的包。

等她们都吃完饭，手忙脚乱地收拾好东西，临走前，云娆再折回房间拿包，这样就能多见他一面。

她这副依依惜别的样子，被黎梨和温柚嘲笑了一路。

有爱的青春陪伴者

想你的时候我会关掉手机

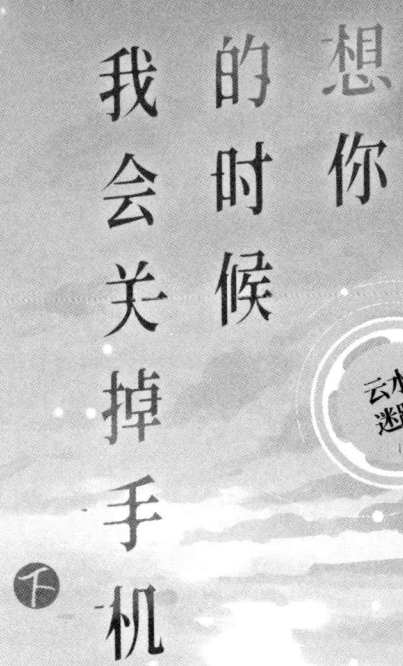

云水迷踪 著

下

江苏凤凰文艺出版社
JIANGSU PHOENIX LITERATURE AND ART PUBLISHING

埋藏了多年，盼望了多年，
曾经的初恋，终于成为他的爱人。

第十二章
/ 刺探敌情 /

大巴载着旅客们,在山路上摇摇晃晃地前进。

通讯恢复后,大家都联系上了家人,地震带来的恐慌几乎完全消失了。

云娆、黎梨和温柚坐在大巴最后一排,前排有乘客在睡觉,所以她们聊天的时候只能刻意压制着洪荒之力。

黎梨一唱:"'公举'在发什么呆呢?"

温柚一和:"春宵苦短,她惆怅了。"

黎梨、温柚:"哈哈哈哈哈!"

云娆斜一眼她俩,鄙视的表情在脸上停留不到三秒,转瞬就被控制不住的笑意漾开了。

温柚:"你瞧她,好荡漾啊。"

黎梨撇了撇嘴:"她也就荡漾的本事了。咱俩把她和她偶像关在一间房里,我一点都不担心,因为她肯定大部分时间都缩在龟壳里不敢冒头。"

云娆听罢,非常不服气:"谁说的?我昨晚可猛了。"

黎梨挺好奇:"怎么个猛法?有肢体接触吗?"

"当然有。"

黎梨:"牵手了,还是抱了?"

云娆眨两下眼睛,嘴唇动了动:"嗯……"

温大仙的眼力见是出了名的好:"我去,你们该不会……"

黎梨:"该不会什么?"

温柚咽了口唾沫:"接、接吻了?"

云娆没有答话,但是她倏然飙红的脸色出卖了一切。

"真的?"黎梨震惊了,"这也太快了吧,你们才刚在一起,就接吻了?"

"快吗?"云娆反问。

黎梨:"当然了。你这么胆小,我以为你们肯定要循序渐进的……"她话音一顿,忽然蹙起眉头,"都是靳泽学长主动的吧?"

云娆垂眼回想。

好像不全是他主动的,偷走他初吻的是她,表白的也是她……

黎梨以为她默认了,情绪忽然激动起来:"他该不会……还对你动手动脚吧?"

大巴倏地颠簸了一下,云娆身子一震,瞳孔也跟着颤了颤:"他……"

"我就知道!"黎梨捏紧了拳头,很是愤慨,"他摸你哪儿了?"

"没有!真没有。"云娆抓住黎梨的手,撒谎道,"就亲了一下,其他都没有。"

温柚也在一旁劝了两句,黎梨才不情不愿地熄了火。

后半程路,梨大小姐抱胸坐着,时不时就要将信将疑地瞅一眼云娆,生怕她被人欺负。

"圈内人,果然都很直接。"

"虽然他是咱们的学长,但他在娱乐圈混了这么多年,难保不会花心。"

"我不是说他不好的意思。他能千里迢迢来这里找你,我们都很感动,觉得他是能托付的。但是你太乖了,容易被人牵着鼻子走,所以我们要多盯着点。"

一路上,黎梨在云娆耳边嘟囔个不停,听得她耳朵都快长茧了,简直比姜女士的威力还猛。

黎梨的话,虽然不至于动摇云娆的感情,但多少还是对她的情绪造成了一些影响。

忠言总是逆耳,她知道,闺蜜们都是为她好,怕她因为太单纯被欺负。

她想和靳泽在一起的心是不会变的。

但是……

她们仨到达候机室不久,云娆闷头把玩着手机,忽然就收到了靳泽打来的电话。

手机在掌心"嗡嗡"振动,云娆的心也颤了颤,忙不迭抓着手机走到无人处接听。

"学长,你现在在哪儿呢?"

"在去隔壁县的路上。车停下来加油,我想你应该到机场了,就打个电话问问。"

"嗯,我到了。"云娆将手机紧紧贴在耳边,听着他的声音,她不由得心念一动,"学长……"

靳泽此时正站在空无一人的山崖边。

荒野清风劲爽,他的上衣被风吹得鼓起,衣摆在风中猎猎耸动,飘然间,衬得他孑然独立的背影更加挺拔疏朗。

经纪人华哥坐在车里望着他的背影,不禁感叹,这人真是天赐的荧幕之王。

"怎么了?"他温柔的声音几乎吞没进风中。

云娆摸了摸自己的侧脸,老实又委屈地问:"学长……你是认真的吧?"

靳泽听罢,微蹙眉,凛然地扯了扯唇。

不知道这姑娘又担心什么了。

他是真的冤,比窦娥还冤。

虽然……今早确实过分了点,没控制好自己。

靳泽深吸一口气,反问她:"那你呢,你有多认真?"

云娆似乎没预料到他会这么问。

她沉默了下,轻缓而又坚定地回答:"我……我当然是,如果一辈子只谈一次恋爱,那再好不过了。"

耳边传来一阵呼啸的风声。

男人清沉的嗓音被风送至她耳边:"嗯,其实我年纪也大了。"

云娆一蒙,显然没听明白。

只听他清了清嗓,然后悠悠启口:"决定和你在一起,就是以结婚为目的。"

云娆:等一下……

他似乎笑了下,又似乎深吸了一口气,然后微微正色道:"越快越好吧,娆娆。"

云娆站在机场候机厅的玻璃幕墙前,明亮天光下,无数架巨大的飞机在停机坪上缓慢地移动着,雪白机身反射着日光,亮得晃人眼。

她的声音不由得也有些摇晃:"什么?"

这就……讨论到结婚了?

虽然她希望他认真一点……

倒也不必在一起的第一天就这么认真。

电话中,男人的语气似是收敛了些:"吓到你了?"

云娆没说话,算是默认了。

电话那头沉寂了短短几秒,倏尔,靳泽难得没有说些不正经的话逗她玩,也没有识趣地跳过这个话题,反而顺着自己的话往下说:"我和你在一起是认真的,想结婚也是认真的。"

云娆摸了摸自己的脖颈,指尖擦过颈侧,摸到了自己加速跃动的脉搏。

她不知道应该回答些什么。

如果时间倒退半年,回到她刚回国的那段时间,有人为她预言,说她下半年会和靳泽在一起,谈一场直奔婚姻的恋爱,她一定会先给那位预言家一巴掌,然后再赏自己一巴掌,不留情面地说"醒醒吧别做梦了"。

白日梦来得太快就像龙卷风。

她还来不及消化和偶像谈恋爱带来的冲击,面对另一个更加严肃的誓言,她只能慎重地答复:"学长,现在讨论结婚,好像还太早了。"

靳泽:"不是你问我,认不认真吗?"

云娆脸一热:"我不是这个意思……"

靳泽:"我也没有任何催你的意思。只是,你既然问了我,我就如实回答,把我的想法告诉你。如果你能安心,那最好,如果你因为我的话受到了惊吓,我很抱歉……我可能确实太心急了一点。"

他话说得很平静而诚恳，凡事都以她的感受为先，让人很难不窝心。

这通电话结束之后，云娆红着脸回到闺蜜身边。

她简单复述了一遍通话内容，不出所料，接下来的候机、登机、飞行的旅程，她耳边再也没有消停过。

飞机升上近万米的高空，开始稳定巡航。

身旁的黎梨和温柚已经从结婚请柬样式讨论到她们伴娘服的细节设计，云娆坐在靠窗位置，手托腮，安静地望着白得发亮的云层在身下飘过。

她忽然想起来，在去程的飞机上，大仙的背包莫名其妙掉了下来，据说是凶兆。

果不其然，她们后来在景区里遇到了地震。

福兮祸所依，因为这场地震，她和靳泽梦幻般地在一起了。

这一切都好虚浮。

虚浮到，她很难不担心，某一天一觉起来睁开眼睛，一切都会像泡沫一样破碎消失。

云娆低头看了眼手中的手机，漆黑的屏幕倒映着舷窗外瓦蓝的天空。

她忍不住攥紧了手指。

就算再虚浮，她也要把这团泡沫牢牢地保护在手心里。

没有回头路了。

这就是她一生仅有一次的坚定。

回到申城之后，云娆搬到了云深那儿住了几天，陪伴她那吓破了胆、特地赶来申城和女儿相见的父亲母亲。

父母在申城待了一周，这一周里，云娆假期耗尽，又开启了昏天黑地的"社畜"模式。

他们公司是理论上的双休，然而工作的时间主要跟着客户的时间跑，忙的时候七天无休也有可能。

这周六，他们组就接到了一个大项目，需要组长黎旭带着两个组员一起参加，云娆就是其中之一。

303

早晨，搬砖路上，云娆主动打电话给靳泽，问他今天有什么安排。

靳泽神神秘秘地说了句"重要工作安排"，云娆就没问下去。

"虽然是重要工作安排，但是时间很弹性。"靳泽优哉游哉地说，"你下午四点下班对吧？到时候我去你客户公司接你。"

云娆："不要，外面人多眼杂的。你去我家等我就好了。"

靳泽："好的，那请问我怎么进去？"

"我把密码告诉你。"云娆一边说，一边在微信对话框里输入六个数字，发出去，"你晚点再去……别，别等太久了。"

靳泽懒懒地说："可是西几一个人在家里很孤单。"

云娆："它已经习惯了。"

"你怎么知道它习惯了？"靳泽在电话里故作同情地叹了口气，"小猫咪真可怜。你家不是有两间房吗？我建议你找一个室友合租，最好是最近比较闲的那种，可以帮你照顾猫咪，比如我……"

"哎呀，学长我到客户公司了先挂了拜拜。"

小学妹最近真能耐了。

靳泽勾了勾唇，不甚在意地把手机搁在身旁的斗柜上，转身走进衣帽间，简单地拾掇拾掇自己，准备出门。

初秋是一年中最舒服的时节，天空似乎更高远了些，太阳与夏日时分同样耀眼，传递下来的温度却是温凉舒爽的，空气清澄，叫人由内而外地惬意。

在这慵懒舒适的秋日周末，云深一觉睡醒的时候，床头的数字时钟已经无情地跳到了十点半。

如果不是有人锲而不舍地按门铃——云深烦躁地想，估计按了有十几分钟——他还可以再睡一个小时。

喉咙口堵着一句亲切的"问候"，云深趿着拖鞋来到玄关，非常不爽地拉开门。

"大清早的——"

"不早了，深宝。"

门外的男人穿着一身浅色软质衬衫，深灰长裤笔挺，脚踩一双雪白的休闲运动鞋,琥珀色的瞳孔覆着一层清亮暖融的晨光,眼含七分笑意,三分无差别的勾人,张嘴就是轻浮语调。

"今天发型不错。"

云深抬手摸到脑后几绺翘起的呆毛,面无表情地扯唇:"是我瞎了,还是我家门口被哪个S级剧组征用做摄影基地了?影帝上门取景?"

他嘴里调侃着,身子已经自然而然地让开一条通道,让门外的人进来,压在喉间的"问候"咽了下去,起床气也渐渐散干净了。

今时不同往日,云深就算脾气再臭,也不能不给这位"位高权重"的旧日兄弟留些情面。

他们虽然偶尔聊"嗨"了也会骂上两句,但是,感情淡了就是淡了,尽管两人相处起来依旧轻松,但是动作话语间总浮着一层显而易见的客套。

毕竟,兄弟感情近半年才续上,之前好几年一直处在断联状态。当年没头没脑地疏远了,想要法没头没脑地回到从前,很难。

云深拿了个干净杯子,给靳泽倒了一杯凉水,问:"今天很闲?"

靳泽:"云神最近脑子不行啊,前两天才说要来你家打秋风的。"

云深:"我哪知道你说真的。"

两人坐在客厅有一搭没一搭地聊了会儿天,很快到了饭点时间。

聊多了之后,云深的客套劲总算退了些,开始以"狗"相称:"我知道了,你个'狗'是来蹭饭的吧?"

靳泽摇头:"大错特错。"

靳泽:"相反,我还可以给你露一手。"

两人同时从沙发上站起来。

云深单手卡着腰,一脸不可思议:"你确定?要在我面前露一手?"

早在学生时代,云深就已经是远近闻名的厨神了。

他们高中净爱整些素质教育的花花玩意儿,其中就有个厨神大赛,由校方联合三大食堂主办,一年一届,是全省各大重点校中最另类也最轰动的学生课余比赛,没有之一。

云深是唯一一个蝉联两届厨神冠军的学生,唯独高三的时候拿了次亚军。

因为他擅长的只有做菜，大家看了两年有点审美疲劳了，所以他最后输给了一个做花里胡哨甜品的小子，荣誉退位。

靳泽和云深高中三年都同班同宿舍，除了云娆以外，全校数他最了解云深做饭有多牛。

然而，靳泽今天似乎打定主意要班门弄斧："我在美国的时候经常给自己做饭，手艺挺不错的。"

云深看着他，表情略有些扭曲。

两个人高马大的壮汉站在厨房门口，为了争夺一顿午饭的做饭权，死死僵持着。

最终，靳泽退让了。

等云深套上围裙走进厨房，他又跟进去，取下挂钩上的另一件围裙，温和提议："我给你打下手。"

云深淘米的手一顿，满脸疑惑："你今天吃老鼠药了？"

靳泽自顾自择着菜："没有，我从小就是一个居家又贤惠的男人。"

云深听罢，差点当场呕吐。

他记得高三寒假之后，靳泽的性格突然收敛了很多，后来他们毕业，靳泽出国学表演，大四出道，荧幕上的他也净演些悲情的角色。

从网络采访中，云深能看出他和高中时代那个张狂轻佻已经截然不同。

但是现在，云深忽然找回了一丝熟悉感。

因为时隔多年，"狗泽"依旧风骚得让他想吐。

他们做了简单的三菜一汤，风卷残云似的吃完，然后就一直坐在沙发上无所事事地消着食。

"说吧，是不是有事找我帮忙？"云深主动开口，语气带着一丝犹疑，"不过我想破脑袋也想不出能帮你什么。"

靳泽原本懒散地靠着沙发，腿也跷着。听到云深的话，他忽然直起身，脸上莫名涌出一派真诚："好兄弟，你可真是我肚子里的蛔虫。"

"有屁……有话就说。"

靳泽耸一下眉："我最近……有点孤单。"

云深："嗯？"

靳泽："想找个女朋友。"

云深："哦。"

沉默了下，云深笑起来，表情有些浑不憛："你们娱乐圈美女一抓一大把，凭你的本事，想找不是分分钟的事？"

靳泽淡漠地摇头："我不喜欢圈内人。"

圈内确实比较乱，云深可以理解："所以，你的理想型是？"

靳泽清了清嗓，眼眸渐渐幽深："我要求挺多的。首先，她要是我的老乡，年纪最好比我们小一点，如果是同校的学妹那再好不过了。其次，性格要比较安静温和，工作稳定就行，至于外形……最好是杏仁眼、鹅蛋脸、黑长直，身高一米六五上下，体重九十五斤左右，脸上再有个笑涡就更完美了。"

他话音一顿，片刻后，温和地对云深说："烦请深哥给我介绍一个合适的人选吧。"

云深表情一僵，似是被靳泽雷得不轻："你拍戏伤到脑子了？让我给你介绍对象？"

云深眯了眯眼："还有你刚才那一串要求……比起问我，你不如去找女娲照着模子给你捏一个吧。"

靳泽说的一长段话，云深大约只听懂了前半部分，后面牵扯到外形，他直接放弃思考，左耳进右耳出。

从小到大，他对女孩子的身高、体重、长相什么的完全没有概念，就算每天待在一块儿读书考试的同班同学，名字和真人他也经常对不上号。

靳泽似乎早就料到了云深的反应："你再仔细想想。我身边没几个圈外朋友，最铁的就是你和老池他们。虽然你认识的女孩子不多，但是活了二十多年，身边总该……"

"你还真别说，我想起来一个人。"云深说，"咱们的老乡，同校学妹，比我们低两届的。"

靳泽眨了眨眼。

云深："我妹的闺蜜，名叫黎梨，黎氏集团的大小姐，家世好，长得也

307

漂亮，配你一点也不虚……"

"等等。"靳泽无语极了，"我见过黎梨，她太外向了，外形也不符合我的标准。"

云深："是吗？我瞧着她们三个身高体形都差不多。"

"你分得清鹅蛋脸和瓜子脸吗？知道什么是笑涡吗？"靳泽指了指他的唇角，"你脸上也有，只有笑的时候才会冒出来。"

"我竟然有笑涡？"云深难以置信地摸了摸自己的脸，眉头皱起来，"这玩意儿可比写代码难搞多了。"

上帝给你开了一扇门，必然会为你关一扇窗。

靳泽盯着高考714分的云大学神看了半宿，无奈叹气，决定引导他一下。

当然，也不能引导得太冒险。

靳泽："黎梨不是还有个闺蜜，名叫……温柚吗？"

云深点头，兀自琢磨了一会儿："温柚长得也很漂亮，可她是混血儿，和你的标准不符。再说了，她有点神神道道的，感觉也不适合你。"

靳泽继续恂恂善诱："她们闺蜜团，好像还剩一个。"

云深忽地掀起眼帘，漫不经心的眼神瞬间变得冷硬："你说我妹妹？"

靳泽的演技滴水不漏，仍旧挂着一副淡然的笑脸："随便聊聊，别这么认真。"

话音落下，云深的表情略松了些："你别乱开玩笑就行。"

靳泽微弯的眼角渐渐拉直，唇边的笑意却更甚："虽然是开玩笑，但是你这么瞧不上我，我可要伤心了。"

云深抬手给了他一下："我妹十几岁就认识你了，把你当亲哥似的。再说了，她粉了你那么多年，偶像和粉丝之间的地位本来就不对等，她性格又呆，要是真和偶像在一起了，肯定天天被人牵着鼻子走，只有受人欺负的份。"

靳泽："你这是刻板思想，太片面了……"

他差点脱口而出，早在你妹妹粉我之前，我就已经喜欢她，喜欢很多年了，如果硬要分出地位高低，那我肯定是更低的那个。

但为了不血溅当场，靳泽忍住了，没有说出口。

本来今天过来找云深就是为了探探底，虽然探出来东西不容乐观，但是，未来还有的是时间从长计议。

"你说我刻板就刻板吧，你没有妹妹，不能理解当哥的心情。"云深拿指甲盖敲了一下桌上的玻璃杯，随后斜瞥一眼身旁的兄弟，半是玩笑半是警告，"和粉丝谈恋爱的人不会有好下场的。"

靳泽微微一讪："滚你的。"

这个话题聊得两个人都很不自在。没一会儿，云深拿了一套 Switch 出来，接到电视大屏上，喊靳泽和他一起玩。

游戏是舒缓心情最有效的药方，渐渐地，前一个话题似乎在笑声中揭过了。

几局游戏打完，卧室里忽然传来一阵微信电话铃声。

云深走进房间，从桌上捡起手机，接通视频："妈，我打游戏呢，晚点给你回电话。"

姜娜听他在打游戏就不爽："刚给你妹妹打电话，她说她还没下班，你今天怎么这么闲？"

"首先，今天是周末；其次，她是'社畜'，我是老板，能一样吗？"

云深正准备挂电话，电光石火之间，他想到什么，又把手指从挂断键上移开。

姜女士前几天看了部电影，很上头，在家人群里哭诉，说怎么小泽演的角色又死了，然后一把鼻涕一把泪地让云深有空多去关照关照他。

今天，这位迷遍全国全年龄段女性的顶流巨星，就坐在他家客厅里。

他带着老迷妹姜女士过去打个招呼，应该不过分吧？

思及此，云深拿着手机走回客厅，没有挂电话。

客厅正中央摆着两个懒人沙发，其中一个深深凹陷着，靳泽就躺靠在那上面，两条无处安放的大长腿懒散地伸得老长，舒服得不行。

他看见云深走出来，全身上下只有眼皮动了动："我开了啊。"

"等等。"云深脸上憋着笑，走到靳泽身边踢一脚他的懒人沙发，"妈，我给你变个魔术。"

309

他食指轻点屏幕,将摄像头调为前置,只见视频画面中突然掠过一道残影,懒人沙发上瞬间只剩个大凹洞。

姜娜啥也没看清:"你变什么了?给我看个大洞?"

云深以为靳泽不想出镜,正准备把摄像头再转回来。

下一秒,刚才还没骨头似的瘫痪在沙发上的男人,此刻已经站直了身子,人模狗样地对着摄像头打招呼:"姜阿姨下午好,我是靳泽。您今天的气色看起来很好呀。"

云深呆了呆,暗暗腹诽道:做明星的,果然都有在外人面前装的毛病。

他们坐到身后的长沙发上,云深取了个支架,将手机架在靳泽面前,就这么开起了一对一粉丝见面会。

靳泽素来情商高,嘴又甜,没一会儿就把姜女士哄得花枝乱颤。

姜女士越高兴,就越忍不住砢碜自己的亲生儿子,云深在一旁听得非常憋屈,却不知道该怎么回嘴。

和中年妇女聊天,婚恋是绝对绕不开的话题。

终于,云深插进话了,没安好心地准备给靳泽找点罪受:"妈,刚才靳泽让我给他介绍对象来着。他想找老乡,您认识那么多适龄的容州姑娘,要不给他介绍几个?"

语毕,靳泽尴尬地笑了笑,没接茬。

出乎意料的是,素来碎嘴又能来事儿的姜女士也没接茬,诡异地沉默了下来。

片刻之后,她对云深说道:"妈和你单独聊聊。"

云深心里正乐呵着,没怎么当回事。

他虽然将手机从支架上取下来,关了扬声器,但是并没有走远,就坐在沙发的另一侧和母亲说话。

靳泽拿出自己的手机,边刷朋友圈边安静地等。他并没有刻意偷听,可还是隐隐约约听到了姜女士的只言片语。

"我就不给他介绍啦……娱乐圈里的姑娘多的是……大明星谈恋爱都是瞎玩玩的……普通人家的女孩怎么玩得起……"

云深想替兄弟辩解几句,但是当事人就在旁边,他说不出口,不由得也有些尴尬:"唉,不和你聊了……你和老靳道个别吧,我们继续打游戏去了。"

说罢,云深将手机递给靳泽,靳泽很快接过,单手举到面前。

他忽然深吸一口气,语气十分沉着:"阿姨,我是真心实意想找对象的。"

此言一出,云深和姜女士都愣住了。

靳泽清了清嗓,琥珀色的眼睛微垂:"如果找到了,肯定奔着结婚去。对方家庭实在不放心的话,我们可以签婚前协议,我有任何过失都愿意净身出户。结婚之后,我可以保证每年都在女方家过年,买的房也全部都写女方的名字……"

"你搞啥呢?"云深突然打断他,将手机从他手里抽出来,"妈,老靳好像疯了,先不和你说了。"

电话挂断后,云深皱着眉,先审视了靳泽半宿,然后眼皮一跳,开始在自己家里左顾右盼:"你该不会……在拍综艺?还是在练习剧本?"

简直太奇怪了。

从踏进他家门开始,到现在,云深心里那股诡异的感觉达到了顶峰。

相比之下,影帝靳泽非常淡定:"你说对了,我的确在练习剧本。"

他来这一趟,可不就是在正戏之前的提前"排练"嘛。

云深松一口气:"那你早说啊。"

靳泽:"早说你不就知道了?那我就不能获得对手最自然的反应了。"

"敢情你把我当傻子耍?"云深气笑了,猛地用胳膊肘箍住他的脖子,使劲往下压,"怎么着,下一部片子演结婚狂?"

"对。咳咳咳……"靳泽被他卡得呼吸困难,却始终没有还手,"多亏了你陪我排练,否则……咳咳咳……我都不知道,这玩意儿比我想象中难演多了。"

从云深家离开后,直到坐到车上,靳泽的脖子还勒得慌,喉咙也老大不松快。

他连一句实话都没说,就快被姓云的"疯狗"给掐死了。

不过,他今天探明了敌情,还在姜女士面前露了脸,顺带也表明了心意,

311

总体来说，这一顿勒挨得挺值。

车载时钟显示，现在将近下午三点半，小云娆快下班了。

靳泽坐在车里思考片刻，最终没有按约定直接开去云娆家，而是在导航里输入了她客户公司的地址。

下午四点整，云娆正坐在办公桌前整理会议资料，肩膀上蓦地被人轻拍了一下。

"走不走？"

同组的同事黄辉问她。

黄辉和云娆家住得很近，平常都坐同一条地铁上下班。只不过，他们的工作是项目制，每个人的工作地点和下班时间都不固定，所以并没有经常结伴回家。

今天这个项目，组长黎旭带着云娆和黄辉一起参加。黎旭家住得远，和他们不顺路，所以黄辉只问云娆。

云娆快速敲完最后几个字，然后合起电脑："走呀。你等我两分钟。"

"好。"

客户公司的员工此时都还忙着，云娆和黄辉收拾完东西，轻手轻脚溜出了办公室。

这里是全市最繁华的 CBD 之一，高楼林立，行人如织，车水马龙，商圈的绿化也做得很好，一出大厦就能看见成排的珊瑚朴，秋天叶片的颜色缤纷多彩，十分赏心悦目。

一辆低调的纯黑轿车缓缓驶入大厦外的临时停车道。

车还没停稳，驾驶座上的男人就看见了一抹熟悉身影。

他戴着口罩和墨镜，隔着两层玻璃，目光悠然地望向大厦一楼的旋转玻璃门。

云娆今天穿了一身鹅黄色套装裙，既正式，又带有一丝宛如春天的温暖可爱。

她率先走出旋转玻璃门，停下脚步望着碧蓝的天空和色彩斑斓的朴树，脸上不禁浮起一层浅笑。

隔着二十多米的距离，靳泽静静看着她，不自觉地跟着笑了起来。

下一秒，不速之客出现了。

一名年轻男人从她身后的旋转门内走了出来。

他停在云娆身畔，循着她的目光往外看，忽然抬起手，将自己的胳膊放到云娆肩上搭了一搭。

靳泽的眉心同时蹙起。

这个动作非常短暂。

黄辉很快收回手，笑着问云娆："怎么，又忘了地铁该往哪里走？"

云娆不好意思地点了点头。

黄辉自恋道："幸好有我在。"

说罢，两人同时转身往右走去。没走几步，黄辉突然停下接了通电话。

短短几句，挂断之后，他又转头对云娆说话，眼角眉梢全是笑："组长说他有事要去我们家附近一趟，可以送我们一程，让我们去停车场找他。"

云娆高兴地拍了一下手："太棒了。"

忽然之间，对向刮来一阵大风，柏油马路上的落叶被风吹起，在半空中飘飘扬扬。

靳泽拿出手机，正准备给云娆打电话，突然动作一滞，脸色瞬间冷了下来。

不远处，一男一女两颗脑袋莫名靠在了一块儿。

云娆单手捂着眼睛，小脸皱成一团，眼泪"哗哗"地流："我的假睫毛好像被风吹进眼睛里了！"

她化妆的水平很一般，平常上班基本只化很淡的妆，睫毛完全不在考虑之内。但是今天，因为傍晚要和靳泽见面，她特地找出之前收藏的"秋日仙女裸装教程"，跟着网红博主的步骤一点一点化了个全妆。

她以前就没亲手贴过几次假睫毛，而且今天贴的还是一绺一绺的升级版款式，手艺不精再加上刮大风，其中一绺就这么掉眼睛里了。

黄辉凑到她脸前面，想帮她看看睫毛在哪儿。

这个动作，从远处看，如果角度不好的话，就显得非常暧昧。

云娆揉了半天眼睛，弄不出来，焦急地对黄辉说："你帮我找一下我包里的镜子。"

313

"好的，好的。"

云娆的托特包容量很大，里面塞满了各种大大小小的东西。

黄辉将包拿过来，低头认真翻找。

靳泽远远看着这一幕，修长的手指滑过脸侧，从紧绷的下颌角落下。

"终于搞出来了……"云娆长舒了一口气，从黄辉手里接过自己的包，"麻烦你了。"

黄辉："没事儿，以后小心点。我女朋友特爱折腾睫毛，我都怕她把自己眼角膜扎破了。"

云娆听罢，忍不住笑出了声。

"哎哟，组长又来电话了，我们快走吧。"

"好嘞。"

两人并肩走，没有往地铁方向去，而是一路快步冲进了地下停车场。

云娆工作期间，手机习惯保持静音。

今天下班得早，她一时忘了打开声音和振动，走向地库的路上，手机躺在包里不断地闪烁，她行色匆匆，完全没有注意到。

大厦楼下的停车场很大，两人找了半天才找到组长的车。

黄辉坐进副驾驶，云娆坐在后座，坐稳之后第一件事就是向组长点头哈腰，抱歉让他久等了。

黎旭在导航里输入他们的家庭地址，很快发动轿车启程。

停车场内光线很暗，轿车拐过两道弯，顺着一条直道往前开。

顷刻之后，本就缓慢的车速突然降成龟爬。

"这谁啊……"黎旭摸了摸下巴，转头问身旁的两位下属，"你们认识吗？"

云娆完全没听见黎旭的声音。

她刚刚发现自己漏接了靳泽的两通电话，心底一阵发凉，正着急忙慌地回拨电话给他。

黄辉抬眼往前看，瞳孔略微放大："我不认识……又好像有点眼熟？"

这身材，这气质，这信步走来的时装周大秀气场……

莫不是在电视里见过的模特？

云娇正焦急等待着对方接通，忽然间，她隐约听到，前方不远处传来一阵熟悉的电话铃。

她茫然地抬起眼眸。

只见车头前方十米开外的位置，一名黑衣黑裤、身高腿长的男人正缓步朝他们走来。

停车场内暗淡的日光灯，在这一刻仿佛变成了专属于他的追光。

他处在车头的中轴线上，直到把车逼停都没有停步。

车内众人怔愣地看着他来到车前，右手执起手中的鸭舌帽，用硬挺的帽檐，轻描淡写地敲了两下轿车前盖。

然后，在云娇倏然放大的瞳孔中。

他稍稍垂头，抬起手，径直摘下了口罩。

男人修长的手指勾住口罩耳挂，轻轻一挑，口罩顺势摘落，墨镜以下白皙英俊的半张脸暴露在空气中。

在冷白灯光的映照下，他的肤色宛若玉质天成，唇角平直，干净利落的下颌线也绷成了一条直线，表情很是淡漠。

云娇吓得脸都白了。

这里人来人往的，靳泽长得太出挑，很容易引人注目。而且黄辉的性格特别咋呼，要是让他认出靳泽，后果不堪设想。

云娇飞快掐掉电话，紧张地拉了下车门把手，发现拉不开。

"组长，帮我开下门。"她焦急地说。

黎旭闻言，很快解开车门锁。

云娇动作利索地跳下车，走到前排车门旁边的时候，冷不防听见黄辉激动地叫了声："妈呀，他好像是……"

"是我哥！"云娇停下脚步，两只手扒住副驾驶车窗，弯腰对车里的两人说，"我亲哥云深，以前和你们说过的。"

听到"亲哥"两个字，靳泽蓦地扯了扯唇，笑意十分寡淡。

黄辉纳闷地看看车前那人，又看看云娇："可是，你们长得一点也不像。"

事急从权，云娇张口便胡诌道："他……整容的。"

她在心里给云深行了一百遍三跪九叩大礼:"我哥是靳泽的'脑残粉',照着人家的模子整的。"

黄辉半信半疑地"哦"了声。

说完几句话,云娆直起身,耷拉着两条眉毛走向靳泽。

她伸出左手勾住他的手臂,仰起脸,干涩地笑道:"哥,你怎么来接我了?"

透过墨镜,云娆望见他审视的眼睛,忍不住和他对起了口型:我错了,我们快走吧。

下一秒,原本被她挽在臂弯里的手臂忽然撤了出来,不由分说地扣住了她的后腰。

"亲哥?谁是你亲哥?"

靳泽垂下眼,修劲的手臂微微发力,轻而易举就把她按进了怀里。

云娆猛地睁大眼,就见他忽然俯身,凛冽的气息压下来,不由分说,当众轻吻了一下她的嘴唇。

柔软干燥的薄唇浅浅相贴,一触即离。

车厢内,黎旭和黄辉瞬间石化。

黄辉不禁咽了口唾沫,说话都口吃了:"组长,她刚、刚才是不是说,这是她亲、亲哥?"

黎旭也非常震惊:"好像是的。"

车头前方,靳泽很快放开了云娆。

她的脸色红一阵白一阵,贝齿紧咬着下唇,愣站片刻,终于认命地捂住了脸:"呜呜呜,学长,你快去和他们解释一下。"

靳泽抬手摸了摸她的脑袋:"好。"

他走到驾驶座旁边,谨慎起见,凑近了才摘下墨镜。

"组长您好,还有那位……"

"我叫黄辉!"

"你好。"靳泽微微颔首,淡定地向他们解释道,"我是云娆的男朋友,很高兴认识你们。"

至于名字,自然不用多说了。

云娆兀自走远了几步，两只手仍然紧捂着脸，羞得直跺脚，许久都没有缓过劲儿来。

等她回过头，视线从指缝中漏出去，就看见靳泽已经把脸遮严实了，而车上那两位不知何时跑下了车，抱着笔记本和笔激动地围着靳泽要签名，签完了再拍合照，一应要求靳泽无有不从。

黄辉指了指自己的笔记本，紧张地问："哥，能不能麻烦你在这里写一下我女朋友的名字？她特别特别特别喜欢你。"

靳泽："你有女朋友了？"

"是啊，明年就准备结婚了。"

靳泽不禁自嘲了下，低头在那页纸上多写了几句祝福语："那就提前祝你们新婚快乐。"

俗话说得好，无论一个人单身的时候有多冷静理智，一旦陷入恋爱，智商分分钟降为负数。

靳泽此刻深有感悟。

开车回家的路上，靳泽和云娆默契地沉默了许久。

"咳咳！"靳泽率先清了清嗓，打破沉默，"我道歉。"

云娆听罢，揪紧安全带的手指倏地放开，紧随其后："我也道歉。"

"我先。"

"我先。"

两人异口同声，而后又不约而同地笑了起来。

最后，因为靳泽要开车，还是云娆先开口："其实我的同事们人都很好，不会乱传的。是我太紧张了，总是害怕会产生什么流言蜚语，然后对你造成不利的影响。"

靳泽点了点头："也怪我，太莽撞了。"

其实更重要的一点，应该是占有欲太强了。

但是他没说。

云娆不由得又想到他在她同事面前亲她的画面，脸颊倏地烧红了。

何止是莽撞，简直是不要脸。

317

但是她也没说。

靳泽瞥见她嫣红的侧脸，眼睫垂下，瞳孔中淌过一抹暗色："你介意我出现在你家人朋友面前吗？"

云娆讶异地睁大眼："当然不介意。"

话音方落，她忽然想起来，不久前她在哥哥家吃饭，父亲母亲对男明星谈恋爱的偏见，以及上回靳泽来她家做客，结果撞上云深过来蹭饭的惊悚遭遇，不禁脊背一凉。

她慢吞吞地补了句："但是，这是一个循序渐进的过程。"

靳泽没回话。

云娆忽然抬起眼，清亮的杏眸直视他："那学长呢，学长愿意让身边的所有人都知道我吗？"

靳泽转脸看她，嗓音低沉柔和，如同耳语一般："只要你愿意。"

不只是身边的人。

只要她愿意，他想让全世界都知道。

听见靳泽的话，云娆很努力地不让自己笑得太灿烂。

透过轿车右视镜，她看见自己唇角冒出两个笑涡，它们长在白净的皮肤上那样扎眼，泄露了她所有的心情。

窗外的街景如流沙般纷纷扬扬地倒退，太阳悬挂在半空中，光线十分柔和。

或许是正对着眼睛的缘故，云娆莫名感到一阵眩目，视野变得虚幻起来，恍若梦境。

每次靳泽和她说一些动听的话，她总觉得他深情得有些不可思议，甚至有些不真实。

当然，不是说他虚浮或者表里不如一的意思，相反，他的语言、神态，还有行为，都非常一致，一致的深情缱绻。

这一切不是逐步发展的过程，来得很突然，所以，尽管云娆一直劝自己不要妄自菲薄，可还是经常感到受宠若惊。

不过，这不要紧。

他们才刚刚在一起，今天是第九天。

总有一天她会习惯的。

"'公举'殿下又在想什么呢?"靳泽忽然调侃道。

云娆回过神,这才发现已经到家门口了。

最近,靳泽时不时就学黎梨她们喊她"公举",他自己再加上"殿下"两个字,让这个本来有点憨傻的称呼变得暧昧而戏剧化,云娆每一次听到都会脸红。

两人走进电梯,云娆忽然笑着问他:"我是'公举'殿下,那学长你是什么?王子?还是骑士?"

靳泽思忖片刻,答:"我比较想当'公举'宫殿的租客。"

云娆:"嗯?"

他蓦地叹了口气:"最近华哥老找我开会,从云翡佳苑过去实在太远了。你家这个位置就很好,离市中心近,交通也比较便利……"

"电梯到了呢!"云娆飞快闪出轿厢,声音还在,人已经跑没了,"我去给你开门!"

来到门前,她一边低头按密码锁,一边对自己说——

我和他才在一起九天。

千万不要被这只"花孔雀"迷惑了!

开门进去,小西几一直守在门边,看到有人进来了,立刻竖着尾巴屁颠屁颠跑过来蹭人。

云娆放下手里的包,第一时间把西几抱起来嘴对嘴亲了一口。

靳泽跟在她身后,莫名其妙冒出一句:"它是男孩子。"

云娆转头看了他一眼,不明所以。

小西几也呆呆地朝他眨了眨眼睛,顺带扭了扭自己没有蛋蛋的屁股。

靳泽伸长手臂,把西几从她手中拎过来,依葫芦画瓢,嘴对嘴猛地亲了它一口。

"indirect kiss(间接接吻)!"他含笑解释。

每一次靳泽来她家做客,云娆总有同样的感觉,那就是这里其实不是她的家,而是他"花孔雀"靳大影帝闪耀的主场。

云娆又脸红了,她现在已经完全放弃招待这位"货真价实的主人",自顾自拎起包快步走向卧室。

靳泽亦步亦趋跟在她身后,到了主卧门口,云娆忍不住转头问他:"你干吗?"

"参观'公举'殿下的宫殿。"他淡定地说,嘴角浮起一丝笑,"顺便探望一下我上次蹲的'监狱'……"

"咚"的一声,房门在他面前轰然合上。

靳泽摸了摸自己险些被砸的鼻尖,眼底笑意更甚。

如果十八岁那年没有发生那些事,现在的他应该还能更涎皮赖脸一些。

好不容易追到手了,他压抑了那么多年,那么多年逗不到的小姑娘,肯定要加倍地、肆无忌惮地逗回来。

房门关上后,云娆将包挂到落地衣架上,故作淡定地往里走。

直到看见某人蹲过的"监狱",她突然绷不住了,妆都没卸衣服都没脱就扑到了床上,好一阵乱滚乱蹬。

不知过了多久,她害羞完了,爬起来站到衣柜前开始换衣服。

某一瞬间,她再一次回忆起了云深来她家蹭饭那天的曲折遭遇。

那时候,她和靳泽之间清清白白。

可是现在,他们在一起了。

哥哥不会同意的。

思及此,云娆不由得心慌了起来。

他们总有一天会见到各自的家人,总有一天会被发现。

凭哥哥那暴躁的性格,把靳泽暴打一顿都有可能。

云娆吓得小心脏"咚咚"直跳。

她不能坐以待毙,必须要主动做点什么了。

傍晚时分,云娆做完饭,两个人边聊边吃,饭后,靳泽负责洗碗。

云娆难得没有客气,任他一个人在厨房忙里忙外。

她抓着手机,特地走到厨房看了一眼靳泽的背影,这才蹑手蹑脚地走上阳台,轻轻关牢落地窗。

回铃音响到即将自动挂断,电话那头的大爷才不情不愿地接起。

"在健身,有事快说。"

"哦。"云娆的声音又软又甜,"哥哥吃饭了吗?"

云深:"没。"

云娆:"哥哥今天没去公司吗,都忙什么呢?"

云深:"玩。"

云娆隔空点了点头,为了发出温柔可爱的声音,唇角形式化地向上扬了起来:"哥哥,我有个事情想找你帮忙。"

云深:"说。"

云娆摸了摸脖子,轻声说:"哥哥……那个,我有个高中同学,最近都结婚了,还邀请我去参加她的婚礼呢。"

云深:"然后?"

云娆忽然委屈起来:"人家都要结婚了,我还没谈过恋爱。"

云深似乎从某个健身机器上下来了,声音带着一丝喘,总算愿意多说几个字:"哟,我们娆想谈恋爱了?"

云娆:"嗯……虽然但是……我认识的男生很少。"

云深大概听出她话里的意思了。

认识的男生少,样本容量太低,无从下手,所以找他求助来了。

云深:"行吧。"

虽然他没做过媒婆这行,但是由于学业和工作需要,他这些年认识的年轻男生确实很多。

对于自己亲手拉扯大的妹妹,他亲自帮她挑对象,确实比较安心。

就找个年轻有为,家庭健全,重点是人要老实的……

云娆:"我喜欢靳泽学长那样的。"

云娆:"一定要有靳泽学长那么帅,那么高,年薪也要差不多才行……"

"哦。"云深忽地冷笑一声,嗓音像磨了一层砂,再覆一层冰,又沉又凉,"他年薪几个亿,你自己去福布斯排行榜上找吧。"

秋天的风有点凉,透过薄薄的衣襟钻进脖颈,引起轻微的冷战。

面对云深显而易见的嘲讽，云娆反而生出破釜沉舟的勇气来。

与其担心靳泽学长未来被哥哥暴打一顿，不如她自己揽下一切责任。

哥哥虽然对她凶，但她好歹是女孩子，总不至于和她动手吧？

云娆抓手机的手指不自觉微微用力："哥哥，最近靳泽学长一直待在申城。"

"然后？"

"就……我有时候忍不住找他聊天，他对我很亲切、很友好，像好朋友一样。"

云娆紧张得闭上了眼，毅然决然道："我想追靳泽学长。"

电话那头的人沉默了下。

很快，云深冷若冰霜的声音传过来："别做梦。"

"你就当我做梦吧，我想试试。"

"你想被我打断腿，你就试。"

云娆有些赌气："如果追不到，责任我自己能承担，我都这么大了，完全可以保护好自己。再说了，哥哥你和靳泽学长那么熟，难道不相信他的为人吗？"

这回，电话那头的人沉寂了更久。

就在云娆以为自己赢得了一丝希望的时候，云深再次启口，声音没那么冷了，语气却更加果断："我再和你说一遍，想都不要想。就算你家……咱们家祖坟冒青烟，真让你追到了，你们在一起之后，你有主动权吗？能过上正常人的生活吗？多少长枪短炮对着你们，随便一句话一个动作都会被人放到网上口诛笔伐，像年初你因为口误上热搜那次，你觉得你能承受得了吗？"

云深只字不提靳泽为人如何，只说这层关系可能给云娆带来怎样的风险。

云娆拢了拢自己被风吹散的衣襟，许久说不出话。

"我知道了。"她声音恹恹的，语气很轻，"可是哥哥，我就是喜欢他。"

明知道和他在一起肯定不轻松，还是不能放弃。

云深没回话。

云娆眼中莫名涌出一团热雾，喉咙哽咽起来，不管不顾地宣泄起了自己的心事："哥，你知道吗……我从很久之前就喜欢他了。"

她轻颤的尾音消散在空气中，宛如一片落寞的桂花，颤颤巍巍地在风中坠下。

过了很久很久，仿佛度过了一整个世纪，电话那头的人终于微不可察地叹了口气。

"你真的病得不轻。"云深似乎被她搞混乱了，然而，直到现在他也不松口，"我知道你想征得我的同意，但我今天把话撂这儿，绝对不可能。"

对话走入死胡同，不得不就此结束。

云娆留在阳台上，独自吹了会儿冷风。

几分钟后，她拉开玻璃门，精疲力竭地踏进室内。

她脚步一顿，正对上靳泽的眼睛。

他手里拿着猫粮分装袋，显然刚喂完西几："怎么了，脸色这么难看？"

云娆故作无奈地耸了耸肩："下周要负责一个很烦人的客户。"

靳泽把分装袋放到密封盒里，转身拉她坐到沙发上："有多烦人，给我说说。"

他左手拿遥控器打开电视，随便选了一台当背景音，另一只手仍安抚性质地牵着她。

云娆吸了吸鼻子，忽然闷头搂住了他的腰，脸蛋贴进他的衣襟，瓮声瓮气地说："虽然很烦人，但也不是坏人……我一定会搞定的。"

"是吗，我们小云娆真厉害。"

我们小云娆。

只听他说了两三句话，云娆的心情几乎立刻多云转晴。

她还想再抱着他，脸搁在他胸膛多蹭一会儿。谁知，没过多久，她下巴那儿忽然多出一只骨节分明的大手，修长的手指向上屈起，指腹碰到她下巴下面的软肉，轻轻柔柔地挠。

云娆被弄痒了，笑着抬起头，那只作乱的手顺势扶住她下颌，将她的脸仰得更高。

一个温柔细密犹如春雨的吻落了下来。

男人细致地品尝她的唇，从唇峰描摹到唇角，再从唇角描摹到唇缝，舌尖灵活地探入、撬开，引起她呼吸战栗，娇声嘤咛。

他身上的味道太好闻了。

最近一段时间，他常用的香水从湿冷的水生木质调换成了深沉的焚香雪松，此刻，因为接吻，他的体温渐渐升高，颈侧和衣料上的香味被灼热的体温蒸烤，化作丝丝缕缕悠远的檀香，洁净而成熟的味道沁入肺腑，那样引人沉醉，勾人心魂。

两个人渐渐都有些意乱情迷。男人灼热的吻落到云娆颈侧，她沉迷又紧张地抱住他的脖颈。

就在这时，一道突兀的手机铃声划破满室旖旎。

靳泽眼底闪过一丝烦躁。

他很快直起腰，右手仍揽在云娆肩膀，左手从茶几上摸起手机，放到耳边接听。

"喂。"

声音覆着一层沙哑。

云娆整理完衣服，拿手背探了探脸颊，烫得手一抖。

不知对方和靳泽说了什么，原本搭在云娆肩上的那只手忽然放下了。

他从沙发上站起来，表情有些无奈："好的，马上就来。"

等他挂了电话，云娆仰起脸，双颊依然粉艳如晚霞："有急事吗？"

靳泽点头："嗯。"

说罢，他弯下腰，意犹未尽地又亲了她一会儿。

直到靳泽走进玄关，云娆都没有问他要去办什么事。

靳泽换好鞋，左手抓起置物架上的墨镜，戴上之前，动作倏地顿住。

他转过身，琥珀色的眼睛一瞬不瞬地看着她："我现在去找……简沅沅，她有事要我帮忙。"

云娆愣住，片刻后，飞快地点头："快去吧，别让人家等急了。"

"嗯，你乖乖待在家里，晚点我给你打视频。"

"好呀，学长路上注意安全。"

房门轻声合上，空旷的廊道上，远去的脚步声几乎听不见。

云娆揉了揉自己渐渐冷却的脸蛋，眼神有些发直。

不知道是不是她的错觉，靳泽喊简沅沅名字的时候，有点奇怪。

他连名带姓地说，语气犹豫，感觉对这个名字并不是很熟悉，嗓音也略显干涩，不像关系亲密的朋友，当然，也不像情人。

难道是……仇人？

不可能，谁会经常帮仇人的忙。

或者……债主？

对。

云娆觉得这个感觉比较类似，靳泽估计欠了她什么。

凭他的家世和年薪，多半不可能欠人家钱。

依据这么多年看电视剧的积累，云娆努力展开想象。

会不会是上一辈的恩怨？

又或者……情债？

不要啊，可不能是情债。

可惜，不论其中纠葛究竟如何，这些东西都太私人了，云娆肯定问不出口。

她最终还是相信，一定是自己想多了，他们之间只是单纯的朋友关系。

既然如此，那么未来她总有机会认识简沅沅。

云娆忍不住拿出手机，在社交软件上搜索简沅沅，从无数照片中欣赏她妩媚动人的脸庞，以及充满艺术氛围的服装设计。

切到微信界面，云娆给靳泽发消息：【如果下次，沅沅姐再喊你帮她喂猫，可不可以带上我一起？】

简沅沅的百科上没有具体的出生年月，但是她的毕业时间比云娆早很多年，所以云娆自作主张喊她"沅沅姐"。

云娆：【我好想撸一撸她家那两只[可爱][可爱]。】

隔了将近二十分钟，靳泽才回复。

他说：【好。】

片刻后，他又发过来一句。

【一定有机会的。】

日光直射点跨过赤道之后，北半球的秋凉越发浓厚。

过了国庆假期,云娆的工作一日忙似一日。

自从上次在客户公司停车场,黄辉撞破靳泽和云娆的恋情,这都过去一个多月了,他那副兴奋又神经兮兮的状态还是收敛不了。

"云娆,你和咳咳,还在一起吧?"

他非常谨慎的,在公众场合只用咳嗽代替那个你知道是谁的名字。

这个问题,他几乎每天都要问云娆一次。

云娆揉了揉审校到眼花的眼睛,无奈地回答:"当然啦。"

黄辉的工位和云娆相邻,聊起天来特别方便:"那你为什么还要这么辛苦地工作?"

云娆觑他一眼:"靳……咳咳的女朋友,就不需要工作了吗?"

黄辉:"我不是这个意思。我只是想,如果我是某个顶级美女巨星的男朋友,我估计每时每刻都激动得吃不下饭睡不着觉,恨不得二十四小时都黏着她。"

"我录下来发给小琪姐了。"

小琪是黄辉的女朋友,他吓得连连摆手。

云娆笑了笑,正经些对他说:"我每天也很想他,有时候也会想得吃不下饭睡不着觉。只不过……虽然我可能一辈子也追不上他的脚步,但是,过好我自己的生活,成为能力范围内最优秀的人,这才是离他更近一点的正确的道路。"

黄辉听完,愣了愣,冒出一句"你好强",几乎要为她鼓起掌来。

云娆:"哎呀……我不和你说了……"

"别呀,再聊聊。"黄辉搬着椅子凑近些,压低声音问,"咳咳他,是不是很有钱?"

"应该是吧。怎么了吗?"

黄辉:"你看咱们组长,虽然工作很忙,但还是有副业的。干我们这行,虽然工资环比很高,但是天花板非常低,迟早要被人工智能取代。我最近一直在计划着创业什么的,如果你以后成了大富婆,记得关照一下小的生意哈。"

"创业?"云娆眨了眨眼睛,"你的话有点道理,我也要想想。你有什么好点子吗?"

黄辉:"商业机密。"

云娩:"喊。"

云娩又忙了会儿工作,当窗外投射进来的阳光变成暖橘色,她的活儿差不多做完了。

查看微信消息的时候,黎梨的对话框跳了出来。

【"公举"!方便接电话吗?】

没等云娩回复,大小姐的微信电话已然弹出。

云娩走到茶水间,接起:"怎么啦?"

黎梨:"你猜我今天在摄影棚看到谁了?"

"谁?"

"简沅沅!她带着模特和新品成衣来我公司拍杂志封面!"

黎梨今年被她爸指派来集团旗下的一家新媒体赛道的全资子公司,做CEO助理。

虽然职称是总助,但是凭她的身世,估计总裁都要听她差遣。

这家公司最近盘下了市中心附近的一整栋楼做专业摄影棚,包租婆黎梨闲着没事就会来摄影棚里逛逛,顺便指点指点江山。

今天,包租婆闲逛逛到宝了,着急忙慌就给闺蜜打电话。

"你要不要过来看看呀?他们拍杂志封面还挺有意思的,顺便感受一下艺术的熏陶?"

"来。"云娩瞟了眼时钟,不假思索道,"我今天的工作已经忙完了。你发个地址给我,马上来。"

"好!"

约莫半个钟头后,云娩打车到达指定地点。

半颗落日沉入山脊,天边沉缀着霞光万顷,视野范围尽是一片馥郁的粉紫色。

黎梨踩着霞光勾住云娩的手,在她脖子上挂一张工作证:"走吧,他们都快撤了。"

两人并肩走入摄影棚大楼,黎梨带着云娩坐电梯到负一楼,七拐八拐进入一间异常宽阔阴暗的大棚。

"也就我能带你进来了。这里不准外人拍照,最好连手机也不要拿起来,他们的工作人员非常谨慎。"

黎梨在云娆耳边说着注意事项,片刻后,她抬起手指了指大棚东南角的方向。

"他们在收拾道具了。你看,简沅沅在那里。"

循着黎梨所指的方向,云娆看到一抹高挑纤瘦的身影。

简沅沅此时正在和模特说话。模特身高大约一米七五,穿平底鞋,而百科上身高一米七三、穿休闲运动鞋的简沅沅站在模特身边,几乎和她一般高。

起伏有致的身材,高贵矜傲的气质,再加上出众的衣品,让简沅沅比身旁的模特更加扎眼突出。

云娆远远望着她,只觉得自己的眼睛接受了一场艺术和美丽的洗礼。

黎梨忽地捅了捅云娆的腰:"要不要过去打个招呼?"

云娆一怔:"等一下……"

她还没有做好心理准备。

再说了,这样莫名其妙地找上门去,很容易给人家留下奇怪的印象。

云娆的双腿如同钉在了地上,怎么也挪不开。

然而,这一刻,隔着一整个篮球场的距离,简沅沅的视线仿若装上了雷达,径直朝着云娆她们这个方向扫来。

室内阴暗,唯有灯板架上亮着一抹冷光。

那双浅色的眼瞳,命运般定格在云娆的脸上。

简沅沅对模特挥挥手,示意她跟助理去休息室换衣服。

冷白色的灯光由白板折射到她脸上,映照出雕塑一般迷离生冷的质感。

她踩着白色休闲鞋朝云娆走来。

软质的鞋底触碰地面,生生走出了高跟鞋的段落有力感。

云娆直视着简沅沅的眼睛,不禁思考她这双美丽宛若琉璃的眼瞳,是真实的瞳孔还是美瞳颜色。

简沅沅很快走到她们面前,她单手插兜,神态很轻松,浑身上下散发着顶级设计师的优雅与自信。

"黎小姐,你好。"

她的声音也像丝缎一样柔和而成熟。

"这位是?"她的目光落向云娆。

黎梨:"这是我的朋友,名叫云娆。"

简沅沅点了点头:"冒昧地问一句,你们都是容州人吗?"

两人皆是一怔:"是的。"

"一中的?"

两人更惊讶了:"是的呀。"

简沅沅笑起来,眼尾漾出浅浅的纹路:"我是20××届的毕业生。"

竟然是高中学姐,比她们高了六届。

云娆和黎梨一时都有些茫然,先礼貌地问候了句"学姐好",又忍不住问她怎么看出她们是老乡的。

简沅沅:"之前和黎小姐聊过几句,从口音听出来的。"

她话中提及黎梨,眼神却一瞬不瞬地胶着在云娆的脸上。

"你长得真好看。"她忽然冒出一句,语气很轻,情绪难测,听不出是真心实意还是随嘴一提。

说的是云娆。

其实云娆今天打扮得非常朴素,早晨涂的粉底现在早就脱干净了,等同于素面朝天。

在妆容精致、明艳动人的黎梨身旁,她不知道简沅沅为什么要这样夸她。

真的非常奇怪。

"Jora!"

身后,有人喊了简沅沅一声,让她过去挑几张样片。

简沅沅似是没听见。

因为身高差,她看云娆和黎梨的角度是微微俯视的。

只见她忽然挑了挑眉,眼眸半眯,眸光变得狭窄而意味深长,而后轻启朱唇,嗓音微哑:"小学妹,我们以后还会再见面的。"

说罢,不等她们回复,她单手捋了捋海藻似的长发,转身潇洒离去。

人走远后，云娆默默咽了口唾沫："她……什么意思？"

这是一个云娆完全捉摸不透的女人。

美丽、优雅、高傲、神秘，看似柔和亲切，实则无时无刻不带着居高临下、刺透外表的审视。

黎梨突然捏紧了云娆的手，语含愤慨："还能有什么意思。"

"嗯？"

"她分明在对你下战书！"黎梨压低声音，清亮的瞳孔闪烁着凛凛寒光，"这个可怕的女人，绝对要和你抢靳泽学长！"

云娆静静地移开眼，不搭茬。

虽然今天简沉沉对她说的话有些奇怪，但是她没有感觉到明显的敌意。

云娆拉着黎梨走到室外。

天边炙热的霞光渐渐冷却，蓝紫色从东方蔓延开来。

云娆倚在围栏边，指了指自己的眼睛，对黎梨说："你有没有觉得，她的眼睛和靳泽学长有点像。"

琥珀色的眼瞳，眸光璀璨，比常人瞳孔颜色浅很多，但是黑眼珠也比常人大一圈，所以云娆一直以为她戴了美瞳。

黎梨："好像是有点……但是她戴了美瞳吧？"

云娆："我在想，简沉沉会不会是靳泽学长的亲戚？"

黎梨听罢，表情停顿了一下，很快又摇头："应该不是。"

"为什么？"

"圈子里的人都知道，简沉沉父母双亡，从小到大都是孑然一身。虽然她谈过的对象数不胜数，但是从来没听说她有什么亲戚，更别提凭空冒出一个顶流巨星的亲戚。"

"哦。"云娆动了动嘴唇，"竟然父母双亡啊……"

黎梨白她一眼："别圣母，人家可是要和你抢男人的！"

"谁圣母了？"云娆也白黎梨，"父母双亡还不可怜吗？再说了，我的男人，谁也抢不走，做人要自信一点。"

话音落下，黎梨忍不住笑开了，手臂挂到云娆肩上，赞她是条汉子。

时近饭点，黎梨还有一些公事没有处理完，她把云娆安置在大楼一层的会客区，让云娆等自己十分钟，拾掇完了一起去吃饭。

会客区的沙发呈花瓣结构，中央卧着一张浅杏仁色的不规则茶几。

茶几上摆了一个全透明的鱼缸，几尾红鱼在缸中肆意游动。

云娆的眼神跟着鱼儿游弋，眼部肌肉快活地舒展。

不知为何，今天见到简沉沉，聊了莫名其妙的天，她的心情却莫名其妙地放松了很多。

和紧张兮兮的黎梨不同，云娆感觉自己很喜欢简沉沉。

无论外形、声音、气质……总之，奇妙的第六感让她无论如何讨厌不来这个女人。

云娆的回忆不禁飘回一个多月前，地震灾区那间简陋的旅馆房间里。

晦暗灯光映着靳泽英俊的侧颜，而他眉心紧蹙，神情混乱，几乎要将"不可说"的故事脱口而出。

最后是她打断了他。

她当然想听，可是看着他纠结又难受的样子，又不想听了。

她并不担心他们之间有私情，只是纯粹的好奇，不是非要知道。

而她现在发现自己很喜欢简沉沉这个人，就更不着急了。

等他克服了自己心里那关，一定会主动又平静地把一切告诉她。

思及此，云娆心念一动，忽然非常想听一听靳泽的声音。

此时将近傍晚六点，不知道他到达那场私人慈善酒会现场了没有。

一通电话拨过去，对方很快接起。

听筒内一片嘈杂，几声轻而规律的脚步混杂其中。

靳泽似乎走到了少人的地方："'公举'殿下，找微臣有何事？"

云娆搓了搓瞬间发红的脸颊："你……在哪儿呢？"

靳泽："刚到宴会大厅。"

"哦。"

沉默片刻，细微的电流送来一声轻笑，男人低磁的嗓音几乎贴着耳膜震动：

331

"是不是想我了？"

明明隔着几十公里的距离，云娆却感觉有灼热的呼吸喷洒在她耳畔，半边身子都酥了。

她眼睫轻颤，隔空点了两下头："想。"

片刻后，她又补上几字："很想很想。"

这一回，换对方呼吸凝滞。

许久后，他忽然轻声问她："要不要过来？"

云娆愣了愣："什么？"

"我现在走不开，要见几个导演和出品人，应酬一会儿才能走。"靳泽踌躇着说，语气逐渐变得肯定，"你如果没事的话，就过来吧。这里有很多好吃的，还有很多明星，包括你最喜欢的那个。"

啧，脸可真大。

不过，说的刚好是真话就是了。

没等云娆回复，他又缓了缓声，浅开一"屏"："你最喜欢的那个明星，现在很想见你。"

云娆噤声了。

这是什么蛊、王、降、世！

云娆被蛊得七荤八素，毫不犹豫地说："我马上就来。"

"嗯，那我让乐言帮你拿一张入场券，等会儿他会联系你。"

"好。"

第十三章
/ 她是我的老板 /

黎梨走来的时候，就看见这姑娘呆呆地坐在会客区的沙发上，粉面含春，一副丢了魂的模样。

"要'鸽'我呀？没事，尽管'鸽'。"黎梨笑嘻嘻的，"本大小姐还包接送，说吧，宴会厅在哪儿？"

云娆给了她一个地址。

不多时，大楼门外驶来一辆拉风的帕拉梅拉，两人一前一后进入后座。

轿车启动不过十分钟，云娆突然收到乐言打过来的电话。

他的声音有些犹豫："姐，入场券我已经搞到了，但是有个事儿要和你说一下。"

"什么？"

"就是……这场酒会是顶级时尚杂志 GH 的总裁牵头主办的，受邀人都是娱乐圈和时尚圈的大拿，所有人的着装都很正式，我们工作室跟来的所有助理也都穿了礼服。等会儿你入场的时候，为了不引人注目，最好也穿礼服。"

乐言话锋一转："当然，身为老板身边最麻利的跟班，我已经帮你借好衣服了！我们工作室没有女装，所以找主办方那边的熟人借了一套，是高定哦，以前也没有人穿过，但是……因为时间比较紧急，借不到当季新品了，这套高定是去年秋冬秀场首发的……不知道你介不介意？"

云娆笑了笑:"我不介意。我连成衣都没见过几套,更别说高定了。"

乐言:"好的!姐,我现在就把衣服的照片发给你!"

他们聊完,黎梨冷不防问:"什么高定?"

正好乐言的照片发过来,云娆拿给黎梨看:"喏,就是这个。"

黎梨放大照片端详了会儿:"也算他们有心了。像这样不含红毯环节的私人酒会,能穿高定参加的人,级别起码是超一线明星或者金字塔尖大佬。"

云娆:"啊?"

黎梨顿了顿,忽然将手机还给她:"但是,我们娆娆'公举'怎么能穿过季高定出场?本富婆第一个不同意!"

云娆讪讪一笑:"有衣服穿就不错了。"

"他们仓促借的衣服,瞧着也不怎么适合你。"

黎梨下定决心:"从现在开始,我就是你的 fairy godmother(仙女教母),跟我回一趟我家吧。"

云娆不明所以:"干吗?"

黎梨朝她挑了挑眉:"我最近刚收了几套新品高定,正愁没有名媛酒会穿去亮相呢。现在好了,你穿就是我穿,咱们姐妹同心,一定要大杀四方!"

云娆本想说,她这趟临时赶去参加宴会,只为了悄悄见一见靳泽,顺便感受一下他所处浮华场中纸醉金迷的生活。

至于什么大杀四方,艳压全场……完全不在她这个平头老百姓考虑的范围内。

可是,一切已经由不得她了。

她早在无知觉的情况下踏上了南瓜车。

一个急转弯之后,金红色帕拉梅拉载着"仙度瑞拉公举",风驰电掣地前往仙女教母的试衣间。

云娆去过很多次黎梨的试衣间,几乎每次都有焕然一新的感受。

魔法的来源是金钱。

云娆站在试衣间内被富婆摆弄来摆弄去,原本清澈的大眼睛都快被金钱的魔法糊住了。

"就这件！"黎梨开心地打了个响指，"你先脱下来，我给你化完妆再穿。之前特地去法国学了三个月的化妆，终于能派上用场了。"

云娆机械地被她按坐在化妆镜前："你怎么看起来比我还高兴？"

黎梨："因为我突然发现，摆弄你比摆弄我自己好玩多了。"

"好的。所以你可以停止占我便宜了吗？"

"不行，我太喜欢你了。"

"嫉妒就直说。"

"呵。"黎梨冷笑，"你不想被我占便宜，想被别人占便宜也直说。"

"别人"两个字特地加粗加重。

"你！"

两人顿时笑闹成一团，好半天才分开。

直到夜幕染黑整片天空，靳泽和乐言各打了一通电话过来催，云娆才将将打扮完，被黎梨推到巨大的试衣镜前欣赏她自己。

云娆站在镜前，黎梨在身后满足地鼓掌："美得我想哭……你说你平时为什么不好好打扮一下自己？"

云娆："我有打扮呀，最近还学会贴假睫毛了呢。"

"只有见靳泽学长的时候才贴吧？眼影眼线弄了吗？修容了吗？高光知道打在哪儿吗？"

云娆拢了拢裙摆，兀自转了半圈，然后微微叹气："我和他不方便在外面见面。所以，其实大部分时候，我都是素面朝天的。"

黎梨牵住她的手，耸肩："你最近黑眼圈可吓人了呢。我现在知道，他是真的挺喜欢你了。"

"哦。"

镜中娇艳动人的美人笑起来，唇角一对笑涡宛如深深的泉眼。

晚上八点一刻，"南瓜车"抵达申城南郊某知名庄园酒店的宴会厅正门口。

宴会厅门廊处，乐言已经等了十多分钟，

头晕眼花间，一辆金红色轿车稳稳地停在他面前。

看到云娆的那一刻，乐言一瞬间精神了。

她身上的礼服其实一点也不夸张，总体来说算得上低调内敛。然而，细微之处见心机，只要视线落到她身上，就很难轻易移开。

长裙露肩曳地，上半身的设计非常简约，几乎看不到裁剪的痕迹，浑然天成的藕叶式抹胸与修长的颈、纤细的肩相得益彰，浅钴蓝色绸肌衬托凝脂般雪白的肌肤，掐腰设计勾勒出细腰盈盈一握，垂坠的裙摆呈现梦幻的蓝灰渐变。

裙摆尾部的设计最为独特优雅，精细的手工刺绣点缀水钻，形成状似冰雪又似松花的精美图样，以冰雪寒冬中逆境生长的雪松为创作灵感，柔媚与坚韧共济，美人与礼服互相成就，美得冲击灵魂。

"就……"好半天，乐言才挤出几个字，"云娆姐，你还记得我和你说的第一句话吗？"

云娆："什么？"

乐言咽一口唾沫："小姐姐，你有没有兴趣进娱乐圈？"

云娆谨记仙女教母的教诲，表情和动作一定要婉约矜持，这才没有笑出声。

进入拜占庭风格的拱顶廊道，乐言走在云娆身边，一路都在脸红，嘴巴也一刻不停地叨叨着。

"姐，泽哥刚刚被许导叫去开小会了。"乐言现在倾诉欲旺盛，忍不住揭了老板的底，"等你的这段时间，他每隔两分钟就要让我发消息问你在干吗、到哪儿了、还有多久才能到。明明他自己心心念念的，可他偏不问你，非要装样子让我传话，你说他是不是有毛病？"

云娆点了点头："嗯，毛病挺大的。"

宴会大厅的侍者核验了入场券，乐言带着云娆来到人最少的一张酒桌旁。

"姐，你先在这里等一会儿。泽哥应该已经聊完了，我帮你找他。"

"行呀，麻烦你了。"

"不麻烦，不麻烦。"

其实乐言最喜欢帮靳泽处理私人事务，办起来容易麻烦也少，比圈内的乌糟事儿简单多了，更何况还有漂亮姐姐可以看，简直不要太幸福。

云娆独自落座后，自然吸引了周遭一大片陌生人的目光。

在场的人物，无不是各自领域叫得上名号的大佬，此刻忽然有一名容貌艳丽、身材绰约、身着当季高定仙女礼服低调入场的美人,只要发现她的人,无一不在揣测她的身份。

"是明星吗?好漂亮。"

"怎么会有我们不认识的明星?我猜是哪家的名媛,可能最近刚回国,所以眼生。"

"全场穿高定的嘉宾加起来不超过十个,她身上这件还是M牌当季新品,全世界有几个人能借到?"

"你说得有道理,我去联系一下M牌市场部的熟人,就知道这件衣服近期都有谁借走了。"

…………

云娆遵循着"不说话、不张望、不对视"的三不原则,一个人默默地坐在角落里叉水果吃。

有侍应生为她倒了一杯红酒,云娆含笑接过,意思意思地浅尝了一口。

约莫五分钟后,她在熙熙攘攘的人群中找到了靳泽。

他从宴会厅最靠前的位置款款走来,一身深灰色定制西装,墨蓝色领带,灰蓝搭衬,和她今天的礼服颜色很契合。

靳泽走到半路,忽然被人殷勤地拦住敬酒。

他从身旁侍应生的托盘上取来酒杯,与不速之客碰了碰杯。

他脸上带着温和得体的笑,眼神却敷衍得连一秒都没有看向对方。

他在看着云娆,视线自从被她捕获,就没有一秒移开过。

明明隔着很远的距离,云娆却觉得他的眼神异常灼热,让她连呼吸都急促起来。

但他们没想到,这条路上的"坎坷"还不少。

两人相距只剩一张酒桌的时候,靳泽身旁突然跌过来一名美艳女人。她左手拿着高脚杯,似乎是高跟鞋没踩稳,一不小心撞到了着急赶路、没注意周遭环境的靳泽。

她手里的高脚杯"顺势"一倾,暗红色的液体溅上男人矜贵的灰色西装,很快如同坠落的烟花般从他胸口的位置淌下,洇出杂乱错综的深色线条。

靳泽停下脚步，不得不收回目光，皱眉望向身旁冒失的女人。

她叫周婉，是靳泽最近一部杀青电影《寒秋》的女三号，二线艺人，因为容颜美艳，性格热情开朗，在各大出品方和导演面前都很吃得开。

每一个和靳泽合作过的女明星，云娆都认得。这个人在影片中的戏份不多，和靳泽也没什么对手戏，照理说两人应该不熟。

"泽哥，怎么是你？"周婉故作惊讶地抽出好几张纸巾，非常抱歉地凑到他身边要帮他擦衣服，"实在对不起，今晚的高跟鞋太高了，我刚才不小心崴了一下脚。"

靳泽的眉心仍蹙着，琥珀色的眼眸冷冷扫过自己胸前的酒渍，不等周婉的手触碰到他的衣服，他便干脆地捏住了她的手腕，还算礼貌地放到一边，很快松开手，然后退开一步："没事，我助理会帮我清理。"

周婉点了点头，满眼的委屈歉疚："这件衣服肯定不便宜吧？我认识很专业的高定清洗团队，既然是我弄脏的，我想……"

"不用。"靳泽对这样的把戏已经很免疫了，如若答应了，日后还有无穷无尽的纠缠，"我先走了，周小姐自便吧。"

说罢，靳泽用两指拎了拎自己脏污的上衣，视线冷漠地从她头顶掠过，随着赶来的乐言和另外一位助理，抬脚就往宴会厅西侧的嘉宾休息室走去。

云娆此时已经激动地站了起来。

如若视线有实质，她的目光早已经将那个心机又黏糊的女人扎成筛糠了。

手袋里的手机忽地振动。

是靳泽的消息。

【来化妆室。】

化妆室在哪儿她并不知道。

云娆循着靳泽他们离开的方向，没走两步，就遇到了来接她的乐言。

路上，乐言无语地皱了皱脸："七位数的定制礼服，每隔一段时间，就会以这种方式报废一件。"

云娆边走边问："不能清洗吗？"

乐言："可以是可以。不过老板很嫌弃被女人泼过酒的衣服，正常就是送给我们，或者丢了。"

过了会儿，云娆思路清奇地叹了句："做明星的助理真赚。"

乐言："姐，你现在不应该怒不可遏地嘲讽那些倒贴女，然后心疼我们泽哥吗？"

云娆点头，手也攥了起来："我很愤怒的，非常、非常愤怒！"

"有多愤怒？"

行进间，他们已经到达嘉宾化妆室门口。

靳泽亲自为云娆打开了门，眼中有宠溺与揶揄混杂："过来，让我看看你有多愤怒。"

前面是"花孔雀"在勾引，后面是"花孔雀"的助理担惊受怕地把她往房间里推，生怕被有心人瞧见。

云娆微微踉跄着跌进屋内。

房门合上后，她还来不及抬眼和靳泽打个招呼，转瞬就被人拉着按到了门边的白墙上。

"学长……唔……"

男人上身穿一件挺括的白衬衫，墨蓝色领带系得一丝不苟，脏污的西装外套被他随手丢在椅背上。

他近乎蛮横地吻她。

唇舌辗转扫荡间，云娆颤抖着微微睁开眼，看到他极近的俊美脸庞，根根分明的长睫几乎和她的眼睫纠缠在一起。

他脸上流露出沉迷情态，看得云娆瞳孔一烫。

靳泽抬手扯松领带，解开喉结下方的两颗纽扣。那只手解脱完自己，顺势滑到云娆颈后，不轻不重地揉捏抚摸着。

"唔……学长……我的妆是黎……黎梨好不容易化好的……"

"我带了私人造型师。"

"学长！"

"嗯？"

"你……你不要扯这个衣服！这是黎梨的！很贵很贵！"

"弄坏了我赔一件给她。"靳泽单手卡住女孩纤瘦的下颌，迫使她仰头承受更深入的吻,"赔十件都行。"

十月中,夜里气温降得很快,凉意从四面八方渗入屋内。

云娆背抵着墙,光裸的肩部肌肤感受着冷硬墙面渡来的寒气,然而身前的热意却更加猛烈,两相交织,让她的身体忍不住如秋风中的落叶般簌簌颤抖,大脑更是刺激得快要爆炸了。

她揪紧男人松弛的领带,快要承受不住这个吻。

身上这件高定连衣裙采用的是连体一片式剪裁,靳泽研究了半天,愣是没找到能从哪儿下手。

要不,干脆撕了吧。

脑中那根弦绷到了极致,他来不及多想,几乎立刻就动手了。

云娆推拒他不成,吓得直接咬了他一口。

这一口可不轻,她唇齿间瞬间泛开腥咸的铁锈味,血液混入津液充斥口腔,为这个吻平添了几分暴虐和残忍。

靳泽忍着疼又亲了她一会儿,手上的破坏性动作也消停了,改为隔靴搔痒。

最后分开的时候,云娆的双唇肿得厉害,靳泽更绝,唇角破了一块,双唇被血液染成艳红色,活像个刚吸饱了纯洁少女鲜血的吸血鬼。

"学长,你没事吧?"

云娆连忙抽了张纸巾给他擦血。

靳泽将纸巾叠了叠,随意抚过唇角,眼睑低敛,极无奈地看着她:"你好狠。"顿了顿,似是怕她自责,又补上一句,"我好喜欢。"

还能开屏,说明一点事也没有。

云娆悄悄往外挪了两步,逃离出靳泽的压制范围。

高定长裙十分坚挺,没有散架,只是,上半部分多了几道显眼的褶,云娆红着脸走到化妆镜前整理。

化妆间内的灯光明亮又清晰,云娆一抬眼,就看见自己现在的凌乱模样。

靳泽脸上的妆本来就淡,他从桌上抽了一张洁面巾,简单擦了擦脸,立刻就恢复了光风霁月的矜贵模样。

云娖也把妆卸了，顶着两个大黑眼圈坐在镜子前发呆。

靳泽的私人造型师很快赶到。

是个微胖的小姐姐，三十来岁的样子，人看起来利落又和气。

造型师小姐姐给云娖重新上妆的时候，靳泽就坐在不远处的旋转椅上，跷着腿等，完全不避嫌。

小姐姐给云娖打底的时候，无心地惊叹了一声："嘴怎么肿成这样？"

云娖头皮一紧："辣椒吃多了。"

小姐姐几乎立刻意识到自己问错话了，补救地说："没事，嘴巴丰满点更好看。"

粉底液和遮瑕膏涂到云娖的颈部，甚至胸口，小姐姐凭借着自己的职业修养，紧紧闭着嘴，不该说的一个字也不说。

云娖却臊得头顶冒烟，多此一举地解释道："我对辣椒过敏……所以身上会起红疹。"

明明对辣椒过敏，偏要吃，吃到嘴巴肿还起疹子。

这个解释简直不能更合理。

小姐姐非常配合地点了点头："辣椒这玩意儿，确实令人欲罢不能。"

专业人士出手，新的妆面更加贴合云娖的五官和造型，待她化完妆转过来展示给靳泽看，目光相遇片刻，靳泽竟然鲜见地主动避开对视。

不能多看，多看了又会想要用吻毁掉她的新妆。

待到化妆间里只剩他们两人，云娖端详着镜中自己美丽的容颜，破天荒地主动问靳泽："学长，听说你今晚穿的那件西装价值七位数呢？"

靳泽："差不多吧。"

云娖："那周婉穿的那件多少钱？"

靳泽有些疑惑："我没注意，怎么了？"

云娖站起身，抚平长裙上最后几条褶皱，忽然狡黠地冲他眨了眨眼："学长，你既然这么有钱，要不也帮我赔一件衣服呗？"

两人一前一后回到宴会厅，相隔很远。

大厅天顶上挂着成排的水滴状吊灯，投映着璀璨晶莹的光芒，嘉宾们步行其间，宛如踏入一场奢靡的幻梦。

云娆的曳地长裙之中，藏着一双十厘米高的水晶高跟鞋。

她穿不惯这么高的鞋，所以，当她步行到倒数第二排某张酒桌旁边的时候，非常不幸地崴了一下脚，手中半满的红酒随之向前倾洒出去。

被泼了满身的女人登时抬高嗓音："你疯了吗！"

云娆扶着椅背，将将站直身子："周小姐，怎么是你？"

她故作惊讶地抽出好几张纸巾，凑到周婉身边要帮周婉擦衣服："实在对不起，今晚的高跟鞋太高了，我刚才不小心崴了一下脚。"

听到这句别无二致的话，周婉的脸登时涨成猪肝色："你……你知不知道我身上这件衣服多少钱？"

凭周婉的咖位，在今夜这场宴席中，估计没资格穿高定。

对周婉的反感远远超过了心底的怯懦，云娆直起腰，面色从容，淡淡地低觑着她："多少钱呢？"

"你……"

周婉原本坐在椅子上，此刻，她受不了被人居高临下，于是腾地站了起来，狠狠逼视着云娆这张陌生、美丽而年轻的面庞，默认其是个名不见经传的新人。

"你是谁？哪个公司的艺人？不尊重前辈的话，不会有好下场的！"

此时已有三三两两的人围了过来，云娆见状，将手中的高脚杯就近放到一名侍应生的托盘上。

她随意地拨了下长发，动作间，低调而贵重的丝质长裙泛着微冷的光芒。

"很快会有人来告诉你。"

告诉你我是谁。

说完这句话，云娆踏着十厘米的高跟鞋，在众人讶然的目光中，头也不回地走了。

她一边走，心跳陡然加快，其中有后怕，更多的是干坏事得逞的爽感，几乎席卷了全身。

隔着几十米的距离，靳泽远远看着这只素来软萌的家养兔子飙戏。

在熟人面前，她总是又呆又乖，十分胆小的样子。

然而，越是亲近的人越知道，在她温柔软萌的外表下，藏着一颗容易炸毛，又有点小暴躁的坏心眼。

会打人，会咬人，还会泼人酒。

靳泽不由得勾了勾唇。

视线被起身擦衣服的周婉挡住，他别开眼，脸上的笑意渐渐消失。

周婉就算眼再"瘸"，也能认出云娆身上那件价格不菲的高定。

所以她没有揪着不放，任由云娆扬长而去。

但是，这不代表她能咽下这口气。

周婉愤懑地拿出手机，准备打给主办方那边的熟人问清楚云娆的身份。

电话才刚拨出去，一道黑沉沉的身影忽然笼住了她。

"周小姐。"

周婉抬眸，立刻换上友好的笑脸："华哥，您找我有事？"

"嗯。"廖启华拉开她身旁的椅子，淡定地坐下，"您身上这件裙子，多少钱，我们赔。"

周婉张口结舌："啊？"

廖启华懒得多做解释，只静静地看着她。

他不仅是靳泽的经纪人，也是靳泽公司第二大股东，在圈内地位很高，一线以下的艺人都要敬他三分。

周婉的脸色忽地变幻起来，难以启齿地说："不……不用了，刚才我也不小心泼脏了泽哥的衣服。"

廖启华点了点头，佯装不知情："竟然还有这样的事。"

语毕，他准备起身离开，谁知周婉忽然叫住了他："刚才那个小姐，是靳泽工作室新签的艺人吗？"

廖启华转过身，意味深长地摇了摇头："不是。"

"那您为什么……"

廖启华叹了口气，眼神有些讳莫如深："不是新艺人，是新股东。"

周婉的脸色"唰"地白了，明明坐在椅子上，却感受到了摇摇欲坠。

能被廖启华称作股东的人，占股一定不少，瞧她那样年轻，竟然是如此厉害的隐形富豪。

343

她身上那件高定，说不定也是私人藏品，根本不用找品牌方借。

廖启忍不住笑了下，准老板娘，可不就是新股东吗？

廖启华回到靳泽身边，张口就管他要钱："经纪人都派上场演戏了，下个月涨工资啊。"

靳泽做出肉痛的表情："行……吧……"

"德性。"

廖启华咧开嘴，拿高脚杯和他碰了碰。

靳泽敷衍地喝了口，转头，又频频在人群中找他的漂亮学妹。

廖启华一脸无语："你没和她说我们还要去见陈总吗？"

"说了。"靳泽收回眼神，"让她等我十分钟。"

廖启华更无语了："您真行。"

换作别的艺人，聊十分钟就走，啥合作都谈不成。然而他家这个，都是出品人求着他演戏。只要他想谈，就没有谈不成的。

所以，除了"您真行"，廖启华也嘲讽不出其他话了。

宴会厅最末席，云娆坐在最不起眼的位置上，慢悠悠地搜刮食物填充肚皮。

比起刚来的时候，她现在放松了不少，一边吃，还能一边观赏宴会厅内众人来往寒暄，觥筹交错，好不热闹。

然而，她待的时间越长，就越不可能隐形。

凭这张姣好又纯净的面孔，凭这件优雅又奢侈的衣服，越来越多道视线交织在她身上。

终于，"小公举"吃独食的宁静被不速之客打破。

来人一袭纯白西装，栗色短发微微烫卷，钻石耳钉反射着吊灯光芒，异常亮眼，容貌和造型都显出几分风流。

云娆混圈多年，认识这张脸。他是Y省某大型影视集团的少东家，因为出色的外形上过几场综艺，真实职业的话，算半个明星投资人吧。

名字叫什么来着……

实在想不起来了。

"白西装"搭讪的方式非常老套，先是宝玉式的"这个妹妹好眼熟"，然后自报一下自己高贵的身份，再问云娆名叫什么，是哪个公司的签约艺人，为什么一个人孤单地坐在这里，不去社交。

一堆问题，云娆只回了四个字："我叫云娆。"

陌生人和坏人不一样。云娆面对坏人的时候有胆量，面对陌生人却支不起力气，尤其是这种有点油腻、身份又比较贵重的陌生人。在这样一个纸醉金迷的场合中，和她熟悉的翻译台毫无相似之处，所以她很茫然，完全不知道应该如何应对。

"你是艺人吗？还是模特？又或者是哪家企业的千金？""白西装"一脸友好地笑着，逐渐靠近，"你别紧张，可以把我当作星探，随便聊聊。"

云娆："哦。"

"白西装"见她油盐不进，又换了个法子。

他叫侍应生端来两杯红酒，一杯放在云娆面前，他自己执一杯，主动与她碰了碰："喝一个？"

云娆摇头："我不喝酒。"

"一口总可以吧？"

云娆继续摇头。

这就有点不给面子了。

"白西装"脸上的笑意敛了几分："云小姐是不能喝酒，还是不愿意和我喝？"

他的声音似乎抬高了些，云娆实在不想引人注目。

无声对峙间，她无措地挪开眼，细白的右手缓缓伸向酒杯。

"她不能喝。"

一道清沉温润的声音自两人身旁响起。

云娆的手指堪堪碰到高脚杯，剔透的杯脚处蓦地多出一双骨节分明的大手。

靳泽用四指执起酒杯，另一只手温柔地搭在云娆的肩上，无声地安抚着她。

"白西装"略显烦躁地抬起眼，对上靳泽的目光，表情倏地一百八十度大转弯："我当是谁呢，原来是靳影帝呀。"

345

他匆忙站了起来，然而，脸上仍挂着风流纨绔的神态："这位，是贵公司新签的艺人？"

靳泽没有回复。

他此时换了一套纯黑戗领西装，衬衫袖口别着一个镶嵌墨玉的铂金袖扣，随着他举起酒杯动作，墨玉光滑的表面泛着粼粼寒光，越发凸显出清贵淡漠的气质。

高脚杯轻轻碰撞，声音清脆冰凉。

靳泽微仰头，喉结滚了滚，将云娆那杯红酒一饮而尽。

搭在肩上那只手渡过来无穷的热度与力量，云娆感到无比安心，忍不住抬起手，悄悄碰了碰他的指尖。

"白西装"脸上的表情，一时间如走马观花，各种颜色闪了一遍过去。

靳泽不回答他的问题，他就当作靳泽否认了。

"既然不是贵公司的艺人，那么，靳影帝是要和我抢人了？"

靳泽比他高出半头，听到他的话，漠然地眯了眯眼，哂笑了下，居高临下道："那就看徐公子拿什么抢了。"

"白西装"骤然蹙眉："你什么意思？"

靳泽忽地收回搭在云娆肩上的手，保持一个得体的距离。

他眼底闪过一丝玩味，以及微不可察的，仿佛珍爱的宝物被人觊觎的戾气。

"这位云小姐，是我的老板。"靳泽悠悠地说。

白西装整个愣住了。

靳泽自己开公司，身价与年收入傲视全娱乐圈，拿着这份本金搞投资搞得风生水起，别的影视公司别说想买下他的工作室，就怕哪天还被这位爷给收购了。

而今，听见他亲口承认说，眼前这位看起来不足二十五岁的年轻姑娘是他的老板，这究竟是多大的能量，能把圈内金字塔顶端的巨星一口给吞了？

"白西装"："你……你真的把公司卖了？"

靳泽挑了挑眉："一应资产，连人带钱，全盘交付。"

"白西装"彻底口吃了："这……这……"

这可太吓人了。

他现在，连瞟都不敢瞟云娆一眼。

能全盘收购靳泽公司的人，随便动一下手指，都能弹走他半条小命。

"交易还在进行中，商业机密，请徐公子务必对外保密。"

说完这句话，靳泽垂眸看向云娆，眼神示意她，咱们可以走人了。

留下一脸蒙的"白西装"公子风中凌乱瑟瑟发抖，矜贵挺拔的男人带着他的"大老板"扬长而去。

走出宴会厅的路上，靳泽始终落后云娆半步，从容地守护在她身畔。

"微臣救驾来迟，请'公举'殿下见谅。"

隔着不远不近的距离，他对她轻声笑说。

他是真的爱演。

云娆的耳朵像被火舌舔了下："你……你那样胡说，万一被人拿出去乱传怎么办？"

靳泽："他不敢说的。过不久，股权没有变动，他顶多以为交易失败了。"

云娆："我都快被你吓死了。"

他为了给她挣面子，不惜自降身位，把她抬到一个前所未有的高度。

那一瞬间，云娆甚至真的开始心算，要买下靳泽这个人，她需要向天多借几千年。

最后算出来的结果是——要不，拿点别的东西偿？比如肉……哦不，以身相许？

靳泽："是吗……可我说的，也不全是假话。"

连人带钱，全盘交付。

随时随地，都愿意为她俯首称臣。

云娆大约能听懂他话中含义，她忍不住笑起来，唇边的弧度很浅，但是笑涡很甜很深。

"小心看路，前面有门槛。"

说罢，靳泽朝她伸出左手，掌心向上。

云娆提起裙摆，右手轻轻放置在他掌心。

踏出门槛后，两人不约而同收回了手。

留在身后宴会厅众人眼中的，是一个高大英俊、尽职尽责的骑士，和他守护的顶级富豪公主的，令人眼红，又分寸感十足的画面。

回程的"南瓜车"变成一辆低调奢雅的宾利。

后座上，两人都换成轻便着装。

靳泽把玩着云娆柔软雪白的小手，耐心地嘱咐她："今晚是私人宴会，席上不允许拍照，但是，肯定有很多圈内人记住了你的脸，你以后走在路上一定要小心点，如果有人偷拍，或者跟踪，一定要第一时间联系我。"

"我知道了。"

"还有。"靳泽悠悠地吸一口气，"你家靠近市中心，小区安保一般，人口也比较复杂……你一个人住，我总是不放心。"

半是担心，半是私欲。

话术这方面，靳大影帝真是拿捏得死死的。

云娆终于没有躲避这次开屏："可是我家离我公司很近，上下班特别方便。"

靳泽："你要是和我住，每天都有人接送，就不用挤地铁了。"

云娆噘了噘嘴："那也很远。"

靳泽："要不，还是我先去你家和你合租一段时间……"

"学长。"云娆挪开通红的脸颊，"你提建议可以……不要凑这么近。"

"我有吗？"

"你没有吗？"云娆瞥一眼驾驶座上正经开车的司机师傅，脸烧得更厉害了，"坐……坐后座也要系安全带的。"

靳泽点了点头。

下一秒，他直接将人逼到角落，俯身松开她的安全带，修长的手臂环住她的腰肢，没使什么劲，就将她整个抱到了自己身上。

漆黑的轿车停在幽暗的树影之下。

"王叔。"男人用微哑的声音嘱咐道，"麻烦你下车一趟，帮我买包烟。"

王师傅听罢，微微一愣。

靳泽从来不抽烟，身边下属都知道。

顷刻后，他猛然反应过来。

他的雇主就是有文化，让他快滚，滚得越远越好，都说得这么文雅。

深夜十一点，街道上行人罕至。
更深露重的时节，除了几声有气无力的蝉鸣，周遭静似真空。
司机下车之前，"好心"地点亮了车顶一方暖灯。
灯光晦暗如罩雾，室外高空中也是浓云笼月，稀落的月光时隔许久才能探出头，遥遥投映下虚幻的清辉。
男人吮着她发颤的舌尖，眼前的世界在云娆视网膜上渐渐折叠、溃散……
"这里是哪儿？"云娆细声细气地问。
靳泽："快到你家了。"
"哦。"
"但是，现在有一个问题。"靳泽看着她，"我喝酒了，不能开车。你会开吗？"
云娆茫然地摇头："好几年前考了驾照，考完就没碰过车了。"
他忽然勾了勾唇："就剩一点五公里，要不，我陪你走回去吧。"
好像只有这个办法了。
深夜人少，应该不会太危险吧？
云娆挪了挪屁股，身体忽然一僵："哎哟……"
她的脚底似乎通了电，一阵酥麻窜上来，还完全使不上劲。
"怎么了？"
她皱着脸，吞吞吐吐地说："腿软了，还很麻。"
亲密的尽头是尴尬，尴尬的尽头是更尴尬，在他面前，她总有一万种犯傻方式，花式上演。
靳泽眨了眨眼。
倏尔，他戴上口罩下了车，绕到她那边打开车门："抱你还是背你，选一个吧。"
黑色口罩上方，他琥珀色的眼睛亮似辰星，说话的语气带着一丝浅浅的笑意。
云娆选了背。

349

他在车门外微微屈膝,云娆很快趴到他背上,双手紧紧抱住了他的脖颈。

他的香水习惯喷在颈侧,云娆的下巴磕在他颈窝里,鼻尖充盈着异性磅礴的热意,还有一抹极淡的松针木香,沉稳又绵长。

夜里凉风阵阵,树梢在头顶"沙沙"摇曳。

云娆的皮肤此时还很敏感。

隔着衣物,能感受到他坚硬的肌肉与骨骼,身体轮廓完美得就像艺术品。

他现在背对着她,她的胆子顿时大了不少,身体贴得极近,恨不得把自己按进他的血肉中。

靳泽倏地咳了咳。

云娆才发觉,自己抱太紧勒到他了。

她骤然松开手,身体也渐渐放松。

周遭的街景如此熟悉,这条路很快就会走到尽头。

云娆忽然用手指摸了摸靳泽的下巴,樱唇翕动,声音略显空灵:"学长,一直想问你,你为什么喜欢我啊?"

靳泽将她往上颠了颠:"这个问题太好答了。"

他细数自己眼中的她:"聪明漂亮,会赚钱,上得厅堂下得厨房,重点是特别可爱,简直是居家旅行'杀人越货'必备。"

云娆笑着紧紧勒住他的脖颈:"那我可杀人了。"

"刀下留人,还有一句话没说完。"靳泽也笑,胸腔的轻震沿着相贴的皮肤传过来,"不是随便谈谈,是想结婚的那种喜欢。"

尽管是笑着说,但是语气依旧沉稳又笃定。

云娆伏在他背上,状似了然地点头。

他说的那些她的优点,其实她觉得,自己顶多挨个擦边,哪点都没有很出挑。

但是,这样看来,她确实是一个很不错的结婚对象。

"学长,你很奇怪。"云娆顿了顿,"明明离三十岁还有好几年,却整天把结婚挂在嘴上。"

"我有吗?"

"有呀。"

靳泽:"这都被你发现了。"

…………

感觉没过多久,两人就已经来到云娆家的小区门口了。

不知道是不是云娆的错觉,最后一段路,靳泽走得很慢很慢。

他似乎还想和她说点话。

"娆娆,年末两个月,我又要忙一阵。"

"我知道,有好多红毯、庆典、晚会要参加,还有一步献礼剧要参演,对吧?"

"嗯,你真是比我还清楚。"

转眼就来到云娆家楼下,身畔是一棵高大的冬青,萧索秋风中,树冠依旧茂盛如夏。

靳泽忽然停下脚步,稍稍侧过头,让余光能瞥见她挺翘的鼻尖。

"明年年初,你有空的时候,能不能陪我去一趟美国?"

云娆愣了愣,随即点头:"好的呀。"

片刻后,她问:"去见……你的父亲吗?"

靳泽摇头:"不是,陪我去拿点东西回来。"

"哦。"

话音落下,他依旧杵着不动。

云娆生怕他背太久会累,连忙催他上楼。

隔了会儿,他又说:"等明年……"原本想说春节,舌头忽然一顿,又咽了下去。

"等明年,看看什么时候方便,我想去拜访一下你的父母。"

云娆反应了一会儿他在说什么。

不知过了多久,她笑起来,语气很是轻松:"好呀,我爸妈都很喜欢你。"

靳泽这才迈开步伐,背着她走进电梯间。

他们从阴暗的地方走来,轿厢里的光线很亮,照得人睁不开眼。

云娆隐约听见靳泽似乎舒了一口气,如释重负地说:"我会让他们安心的。"

阴雨连绵了半个多月,眨眼间,南方诸城在雨中入了冬。

冷雨方歇的头一个周末，云娆和温柚两个社畜就被黎梨揪到一家新开的网红咖啡厅喝下午茶。

她们坐在靠窗位置，室内外温度相差大，洁净的玻璃墙面上很快晕开一大片雾花。

"你们两个，能不能精神一点？"黎梨把刚到的两杯热咖啡推到她们面前，"尤其是你，'公举'，你男朋友的巨幅广告就在隔壁商场幕墙上挂着，魅力四射，勾引了多少妹子争相拍照。你呢？像上辈子没睡过觉似的，这么颓废，你怎么拿捏他！"

云娆揉了揉眼睛："姐姐呀，我出差一周了，昨天晚上才回国，真的睡不够……"

至于拿捏不拿捏的。

她男朋友堪称完美，她真没什么好拿捏的。

黎梨像是没听见她的诉苦："昨晚上的微博热搜你看了吗？"

云娆："没，一到家倒头就睡，睡醒了人就在这里了。"

"我看了。"温柚最近也忙，不过她比较养生，作息正常，所以神志比云娆清醒多了，

"当红小生已有圈内女友，被爆出轨多人。"

黎梨搅着咖啡勺，啧啧称叹："新一代时间管理大师，同一个节日分时段伺候多个女友，每个都哄得服服帖帖。要不是狗仔大哥天降正义拍到他和不同女友的同框照，这些可怜的妹子不知道还要被骗到什么时候。"

黎梨一边说，云娆一边打着哈欠点开微博，果不其然，这位哥的"英雄"事迹还被挂在热搜首页，接受网民的鞭笞。

云娆抿了抿咖啡，挺无语："真看不出来，他在娱乐圈还挺'劳模'的，没想到私底下闲成这样，太恶心人了。"

同为圈内人的地下家属，黎梨原以为云娆会感同身受一下，多喷渣男几句。

没想到，她冒出一句不长不短的话，很快又倒回椅背上，俨然又开始打瞌睡了。

心是真大。

黎梨拿胳膊肘碰了碰云娆："你家那位，最近好像都没和你见面啊？"

云娆倏地睁开眼。

她从手机图库调出一张密密麻麻的行程表，展示给黎梨："靳泽学长是真的很忙，我们在这里聊天侃大山，他还在冰天雪地的摄影基地里拍扶贫献礼片呢。"

黎梨扯了扯唇角："哦，那他什么时候回来？"

"下周吧。那部献礼剧他的戏份不多，会比其他主创早几天杀青。"云娆说着，忽然想起一事，"我差点忘了，他说今天下午有个快递寄到我家，东西比较大，要我亲自签收一下。我坐一会儿就要回去了。"

"行吧。"

黎梨叫来服务生，又添了几样店里的招牌甜点。

三人围坐闲谈，半个小时之后就散了，各回各家。

约莫下午四点，云娆刚到家，恰好在家门口和送快递的小哥不期而遇。

说是快递小哥，其实用装配工人来形容比较合适。

他不仅负责搬运，还负责安装、修剪和装饰，一通操作结束，云娆家的客厅里，赫然多出一棵彩灯彩球环绕的圣诞树。

工人离开后，云娆惊喜地围着树拍了好几张照片。

她把照片发给靳泽，等了快一小时，对方才有空回消息。

靳泽：【哎，比我想象中丑一点。】

云娆：【不会呀，可能我照片没拍好吧，现实看超美的。】

靳泽：【我家花园最近也移植了一棵，过段时间我回去了，带你过去看看。】

云娆：【好呀。】

隔了一会儿，靳泽也给她发来一张照片，估计是他叫管家李叔帮忙拍的。

照片里，一棵近十米高的圣诞树栽在花园正中的位置，树冠呈漂亮的等腰三角形，枝叶繁茂葱郁。

树上还没有挂任何装饰物，云娆却可以想象出，这片花园在平安夜当天的模样，一定璀璨又浪漫。

353

云娆：【学长，你平安夜那天晚上是不是有晚会要参加？】

靳泽：【嗯，不过不会拖太晚，等我结束了就去你家接你。】

云娆抓着手机傻乐：【我们去哪儿？】

靳泽：【去我家。】

靳泽：【如果那天是晴夜，就在露台吃烛光夜宵。】

云娆：【好哒 [可爱][可爱]。】

距离平安夜还有一周有余，天气预报的预测已经在本地网民之间疯转，预测说，申城将在平安夜当天迎来多年难得一见的大雪。

直到 12 月 24 日当天，天气预报软件上还标注着今日降雪的图标。

然而，市民们从早晨等到下午，愣是连一点冰渣渣都没等到。

午后，靳泽在书房开完一场远程会议，忙里偷闲，逛到露台自己泡茶喝。

室外天气阴沉，浓云遍布。

花园中，高大的圣诞树已经装饰过了，无数的彩灯、彩球，还有圣诞玩偶，将单调的墨绿色大树装扮出了浓浓的节日氛围。

靳泽走到露台围栏边，拿起手机，拍了张圣诞树的照片，又回到圆桌边，对准桌上一盘鲜红的蛇果，按下快门。

出道这么多年，这似乎是他第一次，产生了向大众分享生活日常的欲望。

这两张照片几乎不含任何信息量。

一张是简简单单的圣诞树顶，修剪得宜的尖顶上，挂着一颗暖黄色的五角星灯，除此之外，没拍到任何建筑物，背景只有一片灰白的天空。

另一张，白瓷盘上红蛇果，简约得像一张静物油画。

【靳泽 V：送你。】

两张照片，配两个字，微博发出去的一瞬间，转发评论点赞数就直逼千位。

他重新坐下来，神思有些游荡。

很多年前的平安夜，和今天一样，也是个阴天。

晚自习课间，有同学去校内超市买零食饮料回来，说超市新上了一批圣诞节蛇果，还是带节日礼盒包装的那种，只不过数量不多，估计一放学就被离得近的高一高二学生抢光了。

靳泽默默记下了。

晚自习放学铃声一响,云深习惯性转头问靳泽去不去食堂吃夜宵。

此时,大部分高三学生都还安静地坐在座位上自习。

而云深身旁,某人的课本文具还摆在课桌上,可是座椅和桌兜已经空空如也,连个影子他都没瞧见。

高三教学楼坐落在学校最为清幽偏僻的后山脚下,不管去什么地方,路途都很远。

靳泽跑到校内超市的时候,水果货架旁边已经挤满了高一高二的学弟学妹。

他凭借身高手长的优势,在蜂拥的人群中抢到一个蓝色礼盒装的平安果。

他对这个礼盒的颜色不是很满意,可是货架上所有粉色的礼盒早就被抢空了。

付钱出来,靳泽杵在食堂门口,也就是高一教学楼回宿舍的必经之路上,静静等着。

他站的位置显眼,然而人长得更显眼。

没站一会儿,就有不少女生鼓起勇气走过来给他送苹果。

放学时段,人潮拥挤混乱。

对于那些女生送来的苹果,靳泽都婉拒了,但还是有很多女生不管不顾地朝他跑来,把平安果礼盒往他怀里一塞,然后转头就走。

就这样,没过几分钟,靳泽怀里莫名其妙抱了一大堆苹果。

正当他万分无奈之时,云娆和同班同学结伴,慢悠悠地经过他身边。

对于靳泽学长的受欢迎程度,云娆早已见怪不怪。

此时,她书包里也放了一个苹果。

只不过,那是她早前从家里带来的便宜苹果,没有包装,用个塑料袋囫囵装着。

超市里带礼盒的苹果一个要十块钱,蛇果更贵,抵她两顿饭钱了。她纠结了一整天,心想就算买了自己也没胆子送,还是省点钱吧。

"学长晚上好。"

云娆走到近前,规矩地向靳泽问好。

靳泽换了个抱苹果的姿势，忽然叫她等一下。

他兀自捣鼓了一阵，颇为困难地从一堆礼盒底下抽出一个蓝色礼盒包装的蛇果，递给云娆："送你。"

云娆双手接过，受宠若惊地看着他："谢谢学长。"

靳泽对上她那双小鹿似的眼睛，不由得有些脸热。

他正想解释"只有这个是我自己买的"，可是很不巧，身后传来漂亮学妹亲哥的叫声。

云深、池俊他们走过来，靳泽见状，随意地把手里的苹果倾倒到他们手上："帮我拿点，手快断了。"

云深不情不愿地接了几个。

他这人一向没心没肺，也不管这些礼物都是其他女孩子的心意，随手就从一堆礼盒中挑了个粉色的，丢给他妹："挠，接着。"

云娆慌张地接住，没有说谢谢。

后来，云深又把手里剩下的几个随意派发给周围经过的路人，不论男女。

靳泽站在他身旁，皮笑肉不笑，无奈地看着云娆拿着一蓝一粉两个礼盒，走了。

一晃，整整九年过去了。

靳泽用指尖拨了拨蛇果头上的小果柱，忽然心血来潮，拿起手机，切换到微博小号，点开特别关注界面。

他的特别关注列表总共有三个人，云娆、黎梨，还有温柚。

其中他最经常看的是黎梨的账号。因为云娆和温柚不经常发微博，但黎梨是个炫耀狂，微博的粉丝构成比较简单，所以她发微博发得比朋友圈频繁多了，其中隔三岔五就会出现云娆的身影。

失去联系的那些年，靳泽就是这样小心翼翼地窥探着云娆的生活。

所以他对云娆的姐妹们十分熟悉，所以当时她发微博吐槽他"不守男德"，他第一时间就看到了。

今天，难得的是，这三人都发了不止一条微博。

靳泽看完她们相似的微博内容，不禁失笑。

三个网络"小喷子"。

好像是黎梨公司旗下某个知名带货主播违约跳槽了，跳槽后给原公司编黑料泼脏水，带出了一大片网民跟风嘲讽。然而黎梨的公司还处在起步阶段，实力不足，影响力也比较小，除了网上对喷，没找到其他更好的反制方案。

靳泽翻到黎梨公司的官方微博，扫了一遍他们下个月的直播计划。

最火的主播被挖走了，剩下一群小鱼小虾，输出的内容参差不齐，完全比不过他们的竞争对手。

除了"小黎小黎吃柚子"这个私人小号，黎梨还有个名媛大号，今天也转发了公司的宣传微博造势。

看她微博里的口气，估计要自己掏腰包给公司挖大主播，再请流量明星做客直播间，积攒人气。

靳泽揉了揉太阳穴，点开自己的日程表。

如果近期有时间的话，倒是可以破例为黎梨站一回台，回馈她这段时间的无私助攻。

手机界面切回微博。

视线落到黎梨的名媛大号微博评论区。

靳泽眯了眯眼，竟然看到好几个……顶着他名字的ID，声嘶力竭地为黎梨声援。

"靳泽今天睡好觉了吗""靳泽学长正牌女友""靳泽学长正牌女友绝对保真假一罚十""泽宝过来给姐姐亲亲"……

每个账号都是靳泽超话十几级粉丝，随便点进一个主页，几乎每天都会转发好几条和他有关的微博，轮博、打投、控评、反黑，他自己都不知道做他的粉丝原来有这么多事儿要忙。

"小云小云爱吃梨"这个号里面，从来没有出现追星相关的东西，所以靳泽默默关注了云娆这么多年，今天是第一次摸到她的追星小号。

竟然有……这么多个，而且每个都非常疯狂。

他本人很"佛"，工作室也不崇尚搞粉圈文化，所以大部分粉丝任务都是粉丝自发进行的。

靳泽翻了几条微博，"惊喜"地发现，好几个时间节点，她和他待在一

357

起的时候,竟然也在抱着手机轮数据。

比如前天晚上,他开车载她兜风,一路上她话很少,原来都在轮他的一条电影宣发单人海报。

她转发评论的配文都很长。

——我的手机进水坏了,拿去修理店修,老板修了半天,抬头问我,你可以不要流口水了吗,我说不行,因为我的屏保是靳泽的新海报。

——我躺在床上突然坐起,心脏疾速跳动,三百六十度无死角旋转着欣赏这位名叫靳泽的帅哥,我被帅到捶墙,捶到邻居家里,我把靳泽给邻居看,结果我和邻居一起被靳泽帅到捶烂了邻居的墙,然后我和邻居把靳泽给邻居的邻居看,结果我和邻居和邻居的邻居一起……

——个人觉得,开玩笑适度就好,天天说这个是你老公那个是你老公的,别人的正牌女友会怎么想?靳泽的正牌女友就是我好吗!如假包换!童叟无欺!我希望你们自重!

——最近总感觉欠靳泽点什么,幸好我刚才肚子饿了,突然想起来,原来我欠靳泽一对龙凤胎。

…………

靳泽脑门上顶着一个问号,她就坐在我旁边,不和我本人说话,却在网上到处乱发这些虎狼之词?

靳泽不自觉切到某人的微信聊天框,食指停留在"语音通话"按键上,犹豫着。

今天是工作日,还是不要打扰她上班比较好。

回到微博界面,他单手支着下颌,饶有兴致地翻了一个下午。

直到天色渐暗,华哥一通电话打过来,问他准备好了没,他们在路上了。

靳泽才想起来,晚上有一场省文化局主办的盛典晚会,必须正装出席。

廖启华:"你碰上什么好事了?"

靳泽愣了愣,"嗯?"

廖启华:"唇角飞上天了吧,声音这么开心?"

靳泽："呵呵。"

他抬手摸了摸自己的唇角，果不其然。

他放下手机，起身迤迤然往室内走，步伐也很松快。

有人要给他生龙凤胎，能不开心吗？

靳泽坐上前往晚会现场的车，从别墅的地库里出发。

廖启华坐在左侧，透过单层玻璃观察小区内部的环境。

"小区安保挺严密的，但是占地面积太大了，住户也很多。"他转头看向靳泽，"你外出的时候还是要小心一点。"

靳泽点了点头。

说话间，洁净的窗面上忽然飘来一粒雪白的冰花，吸引了他的目光。

紧接着，无数朵雪花纷纷扬扬飘落下来，在路灯的映照下，犹如光柱中飞舞的精灵。

竟然真的下雪了。

云娆现在应该已经下班了。

靳泽第一时间给她打了一通电话，喊她去看雪，同时嘱咐她回家路上要打伞，注意保暖。

车里还有外人在，旁的话不好多说。

雪势渐大，轿车在雪中缓慢穿行。

手机已经熄屏，他沉默地抓在手中把玩。

靳泽垂了垂眼，忽然解开锁屏，给简沉沉发了条微信消息。

靳泽：【圣诞快乐。】

此时简沉沉也在车里，目的地是市中心一家有名的"嗨吧"。

她随意瞥一眼手机屏幕，看到来信人的名字，目光微微一滞。

她的视线长久地停留在手机屏幕上，眸光有些许的动摇，最终，还是将手机熄屏，懒得回复。

她身旁的姐妹碰了一下她的手肘："你还好吧？"

简沉沉笑起来，媚眼如丝："好着呢，能喝到天亮。"

她昨天刚和新交往三个月的男友分手了。

这个男人，是她近几年谈的所有男友中最喜欢的一个，以至于她为他破了例，和他同居了一个多月。

可是，因为她不想结婚，这个男人竟然听从家里人的意见，背着她跑去相亲。

相亲女对他一见钟情，找上了一无所知的她，在公众场合闹得很难堪。

回想那些个庸俗又恶心的画面，她的胃就忍不住泛酸，头疼得要死。

她想跳一晚上的舞，喝到烂醉。

度过这个注定不平安的平安夜，然后，明天就忘了他。

灯红酒绿，光影摇曳，简沉沉不知道过了多久，直到有人抓着她的胳膊将她摇醒。

周遭非常安静，男人的声音越过时间的长河，变得成熟而稳重："简沉沉，你能不能爱惜一下自己的身体？"

她抿了下干燥的嘴唇，头痛欲裂："小卉呢？"

"她家里有事，喊我来送你回家。"

简沉沉想到那个她和前男友同居过的地方，打了个寒战："不回家，我要在外面走走。"

"外面下着雪，天寒地冻的，走什么？"

"那送我去酒店，总之不回家。"

靳泽皱了皱眉，犹豫许久，终于嘱咐司机："去云翡佳苑。"

简沉沉迷迷糊糊地说："你是我妈吗？管那么宽？"

对方再次沉默，寂静而狭窄的轿车后座，仿佛从中间缓缓裂开一条天堑。

"我不是你妈，但是这个世界上，只有我必须管你。"

他这么说，语气无奈而温和。

简沉沉"呵"了一声。

她的脑袋重重磕上车窗，双眼紧合。

窗外的雪如同鹅毛挥洒，大得几乎能飘到她凌乱的长发上。

第十四章
/ 澄清 /

盛典晚会已经结束了两个多小时。

早前靳泽给云娆打过电话，说他临时有点事，会晚到，让她在家里乖乖等他。

云娆于是在家里等啊等，膝上的小西几睡着又醒来，跑到饭碗那儿吃了几口，又跑回来窝进她怀里，继续睡。

快十一点了，云娆有点困，想抬手揉揉眼睛，突然记起自己今晚化了个漂亮的妆，不能乱揉。

她拿出手机。

云娆：【学长到哪儿啦？】

云娆：【外面雪好大，路上要小心哦。】

她恹恹地倒进沙发，百无聊赖地刷着微博。

不知道是今天第几次点开他的微博主页，看到他今天下午发的微博，云娆的唇角就忍不住往上扬。

【靳泽V：送你。】

应该是送我吧？

好漂亮的圣诞树，好鲜艳的果子。

可惜，今晚应该来不及伴着发光的圣诞树，一起吃烛光夜宵了。

没关系的，云娆安慰自己。

平安夜只是个日期罢了，她明天或者后天晚上再去看那棵树，也是一样美丽。

但云娆没想到，仅仅五分钟之后，她就看到了那棵树在夜里亮着灯的样子。

闲来无事的时候，云娆习惯在各个追星小号之间来回跳，转一些对靳泽有利的通稿或者素人博文。

她有十个号，每个号都关注了很多不同的人，大部分是粉丝同好。

不知道切换到哪个号的时候，她目光一顿，停在某个姐妹转发的一条图文爆料微博上。

微博发布时间是三分钟前。

新鲜爆料，刚出锅的，比包子还热。

云娆只看了一眼，就疯了似的把手机丢了出去。

照片拍摄位置似乎是云翡佳苑内某住宅。

深夜，大雪，别墅园，路灯下有三个人。

三个人云娆都认识。

靠左的那个人是靳泽的司机，姓王。

司机举着一柄大伞，宽阔的伞面为右侧两人挡住纷扬雪花。

女人蓬松的茶棕色长鬈发散落在男人肩头。

镜头拍到她精致的半张脸，脱力似的靠在男人肩上，双手松松垮垮地环着他的脖颈，正被他背着，缓缓地往别墅园最深处的那幢宅子走。

男人微弓着腰，身形依旧英挺而清隽，出席晚会的那件墨蓝色西服外边又披了一件大衣，溶溶夜色中，和女人身上的长款呢绒大衣几乎融为一体。

连续几张不甚清晰的画面，构成越发清晰的情节。

照片的左上角，还有一颗闪烁在雪色中的五角星。

是靳泽家的圣诞树树顶。

他下午发的那条微博，云娆的十个小号加起来至少转了五十遍。

没想到，现在以这种方式再次相遇。

片刻后，被她远远丢在沙发脚边的手机猛然振动起来，无数条消息纷至沓来,粉丝群一定已经迎来了首轮地震,微博瘫痪近在眼前。

——靳泽平安夜密会女友!雪夜小区内背女友回私人别墅,举止亲密至极!

她只扫了博文一眼,竟然像石刻一样印进了脑海中。
她想不到任何正常的朋友关系,能做到这个份上。
他们的亲密关系,已经无以辩驳了。
云娆从地上捡起手机,狠狠按下电源键,再扔回地上。
无数种想法在脑子里狂乱地交织,首先是那些最残忍的——
所以,他想和她结婚,就是需要娶个柔弱可欺的睁眼瞎放在家里,方便他在外面乱来?
还是,他在每个女人面前,都说想和她结婚?
又或者,她是那个情人,简沉沉才是正牌?

云娆抱着膝盖瑟瑟发抖,眼泪像断了线的珠子,怎么也止不住。
不知道过了多久,她猛然意识到,自己又做缩头乌龟了。
习惯性地哆哆嗦嗦抱着自己哭,习惯性地躲在角落,打碎了牙往肚里吞。
她用力地擦了把眼泪,手背上赫然多出一片淡色眼影。
一直以来,她如此相信他,现在出了这种事,当然要问清楚,确定被骗的话,更要劈头盖脸地骂他,绝不能让他好过。
云娆颤抖地再次捡起手机。
为了确保自己能勇敢地面对,开机后,她第一时间点开的是网上跑腿软件,给自己买了一箱啤酒,半个小时之内送到。
眼泪稍稍止住了,但是眼睛酸涩得厉害,异物感硌得她很难受。
估计是假睫毛又掉进眼睛里了。
云娆跑进洗手间,一眼看到镜子里的自己,顿时更悲愤了。
妆面糊成一团,白色的眼泪流到脖子上,还有身上这套为了见他特意穿的海马毛小毛衣配及膝长裙,简直傻透了。

她干脆关上门,剥光衣服扎进了淋浴间。

莲蓬头开到最大,热烫的水砸在身上,云娆却忍住了没有哭。

水声"哗啦"不绝,约莫十几分钟后,门铃第一次响起,云娆没有听见。

等她洗完澡,套上宽松的冬季家居服,抓着浴巾奋力擦头发的时候,今夜的第二遍门铃,她听到了。

云娆将浴巾胡乱地包裹在头发,像个阿拉伯人。

她吸了吸鼻子,趿着拖鞋快步走向玄关。

门铃锲而不舍地响着。

云娆走到门边,拉开一条小缝,果然看见地上躺着一箱百威。

突然间,门框那儿多出了一双手。

白皙的皮肤,修长的指骨,一双云娆再熟悉不过的手。

他明明知道门锁密码,却要按门铃。

一定有心事吧?还是觉得愧疚?

她下意识地要关门,谁承想,门外的人竟然用蛮力将门缝拉得更大。

云娆僵硬地握着门把手,抬起眼。

午夜的钟声恰好敲响,自极遥远的地方传来,悠远而空灵,仿若来自另一个世界的呼唤。

耶稣降世,万众瞻礼,普世欢腾。

她落入他眼中,瞳孔深不见底。

靳泽的肩上、头上,甚至睫毛上,都落满了雪,竟像是徒步穿过雪夜而来。

"刚才为什么关机了,电话都不接?"

他的声音仿佛也染上了雪夜的清寂。

云娆定在原地,双眼肿胀,不答。

他单手抵着门,似乎怕她狠心关上,眼底几乎要支起一丝笑意,然而顷刻便消散了。

"怎么买这么多啤酒,家里还有别人?"

云娆咽了口唾沫,眉心微微蹙起:"没错。有……有很多人,都是你不认识的。"

冷冽的空气争先恐后地钻入温暖的房间。

云娆衣物单薄，忍不住瑟缩一下。

下一秒，就见靳泽忽然弯下腰，单手抱起地上的啤酒箱，另一只手伸进门缝，牢牢搂住她，不由分说地硬挤进屋内。

他脸上带着自嘲的冷笑："既然有外人，那就趁现在，让未来的男主人认识一下他们。"

云娆自然堵不住他，顷刻间，就被他连人带酒抱进了客厅。

但客厅里除了一只仰头发愣的猫，空空如也。

云娆挣扎着推开靳泽，小脸苍白，不知是冷还是气，身体依然簌簌颤抖着。

男人带着一身寒意闯入屋内，他身量极高，站在暖白的顶灯之下，存在感过于强大。

"娆娆。"

靳泽放下酒箱，向前一步走到云娆面前，似是有千言万语。

只一步，他身上积累的雪花忽然坠下，砸在地面，很快化成一摊雪水。

他现在实在太脏太狼狈了，都不敢走近她。

云娆退坐到沙发上，拳头捏紧，目光死盯着地上那一箱啤酒。

人已经来到跟前，她却还在发飙和懦弱之间反复拉扯，屁都放不出来一个。

太弱了，云娆都有点恨自己。

她必须快点喝到酒。

另一边，靳泽倒是行动自如地在屋内来回了两趟。

"雪夜路滑，附近出了交通事故，交警封了路，所以我是跑过来的。"他一边脱衣服一边说，"我身上很脏，先去洗个澡。"

云娆有点不可思议地看着他，像在赞叹脸皮至厚则无敌。

靳泽坦然地回视："等我洗完，有很多话要和你说。"

说完这句话，他头也不回地走进了浴室。

待到浴室门关上，云娆终于猛出了一口气，拿了剪刀三两下打开啤酒箱。

她掏出一瓶啤酒，拉开拉环，放到嘴边狠狠灌下一大口。

云娆喝不惯酒，一口就被辣得眯起眼。片刻后，她忽然放下酒杯，呆呆坐了下来。

她差点忘了,自己喝醉之后会断片的。

就算等会儿喝饱酒,鼓起天大的勇气和靳泽闹得天翻地覆,明天一觉起来,她的脑袋一定是空的,连根毛线都记不住。

这该怎么办?云娆慌了。

要不然,喝少一点,控制在半醉不醉的状态?

她愣坐在沙发上思索着。

没过多久,茶几上忽然传来一阵响动声。

靳泽的手机来电话了。

云娆伸长脖子,目光触及来电显示,瞳孔像被烫到一样,狠颤了下。

身体也像遭到了电击,每个器官都在隐隐作痛。

【来电人:简沅沅】

云娆起身走向阳台,不自觉地举起手中的啤酒罐,又喝了一口。

待到振动结束,云娆走回来,结果没过一会儿,手机又响了。

忍不了了!她飞快抓起茶几上的手机,毅然决然按下接通键。

"喂。"

"喂。"

双方皆是一愣。

简沅沅比云娆放松很多,大剌剌地问道:"你是谁?"

云娆刚刚鼓起的勇气一瞬间瘪下去不少,从气势上对比,她已经输了。

简沅沅显然比她更像正宫。

"喂,有人吗?"简沅沅的声音带着一丝哑,"我找靳泽有急事。"

不知怎的,云娆脑子里的神经突然错位,或许是受到对方强大气场的欺压,她堵在喉咙口的一通质问猛拐了个弯,出口竟然变成:"这里是招待所。"

不为别的,只为保存自己所剩不多的颜面。

和情敌对线,撕得昏天黑地,除了逞一时的口舌之快,让自己颜面扫地,没有任何作用。

"靳……先生手机落在柜台了。"

她吞吞吐吐地补了句。

电话那头的人沉寂了许久，久到云娆以为这通电话即将挂断，终于，简沉沉说话了。

"好的。那麻烦你帮我转告靳泽一声。"简沉沉似是深吸了一口气，"他家有高端一点的吹风机吗？两千块钱以下的产品，他老姐我用不习惯。"

云娆："好的。"

话音方落，她突然反应过来，嘴巴比脑子动得快，张口就问："等一下……你是靳泽的……表姐吗？"

两个人不同姓，应该是表姐了？

云娆一颗心几乎提到嗓子眼，苍白的脸颊瞬间涨红了。

简沉沉似乎轻笑了一下，嗓音慵懒而随性，像在说一件与她完全无关的事情："十八岁之前，我名叫靳沉沉。"

隔了会儿，她又说："同父同母，明白吗？我今天失恋了，去酒吧买醉，我姐妹非把靳……我弟叫来。我不想回我家，他就带我回他家，然后我路上撒酒疯，不坐车非要看雪，结果把脚给崴了，我那可怜的老弟只能背我回家。"

对于一个"招待所柜台小姐姐"而言，简沉沉的废话有点过于多了。

"哦……"

云娆拖长音，一个音节拖到最后，竟然莫名其妙地哽咽了起来。

她一边哽咽，一边后怕，心脏突突地跳。

幸好刚才没有和姐姐对骂，太惊险了。

"我和靳泽决裂很多年了。"简沉沉缓缓地说，"我曾经很恨他，也诅咒他，如果他敢叫我姐姐，敢告诉别人他有除了父亲之外的亲人，母亲在天上一定不会原谅他，我也会恨他一辈子。"

云娆张了张嘴，眼眶一酸，眼泪无声地滑落下来。

简沉沉："这个故事很无聊，你一定不愿意听。"

她顿了顿，似是自嘲地笑了下："那么，柜台小姐姐，麻烦你帮我转达了。"

浴室门由内敞开，氤氲的热气豁然从中闯出。

室内暖气充沛，靳泽穿着T恤长裤就出来了。

他左手抓着浴巾，短发似是只随意地擦了擦，眉宇仍笼着一层浓浓的水汽。

367

他很快站定在云娆面前,满腔的话呼之欲出。

然而,能说会道如他,此时正微蹙着眉,似乎在斟酌措辞。

云娆先开口了:"刚才……你姐打电话来问你,你家有没有高端一点的吹风机……"

"好的。"

话音未落,靳泽的眼睛忽然亮起来:"她亲口说是我姐了?"

云娆迟疑地点了点头。

她从未见过靳泽脸上露出那样的表情。

高兴,但又不是全然的欣喜,其中还掺杂着后悔、无奈、如释重负……种种情绪杂乱交织,走马灯似的从他脸上晃过。

"你已经知道了?"靳泽走到云娆近旁,却有些不敢碰她,"简沉沉是我的亲生姐姐。"

云娆含着眼泪抬起头:"她还说……是她威胁你,不让你告诉别人你还有别的亲人。"

"嗯,这些年,我们都直呼对方的名字。因为是我间接地害死了母亲,她一直在埋怨我,认为我不配做她和母亲的亲人。"

靳泽坐到沙发上,深吸了一口气:"我自己也是这样认为的。其实我好几次都想告诉你。但是,她对我的态度非常差,我回国的这些年一直在很努力地接近她,而她总是排斥我,甚至用各种方式为难我,我不想这份难受还要嫁接到你身上。"

云娆攥着手,静静坐在靳泽身边。

只见他无声地扯了扯唇角:"我本来想着,等我哄好她,就带你去见她,应该不会等太久。没想到,天底下最急不可耐的人是狗仔。很抱歉让你误会了这么久。"

云娆:"没有很久,只有今天。在今天之前,我并不想窥探你的隐私,你说与不说,在我这里,都没有关系。"

她加了前置条件——在今天之前。

就算不想探查他的隐私,多半也有好奇吧?

靳泽知道,她这么说,只是为了减轻他心里因隐瞒产生的罪恶感。

可他心里真的压了太多事，同时他又是那样自负，总觉得自己能处理好一切，当一切都平静无虞，她就不用和他一起承担那些负面情绪了。

他尝试性地碰了下云峣的手，云峣却条件反射般缩了回去。

"我……我知道你有苦衷，但我还没有消气。"她不自在地往旁边挪了挪，"今天之前，我真的很佛系，但是经过了今晚，我觉得我的精神受不了这样反复的摧残，杀死又复活，永远身不由己。"

靳泽："对不起。"

云峣惨笑了下："不用说对不起。好几次你想告诉我，都是我自己不想听，打断你。"

她垂下脑袋，喃喃地说："我在生我自己的气。"

要不，就彻彻底底地相信，不管对方如何，不管发生什么事，都不要动摇。

要不，就勇敢地质问，了解清楚一切，主动面对所有问题。

她哪个都做不到。

说真的，能让自己放心的永远只有自己，绝不能倚靠他人。

尤其是女孩子，一定要做自己感情的主人啊。

"我想一个人待一会儿。"云峣缓慢地眨一下眼睛，"睡一觉起来就好了。"

靳泽点头，片刻后，忽然绷紧下颌："你不会思考了一夜之后，要和我分手吧？"

他有些慌乱地直接抓住云峣的手："峣峣，我真的错了，我不该抱着那点可怜的自负，妄想自己处理好一切。你能不能不要丢下我？"

时间仿佛一下子拉回到十几年前的那个雨夜。

母亲执意要搬出他们的家，姐姐读高中住校，家里除了冷战中的父母，只剩下十三岁的靳泽。

他从自己房间跑出来，钻到母亲的床上死死抱着她。

翌日清晨，他感觉有什么凉凉软软地落在自己额头，却怎么也睁不开眼。

等到家里保姆喊他起床上学，靳泽在母亲的床上撑起身子，发现整个屋子已经空空荡荡，没有任何生气。

他，连同这整个曾经温馨的家，都被母亲狠心地抛弃了。

云娆无措地望着靳泽，不明白他为什么突然这么紧张。

"分手"这两个字太严重了。

他们之间的矛盾，没有绝对的对错，该说的都已经说完了，她只是受到太多冲击，还有些混乱，想厘清自己的思路罢了。

云娆站了起来，低头认真地看着他："学长，我没有不要你，我只是想静一静。"

靳泽："那我以后改名叫'靳一静'。"

……好冷。

云娆一边无语，一边却被他逗笑了。

笑完了，她尴尬地把手从他掌心抽出来："学长，我要睡觉了。"

靳泽也站起来，高大的身姿完全罩住她，漂亮的五官猝不及防地接近："我很安静的。"

凭借体形和力量的差距，他不费吹灰之力就将她拥进怀中，单手环着她的腰，将她抱起来，双脚微微离地，然后带着她往卧室走。

意思很明显。

她要静一静，那他就安静地陪她一起静。

同床共枕的那种静。

怎么能这样无赖！

云娆往上爬了点，捶他肩膀："我要一个人静一静！"

靳泽顺势将她往上托，从抱着她改为扛着她，极不要脸地说："别把我当人。"

他扛着她走进卧室，用脚跟关上卧室门。

走到床边，他将她轻轻放在床上，直起腰的时候，状似不经意地用自己的脸擦过她的脸庞。

云娆连滚带爬地离他远点："你非要赖在这儿？"

"嗯。"他单膝跪在床边，双手撑着床，凑近她，张了张口，"汪。"

别把他当人，所以学狗叫吗？

云娆唇角一抖，脱口而出："孔雀怎么叫？"

靳泽不明所以："汪？"

云娆涨红了脸，继续后退："学长，你说人话。"

靳泽："能让我睡在这里吗？"

他眼神指了指床的左半边。

好像，如果云娆不同意的话，他就要不当人缠她一晚上。

明明生气的是她，受伤的也是她，可是她对他的无赖一点办法也没有。

那双琥珀色的眼睛垂下来，不似平日的清冷淡漠，竟露出流浪狗一般无辜纯真的眼神，看得她心底直发颤。

"你不要用这种眼神看着我。"云娆钻进被窝，被子拉到眼睛下面，"微博现在肯定瘫痪了，谣言满世界飞，你作为当事人，不去管管吗？"

靳泽学她的动作，钻进被窝躺在床的左侧，与她保持一个人的距离，没有越界。

然而，他嘴里的骚话却刹不了车：

"我管什么？工作室有很多应急预案，我花那么多钱请他们为我工作，就是为了把我自己的时间空出来，只用来管你。"

云娆内心：呃……

"不对。"他换了种说辞，"我不敢管你。我负责哄你，你来管我。"

"谁要管你。"云娆抱紧被子，翻身背对他，"你说了，今晚改名叫'靳一静'的。"

"嗯。"

话音落下，靳一静彻底安静了。

云娆闭上眼，脑中闪过今夜的种种遭遇，恨与怒，庆幸与自嘲，心疼与无奈，杂乱无章的情绪交织，让她的心情如暴风卷过的荒草地，徒留一片狼藉。

她忽然又翻了个身，平躺着，目光直视空洞的天花板，主动开口："学长，沅沅姐都怎么为难你了？"

对方沉吟片刻，悠悠地说："刚回国的时候，她对我避而不见，如果见到了就直接恶语相向。后来关系缓和了些，她不会见到我就骂，但还是总给我找碴，比如中秋节的时候，她让我帮她喂十几天的猫，明知道我不方便露面,却非要我亲自去,不允许别人踏进她的家门。还有上次在你家,她突然打电话给我,说她出车祸追尾了,让我去某个地方料理一下,我到了才发现,其实她在家里待得好好的,只是让我去那附近的宠物店帮她买某个牌子的猫零食。"

云娆:"啊……"

这也太坏了。

靳泽:"她就是想让我知难而退,别再妄想当她的弟弟了。"

云娆:"可是……她对我还挺友好的。"

前不久的那通电话,简沉沉一听出云娆的声音,立刻事无巨细地把绯闻解释清楚,好让她宽心。

"我也挺惊讶的。"靳泽似乎笑了,"你和我说,她在电话里承认是我姐的时候,我真的非常高兴。"

云娆不由得想到了云深。

和靳泽姐弟俩比起来,他们兄妹俩简直太幸福、太亲厚了。

云娆:"亲生姐弟之间,怎么会变成这样……"

靳泽没有回答,声音渐渐变轻:"再过几天,我要去一趟美国,把我妈的几件遗物拿回来。你可以陪我一起去吗?"

这个事情,靳泽早在两个月前就和云娆提过,她也很早就把假期空出来了。

云娆沉默了下,在黑暗中缓慢点头:"好。"

同一条鹅绒被下面,男人修长的手忽然伸过来,小心翼翼地钩住了她的。

"娆娆。"他的声音轻得几乎融在呼吸中,卑微到了极点,"不论你想怎么惩罚我,打我骂我,甚至冷暴力我都没关系。只求你不要和我分开,就这样,让我永远待在你身边,可以吗?"

云娆的眼眶莫名酸了酸,微微收紧与他缠绕的手指:"学长,你是不是苦情片演上头了?"

"我没演过爱情片。"

"我知道啦。"云娆用指腹轻轻摩挲他的手背,"给我两天,我考虑一下。"

靳泽:"两天够吗?"

云娆柔声说:"够了。两天之后,我给你一个答复。"

"我再确认一下。"靳泽似乎凑近了些,"你的答复里面,不会有'分手'吧?"

"不会!"云娆真不想说得这么直白,"你不是想要永远陪着我吗?所以我要思考一下,究竟是维持现状,还是更进一步。"

靳泽:"更进一步指的是?"

"你……离我远点!"云娆红着脸踢他,"只有'靳一静'可以待在我的房间里,靳泽、狗与孔雀禁止入内。"

靳泽:"好吧。"

时间在静谧平和的氛围中流逝。

就在云娆即将精疲力竭地睡着时,"靳一静"同学忽然幽幽地冒出一句:"靳泽和狗禁止入内我可以理解,孔雀是什么东西?"

这……

云娆缩了缩脖子,装作没听见。

像每一个普普通通的早晨,耳边响起催魂般的起床闹铃声,云娆睁开眼睛。床榻另一侧整整齐齐,卧室里只有她一个人,黑暗又安静。

云娆爬下床,头脑还没有彻底苏醒,一边揉头发一边慢吞吞地走向门边。拉开一条窄窄的门缝,门外,早餐热食的清香争先恐后地钻进来。

云娆步伐一顿,脑中似有电流窜过。她慌不择路地闪进卫生间,认真刷了几分钟牙,洗完脸,又用湿毛巾敷了一会儿眼睛,这才佯装淡然地走向厨房。

餐桌上摆着中式西式两份不同样式的早餐。

靳泽背对她站在料理台前,背影瘦高挺拔有如模特,腰间却系着粉色猫咪图案的围裙,很是反差萌。

听见脚步声,他转头看过来,眉眼温和:"醒了?"

不得不说,一早起来看到这犹如画报的一幕,云娆很难维持镇定。

她用冰凉的手用力拍两下脸蛋,定了定神:"这……都是你做的?"

靳泽端着两杯鲜榨果汁走过来,将玻璃杯往她面前一放,挑眉:"怎么样,是不是温良恭俭、宜室宜家?"

云娆点了点头,忍住笑:"学长,别忘了我们一家子都是厨师,我口味很挑的。"

靳泽径直在她身旁坐下:"你不满意我就慢慢练,以后日子还长。"

以后日子还长。

云娆心下一暖,夹起一块鱼排送入口中,眸光一亮:"好吃哎。"

听见她说好吃,靳泽松了口气,仿佛收获了莫大的满足,眼角眉梢全是笑。

他拿自己的果汁与她的轻轻碰杯:"我这两天没什么行程,就想留在你家里好好表现,顺便背一下台词。"

云娆:"那你真的挺顺便的。"

她垂下眼睛,不想和他对视。

一日之计在于晨,如若大清早就被"孔雀"蛊得丢了魂,那她这一天别想好好工作了。

吃完早饭,云娆回到卧室,简单化了个淡妆,再换上清爽的职业装,准备出门上班。

"哎,吓我一跳。"客厅正中央,她急刹了个车,低头盯着趴在地上的一人一猫,"学长,你这么早就健身啊?"

她家面积太小,能铺瑜伽垫的地方只有客厅。

靳泽做俯卧撑的时候,西几就坐在他面前,愣头愣脑地看着他。

他从地上站起来,瞬间就比云娆高出一整个头:"不出门的时候,早午晚,要练三次。"

男明星果然是男明星,就是自律。

云娆的目光不由得从他腹肌那儿扫了一圈。

难怪身材这么好。

可是,这里是她家哎,他这么大剌剌地穿着健身服横在地上秀肌肉,和色诱有什么区别!

虽然她的眼睛感觉很享受,但是,他这样严重影响了她的上班效率,让她非常想和西几一起蹲在旁边偷看!

"我……我再不走要迟到了。"

云娆闷出这么一句,忍痛从他身旁擦肩而过。

靳泽:"等等,我换身衣服送你去。"

云娩:"地铁站就在小区门口,二十来分钟就到公司了,很方便的。"
她走到玄关,临走前,又不放心地转身嘱咐他:"学长,你……你要老实待着,不要乱跑。"

靳泽单手卡着腰,唇角上扬,含笑看向她:"我能乱跑去哪儿?"

云娩:"我就是有点担心。我看昨晚那些照片,狗仔竟然藏进了你的小区蹲你,实在太可怕了。"

靳泽的眼神冷了些:"我已经让技术人员去查照片的拍摄方位,预计今天就能出结果。后面的工作,律师会妥善处理的。"

"那就好。"

"你放心去上班吧,咳咳……"

话音未落,他忽然掩面咳嗽了几下。

云娩刚穿好鞋,又蹬了鞋跑到他面前,紧张地问:"你是不是着凉了?我差点忘了,你昨晚冒雪跑来的……"

她一边说,一边抬手探了探他的额头,温度正常。但她仍不放心,转身快步走到墙边的斗柜旁,翻找药柜里治疗感冒发烧的药。

靳泽无奈地提醒她:"你不是说今天上午九点半要见客户吗?"

云娩脊背一僵,风风火火抱出好几包药,丢在茶几上:"你自己挑一下,如果难受一定要吃哦,我先走了。"

"嗯,路上小心。"

云娩一只脚已经踏出门,忽然想起自己每天出门前的告别仪式,于是回过头,双颊有点红:"西几拜拜。"

"学、学长拜拜。"

房门合上时,她似乎捕捉到了男人眼底温柔的笑意。

云娩站在电梯间等电梯,嘴都要合不拢了。

电梯门打开,里面站了四五个和她一样早出晚归的"社畜"。

云娩走入其中,不得不敛了笑,免得人家以为她中邪了,上班能乐成这样。

"不知道昨天那场车祸,受伤的人怎么样了。"电梯角落,一对小情侣正在聊天,"车祸现场好吓人,整个十字路口都被封了,堵得水泄不通。"

375

"据说抢救回来了,没有生命危险。"

"你们说的是昨晚惠民超市门口的车祸吧?"

"是的。"

"我也看到新闻了,我老公昨天晚上在那里堵了一小时。唉,下雪天一定要注意行车安全呀。"

他们说的应该就是昨晚把靳泽的车堵住的那场车祸。

等一下,惠民超市?那里离他们小区好像还有点距离。

云娆点开地图软件,很快找到了附近的惠民超市。

结合新闻内容,确认昨晚因车祸封的就是这家超市门口的十字路口。

可是那里,离她家还有将近三公里。

所以,靳泽昨天从车上下来之后,一人冒着大雪,跑了三公里过来找她。

难怪昨晚他身上积了那么多雪,连睫毛都是白的。

"妹妹,你不走吗?"

一个认识的邻居喊了云娆一声。

云娆回过神,连忙钻出即将合上的电梯门,心头莫名变得很空。

她踩到盲道上,一边走路一边打字:

【学长,厨房橱柜靠左第一层有姜茶,午饭前用开水泡一杯喝哦。】

【学长,客厅斗柜的药箱里有体温计,你现在拿出来量量看。】

通过地铁站闸机,云娆收到了靳泽的回复。

是一张体温计的图片,实时体温 36.6℃。

云娆这才放下了心。

列车到站,乘客上下车井然有序。

云娆进入车厢,十分幸运地抢到一个空座。

她抓着手机,手指在屏幕上划来划去,反反复复地浏览她和靳泽的聊天记录。

想说点什么,又不知道说什么好。

退出微信,她的目光触及某个黄澄澄的软件图标。

云娆叹了一口气。

她觉得自己真要对微博热搜产生 PTSD 了。

可是，不看又不行，总得知道现在网络上是怎么个情况。

她微微眯起眼，打开微博后，毅然决然点到热搜界面。

热搜第一：简沅沅。

热搜第二：简沅沅澄清。

云娆倏地睁大了眼。

竟然是沅沅姐出来澄清？

她和靳泽现在的关系半生不熟的，她会怎么澄清？

云娆紧张地点进热搜广场，一眼就看到最顶上的那条微博。

图文相配，简洁而充满深意。

【设计师简沅沅 V：二十年前，你从跷跷板上摔下来，我背你回家；二十年后，我失恋了撒酒疯，你背我回家；人已经长大成年，家已经不是从前的家，只有回家的路还是一样崎岖而漫长。】

第一张照片，经过时光的沉淀，相纸表面已经微微泛黄。画面中，刚满十岁的稚嫩女孩背着年幼的弟弟，弟弟脸上挂着泪痕，而她雪白的小脸被弟弟的泥手按了一个黑乎乎的巴掌印。

第二张照片，二十年后大雪的平安夜，几乎一样的动作，只是背和被背的人交换了位置，女孩已经长发及腰，长成了美丽的大人，男孩的变化更大，从缩在姐姐背上小小的一团变得成熟、稳重、顶天立地。

雪花如春日的柳絮纷纷扬扬，隔着手机屏幕，却几乎感觉不到寒冷。

现在再看后面这张照片，那些媒体鼓吹的暧昧氛围，已经一点点都感受不到了。

云娆抬手摸了摸脸，发觉自己不知何时，竟然淌下了眼泪。

她从包里抽出纸巾，一张又一张，像个傻瓜似的，在拥挤的地铁车厢里猛擦眼泪。

去往公司的车程很短，云娆不得不强压下心底泛滥的情绪。

她好像不应该哭。

经过昨夜那一场离奇而汹涌的谣言，从某种程度上来说，靳泽和简沅沅

377

或许达成了和解。

云娆由衷地为此感到高兴。

还有一站,她就要下车了。

不知道脑袋里哪根筋搭错,云娆吸了吸鼻子,突然点开云深的微信聊天框。

云娆:【哥,圣诞节快乐!】

云娆:【你记不记得,我刚上小学的时候,有一次在我们家隔壁小区的假山池旁边用小桶捞蝌蚪,结果一不小心把自己摔进池子里。那个池还挺深的,幸好你第一时间跳进去把我救出来了。】

隔了一分多钟,对方很快回复了。

云深:【当然记得。】

云深:【你跟要死似的扑腾,害我呛了好几口水,感觉嘴里都是蝌蚪。】

云深:【早知道呛死你算了[微笑]。】

云娆:【滚吧。】

云娆:【[再见]】

她一定是脑子秀逗了,才突发奇想跑去和云深重温兄妹情深。

感谢云深,她现在一点也不想哭了。

可以马上投入紧张刺激的工作中了呢!

午后,小雪初霁。

或许是家里有帅气男明星为她洗手作羹汤的缘故,云娆今天的工作效率奇高。

眼看就要提早下班回家私会,靳泽却在这时给她发了条消息,说自己临时有重要会议要去公司开,不能陪她吃晚饭了。

"呵。"

云娆将手机丢到一边,用鼻孔哼出一个冷酷的单音节。

还说要在她面前好好表现。

就这?

云娆瘫坐着,瞥一眼电脑备忘录。

能完成的工作都做完了,留在公司也没事干。

她在闺蜜群里发了条消息，约晚饭。

黎梨第一时间响应，随时待命；温柚过了半小时，回复说下班后再等她半小时。

云娆：【@梨梨富婆，我们先去大仙公司附近的商场逛逛？】

黎梨：【成！那边开了个新商场，我正想过去血拼一番。】

云娆：【富婆带带我。】

黎梨：【走起！】

温柚：【屏蔽了，拜拜。】

云娆的工作和温柚比起来，就这点好，虽然忙的时候比狗还累，但是自由度比较高。

当然，最厉害的永远是黎大小姐，有钱到一定地步，工作什么的都是浮云了。

太阳将将西沉的时候，云娆和黎梨在新商场一楼大厅碰了面。

黎梨几乎是飞扑向她："昨晚的热搜真给我吓蒙了。我都准备好炸药包，要去靳泽家和他还有简沉沉同归于尽，幸好你及时阻止了我……真的，我当时已经走到靳泽家门口，差一点点就开始泼妇骂街了！

"是我有眼无珠，以前竟然说沉沉学姐要和你抢男人……呸呸呸，我对不起沉沉学姐呜呜呜……"

云娆用力抱住她："感谢富婆为我两肋插刀！虽然没插成功。不过，昨晚我也快吓死了。"

黎梨："你现在……还好吧？"

云娆松开她，耸了耸肩："还行吧。"

黎梨："既然都弄清楚了，你接下来准备怎么办？还生靳泽学长的气吗？"

云娆看着她，眼神却略微放空，渐渐失去了焦点："他对我……确实好得没话说。我又这么喜欢他，能怎么办？"

黎梨拍拍云娆的肩膀："那就接着谈呗。"

云娆："经历了这件事，其实我最烦的是我自己，实在太被动了。"

黎梨："那你能咋办，砍死自己啊？"

云娩朝她笑了笑："我不知道，我感觉我这性格一时半会儿也改不了，干脆不想了。但是，我现在有一条很清晰的思路。"

黎梨配合地做起了捧哏："什么思路？"

云娩把手伸进包里七摸八摸，掏出一张信用卡："人生要放纵一点。"

黎梨高兴地鼓起了掌："刷爆它，让靳泽学长帮你还！"

放纵一直是黎大小姐人生第一信条。

两个人一拍即合，兴高采烈地扎进最近的一家名牌服装店。

云娩节俭了大半辈子，这是第一次，试穿衣服的购买率超过了百分之八十。

臂弯中的纸袋数量达到五个的时候，云娩觉得，自己差不多放纵够了。

黎梨大概买了两三个货架那么多。

刷卡的时候，黎梨有些恨铁不成钢："你买那些，还不够你男朋友一秒钟的片酬。"

云娩："我自己的卡，还是自己还吧。"

黎梨："行吧。"

云娩闭眼刷完卡，睁眼才看到账单，登时感觉天黑了："他一秒钟片酬这么多吗？"

黎梨"咯咯"笑起来："怎么样，是不是想结婚了？"

云娩脸一红："胡说什么呢！"

两人打打闹闹地走出店门，准备离开这家商场，去温柚公司楼下接她。

前方有一家临街的珠宝店，从店里横穿出去，能少走许多路。

云娩挽着黎梨的手走进去。

忽然间，她脚步放缓，拽着黎梨停在店内过道旁的一张易拉宝海报前。

【瑞灵珠宝圣诞钜惠！倾情献礼！全场6.6折！】

黎梨皱起眉头："这什么牌子，第一次听说。"

另一边，云娩已经松开她的手，被巧舌如簧的店员勾引到了柜台前。

"圣诞节折扣，仅此一天，买到就是赚到。"店员满脸堆笑地问云娩，"这位顾客，您想看看什么首饰？"

云峣摸了摸自己脖子上的 B 牌项链，耳垂上的 C 牌耳坠，手腕上的 D 牌手链，全是某人送的高奢珠宝。

她好像，只缺……

"戒指。"云峣认真地说，"我想看看对戒。"

前一秒还在嫌弃这家牌子名不见经传的黎大小姐，这一秒忽然闪现到闺蜜身边："好家伙，买来结婚用吗？"

云峣似乎被她吓了一跳："我……我就买来玩玩。"

黎梨半信半疑："别人说玩玩我都信，你，我瞧着不像玩玩。"

"这不是便宜嘛。"云峣不理她了，转而问店员，"给我推荐几款吧，不要太花哨的。"

店员领着她来到隔壁的柜台："这边都是对戒。您和对象在一起多久了？"

云峣："快四个月。"

柜员："那您可以看看这款，是我们店冬季推出的新品，名叫'为爱加冕'，很多刚在一起的情侣都中意这种对戒可叠加式的精巧造型……"

云峣："我说错了……有没有那种适合在一起很久的情侣佩戴的款式？"

店员顿了下："当然有啦。您看看这款，名叫'情定三生'，男戒和女戒都是滚边丝带的样式，非常经典，寓意是深情长久。男戒无钻，女戒的钻石总重是 0.18 克拉。"

黎梨低声吐槽："才 0.18 克拉，还不够塞牙缝呢。"

云峣无视黎大小姐的嫌弃，让店员把女戒和男戒都拿出来，试戴在自己手上。

"对戒嘛，日常佩戴的，要那么大钻石干吗。"云峣将手抬起，对着日光灯欣赏，"我很喜欢这个，简约大气，寓意也很好，长长久久。"

黎梨："这个像是老夫妻戴的。"

云峣笑了下："我就要这种感觉。"

好像那段孤独而漫长的暗恋时光，他们是一起度过的一样。

店里刚好有指围合适的现货，云峣直接买了下来。

折后合计八千九百九十九元的对戒，她原本还嫌贵，因为钻石就那么一丁点。

　　转念一想，这可是要给靳泽学长戴的戒指，均价才四千多，他不嫌弃就不错了。于是，云娆咬咬牙，一口气付了全款。

　　室外的天已经全黑了。
　　云娆和黎梨等到温柚，三个人一起去吃火锅，吃完继续逛街，玩到九点多才散场。
　　云娆回到家，将今夜的战利品甩到一旁，坐在沙发上"欣赏"自己长长的信用卡账单。
　　购物真令人上头，像爱情一样。
　　她在账单中迷失了很久，终于切到微信界面，扫了眼某个置顶聊天框。
　　很奇怪，他今天竟然没有打电话给她，只发消息问她回家了吗，路上注意安全。
　　手机时间显示，现在已经深夜十点了，总不至于还在开会吧？
　　搁从前，云娆一定会乖乖等他的电话，等不到她就早点睡觉，很少主动打扰他。
　　但是今天，她决定和以前被动的自己说再见。
　　"嘟……嘟……"
　　电话拨出后，回铃音响了将近一分钟，对方才慢吞吞地接起，却没有说话。
　　"喂，学长？"云娆贴近话筒，"你怎么不说话？"
　　停顿了好几秒，对方才回答："我……刚睡醒。"
　　云娆瞬间皱起了眉："你嗓子怎么了？"
　　云娆的心脏和声音一起提起来："你生病了？"
　　"……嗯。"
　　所以，根本没有什么工作会议。
　　他就是下午发现自己生病了，不想让她担心，怕她自责，所以独自跑回家窝着。
　　一次两次，老是这样，把他自己的意志施加在她身上，以为是对她好，让她像个傻子一样蒙在鼓里。

云娆气得挂断了电话。

隔了两分钟，她又拨回去。

对方立刻接通："娆娆，我……"

她打断他，声音有点哆嗦，半是忧心，半是愤懑："你给我等着！"

一句话说完，她又挂了。

靳泽有些哭笑不得，他抬起右手，挡在额上，额头炽热的温度灼烧着手背。

室内晦暗不明，他已经不记得自己昏睡了多久。

今天下午，他在云娆家里背台词。

这部电影的台词并不难，可他练了没多久，忽然发现自己声音莫名其妙哑了，扁桃体有点发炎。

再然后，体温渐渐上升，四肢也变得虚浮无力。

他吃了点药，不见好转，然后就叫司机过来把他拉回家，找了私人医生过来看病。

身体难受的时候，他其实很想她。

可她工作太辛苦了，本来他留在她家，就是为了伺候她，哪有让她反过来伺候他的道理。

回到别墅之后，靳泽以为，凭自己强健的体质，应该很快就能好转。

没想到，昨夜的大雪这么厉害。

他被云娆一通电话叫醒，甚至觉得自己烧得更厉害了。

靳泽爬起来吃了片退烧药，用凉白开送服，神志稍微清醒了点。

她刚才说：你给我等着。

应该是要过来找他的意思？

靳泽靠坐在床头，没过一会儿，又昏昏沉沉地躺了下去。

他睁着眼睛，耐心地等着。

时间的流速在他脑中失去刻度，好几次将要睡着，他又强撑着睁开眼睛。

不知道过了多久，直到他听见小区的人行道上传来清洁工扫地的声音。

"哗啦……哗啦……"

十分有规律。

凌晨四点了，那她应该不会来了。

靳泽吁了一口气，心底有一闪而过的失落，终于合上眼睛。

冬至刚过不久，每一天的夜都很长。
云娆从家里出发的时候，天才蒙蒙亮。
她叫了一辆网约车，将硕大的行李箱丢到后备厢，人背着猫包钻进后座，才坐稳，一边报手机后四位数，一边大大地打了个哈欠。
昨晚，她只睡了四个小时。
结束和靳泽的电话之后，她马不停蹄地开始收拾行李。
收到困得受不了了，她躺下睡了会儿，提前定了早七点的闹钟，预约了七点半的网约车。
轿车平稳地向前行驶，载着一人一猫，和他们的部分生活必需品，目的地是城西的顶级别墅园，云翡佳苑。
"小姑娘，你要搬去云翡佳苑啊？"司机师傅好心提醒她，"那个小区特别大，你的行李箱这么重，拉进去很不方便的。小区不允许外来车辆入内，你最好叫里面的住户出来接你，让他和门卫说声，才能放我开车进去。"
云娆："没有人来接我。"
司机："好吧。"
"但是我有个卡。"云娆从包里把卡翻出来，"等会儿刷这个，应该可以进去。"
司机："噢噢，那就好。"
约莫半个小时后，车开到云翡佳苑门口，果然被保安拦住了。
云娆把卡递给司机："帮我刷一下。"
司机将金色的卡片贴上读卡器，只听读卡器发出"嘀"的一声，自动报读："业主卡。"
司机愣了愣，将卡还给云娆，忍不住小心翼翼地打量她："原来您是业主啊。"
云娆摇头："我不是，这是别人给我的。"
"我以前送过几次云翡佳苑的乘客，这是第一次看到刷业主卡的。据说一户人家只有一张，其他的都是亲属卡，或者访客卡。"

司机笑起来,"不过,您老公的,本来也是您的。"

云娆脸一红:"我没有……"

算了,一个陌生人而已,和他解释那么清楚干吗。

云娆清了清嗓,把嘴闭上之后,脸却更红了。

安全起见,云娆让司机停在距离靳泽家一百多米的地方,剩下的路她自己走进去。

尽管只有一百多米,可云娆的猫包和行李箱实在太重了,她走得非常吃力。

来到靳泽家门前,大门是人脸识别加指纹二重锁,云娆很早就录入过。

这一刻,她忽然有一种,自己真的是业主的感觉。

直到她拖着行李箱走入玄关,管家李叔才后知后觉地迎上来,接过她的猫包和箱子。

"云小姐,怎么这么早过来了?"

云娆差点脱口而出,我来当业主来了。

"李叔早,我来看看靳泽。"

她一边说,一边弯下腰,放出了手底下的一员大将——猫咪西几。

嘴上说着过来看望病人,实际上干着攻占男朋友别墅的野心家事业。

西几刚开始有一点怕生,匍匐着前进几步,目标是客厅。

这个新领地太大了,它需要探索很长一段时间。

云娆让李叔帮忙把她的行李放到客卧。

她自己轻车熟路地上了二楼,缓缓推开主卧门。

卧室内一片漆黑,云娆蹑手蹑脚地走到床边,借着微弱的光线找到床上那人,精准地把自己的手贴到他额头上。

好烫!

云娆的心揪起来,缩回手,视线落向床头柜上的水壶和药片,想看看他都吃了什么药。

"咳咳!"床上的男人忽然咳了两下,话语带着浓重的鼻音,"我好像出现幻觉了。"

他一边说,一边伸出右手,按亮了一盏床头灯。

云娆的目光回到他脸上。

仍是那张英俊非常的脸庞，颧骨上多了一抹不寻常的红晕，唇色却极苍白，眉心微微蹙着，正在适应光线的眼睛显得异常迷离。

这大概就是传说中的病态美，帅得支离破碎。

云娆不由得想起好几个月前，他假装发烧，把她哄骗到这里来表白。

现在他们在一起了，他病得这么严重，却瞒着她。

云娆想生气，可是看着他烧得昏昏沉沉的样子，她真是一点气也支不起来。

下一秒，一只滚烫的手忽然捏到她脸上。

他的动作很温柔，可是指腹那一层薄茧摩挲着她的脸蛋，让她仿佛全身触电般酥痒。

很快，靳泽的手垂下来，人却强撑着坐起来了。

"竟然是真的。"他靠在床头，有些不可思议，"现在几点？"

云娆张了张嘴："早上八点。"

"你不上班？"

"今天星期六。"

"噢……"靳泽呼出一口气，十分迟钝地笑起来，"我以为我想你想得出现幻觉了。"

云娆的脸跟着烧得滚烫："哦。"

靳泽强装清醒："其实我现在已经好多了，不用这么早跑过来照顾我。"

"谁来照顾你了？"云娆站了起来，小脸通红，语速飞快，"这里以后就是我的房子，我过来当业主的。"

靳泽抬眼望着她："什么？"

难得见到他虚弱呆萌，跟不上她思路的样子，云娆被他欺压了那么久，总算感到了一丝平衡。

"这就是我给你的答复。"她心跳得很快，像第一次站上翻译台的时候，既紧张又镇定，一字一顿认真地说，"我要搬过来住，当业主，你听明白了吗？"

说完这句话，云娆的勇气大约耗光了。

搬过来当业主,说得理直气壮,其实就是搬来和他同居。

还是她自己主动的。

云娆不再直视他的眼睛,兔子似的往后蹦了一步,战术性后撤:"你,你躺着好好休息,我去收拾东西了。"

说罢,她转过身,脚步有些忙乱,险些踩丢了自己的拖鞋,就这么跌跌撞撞地跑了出去。

靳泽望着她的背影,牵起唇角,慢条斯理地掀开了被子。

虽然最后从他房间离开的形象有点不稳重,不过,云娆对于自己今天勇猛的表现,还是很满意的。

她将满当当的行李箱放倒,蹲在地上,把里面的东西一点一点掏出来。

门口传来"咚咚"两声,有人敲门。

云娆记得自己没关门。

她抬起眼,迎头对上靳泽居高临下的视线。

他倚在门框处,身量颀长,深灰色睡袍松松垮垮,仅在腰间用系带随意固定,漂亮的倒三角身形隐约可见,胸前袒露了一部分精壮的肌肉,因为生病,冷白色的肌肤透着可疑的血色。

云娆的眼皮跳了跳:"你怎么起来了?"

靳泽双手抱胸,眼神有些虚弱,语气却一如既往的优哉:"你呢,你怎么在这里?"

云娆没听明白。

靳泽用下巴指了指靠墙的衣柜,笑起来:"你的衣服那么多,这个柜子放不下吧?"

云娆有点听明白了。

他在暗示,她需要一个巨大的衣帽间,例如他主卧里的那个。

云娆蹲在地上不动弹:"我没带多少东西过来。"

"反正以后都要拿过来的。"靳泽转脸看向窗外,"这里的采光也很一般。"

云娆嗫嚅道:"我就是喜欢这个房间。"

靳泽沉默了下。

云娆趁机挪到远离他的地方,继续闷头收拾行李。

生病只是让靳泽稍微迟钝了一点，该开的屏照开不误："你喜欢，那我也喜欢。"

靳泽："我皮糙肉厚，对房间和床没什么要求，挤一挤，能睡就行。"

他话语带着笑，嗓音又沉又哑，比往常的声音还要性感。

隔着两三米的距离，云娆几乎感觉有热气吹到自己耳边。

她忽地站起来，因为动作太猛，大脑供血不足，眼前一黑，身子也歪了歪。

靳泽连忙大步向前，稳稳地扶住她。

云娆的眼睛很快恢复清明，大脑从供血不足转变为供血过量，脸颊慢慢染上粉色，声音也软糯糯的："谁要和你住一间房了？你离我远点，别把病传染给我了。"

话音落下，靳泽立刻松开手。

他脸上仍挂着浑不惮的笑："我只是受凉了，又不是病毒性的感冒发烧，哪那么容易传染。"

话虽这样说，可他仍然小心翼翼地后退了一步，又一步，与她维持着安全距离。

云娆看见他收敛的动作，不禁后悔自己嘴快了。

她其实一点也不介意被他传染，只是单纯的害羞而已。

这般想着，她主动走上前，勾住了靳泽的手臂："我扶你回去躺下，别站在这里吹风。"

"嗯。"

别墅里全屋供暖，哪里有风。

然而靳泽还是乖乖跟着她回到主卧，听从安排，吃了药躺到床上，被子捂得严严实实。

云娆麻利地帮他掖好被角，裹得像个蚕蛹。

"你快出去吧。"靳泽催她，"别真的被传染了。"

"哦。"

云娆原本想留下来帮他擦擦热汗什么的。

可是看他身上干干净净，似乎还没有发汗。

而且她总感觉，他这个品种的孔雀，就算生病了也不老实，擦汗这种活儿，擦着擦着,可能就变成擦边了。

算了,等他真的发汗了再说吧。

云娆默默地走出主卧,反手将门关牢。

第十五章
/ 蓄谋已久 /

　　一整天，主卧里的病号老实得像只鹌鹑，大门不出二门不迈，只有吃饭的时候能见到他，睡袍里面还添了一件打底毛衣，看得出很想痊愈了。

　　晚饭后，云娆带着西几在花园里散步。

　　花园南面的草地上有一块新土，草地颜色偏浅些。

　　那棵树顶挂着星星的圣诞树，原本就栽在这里。可惜它后来被狗仔拍到，出现在那组"姐弟变情侣"的谣言照片中，肯定不能再留着了。

　　云娆站在那片草地前，不由得有些惋惜。

　　她忽然想到家里那棵小圣诞树。她现在搬过来了，小树留在家里无人照料，不如把它移植到这里来吧。

　　如果它有幸存活下来，说不定可以在这里慢慢长大，变得像那棵大树那么高，那么茂盛。

　　西几在花园里探索了一圈，不知道发现了什么好玩的东西，尾巴翘得高高的，兴奋地跑回主人脚边，用脸蹭了蹭她的小腿。

　　云娆弯腰摸了摸它的脑袋。

　　冬夜的风冷冽如刀，她却感受到了前所未有的幸福。

　　时间不早了，云娆将西几抱起来，打道回府，准备上楼查看一下某个病号的情况。

走到主卧门前,里面很安静。

云娆以为靳泽还在睡觉,推开门,才听见一阵淅淅沥沥的水声。

他在洗澡。

那就不打扰了。

云娆回到客卧,这个房间比她公寓的主卧都要大,她今天带过来的东西不多,完全够放。

云娆坐在床边,想起一件困扰她许久的事,感到无比头疼。

她还没有和爸爸妈妈还有哥哥说她谈恋爱了。

可是现在,她已经自作主张搬进男朋友家里,要是再不主动坦白,有朝一日若是露出马脚被发现,她被打断腿都是小事,万一影响到靳泽在她家人心中的形象,那是万万不能够的。

必须赶紧计划起来了。

首当其冲,要先过哥哥那关。

几个月前的那通电话,她几乎声泪俱下地倾诉了自己对靳泽学长的暗恋,可是云深依旧不为所动,唯一的一句评价,是讽刺她"病得不轻"。

既然和平沟通不管用,那就来点狠的。

云娆有个非常大胆的计划。

为了展示她对靳泽疯狂的爱,表达她非他不可的决心,她想在哥哥眼皮子底下,借助酒精的力量对靳泽霸王硬上弓。

只要成功"轻薄"了靳泽,那么就可以名正言顺地对他负责。

靳泽的人设也将定位为惨遭辣手摧花,最后顺水推舟和她在一起的无辜"小白花"。

面子什么的都不重要,所有"锅"她一个人背就行了。

下个月 19 日是云娆的二十五岁生日,也是实施这个计划的最佳日期。

不仅可以名正言顺地把靳泽和云深凑到一块儿,还可以最大程度地保护她自己。

就算云深这条疯狗再狠，也不至于在妹妹生日这天把她咬死吧？

云娆紧张地抱住了自己的脑袋。

离生日还有大半个月，她已经开始慌了。

她掏出手机，在明年1月19日这天标记了重要事项记号。

视线往下一瞟，紧随其后的1月23日，也是一个非常重要的日子。

这天是靳泽的生日，与她的生日紧挨着。

云娆的脑袋仿佛又大了一圈。

打从他们在一起的第一天，云娆就开始思考要送靳泽什么生日礼物，直到今天，都没有思考出一个所以然。

曾经单纯追星的时候，她买过无数礼物，每个都想送给他。可是在一起之后，她却觉得任何东西都配不上他了。

昨天买的对戒，更像一种感情的象征，也不适合当生日礼物。

云娆"咚"的一声栽在床上，脑壳都快想破了。

她双手向上平举着手机，茫然地点开软件，搜索"男朋友非常有钱，送他什么生日礼物比较好"。

云娆的眼睛自动略过那些大牌奢侈品，因为其中有不少就是靳泽本人代言的，不是他代言的都是对家，更不能买。

然后就是心意类礼物，云娆想过给靳泽织一条围巾，甚至她老家的衣柜里就有一条，是她高中的时候织的，可那玩意儿实在太丑了，非专业人士不建议尝试，有点侮辱她男朋友的神颜。

再然后……

【建议把你自己送给他。】

这条回答有一百多个人点赞。

云娆抓手机的手一哆嗦，厚实的爱粪大板砖向下自由落体，"啪叽"一声砸上了她的脸蛋。

"嘶！"

云娆捂着脸倒吸一口凉气。

她翻身侧躺，一边揉脸，一边咬着嘴唇心猿意马。

今天是12月26日，距离靳泽的生日还有二十八天。

她人都搬进来了,能撑到那一天再"送"吗?

太难了。

等他病好,估计就是明后天的事儿……

想什么呢!

云娆腾地从床上坐起来,右手揉了一会儿脸,手心都快被自己烫到。

这都什么答案,害人不浅。

云娆将手机重重砸到床上,从落地衣架上抽一条干净浴巾,转身一头扎进了浴室。

她没有带浴液过来,用的就是淋浴房置物架上放的那几瓶。

很好闻的木质岩茶香,泡沫在身上搓开后,泛出淡淡的、令人安心的药感,味道有点熟悉,似乎曾在靳泽身上闻到过。

或许他用的也是这一款吧。

云娆这般想着,洗澡的动作不禁慢下来。

她慢条斯理地等到头发吹干,从头到脚做好保湿工作,再换上干净的睡衣,距离她进入浴室,已经过了一个多小时。

推开浴室门,床上的手机正好"嗡嗡"地振动。

是闺蜜群的消息。

云娆捡起手机,靠坐在床头查看。

黎梨:【@娆娆"公举",我刚才在小区里遛葫芦妹,走到靳泽学长家附近逛了一圈,发现他把那棵圣诞树移走了哎。】

黎梨:【[图片]】

温柚:【你这个拍照角度就很狗仔。】

黎梨:【嘿嘿。】

温柚:【听说靳泽学长的工作室要和那些狗仔打官司了,你小心一点[旺柴][旺柴]。】

黎梨:【我可是正义的使者!肩负着帮"公举"盯梢的重任!】

看完她俩的聊天记录,云娆快笑疯了。

云娆:【从今天开始,我自己来盯梢!】

393

云娆：【@梨梨富婆，辛苦了我的梨，还没来得及告诉你，以后我们就是邻居了。】

发完这两句话，她有点不好意思地把手机倒扣在了床头。

才过了几秒，手机就迫不及待地振动开来。

她笑着拿起来，目光触及屏幕的那一刻，脸上的笑骤然消失。

靳泽：【我好像烧得更厉害了。】

靳泽：【怎么办？】

云娆连忙丢下手机，忧心忡忡地爬下床，踩着拖鞋"噔噔"往外跑。

她只顾着担心，来不及考虑其他。

比如他下午还好端端的，怎么晚上突然病情加重。

比如他真的难受的时候，其实习惯一个人忍着。

主卧一如既往的昏暗，只点着一盏床头灯。

靳泽半躺在床头，坐在暖黄色的光晕里。

床单被套似乎换新了，比原来那套的颜色深一些，衬得他肤色更白，宛如安静的罗马雕塑。

云娆快步走近，二话不说，先用手背探了探他的额头。

"温度还好呀？"

她坐在他身边，麻利地抓起床头柜上的电子测温仪，单手扶住他的肩膀，将测温仪探进他的耳朵里。

只听"嘀"的一声轻响。

云娆将测温仪拿到面前，借着不甚明亮的灯光查看温度数字。

36.5℃。

她掀起眼帘看着他，纳闷道："不烧了呀。"

靳泽对上她的目光，眉头轻轻皱起："耳朵的温度不准。"

"啊？"

他稍稍支起身子，坐直了些，垂眸凑近她："我小时候去诊所看病，那里没有耳温枪，我比较淘气，胳肢窝也夹不老实，医生就让我把体温计含在嘴里，告诉我，口腔里的温度比较准。"

云娇的嘴唇动了下，愣愣地看着他。

她就算再蠢，也能看出他的病根本没有加重，或者说，他闷了这一天，病早就好了。

她坐得离他太近了，喷洒的呼吸能够交缠在一起。

她立刻就想站起来，可是腿还来不及发力，就被人按坐回原位。

甚至离他更近。

"你既然这么关心我。"他语气含着笑，嗓音低沉磁性，"就应给我测个准的。"

云娇："谁关心你……"

后半句被他吞入口中。

云娇的脊背先是僵了僵，而后腰肢一软，没骨头似的被他拽入怀中。

同样的招术，这是她第二次被骗了。

云娇感到一丝郁闷，双手抵在他胸膛，不由自主地揪紧了他的睡衣衣襟。

眼下的情形，更像是他在为她测体温。

他亲得动情，唇与唇相互研磨。

不知道亲了多久，他松开她的时候，云娇喘得像刚跑完八百米似的。

瞧他这个接吻的力道，显然已经痊愈了，不辜负他今天一整天闷头养病，从早睡到晚。

云娇稍稍喘匀了气，抬眸瞄了他一眼，心底倏地一惊。

此时已经是深夜。

一墙之隔的室外，凛冬的冷风呼啸而过，而室内却十分寂静，暖气充盈宛如深春。

靳泽白天睡了太久，现在这个眼神，这个状态，未免太精神了些。

云娇在他怀里挣扎了下："学长，那个，我要去洗澡……"

男人按住她的手，淡淡地说："你已经洗过了。"

云娇狡辩道："没有没有，我只是换了身衣服。"

靳泽："我听见了。"

云娇："怎么可能，你家隔音很好的。"

靳泽:"可我耳朵长你房间里的。"

他怎么能把变态的行径说得这么言之凿凿!

云娆脸都快熟透了,继续挣扎:"你听错了。"

"好吧。"靳泽幽幽地叹了一口气,忽然凑到她颈间,"那你身上这个味道……"

"哪有味道……"

他用修长指尖拨了下她的衣领:"和我的味道一样。"

云娆被他碰得又是一哆嗦。

她素来不擅长骗人,实在狡辩不下去了:"……用你的沐浴液,当然和你的味道一样了。"

"可你比我好闻。"

他掐了掐她雪白柔腻的后颈,灼热的指腹移开后,忽而低下头,薄唇微张,将虎牙放了上去:"试吃一口,尝尝口感。"

他的牙先抵上去,在她颈间,说是咬,却没有任何刺痛感,因为他完全没使劲。

比起牙齿,唇覆盖上去的感受更为深刻。

灼热的,柔软的,微微濡湿的。

流连了一会儿,靳泽抬起头,琥珀色的眸子对上她湿润而羞赧的眼神。

他眼角弯着,低声评价道:"尝过了,洗得很干净。"

云娆又是一颤。

她宁愿刚才那个测体温的吻没有结束,烈火铺天盖地将她烧下去,不留任何思考的余地。

而不是像现在这样,被这只"花孔雀"有一下没一下地蚕食着。

他是真的很有耐心,先在她耳边看似礼貌地询问,好像在征得她的许可。

耐心这种东西,真不适合在这里用。

如果她有力气,一定打他。

可她完全没有力气,所以她只能求他。

求他的后果就是,他展示着自己漂亮的孔雀羽翼,故作惊讶地问她:"你怎么这么喜欢我。

"是因为太喜欢我，所以才变成……这样的吧？"

体温计静静地躺在床头柜上。

如果有人把它拿起来，测一下自己的体温，那多半是叫救护车的炙热程度。

云娆半睁着眼，眼眶覆着一层薄薄的云翳。

透过这层云翳，靳泽的五官略有些模糊，棱角分明的轮廓也染上了一层浅而柔的光晕。

唯有视线仍然灼灼如刃，眼尾的线条变得锋利，瞳孔颜色幽暗，深深凝视着她。

云娆的手腕被他攥得有点疼，她咬着下唇，忍不住问他："……你什么时候买的？"

靳泽："很久以前。"

这个答案云娆不满意。

他们才在一起多久？还是为了别人买的？

她用行动表达不满，成功地让靳泽倒抽了一口气。

"第一次和你表白那天。"他咬住了她的耳朵，"是你先前说，要和我在一起。"

云娆听罢，吓得直接捂住了他的嘴。

竟然那么早就……

犹记得那天电闪雷鸣风雨交加，他第一次骗她说自己发烧了，派乐言把她接过来。

然后她就被扛进这个房间，当时完全处在状况外，傻坐在床上什么也不知道。

他只是搂了一下她的腰，就放过她了。

几个月过去，他又以同样的招术把她骗了进来，而买的东西，现在派上了用场。

靳泽将云娆的手拿下来，放到唇边吻了吻，然后，又拿了个柔软厚实的枕头垫在她头顶正上方。

实木床头很硬，他必须把她的脑袋保护起来。

"本来就呆呆的。"他低头吻她的眼睛、鼻子、嘴唇，温柔地抚摸她的长发，

"可不能变得更傻了。"

云娆真是欲哭无泪。

他白天睡了一整天,可是她没有呀。

为了搬过来照顾他,她昨晚收拾行李收到凌晨三点,只睡了四个小时。

今天一天也都在忙里忙外,没合过眼。

后面被抱去浴室冲洗,擦干,再抱回去,她全程趴在靳泽肩上酣睡,因为太累,还发出了小猫呼噜似的呼吸声。

太可爱了。

因为白天睡了太久,现在又太兴奋,靳泽回到床上之后,狠狠地失眠了。

他抱着她,描摹她的睡颜,身体和灵魂仿佛一瞬间穿越回十七岁。

自从高中毕业出国后,他就经常失眠,后来母亲因病逝世,他的症状更严重了。

直到今天,从来没有哪次失眠让他感觉如此幸福。

许久之后,云娆有些不自在地挪了挪身子,往他怀里凑,嘴里喃喃地喊他:"学长……"

靳泽闭着眼吻她,心情渐渐平静下来。

他将她搂进怀中,像终于得到了渴望多年的珍宝。

呼吸越发匀长,终于交颈而眠。

一宿无梦。

云娆感觉自己睡了一个世纪那么长。

眼皮沉得睁不开,她下意识伸手去摸身边的人。

摸到了。

她尝试着掀开眼去看他,眼皮才打开一条缝,就看到一张轮廓分明的帅脸骤然靠近,转瞬封住了她的唇。

云娆后知后觉地"唔"了声。

全身酸胀得像被火车碾过,胳膊抬起来都费劲。

昨夜的片段恍然间蹿进脑海。

怎么早上一醒来起来又要亲!

她用尽全力推开他，嗓音带着晨起的哑，但仍是细细柔柔的，隐约含着一丝媚态："学长，我还没刷牙呢！"

"没事，我不介意。"

"我介意……"

她低头瞥一眼自己的身体，连忙将被褥拉上来，盖严实了。

靳泽单手撑着头，侧躺着，满眼含笑注视着她。

他还穿着睡衣，衣襟柔软，领口处的布料因动作微微下陷，露出一截白皙的肌肤，一抹可疑的痕迹点缀其中。

云娆慌忙移开目光。

刚才接吻的时候，她分明闻到了他口中清新的薄荷味道。

他自己刷牙洗脸弄干净了，不着急起床，反而又躺回来欺负她。

云娆恨不得把脸也埋进被窝里。

她闷闷地问："几点了？"

"不知道。"靳泽勾起她一缕长发，指尖随意把玩着，"估计快到中午了吧？"

"这么迟？"

她视线在屋子里睃了一圈，窗帘拉得紧，不透一丝光，实在辨不出昼夜晨昏。

"哪儿迟了？"

靳泽的手臂在被窝里搂住她的腰，指尖微微收紧，低头再次衔住她的唇，知髓知味地吮着。

云娆很没骨气地被他亲酥了，自认拉不住这条脱缰的野狗。

她觉得有点委屈。

她还没有刷牙，也没有吃早饭，甚至脑子都不清不楚的，就要被……

耳边遥遥传来一段熟悉而悠扬的音乐。

云娆如闻福音："学长……门铃响了！"

"嗯。"

他头都不抬。

"嗯"一声，就没了？

399

"学长，你要不要下去……"

"不用，这个点，估计是快递。"

云娆欲哭无泪。

她最后挣扎了几下，原以为今早就要交待在这儿了，幸运的是，上天似乎见不得她被弄得这么惨，派了个天使过来拯救她。

主卧门口传来规律的叩门声。

靳泽倏地停下，整个人都不好了。

"先生，黎梨小姐来了。"

李叔在门外通报，声音很轻。

"黎梨来了！"云娆激动地翻了个身，"学长，你想睡就再躺会儿，我得先走了。"

他看起来是想自己补觉的样子吗？

男人叹了口气，缓缓撑着身子坐起来。

室内仍旧晦暗不明，云娆似乎是不好意思开灯，摸着黑在屋里走来走去。

她的身体素质，倒是比他想象中好得多。

靳泽的眼睛很适应这样的黑暗，能够清晰地看到她纤细的轮廓。

除了刚下地那几步，有些跌跌撞撞，后面很快就行动自如了起来。

云娆飞速拾掇好自己，头也不回地走出卧室。

她全身上下每一块肌肉都酸得要死。

主卧出门右转就是旋转楼梯，可她觉得自己现在踩不稳楼梯，于是绕了个远路，坐电梯下到一楼。

客厅十分明亮，黎梨坐在沙发上，垂着头，亲昵地用手给西几梳毛。

茶几上摆着两盒包装精致的甜点，应该是她带来的。

抬眸看见云娆，黎梨笑得特别灿烂："你知道我今天几点起床吗？"

云娆扯了扯自己的毛衣，确保身上的印子遮严实了，然后快步走到她身边坐下："几点起？"

"八点！我八点就醒了！"黎梨的笑容渐渐变质，继而变态，"我一起床就想过来找你，但是我控制住了我自己，因为我理智地分析了下，你昨晚告诉我你以后就是我的邻居之后,无论我怎么给你发消息打电话,你都不回,这说明什么?"

云娆脱口而出:"说明我睡着了!"

电光石火间,她猛地想起关于昨夜更多的片段。

云娆坐在闺蜜身边,身体似乎突然着火了,无形的火舌烧到了她的脸蛋,让她忍不住抬手给自己扇风。

偏偏黎梨这时还凑到她耳边,再添一把火:"我猜你们就是滚到了床上,没到大中午估计醒不了……"

"啊啊啊!"云娆尖叫起来,用热乎乎的手按住闺蜜的脸颊,"你能不能小点声!"

黎梨也捧住她的脸:"到底是谁声音大?"

"你们在聊什么?"客厅斜前方,一道清沉沉的男声响起,语调略显玩味,"这么激动?"

云娆倏地缩回手,眼神都不敢往他那儿瞟。

黎梨比她自在得多,脆生生地向靳泽问好:"学长早上,哦不,中午好!"

靳泽左手端着个白瓷盘,右手抓一杯温牛奶,信步走到茶几旁边,将早餐放到云娆面前。

做完这些,他才抬眼看向黎梨:"学妹中午好。"

黎梨莫名搓了搓耳朵。

虽然他的声音很好听,语气也温和,可黎梨总感觉听出了一丝不友好。

她忍到这个点才来,总不至于还能打搅到他们的好事吧!

另一边,靳泽已经悠闲地坐在旁边的单人沙发上。

他穿一身简单的米白色毛衣,搭配黑色长裤,造型清爽又养眼。

因为瞳色偏浅的缘故,尽管靳泽的五官生得精致俊美,整体看来还是显得清冷淡然,不食人间烟火。

然而,他顶着这么一张矜贵自持的脸,却干着盯妻狂魔的变态行径,视线放肆地黏在云娆身上,几乎一刻不离。

黎梨用眼睛记录了一切。

她忍不住在心里为好闺蜜捏了一把汗。

她们家娆娆"公举"这么呆萌柔弱，怎么受得了这种猛烈的攻势！

气氛一时有些冷场，靳泽用指尖抵了抵太阳穴，淡淡地问："你们还没有回答我，刚才在聊什么？"

云娆吓得一激灵："我忘了……"

黎梨捏了捏她的手："我们刚才好像在聊……装修，对，学长你家的装修太性冷淡了，不是我们'公举'喜欢的风格。"

靳泽挑眉："是吗，那怎么能不性冷淡一点？"

够了。

云娆在心里咆哮：求你冷淡一点！

这之后，她脑瓜子"嗡嗡"的，完全没听见靳泽和黎梨聊了什么，只见靳泽忽然起身离开座位，不知去哪儿逛了一圈，回来的时候，手里就捏了一张黑色的信用卡。

云娆仰起脸，呆呆地看着他把卡放进自己手心，然后低声说："想添置什么，随便买，密码是你的生日。"

"哦。"云娆合起手指，"谢谢学长。"

"谢个头啊。"黎梨在旁边捅她，"前天咱俩逛街的时候，我看你挺狂野的啊，怎么今天变这么呆？"

云娆攥着靳泽的卡，脸一红："我哪有？"

靳泽也看出来了，她现在挺不自在的。云娆面皮那么薄，他现在还是不要留在这儿，影响她和闺蜜聊天。

"我去健身了，你们聊。"

丢下这句话，靳泽起身，迤迤然往里屋走去。

看到靳泽走了云娆松了口气，黎梨亦然。

不知道他意识到自己那个眼神没有，就跟饿了十年的野狗看见肉骨头似的，云娆被他那样盯着，能放松自如才怪。

黎梨忽然想起不久前，她和温大仙两个人约会的时候讨论的话题。

大仙这个人实在太玄，就算她随便说的话，黎梨也放在了心上。

大仙说，她总觉得，靳泽学长对云娆不像临时起意，而像早有所谋。

"他说的话、眼神，还有行为，都太超过了。"温柚分析道，"虽然他是影帝，擅长演戏，但是'公举'本来就非常喜欢他，我觉得他没必要追这么猛。"

黎梨当时说："可能因为我们'公举'特别讨人喜欢。"

温柚："也许吧。"

但今天，黎梨在靳泽家里，看到他们两个人热恋的状态不禁开始怀疑。

她知道云娆暗恋靳泽暗恋了很多年。

可是此时此刻，她打从心底感觉，靳泽对云娆的喜欢远远超过了云娆对他。

恋爱中的两个人，谁更爱谁一点，其实是显而易见的。

刚才靳泽说信用卡密码的时候，没有避着黎梨。

黎梨临时起意，勾着云娆的臂弯，玩笑似的问："'公举'，我怀疑，靳泽学长所有的卡密码都是你的生日。"

云娆转头看她："怎么可能。"

"你去问问他呗。"黎梨怂恿道，"我们来打赌，我输了的话，就请你和大仙吃黑珍珠三星！你输了你请，拿靳泽的卡刷就行。"

云娆笑道："我要是问出来了，靳泽学长的密码岂不是都被你知道了？"

"我缺你们这点钱？"黎梨顿了顿，"你看，你自己也相信我说的。"

云娆才意识到："我口误啦。"

打赌输或赢，云娆并不在意，当然更不可能误会黎梨刺探靳泽的密码。

但是，在黎梨的怂恿下，她真的有点好奇。

有这种可能吗，所有密码都是她的生日？

还是说，只是因为这张卡本来就预备给她用，所以设置了她的生日？

云娆终于按捺不住，拿出手机，低头斟酌着措辞。

她说得非常委婉：【学长，你的卡应该有不同的密码吧？】

几道墙之隔的室内健身房。

靳泽坐在哑铃凳上，长腿支地，还没有开始运动。

他双手抓着手机，身体微微前倾，只打了一个字：【嗯。】

云娆没想到他回得这么快。

看见那个"嗯"字,她耸了耸肩,并没有太多失落。

"他说还有别的密码。"云娆对黎梨说,"怎么可能都是我的生日嘛,我和他才在一起多久,况且都用一个密码的话,太不保险了。"

黎梨点了点头:"行吧。"

两人长长地松了个懒腰,勾肩搭背躺进柔软的靠垫,开始看电视。

片刻后,云娆搁在手边的手机忽地振动。

她拿起手机,随意瞥了眼。

靳泽:【110926。】

靳泽:【其他所有密码都是这个。】

云娆微微一愣,看起来是随便想的密码。

他这是要把所有身家和她共享吗?

云娆笑起来,打字回复:【哦[可爱][可爱]。】

健身房内。

靳泽将手机倒扣在腿上,单手撑着额头,坐在哑铃凳上一动也未动。

她回复了。

他有些紧张地抓起手机,下颌线绷直。

她说"哦"。

又等了会儿,没有其他回复了。

靳泽将手机放到一旁,双手拉下头顶上的蝴蝶臂。

与此同时,他轻轻叹了一口气。

不知道是放松,还是遗憾。

搬进靳泽家半个多月,云娆的东西陆陆续续都带过来了,还添置了许多新物件。

周中一天,靳泽一早外出拍商广,云娆在帝都出差了两天,中午刚回来。

她到家后小憩了没一会儿,就被快递小哥的门铃声吵醒了。

下楼的时候,李叔已经帮她把快递抱进了屋子。

云娆拿着裁纸刀,一边哼歌一边快活地拆快递。

她买了好多可爱的盆栽,新的沙发靠枕、桌垫、地毯等等,为了配合家里的装修风格,尽量都买的饱和度较低的颜色,想让整个屋子看起来既鲜活有人气,又不失高级感。

午后清透的阳光透过纱帘斜照进来,冬日的寒气则被玻璃窗隔绝在外,客厅里像春天一样明亮而温暖。

花了一个多小时折腾完客厅,云娆撑着腰站起来,又抱了几样东西上楼去主卧。

她就像一只勤劳的小蜜蜂,东转转西转转,仿佛患上了整理癖,怎么也闲不下来。

西几跟着她走进主卧,蹲在墙边的格柜下缘,用某个黑色的收纳盒边角蹭脸。

它好像特别喜欢蹭那个黑色的盒子。

云娆蹲在西几旁边,打开收纳盒的盖子,把里面的两个绒布首饰盒往底下塞了塞,藏得严严实实。

同居了半个多月,云娆始终没找到机会把戒指送给靳泽。

她光想象一下自己拿着戒指盒递给靳泽的画面,都感觉脸红心跳。

好像催婚一样。

她才没有那个意思呢,就是情侣之间的小礼物而已。

思及此,云娆将收纳盒盖好,往柜子深处推了推。

西几蹭不到盒子了,有点暴躁地围在她脚边乱转。

云娆起身,转进洗手间里,拿了块干净的抹布出来擦家具。

我真是贤惠死了,谁能娶到我绝对是三生有幸。

她一边脸红,一边放肆地自夸着。

云娆来到临窗的圆桌旁,靳泽去年中秋节送给她的那只毛绒小熊,此刻就坐在桌上,背靠插满鲜花的陶瓷花瓶,沐浴着阳光,别提有多惬意。

除了它身上那件粉红色紧身小衣服,怎么看怎么勒肚子。

云娆视线一扫,瞥见圆桌上还放着一杯所剩不多的咖啡。

应该是靳泽早上喝过的。

她正准备顺手把咖啡杯收走,忽然听到一阵门铃声。

主卧的落地窗正好可以看见大门外的光景，云娆放下咖啡杯，凑到窗边往下张望。

是沅沅姐。

她连忙甩掉手里的抹布，拿纸巾擦干净手，快步赶到楼下迎接。

简沅沅见到她，友好地笑了笑："今天不上班吗？"

"刚出差回来。"云娆站在玄关旁边，莫名有些紧张，"靳泽……学长出门拍广告了。"

"我知道。"简沅沅轻车熟路地走进屋子里，"我来借几件他的西装成衣，给男模特拍摄用，已经和他说过了。"

云娆点点头，殷勤地走在简沅沅身边："他的衣帽间在楼上，我带你去吧。"

"不用了，我知道在哪儿。"话音落下，简沅沅忽然停下脚步，转头看向云娆，眼尾弯着，"你忙你的就好。"

她长相冷艳，个子又高，微微低头的时候，美得很有攻击性。

其实简沅沅和靳泽长得不太像，但是云娆现在一看到她就能想到靳泽，因为他们的瞳孔都是少见的琥珀色，像星云一样璀璨。

简沅沅的目光掠过云娆脸畔，发现她竟然看着自己这个同性都能脸红。

太可爱了，难怪靳泽的魂都被她勾着跑。

简沅沅没有多做停留，两人在楼梯口分开。

云娆忍不住反省自己是不是太热情了。

沅沅姐的个性感觉比靳泽高冷得多，她还是不要上赶着套近乎比较好。

心里这般想着，云娆踱进厨房，挑了些水果洗净、切好，摆在客厅茶几上，安静地等待。

约莫十分钟后，简沅沅抱着几件款式不同的西装走了下来。

她原本不打算多留，但是看见云娆呆呆地坐在沙发上等她，还准备了水果招待，于是脚步一转，走向了客厅。

她将衣服往沙发靠背上一扔，坐下，长腿随意地交叠着，弯腰拿小叉子叉一块苹果送入口中。

坐都坐下了，不聊天显得有些奇怪。

简沉沉对于家长这个角色很不适应，半尴不尬地问："你们什么时候在一起的？"

云娆的坐姿很老实，像个听课的小学生："九月初，到现在正好四个月。"

"才四个月？"

简沉沉非常惊讶。

云娆："虽然在一起的时间很短，但是我……粉了靳泽学长很多年。"

简沉沉又吃一块水果，舌尖舔了舔唇角，挑眉："是吗，我以为他才是你的老粉。"

云娆眨了眨眼，显然没听明白。

简沉沉坐直了些，一绺长发从颈间垂落："你不知道吗？"

云娆茫然地睁大眼睛："我知道什么？"

简沉沉的眉心微微蹙起，很快又松开。

"没事。"她缓缓咀嚼着口中的水果，神思游荡了片刻，忽而垂下眼，"我差不多该走了，拍摄组的同事都在等我。"

云娆和她聊得一头雾水，但还是礼貌地站起来送她离开。

简沉沉风风火火地抱起成堆的衣服，大步往玄关走。

她今天穿一双及膝的长靴，必须用两只手才能穿上。

简沉沉停在玄关处，看着自己的靴子，犹豫了一会儿。

云娆站在她身后，一只手已经伸了过去："我帮你拿吧。"

简沉沉不知想到了什么，猝不及防地转过身，折返回客厅，又把那堆衣服扔回沙发上："我突然想起来，还漏了一件。"

好的呢。

云娆悻悻地缩回了手。

她坐回原来的位置，呆愣愣地思索着，沉沉姐应该是比较独立，不喜欢别人帮忙，而不是不待见她。

这一次，简沉沉在楼上待的时间似乎有些长。

等她再次从楼上下来，怀里多了一件厚实的灰色男士大衣。

407

她走进茶几和沙发的过道，弯腰去取先前丢在那里的衣服。

云娆还是忍不住，站起来帮忙。

只听"嗒"的一声轻响，不知从哪件衣服里头掉出了一个黑色皮夹，在沙发边缘弹了一下，最后落到了地上。

简沉沉颇为艰难地抱着所有衣服，对云娆说："帮我捡一下，应该是靳泽的东西。"

云娆弯腰捡起来，好奇地打量着："以前都没见他用过。"

简沉沉："几年前的款式了，国内谁还带皮夹，多半是在他国外的时候用的。"

云娆点了点头。

皮夹的搭扣没有扣紧，松松地开着口，云娆随手想把扣子扣起来。

动作间，她瞥见皮夹里的一抹彩色，约莫银行卡大小，夹在最外层最显眼的地方。

像是照片。

可以看吗？

云娆犹豫了下。

最终，她没挨过自己的探知欲，葱白手指捏住皮夹一角，缓而又缓地打开。

那张照片显然被人裁剪过，画面中，仅留下了两个人。

相纸略有些褪色，暗示着它曾经历的长久时光。

"这是……什么啊？"

云娆难以置信地抬起头，杏眸大睁，像触电了似的，整个人簌簌地战栗起来。

九年多前，高中运动会上那阵作怪的狂风，似乎迎面扑到了今日的她脸上。

照片裁剪成四四方方的大小，正好塞进皮夹第一层。

泛黄的相纸上，十七岁的少年身穿洁白的夏季校服，身姿高瘦挺拔，英俊的脸庞迎着光，手里捏着金灿灿的运动会奖状，面对镜头，笑得肆意而张扬。

在他身旁，斜后方的位置，还有个眉眼稚嫩，笑容同样灿烂的少女。

她穿着礼仪队的制服，为选手颁完奖之后，安静地站在他们身后，素白的小脸略显羞涩，然而目光却灼灼地望着斜前方的少年。

本该成为背景板的她，却出现在这张只容得下两个人的照片里。

其他人都被裁掉了，只剩她，伫立在暗处，却与他并肩而立。

她记得那天的风，那天的太阳，那天的两枚磁铁，还有他将磁铁放进她掌中时，那温暖滚烫的体温，以及她自己渐快的心跳声。

却从来没有期待过，他或许也记得那一刻。

云娆的眼眶酸得像挤了一千只柠檬进去。

顾及身旁的简沅沅，她尽全力稳住自己，没有让眼泪掉下来。

"这个……好像是我。"她颤抖着说。

简沅沅弯下腰，目光在照片上转了圈，含笑点了点头："你们看起来挺般配的。"

她念出照片右下角的时间戳："2011年10月12日，原来已经过了这么多年。"

云娆："会不会……因为我站在他旁边，所以他不小心把我剪进去的？"

简沅沅眨了眨眼："从构图上来说，你比他更像主角。"

云娆攥紧手指，深吸了一口气："可是，他为什么……"

"因为他那时候就心里有你啊。"简沅沅性子急，干脆直接帮她把心里话说了出来，"现在是2021年，第十年了，很疯狂吧？"

她说话的声音不大，云娆却感觉如雷贯耳。

"他从来没有和我说过。"云娆按住了自己的脖颈，感到喉头发紧，呼吸困难，"我真的不知道……"

简沅沅挺直了背，眼神淡了些："他怕吓到你吧。"

"怎么会？"

简沅沅："一个男生，惦记了你这么多年，听说你们中间也很少联系，你不觉得他这样挺偏执，挺吓人的吗？"

云娆咬了咬唇，没说话。

她确实，有一点被吓到了，不过只是惊讶，并不是害怕。

简沅沅的眸色变得更冷，语调也轻慢起来："他和他爸在感情这方面很像，偏执又幼稚，这样的男人，一旦招惹上了，挺麻烦的。"

简沅沅从小就像妈妈简倪，性格洒脱，对待爱情的观念很随意，来去自如，不愿意束缚住自己。所以她非常看不惯父母分手后父亲那种怨恨的状态，也看不惯靳泽这种幼稚固执的傻瓜。

"沅沅姐。"

"嗯？"

云娆静默了一会儿，蓦地鼓起勇气，直视简沅沅的眼睛："每个人对待爱情的观念都不一样。靳泽学长这样的……我就觉得很好。"

简沅沅愣了愣，表情软下来："不好意思，我刚才失言了。"

"没关系。"

云娆扯了扯唇，想笑，笑容却莫名有些惨淡。

落地窗外投进来的日光渐渐倾斜，影子拉长。

简沅沅搂紧怀里的衣服，与云娆告别："我真的该走啦。"

云娆一直跟到门口去送她。

临别时，云娆轻声说了句"谢谢"，简沅沅的步伐没停，不知道听见没有。

云娆独自回到客厅，垂眸看一眼手里的黑色皮夹。

胸口和眼睛都胀得厉害，她揉了揉眼角，再次翻开皮夹，细细地描摹照片中的人。

因为太久了，人物的面目都有些模糊了，就连右下角的金色时间水印，也像洇了水的墨迹。

2011年10月12日。

"111012。"

云娆不由自主地念出这串数字。

"轰"的一声，她想到什么，连忙翻出自己和靳泽的聊天记录，找到前不久他发给她的银行卡密码。

【110926。】

【其他所有密码都是这个。】

2011年9月26日。

难不成是……

云娩慌忙点开日历软件，不断往前翻，脑中冥思苦想着关于那天的细节。

她记得，那是十一国庆节之前的最后一周，她被足球社的部长叫去男生宿舍拿足球，校队训练要用，然后她就抱着足球横穿过篮球场，被哥哥拦了下来，然后第一次遇见了靳泽。

校队都是在周一训练。

云娩很快翻到 2011 年，找到十一国庆节之前最后一个周一。

9 月 26 日。

巧合吧……

怎么可能真的是……

她感到一阵窒息，喉咙像被一只无形的手扼住了。

她抬起右手摸到脖颈处，重重地揉搓着皮肤。

一颗豆大的泪水坠在腕间，如水晶坠向坚硬的地面，转瞬便破碎四散开。

云娩的手腕仿佛被眼泪的热度烫到了，她难以自抑地抱住了自己。

耳边忽然传来开门声，很快又关上。

李叔在花园除完草回来了。

云娩搓了一下脸，有点害怕见人。

她撑着桌面站起来，跌跌撞撞地跑上了楼梯。

她推开主卧门，一头栽到床上，不到半秒就爬了起来，因为自己身上不干净，怕弄脏了床单。

泪水模糊了视线，慌不择路的时候，她不小心撞到了落地窗边的圆桌，桌面上的咖啡杯被撞翻，少许咖啡溅洒出来，弄脏了摆在旁边的毛绒小熊。

云娩不顾自己撞得生疼的腿，忙不迭抓起小熊，拿纸巾擦掉它身上的污渍。

小熊的粉色上衣脏了一块，云娩只能将这件紧巴巴的衣服脱掉，免得咖啡渗到里面。

脱掉衣服后，她眸光落到小熊绒毛杂乱的肚子上，恍然怔了怔。

原先被小T恤遮盖的地方，浅灰色绒毛中，竟然印着一串红字的英文字母。

Someone at UCLA loves u.

"这又是什么啊……"

云娆哽咽着,学了这么多年的翻译,此时好像看不懂英文了。

她用颤抖的手翻开小熊玩偶的标签,看见了它的制造日期。

2012年。

那年靳泽大一。

多少年前买的东西,他却当作去年的中秋节礼物,郑重其事地送给她,还给小熊穿了件不合身的上衣,故意遮住它肚子上的字。

云娆用力抓着小熊,整个人脱力一般跌坐在了地上。

第一次表白的时候,他只说:"我认识一个姑娘,我挺喜欢她的。"

后来,他冒着天灾过来找她,他们在震区在一起了。

在一起的第一天,他就在电话里和她说,想和她结婚。

还有许多许多,她曾认为的无缘无故的誓言,过分缱绻的眼神,空穴来风的深情。

而他从不做浮夸的表演。

一切都有迹可循。

心脏疼得像被无数只手撕扯着,云娆再也控制不住,任由泪水肆虐,抱着膝盖放声大哭起来。

一月中旬,申城一年里最冷的时节。

拍摄一打板,乐言立刻抱着厚实的大衣冲进场中,将衣服披到靳泽身上。

靳泽用修长的手指拢了拢衣襟。

拍摄时他只穿衬衫西服,耳朵都被冻红了,但是神情仍旧淡然自若,身体也没有一丝颤抖,每一句台词,每一个动作都展示了扎实的演员功底。

"品牌方负责人和设计师去导演那儿看片了。"

乐言从自己的羽绒服里掏出一个暖手袋,塞进靳泽手中。

他的目光触及自家老板泛红的耳郭,忍不住吐槽道:"他们都不看天气预报的吗?非要挑最冷的那几天在户外拍宣传片。"

靳泽无声地瞥了他一眼,乐言立刻讪讪闭了嘴。

过了几分钟，见导演那边的小会没有短时间内结束的意思，乐言问靳泽要不要去室内休息一会儿。

"不用，我不冷了。"靳泽闲来无事，款款走上几米开外的观景台，"这里风景还挺好的。"

他们拍摄的地点位于申城南郊的一座滨江庄园。

宽阔的观景平台临江而筑，脚下便是滚滚东流的江水。

此刻正值落日时分，半轮橘黄色的夕阳沉入地平线，在江面洒下扇形的余晖，粉橘色的天空倒映在江水中，波光粼粼，江天一色。

靳泽伫立在围栏边，下意识地伸手摸了摸口袋，想掏出手机拍张照片，将如斯美景分享给某个人。

很可惜，口袋里没有手机。

今天一整天忘记充电，前不久才让助理拿到休息室补充电源。

随着夕阳坠落，每呼吸一口，空气似乎都凉似一分。

靳泽闲散地面江而立，背影高挑清隽，浑然如画。

身畔忽然传来一道悠然的女声："今天的夕阳真好看。"

靳泽淡淡点了点头。

来人是今天和他合作拍摄 G 牌年度宣传片的女星叶映然。

靳泽前年获得金像奖的电影就是和她搭档。

两人在片中饰演上下级，并无明显的感情戏份，但是因为他们的颜值都很出众，气质也相似，站在一起就是一张充满故事性的电影海报，所以影片播出后，网上冒出不少 CP 粉，还建了他们的超话。

靳泽作为影圈劳模，多的时候一年能拍四五部电影，合作过的女明星无数，各种各样的小众 CP 粉太多了，只要没闹大的，他一般不予理会，也不会特意去避嫌。

叶映然是个各方面能力都非常出众的女人，演技好，学识高，待人温和亲切，性格也落落大方，靳泽和她合作很愉快。当然，如果去年她没有对他表白，他们甚至可以当朋友。

今天的拍摄现场，镜头盖一旦合上，两人就像不认识一样，如无必要，

413

不会多交谈半句。

此时,叶映然主动走过来搭讪,靳泽并没有太排斥。

他知道她不是那种死缠烂打的女人,况且今天的夕阳太过美好,暖融融的光照耀在身上,他们完全可以像普通朋友一样闲话家常。

他们聊完最近接触的剧本,气氛略有些冷场。

叶映然稍稍侧过脸,用余光打量他淡然的侧颜。

金色的余晖描过男人深刻的眉骨、眼窝、鼻梁、唇峰,在凌厉的下颌一笔回锋,完美收尾。

叶映然的心跳陡然漏了一拍。

她收回目光,眺望着逐渐变暗的天与水,柔声问:"听说许导在这附近开了一家慢摇清吧,晚上有时间吗,叫上华哥一起?"

靳泽:"不好意思,有约了。"

慢摇有什么意思,他约了老婆,两个人待在家里,可以做很多事。

靳泽的表情仍旧淡淡的,眸光清冷内敛,叫人完全刺探不出他的内心。

"好吧。"叶映然遗憾地说。

一阵寒凉的江风将她鬓边的碎发吹到脸上。

叶映然抬起一只手,将碎发挽至而后,忽然轻声启口:"没想到简沉沉竟然是你的亲姐姐,我特别喜欢她的设计风格,今年也想请她为我定制一套晚会礼服。"

靳泽终于垂眼看了看她,勾唇:"谢谢,我会帮你转达的。"

即使只是礼貌的笑意,叶映然也感觉心口一满。

原本压在心底的话,在粉紫色霞光的催化下,不由得脱口而出:"圣诞节那天,看到你澄清单身,我真的……很高兴。"

话音落下,靳泽缓缓敛了笑。

"你看错了。"他的声音含了丝冷然。

"啊?"叶映然张了张嘴,愣在原地。

靳泽眺望着远方江面上飘零的船舶,淡声解释道:

"我澄清的是绯闻，没有澄清单身。"

叶映然回味一遍才听明白，脸上的红晕霎时消失殆尽。

她缓了缓，尽力表现得稀松平常："你……有女朋友了？"

"嗯。"

靳泽不会主动和圈内人提起这件事，但若是别人问他，他也没必要含糊搪塞。

他就没打算瞒着。

总有一天，所有人都会知道的。

想到云娆时，靳泽的眉眼不自觉柔软了几分。

他听见身旁的女人用轻柔的、微微颤抖的声音问他："能和我说说你的女朋友是个什么样的人吗？"

靳泽素来不爱和旁人多话，可他望着远方即将盛大落幕的夕阳，忽然挺想回答这个问题。

"她长得很漂亮，让人一见钟情的漂亮。"他轻轻吸了一口气，清冷的声音变得温柔，"性格安静又胆小，很容易教人萌生保护欲，可是剖开柔软的外壳，她心底又很坚硬，所以我一面想要保护她，一面又忍不住触犯她。"

男人骨子里就是有点贱兮兮的，越喜欢的人，就越想要越过她的防线，占有更多。

江风撩起他的额发，让这张沉着淡漠的脸，恍惚间充满了少年气。

靳泽的心情说不出的好。

他一只手搭上围栏，目光从江面抽离，随意地看向侧方一条幽深的林荫道。

道路上稀稀拉拉走着几个人，傍晚光线昏暗，人影不甚清晰。

叶映然已经恢复镇定，轻声感慨道："如果有机会的话，真想认识一下你的女朋友。"

仿佛福至心灵，靳泽的视线定格了一瞬："那边有个远远走过来的女孩，长得很像她。"

叶映然循势望去："那么远你也看得见？"

不仅远，光线也暗，道路上的人就像一个两个的小黑点，叶映然自认视力不错,却也很难看清来人的面容。

靳泽维持着侧身的姿势,视线始终没有收回来。

过了一小会儿,叶映然终于看清那个迎面走来的姑娘的模样。

她穿一件浅灰色的短款羽绒服,下半身是简单的牛仔裤,长发在脑后扎成丸子头,身材比例很好,两条腿纤细笔直,原本只是快步走,后来渐渐地跑了起来。

"真的很漂亮。"叶映然叹了句。

回过神,刚才还在身旁的男人却已经不在原位。

靳泽迈开长腿,朝那个女孩跑来的方向,大步迎了上去。

深灰色大衣随他步行的动作鼓起又落下,夕阳已经彻底沉入地平线,路灯还未亮起,男人深隽的轮廓几乎匿进迷蒙的黑暗里。

云娆跑得很快,快得能听见冷风在耳边呼啸。

最后刹车不及,她干脆借力蹬了下地,一跃抱住了靳泽的脖子,腿也自然地缠上了他的腰。

"怎么突然来了?"靳泽将她冻得泛红的脸颊按进怀里,眼角眉梢绽开笑意,"不提前和我说一声?"

云娆将脸埋在他颈间,声音有些模糊:"临时决定来的。打了好几通电话给你,最后乐言接了,把我顺了进来。"

"我手机没带在身上。"他双手往下将她托高了些,恰逢她抬起头,脸笑得像朵花,靳泽忍不住问,"碰上什么好事了,这么开心?"

云娆眨巴眼睛:"就是开心,而且特别想你。"

靳泽:"你眼睛怎么有点肿?"

云娆从他身上跳下来,理了理衣服:"嗯……下午在家看电视剧的时候被感动哭了。"

"什么电视剧这么好看?"

靳泽说完,没有等她回复,单手扣住了她的脖颈,低头就要吻她。

他脸上带着妆,显得五官极深刻,头发和服装的造型很斯文,像个高贵又冷淡的绅士。

那张白皙的俊颜就这么肆无忌惮地压下来,云娆刚才狂奔向他的勇气似乎漏气了，她羞赧地侧了侧脸，避开这个吻，嗫嚅道："被人看到怎么办？"

抱都抱了，现在才担心被人看到？

靳泽用微凉的指腹摩挲她的后颈，不怀好意地说："你冲过来抱我，我很被动，不得不从。大不了今晚一起上热搜呗。"

云娆听到吓呆了。

靳泽被她的傻样逗笑："骗你的。这边都是熟人，别担心。"

这片是私人庄园，隐秘性非常好。

而被他称为"熟人"的品牌方、拍摄组、合作演员，以及一众助理和工作人员，此刻下巴都要掉到地上了。

幸而大家都是有经验的，也有职业操守，知道这种场合，他们唯一能做的就是把嘴闭上，然后再把眼睛移开。

人家靳影帝眼里只有拍电影和冲奖，自己都不在乎有女朋友带来的影响，其他人更没必要为他担惊受怕，管好自己的手机和嘴巴就行。

大部分人很快恢复了正常，各忙各的事情，顶多时不时在好奇心的驱使下偷瞄两眼。

唯独叶映然，一直遥遥地凝望着他们两人。

她和靳泽合作拍过电影、广告，一起参加发布会、接受采访，也聚餐过几次，算是圈内和他接触比较多的异性了。

他在所有认识的人眼中的形象非常一致——才华出众，性格淡然温和，看似友好却无法接近，对除了演戏之外的一切事情漠不关心，所以偶尔也会让人感到高傲和冷漠。

可是今天，他当着所有人的面，迫不及待地吻一个女孩。

被拒绝了之后，不知道贴在人家耳边说了什么私密的话，最终还是让他亲到了。

隔着二十多米的距离，夜色昏晦，叶映然看得很不真切。

在那个素颜扎丸子头的女孩面前，眼前的男人似乎瞬间年轻了十岁。

叶映然仿佛透过了时光的长镜头，窥见了少年时期的靳泽。

和他留给世人的形象完全不同。

417

热情、张扬，甚至有些急躁。

羡慕的情绪在叶映然心底油然而生，可是她不得不承认，眼前的画面就像印象派油画一样美好。

她的心情既难过，又高兴。

她打从心底祝福他们。

远方的天幕呈现幽暗的蓝紫色，大都市的钢铁丛林似乎在遥不可及的地方。

云娆被他亲得快喘不上气了。

她扒着他的肩膀，化羞愤为力量，硬是把他推开了。

"学长，这里是路中间。"

"抱歉。"

一般"花孔雀"道完歉，下一句常常来个神转折，开屏开得措手不及，

"我以为你千里迢迢跑过来找我，就是迫不及待想来点刺激的。"

她确实迫不及待想见他，早先在家里哭够了，震惊和遗憾退去之后，满心都是眷恋，打车过来的路上，恨不得让轿车插上翅膀，一眨眼就能飞到他面前，用力地抱住他。

但是这不代表她愿意在光天化日的路中间被他亲得七荤八素腿发软。

"今天的广告怎么拍这么久呀？"云娆不和他一般见识，转移话题，"什么时候能结束？"

靳泽这才松开她，长指下滑，钩住她微凉的小手："快了，现在品牌方在看片，如果不用补拍，马上就结束。"

云娆点了点头，低头瞄一眼他们紧握的手，心底涌上一股不安，再一次确认："我们这样……真的没事吗？"

"明星的感情生活远比你想象中的丰富，曝出来的都是少数，因为做这行的人，都知道什么该说，什么不该说。"靳泽顿了顿，"难得有一次，我在片场，不是帮忙保守秘密的那一个。"

云娆扁扁嘴："你还挺得意。"

虽然靳泽完全不介意曝光恋情，但他也不会傻到去炫耀。出于保护云娆

的心态,他很快把她带到了没有人的地方,不让她的脸被太多人看见。

两人走进庄园别墅,到了室内有暖气的地方。

靳泽拿回自己的手机,一边低头查看信息,一边问她:"这附近的沿江公路风景很不错,等会儿我开车带你兜一会儿风?"

云娆摇头:"我们早点回家好不好?"

靳泽将目光从手机上移开,看向她,唇角上扬:"这么着急回家?想干吗呢?"

很可惜,云娆的回答不是他想听的。

"我要回家收拾行李。"云娆抬眼注视着他,"你忘了吗?明天开始,我要搬到我哥那儿住几天。"

这个回答,像把他华丽的孔雀尾翼拔了一样让他难受。

云娆的生日快到了。

每当儿子女儿过生日,云家老两口就会北上来到申城住几天,云娆也会搬到哥哥家,一家四口团聚。

他不能陪她度过生辰的零点,来到二十五岁。

靳泽为此已经郁闷了很长一段时间。

他非常无奈地叹了口气:"你生日那天,我什么时候能见到你?"

云娆:"晚上吧。我在会所订了个包间,请好朋友过来聚一聚。"

靳泽抬手捏了捏她的下巴:"我只是你的好朋友?"

"你假装一下嘛!"云娆被他捏得脸颊泛红,"不要露出马脚哦。"

云娆没有把自己的计划告诉靳泽,既然决定一个人背"锅",她一定要把靳泽择得干干净净。

靳泽干燥的指腹还在她脸侧流连。

他眸光深暗,叹息着说了一句鬼都不信的话:"假装不了怎么办?我的演技很差呢。"

云娆被他摸得鸡皮疙瘩都起来了。

她转开通红的脸颊,樱唇翕张:"那……那你自己看着办。"

419

靳泽搁在桌角的手机振动起来,是乐言发短信来,说片子可以了,不用补拍。

他扫一眼,顺手将手机揣进口袋。

"走吧,我们现在回家。"

云娆愣了愣:"这么快?"

"嗯,赶紧回去收拾东西。"靳泽握住她的手腕,"早点收完,早点让你享受二十四岁最后一个火热的夜晚。"

二十四岁的最后十分钟,云娆盘腿坐在椅子上打视频电话,手机摆在支架上,正对着脸蛋。

"叔叔阿姨都睡了?"

"嗯,他们通常十点就睡觉了。"云娆捧着脸,凑在镜头前面,"学长在干吗呢?"

画面中的男人闲适地靠在床头:"你说呢?"

"我怎么知道。"

"当然在——"他故意拖长音,然后哼笑了下,"想你。"低沉悦耳的嗓音,含着一些磁性的颗粒感,像耳语一般温柔。

简简单单几个字,却听得云娆耳朵发烫。

临别那天晚上,他不停地在她耳边说些露骨的情话,把她折磨得溃不成军,怎么求饶都没用。

不仅耳朵被火烧,身体上也留下了火热的印记。

以至于云娆第二天搬走之后,连续几天在哥哥家里都穿着高领毛衣,还被老妈追问是不是身体不舒服,家里开着暖气还裹那么严实。

面对手机屏幕,云娆很不争气地捂住了脸。

想叫他收敛一点,可是他明明什么都没说,是她自己思维发散,联想得太多。

云娆缓了口气,扯开话题:"学长,我提醒你一下,明天不要送我太贵重的礼物哦。"

靳泽:"你这就强人所难了。"

云娇："去年我哥生日你送了他一个签名篮球，明天，你干脆送我一个签名足球吧。"

靳泽有些无奈："我看起来像那么随便的人？"

"哎呀，演戏嘛。"

"我不会演戏。"靳泽眯起眼看她，嘴上耍无赖，"要不你教教我？"

"你怎么这么……"

一句话没说完，她的声音戛然而止。

只听"咚"的一声，视频还未切断，但是画面上的人消失了，手机屏幕里只剩黑糊糊的一片。

云娇慌乱地将手机倒扣在桌面上，愤然回头："哥，你进我房间为什么不敲门？"

"我敲了好几遍。"云深双手抱臂，黑眸漫不经心地审视着她，"大半夜的干什么呢？笑得那么荡漾。"

"没……没干吗，和大仙、富婆聊天呢。"云娇将椅子转过去，面对他，"你找我干吗？"

云深站在离她几米远的地方，没有走近。

他个子很高，五官线条锋利，站着不动的时候，很容易给人以压迫感。

兄妹俩大眼瞪小眼，无声地对峙了一会儿。

终于，云深先耸了耸肩，打破僵局。

他左手从臂弯里变戏法似的摸出一个硬纸盒，随意地丢在云娇床上。

"生日礼物。"

云深语气很淡，难得地不含刻薄。

云娇的眼睛亮了亮，扑到床上把那盒东西拿了起来。

是时下最新款的手机，配置很高。

"哇，谢谢哥！"云娇抱着新手机傻笑起来，"你怎么知道我想换手机？"

云深："你那破手机屏幕碎了几次了？我看着都难受。"

云娇："能用就行嘛……"

云深走近些，把手机盒拿起来敲了敲她的脑门："想买新的就买，家里现在又不缺钱。"

"知道啦。"

与此同时，云翡佳苑某幢别墅的卧室内。

靳泽瞥了眼放在床头柜上的新款手机，太阳穴突突地跳。

他和云深真可谓亲兄弟心连心。

其实靳泽还准备了另一份礼物，以男朋友的身份。

只不过，明天的生日聚会上，以学长身份送的礼物必须临时更换一下了。

靳泽仍旧抓着手机，目光盯着黑黢黢的屏幕，听云娆和云深兄妹俩有一搭没一搭地说话。

时间一分一秒流逝，靳泽忍不住轻蹙了下眉头，心情有些焦躁。

还有半分钟。

还有十秒。

五、四、三、二、一。

零点过了。

他烦躁地揉了揉眉心，某个瞬间只想瞬移到云深家里把这条傻狗掐死。

云娆抱着新手机，对着哥哥满脸是笑，眼神却时不时往倒扣在桌上的旧手机那儿瞟。

塑料兄妹闲聊不了几句，云深准备走了。

他迈开长腿，两步之后，忽然停下来看了眼自己的手机。

云娆在身后催他："怎么不走了？"

云深转过头，视线在妹妹脸上扫一圈，优哉地说："就在刚刚，四舍五入，你已经三十岁了。"

云娆内心：What？

他们之间，就连塑料兄妹情，也维持不了五分钟。

"走了。"

"慢走不谢。"

云娆没好气。

房门一合上，云娆便飞速抓起了仍处于视频中的手机。

靳泽维持着刚才的姿势，仿佛一动也没有动过，但是表情看起来似乎有些颓废。

"学长，不好意思，刚才我哥进来了……"

云娆忙不迭地道歉。

透过手机屏幕，靳泽注视着她，良久，突然启口："以后别叫学长了吧，感觉有点生分。"

云娆蒙了蒙："我习惯了……"

靳泽："以后喊我的名字就行。"

"嗯。"

"你喊个试试。"

喊他的名字，又不是多难的事儿。

云娆摸了摸嘴唇，猝不及防地害羞起来，慢腾腾地酝酿着。

靳泽："看来，比起名字，你更喜欢那些指代性的称谓。"

云娆想也不想就点了点头。

靳泽挑了下眉，笑容有些轻佻："要不，以后就喊'老公'吧。"

"靳泽！"云娆猛地抬高音量，双颊肉眼可见地红起来，"喊名字挺好的。"

她嚷嚷完，觉得自己有点傻，于是把手机往旁边一推，不露脸了。

在靳泽看不到的地方，她双手捂着脸，满脑子都是"老公"两个字乱飞。

过了一会儿，她又把手机拿回来，面色正常了些："今天还是叫靳泽学长，生日过完，就喊你的名字。"

靳泽："为什么？"

云娆："今晚要见面呢，可不能露馅了。"

"你未免太谨慎了。"靳泽不禁失笑，"都听你的，寿星最大。"

其实，云娆倒不怕在外人面前把"靳泽学长"喊成"靳泽"，顶多听起来没那么礼貌。

神志清醒的时候一切都好。

神志不清醒的时候……一切都难说。

因为现在，她好像很难把"老公"两个字驱逐出脑海了。

423

第十六章
/ 突袭偶像 /

云娆今天下血本订了高级会所的 VIP 包厢，周遭的环境很清幽，隐秘性也非常好。

傍晚过后，朋友们陆陆续续都到了。

她一共邀请了六个人，除了云深、靳泽、富婆、大仙，还有就是秦照和他的女朋友周念。

靳泽和云深是最后到的。

两个人高马大的帅哥一前一后走进包厢，气势拉满。

周念刚转头和秦照说："云深哥好像更帅了……"

最后一个字还没说完，她突然尖叫起来："啊啊啊……我是不是产生幻觉了？后面进来的那个怎么那么像……"

"他就是。"秦照无奈地拍拍女友的肩膀，"我以前和你说过吧？靳泽是我和云娆的高中学长。"

秦照此时也非常惊讶，事先并不知道靳泽会来参加云娆的生日聚会。

在他印象里，靳泽学长只是云深学长的同学，和云娆似乎扯不上太多关系。

寿星云娆坐在最中间的位置，左边是黎梨，右边是温柚，三个人形影不离。

靳泽像是走错房间的巨星，坐在最外边，接受众人的景仰观瞻，但是和场上的大部分人似乎都不太熟。

音响里播放着节奏感极强的流行乐,不知谁点的歌,唱到一半忽然撂下了,大家围坐在酒桌边聊得热火朝天。

秦照一边聊天,一边慢悠悠地嗑着瓜子。

周念在他耳边念叨"我能不能找靳泽签名拍合照"好几遍了。

"你想去就去呀。"

"我不敢,你陪我去。"

"好吧。"

秦照抬眼望向对面的男人,不经意间和对方对上视线。

某个瞬间,他觉得对方的目光似乎不太友好。

包厢里灯光暗淡,靳泽和秦照对视之后,很快移开了视线。

或许是少年时期残存的情敌阴影作祟,靳泽看到秦照时,眸光条件反射地冷了冷。

人家都已经有女朋友了。

靳泽叹了口气,觉得自己真是幼稚得不行。

片刻之后,秦照领着周念过来找靳泽拍合照。

靳泽瞥见周念左手无名指上的戒指,好奇地问:"你们准备结婚了吗?"

周念脸一红:"是呀,我们已经订婚了。"

靳泽往座位另一侧挪了挪,示意她坐在自己身边拍照。

他忍不住夸奖道:"你们的戒指很好看。"

秦照:"都是念念挑的,她眼光特别好。"

靳泽笑了下,抬眸再看秦照时,心情终于彻底平静下来。

聊了半晌的天,没有酒喝,大家都觉得不太得劲。

云深从抽屉里抱出几个骰盅,还是老规矩,大家一起摇,轮流猜骰子点数,输的人接受惩罚。

云娆:"今天就不罚真心话大冒险了吧?我们纯喝酒,不醉不归!"

这话从她这个不能喝酒的游戏黑洞嘴里说出来怪好笑的。

云深忍不住斜她一眼:"你省省吧,放过我。"

云娆鼓足勇气回瞪他:"在座的都是熟人,喝醉就喝醉嘛,今天不要你帮我挡酒。"

云深"呵"了声，被气笑了："你行。"

第一轮游戏，寿星首猜，之后逆时针往上加。

因为是第一个猜，所以云娆成功挨过了第一轮。

第二轮开始，她的游戏黑洞属性就彻底暴露了，张口就是一个挺无脑的数字，下家的温柚立刻开她，果然开成功了。

"真不要你帮我喝。"云娆坚定地护住自己的酒杯，"今天我是寿星，得听我的。"

说罢，她抓起酒杯一饮而尽。

要不是喝酒的时候脸皱巴成一团，还真有点豪迈的味道。

云深像看傻子似的看着她："OK，再管你，我就喊你'哥'。"

"她今天怎么了？"靳泽也很纳闷，凑到云深耳边问。

"鬼知道。"

游戏过了一轮又一轮，云娆一个人独占二分之一的惩罚份额，输得那叫一个心甘情愿。

大家玩得很"嗨"，没有人想太多，就连云深也是一副任由妹妹破罐子破摔的模样。

只有靳泽，心里总感觉不太对劲。

他私下给云娆发消息，问她怎么了，是不是心情不好。

云娆的回复很正常，两个委屈脸，哭诉自己就是太菜了。

又一轮游戏开始，上一个人报了"十六个'6'"，大得有点离谱了，许多人都在考虑要不要现在开他。

下家靳泽报数报得飞快："十七个'6'。"

"开你。"云深朝他眨了眨眼，"好兄弟，你是不是蠢？"

大家打开骰盅，总共就十个'6'，差得太多了。

靳泽领罚，喝酒喝得很爽快。

接下来十轮内，靳泽连着被开了七八次，次次输得很离谱。

他在云娆上家，中间隔着两个人。

每次他被开，输了喝酒，重开一轮就是从他这儿开始。然后，只要他开头报得够小，到云娆的时候，就算她再不会玩，也很难说出一些令人怀疑的数字。

云娆此时已经是半醉的状态了。

还差一点，她心里想。

但是，不知道从什么时候开始，一直输的那个人变成了靳泽，她连着几轮安全度过，想离谱都离谱不起来。

黎梨酒量很好，她面前的桌上，除了玩游戏用的一杯啤酒，还有一杯她自己倒的威士忌，时不时拿起来浅尝几口。

"你这个什么酒？"云娆将昏昏沉沉的脑袋搁到黎梨肩上，"能不能让我尝尝？"

黎梨和温柚此前收到了"不能在聚会上暴露云娆和靳泽关系"的指示，但是对于云娆的危险计划，她们一概不知。

"这个是烟熏拉弗格，很烈的，度数跟白酒差不多。"

云娆："好厉害，给我吧唧一嘴呗。"

黎梨："你确定？"

"嗯。"

"行吧。"黎梨以为她今天过生日想要放纵一点，于是把自己的酒杯往她面前推了推，"少喝点哦……我去！"

黎梨话还没说完，酒杯里剩余三分之一纯金色的液体就被云娆一口闷了。

黎梨人傻了："你还好吗？"

"还好啊。"云娆直起身子，拿纸巾擦了擦嘴，"好难喝，嘴里烟熏火燎的。"

黎梨不知道说什么了。

大约半分钟过去，云娆感到一股猛烈的酒意直冲天灵盖，迷醉的感觉随之蔓延全身，身上每一寸肌肤仿佛都烧了起来。

猜骰子的游戏还在继续。

靳泽酒量很好，连灌了十杯啤酒，看起来还跟没事人似的。

他已经下定决心要以这种间接的方式尽可能地帮云娆挡掉所有酒了。

又一杯满满当当的啤酒下肚，靳泽的头脑还很清醒，但是肚子稍微有些撑了。

他放下酒杯，习惯性地往斜前方寿星妹妹所在的位置瞟一眼。

这一看不打紧。

靳泽眼皮跳了跳，发现她不知何时开始，眼睛一直死死盯着自己不放。

那双素来温柔美丽的杏仁眼，此时正闪着金光，一瞬不瞬地胶着在他身上，眼底半是醉酒的迷离，半是瞄准猎物后的兴奋。

换作任意一个私密的场合，靳泽都会很享受这种被爱人盯上的感觉。

但是现在……

他忍不住拿出手机，给云娆发消息：【是不是喝醉了？】

等了一会儿，没有收到回复。

身旁的云深忽然拍了拍他："让一下，我去上个洗手间。"

靳泽连忙收起手机，率先站起来："我也去。"

今天是周中，会所里的顾客很少，靳泽懒得戴口罩，低头走得很快。

云深今天喝得不多，膀胱也没有告急，就是闷久了想出去逛一逛。

他比靳泽稍慢一步，迤迤然跟在靳泽身后。

他们拐过两个弯，找到男洗手间，里面空无一人。

方便之后，两人并肩站在盥洗台前洗手。

云深洗得非常慢，先用自来水把手细细地冲一遍，再抹上泡沫，每个角落都要揉搓几下。

靳泽关水的时候，他还在搓泡泡。

"你今天'菜'到我了。"云深侧对着他，轻描淡写地问，"故意的吧？"

镜面倒映着两个男人毫不相似，但同样英俊的面容。

暖色调的顶灯在靳泽发间染上一圈光晕，使他清冷矜贵的气质变得柔和不少。

靳泽当然知道他在说什么。

十六七岁的时候，他俩成天窝在一起打游戏，水平不分高下。

后来的几年里，靳泽很少玩网游，操作水平下降可以理解。

但是这种简单到令人发指的酒桌游戏，云深记得，去年他过生日的时候，靳泽几乎一局都没输过。

时间在静默的空气中流淌着。

靳泽似乎轻笑了下，嗓音有些干哑："是啊。"

听到回答，云深转头看向他。

靳泽平静地对上他的目光："我就是故意的。最近比较郁闷，多喝点酒放纵一下。"

他其实很想走过去按住云深的肩膀，告诉云深"你妹妹是我的女朋友，我想要和她结婚"。

但他知道云深反对他和云娆走近，而今天是云娆的生日，他不愿意在这个日子里闹出任何不愉快。

云深没有吭声，应该是相信了。

靳泽不太确定，因为他今晚的演技实在太过拙劣。

气氛仍然凝滞着，其中有说不清道不明的暗流涌动。

靳泽擦干净手，催了句"你快点"，然后淡定自若地往外走。

他的脚步刚踏出门框，忽地一顿。

门外，石墨色的承重柱旁边，站着一个身穿浅粉色毛衣的姑娘。

她双颊酡红，看起来又呆又醉，但是一双眼睛亮得吓人，在不甚明朗的会所廊道上闪闪发光。

她看见他了。

脑子里深深印刻的指令"扑倒靳泽"被激发，全身肌肉迅速做出响应，她朝他冲了过来。

靳泽怔了怔。

转瞬间，女孩如一头横冲直撞的小蛮牛，狠狠撞进了他的怀里。

靳泽毫无防备，被她扑得向后倒退了几步。

两个人双双跌进男洗手间内。

"娆……学妹。"靳泽担心她重心不稳，一只手扶着她的腰，可又不敢明着抱她，显得有些手足无措，"你怎么来了？"

云娆没有回答，只顾着手脚并用往他身上爬。

429

靳泽被她逼得连连后退:"等一下……"

"靳泽。"云娆喊出了他的名字,见他似乎不愿意抱她,一时间更激动了,张口就来,"老公!"

靳泽一呆。

几毫秒的走神时间,他支撑不及,整个人被云娆挤着往后退,肩胛骨重重撞上了墙面。

这个姿势,他好像被比他矮二十二厘米的云娆"壁咚"了。

靳泽的视线往盥洗台那儿走了一圈,冷白的肤色微微泛红,喉结滚了滚:"学妹,你喝醉了。"

他已经无处可退,云娆顺势勾住他的脖颈,双腿往上缠,成功地把自己挂到了他的身上。

"老公我爱你!"

她异常兴奋地说出这句话,趁男人呆住,立刻以迅雷不及掩耳盗铃之势抱着他的脖子对准他的嘴啃了起来,动作十分疯狂。

一切发生在眨眼之间。

粉丝突袭偶像,男洗手间里霸王硬上弓,画面简直不要太刺激。

盥洗台方向,云深僵在原地,手中的纸团无声坠落。

片刻后,他忍不住低声咒骂了句。

趁云娆攻势放缓,仰头换气的时候,云深走过去,一把揪住了她的后领,拎崽子似的把她从靳泽身上拎了下来。

云娆两条腿两只胳膊不断地扑腾,双手紧紧抓着靳泽的衣服不放:"靳……我要靳泽……"

"你知道这里是哪儿吗?"云深满头黑线,"这里是男厕所,马上就会有人进来。"

云娆根本不在乎,还在挣扎扑腾。

云深:"想上热搜你就继续。"

经历了从前一系列的创伤,"热搜"这两个恐怖的字眼对云娆非常有效。

云娆的身子激灵了一下,瞬间就老实了。

云深把她像拎包裹似的拎着。

他抬起眼，不太冷静地看了看此时还僵在原地的靳泽。

靳大影帝原本浅色的薄唇被人啃成了鲜艳的红色，唇瓣似乎还有点肿，双颊也隐约泛起一层酡红。

他靠站在墙边，一副惨遭凌虐之后还未回神的纯情少男模样。

云深看着靳泽，忽而尴尬地移开目光，忽而又瞟回去，如此反复，视线在凝固的空气中游荡了好几个来回。

他想说点什么，又不知道该怎么开口。

无声僵持中，靳泽率先回过味来，打破僵局。

他用手背揩了揩唇角，声音不太连贯："你们先走吧，我洗把脸。"

云深卡壳半天，只憋出了个"嗯"字。

云深提溜着醉生梦死的云娆，回到包厢门口，缓了好一会儿才打开门。

看见包厢里面的场景，云深的太阳穴跳得更起劲了："她们怎么回事？"

秦照非常无奈："深哥，你们一走，她们仨就换了博大小的游戏，已经玩了好几轮了，我没注意她们喝的什么，反应过来的时候，一整瓶威士忌都见底了。"

包厢宽阔的沙发上，三名女生横七竖八，一个比一个不清醒。

连黎梨这种酒量好的都昏头了，抱着空空荡荡的威士忌酒瓶一个劲地晃，然后质问身旁的温柚和周念把她的酒弄哪儿去了。

云深把云娆往疯人堆里一丢，冷着脸坐下了。

云娆歪歪扭扭地坐下来，转头就抱住了身旁的温柚，缠人得紧。

片刻后，靳泽也回来了。

他的肤色恢复正常的冷白色，或许因为用深冬的凉水冲了太久，整张脸隐约冒着丝丝的寒气。

他坐回云深身旁，两人中间隔着半个人的身位，有着莫名的疏离感。

包厢音响持续播放着吵闹的音乐，衬托得人的心底静得发慌。

云深抱臂向后靠着，许久不吭声。

他不说话，靳泽更不可能主动开口。靳泽时而盯着桌面上空荡荡的酒杯，时而望一眼瘫软在温柚肩上的云娆。

天花板上的射灯投映着斑斓变幻的光芒，靳泽垂头给自己倒了半杯酒，眼底一片幽深。

时间在尴尬中一分一秒度过。

就在云深感觉自己头皮都要尴麻了的时候，醉鬼姐妹花们忽然吵闹起来。

"怎么没有纸牌？"行动能力较强的黎梨上上下下地翻找着，"作为一个会所，竟然没有纸牌！"

周念"哗啦"抓起一个骰盅："骰子不够你玩吗？"

黎梨："骰子玩腻了，我要打牌。"她越说越急躁，如果力气够大，估计能把桌子给掀了。

温柚推开身旁的云娆，将自己的手解放出来，伸到包里摸了半天，终于摸出一个花纹精美的木盒："我！我随身携带纸牌！"

温柚一边说，一边打开盒子，胡乱倒出里面的东西："来来来，不要客气，一起斗地主！"

黎梨揉了揉眼睛，抓起一张牌，很快又丢下去："塔罗牌怎么斗地主啊！"

许久不吭声的云娆似乎突然想起了自己是聚会的东家。

她抬起一只手摸到墙上，想按呼唤铃："富婆别急，我找侍应生给你拿一副。"

她的指尖才碰到触摸屏边缘，手腕就被人扣住了。

那人很不温柔地将她的手丢下去，冷声道："都别玩了，回家。"

云娆仰起头，看见哥哥冷峻逆光的脸，心里瑟缩了一下，躲到温柚背后。

云深弯下腰，不太耐烦地帮温柚捡起塔罗牌，整理好之后塞进她的包里，又把座位上那些包一个两个全部拿起来，丢到这群醉鬼怀里。

他站直身子，居高临下，嗓音十分不近人情："我最后说一遍，走了。"

醉鬼姐妹花们抱紧自己的东西，点头如捣蒜，异口同声道："好的，哥哥。"

秦照带着女朋友周念率先告辞，云娆、黎梨和温柚三个人手挽手走在前面，她们的行动能力都还正常，不怎么需要别人搀扶。

靳泽和云深慢悠悠地跟在她们身后。

来到露天停车场,靳泽的司机已经在车里等着了。

因为要喝酒,所以云深没有开车过来,此时正一边走路一边呼叫网约车。

前方的醉鬼们瞥见路边一张长椅,打闹推搡着坐了上去,不知道又在嘻嘻哈哈聊些什么。

靳泽看到她们坐下了,也停下脚步。

云深转头,说话的声音仍有点不自然:"怎么了?"

靳泽:"要不,还是你送黎梨和温柚回家吧,你和她们比较熟。"

两人身畔,一棵高大茂盛的洋槐树舒展着枝叶,凛冬寒夜的风吹过,枝丫作响,衬托得夜更静,风更冷。

"介意我抽根烟吗?"云深忽然说。

靳泽表示随意。

学生时代家里很穷,云深作为长子,从小压力就大,烦的时候会抽根烟缓一缓,一根就够,没什么烟瘾。

云娆不喜欢哥哥抽烟,如果撞见了,一向胆小的她会鼓起勇气抢走哥哥的烟,然后生气地威胁他,下次再这样就告诉老师和妈妈。

云深以为,从小到大养尊处优的靳少爷多半不会懂他们这些底层人民的艰辛。

靳泽是没有碰过烟的,年少时期的确不懂愁滋味,但是出国那几年,他也曾压抑到近乎崩溃,可是每当有人给他递烟,他立刻就会回想起少女抓着烟头面对哥哥时,脸上那愤怒的表情。

她不喜欢的事情,他绝对不做。

就算他们已经毫无关系。

云深点燃一根烟,向后退了几步,靠到粗壮的树干上。

苍白的烟雾缓慢向上升腾,渐渐模糊了二人的视线。

今夜,自从在洗手间被云娆强吻之后,靳泽一直很沉默。

不仅仅因为尴尬。

他很快就搞明白了，云娆今晚是故意喝醉的，为了在云深面前演这出戏。
她当着哥哥的面轻薄他，事故原因归咎为酒精，还有她的一厢情愿。
然后，他们就正大光明地产生了暧昧的勾连。
而在这出戏里，他是全然的无辜。
靳泽不知道该笑她傻，还是笑自己太懦弱，需要女朋友用这种方式来保护。
他的心底甚至泛起一丝难过。
透过一层淡薄的白雾，靳泽看向云深，然后走近两步。
"老云，我有话和你说。"
云深两指夹着烟，手臂垂下来，沉黑的目光静默地注视着他。
靳泽似是深吸了一口气，喉结向下滚动，嗓音很低："你想怎么对我都行，打骂随意。"
他顿了顿，再次启口："我和云娆，早就在一起了。"
不远处传来女孩们放肆的大笑声，云娆的声音混杂其中，放松又愉悦。
头顶上枝叶摇晃，路灯在草地上投下模糊闪烁的光斑。
听见靳泽的话，云深唯一的动作，就是微微掀起眼皮，没什么表情地睨了眼他。
靳泽轻蹙了下眉，眸光晃了晃。
兄弟之间，这种程度的默契还是有的。
不用云深开口，靳泽绷紧下颌，声音微哑，讶异道："你什么时候知道的？"
云深掠过靳泽，向前几步，将剩下的半截烟随手摁进垃圾桶上方的烟灰盒中。
"大概在……"他背对着靳泽，语气轻描淡写，"你来我家找我那天，和我妈视频通话的时候，我就隐约猜到了。"
哪个脑子正常的成年男性，会在一个陌生的家长面前，信誓旦旦地承诺自己恋爱的目的就是结婚，婚后一定会珍视女方，甚至连犯错后净身出户这种听起来有点傻的话都说得出口。
云深虽然情商不高，但是智商还算顶用。
犯不着一个两个都把他当傻子。

靳泽抬手扯了扯领口:"原来……"

"我和云娆说过,不希望你们在一起。"云深转过来,黑眸定定盯着他,语气冷冽,"现在,我还是一样的想法。"

靳泽完全没有被云深吓到,他勾起唇角,琥珀色的眼睛淡然回视:"我出国前就喜欢她了。"

云深面色一僵,终于露出惊吓的表情,锋利的剑眉拧起,不仅震惊,还有点恼怒。

"今年是第十年了。我毕业后没谈过恋爱,十年里只喜欢她。"靳泽稍稍垂下眼睑,神情在夜色中悲喜难辨,"你还记得,大三那年,我曾经回国来申城找过你一次?"

云深:"记得。"

毕业后几乎断联的兄弟,大三寒假突然回国见了他一面,而且性格和气质发生了很大的变化。

时至今日,云深依然有印象。

靳泽忽然笑了下,笑容有些惨淡:"那时候,我就想告诉你来着。可是我那几年太落魄了,我觉得自己配不上她,所以最终也没有说出口。"

听完这些,云深沉默了很久。

这么多年里,两个人互相暗恋着。

"疯子。"他感觉自己脸部肌肉僵得都要抽搐了,"两个都是疯子。"

靳泽挨了骂,表情却很轻松。

某人嘴上说着不同意,一心反对他们在一起,但是从他猜到他们的关系,直到现在,好几个月过去了,他似乎并没有做出任何实质上的反对举动。

这和放任自如有区别吗?

云深这边却越想越恼火。

他家云娆又呆又弱。

难怪他总是在他身后,让他不要对妹妹那么凶。

难怪总说想有一个像云娆一样的亲妹妹。

他是想要亲妹妹吗?

435

云深捏了捏拳头，一股酒意涌上脑门，等他反应过来的时候，自己已经狠狠地攥住了靳泽的衣领，指节抵着靳泽的下颌，蓄势待发。

靳泽纹丝未动，一副任君处置的模样。

云深的拳头越攥越紧，几乎卡住了靳泽的咽喉。

几秒的停顿之后，云深似是想到什么，忽然皱眉："你的脸上了保险吗？"

靳泽眨了眨眼，淡淡瞥他，友好地勾唇："不多，五千万。"

云深："你……"

紧接着，靳泽又悠悠地叹了口气："全身上下合起来，一共两亿。"

云深听罢，猛地啐了口空气说了句脏话。

攥紧领口的力道忽地一松，靳泽不由得向后踉跄了一步。

"女明星都没你娇贵。"云深讥诮道。

靳泽理了理衣领，含笑说："改天和你签个免责协议，以后随便你打，打成残废都行。"

云深："行啊，什么时候签，我家里正缺一个沙包。"

靳泽挑眉："我话还没说完。前提是我做了什么对不起你妹妹的事，否则，我怕你被云娆咬死。"

云深气绝，好个心机深重的狗崽子。

短暂的肢体冲突之后，两人之间僵冷的氛围缓和了许多。

靳泽随手搭了搭云深肩膀："刚才和你提的建议，你还没给反馈。"

云深："什么？"

靳泽："黎梨和温柚交给你了，你妹妹我带走。"

话才刚说开，这狗贼就蹬鼻子上脸了。

云深是真想打靳泽，转念一想，两亿人民币，把他妹妹卖了都不值这些钱。

云深抬起手，"友好"地在靳泽脸上拍了两下，过过手瘾，张口就拒绝了他的提议。

"不是我不愿意带她俩，主要是我和她俩不熟。"靳泽自说自话，"我这张脸，也不方便让她们家里人看到。"

云深："我就方便？"

靳泽："那可不，你是她们亲哥。"

云深尬住了："老实说吧，你想带我妹去哪儿？"

靳泽耸肩："岳父岳母还在家里等着，能带去哪儿？"

云深快被他恶心吐了："滚，你哪儿来的岳父岳母。"

靳泽现在摸清了云深的底细，越发放肆起来："当然是托你的福。没有你，我怎么能认识云娆这么可爱的妹妹……"

"你给我闭嘴！"云深反手卡住他的脖子，蛮横地往下压，"两亿就两亿，我今天非弄死你不可。"

靳泽扣住云深的手腕，浑不憷道："你弄得死再说。"

差一点点，两个二十几岁、一身名牌的"成熟"男士就要扭打在一起。

搁十年前，他们早就在地上滚好几个来回了。

度过光阴的长河，曾经张牙舞爪的两个少年，现在一个是名校毕业，自己创业当了IT公司的老板，另一个留学归来，摸爬滚打成了影坛巨星，都是各自领域内卓有所成的人物。

哪张脸上挨一拳，都会造成不良的社会影响。

无所畏惧的少年时代早已经淹没在时光的洪流中。

云深率先松开手，冷笑："这么多年了，嘴还是一样贱。"

靳泽："彼此彼此。"

等两人从斑驳的树影中走出，已然恢复了光风霁月的酷哥模样。

靳泽缓步走到女孩们面前。

他像个强力吸铁石，不需要半句表示，人往那儿一站，某个酣醉的铁块就自发地猛扑到了他身上。

靳泽终于可以放肆地搂住她："娆娆，我送你回家。"

云深远远地缀在他们身后，眼不见为净。

来到车后座。

这辆车带前后排隔板，靳泽上车之后，随手就把隔板拉上了。

轿车平稳启动，封闭的后座极其安静，发动机的轰鸣声仿佛也隔绝在很远的地方。

云娆闹了一整个晚上，此时体力耗尽，一上车就乖巧地窝在靳泽颈间，虽然没有乱动，但是手和腿都紧紧地缠着他，片刻也不愿意分离。

她似乎要睡着了。

靳泽却不打算让她如愿。

他捏了捏她颈后的软肉，把她弄得精神起来："娆娆，你之前在洗手间里喊我什么？"

云娆抿了抿嘴，水润的杏眸半睁着，不说话。

"刚才不是挺能说的吗？"他的指腹抚上她鬓角，"怎么，到了没人的地方，反而变胆小了？"

云娆呆呆地看着他，瞳孔倒映着男人英俊的面容。

她忽然红了脸，樱唇翕张："老公？"

话音落下，一口温热的呼吸有进无出，她的唇一下被人堵住了。

男人温柔地研磨她的唇瓣，像在品尝世上最美味的甜点。

云娆抱住他的脖颈，有样学样，笨拙地回应他。

难得见她这么主动，靳泽一时间血气上涌，原本只想浅尝辄止，回过神的时候，舌尖已经搅起了她的舌头，亲密无间地互动着。

这个吻由他主导，几分钟后，又由他主动结束。

靳泽捧起女孩粉白的脸。

"等会儿还要送你回家。"他的声音像感冒了，带着轻微的鼻音，颗粒感很重，"不欺负你了。"

云娆被他推开了，表情似是有些郁结。

她用指节擦了擦自己的唇角，双唇红得像樱桃。

她微微张嘴，雪白的牙齿碾过樱桃表层，衬得那颗樱桃更加娇艳欲滴。

"学长。"她忽然换回最熟悉的称呼，"我喜欢学长。"

靳泽笑起来，不敢再吻她，只用拇指眷恋地擦过她嫣红的唇瓣："我知道。"

云娆稍稍错开脸，双臂收紧，酡红的脸蛋埋进他颈窝："我对学长是一见钟情。"

靳泽的身体微微一僵。

云娆亲昵地蹭着他的脖颈，鼻尖贴近，轻嗅他身上好闻的木质淡香。

她像抱着自己最心爱的玩偶，迷迷糊糊地说着梦话："一直……一直喜欢学长……"

靳泽单手搂紧她的腰肢，指尖陷进厚实的衣物中，将她尽可能地往自己怀里带。

"你说什么？"他微微睁大眼，另一只手用了些力道，掰过她的肩膀，目光找到她的眼睛，"一见钟情？什么时候一见钟情？"

云娆被他按得有点疼，小小挣扎了下："就，第一次见面就……"

靳泽突然拧了拧眉，转瞬又松开。

他眼底淌过无数的情绪，错愕、惊喜、茫然、痛苦……

"我好像喝醉了。"靳泽的手垂了下来，表情非常混乱，"要不就是你在骗我。"

云娆愣坐在他腿上，下意识地说："我不会骗人。"

男人垂在身侧的手忽然捏紧，薄情寡义似的笑起来："你就是在骗我。"

"我没有！"云娆激动起来，双手松开落到他肩上，"2011年9月26日的篮球场，学长帮我解围的时候，我就动心了。再然后……运动会颁奖典礼，我们一起站在领奖台上，那个时候，我就已经，非常喜欢学长了！"

靳泽怔然地看着她。

云娆的手指忽然抓紧，将他的衣服攥进掌心，眼角猝不及防地掉下一滴眼泪："学长毕业的时候，我好难过……你为什么不参加毕业典礼？我那天特意穿了一条新裙子，想找你拍照，可是哥哥跟我说，你已经出国了……一声不吭地就走了……"

靳泽慌忙抬手擦掉她的眼泪。

泪水的温度很高，几乎灼烧到他的皮肤。

"都是我的错。"他的声音哑得不行，"不要哭了好不好？"

他那时候的心态太糟糕了。

一个没尝过苦日子的大少爷，父亲破产，家境急转直下，他从天堂跌落，心理防线也跟着崩塌殆尽。

像落水狗一样逃走的时候，他只顾着自己的脆弱和自尊，完全考虑不到身边兄弟朋友的心情。

至于心上人，更是连想都不敢想。

直至此时，某一瞬间，靳泽几乎不敢看她。

他紧扣着云娆的腰，脸颊贴在她发间，修长的手臂一点一点慢慢收紧，仿佛要把她揉进自己的血肉。

云娆被他箍得有点难受："疼……"

靳泽恍然回神，稍微松了松力道。

"你知道吗，我对你也是一见钟情。"他用低沉的，不太冷静的声音诉说。

那天的天气特别好，蓝天点缀白云，柔风习习，秋高气爽。

靳泽在打篮球的时候，看到场地附近走过来一个非常白净漂亮的女生。

她抱着一个脏兮兮的足球，表情有点呆，全身上下透着一股软萌的可爱。

她漂亮到什么程度呢？

只要她经过的篮球场，几乎所有男生都会放缓动作，偷瞄她两眼。

靳泽就是其中之一。

他正想偷摸着多看她几眼，突然发现自己的好兄弟云深把球一扔，朝着那个漂亮妹妹走了过去，吊儿郎当地搭起了讪。

靳泽当时还有些郁闷。

明明是他先看上的。

后来，听说这个漂亮学妹竟然是好兄弟的亲妹妹，靳泽一下子又舒坦了。

"我曾经以为，过了这么多年，我已经放下了。"靳泽缓而又缓地摩挲着女孩的长发，"可是去年年初，听说你留学回来了，听说你是我的粉丝，又听说你现在单身……我好像一下子被拉回十几岁的那年夏天，上天大发慈悲，给了我一次重新来过的机会。"

靳泽抱着她："没有什么能阻挡我了。"他声音似是浑然有力，又似是自嘲的叹息。

云娆忍不住吸了吸鼻子："学长，我想哭。"

她一边说着，眼泪自己就流下来了。

她爬起来一些，抱着他的后脑吻他。

他们都有些情动，体温渐渐变得灼热，身体的反应如同深海的浪潮席卷而来。

云娆的后脑勺浅浅接触了一下车座，很快又被人抱起来。

她被扑倒了，时长只有一秒钟。

"不行。"靳泽抵着她的额，笑声带动胸腔震动，异常勾人，"你父母还在等你回家，我得看上去正经一点。"

他们俩现在看起来非常不正经。

明明只接了吻，却像在车厢里滚了几遍一样。

云娆软在他怀里，耳边传来男人快速而稳健的心跳，她身体的难耐渐渐退去，困意翻涌上来，没一会儿便睡着了。

靳泽护着她的脑袋，过速的心跳久久不能平静。

他抬手看了一眼腕表。

深夜十一点，还有最后一个小时。

"宝贝。"他小心翼翼地揉了揉她的耳垂，"生日快乐。"

云娆在他怀里换了个舒服的姿势，唇边逸出一声猫叫似的嘤咛。

应该听到了吧？

没听到也没关系。

靳泽心想。

未来还有成千上万个相拥的夜晚，他有无数情话，足够说到彼此的生命尽头。

轿车停在云深家楼下的过道。

靳泽打横抱起熟睡的女孩，搭乘电梯到达楼层。

原以为长辈已经歇下了，需要按一会儿门铃才能有回应，没想到，门铃乐声才刚刚响起，大门便应声打开。

"又喝成这样！云深，你怎么也不管管你妹妹？"姜娜心急火燎地抓着靳泽的手臂，看都没看他一眼，就把人拽进了玄关，"直接抱她回卧室吧。"

"咳咳……"靳泽清了清嗓，"姜阿姨，我不是云深。"

姜娜脚步一顿，诧异地抬起头，眼睛倏然睁大："啊……小泽，怎么是你？"

卧室里头，云磊听见客厅的声响，慢腾腾地走出来，见到靳泽，表情和

441

他老婆一样，下巴自由落体，几乎要和下颌分开。

姜娜回过神，拿手肘捅了捅老公："还不快把娆娆接走。"

靳泽："没事，不用麻烦叔叔，我抱她就好。她的房间在哪儿？"

"那边，那边。"

姜娜连忙引着他走进去。

云娆的父母就在身边看着，靳泽自然不敢多做什么动作。

他将云娆放到床上之后，一步也不敢停留，非常守礼地离开了女孩子的房间。

云娆躺上床，自己卷了被子盖住身体，呼呼大睡。

除了睡得很爽，看起来什么问题也没有。

靳泽独自站在客厅里，安静地等待着。

姜娜和云磊很快出来了。

三个人都有些手足无措。

姜娜抬眼瞅着这个平常只能在电视屏幕里看到的大明星，心下惊叹，真人比电影里还要好看很多倍。

唠了几句家常之后，云磊一时没忍住，打了个哈欠。平常这个点，他早就和周公约会去了。

靳泽见状，连忙说道："叔叔阿姨赶紧回去睡觉吧，深夜打搅你们，我很抱歉。"

"是我们娆娆麻烦你，我们才应该道歉。"姜娜说罢，忽地叹了口气，"唉，要不是现在太晚了，应该留你喝点茶吃点东西再走。"

听到这句话，靳泽忽然改变了主意。

云娆的生日还没过去，他想留在这儿，在她身边。

就算看不到她，就算只近一点点，也好。

"叔叔阿姨。"他露出欲言又止的表情，"我有一个不情之请。"

"什么？"

靳泽到底是影帝，演技高超，台词也是信手拈来："是这样的……我的司机今天因病请假了……"

勤勤恳恳守在楼下等待的司机师傅猛地打了一个喷嚏。

"刚才我打车带云娆回来,路上戴着口罩都差点被司机认出来,还挺危险的。"靳泽的眼神十分恳切,"所以,我顶着这张脸,现在回家很不方便。如果可以的话,能不能让我在您这儿借宿一晚?"

云磊琢磨了一会儿,惋惜地说:"小泽啊,我和你姜阿姨当然没问题。只是,家里只有三间房,实在没地方安置。"

靳泽:"叔叔,我皮糙肉厚,睡沙发就行。"

"皮糙肉厚"这个词,姜娜和云磊是万万不敢安在靳泽身上的。

靳泽这个见人说人话见鬼说鬼话这个本事,真可谓练得炉火纯青。

面对好兄弟时,是脸上保险五千万,全身合起来两亿,比豌豆公主还金贵。

面对好兄弟的父母,就是皮糙肉厚想睡沙发,只要让我留下来,随便您怎么打发。

姜娜和云磊私下讨论了一阵。

他们看过很多电视剧,剧中不乏各路明星在外暴露身份之后,遭到围追堵截穷追不舍的凄惨遭遇。

更何况靳泽这样红透半边天的巨星,要是他们在路边看到了,估计也要挤过去凑一番热闹。

真不能让孩子就这么回去了。

但是,沙发也是睡不得的。

姜娜走到靳泽身边,亲切地拉住他:"小泽,如果你不介意的话,就和云深挤一挤吧?"

等一下……

"阿姨,这不太方便吧……"

姜娜笑着拍了他一下:"你们读书的时候又不是没有挤过一张床。他现在那张床可大了,睡四个人都够。"

读书的时候是读书的时候,可是这都过去十年了。

他想在女朋友家留宿,虽然不妄想睡女朋友,但也不至于睡个大舅哥吧?

靳泽:"我觉得睡沙发上就够了……"

姜娜："真让你睡沙发，我和你云叔叔估计一晚上都合不了眼。"

靳泽还能说什么呢。

"那……就叨扰叔叔阿姨了。"

云深踢一脚路边的碎石，心情有点烦躁，又觉得无奈和好笑。

他懒得看靳泽是怎么把他妹妹掳走的，一路垂着眼，走到剩下的两个姑娘面前。

隔着两三米的距离，他停下脚步，双手交叠胸前。

"大、大仙？柚子？你的脸怎么这样了？"黎梨两只手夹着温柚的脸，揉面团似的上下揉搓，"你的眼睛，天啊，变成蓝色的了！"

温柚抬手覆上黎梨的手背，想把那两只作乱的"爪子"抓下来："我的眼睛本来就是蓝色的，我是混血啊！"

黎梨抽回自己的手，盖住眼睛："那我想要紫色的瞳孔……"

"那没办法。"温柚笑着拍她，"必须你爸或者你妈的眼睛是紫色才行。"

云深多看她们两眼，都感觉眼睛疼。

他冷着一张脸走上前，高大的身姿笼下一层阴影。

"都给我醒醒。"云深看向黎梨，问，"你家司机呢？"

黎梨懵懂地张了张嘴："没来。"

云深蹙眉："为什么没来？"

黎梨："忘了叫。"

云深哑然，缓了几秒钟，尽量让自己的表情看起来没那么嫌弃："我叫了辆车，还有几分钟就到了，你们和我一起去门口等。"

"哦。"黎梨仰脸看着他，黑亮的眼睛轻眨，"对了，你是谁啊？"

话音落下，她身旁的温柚"扑哧"一声笑喷了。

黎梨仍旧盯着云深，嘴角也咧开了："你该不会是……"她顿了顿，忽然激动地拍起了手，嗓音拔高，"哥哥！"

黎梨嚷嚷完，转头按住温柚的肩膀，瞪着眼对她说："柚子，你的 elder brother 来了！"

温柚听罢，有点不爽地甩开她："请说中国话！"

"你不是美国人吗？"

"我是中国人！只有，呃……四分之一美国血统。"

"好的，那你们四分之一美国人都怎么称呼哥哥？"

温柚被她绕进去了："这……"

云深抱臂的手滑到腰上，额角的青筋跳了跳："你们走不走？"

"走走走！"黎梨连忙站起来，大刺刺地抱住云深的一条胳膊，"哥哥送我回家。那边那个姓柚的就别管了，她连怎么喊你都不知道……"

"谁说我不知道？"温柚也从椅子上蹦起来，身体向前一歪，牢牢抱住云深的另一条胳膊。

她抬起黑蓝色的眼睛，瞳孔漂亮得像藏有一片深海的琉璃石。

她用那双宛如深海的眼睛望着云深，浅粉色嘴唇动了动："欧尼酱！"

云深有些无语。

温柚："欧尼酱带我回家！"

黎梨："先带我回家，我家比较近。"

"欧尼酱？"

"欧尼酱怎么不说话了？"

云深人已经不想说话了，他上辈子究竟欠了云娆什么，她要派这两个脑子不清楚的女人这样制裁他？

出租车在路口等着，短短一百米的路，他们走了五分钟才到。

云深打开后车门，先将两个疯魔的醉鬼丢进后座。

他自己坐进副驾驶，关上车门，司机师傅顿时感到一股扑面而来的寒气，冻彻心扉。

轿车缓缓启动。

司机瞅一眼身旁面无表情的年轻男人，顶着极大的压力问："她们……不会吐在车上吧？"

云深眼皮都没动一下："吐了我给您换新坐垫。"

不是付钱洗车，而是直接换新坐垫。

难得遇到这么豪爽的客人。

"好嘞。"

司机这下放心了，油门踩得很欢快。

会所离黎梨的豪宅小区比较近，所以先送她回家。

在云深的命令下，黎梨打电话通知了家里人，车开到小区门口，一群用人手忙脚乱地把他们家大小姐架走了。

出租车掉头离开云翡佳苑。

云深坐在前排，低头刷手机的时候，忽然听见后座传来"咚"的一声闷响。

司机减慢车速，两个人同时往后看。

人没了。

估计滚地上了。

"坐后排也要系安全带哟。"司机念了句。

云深无奈地揉了揉太阳穴，吩咐司机停车。

他推开车门，迎面灌了阵冷风，转身坐进后座。

温柚此时正蜷在他脚边，对自己躺在地上浑然不觉，显然已经睡昏头了。

云深毫不怜香惜玉地将她拎起来，扔回座位，再摸到安全带帮她系上。

轿车再次启动。

他留在后座，木然地看了会儿街景，然后拿出手机刷新工作邮箱。

温柚家靠近市区，车越往前开，窗外的景致越发明亮。

街道两边的路灯和深夜的霓虹投映在车窗上，然后疾速向后滑落，宛如一片断续的流星飞矢。

工作消息清理了一遍，手机界面切到虎扑篮球。

肩上忽然压过来一道重量，伴随着柔软的发丝摇晃着扫过脖颈，刮得云深有点痒。

安全带不知何时被温柚解开了，估计是嫌勒。

云深的眼皮跳了下。

不要和醉鬼一般见识。他心说。

男人侧了侧脸，单手扶起温柚的肩膀，将她推了回去。

没过一会儿，女孩的脑袋又砸了过来。

反复两三次之后,云深彻底无奈了。

温柚在他肩上找了个舒服的地方,右手不自觉地垂下来,搭着他的手臂放。

她的睫毛非常长,像烫过一样卷翘,随着呼吸轻轻地震颤,犹如展翅欲飞的蝶翼。

云深只瞥了她一眼,目光很快移开,沉静地眺望着窗外飞逝的街景。

他还记得,这姑娘刚认识的时候非常"社恐",比云娆的胆子还小。

相处久了之后,才知道她在熟人面前又是个"社牛",段位堪比狂野外放的黎大小姐。

她们都是独生女,总喜欢跟着云娆喊他"哥哥"。

三个人要是凑到一块儿,家里就跟个鸡窝似的,云深经过的地方,到处都是"咯咯咯咯"的鸡叫。

就很烦。

还很蠢。

偶尔的偶尔,也挺好玩的。

云深不自觉抬起手,长指揉了揉眉心。

只听肩上的女孩忽然发出"咻咻"的鼻音,似是梦呓了。

隔了会儿,她忽然喃喃了句:"学长……"

云深仍看着窗外,淡淡地"嗯"了一声。

其实他不确定温柚是不是在喊他,毕竟她们有那么多学长……

"云深学长。"这一句很明确了,声音却仍是醉后的含混,"你高考能考状元……全靠我。"

云深怔了怔,目光从窗外挪回来:"什么?"

温柚似是吸了吸鼻子,语气像深秋的虫鸣一样轻:"是我给你算的。"

她微微眯着眼,半梦半醒地呢喃着,回答他的话。

"我见到你的第一眼,就知道你能考状元。怎么样,是不是很厉害?"

车里寂静,只留一道又一道的呼吸声,规律而匀长。

"嗯。"云深躺靠在座椅上,淡淡凝视着虚空中一点,声音不由得放轻,"厉害厉害。"

"有多厉害？"

云深没想到这醉鬼还能反问。

他有些尴尬地耸了耸肩，意识到她还靠着自己的肩膀，又停下动作，悠悠地叹了口气："非常厉害，我能考状元全靠你。"

醉鬼终于心满意足地陷入梦乡。

楼道里的感应灯应声亮起，照得人眼睛一刺。

云深半眯着眼，打开家门，慢腾腾地脱了鞋，走进去。

午夜零点已经过去了。

云深对此习以为常。

工作忙的时候，什么大夜没熬过，有的时候天快亮了才能回家躺几个小时。

女儿到家后，姜娜和云磊便不再等，只在客厅给儿子留了一盏落地灯，就回房歇息了。

云深一边走一边脱下大衣外套，随手丢在客厅沙发上。

来到主卧门前，他单手拎起毛衣领口，囫囵地往上拽，另一只手精准摸到房门把手，扭动，推开。

云深摸黑走了两步，脑袋总算从毛衣底端解放出来。

卧室里竟是亮的。

头发因静电产生的"刺啦"声犹在耳边。

云深抓着毛衣，嘴角狠狠地抽搐了下："我去！"

落地衣架就在身旁，他却忘了挂衣服，毛衣仍旧攥在手中。云深猛然转身，大步走出了房间，然后"砰"地将门合上。

背影十分焦躁。

靳泽躺靠在床头，无辜地眨了眨眼。

门外，云深的鼻尖几乎抵着门，脑子一团乱。

我喝得这么醉吗？竟然出现幻觉了？

他深吸一口气，再度打开房门。

两米宽的大床上，某个身穿灰色家居服，长得特别像他同窗三年的塑料兄弟的帅哥抬眼看向他，白皙俊朗的脸上绽开笑容："哥哥，怎么才回来？"

云深今晚真的没喝多少酒，但他现在真的快吐了。

这一声"哥哥"，比他今晚听到的那无数声"欧尼酱"恶心一万倍。

他将毛衣丢到衣架上，僵着脸回："哥、屋、恩（gun）。"

顿了顿，他总算找回一丝理智："你为什么在这儿？"

靳泽佯装无奈："岳父岳母担心我太晚回家不安全，就留我睡一晚。我本来不打算睡这里的，奈何他们太关心我，非让我睡主卧。"

云深翻了个白眼，"友好"地建议道："他们已经睡着了，你现在逃走他们也不知道。"

靳泽扯出一丝笑："可我现在已经安家了，好累，不想动。"

云深没说话。

其实他们年少的时候"同床共枕"过很多次。

靳泽和云深，高中三年都同班同宿舍，关系比其他男生朋友亲厚很多。偶尔熄灯后挤在一张床上打游戏，打着打着闷头就睡着了，一睡就是一夜。

碰到夏天晚上停电，他们全宿舍都趴地上睡草席，窄窄的过道上躺六个人，谁也没嫌弃过谁。

可是，今时不同往日……

两个即将奔三的"成熟"男性，手头上的钱多得够买好几套房，却在这样一个月黑风高的夜晚挤在同一张床上……

云深鸡皮疙瘩起了一身："我爸妈不可能留你下来住，肯定是你胁迫他们。"

靳泽哼笑："不要小瞧我的人气。"

云深面无表情道："因为我和他们说了你和云娆的事。"

空气凝固了一瞬，这回，轮到靳泽爆起了粗口。

"你为什么不早告诉我？"靳泽的脸变得和云深一样僵。

难怪叔叔阿姨没有想象中那么热情。他记得云娆以前说过，姜阿姨是他的"脑残粉"来着。

他说要留宿的时候，云娆的爸妈完全知道他脑子里在想什么。

而他竟然还在他们面前飙戏。

他真的，好傻啊！

云深看傻子似的眯了眯眼。

过了会儿，他单手捞过浴巾和换洗衣物，闷头扎进浴室，草草冲了个澡，胡乱擦干头发走出来，云深抱起靳泽身旁另一床被子，一声不吭地走了出去。

人站在客厅，望着周遭黑茫茫一片，云深忽然感到一股强烈的不甘。

凭什么他要睡客厅？

这里可是他家。

足尖一转，他折返回主卧，把手中的枕头床单扔回原位。

床上的靳泽仍处在自我怀疑的状态中，看都没看他一眼。

"给老子过去一点。"

云深爬上床，很不客气地踹了靳泽一脚。

靳泽无动于衷地看向他，薄唇动了动："你……怎么和叔叔阿姨说的？"

云深拎起被褥，和靳泽一样靠躺在床头："某次回老家，看到我妈在看你的电影，就随口提了一句。他们年纪大了，如果不打打预防针，我怕他们到时候被你们吓出心脏病。"

靳泽默然垂下眼："他们什么反应？"

云深："我爸刚开始挺抗拒的。我妈还好，她想起来你上次视频里和她说的话，还让我问你，是不是以后真的都回我们家过年。"

靳泽轻笑了声："当然了。以后在国内，他们就是我的亲生父母。"

云深似是受不了这种矫情的氛围，隔着两层被子又给了靳泽一脚："我爸妈没有你这种儿子，给他们当孙子倒还考虑一下。"

靳泽温声纠正他："是女婿，哥哥。"

云深的耳朵遭受暴击，进气长出气短："要点脸好吗，你比我还大两个月。"

"我不介意，哥哥。"

"我介意。"云深说罢，裹着被子躺下了，睡前还不忘骂一句，"有病。"

靳泽今晚挨了不少骂，可是他的心情，总体而言是很不错的。

除了一点，那就是在岳父岳母面前犯了蠢。

他得好好准备一下,明天一定要努力挽回形象。

翌日晨。
云娆昨晚在车上睡着的时候,不过晚间十点半,所以早上醒得也早。
她醒来后,愣坐在床边,努力地回忆了很久,但关于昨夜醉后的片段,却什么也想不起来了。
除了眼睛有点肿,她的身体机能都还正常。
窗帘拉开,金灿灿的晨光投射进来,云娆在光芒中抻了抻懒腰,起身往外走。
她一边胡乱抓着自己的头发,一边循着淡淡的饭菜味道,缓步踱向厨房。
这个点,云磊和姜娜应该出门买菜去了。
厨房里只可能是她的便宜老哥。
云娆没有刷牙,也没有洗脸,本就蓬乱的长发被抓成鸟巢形状,就这么放浪形骸地闯进了厨房。
料理台前站着一个男人,身高腿长。
云娆用肿胀的眼睛随意瞥他一眼。
眼熟的灰色家居服,是她上周在网上给靳泽买衬衫的时候凑单买的,后来随手送给她的便宜老哥了。
云娆揉着眼睛走近料理台,目光从窄窄的眼睛缝里瞥出去。
"什么玩意儿啊?"她看着男人面前瓷盘里焦黑的某种鱼类,幸灾乐祸地笑起来,"这能吃吗?"
对方静默了一会儿,然后几不可闻地叹了口气,语气略显低沉:"我还在学。"
听见男人温和低磁的嗓音,云娆的身子莫名跟着颤了下。
她整个人一激灵,倏然抬起头:"靳泽……学长?怎么是你?我以为是我哥来着……"
话音落下,厨房门外忽然传来一道轻飘飘的男声:"有必要吗?语气变化这么大?"
云娆回头,看见云深斜倚在厨房门框处,沉黑的目光落到她脸上,唇角不怀好意地挑起，阴阳怪气地学她说话："靳——泽——学——长——"

云娆的脸颊一下子烧起来。

趁云深弯腰佯装呕吐的时候，她快步走过去，一拳快准狠地砸在他肩上，然后身形一闪，娇羞地捂住脸，往卫生间的方向冲去。

云深揉着肩膀站直身体，挑眉对靳泽说："怕了吗？她的真面目，就一暴力狂。"

靳泽眨一下眼："怪可爱的。"

云深语塞。

大清早的，他为什么要眼巴巴跑来吃这碗酸臭的狗粮？

十几分钟后，云娆把自己收拾得干净清爽，终于再次亮相。

靳泽还在厨房里罚站，看起来好像在练她爸的拿手好菜糖醋脆皮鱼，可惜火候掌握得不好，勾芡也不够均匀，鱼炸得半焦半生，模样十分凄惨。

他看见云娆来，低声解释道："早上跟着叔叔学了几道菜，现在练练手。"

顿了下，他想起来云娆还没吃早饭，于是走到电饭煲前舀了一碗粥出来，又夹一些事先准备好的配饭菜，放进微波炉里加热。

云娆看着他忙活的背影，越看越觉得奇怪。

她小心谨慎地贴到他身后，轻声问："你干吗要做这些？还有，你昨晚怎么留下来的呀？"

靳泽转过身，脱下手套搂住她的腰肢："我做这些，不是天经地义的吗？"

两人的身体骤然贴近，云娆慌张地垂了眼，挣扎着推开他："别这样……我哥就在外面呢。"

"他已经知道了。"

"什么？"云娆极其诧异，"他知道了……我们吗？"

她断片断得彻底，连自己有没有勇敢地当着哥哥的面"拿下"靳泽都不记得。

就算她"强上"了，他们的关系也应该处于她单箭头爱慕的初始阶段，怎么会……

靳泽轻轻捏了下她腰间的软肉："你昨晚喝醉了之后很乖，我们的事情，是我主动告诉他的。"

云娆睁大了眼:"可他明明……"

极力反对来着。

靳泽:"有我在,没什么事情解决不了。"

他十分不要脸地把云深睁一只眼闭一只眼的好心行为,全部揽成了自己的功劳。

云娆被他骗得团团转,目光不由得带了一丝仰慕:"你是怎么和他说的?还有,我昨晚真的什么都没做吗?"

不应该呀。

云娆心想。她明明给自己做了非常充分的心理暗示,一心要将他当众扑倒来着。

靳泽跳过了前面那个问题,只回答后面一个:"你就……对我真情告白了一番,除此之外,很乖很安静。"

他的回答真假参半,一边说,一边亲昵地拥着她,让她只顾着脸红躲闪,分不出心思思考太多。

云娆两手攥着他的衣摆,问题多得问不完:"你还没说,你干吗一直待在厨房里头做饭?"

靳泽:"当然是为了讨好未来岳父岳母了。"

云娆又是一惊:"他们也知道了?"

靳泽含混地"嗯"了一声。

从厨房里出来的云娆像被雷劈过一样,神情极其恍惚。

抬眸,看见躺坐在沙发上的云深,她忽然吸了吸鼻子,温吞地坐到他身边:"哥哥……"

不论之前怎样,至少现在,他没有强烈地反对了,云娆由衷地感到高兴。

她想说一句谢谢,可是又不好意思开口。

说惯了冷嘲热讽的难听话,偶尔想聊点真心实意的,却只剩下满腹尴尬。

云深拿起遥控器,换了个台,问她:"今天周四,不上班?"

云娆:"请半天假了。你不也没上班?"

453

云深:"我是老板,和你这种'社畜'能一样?"

这样互怼两句,他们之间尴尬的氛围瞬间松弛了许多。

云娆干脆将话头捋得笔直:"哥哥,我和靳泽学长……会一直在一起的。"

其实后面还有半句感谢他的话,但是被云深一句反问堵了回去。

"你确定吗?和他在一起,可能一辈子都要躲躲藏藏。"

云娆心中斟酌着措辞,还未开口,又来一个人打断她。

"只要她愿意,我随时可以公开。"靳泽不知何时脱了围裙来到客厅,像练了轻功,走路没声音的,"明星这个身份带来的所有不便,我都会最大程度地为她避免。"

云娆低头掰着自己的手,声音轻而坚定:"我没关系的。现在已经没有什么能伤害到我了。"

云深的视线始终盯着电视,面无表情地捏了捏耳朵:"随便你们。"

一个生来嘴硬的人说"随便",那已经是最大程度的让步了。

云娆立时扬起笑,刚才那些尴尬、羞赧,一瞬间烟消云散。

她手脚并用爬到云深身边,双手搭上云深肩膀,作势要给他捏肩捶背:"哥哥最好了!"

云深只感觉腻得慌:"走开走开。"

云娆不依不饶地黏着他。

要不是知道她是为了自己才这么热情,靳泽看着都有点吃味。

云娆的手劲正好,捏得云深还挺舒服。

他从善如流地眯眼享受了一会儿。

不知想到什么,他半睁的眼瞟向靳泽,话却是对云娆说的,语气云淡风轻:"之前躲在你家里的那个小白脸,是他吗?"

云娆语塞。

"怎么不捏了?"云深抬起手,优哉游哉地用食指点了点自己的肩膀,"继续啊。"

墙上的挂钟发出"嘀嗒嘀嗒"的轻响。

时间在静默的空气中流淌着,三人维持着大眼瞪小眼的姿态,良久。

客厅斜前方,靳泽抱臂站着,微凉的目光落下来:"什么小白脸?"

"不是你吗?"云深眨了眨眼,"就几个月前,有次我去挠家蹭饭,她家里藏了个男人,跟我说是……"

"我没有!"云娆整个爆炸了,"是你!你自己脑补的!"

云深:"你明明承认了,就是……"

云娆简直不敢听见"小白脸"三个字,干脆一不做二不休,扑上前去捂住了哥哥的嘴,适才温柔小意的模样荡然一空,凶猛得犹如夜叉:"我绝对没有!"

两米开外,靳泽微垂着眼睑,好整以暇地欣赏这场兄妹阋墙的好戏。

云娆完全不敢看他。

她兀自堵了一会儿哥哥的嘴,动作越夸张,越显得欲盖弥彰。

片刻后,她倏地松了手,纤细的小身板从沙发上跳下来,非常没骨气地遁地逃走了。

这一天仿佛特别漫长。

云娆下午到达公司,开始忙碌的工作,中途接到父亲母亲的电话,他们准备回老家了,特地找她交代几句话。

姜娜是那种特别传统又嘴碎的母亲,绕了半天,话题绕到"结婚"上,拉着女儿前前后后嘱咐了十来分钟。

靳泽这样的身份,又这样年轻,她实在做不到把心塞进肚子里,相信他会很快和她的女儿结婚。

云娆在电话里如实地对母亲说:"再过几天,我会和他出国一趟,见他父亲那边的家人。"

姜娜:"听说他母亲去世了,你知道怎么一回事吗?"

云娆:"好像是脑癌。具体情况我也不太清楚。"

姜娜在电话里叹了一口气:"行吧,我知道了。唉,妈也不是催你啊,我就是看你哥那副样子,都快二十七了还没谈过恋爱,把我整得特别急躁……"

云娆笑起来:"你确实该急一急他了……好啦,我要工作了,你和爸安心坐高铁,路上注意安全。"

寒冬腊月,天黑得特别快,不到下午五点,室外就是一片雾霭沉沉的暗色。

下班时间，靳泽打来电话，说已经在公司楼下等她了。

云娆连忙将工作收尾，紧赶慢赶，几分钟就飞到他身边。

她心里既开心，嘴上又忍不住责怪："非要接我，让司机来就行了，你干吗亲自跟来？"

靳泽抬手将后座隔板拉上，淡声说："我怕服务不好你，被打差评。"

云娆听不懂，递去疑惑的眼神。

靳泽："这是做小白脸的自觉。"

他怎么还记着这事！

这个小心眼的男人！

云娆臊红了脸，车厢内无处遁逃，她只能硬着头皮上，佯装薄怒道："那个时候……我们又没有在一起，你自己眼巴巴地送上来，说是小白脸怎么了嘛……"

话音未落，她轻颤的身体被人捞进怀里，双唇也被堵住，"呜呜"地发不出声音。

他亲得用力，说是服务，明明自己是最享受的那个。

云娆脸上几乎写着"外强中干"四个大字，很快就被他弄到求饶："我错了，不是……不是小白脸……"

"那是什么？"

云娆喘了两口气，尝试性地说："是……孔雀可以吗？"

靳泽以为她会嘴甜说个"老公""宝贝"什么的，好歹也该是"男朋友"，没想到居然是禽类。

"什么意思？"他捏住她的下颌，双眸危险地眯起来。

"不不不。"云娆认真地解释，"孔雀很高贵，有大而华丽的羽毛，重点是，它还会开屏。"

靳泽轻笑了下："开屏？"

云娆缩了缩脖子，在他怀中无言点头。

"你觉得我会开屏？"

云娆根本不敢说话。

但是，她意识到此刻一定是靳泽此生最接近自己的本质的时刻，于是她非常勇猛地点了两下头。

男人又笑了笑，唇角勾起的弧度有些凉，眼神却异常炽热。

他俯下身，微凉的指尖扫过她脖颈，低声蛊惑道："好的，我现在就开个给你看看。"

轿车行驶得再平稳，内饰皮具再高级，也比不上一张柔软舒适的床。

靳泽在关键时候刹了车，把人从车座上捞起来，放在怀里，蜻蜓点水地吻着。

云娆勾着他的脖颈，身体不上不下的，有点难耐。

"差点忘了一件重要的事。"男人带着轻微的鼻音，胸腔微微震动，"等会儿到家，带你看一件生日礼物。"

云娆趴伏在他肩上，像大热天里的小猫，微张着嘴喘气，声音也细得像猫叫："衣帽间都要放不下了。"

靳泽摸了摸她的后颈："那可不能放进衣帽间里。"

轿车驶入云翡佳苑，没有像往常一样直接进入地库，而是停在了花园大门前。

云娆留在车上理衣服的时间，靳泽已经绕到她的车门前，耐心等她整理完，然后替她打开了门。

他候在门外，稍稍弯腰，朝她伸出一只手，指骨明晰，掌心向上。

云娆心尖一跳，缓缓将手搭上去。

两人牵手进入花园，只见前不久刚栽下的小圣诞树旁边多了一座矮矮的彩色木屋，横梁上挂着一张空空的木牌，似乎在等待有人在上面刻下什么。

视线向右一瞟，云娆倏地顿住脚步。

管家李叔穿一身颇为正式的西服等在路边，在他身旁，两个小家伙排排坐，脖子上系着粉红色的领带，正儿八经地蹲着，等待主人回家。

其中一只，是她的乖儿子西几。

还有一只纯白的团子，今天初次见面。

云娆激动坏了，快步冲到它跟前："你是谁呀？"

靳泽亦步亦趋跟在她身后："它还没有名字。'公举'殿下赐个名吧。"

云娆将白团子揽进怀里，小狗与她很是亲近，摇着尾巴狂蹭她的脸。

她做梦都想拥有一片花园，猫狗双全，今天全都实现了。

"要不就叫'汤圆'吧，圆圆白白的一团。"云娆脱口而出。

这只狗的品种是白熊，成年以后体型十分庞大，气质高贵，英姿飒爽，靳泽买的还是赛级犬，品相更加出众。

"汤圆"这个名字，可能再过两个月就不合适它了。

"就叫汤圆，很好。"男人笑着蹲在她身旁，抱起暂时遭受冷落的西几，对它说，"小西几，你以后就当哥哥了。"

狗子比猫咪热情太多，云娆一时不防，脸上被汤圆舔了一大口。

她笑着站起来，问靳泽："它是弟弟还是妹妹？"

靳泽放下猫咪："是妹妹。"

"啊？"云娆眨了眨眼，"我还以为是弟弟呢。"

靳泽挑眉："怎么，家里除了你之外，不能有别的女孩子了？"

云娆剜他一眼："胡说什么呢。我无所谓的，是黎梨，她家葫芦妹是女孩子，所以希望我能养一只公的，和葫芦妹凑一对。"

靳泽："反正到时候都要绝育，有什么好凑的。"

云娆懒得搭理他，弯腰继续撸小汤圆。

手心在狗子柔软的脑袋上揉了一圈，还没撸爽，手腕却被男人捉住了。

靳泽完全不嫌脏，将她摸过小狗的手径直拉过来，抱到自己腰上。

男人对她耳语着，旁人听不见。可惜云娆遽然通红的双颊出卖了他们露骨的交流。

第十七章
/ 唯一的希望 /

距离春节还有两周的时候,靳泽和云娆空出几天时间,携手前往美国。

灰蒙蒙的天空落了雨,申城机场高速车流很少,畅通无阻。

云娆侧过头,柔柔地瞥了一眼身旁闭目养神的男人。

他的侧颜就像艺术品一样,令人流连忘返。

她知道他和父亲的关系不好,偶尔通话时,语气总是疏离淡漠。

似是怕他心情低落,她忽而用力握住了他的手,葱白纤细的手指与他缠绕,十指紧扣。

靳泽睁开眼的时候,就见她紧牵着自己的手,脑袋轻轻磕在他肩上,长睫垂盖着,眼窝处落下淡淡阴影,似乎正在熟睡。

靳泽放缓呼吸,不由自主地扬起唇角。

其实他现在,心情很好,有她在身边,不管去哪里,他都觉得旅途可期。

经过十几个小时的航程,两人在加州山景城落地。

他们都不是什么闲人,本次假期也不是请来玩的,所以出站后几乎没有歇息停留,直接驱车赶往靳泽父亲的家。

那是一栋美国中产阶级常见的住宅,装修风格质朴,家具和各类摆件价值不菲。因为家里有两位老年人,所以空间和设施都设计得便捷实用。

云娆简单参观一遍，发现这栋房子里，除了靳泽奶奶的东西，完全没有年轻一些的女性留下的痕迹。

联想到沉沉姐说靳诚是一个对感情很偏执的人，云娆不禁猜测，他和前妻分开，虽然伤透了心，但是从此以后很可能再也没有接触过其他女性。

靳泽和云娆在家里留下吃了一顿晚饭。

其间，云娆很努力地想给靳诚留下好印象，同时，又担心靳泽会不会不喜欢自己过分热情。

没想到，靳泽对父亲的态度似乎缓和了不少，他很郑重地向靳诚介绍了云娆，并且表示这就是他将要共度余生的女人，希望父亲能够祝福他们。

看得出来，靳诚今天非常高兴。

他鬓边染了一片霜白，瞧着比云娆的父母要苍老一些，但是眉宇依旧英气逼人。能生出靳泽和简沉沉这样的孩子，父亲的基因一定非常出众。

他今天一直在笑，眼尾的褶子很深，和常人家中慈爱的父亲，似乎没有什么区别。

吃完饭，他们又陪靳泽的爷爷奶奶喝了点茶。

靳泽奶奶的身体不好，强撑着和小辈聊了一会儿天，就被护工搀扶去房间里歇息了。

午后时分，靳泽带着云娆进入这个家里属于他的那间卧室休息。

卧室很大，打扫得很干净，但是一点鲜活的气息都没有。

靳泽让云娆坐在书桌前的转椅上。

他自己弯腰打开旁边上锁的柜子，侧对着她，看不清眉目："我爸的公司在山景城，而我读书和工作都在洛杉矶，一直自己租房子住。这栋宅子是前几年才买的，我几乎没有住过。"

云娆点了点头，看见他从柜子里抱出一个硕大的硬壳方形纸盒。

他将那个盒子放在书桌上。

今天一整天，靳泽的表情都淡淡的，叫人捉摸不透。

然而此时，加州明媚的阳光斜照进房间，他站在纤尘飞舞的光柱中，眉宇终于透出一股难以名状的哀伤。

云娖忍不住握住他的手。

靳泽笑着回握了下，拢着她的手，一起打开了那个尘封已久的纸盒。

里面是好几张卷起来的画，整齐地斜码着。

除了画卷之外，还有一封牛皮纸信封。

靳泽将信封拿出来，递给云娖。

云娖深吸了一口气，平静地将它打开。

看到里面的东西，她的瞳孔狠狠颤了颤，摇晃的目光从薄薄的眼皮之下滑出去，寻找靳泽的眼睛。

靳泽坐到她身旁，单手绕过她的肩膀，一字一顿地说："娖娖，我给你讲个一点也不好听的故事吧。"

十三四岁的少年，对于爱和恨有着强烈的分割。

靳泽曾经对母亲有多眷恋，在遭遇母亲的执意抛弃后，这份感情几乎成倍地转变为不解和怨恨。

偌大的别墅仅仅少了一个人，就仿佛被挖成了空壳。

好几个夜不能寐的晚上，靳泽听到父亲偷偷给母亲打电话，从一开始的克制，到争吵，再到恳求，偶尔还会传来压抑的哭声。

最后换来的，是两个孩子各选一方。

彼时，姐姐刚刚成年，却比任何人都冷静。她说小泽选哪个，她就选另一个。她的性格几乎是母亲简倪的翻版，甚至更为洒脱。

所以她完全理解母亲丧失了对父亲的爱之后，想要逃离婚姻，奔赴新一段感情的行为。

女人不应该被家庭和子女禁锢住。

原本温馨的四口之家就此分崩离析。

简倪并不打算和前夫及儿子一刀两断，尤其是靳泽，她一直试图维系着他们的母子关系。

但是靳诚不同意。

自从两人彻底分开后，靳诚的性格发生了极大的转变。曾经对妻子深入骨髓的爱渐渐摧毁了他，他变得偏执、阴郁、敏感，陷入了极端的憎恨和自我怀疑之中。

靳泽当时只是个孩子,他就算再怨母亲,心里总有怀念和依赖。

然而,最亲近的父亲夜以继日地在他耳边灌输那些恨,斥责简倪冷血无情、抛夫弃子,渐渐地,也让靳泽陷入受害者情绪中,越发排斥母亲。

直到高中的某一天,他第一次对一个女孩心动,可是这份感情和他未来的人生规划产生冲突了。

那个女孩还有一个关系很好的青梅竹马。

极度的纠结中,靳泽想到了母亲,他心中还有一份柔软,认为母亲可以分担解答他的心事。

那是他在父母分居之后第一次主动前往母亲的居所。

然后,他在冬日稀薄的阳光之中,窥见母亲和陌生的男人在公寓楼下拥吻。

靳泽和父亲非常像,骨子里刻着"专情"二字,接受不了分离和变心。

其实当时简倪和靳诚已经离婚两年了。

可他还是感觉恶心,仿佛遭到了强烈的背叛。

一路狂奔回家后,靳泽控制不住地找到姐姐,问她,母亲是不是为了这个男人才和父亲分手。

姐姐说不知道。

靳泽当时在气头上,冲动之下说了几句难听的话。

姐姐的回答异常冷酷:"爱上别人不是很正常的事情吗?

"不爱了就是不爱了,感情变了谁也没有办法。不论贫穷富有,不论是否生儿育女,不爱你的人,无论怎么强求都没用。"

她让靳泽把这些话转告给靳诚。

此前,沅沅因为和父亲大吵过几架,两人的关系跌破冰点,她甚至连姓都改了。

靳泽当时也是冲动易怒的年纪,一气之下就把母亲和姐姐的联系方式全都拉黑删除了。

其实世上没有绝对的对与错。

然而观念不同的人,也是完全没办法互相理解的。

或许度过一段平静的时光，他们的关系能够慢慢缓和。

可惜坏就坏在，靳诚的爱情失败之后，事业也跟着飞速崩塌，一朝之间，多年经营尽毁。

他之所以犯那些错，是因为他自己心态波动，太激进了。

可他认为是简倪的错，一切只因为她离开了他。

别墅变卖的那天，他和靳泽眼睁睁看着曾经的家被搬空。

"是你母亲带走了一切。"靳诚已经魔怔了，他抓着儿子清瘦的肩膀，痛苦地控诉道，"我们什么都没有了。而她呢？在和第几个情人周游世界？"

一边是破碎的生活，一边是疯狂的父亲，而靳泽只是个贪玩的、从来没吃过苦的高中生，又有谁来考虑他的感受。

幸而靳诚在美国留有一笔投资，没有受到国内破产的影响，父子俩的绿卡也早就批下来了。

当同学们奔赴高考考场的时候，靳泽捏着曾经引以为傲的UCLA录取通知书，浑浑噩噩地搬去了美国。

父亲在硅谷的公司起步非常不顺，他们家还是很穷。

靳泽没有申请到本科生宿舍，只能花钱租住在学校附近的廉租房里。

那段时间，微信还没有普及，高中同学之间流行玩微博，当成QQ空间那样分享生活日常。

靳泽开了一个账号，通过各种关系的摸索，找到了云娆的微博。

她发得很少，但是她新交了两个朋友，好像是她的高二舍友，一个名叫黎梨，一个名叫温柚，她俩发得特别多，隔三岔五就能提到云娆。

靳泽一天中最开心的时间，就是围观她们姐妹三人发微博，然后看她们在评论区互动。

因为男孩子可悲的自尊心，靳泽不敢找任何一个曾经的朋友联系，包括云娆和云深。

没有人知道他家里破产了。

更没有人知道，他已经半年没有买过新衣服，住在没有空调暖气、洗手间丢满烟头、隔音奇差、每天晚上都能听到隔壁奇怪声音的阁楼里。

父亲每个月给他打的钱，仅够租房和吃喝。

463

他偶尔会去学校免费的健身房健身，里面人太多的时候，他就绕着操场或者公寓大楼，一圈一圈地跑。

除此之外，没有任何课余生活。

学校里追他的女生依然很多。

靳泽尝试冲破自己的自尊心，告诉那些女孩子，他很穷，没心思谈恋爱。

收到他这样的回答，那些年轻而热烈的女孩，会仰起明亮的眼睛，告诉他，她们一点也不介意。

是这样吗？

靳泽仿佛受到了鼓舞，加上极致思念的催化，他似乎找回了一丝不服输的韧劲。

虽然比起曾经那个张狂恣肆的少年，这一点坚持，看起来有点可笑。

他连坐公交车的钱都要省，回国的机票钱几乎算是天文数字。

况且，如果真的见到她了，他怎么能忍住只见她一次。

度过了第一个惆怅而迷失的学期，从大一下学期开始，靳泽重新安排了自己的课时，瞒着父亲，开始找兼职做。

彼时，他只有十八岁，高中学历，能找到的工作无外乎体力劳动，运气好的话，能凭借出色的外在条件，在附近的剧院或者影视中心混到群演龙套的工作。

在此之前，靳泽从来不知道，自己原来这么能吃苦。

刷盘子，在会所当侍应生，别人在吃饭他忍着饿工作，跑龙套的时候因为黄种人的面孔遭受霸凌……

每一个痛苦难过的瞬间，他都会想起高三那个"磕破脑门"的午后。

大地在摇晃，校园广播催促学生逃生，他躺在医务室的病床上，懒得连命都不要了。

而她顶着一张苍白恐惧的小脸，紧张地冲进医务室找他。

"学长，我们快逃吧。"

少女柔软慌张的声音言犹在耳。

只要想到她，他就充满了干活攒钱的动力。

一美刀又一美刀，去程的机票钱攒够了，再攒回程的。

不出意外的话，下学期他就能回国见到她了。

之后他会更努力地赚钱存钱，争取每个月都能回国一次。

转眼到了春天。

某一日，靳泽在校园超市买日用品的时候，偶然瞥见纪念品货架上摆了一排灰色的小熊玩偶。

玩偶只比巴掌略大一些，毛茸茸的肚子上印着"Someone at UCLA loves u"几个单词。

靳泽本来已经掠过那个货架，却忽然停下脚步。

这么小的一只毛绒熊玩偶，做工也不见得有多精良，竟然要卖二十七美刀？

他踟蹰再三，终于咬了咬牙，买下一只。

回国找她的时候，总不能两手空空吧？

生活就这么平淡而艰苦地推进着，幸好还有梦想和希望在。

他的梦想是出道当演员，进入好莱坞，让"靳泽"两个字出现在影片谢幕的演员表上。

而希望，就是她。

大一学期末的时候，靳泽一边准备各科考试，一边兼职，忙得不可开交。

就在这段时间，断联许久的母亲突然联系上了他。

靳泽做了很久的心理斗争，才通过了她的微信好友申请。

他当然没有原谅她。在父亲的影响下，靳泽也偏执地认为，自己之所以过得这么苦，很大程度都是拜她所赐。

可是……他又安慰自己，让她就这么安静地躺在好友列表里，其实也没什么大不了的，好歹是怀胎十月生下自己的母亲。

加上好友之后，连续半个多月，简倪每天都打视频给靳泽。

她算好时差，掐准时间，每次都在靳泽课后休息的时间打视频。

她说，妈妈想见见你。

可是简倪不知道，靳泽根本没有课后休息时间。

靳诚没有把自己破产的事情告诉前妻，可能她从别人口中会听到，但是，绝对猜不到他们父子俩过得这么惨。

靳泽打工的时候几乎看不见手机。

事后看到那些自动挂断的视频邀请,他也只是冷瞥一眼,不可能回拨。

某天深夜,靳泽拖着疲惫不堪的身躯回到出租屋,恰好撞上简倪给他打视频。

他将手机丢在床上,默默站在床边,犹豫了很久。

最终还是拒接了。

如果接通,她就会看到他现在这副狼狈的样子。

住在狭窄破烂的廉租房里,窗户像囚牢一样高,而他身上,还穿着很多年前她给他买的旧衣服,黑色的衣服,洗过无数次后泛着白。

过了会儿,简倪给他发文字消息:【妈妈想来洛杉矶看看你。】

靳泽立刻回:【不要来。】

简倪:【就见妈妈一面吧,不会打扰你很久,就一起吃个晚饭,好不好?】

靳泽:【算了吧,我没有时间。】

过了许久,简倪回复:【好。你在外面要注意身体,别太累了。】

聊天到此终止。

又过了一周左右。

靳泽怎么也没想到,简倪竟然一声不吭地直接飞来洛杉矶,跑到他的学校找他。

彼时靳泽刚下课不久,才到打工的会所,在员工换衣间换衣服的时候,接到了一通陌生来电。

他有点生气,说话的语气很不友好:"我现在真的没有空。"

"你在哪儿呢,妈妈可以过来找你。"

"我……在朋友家玩,关系很好的朋友,走不开。"

简倪的语气几近讨好:"同学过生日吗?要不要妈妈买一点礼物过去?"

靳泽没有说话。

简倪:"小泽,你看妈妈好不容易来美国一趟,现在就在你们学校门口,还给你带了一盒你小时候最喜欢吃的点心,桂花核桃糕,你记得吗,就是咱们家小区斜对面那家蛋糕店里买的,保质期只有两天……"

"我知道了。"靳泽摸了摸脖颈,心脏莫名抽痛了下,一时之间有些无措,"我想想看。"

"好的,你慢慢想,妈妈就在这里等你。"

靳泽滑坐在身旁的长椅上,目无焦距地发了一会儿呆。

直到经理走进来催他,他才回过神,然后抱着侍应生的制服站起来,道歉说自己临时有急事,今晚需要请假。

经理用英文咕哝了几句,意思是怎么现在才说请假,不好找人调班。不过看在这个长相过分漂亮的亚洲少年一直以来工作都很认真勤恳,最终还是放行了。

临走前,靳泽转进洗手间,用冷水仔仔细细洗了一把脸。

这家会所坐落于市中心商业区。美国的市中心素来以脏乱差、流浪汉横行闻名,尤其是入夜以后,所以靳泽每次上下班路上都非常小心。

今晚,他有点心急,背着书包从店里离开的时候,一边走路一边低头打字,准备给简倪发消息,问她具体所在的方位。

美国的学校没有特定的大门,大部分教学楼都和城市融为一体。

所以简倪所说的"学校门口",他不太清楚具体在哪儿。

疾步行走间,靳泽迎面撞上一个流浪汉,手机"啪"的一声砸到地上。

鼻尖涌上一股浓烈的劣质大烟的味道,下一秒,他的衣领就被人攥住了。

两三个流浪汉围过来,其中一个趁他不备,掏走了他放在口袋里的钱包。

那里面有他刚领到不久,还没来得及存到银行卡里的薪酬,纸币结算,整整四百刀。

靳泽看到自己的钱包被人拿走了,突然疯了似的挣扎起来。

四百刀相当于半张廉航机票钱。

他没日没夜地打工,就是为了多攒点机票钱,以后能够多回国几次。

他需要很多钱,现在赚的每一分钱,对他而言都非常珍贵。

靳泽的身体素质很好,高中的时候是体育委员,兄弟们抱在一起掐架的时候他从来没输过。

但是他现在面对着三四个人高马大的老外,其中一个壮汉,胳膊伸出来比他的腿还要粗。

靳泽似乎看不见这些。

他不要命似的挥拳狠狠砸向那个拿他钱包的人，眼中充满狠戾，仿佛他们抢走的是比他生命还珍贵的宝物，而他就算死在这儿，也要把他的宝物夺回来。

那群人似乎没料到这个高高瘦瘦的少年这么能打。

他们也发了狠，拳脚如雨点一般落在他脸上、身上，打到他还不了手，再像抛尸一样，把他远远丢到阴暗的墙边。

除了钱包和手机，靳泽身上没有其他值钱的东西。

其中一个流浪汉捡起靳泽落在地上的手机，看到碎裂成渣的手机屏幕，嗤笑了一下，随手丢回靳泽脚边。

他们用脏话咒骂着，擦着唇角的血，吊儿郎当地走远了。

漆黑而肮脏的巷子里，靳泽强撑着爬起来，身体痛得仿佛被人捏碎，然而这些都是次要的。

他的精神几乎崩溃了，已经完全感觉不到身体的疼痛。

钱没了，手机也坏了打不开。

他的模样变得像鬼一样可怖。

不知耗了多久，他蹒跚地回到出租屋，关在浴室里洗干净自己身上的血水。

做完这些，靳泽倒在床上，像个支离破碎的人偶，失神地望着天花板。

不知道妈妈……走了没有。

她说她带了他小时候最爱吃的桂花核桃糕，那玩意儿全家只有他爱吃，其他人都嫌味道古怪。

思及此，靳泽忽然爬起来，换了件干净衣服，戴上口罩，遮住脸上的伤痕。

他就想远远地看她一眼。

如果她还在的话。

靳泽回到学校，一瘸一拐地绕着各个学院走了几圈。

没有找到眼熟的身影，他反而松了口气。

把手机送到维修店修理之后，靳泽拐进附近的药店，买了几样最便宜的治疗跌打损伤的药。

而在距离这家药店不远处有一家医院。

半个小时前，简倪叫了辆救护车，把自己送进了这家医院。

她的癌已经很严重了，扩散到身体的许多器官。

她不能久站，也不能吹风。

可是她为了不错过靳泽，愣是在学校电影学院楼下的马路边上站了两个多小时。

他最终没有来。

还是很恨她吧。

今天是最后一次了。

简倪对自己说。

她忍不住拿起镜子，照了照自己覆盖着精致浓妆的，还有几分美好的面孔。

日子再往后走，她会变得越来越丑陋。

面容枯槁，头发掉光，身形佝偻。

简倪一辈子都在追求美，美丽的容颜，美丽的画作，还有美好的爱情。

这是她生命里最后一段与美相关的时光了。

所以她才会迫不及待地想和靳泽视频，甚至在他拒绝之后，还苦苦追过来与他见面。

因为在此之后，她可能永远也不会再见他了。

简倪不打算告诉儿子和女儿自己已经癌症晚期，药石无医。

她想要将自己最美好的样子留在孩子们心中，就算他们发现她突然撒手人寰，未来回忆她的时候，他们脑海中浮现的，不是病床上可怖的活死人，而是温柔而美丽的母亲模样。

这样就足够了，她感到安心，他们也不会害怕回忆她。

过了整整两天，靳泽的手机才修好。

微信对话框里静静地躺着一句：【妈妈先回国了，有机会再来看你。】

靳泽的心情难以名状，只打了一个"好"字回复。

他怎么也想不到，就这样错失了和母亲相见的最后一面。

另一边，简倪独自回国之后，一个人搬到位于云城的疗养院生活。

这里四季如春，是他们一家四口最后一次全家旅行来过的地方。

她和现任男友分了手，那些曾经奉如生命的爱情欢愉，眼下似乎都变得不值一提。

每天除了吃药治病，其余所有时间，简倪都在画画。

简沅沅当时在欧洲学设计，习惯每两天给母亲拨一通视频。

很长一段时间，简倪都不接她的视频，只电话或文字聊天。

简沅沅越想越奇怪，终于有一天，她突然杀回国内，不费吹灰之力找到了简倪。

她扑在母亲床头哭了很久，控诉母亲为什么这么狠心，连亲生女儿都瞒着。

简倪赶不走简沅沅，只能默许她主动休了学，留在云城找了份工作，贴身照顾自己。

好几次简沅沅想喊靳泽回来，都被简倪制止了。

"他不会来的。"简倪惨淡地笑了笑，"有你陪在妈妈身边就够了。"

简沅沅心想，这样也很好。

那对无情的父子，不见也罢，见了只能徒增烦忧。

妈妈只是她一个人的妈妈，她会守到最后。

简沅沅偷偷查过很多资料，了解到脑癌晚期患者，如果受到比较好的治疗，可以活一年以上，最长甚至有两年的案例。

可现实情况是，简倪的病情在短短半年内快速恶化，眼看就时日无多。

简沅沅突然慌了。

她此前以为，靳泽既然不认这个妈妈，那这件事情也没必要告诉他。

可是真正到了母亲的弥留之际，简沅沅完全稳不住自己。

五月初的某天，她再也忍不住，主动拨通了那个尘封已久的电话。

那是靳诚出国前留言给她的，他在国外的号码。

她异常痛苦地告诉靳诚，妈妈病危了，让他快点带靳泽回来见妈妈。

靳诚在电话里答应了。

接下来的半个月，简沅沅连公司也不去了，每天就守在简倪的病床前，陪她看电视，和她说话。

可是靳诚和靳泽没有回来。

又等了一周，简沉沉经过无数次挣扎，最后还是不忍心让母亲就这样和心爱的儿子天人永隔。

她能猜到，靳诚肯定没有告诉靳泽，这个男人已经疯了，怨恨淬入骨髓，无药可救。

而她对靳泽还是保留了一份信任，认为他一定是不知道，才没能及时赶回来。

一个远隔重洋、删除了一切联系方式的人，不是那么容易联系上的。

简沉沉绕了很大一圈，通过他们的高中母校，找到靳泽以前的班主任，再找到有他微信的高中同学，这才打通了靳泽的电话。

"她就快死了……"简沉沉想要破口大骂，可张口却是泣不成声，"求求你快回来吧，求求你了……"

就在这通电话结束的第二天，一个阳光灿烂的午后，简倪走了。

回光返照的时候，她枯树般的手突然充满力量，紧紧拉着简沉沉，很努力地看了简沉沉一眼。

最后的最后，她嘴里喊着"小泽，小泽"。

简沉沉用力抱着她，流干了所有眼泪。

简倪很快被送去整理仪容，简沉沉收拾母亲遗物的时候，找到了一封写给靳泽的信。

还有简倪搁置许久不用的手机。

出于怀念的心理，简沉沉给手机充电，解锁打开。

她在微信里看到母亲加了靳泽的好友，以及他们的聊天记录。

十几通视频邀请，没有一通接受。

千里迢迢出国找他，他却拒之不见。

从洛杉矶回来后，简倪就住到了这个疗养院。

简沉沉似乎想到什么，突然非常紧张地找到了简倪的主治医生和护工。

…………

再之后，靳泽回来了。

他在母亲的病床边哭着跪了一夜。

他说父亲从来没有和他提起过这件事。

他还说,一切都是他的错。

简沅沅什么都听不进去。姐弟俩办完丧,简沅沅突然提出,她想和靳泽一起去美国一趟,见见她那久别的父亲。

两人一路沉默地到达美国山景城,进入靳诚租住的公寓。

当时爷爷奶奶还在国内,靳诚租的房子是两室一厅,属于靳泽的那个房间暂时用来堆放杂物。

靳诚在门口迎接她。可是看到父亲的那一刻,简沅沅突然发了狂。

她推开靳诚和靳泽父子俩,疯了似的冲进房间里,所有眼睛能看到的、手能搬得动的东西,都被她狠狠摔到地上,厨房里的餐具全部摔碎,一切能撕毁的东西也全部撕成碎片。

她在父亲的住宅里疯狂地发泄着,一边哭一边骂,像被恶鬼附身一般。

两个愣站在一旁的男人,也遭到了她极其猛烈地撕打。

简沅沅从来没有那么崩溃过。

"明明还可以活一两年的人,不到半年就撒手人寰了。"

她睁着发红的眼,奋力抓着比她高半头的弟弟的肩膀。

"我问了主治医师,还有照顾她的护工。虽然妈妈什么也没告诉他们,但是她后期会梦呓,所以他们都知道,就是因为你,因为你不见她,不认她这个妈妈,甚至在她去美国找你的时候都躲着她,所以她心灰意冷,不想活了……哈哈,你知道吗?她不想活了,再好的药也没用,她失去了活下去的动力,才几个月就走了,就连我陪在她身边,她也那样痛苦,这一切都是因为你!"

"而你们,竟然拖了这么久不回去见她。"

简沅沅对靳诚已经无话可说,只歇斯底里地斥责着靳泽:"就连她死的那一刻,也在喊你的名字,死不瞑目!"

她一边哭,一边从口袋里掏出一封信,狠狠地塞进靳泽手心。

靳泽用手背擦了擦眼角的泪,颤抖着翻开那封信。

他极其缓慢地、一字一字地看完。

目光触及落款,他还来不及作何反应,那张脆弱的信纸就被简沅沅夺走,然后在她掌心化作碎片。

"不要!"

靳泽连忙制止她,然而还是晚了一步。

"你不配拥有妈妈的东西。"简沉沉冷笑了下,"从现在开始,我和你,还有他,再没有任何关系。如果你敢告诉别人你还有个亲生姐姐,我绝对不会放过你,妈妈在天上也绝对不可能原谅你,你会不幸一辈子的,靳泽。

"和你冷血的父亲做一辈子美国人吧。

"祝你在好莱坞功成名就。

"最好永远也不要回来,永远不要出现在我面前。"

连续说了太久的话,靳泽的声音渐渐变得干哑。

他说得云淡风轻,和云娆相关的部分,也选择性略过了。

云娆瘫软地坐在椅子上,脸颊上已经不知不觉爬满泪痕。

女孩葱白的指尖小心翼翼地擦过那张曾经化作碎片,最后又被人一点一点耐心拼起的遗书。

5.11

小泽,希望你早安,午安,晚安。

等你看到这封信的时候,妈妈可能已经去另一个世界了。希望你不要责怪妈妈在最后的这段时间没有联系你,妈妈变得不好看了,甚至有点丑,实在不想以这样的面目留在你心里。

妈妈还想再和你说声对比起,是我抛弃了我们的四口之家,以及曾经海誓山盟的婚姻,都是妈妈的错。

但是妈妈从来都没有不要你。

小泽,你能理解吗?

妈妈只是不爱爸爸了。

最后这几个月,我住在我们一家四口曾经旅行过的云城,这里的风景一如既往的优美。

妈妈这一生,能遇到爸爸,生下你们两个可爱的孩子,何其幸运。

可是妈妈这一生，最后离开了爸爸，惹你厌烦，又生了这个讨厌的病，变得像枯树一样丑陋，不能亲眼看着你出道，是何其不幸。

幸好，等妈妈最后一次入睡的时候，最喜欢的五月应该还未过去，真是不幸中的万幸。

妈妈每日都想你，姐姐也是，虽然她有点嘴硬。

家里还囤了好些画，病房里也有几卷，全部都留给沉沉和你。

大约就这些吧。其他俗物，不在这里赘述。

5.15
小泽，妈妈很想你。

5.19
唯愿吾儿安与乐，星途坦荡，岁岁无烦忧。

落款：简倪

云娆将这封信重新封回信封，轻轻放进纸盒里。

她缓了口气，忽然站起来，异常用力地抱住了身旁的靳泽。

"你肯定还很难过吧？"

他坐在椅子上，云娆比他稍高些，双手环抱着男人的颈项，手指向上，极其温柔地抚过他脑后的鬓发，低声安慰道："我嘴比较笨，不知道该说什么，但是我可以很确定地告诉你，不管发生什么，我都会永远陪在你身边。"

靳泽抬手环住了她的腰，将她拉下来一点，坐在自己的腿上。

"娆娆。"他的声音更哑了，呼吸也重了些，"你不觉得我是个坏人吗？"

云娆摇头："做了一些不得已的错事，就一定是坏人吗？况且，你这些年，不是一直在弥补吗？"

靳泽很轻地笑了下，极尽依赖地将脸埋进女孩温软的颈窝："姑且算是有用吧。"

"一定有用。"云娆很认真地说，"其实沉沉姐是一个很心软的人，那么简阿姨也一定是个心软的人。我相信,她直到临终,也没有责备你。"

靳泽不再说话了。

他渐渐收紧双臂,有些贪恋地倚着她,感受自己是如此幸运。

他似乎明白,姐姐诅咒他一生不幸的时候,或许留了余地。

原来她们都是这么心软的人。

靳泽和云娆留在家里过了两夜,第三日一早,便带着简倪的东西,从山景城开车到洛杉矶,搭直飞申城的航班回国。

头等舱高级又舒适,唯有一点不好,那就是没有紧密相连的座位。

靳泽和云娆的座位虽然相邻,但是中间横着个巨大的扶手箱,云娆想把头靠到靳泽肩上,需要艰难地伸长脖子,模样挺搞笑的。

"你怎么这么黏人?"靳泽低声取笑她。

云娆扁了扁嘴:"不行吗?"

靳泽:"当然行。"

他的身体向右侧斜了斜,主动把肩膀送过去给她靠。

云娆一向眠好,这两日在美国待得颇有些心累,于是她脑袋一磕上靳泽的肩,竟然维持着这个不太舒服的姿势睡着了。

靳泽将身体又送过去一些。

如若有空姐从他们身旁经过,一定觉得这对情侣未免太恶心人。

头等舱的书报袋里放了很多杂志,靳泽随手从中取出一本。

动作间,一张卡片忽然飘到他膝上。

是他前不久刚丢进去的登机牌。

男人用修长的手指夹起,百无聊赖地扫了眼上面的字。

  A航 A7766次航班 波音777大型飞机

他的目光倏地一顿。

A7766。

这么多年了,这条路线竟然还在,航班名字也未改。

靳泽坐过无数次飞机，能牢牢镌刻在记忆中的，唯有大三那年的 A7766 次航班。

大二的时候，他失去了母亲。

因为父亲冷酷无情的行为，他没见到母亲最后一面，所以他们父子之间的关系也坍塌了。

母亲去世后，靳泽消沉了很长一段时间。

父亲的事业始终没有起色，靳泽依然很穷，但他不再去打工，也没有心思钻研学业，每天都浑浑噩噩地沉浸在痛苦之中。

就这样熬了半年，直到他的租房合约到期，他要从一个廉租屋，换到另一个廉租屋。

收拾东西的时候，靳泽看到自己珍藏在某个行李箱里的毛绒小熊。

Someone at UCLA loves u.

再见到这行字，他才恍惚想起，曾经有一段又穷又苦的岁月，他忙得没有一秒能歇脚，却时时刻刻都能感受到希望的存在。

直到现在，他经历了失去至亲的痛苦之后……

也还是，很喜欢她。

很想她，非常想她。

听说她考上很好的大学了，不知道最近过得怎么样。

靳泽在自责的阴影中徜徉了太久，直至今日，才隐约捕获了一丝轻飘飘的念想。

他忽然发现，经过这段漫长而坎坷的岁月，他似乎更爱她了。

期间他们没有任何联系和交流，但他就是固执地把这份初恋奉为神明，日日夜夜，虔诚地保护着它。

那个柔软又美好少女，在母亲逝世后，几乎成为他悲惨岁月里唯一的希望。

搬到新家后，靳泽抓起珍贵的小熊，将它摆到了自己的床头。

他决定了，无论如何，都要回去一趟。

大约在国内学生寒假的末尾,靳泽搭乘 A6677 次航班,在经济舱里闷了十几个小时,坐到颈椎都僵直了,终于抵达了申城国际机场,回到了阔别已久的祖国。

他原本打算先飞去帝都见云深一面,探听一些情况,然后再去找云娆,这样显得不唐突。

而且他也没有云娆现在的联系方式,微信也没加,总不能摸到微博私信去找她,那样也太蠢了。

没想到,云深现在人就在申城实习,倒是云娆,还在放寒假,没从老家出来。

云深听说靳泽回国了,很是吃惊,两人约在他实习公司附近的咖啡厅见面。

半年多前,靳泽母亲病危时,他姐姐是通过靳泽的高中同学联系到他的,所以靳泽母亲去世这件事儿,几乎全班同学都知道。

时隔两年半,再见到面,两个曾经亲密无间的兄弟,忽然之间变得无话可说,陌生极了。

眼前的靳泽,似乎比高中时代更清瘦了些。

脸还是那张脸,眼睛还是那双眼睛,神情却大不一样了。

原来至亲的去世,能给人带来这么大的打击。

素来直爽的云深,在曾经嬉笑怒骂的兄弟面前,说话不由得谨慎了起来。

靳泽却很努力地想表现得轻松自在,试图像从前那样和云深交谈。

他换上崭新的衣服,甚至破费买了双新球鞋,打扮得漂亮又清爽。

"哪有什么事,我在外面过得很快活的。"靳泽抓起咖啡杯,拿过去和云深的碰了碰,"唯一不爽的,就是班上没有像你和老池那样的傻缺可以开玩笑。"

云深"喊"了声,表情放松了些:"你还好意思说,当年一声不吭就出国了,搞得我们还以为哪儿得罪了你。"

靳泽搪塞了句"当时有点急事",顿了顿,转移话题道:"还没问我们清华学神最近过得怎么样。"

云深:"还行吧,明年准备创个业试试。这两年一直在研究那些大厂的 AI 实验室,可惜我资历太浅了,人家也不会收我进去,只能在边缘拧点螺丝玩玩。"

靳泽知道云深的家庭条件一直不太好，他又是个责任感很强的人，所以高中阶段读书特别刻苦，梦想就是赚大钱，带全家人脱离贫困生活。

计算机专业的本科生，实习工资应该还不错吧？

靳泽忽然有些恍惚。如果自己没有学表演，也像大部分高中舍友那样去读计算机，不知道现在能不能找到工资更高的兼职。

在美国，和他专业对口的兼职，比如说剧组演员，或者一些平面模特，这些工作对黄种人实在太不友好了，变现周期也很长，远没有体力劳动来钱快。

气氛莫名其妙地沉默了一会儿。

云深无意中瞥见靳泽放在桌角的手机，目光愣了愣。

犹记得高中三年，靳大少爷几乎每半年就会换一次手机，经常前一部还没用顺手，后一部就来了，紧跟在潮流前端，非最新款不用。

可是眼前这一部，貌似是他高三上学期买的，三年前的最新款。

手机边角的磨损清晰可辨，屏幕看起来也不像是原装的……

云深忽地自嘲了下。

人家大少爷的手机想用多久就用多久，可能就是懒得换。

他还是先管好自己吧。

两人又聊了些过去的趣事，笑闹间，仿佛回到了曾经鲜衣怒马的岁月。

云深："……聊这个我就来气，你们几个人合伙骗我，每个都比我有钱，还让我请客吃冰激凌。"

靳泽："那不是有小云娆在嘛，都是她指使的。"

云深："她那胆子，怎么敢。"

"你不要小瞧她。"靳泽笑了会儿，忽然问，"小云娆最近怎么样啊？"

云深："都挺好的。她刚刚还给我发消息，说她现在在来申城的高铁上。"

靳泽愣了愣："你不去接她吗？"

云深："她又不是小孩子了。况且火车站离这里太远，我哪有那么多时间。"

靳泽默然点头。两人又聊了些别的事，话题总能不知不觉引到和云娆有关的地方。

"你之前说，你的小秦妹夫也考到申城来了，他在哪个学校来着？"

"交大。"云深随口道，"他开学早，前天还找我吃饭。我本来想去他学校逛逛，结果发现他那个校区太偏僻了。难怪云娆说，明明在一个城市，一学期却见不了几面。"

靳泽垂下眼，虚情假意地说："我听说他俩都考到申城，还以为他们在一起了。"

云深眼风一扫："那小子敢！我把他腿打断。"

靳泽倏地笑开了："那你天天喊人家'小秦妹夫'。"

他早该知道云深是这样的人，脑子清醒，性格也硬邦邦的，但是嘴巴爱犯贱，什么好玩就说什么，没个把门。

云深："我还喊你狗泽呢，你是狗吗？"

靳泽挑了挑眉："我可以给你当弟弟。"

准确地说，是妹夫。

靳泽："哥哥。"

云深一口咖啡差点喷出来："别……你怎么还这么恶心。"

"我这叫亲切。"靳泽眼角弯着，忍不住再确认一遍，"他们真没在一起？"

"我猜没有。过年那几天，挠每天宅家里一动不动，哪像有男朋友的样子。"

云深手里拿着叉子，有一下没一下敲着碗沿，吐槽道："你今天怎么这么八卦。"

靳泽喊来服务员，又上了一份小吃，然后才回答云深："在国外闷久了，挺没意思的，就想听点八卦。"

刚才靳泽扬手叫服务员的时候，掌心鱼际肌露出来，云深看到那儿横了一条新疤，忍不住问："你的手怎么了？"

靳泽微微一怔，不自觉将手藏到桌下："前几天在家里做饭，不小心打碎碗碟，割伤了。"

"哟，大少爷现在还自己做饭呢？"

靳泽耸肩："我在外面租房子，一个人住，总不能还配个像你这样的大厨吧？"

云深："只要钱管够，我过去给你做饭也不是不行。"

479

"滚。"

"哈哈哈……"

说笑间，云深随手拿出口袋里的手机，脸色忽地一滞，敛了笑："刚才手机静音了，我妹给我打了好几个电话，我回一个给她。"

靳泽点头，目光落在云深的手机上，心情莫名变得紧张。

"你说什么？"云深突然从座位上站起来，"你怎么这么……算了，你待着别动，我过去找你。"

云娆的声音带着哭腔："哥你快点来，我的手机马上就没电了。"

"你在哪个出口？"

"在B5……"

话音未落，通话戛然而止。

看起来是自动关机了。

云深转头对靳泽说："兄弟，对不住啊，我妹的钱包和公交卡在火车站被偷了，手机也没电了，我现在得过去找她。"

"我和你一起去吧。"靳泽抓起外套，脸上的焦急丝毫不比云深少，"很久没见云娆学妹了，刚好过去打个招呼。"

"行。"

两人利落地结账离开，在路边打车的时候，看到地图标注火车站临近路段拥堵，思忖再三，他们决定坐地铁过去。

靳泽没想到这么快就能见到云娆，还是在这样仓促的场景下，都来不及提前告知她一声。

她胆子那么小，现在一定很慌吧。

不知道哭了没有。

他不禁捏紧了拳头，心情既紧张激动，又分外担忧。

地铁车厢拥挤而吵闹，靳泽和云深却始终沉默着。

许久后，云深终于叹了口气，有些自责："她给我打了快十通电话，我都没瞧见……肯定蹲在哪里哭呢。"

"手机没丢就好。"靳泽不知道该说些什么安慰，"去年，我的钱包也被流浪汉抢了，我还和那群人打了一架。"

云深看着他："打赢了吗？"

靳泽撇嘴："把他们揍得落花流水。"

"哈哈哈……"

地铁路程有十几站，列车摇摇晃晃地行驶着，半个多小时过去了，两人渐渐心焦起来，又不说话了。

列车靠站时，靳泽和云深几乎夺门而出。

正逢开学季，火车站内人潮汹涌，拥挤不堪。

两人循着半空中的标识，异常艰难地在人群中穿行着。

"出站口……B5……"

靳泽的视力比云深好得多，仰头看见道路右侧的指示牌，倏地拉住云深："B3在那里，B5应该也在那个方向，往那边走吧。"

逆行在如织的人潮中，云深跟在靳泽身后，望着靳泽的背影，忽然有些纳闷。

为什么这人看起来比他还焦虑？

究竟是谁的亲生妹妹……

神思出走片刻，身前的靳泽蓦地刹住脚步，云深躲闪不及，狠狠撞到了他的背。

"嘶……你干吗呢？"

靳泽不答。

他伫立在原地，齿关不自觉咬住了唇，脸上的血色慢慢退去。

云深从靳泽身后探出，用他那双轻度近视的眼睛朝前一看，竟也愣住不动了。

十几米开外，B5出站口的标识赫然挂在眼前。

视线穿过纷乱人群的缝隙，云娆就坐在她那个粉色行李箱上，正抬着手，用手背擦眼泪。

她的头发养长了些，在脑后随意扎成马尾。莹白的小脸低垂着，即便穿着厚实的冬衣，身形依然纤柔而美好。

而她面前，已经站着一个高挑清俊的少年。

他微弓着肩,背部上下起伏,正在大喘气,似乎是一路狂奔而来。

他也才刚到。

只比他们快了一步,就一步。

看到面前的少女哭得更厉害了,少年连忙从口袋里掏出一张干净的餐巾纸,弯腰递给她。

两人不知耳语了什么,男生忽然将手轻轻放到云娆头上,安抚性质地摸了摸。

"我的压岁钱……都放在那个钱包里……"云娆越哭越起劲,忍不住用手攥住秦照的衣袖,"可以抵一个月生活费的……呜呜呜,我太傻了,爸爸妈妈赚钱那么辛苦……"

秦照先是摸了摸她的脑袋,看她一点反应也没有,继而蹲在她面前,任由她死死攥着自己的衣服,心疼地说:"别哭了,没关系的。你今年不是要拿奖学金吗?如果拿到了,这点钱算什么?"

云娆想了想,抽泣的声音渐渐变小:"……也是。"

秦照站起来,忍不住贪心地又摸了摸她的脑袋。

"我现在就去把他的手砍断。"云深冷冷地挤出这句话,许久后,却没有任何动作。

靳泽深吸一口气,哑声道:"你去啊。"

僵持了会儿,云深松了松肩胛骨,轻咳了声:"看他俩这样,估计早就背着我好上了。我现在过去砍他,挠不会放过我的。"

要知道,秦照的学校坐落在距离火车站二十公里的偏远郊区,从那边过来,比云深他们赶来远得多。

可他却比他们还快。

云深不知道他是怎么办到的,但是看见他那副累得没命的样子,一定费了九牛二虎之力。

所以,云深忽然感觉,这小子似乎还算可靠。

身旁,靳泽的脸色冷得可怕,没有接话。

"你怎么了?"云深用胳膊轻撞了撞他,"魔怔了?"

靳泽还是不说话。

他的下颌绷成一条直线，身体僵硬着，仿佛丧失了所有的活力。

云深捏在手里的手机振动了下，是秦照发来的消息，告诉云深他已经找到云娆了，让他不要担心。

云深吁了口气："我们走吧……"

靳泽突然打断他："不过去和他们聊两句吗？"

云深有点无语："我还要上班，哪有那个闲心当电灯泡。"

靳泽的双腿像生根长在地上了，无论如何拔不开。

心脏仿佛被一只无形的手攥住，牵扯着全身肌肉，带来彻骨的疼，疼到几乎无法呼吸。

他不相信。

他觉得不能就这么算了。

那一刻，靳泽心里的道德感似乎都泯灭了。

就算他们在一起又怎样？

在一起可以分手，结婚了也能离。

他这么喜欢她，为了她，他每天不分昼夜地打工，遭受过歧视，挨过毒打，好不容易攒够了钱，漂洋过海来到这个陌生的城市找她……

母亲离世后，多少个夜晚，他都是靠着想她才挨过来……

怎么能就这么算了？

靳泽好像失魂了一般，自己都不知道自己在说什么："她才十八岁……你作为她的哥哥，应该要管好她……不可以谈恋爱的……"

"什么意思？"云深拖着他往后走了几步，来到人流较少的地方，有些尴尬地对靳泽说，"其实我一直觉得……秦照这小子还不错。"

靳泽："哪里不错了？"

"他和云娆认识十几年了，从小一起玩到大，我爸妈也很喜欢他。"云深耸了耸肩，望着不远处即将离开的两人，嗓音忽然放轻了些，状似随意地说，"而且……那小子家挺有钱的。"

靳泽听罢，始终攥紧的拳头蓦地松开了。

云深似是意识到自己说的话有点奇怪，解释道："你没有穷过，可能不

483

明白这种感觉……你要嫌我拜金也没关系,我自己找对象不会看这些,但是我希望我妹妹能找一个条件好一点的男生。"

靳泽的喉结滚了滚,眸光沉下来:"嗯。"

"虽然我们家穷,但是从来没缺过她的。她要是找个穷小子陪他吃苦,我真的会气炸。"云深收回眺望的目光,看向靳泽,"人生就是这么现实。"

人生就是这么现实。

靳泽:"是啊。"

他说话的语气太奇怪,空空寂寂的,轻得像气音。

云深:"当然,人家和你这种住宫殿的富家少爷肯定没得比。"

靳泽扯了下唇角,这个简单的动作,几乎耗尽他全身上下所有力气。

他可以理解的。

如果他有亲生妹妹,也一定不希望她和一个落魄的、一无所有的男人在一起。

靳泽的目光垂下来,失魂地瞥见自己掌心的伤疤。

那个"住宫殿的富家少爷",连回国的机票钱,都需要贩卖自己的廉价劳动力,一小时一小时地攒。

他手上还有其他细小的伤痕,因为愈合得快,很多都看不见了。

这样的他,拿什么去追求她,又拿什么去讨好她的家人。

靳泽茫然地望着前方汹涌的、混乱的人潮,那些画面、那些纷纷扬扬的声音飞速倒退着,眨眼间,他的世界只剩白茫茫的一片。

连空气也没有,真空中充斥着绝望。

她已经走了,连背影都看不见了。

他觉得自己好像再也没有希望了,永远也不会有希望了。

第十八章
/ 我爱你 /

靳泽不受控制地深吸了一口气，胸口剧烈起伏了下。

云娆在他肩上惊醒，眼睛蒙着一层雾，仰头看他："怎么了？"

男人手中捏着一张红色登机牌，指尖覆盖着航班号，许久未动。

"没事。"他缓而又缓地舒出那口气，苍白的面色渐渐恢复正常，"抱歉吵醒你了。"

云娆听见他莫名疏离的语气，心下有些不安："这个姿势本来就不舒服，我不睡了，我们来聊天好不好？"

此时，飞机已经到达巡航高度，飞行得十分平稳。

云娆将安全带解开，主动勾住他的手臂，把他的手拉到自己怀里抱着。

靳泽转头看向她，不是轻描淡写地看，而是深深凝视，仿佛想把她的一颦一笑刻进自己的瞳孔中："你想聊什么？"

云娆："我刚才做了一个梦。"

"什么梦？"

云娆："我梦见了我生日那天喝醉之后的场景。"

靳泽勾起唇角："是吗，说来听听。"

云娆点头，似是调整了一下呼吸，然后柔声道："我想起来，那天晚上，你在我喝醉之后对我表白了。"

"我爱你。"

靳泽突然冒出一句。他语气很轻，嗓音低低的，平静的语调中仿佛藏有千言万语。

片刻后，他微垂眼睑，牵住她的手："表白有什么奇怪的，我随时随地都可以对你表白。"

云娆被他突如其来的告白戳中小心肝，心跳有点失序。

她红着脸，解释道："不是这样的表白啦……你那天晚上告诉我，你对我是一见钟情。"

其实云娆没有做梦，也没有想起来那些断片的片段。

她只是猜测，猜她自己喝醉之后一定会真情告白，那么靳泽也会告诉她他埋藏心底的秘密。

果然，男人脸上闪过一瞬的怔愣。

"你竟然真的记得……"他凝视她的视线越发炽热，"所以，小学妹知道我对你是一见钟情，有什么感想吗？"

云娆："我对学长也是一见钟情，我们竟然错过了那么多年，我想想都气死了。"

靳泽默然地耸了耸眉心。

她永远也不会知道，他曾经沉在绝望的海底，独自窒息了多久。

不过，那个时候的他确实不配。

一切都过去了，他最终熬过那片黑暗，牢牢地握住了长久以来的梦想，将自己拖出那片深海。

他们都成为了更好的人。

无论事业上，还是心理上。

而她也奇迹般回到他身边。

靳泽不敢责备过去，也不会痛斥命运无常，因为他此刻的幸运，早已经盖过了从前那些阴霾。

"正因为错过了那么多年，所以未来要好好补偿。"

靳泽一边说，一边扯下了自己的黑色口罩。

云娆吓了一跳："你说你的，摘口罩干吗，被人看见怎么办？"

靳泽稍稍俯身凑近她，琥珀色的眼眸越发动情："没有口罩，你用你的脸帮我挡住不就行了？"

说罢，他单手撑在她那侧的坐垫，竟然直接越过中间的扶手箱，欺身过来吻住了她的唇。

云娆的身体触电般颤了颤。

飞机航行在万米高空之上，她的身体似乎也凌空而起，乘着温柔而磅礴的气流往上飘。

为了不让他的脸被人看见，云娆也伸出双臂环住他的脖颈，无私地将自己的唇送了上去。

从美国回来之后，剩余的寒冬过去得特别快，仿佛眨眼之间，温暖的春天便到来了。

仲春之际，万物复苏，在这个美好的季节，性格最讨厌的那个人又过生日了。

和去年一样，云深生日的夜晚依然被高中好友承包，聚会人员的配置只发生了细微的变化。

少了一个池俊的老婆，多了一个在帝都读博的封杰。

加上靳泽，他们高三（7）班四剑客即将隆重聚首。

池俊素来爱操办这类活动，有他帮忙主持大局，云深作为寿星，倒是可以姗姗来迟。

云深走进包厢的时候，池俊伸长脖子往他身后望了半天，眉眼中不掩失落："云娆妹妹呢？怎么没和你一起来。"

云深冷哼一声："她又不和我一起住，为什么要和我一起来。"

按照惯例，云深或者云娆过生日的那一周，他们一家四口都会在云深家团聚。

但是今年不一样了。

上个月，云娆怕是觉得她爹妈的生活太平淡，所以她直接在家庭群里丢下一颗原子弹，告诉爹妈她已经和靳泽同居了。

爹妈被炸得魂不附体，直到最近一段时间才平静了些，接受乖女儿已经被野男人拐走，彻底回不来了的事实。

接受这个事实之后，老两口也逐渐放飞自我。

在靳泽涎皮赖脸的献殷勤和诱哄之下，今年三月中，云深即将过生日，姜娜和云磊收拾收拾来到申城，竟然住进了靳泽家的大别墅。

姜娜住别墅的日子那叫一个爽，隔三岔五就给云深发她的贵妇生活小视频，劝他也搬到妹妹这儿住几天。

云深严词拒绝了，理由是工作不方便。

然而，他心底的原话是：当我买不起别墅？我只是懒得买，我和靳泽现在谁更有钱还难说。

走神间，池俊拿着酒杯在他面前晃了晃："寿星哥？我刚刚说的话你听见没？你妹妹一定要来啊，不然就剩我们一群大老爷们，可太凄惨了。"

池俊话音刚落，云深的手机就响了，来电显示正是"云娆"。

云深接起，报了包厢号，很快挂断。

池俊转头对另一边的封杰说："封博士，你思念已久的云娆学妹要来了。"

云深抬起眼："什么？"

封杰笑嘻嘻地说："没什么，就是太久没见小云学妹，有点激动。"

约莫几分钟后，包厢门外终于传来些许动静。

房门由外打开，侍应生引在前头。

缭乱射灯照耀下，黑衣黑裤、英姿飒爽的靳大影帝率先登场。

在座的好兄弟们假模假式地鼓掌欢迎了一番。

靳泽身后，一袭藕粉色连衣裙的云娆甫一露面，立刻收到了学长们激情澎湃的狗叫，哦不，热烈欢迎。

"学妹！你终于来了！"

"去年你唱的那首《单身情歌》，我直到现在都还记忆犹新，简直是绝对音感！绝美音色！"

"学妹你还记得我吗？去年你哥过生日的时候我实验室太忙赶不过来。你高一的时候，我还帮你抢过图书馆座位呢！"

"学妹你怎么和老靳一起来了，楼下碰到的吗？"

这群高考平均分"670"以上的"疯狗"失智般狂吠了半天，终于有人发现华点了。

靳泽抓起放在酒桌上的KTV话筒，轻轻敲了两下桌面。

音响随之发出"刺啦刺啦"的杂音，众人这才住了嘴，将注意力转移到他身上。

靳泽脱下墨镜和口罩，露出那张帅得天怒人怨的神颜。

可惜，在座的都是同性，看他的眼神平静得就像在看路边的石墩子。

靳泽浑不在意，依旧是一副春风得意马蹄疾的模样。

他轻轻咳了声，忽然伸出手臂，揽住身旁娇俏的女孩，将她往自己怀中带，直到身体紧紧磕碰在一起。

"众狗"的眼神一瞬间直了。

靳泽挑了挑眉，含笑说："介绍一下，这是我女朋友云娆。"

包厢霎时陷入可怖的沉寂。

约莫三五秒之后，云娆身边的男人消失了。

准确地说，他在一片鬼哭狼嚎中，被七手八脚扯到沙发上，高大的身姿瞬间淹没在双眼通红的"群狗"之中。

云深坐在旁边，淡定地喝了一口酒，提醒道："他全身上下的保险，合起来有两亿。"

众人群殴的动作稍微放轻了些。

其中有人质问靳泽："你说实话，是不是用明星的身份逼迫我们小云娆了？"

靳泽被掐得话都说不连贯："我……是用……真情打动……"

"真情个狗屁，你们那个圈子哪有真情。"

这话靳泽不爱听了。

他奋力撑坐起来，挥开了按在身上的几只"爪子"，认真地说："我对云娆是一见钟情。"

"深哥，你听听，这你不揍他啊？"封杰感到分外悲伤，"那我还对云娆学妹一见钟情呢。"

489

池俊本来也想跟一句,然而顾及自己的已婚身份,硬生生忍住了。

云娆长得漂亮,性格又软萌乖巧,他们这群男生,少年时期几乎每个都对她有过或多或少的好感。

没等云深做出反应,靳泽率先冷笑了声,一脸杀气看向封杰:"你怕是会被我砍死。"

封杰看过靳泽演杀人犯的电影,那叫一个血腥暴虐冷血。他不禁打了个冷战,缩着脖子退下了:"开个玩笑,别当真。"

靳泽不愧是当演员的,脸上的表情瞬间缓和下来,恢复了淡然温和的狐朋狗友模样。

尽管如此,大家应该都能意识到,他刚才说那句话,并不是开玩笑。

或许是感觉到自己有点败兴,靳泽笑了笑,主动招呼大家喝酒玩游戏。

包厢内的气氛再次活络起来,然而,远不及云娆刚出现时的盛况。

不知谁唉声叹气了一句:"唯一一个漂亮妹妹都脱单了,唉……"

云娆听罢,忽然接话:"还有两个,在来的路上了。"

众人一惊,纷纷表示听不懂。

云深坐在最靠里的寿星宝座上,倏地抬起眼帘:"你说的该不会是……"

他话音还未落下,包厢门忽然"吱呀"一声打开,两位云深的"异姓妹妹"手挽手走了进来,停在包厢前方位置,礼貌地祝贺他:"云深哥生日快乐!"

云深语塞。

然后两人再向一脸呆滞的其他学长问好:"学长们晚上好。"

包厢再一次沸腾了,好几个学长抢着给黎梨和温柚安排座位,还有好几个忙不迭帮她们倒酒拿零食,殷勤劲满得都能溢出包厢。

隔着靳泽,云深探头问他老妹:"你把她俩叫来的?"

云娆快活地点了点头:"怎么样,惊喜吗?"

云深:……惊吓还差不多。

黎梨高中三年都是级花,不仅长得漂亮,性格还活泼开朗能来事儿。今晚有她和池俊这两个活宝在,气氛没有一秒冷场,"嗨"得能冲破天花板。

玩酒桌游戏的时候,替云娆挡酒的那个人,从云深变成了靳泽。

云娆的游戏水平还是一如既往的烂，靳泽因此喝了很多冤枉酒。

但是从他的神情中，根本看不出一丝冤枉，甚至还有点乐在其中，浑身上下都散发着"我有女朋友，我是人生赢家"的臭屁味道。

池俊被他"秀"得没眼看，转头问云深："深哥，你难过吗？"

云深头顶一个问号。

池俊解释："以前都是你为漂亮妹妹挡酒，现在没你份了，你是不是很寂寞？"

云深头顶两个问号。

靳泽看热闹不嫌事大，插一嘴："别难过，那边还有两个妹妹，请尽情展示你的绅士风度。"

云深头顶三个问号。

黎梨听见他们的对话，连忙摆手："我千杯不醉，不需要哈。"

云深头顶的问号变成省略号。

云娆生日那天是谁喊了他一路的"欧尼酱"？这叫千杯不醉？

顿了下，黎梨拉住坐在她身旁的温柚："柚子酒量一般，要不哥哥你帮她喝？"

所有人都以为，这个玩笑将要就此揭过，凭云深那冷酷无情的铁直个性，怎么可能……

"需要吗？"

只听他忽然淡淡问了句，隔着好几人的座位，目光像秋天树叶中抖落的阳光，轻飘飘地落到温柚的脸上。

"是我耳朵瞎了，还是我深哥喝醉了？"

"寿星就是霸气！"

"看得出来妹妹被抢走后深哥真的很寂寞了！"

一片"狗吠"中，温柚攥了攥衣袖，不自觉地错开云深的目光，轻点了下头，回答说："好的，谢谢云深哥。"

云深收回视线，看不出有什么表情。

在不熟悉的人面前，她是真的"社恐"，说话声音小得像蚊子叫，如果不观察口型,他都听不见她说了什么。

温柚的游戏水平属于正常人范畴,有云娆这个黑洞托底,云深就算一个人喝两个人的量,估计也没机会喝醉。

倒是靳泽,今晚喝得是真猛,一杯接一杯,红的黄的白的有什么喝什么,豪爽极了。

云娆刚开始还有点担心,后来算是看出来了,这人不仅不上脸,酒量是真的深不见底。

这样放纵狂欢,聚会结束的时候,靳泽大约喝了个半醉。

半醉的他和清醒时分没有太大区别。

就是那股招摇劲儿,外溢得更厉害了。

黎梨带走了温柚,其他疯疯癫癫的学长也各回各家,最后只剩下靳泽、云娆还有云深收尾。

云娆喊云深"哥哥"的时候,靳泽也跟着喊,直喊得云深鸡皮疙瘩掉一地。

云深嫌弃死了:"你叫谁哥?"

"准确点,是大舅哥。"靳泽搂着云娆的腰,华丽的孔雀尾翼无处隐藏,"娆娆喊你什么,我就喊你什么。"

云深不得已咽下这口狗粮,整个人都不好了。

他率先走出包厢,靳泽和云娆很快跟上,三个人一路来到停车场,靳泽家的司机已经等候多时。

云深很自觉地坐到了副驾驶上。

车门关闭,轿车启动,后座上的靳泽忽然幽幽笑了声。

云深感到一丝毛骨悚然:"你干吗?"

回答他的有两道声音,异口同声:

"哥哥,你被绑架了。"

云深头顶又闪出一个问号。

半个多小时后,轿车驶入靳泽家的地库,引擎熄火,司机第一时间走人了。

云娆绕到云深座位旁边,敲了敲车窗玻璃,含笑道:"生日快乐哥哥,留下来住一晚吧，爸妈都在等你呢。"

云深木然地看了她一眼，缓了许久才下车。

那一刻，云深第一次深刻地认识到单身的危害。

现在的他就像个孤家寡人，哪儿有需要就往哪儿拎，没有人身自由的。

比如今晚，被硬拉来凑成一个和谐美满的五口之家，还有一碗接一碗的狗粮往他嘴里灌。

简直太不把"单身狗"当人了。

安顿完暴躁的哥哥，云娆去厨房煮了一碗醒酒汤，拿到主卧。

瞥见靳泽还抓着浴巾站在浴室门边，她有些纳闷："干吗不洗澡？"

男人掀起眼帘看她，醉气上涌的眼睛显出几分迷离。

他张了张嘴，故意拖长音："当然在……等你啊。"

云娆手一抖，连忙将醒酒汤搁在桌上："快趁热喝。"

靳泽缓步走过去，听话地捧起汤碗，一口喝掉大半。

喝完，他不着痕迹地用舌尖舔了舔嘴，像只成精的狐狸，目光定定地望着她："其实我没醉。"

云娆避开他那过分灼热的眼神，脸蛋很不争气地泛起血色，薄薄的耳尖也红了，微微透光的时候像一块水红的琉璃。

"我去……收拾碗筷。"她讷讷地说。

她的声音实在太细，音量也小，靳泽没有听清。

他往前一步，单手捉住她纤细的手腕，轻放在自己腰间。

他最近总是这样，似是有点爱上了被动，不去主动抱她，偏要摆弄她的身体，让她挂在他身上，然后再落下"宝贝你怎么这么黏人"的暧昧眼神。

云娆就这样被迫搂着他的腰，鼻腔内灌满男人温沉的酒气、清冽的香水味，还有温柔又强势的荷尔蒙。

只见他稍稍俯身，在她耳边低而含混地说了句："我帮你洗。"

云娆眨了眨眼，以为他说要帮她洗碗。

家里有洗碗机，其实不用动手。

但是就一副碗筷，用洗碗机似乎有点浪费水电。

"好吧。"

云娆不喜欢洗碗,巴不得有人帮忙。

话音方歇,下一秒,她的身体蓦地凌空而起,心脏几乎撞在胸腔上,一声惊呼溢出唇边,就这么被靳泽打横抱了起来。

"等一下!"

云娆终于意识到他说的此"洗"非彼"洗"。

"我……餐具还没有收拾……"

"等会儿我帮你收拾。"

男人将怀中女孩往上颠了颠,与他的身体贴得更紧,语气显出几分勾引和戏谑:"洗澡要紧。"

…………

许久后,云娆精疲力竭地躺到床上,皮肤都快被泡发了,从里到外滚烫。

靳泽搂着她,白皙的脸上只有一层淡淡红晕,细密的睫毛盖下来,呼吸匀长,显得比她平静很多。

云娆往他怀里钻了钻,找了个舒适的位置尝试入睡。

不知熬过多久,就在云娆即将入睡的时候,男人搁在床头柜上的手机忽然轻轻振动了下。

他轻柔地从她脑袋下面把手抽出来,转身背对她,拿起手机。

云娆醒过来。

还以为他早就睡了,原来都是装的。

她费力地睁开眼,于黑暗中捕捉到一抹手机的荧光。

刚开始,云娆的视线迷蒙,看得不太清晰。

过了一会儿,她的眼睛渐渐聚焦,看见他手机屏幕上显示的,是微信聊天界面。

深更半夜的,和谁说悄悄话呢?

云娆闭上眼,纠结了一会儿。

最终她还是忍不住,从后面抱住了男人劲瘦的腰身,细声细气地问:"和谁聊天呢?"

几乎同时,靳泽不着痕迹地将手机熄屏。

他转过来,深情地吻了吻她的额头:"还能有谁?临时发生了点公关问题,华哥他们在处理,顺便问问我的意见。"

他的演技天衣无缝,云娆不疑有他:"什么问题啊?严重吗?"

"没什么,就是几篇拉踩通稿而已。"靳泽将手臂绕到她腰后,哄孩子似的抚摸她的脊背,"快睡吧,宝贝。"

云娆点头,十分依赖地倚着他,很快进入梦乡。

夜色深沉,门窗紧闭的卧室内黑暗而温暖。

靳泽的手机屏幕再次亮起来。

其实他刚在不是在和华哥讨论工作。

对话框另一端,是个年轻漂亮的女孩。

靳泽:【温柚学妹?】

靳泽:【大仙?】

靳泽:【不好意思,我刚刚才知道云娆那天要出国,你能不能帮我再算个良辰吉日?】

温柚今晚一直没看手机,直到半夜做梦惊醒,瞧见靳泽的消息,随手就回了。

温柚:【行啊。】

温柚:【学长,我觉得你没必要这么紧张,真的。】

靳泽:【你怎么知道我很紧张?】

温柚:【我猜的。】

靳泽:【牛[强][强][强]。】

对话结束后,靳泽将手机轻放在床头柜上,滑进被窝,摸索着再一次抱住身旁熟睡的女孩。

她睡得很沉,娇嫩的唇瓣微微张开一条缝,鸦羽似的长睫随着呼吸轻微颤动。

夜视力太好偶尔也会带来一些麻烦。

比如现在。

忍住不亲她，对他而言实在是一件太困难的事。

枕边多了他心心念念的温香软玉，靳泽缠绵多年的失眠症状缓解了很多。

然而最近，他又开始失眠。

太紧张了。

想用山盟海誓和一纸法律文书将她永远锁在自己身边。

她会做出什么样的表情？会犹豫吗？还是会立刻答应？

总不至于拒绝吧……

靳泽悄悄翻了个身。

从在一起的第一天开始，他就给过她许多明示暗示。

最近一段时间，云娆的父母也渐渐认可了他，靳泽已经想不到任何能阻止自己的因素了。

深夜寂静，任何一点细微的响动都会被无限放大。

就在靳泽尝试入睡的时候，床角斜对面，靠墙的格柜底下忽然传来"咚"的一声闷响。

似乎有东西被撞倒了。

靳泽轻手轻脚爬起来，走到发出声响的方位，打开手电筒。

格柜底层的黑色收纳盒倒在了地上，里面的东西滚得满地都是。

"喵！"

地上传来一声细软的猫叫。

紧接着，他感觉到有什么柔软的东西绕着他的小腿蹭来蹭去。

靳泽蹲下身，大手覆盖在猫咪圆滚滚的脑袋上，不轻不重地揉了揉，用气音责备道："西几，你干坏事了。"

西几退开两步，睁着碧绿的大眼睛，茫然地盯着他看。

靳泽叹了口气。

西几似乎特别喜欢格柜底下那个黑色皮质的收纳盒，隔三岔五就会跑进他们房间，竖起尾巴绕着盒子转来转去，再用自己肥乎乎的脸蛋狂蹭收纳盒的边角。

今晚，不知它什么时候偷偷溜了进来，藏了半宿都没人发现，直到现在一不小心干了坏事。

靳泽耐心地捡起散落在地的各种小物件，有口红、钥匙挂坠、拍立得胶纸，还有……

两个一模一样的方形首饰盒。

西几望着主人，看他抓着那两个首饰盒，许久没动弹，它忽然又翘着尾巴凑过去，两只短短的毛绒爪子爬到靳泽腿上，竖起身子朝他"喵喵"叫。

"嘘，小点声。"靳泽一边说，一边伸出手，轻而易举地将猫咪柔软滚圆的身子抱起来，送到鼻尖下边，对着它的脑门猛地亲了一口，眼尾弯成月牙，"小西几，你真是爸爸的好宝宝。"

西几愣头愣脑："喵？"

然后，它又被男人抓进怀里狂亲了好几口。

三月下旬，经过几场延绵的春雨，气温渐渐回升，瓦蓝的天空下，城市一派生机盎然。

某个天气晴好的周末，云娆约了黎梨和温柚，一起去沅沅姐家串门，顺便撸猫。

简沅沅家里的两只贵族猫咪有点怕生，熟悉了很久才敢主动亲近人。

"本来那只小猫我打算自己养的。"简沅沅一边喝茶一边说，"谁知道，有天晚上，靳泽突然大半夜跑来我家，无论如何都要我把猫卖给他。"

云娆憋着笑，黎梨和温柚在一旁揉她的脸，调侃道："想笑就笑，憋着干吗，你这个闷骚的女人。"

简沅沅继续说："那个时候我和他的关系很一般，本来不想卖给他，但是听他说要送给一个学妹……我瞧他单身这么多年挺凄惨的，就大发慈悲卖给他了。"

"姐姐，你卖他多少钱啊？"云娆忽然问。

简沅沅想了想："他拿一套男士高定和我换的。"

靳泽的高定，随随便便都是六位数往上。

照这样算，西几怕是全世界身价最高的一只英短串串了。

午后清静，四个女生窝在家里喝茶看电影，聊得不亦乐乎。

497

晚间，她们点了火锅外卖，简沉沉拿出她珍藏许久的红酒和威士忌，像分饮料一样随意倒在平底杯中，高贵的葡萄酒配火锅，滋味十分新奇。

客厅 80 寸的挂壁电视机里，正在播放某慈善之夜的红毯直播。

这是娱乐圈一年中最盛大的红毯仪式之一，众星名流云集，帅哥美女争奇斗艳，又因为举办地点在繁华的申城市中心，各路媒体、记者、粉丝倾巢而出，无论红毯内还是红毯外，场面都是壮观至极，比过年还热闹。

黎梨尝一口浓郁的红酒，拿自己的酒杯碰了碰云娆的果汁，问："你怎么不去现场看啊？靳泽学长肯定能帮你弄到入场券吧？"

云娆："他是想叫我一起去来着……但是我又不能一直跟着他，也不能乱跑，大部分时间都要和那群助理待在一起，那有什么意思？再说了，今晚媒体和记者这么多，我再眼巴巴地跟过去，实在太危险了。"

温柚忍不住问："你们有没有想过……曝光啊？"

云娆似是吓了一跳："我不要。"

"为什么？"

云娆想了想，说："我们过自己的生活就好了，为什么要被别人拿去评头论足？"

简沉沉附和道："我也觉得这样最好。云娆的性格，实在不适合抛头露面。"

顿了下，她忽然笑起来："可是靳泽这家伙有点爱'秀'。他小时候要是收到了什么宝贝，恨不得让全宇宙都知道。虽然近几年他的性格变稳重了很多，但是他这么喜欢你，肯定忍不住要秀。"

云娆跟着笑，俏脸微红："他和我说过，未来会公布恋爱状态，但是也会保护好我的。"

等他宣布自己有女朋友之后，圈子里那些围着他的莺莺燕燕应该会收敛一点吧？

云娆虽然不想露脸，但也希望全世界知道，这个男人已经名草有主了。

他是属于她的。

不需要太多人祝福。

她心里清楚这一点，就足够了。

"红毯开始了，靳泽学长第几个出场呀？"黎梨问。

云娬抓着杯子，喝一小口甜滋滋的果汁，轻声回答道："第十二个。"

粉靳泽的这些年，云娬追过无数场红毯直播，曾经也追到现场，混在人山人海之中，只为了穿越人群远远地看他一眼。

那些隐秘而热烈的少女心事，现在回忆起来，依然记忆犹新。

空气中飘浮着火锅残余的热气和缥缈的酒香。

云娬抱膝坐在地毯上，下巴磕着膝盖，眼睛一瞬不瞬盯着前方的电视屏幕。

相恋之后，她和他夜夜交颈而眠，可是直到此刻，她等待他红毯出场的时候，还是那样紧张而悸动。

来了。

红毯的起点，银光闪烁的夜幕中，一袭纯黑高定西装的男人款款走出。

利落修身的衣着勾勒出比例绝佳的身体轮廓和一双逆天长腿，他的额发向上拢起，肤色冷白，琥珀色眼瞳深邃而清透，唇边勾着一抹淡淡的笑，情态似是温润如玉，处处又透着矜贵冷然的气场。

靳泽单人亮相，整条红毯几乎都为他空了出来。

红毯两侧闪光灯的闪光频率瞬间猛增，无数光点连绵不绝，照得周遭亮如白昼。

黎梨往嘴里喂了一颗瓜子，低声点评道："不得不说，咱们高中评选出来的校草还是很有水平的。"

靳泽一路长腿阔步，来到红毯中点时停下来，转向各路媒体，微笑着任由他们拍照。

其中一个挥手的动作，云娬隐约看见他左手无名指上似乎套了什么东西。

他很快又将手放下。

是造型师给他戴的戒指吗？

云娬有点纳闷。

她记得靳泽以前从来不戴戒指来着。

电视机前的云娬能看见的东西，在场的各路媒体更不可能错过。

待靳泽走完红毯，来到主持人所在的巨幅签名墙前，几乎所有长枪短炮都对准了他的左手。

499

短暂的采访交谈后，靳泽拿起签字笔，干脆利落地在签名墙上签下自己的名字。

与此同时，电视直播镜头持续拉进，靳泽垂放在身侧的左手在画面中渐渐放大。

云娆揉了揉眼睛，有些难以置信。

她明明藏得好好的。

一直想找机会送他，可一面怕他误会自己在催婚，一面又觉得这枚戒指太寒碜了，不衬他。

神思游荡了片刻，云娆忽然抓起茶几上的酒杯，猛地灌了一大口。

黎梨提醒她："你拿错了，那是我的酒。"

云娆呆呆地"哦"了声，却没把酒还给她，反而再喝一口，然后问："富婆，靳泽手里戴的那枚戒指，你有没有觉得很眼熟？"

黎梨稍稍眯起眼："我怎么知道他戴的……真的哎，好眼熟！"

温柚："这不就是你去年圣诞节买的那个对戒吗？"

电视画面中，英俊的男人似乎早就预料到媒体们的关注点会落在哪里。

他十分配合地主动抬起了左手，从左转向右，礼貌而缓慢地向无数个长长短短的镜头挥手问好。

他的手指骨节分明，白皙而修长，左手无名指上戴了一枚铂金戒指，非常简约的滚边丝带造型，除此之外没有多余点缀。

如果换作其他明星，佩戴一次戒指没什么好大惊小怪的。

但是这是靳泽第一次在非剧本环境的公开场合佩戴戒指。这枚戒指简单得有点过分，不像大牌产品，更不像为了红毯造型佩戴的装饰品。

重点是，还戴在无名指上。

红毯之行结束，靳泽在助理和工作人员的簇拥下进入慈善之夜会场。

晚宴还有半个多小时才开席。

按照惯例，走完红毯的明星都要接受部分主流媒体的采访。

靳泽一走进媒体互动区，就有几十名记者蜂拥而至，将他团团围住。

好几名记者同时向他发问，靳泽挑了几个和影片相关的问题，简短地答复，例行公事一般。

他在媒体互动区仅仅停留了五分钟,助理和保镖便赶过来,准备护送他离开。

临走前,某个声如洪钟的记者突然发问:"靳泽先生,观众们发现你今天出席红毯首次佩戴了戒指,是发生了什么值得分享的事情吗?"

靳泽的表情非常平静,目光淡然地平视摄像机镜头,微笑着说:"虽然是我的私事,但是依然感谢大家的关注。"

他话音落下,所有记者都愣了愣。

靳泽这句话说得很有水平,听起来像是什么信息也没有透露,但是"私事"两个字异常抓耳。

记者们纷纷秒懂,一时间群情激动,更不可能就这么放他走。

"靳泽先生,网友们预估,再过几个月你的微博粉丝就要破亿了,面对这么多喜爱你的观众,能不能对我们透露更多一点细节?"

靳泽人已经微微侧身,仿佛下一秒就要抬步离开。

谁料,他忽然转过身,英挺的眉宇微垂,某一瞬间仿佛有一抹柔情闪过。

"初恋。"

男人薄唇轻启,嗓音异常平静。

说完这两个没头没尾却石破天惊的字,靳泽一秒也不再停留,径直转身离开。

媒体席整个炸开了。

最开始问他戒指的那个男记者飞快跟上去,半个身子扒在保镖身上,奋力举着话筒问靳泽:"还能多透露一些吗?"

靳泽没有回答,目不斜视地向前走。

那名记者还是不愿放弃这个震动娱乐圈的机会,锲而不舍地跟着:"靳先生,您现在的状态是恋爱还是已婚?您的对象是圈外人吗?您未来还会公布更多恋爱细节吗?"

靳泽不堪其扰,蓦地停下脚步。

他回过头,即使面对紧随其后的摄像头,目光中冷冽的锋芒也没有丝毫收敛。

他的声音低了很多,咬字却极清晰:"我唯一可以透露给你的,就是她不喜欢上热搜。"

这句话不单单是对这名记者说，也是对所有好奇他爱人的媒体、网友、狗仔的忠告。

说罢，靳泽再度离去。

他的神情恢复淡定，步态也优雅从容，仿佛刚才回眸的那一记眼风，是在场所有人同时陷入的幻觉。

慈善晚宴进行到一半，靳泽便提前离席，留下一个空荡荡的座位，赫然摆在舞台前方最显眼的位置。

简沉沉给他打电话，说云娆在她家里喝醉了。

姐姐家离晚宴会场不远，驾车二十分钟就能到。

路上，靳泽抓紧时间开了个小会，听经纪团队讨论接下来的公关方案。

他都不用打开微博，就知道现在热搜前十名里，估计一半都和他有关。

他不是突然决定公布恋情的，工作室早就做好了充足的准备，所以一切应对方案都在有条不紊地进行。

其中，唯一一个预料之外的词条，就是"#她不喜欢上热搜#"大剌剌地躺在热搜第一的位置。

靳泽当时确实冲动了。

不过，等云娆喝醉醒来，这个词条肯定早就压到了山沟沟里。

十几分钟后，靳泽在姐姐家里接到他的小醉鬼。

他走得急，身上还穿着走红毯那套礼服，领角别了一枚胸针。

抄抱着云娆回到车里的时候，小姑娘的手一直黏在他胸口，把玩着他的那枚钻石胸针。

进入后座，醉后的云娆一如既往挂在他身上。

"这个……"云娆指指胸针，"这个多少钱啊？"

靳泽想了想："万把块吧？"

云娆没声了。

这么小的一个胸针，造型也不见得有多别致，就要五位数吗？

而她圣诞节买的戒指，一对合起来八千九百九十九，她都嫌贵。

绝对不能告诉他戒指的真实价格。

真讨厌,藏得那么深,都能翻出来。

云娆脸埋在他颈窝里,闷闷地想着。

靳泽轻抚着她的背,柔声问:"怎么又喝醉了?"

云娆不答。

"小醉鬼。"靳泽掐起她的脸,低头想亲一口,却被她躲开了。

云娆哼哼唧唧地说:"才不是小醉鬼。"

靳泽:"好吧,那我要叫你什么才给亲?"

云娆又把脑袋栽到他肩上。

她身体热热的,头也有些晕乎,答非所问道:"我要出去走走。"

"没问题。"

轿车从主干道上离开,驶进附近幽暗的小巷。

靳泽牵着云娆下了车。

她的手又软又热,靳泽捏在掌心里,爱不释手地把玩着。

玩了没一会儿,那只可爱的小手忽然从他掌中抽出,继而按到了他的肩膀上,动作还挺强势。

靳泽顺势向后退了几步,背倚上了墙。

幽静的巷口点着一盏扑满灰尘的陈旧路灯。

暖黄色的光晕笼罩下来,衬得女孩雪肤透粉,唇色殷红。

"你……"

她清了清嗓,似乎在组织语言。

"你"了半天"你"不出来,被推倒的那位都有点心急了。

他忍不住伸出手握住她的手,谁料,不足半秒就被她甩开了。

云娆瞥见他左手无名指上的戒指,一时间,酒气再度蚕食她的大脑,留下一阵阵的冲动。

甩开他的手之后,她突然拽住了他的领带。

真丝绸缎质地的暗纹领带,触之手感微凉。

云娆将领带攥在手心转了一圈,旋即抬起眼,强硬地将高挑的男人拽近了些。

"你为什么偷我的戒指戴？"她的声音刚开始有些硬，像炸毛的小猫，尾调却是清甜的，"没有合理解释的话，就勒死你哦。"

靳泽听罢，忍着笑，露出无辜的眼神："怎么能叫偷呢？原来不是给我的吗？"

"是……"云娆的思路不太清晰，过了半天才想好怎么应对，"可我还没有送给你，那就不是你的东西。"

靳泽继续嘴硬："不是我翻出来的，你要怪就怪我们的定情信物。"

云娆又呆住了："我们有……定情信物吗？"

靳泽："五百二十块钱，我亲自送到你家里的礼物，怎么不是定情信物了？"

"西几？"云娆被搞糊涂了，"这和它有什么关系……"

"关系大了。"

靳泽任由她攥着自己的领带，仿佛任她掌握自己的命脉，予取予夺。

他再也忍不住，伸手将云娆揽进怀里，低头在她唇上香了一口。

云娆愣愣地松开他的领带，双颊快速泛红，耳朵也烧了起来。

她不由自主地环住他的脖颈，踮起脚，将自己送到他嘴边。

两人忘我地深吻了许久，直到被一阵轻微的振动声打断。

靳泽的手机来了条短信。

是司机发的，说刚才有人路过小巷，被他和保镖赶走了。

后面还加了句——【各个路口都安排保镖盯着了，老板尽管放心。】

靳泽看着手机，不禁失笑。

云娆有些不满，将他的脸掰回来："你干吗呢？"

"没干吗。"

靳泽捧起她的脸，准备继续接吻的时候，脑中忽然电光石火，想到了什么。

巷子尽头吹来一阵沁凉的夜风，女孩纯白的裙摆被风扬起，宛如一枝含苞待放的花骨朵。

几绺长发扑到脸上，云娆抬手将它们挽到耳后。

就在这个间隙，靳泽忽然拉着她走到光线明亮的地方。

"娆娆，有件事想请你帮个忙。"他轻声说。

"什么？"

"你喝醉了吗？"靳泽又问。

云娆扁扁嘴："才没有。"

好的，那就是醉了。

靳泽深吸一口气，春夜充满青草香，以及湿润的土壤清香的空气灌入肺腑，清凉惬意的感觉通达四肢五骸。

橘黄色的路灯下，他的眼睛亮得像薄雾中的晨星。

他说："娆娆，我太紧张了。"

他又说："你能不能陪我排练一下？"

云娆茫然地望着他。

视线范围内，英俊的男人缓缓从口袋里掏出一个方方正正的墨蓝色丝绒盒子，表面泛着质感十足的微光。

云娆的眼睛倏地睁大，张口结舌："不……不行！"

靳泽愣了愣，又听到她后半句："我现在喝醉了，醒来会断片的，到时候就什么都不记得了。"

靳泽牵住她的手："所以只是排练而已。"

"排练我也不想忘记。"

靳泽缓缓地眨了眨眼："我们走过去一点，在行车记录仪前面练。等你醒来，我保证一定会给你看。"

确切地说，是等你醒来，我正式求婚之后，再拿出来给你看。

"那好吧。"云娆揉了揉太阳穴，又说，"随便你怎么排练，不到正式的时候，我不会说'我愿意'的。"

靳泽点头："好。"

他松开女孩白嫩的手，默默倒退一步，呼吸的节奏似乎乱了些。

他抬眸凝视着她，瞳孔中燃起一簇又一簇颤动的星火。

他在她面前郑重地单膝跪地。

"娆娆，你愿意嫁给我吗？"

世界上不会有比这句话更难练习的台词。

靳泽感到强烈的气息不稳，身心似乎都飘了起来，却必须强迫自己用最稳重最诚恳的声音说话。

云娆垂眼注视着他，目光描摹那些熟悉而深邃的轮廓线条，无论多少次，心脏都会迎来电流的造访，微微抽搐颤动着。

她紧咬住下唇，手指捏着衣角，指节用力地泛了白。

几乎用尽吃奶的力气，才能忍住不说话。

靳泽似是看出了她的为难，连忙站起来。

谁知道，他的身体才刚刚站直，又被她猛地按了下去。

今晚的小云娆似乎特别霸道。

靳泽从善如流地又跪下了。

"我反悔了。"她一字一顿地说，然后朝他伸出自己的左手，"不论你是正式、排练，还是开玩笑，只要你让我嫁给你，我都会答应。"

靳泽握住她的手，指腹小心翼翼地摩挲她的掌心，眼眶蓦地酸了下。

他为她戴上求婚戒指，素雅的套环上缀有一颗璀璨耀眼的钻石，这种全世界最坚硬华丽的物质，和她美丽洁白的小手比起来，竟也黯然失色。

云娆短暂地端详了一会儿戒指，然后牵住他的手，红着眼睛对他说："你现在放心了吗？和我求婚有什么好紧张的。"

靳泽站起身，双手将她拥入怀中，嗓音带着一丝哑："放心了。"

云娆在他怀里蹭了蹭脸："幸好你提前找我排练了，否则正式求婚的时候，你岂不是要哭鼻子？"

靳泽点头，在她耳边低声承认："肯定要哭鼻子。"

埋藏了九年，盼望了十年，曾经的初恋，终于成为他的爱人。

巷口路灯的暖光将他们的身影拉长，浅浅投映在地面上。

他们在僻静无人的小巷中拥吻，在漫天星辰的见证下私定终身。

女孩柔软光滑的发间有金光跳跃，恰如初见那天明媚温柔的秋日阳光。

阳光照在他们身上，岁岁年年如一日。

年少爱恋的时光，就如同这颗恒星一样漫长。

番外一
/ 找到他 /

靳泽在极度的缺氧中猛地睁开了眼。

看到他终于醒了,云娆这才松开捏住他鼻子的手,吻他的动作也放轻了些,变成春风化雨似的柔情缠绵。

隔了会儿,见他一直茫然地盯着自己,一点回应也没有,云娆终于停下动作,撑起身子俯视他:"你怎么了吗?"

靳泽的生物钟素来稳定,早晨八点之前肯定会睁眼,可是今天都快十一点了,他还昏昏沉沉地睡着,任云娆怎么喊,他都起不来。

所以,她主动爬到他身上,一边用热情的吻堵住他的唇,一边捏住他的鼻子,想把他给憋醒。

云娆很快如愿以偿,但是被她强行弄醒的男人,神志却十分迷惘迟钝。

"你做噩梦了吗?"

靳泽摇了摇头,像是终于从海底回归水面,忽地喘了两口气:"没有,没做噩梦。"

他渐渐缓过劲来,一股遗憾笼上心头:"做了一个美梦,梦见现在的我回到十几岁的时候,还遇到了那时候的你。"

云娆很感兴趣,好奇问:"是吗?那你和我说什么了吗?"

靳泽的眼神变得温柔,眷恋地抚摸着云娆的长发:"我想和你表白来着,可是你听了个开头就一惊一乍的,都不让我说下去。"

云娆愣了愣,眼睛像温水洗过的琉璃:"怎么可能……"

话虽这么说,可她觉得靳泽说的是实话。少女时期的自己像块木头似的呆板又胆小,要是靳泽学长真的突然表达点感情,她可能会吓得脸煞白,不敢说话,然后把和早恋有关的校规校纪背诵一遍给他听。

靳泽静静看着她,不由得想起一些梦中的画面,他在那个"世界"度过了一整天,甚至庆幸地以为能重走一遍人生。

看到男人英俊的眉宇不经意又皱起,云娆凑上前去,伸出食指,轻轻按压在他眉心,小心翼翼地将那几道浅浅的褶皱揉平。

靳泽在这一刻彻底回归现实。

他突然笑起来,眼角下弯,琥珀色的眸底蕴着一泓璀璨的波光。

"我一点也不难过,别担心。"靳泽不禁用指腹轻轻擦过云娆柔软的唇角,"这个梦告诉我,最重要的,永远是珍惜当下。"

男人支起上半身,高大的身姿瞬间将身旁的女人笼罩住。

他低头衔住她的唇,无比贪恋地品尝着。

趁着短暂的换气时间,靳泽忽然哑声问:"宝贝,如果你回到以前,最想做的事情是什么?"

云娆揪住他的衣肩,小脸透红:"我会和靳泽学长表白。"

靳泽挑了挑眉,表示有些不满意。

云娆:"那时候不能早恋,不能牵手,不能接吻,我表个白已经是极限了!"

靳泽还是摇头,故作疑惑:"靳泽学长是谁?"

云娆头顶一个问号。

只见男人轻叹了口气,指尖拨过女孩左手无名指上的钻戒,低声含笑说:"这么喜欢这枚戒指,睡觉了也不肯摘,为什么还不改口?"

改口?

云娆恍然大悟。

她手指攥着他的衣服,犹豫了半天,在男人一瞬不瞬的盯视下,无论如何都说不出那两个字。

靳泽倒不急。

他有一万种方法让她说出那两个字。

云娆十一点上楼喊他吃午饭,谁承想,两个人滚到快一点才下楼。云娆饥肠辘辘,冲完热水澡出来,走路的步子都是虚的。

靳泽先伺候她穿好衣服,然后再收拾自己,所以比她稍慢一步。

云娆来到餐厅,准备热一点菜吃。隔着很远的距离,她清晰地听见花园里传来几声狗叫。

能让汤圆叫得这么激动,肯定是黎梨带着葫芦妹串门来了。

云娆放下手里的东西,快步走向别墅门口。她一脚踩出玄关,因为腿软,步子不由得跌了一下。

停在门后,云娆拧动门把手,向外拉开别墅大门。

室外天光极盛,刺眼的阳光争先恐后涌进屋内,云娆的眼睛被闪了一下,视野范围内只剩白蒙蒙的一片。

突然间,她脆弱的身体似乎被什么力量充沛的重物猛推了一下,堪堪向后倒去。

那一刻,她清醒地听到自己的后脑勺和大地碰撞发出的闷响。

然后,她就晕了过去。

"醒了吗?"

"醒了醒了,睁眼了。"

"娆娆?听得到爸爸妈妈说话吗?"

…………

上下眼皮像是上了锁,紧紧粘连在一起。

云娆费了好大劲,才扯开一条缝,迷蒙的目光透出去,看见父亲母亲围在她身边,满脸焦急。

他们怎么在这儿?

我该不会……把自己摔进医院了?

云娇转了转脑袋,后脑勺那儿有点刺痛,似乎鼓起了一个包。

她挣扎着坐起来,除了后脑勺那个小鼓包,身体倒是没有其他问题。

"你们怎么……"

云娇话音才出口,视线观察到周围的环境,舌头突然卡壳了。

她怎么会在这里?

他们现在所处的地方,是云娇读大学以前蜗居的家。

一家四口住五十来平方米的两室一厅,云娇和哥哥住一间房,中间用石膏板做了个隔断,隔成两间窄窄的小房间,摆上书桌、衣柜、床之后,人站在房间过道,几乎连挪动步子都困难。

眼前的父母,似乎也显得年轻一些,鬓边的白发少一些。

转头看见书桌上层层摞高的教科书和练习册,云娇脑中"嗡"的一声,猛然从床上跳了下来。

"娇娇,你怎么了?"

姜娜关心地问:"你刚才走路的时候突然摔了一跤,然后就晕了过去,幸好很快就醒了,我和你爸差点就喊救护车了。"

云娇支支吾吾地应了一声,然后,突然抬手用力地给了自己脸蛋一下。

云磊、姜娜:这孩子莫不是摔傻了吧?

"痛痛痛……"

云娇被自己扇得龇牙咧嘴,低头瞥见身上这件多年前就扔掉的卡通睡衣,她心下更确定了。

就在前不久,她才和靳泽聊过,如果穿越回以前最想做什么事。

没想到,上天这么快就给她来了一棒槌,直接把她捶了回来。

"现在是几几年啊?"云娇激动地问爹妈。

云磊和姜娜面面相觑:"娇娇,你真的没事吗?"

云娇点两下头:"我一点事儿也没有。"

心情虽然很震惊,但更多的是一种奇妙的感觉。

就好像,她之所以被送来这里,就是为了完成不久前对靳泽的承诺。

——"宝贝,如果你回到以前,最想做的事情是什么?"

——"我会和靳泽学长表白。"

云娆稍微收敛了一下表情,还是不要乱说话吓到爸妈比较好。

回想过去藏手机的习惯,她忽然弯下腰,从枕头底下摸出了自己的老人机。

正是她以前用的那一部。

她现在就要和靳泽学长表白。立刻马上,打电话给他,告诉他自己深藏心底的爱恋。

云娆的双颊渐渐热起来。

她迫不及待地打开手机,不太熟练地按压那些硬邦邦的按键,在通话栏输入那个倒背如流的电话号码。

眼尾余光不经意瞥到手机屏幕右上角,云娆忽地愣住了。

2014 年 6 月 21 日。

怎么是 2014 年?

她的瞳孔渐渐放大,脸上的温度也迅速冷却下来。

此刻之前,她一直下意识地以为,自己回到了记忆最深刻的 2011 年。

她在 2011 年 9 月入学,2014 年 6 月高考结束。

"我……已经毕业了吗?"云娆喃喃地说。

她在手机里找到自己和靳泽的短信聊天框,点进去之后,发现他们已经整整两年没有联系了。

上一条短信,来自 2012 年 6 月,靳泽毕业那天。

她还记得那是个下着小雨的阴沉日子,听哥哥说靳泽学长已经出国了,她独自一人失魂落魄地从毕业典礼场馆走回宿舍,窝在床上哭了好几个小时。

【学长,你怎么突然走了?】

发完这条短信,她实在忍不住,冲动又难过地打了通电话给他。

最后得到的,只有冰冷的"您拨打的号码已停机"提示音。

杳无音信的两年过去,现在是 2014 年的盛夏。

他富有的家庭已然塌陷,天之骄子跌入尘埃。

就在一个月前,2014 年 5 月底,他的母亲溘然辞世。

云娆不禁揪住了自己的领口。

她几乎不敢想象,此时此刻,远在地球另一端的靳泽,过着怎样痛苦的生活。

熟悉的电话号码躺在通话栏里，不知何时拨了出去。

云娆茫然地举起手机，贴近耳边，迎接她的，只有更加冰冷无情的女提示音："您所拨打的电话是空号。"

幸好，现在的她，早已经不是那个只会无助地掉眼泪的懵懂少女。

——我要去找他。

云娆心下决定。

面对父亲母亲喋喋不休的关心，云娆一再强调自己的身体没有事，让他们不要担心。

待父母离开房间，她立刻打了个电话给哥哥，问来靳泽学长在美国的电话。

"电话我给你了，但是你没事不要去打扰他。"云深想了想，最终没有把靳泽母亲去世的事情说出去，"不过，就算你夺命连环 call 他，他也不会及时理你的。我上上周给他发的微信，他昨天才回，活像个山顶洞人。"

云娆："我知道了。"

云娆将那串数字存进通讯录，然后又默念许多遍，牢牢镌刻在心里。

再然后，云娆斟酌再三，拨通了黎梨的电话。

即使灵魂已经不是小孩了，张口对关系最好的闺蜜借钱，云娆依然感到非常难堪。

黎梨则是一如既往的爽快："咱俩谁跟谁呀，你要借多少？"

云娆手里攥着一张草稿纸，纸上简单计算了出国所需的机票、住宿费、餐费，还有应急资金，扣掉她刚刚从床底下翻出来的小小小金库，大约还需要……

"一万。"云娆满含歉意地说，"可以吗，梨子？我现在真的很需要钱……"

黎梨："一万够吗？你家里是不是出了什么事？"

云娆咬了咬唇，没有正面回复："我一定会及时赚钱还你的。"

似是察觉到她不愿多说，黎梨于是也不多问了。

她们当了两年最要好的闺蜜，对各自的家底都很了解。此前，云娆从来没有袒露过自己的困难，今天她既然主动开口，黎梨以为，一定是碰到比较大的事儿了。

黎梨让云娆把银行卡号发给她，末了，又对云娆说："一点小钱而已，你不用着急还。如果还需要就再找我，本富婆有的是钱。"

电话另一端，云娆千恩万谢，忍不住悄悄揩了揩眼角。

过了一会儿，银行的转账信息发来，黎梨竟然给她打了两万。

彼时的云娆像是从来没见过这么多钱一样，破防地把脸埋进枕头之中。

南加州的夏天，气温不见得多高，但是阳光十分暴烈。

直到傍晚七点，天边的夕阳依然炽烈如火，烧红了海面之上的半边天。

上完今天最后一节理论课，靳泽拽起书包，赶在人潮之前，率先离开教室。

他一路踽踽独行，直到走到学院楼大厅，忽然被身后小跑赶上的女生叫住。

女生名叫Kathy，是他的同班同学，华裔美国人。

今天是Kathy的生日，此前她给靳泽发了好几条短信，想邀请他到她家参加生日派对，可惜都没有收到回复。

"除了我之外，还有很多同学，男生女生都有。"Kathy的脸颊被夕阳染红，眼睛大胆地直视着他，"大家都很期待你来。"

靳泽面无表情道："不好意思。"

他连原因都懒得说，目光越过她，像碰见一个搭讪的陌生人，很快擦肩而过。

Kathy愣在原地，用力咬了咬唇。

她感到被轻视，一边恼怒，一边又心跳加速。

这个名叫靳泽的中国男生，是她见过的最漂亮的人。

他颓废、冷漠、甚至孤僻，总是刻意避开人多的地方，行踪成谜。

然而，越是这样，爱慕他的人越是多，越是难以自拔。

Kathy不禁怀疑自己是不是有什么受虐综合征，被这样不近人情地拒绝之后，竟然还眼巴巴地追了出去。

不远处的人行道上，步履匆匆的高挑少年倏然停下脚步。

Kathy也跟着停了下来。

远方的天空呈现迷幻的粉紫色，温柔的暗光笼罩城市。

少年站在薄薄的光雾中，身形似乎轻微地晃了晃。

有人穿越人群朝他冲了过来。

是个身穿短袖短裤的少女，她的衣着十分朴素，裸露在外皮肤像雪一样白。

少女停在他面前，极为激动地攥住了靳泽的衣角。

Kathy 不禁替这个女孩叹了口气。

靳泽最反感这样的追求方式，上次有人差点抱到他，后来，每次他见到那个女生，都会烦得绕道走。

他像个顽固的贝类生物，厌恶一切超越边界的亲近。

那个少女自顾自地说话，而靳泽站在她面前一动不动。

片刻后，她突然踮起脚，用力抱住了靳泽的脖颈。

Kathy 看傻了。

当看见靳泽似是担心少女抱不稳，竟然抬起手臂松松地环住她时，Kathy 简直不敢相信自己的眼睛。

靳泽也不敢相信自己的眼睛。

他最近的睡眠状况非常不好，经常整夜整夜地失眠，睁眼到天亮。

所以，他白天的精神状态特别差，很偶尔的时候，还会出现一些幻觉。

他曾经看到已逝的母亲站在学院大楼下，手里拎着他小时候最喜欢吃的糕点，微微佝偻着背，等他放学。

所以，刚才在纷乱的人群中看到云娆的时候，靳泽下意识以为自己又产生幻觉了。

他的眼神盯着那处，步伐却没停。

即便是幻觉，他也想多看她几眼。

她坐在一个粉红色的行李箱上，背上背着高中时候的书包，表情呆愣愣的，十分迷茫。

她的头发比记忆中稍长一些，发尾在风中轻轻撩拨着瘦白的锁骨。

再然后，靳泽看到她突然站了起来，他们的视线在半空中对上。

靳泽不由自主地停下脚步，整个人定在了马路上。

少女抛下行李箱，大步朝他跑了过来。

"靳泽学长！"生怕他逃了似的，云娆一边跑，一边冲他大喊，"你等等我！"

靳泽的嘴唇动了下，眼睫狠狠地颤了颤，瞳孔也瞬间放大。

少女在他面前急刹车，粉白的脸映着晚霞，渐渐染上滚烫颜色。

她激动地攥住了他的衣摆："靳泽学长，我等了你好久！"

靳泽的喉结滚了滚，一瞬间甚至忘了呼吸："你……"

"我是云娆啊。"少女在他面前转了个圈，然后仰起头，热烈地直视他，"你不会把我忘了吧？"

她是故意这么说的，想调节一下气氛。

靳泽猛地战栗了一下，胸膛起伏，似乎才喘上气，声音哑得不行："我怎么可能忘了你。"

再过十年、二十年、三十年……直到垂垂老矣，智力昏聩，他都不可能忘记她。

靳泽仍处在震惊中，说话的语气特别轻，好像一旦声音大了，眼前的幻梦就会破碎："你……为什么会在这里？"

云娆："当然是来找你的。"

"找我？"

"是啊。"云娆挽了挽鬓发，眼眶有点酸，"学长，我好想你。"

眼前的他，无论和十七岁，还是二十七岁相比，气质状态都截然不同。

明明过了抽条长高的年岁，身形却比十七八岁更加清瘦。

满眼的疲惫和无力，眼中空空寂寂的，气质颓然落魄，像个没有灵魂的空壳。

一切的一切，都太让她揪心了。

云娆重复了一遍："学长，我真的很想你，所以高考一结束，就来美国找你了。"

话音落下，她清晰地看见靳泽那双暗沉的琥珀色眼睛，骤然亮了一下。

她旋即生出无数的勇气，毅然决然地踮起脚抱住了他。

直到现在，靳泽都没有彻底回神。

她说她想他，特地为了他来到这里。

还用这副纤细柔软的身躯主动靠向他，两只白皙的手臂绕到他颈后，掌心贴着他的肩。

靳泽下意识地抬手护住她，那条手臂极其绅士，仅松松地揽着。

云娆几乎把自己挂到了他的身上，她凑近他耳边，有些不满地说："学长，你不喜欢我吗？为什么都不抱我？"

放在一年前，二十四岁的云娆都不敢这样和靳泽说话。

但是，现在的她，已经是他名义上的妻子了。

经过"靳大孔雀"一年多的磨炼，云娆虽然达不到他那个程度，但是也能说几句俏皮话，偶尔还可以反调戏一下他。

二十岁的"靳·小可怜·泽"显然遭不住这样的攻势。

他的双臂忽然收紧，用力地将她揉进自己怀中。

隔着夏季轻薄的衣料，云娆清晰地听见了他犹如雷鸣的心跳声。

他的耳朵也红了。

夕阳已经沉入山脊，而他微微透光的耳尖，泛着一抹异样的殷红。

"我肯定是在做梦。"靳泽用喑哑的声音说，"学妹，你方便的话，能不能掐我一下？"

话音未落，云娆突然伸手捏住了靳泽的耳朵，他的身体随之轻颤了一下。

她用指甲盖划了下他发红的耳骨："疼吗？"

靳泽忽然笑起来："你用点力。"

云娆却不听从，只轻轻玩捏他的耳朵，然后问："学长还没有回答我，是不是不喜欢我？"

靳泽稍稍松开她，那双漂亮的浅色眼睛终于恢复了些许光芒。

他近乎痴迷地望着云娆的眼睛，颊边浮起一抹淡淡的粉。

"我喜欢你。"

云娆听见这四个字，心尖跟着跳了跳。

她听他说过无数缱绻暧昧的情话，无数山盟海誓的诺言，那时的他总是胸有成竹，以一个成熟男性的身份，向她表白炽烈的爱意。

这是她第一次听到他用这种语气表白，小心翼翼的，不安的，甚至带有一丝情窦初开时的羞涩。

云娆的眼睛弯成两只月牙:"学长,那我们现在就在一起吧。"

她话音方落,靳泽的神情倏地顿住。

他想和她在一起,想得都快疯了。

但是现在的他早就不是曾经那个鲜衣怒马、衣食无忧的富家少爷。他穷得叮当响,买不起任何值钱的礼物给她。

不到一个月前,才经历了丧母之痛,而他自己就是害母亲猝然辞世的帮凶之一。

这些事情,靳泽肯定不能瞒着她。

他开个了个头,却被云娆打断,她近乎刁蛮地要求他必须先同意和她在一起。

那双眼睛直白又火热,小嘴叭叭的,显得活泼又任性。靳泽看着她,眼神有些好奇:"你真的变了好多。"

云娆愣了愣:"学长不喜欢我这样吗?"

她现在真的,说的每一句话都带个钩子,把他钩得不要不要的。

靳泽眯了眯眼:"不好好读书,和谁学坏了?"

云娆差点笑出声:"不告诉你。"

他这个始作俑者,风骚界的祖师爷,竟然好意思盘问她。

夜风渐凉,繁华的城市亮起成片的霓虹。

来到这座被誉为天使之城的繁华都市之后,这是靳泽第一次切实地感受到,绚烂的霓虹灯光照到了他的身上。

而不是无情地穿过他的躯壳。

靳泽走过去拉起云娆的行李箱,另一只手牵住少女柔若无骨的小手。

如果真的是梦,就让他永远迷失在这里吧。

两人一路走一路聊,在街边店铺吃了晚饭,面对面坐着,手却始终紧紧牵在一起。

夜里的城区不太安全,饱腹之后,靳泽便问云娆,订了哪里的酒店,他送她过去,早点休息。

云娆:"还没有订呢。"

靳泽蹙了下眉:"为什么不提起准备好?万一没碰到我呢?"

云娆:"没碰到就住酒店,明天再来守株待兔。既然碰到了,为什么还要住酒店?"

她一番话说得理所当然,靳泽回味一遍,眉目怔松起来:"你说什么?"

云娆松开他的手,转而抱住他的手臂,牢牢固定在怀里:"学长在哪儿我就在哪儿。"

"不行。"靳泽仓促地否决,呼吸都有点乱了,"现在订酒店应该还来得及。"

"我不要,我要住学长家。"

靳泽将手从她怀里抽出来,嗓音低了些:"云娆,我现在住的地方,只有一间房,很挤,环境也很差,没有空余的房间安置你,你也不适合住在那么破的地方。"

他在她面前放下所有自尊,每一个字都说得很艰难。

"我想去看看,我这么瘦,不占多少位置的。"云娆深吸一口气,笃定地说,"学长在哪儿我就在哪儿,你不带我回家,我就露宿街头。"

看她睁着一双楚楚可怜的鹿眼,嘴唇像红宝石一样鲜艳,用甜软娇憨的声音对他说"我只想住学长的家,学长带我回家吧",靳泽是真的拿她一点办法也没有。

他极其无奈地再次牵住了她的手:"好吧,希望不会吓到你。"

靳泽租住的地方离学校不远,那是一片占地面积很大的低档小区,住着来自世界各地的人,人种十分混杂,其中大部分是家庭条件一般的学生和饱受资本家压迫的底层"社畜"。

而靳泽租的房子,则是整个低档小区中最低档的那类。

这一路,他无数次想强拉着她,掉头找酒店住。

最终他忍了下来,并且告诉自己,必须把所有窘迫展现在她面前,放下那些百无一用的自尊,用最坦诚的姿态面对这份感情。

到了公寓门口,门一打开,云娆便闻到一股奇怪的烟味,忍不住握紧了靳泽的手。

她以前没闻过这种味道，但是可以隐约猜出，它来自大烟一类的物质。

客厅灯光惨白，茶几上摆着好几个塑料盒，盒中盛着不知几天前的食物残渣，腥腐的味道混着烟味，有种难以言说的恶心。

靳泽拉着她，快步走向最里侧的一间卧室。

他用钥匙打开门锁，开灯的那一刻，动作略有些犹豫。

很快，云娆看到了他在美国独自居住了两年的地方。

房间非常狭窄，层高却太高，窗户开在高于头顶的地方，结构很不合理，像是黑心房东为了出租特意隔出的隔间，比起卧室，更像个牢笼。

靳泽的东西少得出奇，房间虽然不脏，但是各种书、衣服和日用品摆得一团糟，给人的第一印象就是乱。

云娆记得，靳泽很爱干净，是个会把自己的一切东西都收拾得井井有条的男生。

她差一点点就哭了出来，泪在眼眶中转了转，最终凝成薄薄的水雾，覆在眼睛上，没有掉下来。

靳泽抬手亲昵地揉了揉她的脑袋："发什么呆呢？"

这个空间的味道好闻多了，云娆吸了吸鼻子，笑着说："我在想，这里这么窄，我和学长好像只能挤在一起。"

靳泽收回手，有些尴尬地说："前几天心情不好，都没怎么收拾。"他一边说，一边利索地整理起了屋子。

云娆坐在房间里唯一一张椅子上，一下一下地晃着腿，故意表现得自在又优哉。

她偶然瞥见自己小腿上的一抹脏污，才想起她今天坐了十几个小时的经济舱，下飞机后又马不停蹄赶到他的学校，坐在行李箱上晒着加州的烈日等了他两三个小时，现在的她，和一个又脏又臭的泥球没有本质区别。

云娆从椅子上跳下来，两条腿并在一块儿，忸怩地说道："学长，我想洗个澡。"

靳泽直起腰，转头看向她。

这个房间的过道实在太狭窄了，两个人若是都站着，几乎抬一下手就能触碰到对方。

519

密闭的空间中,空气仿佛凝固成了实体,温度也在渐渐升高。

靳泽的目光仅落在她脸上一瞬,很快就绅士地移开了。

这一个小时之内发生的事情是如此戏剧化,也是如此匆忙。

他一边努力消化着眼前这个花骨朵一般的姑娘已经是他女朋友这个事实,受宠若惊的同时,一边还在思考着,该怎么回应她的需求。

这间公寓共有六个房间,住着各路牛鬼蛇神,而能洗澡的浴室只有一间。

重点是,浴室门锁是坏的,无法反锁,门又正对着客厅,时不时就有闲着没事干的外国男人在客厅里走来走去,肯定会吓到她。

靳泽从柜子里提出来一个放有浴液的小篮子,交给云娆,沉声说:"你放心进去洗,我在门口帮你看着。"

云娆愣住,莫名感到一阵脸热:"好的。"

在云娆洗澡之前,靳泽又将浴室打扫了一遍,把地上那些肉眼可见的烟头和垃圾清理掉,至少看起来没那么骇人了。

隔着一道锁舌坏了的合金门,靳泽听见浴室里传来的水声,排风扇"嗡嗡"的蜂鸣伴随其中。

好像只要她在的地方,再丑陋的景色也变得柔和而美好。

靳泽静静地守在浴室门外两米的地方,唇角不自觉噙了一抹笑,耳朵也莫名其妙地红了起来。

整颗心都被她占满了,他甚至无暇顾及那些痛苦的回忆,身体也变得飘飘然。

只听客厅另一侧传来"吱呀"的开门声,一名棕发蓝眼、身材干瘦的外国男人抱着一名丰腴的女人走了进来。

每隔一段时间,这位哥身边的女伴就会换一个,靳泽早已见怪不怪。

他目不斜视地望着前方,倏尔,忽然感觉到那个女人黏腻的目光胶着在了他脸上。

女人似是没见过这么漂亮的中国少年。她脸上堆起浓浓的笑意,操一口西语口音的英文和靳泽打招呼,低低的嗓音极为暧昧。

男人对于女伴的放浪浑不在意。他的目光从浴室门前溜了一圈回来,问靳泽:"谁在洗澡?我现在着急上厕所。"

就在他们斜对面,还有另一间不带浴室的厕所。这个男人显然在找碴。

靳泽冷冷地说:"里面是我的女朋友。"

听见他的话,两人脸上皆闪过一丝诧异。

女人的表情渐渐转变为失落,而男人唇边玩味的笑越发浓郁。

他倒是没什么恶意,就是单纯地喜欢胡说八道:"中国弟弟,你要是忘了买东西,我的就放在电视柜里面,你随便拿。"末了,再加上一句,"玩'嗨'点哦。"

少年防备的眼神恍然怔松了一下。

一个比眼前的白种男人还高半头、面容冷峻的中国少年,在男人随口一提的调侃下,本就泛红的耳朵尖更是涨成血色。

外国男人拥着女人,踉跄歪斜地离开客厅,回到他们房间。

又过了大约十分钟,云娆洗完澡出来了。

她左手拎着个塑料袋,装自己换下来的衣服,右手将浴液篮子抱在怀里,踩着腾腾的香雾朝靳泽走来。

云娆夏季睡衣的裤腿很短,只盖过臀部往下十厘米,露出两条白皙细直的铅笔腿。

她幼嫩的腿部肌肤覆着几抹湿漉漉的痕迹,热水泡红的肤色透过薄薄水光,像一块温润的、饱满的粉玉,行动间,泛着令人脸红心跳的微光。

两人之间还隔着一定距离,靳泽忽然快步走向她,拽住少女纤细温热的手腕,不由分说地将她往卧室拉去。

公寓里乱七八糟的男人太多了。

她这副样子,在客厅多待一秒他都受不了,生怕被其他人瞧见。

将人拖回房间,关上门之后,靳泽立刻松开了云娆的手。

云娆转了转手腕,小鹿似的眼睛清凌凌地望着他:"怎么了吗?"

"没事。"他顿了顿,转身拿走自己的浴巾和换洗衣物,眼神没有一刻停留在她身上,"我去洗澡了。你在房间里待着,别出去。"

他的动作像一阵风,转瞬间,连片衣角都消失得无影无踪。

云娆坐在床边，只愣了一小会儿。

现在的她早就不是懵懂无知的少女了，她能感觉到，自己沐浴后散发的热气，对那个血气方刚的少年具有多大的杀伤力。

这副身躯，年轻、美好，又青涩，长年包裹在校服之下，鲜有裸露的机会。

云娆忍不住摸了摸自己充满胶原蛋白的脸，一股难言的、隐秘的兴奋在身体里漫开。

男生洗澡素来快，靳泽今天却拖延了两倍的时长，任滚烫的热水砸在身上，他什么也不干，净发呆。

回到房间的时候，云娆已经吹干头发，正在整理自己的行李箱。

"学长，我刚才在你衣柜里面发现了这个。"云娆抓起毛绒小熊，在他面前晃了晃，"好可爱，可以送给我吗？"

靳泽的浴巾挂在肩上，鬓边未干的水珠滑过他棱角分明的侧脸，砸落下来，最后消失在雪白的布料中。

他站着未动，高挑身姿挡住了很大一部分灯光，面部是暗的，看不清神情的细节。

母亲辞世之后，他颓废了太久，几乎快忘了这个玩偶的存在。

没想到，今天竟然被她翻了出来。

靳泽单手拎起浴巾一角，无意识地贴到发间擦了擦，很快又将手垂下来，低声对她说："看到小熊肚子上的字了吗？本来就是买给你的。"

此时的云娆很想做出惊讶的样子，但是她的演技实在太差了，演多了怕变得矫情。

她最终流露出来的，是一种满意而幸福的姿态。

明明待在刚见面不久的男友的家里，却像一个女主人一样从容自然。

对，就是女主人。

好像她已经和他在一起生活了很久。

靳泽是学表演的，习惯观察人物的神情动作，从而总结出隐藏的情绪、性格和感情。

"你真的变了很多。"他做出这样的结论，脸颊被热气蒸出了红晕，"让我有点招架不住。"

云娇将小熊悉心摆放在枕边，朝他露出甜甜的微笑："因为我对学长势在必得。"

其实她没有那么坚强，刚才靳泽在洗澡的时候，她无意中从柜子里翻出这只小熊，然后就扑到了床上，抱着熊，小声呜咽了许久。

就像那天她在云翡佳苑的别墅里，失手将咖啡撞翻，因此脱下小熊身上那件不合身的衣服，看见它身上那行来自2012年的告白。

那些压抑的、心疼的、感动的情绪杂糅在心中，随时都有可能喷薄出来。

但是，云娇清醒地认为，自己回到这个时间点，绝不是过来哭的。

少女将两只雪白的脚放到地上，身体随后站起，向前迈了两步，温柔地抱住了脊背发僵的少年。

她的身体软得不可思议，拥进怀里的时候，像一团随时可能脱手的雾。

可是温暖的触感异常清晰，带着极为强大的安抚力量，令人无比安心和眷恋。

她重复说着她喜欢他，还告诉他她对他是一见钟情。

她红着脸和他咬耳朵，明明害羞得要死，动作却像个勾魂的女妖精。

靳泽紧紧地回抱她。不得不承认，她不需要说任何安慰的话，只要一句"喜欢"，就能瞬间治愈他经受过的伤痛。

少女如同猫儿似的在他肩上蹭脸，挺翘的鼻尖时不时擦过他滚烫的皮肤。

靳泽忽然惊醒，也像拎猫儿似的，把黏人的少女拎开。

他的声音沙哑了几分："你该睡了，今天坐了那么久飞机，肯定很累吧？"

云娇点点头，乖顺地钻进被窝。

这是一张一米二的单人床，床上有两只枕头，却只有一条被子。

她躺进最里侧，纤瘦的身躯隆起小小一包。

靳泽跟着来到床边，弯下腰，抽走一只枕头，轻轻丢在旁边的书桌上。

他的表情淡定得理所当然："我在这里趴一晚就行。"

这里指的是书桌。

云娇眨了眨眼，从被窝底下伸出一只手，有点夸张地比了比："可是，床上还有这么大的地方。"

靳泽抿了抿唇，琥珀色眼睛不自在地移开："不行。"

云娆："我觉得可以。"

靳泽："我觉得不行。"

下一秒，床上的少女突然用被子蒙住了头。

她的勇猛不是天生的，每进攻一次，都要冲破无数条慌张羞涩的心理防线。

云娆缩进被窝里，臊得蜷成了一团。

现在的她，真的好像一个变态。

而二十岁的靳泽，似乎比十七八岁的时候还要纯情正直，连眼神都不敢往她这儿瞟。

他怎么能这么可爱！

云娆一边臊得慌，一边兴奋得直哆嗦。

脸皮不要了，这个变态她当定了。

灯光消失之后，伴随黑暗而来的，是无边的静默。

靳泽双手叠放在枕头上，脊背挺直着，人还未趴下来。

他没有看云娆，也没有左顾右盼，样子似是在发愣。

每当夜里这个时候，隔壁那位放浪形骸的哥，和他带回来的女人，总会发出一些奇奇怪怪的声音。

然而今天却没有，四周安静得出奇。

越是安静，靳泽越害怕那些声音突然出现，打他个措手不及。

书桌抽屉里有耳塞，他正在思考要不要提前给云娆戴上。

过去的两年，他蜗居在这里，日日心如死灰，所有或轻或重的叫嚷、喘息，在他耳里只是单纯惹人厌烦的噪音。

偶尔的偶尔，特别想她的时候，他会有点难受。

毕竟还是个正当年华的男生。

但是今天，人家就躺在他身旁。

周围明明什么声音都没有，他的身体却一寸一寸地绷紧了，心率也是失常的，脑中没有一星半点睡意。

透过浓浓的一片黑，靳泽忍不住用余光瞥一眼身侧的床。

那隆起的"包"安静而平稳，似是已经睡着了。

云娆侧身躺着，背对着身旁的少年。

她的呼吸很轻，乌亮的眼睛却没有闭上。

她可以理解为什么从小招摇到大的孔雀精，现在变得这么单纯正直。

他经历了太多事，人生观和世界观不断地坍塌，尤其是自尊心，在重压下碎了一地，却没有碾压成粉末，而是碎裂成尖利的残片，满满铺陈在他心底，三不五时就要在他心上划一刀。

十七岁的时候，他是风一样张狂的少年，嬉笑怒骂张口就来。

二十七岁的时候，他是功成名就的影帝，想追谁就果断出手，进攻性极强。

人只有在足够自信、足够有底气的时候，才能无所畏惧地做想做的事，说想说的话。

其实靳泽不是变得纯情了。

只是变得自卑了。

云娆缩在被窝里，莫名擦了下眼睛。她翻了个身，从床上坐了起来。

书桌旁的少年方才趴下，转瞬又挺直了背，目光穿过夜色，落到她脸上。

"怎么了？"

"我睡不着。"云娆随意地翻搅了下被褥，语气闷闷的，"学长你趴在那儿，我怎么可能睡得着。"

靳泽一时间没弄明白她话中意义。

"那我出去吧。"

靳泽这样回答。

云娆听罢，眼都睁圆了："你要是不躺在我身边，我肯定担心得一晚上都睡不着。我要是失眠，明天会头晕恶心生大病的。"

幸好夜色深沉，对方应该看不到她扯谎时通红的脸颊。

靳泽起身的动作一顿，复又坐下了。

云娆以为他不信："如果是学长躺在床上，我趴外边，学长你能睡得着吗？"

那肯定不能。

靳泽在心里回答，神思一转，再次惊叹这姑娘真是口齿伶俐，厉害极了。

哪还有半分胆小怯懦的样子。

静默片刻,他终于轻轻叹了一口气,掀开半边被角,躺到了云娆身边。

一米二的单人床,即便云娆已经为他留出了很大的空位,当靳泽躺下时,肩肘还是避无可避地轻轻擦碰到她。

云娆什么反应他不知道,他只知道自己的心尖都颤了颤。

靳泽直挺挺地躺着,一动不动。

窗外照进来一道晦暗的光,在前方的墙面投落一片棱角模糊的光晕。

他盯着那处,指尖缓慢收紧,平躺并没有让他的身体变得放松,肾上腺素反而加速蔓延至全身。

今晚指定睡不着……

这间卧室的窗户没有窗帘,室外的阳光可以肆无忌惮地倾泻入内,然而窗户安得高,即便日光刺眼,因为照射角度问题,房间内并不很亮。

云娆就这么在一片温和的光照中睁开了眼。

她裹着被子躺在床榻正中,房间里只有她一个人。

云娆睁眼后,混沌了很长一段时间。

靳泽呢?

噢,他现在还是大学生,应该去学校上学了。

现在几点了?

这个她自己回答不出来。

房间很窄,书桌就抵着床,云娆爬起来一点,伸手就摸到了放在桌面上的手机。

看到老人机苍绿色屏幕上显示的时间数字,云娆蒙了。

十一点四十五分?

因为照顾她的长途跋涉,他们昨晚歇下时,不过九点。

她怎么能睡这么久。

云娆手支着床,从床上坐起来,肚子里传来清亮的一声"咕噜"。

她抬起眼,正好瞧见桌面中央一张字条。

厨房粉色保温盒里放着早饭，热了吃，吃完马上回房间，锁好门，别乱跑。

　　云娆捏起那张字条，无声地弯了眉眼。
　　把她当三岁小孩呢。
　　这般想着，她心尖却很暖，仿佛那张字条上残留了他温暖的体温，顺着她指尖，一路传至躯干，最后温柔地包裹住了她的心脏。

　　中午十二点整，上午的课程一结束，靳泽便如同插上了翅膀，飞一般往住处赶。
　　路上，偶遇打招呼的女同学，他破天荒地露出了一丝笑，正当人家殷殷欣喜时，他的步伐却一刻不停，瞬间就将人甩到了身后。
　　正午灼烈的阳光照得人身体热，心也热。
　　靳泽先去餐馆买了午饭才回家。
　　他走到公寓门前，掏出纸巾擦干净自己脸上渗出的薄汗，然后，才郑重其事地打开那两扇门。
　　卧室里空无一人。
　　靳泽的表情滞住，笑意凝在唇角。他退出房间，又在公寓内其他地方里里外外找了一遍。
　　都不在。
　　少年脸上暖融融的血色荡然一空。
　　房间内仍有她的痕迹，至少昨天的遭遇，不是他白日发梦。
　　靳泽缓了口气，抓着手机，一边拨打她的美国号码，一边顺着楼梯往下跑。
　　回铃音"嘟……嘟……"一声接一声，许久不见有人接起。
　　少年从七楼冲刺到楼底，统共不超过二十秒。
　　他漫无目的地拐了个弯，失神间，耳边的手机突然"吱"一声，接通了。
　　"学长……"
　　"你在哪儿？"
　　焦急的话音一出口，靳泽便于前方不远处，一片宽敞的草地上找见了云

527

娆的身影。

她站在一位遛狗的美国老太太身边,言笑晏晏,似乎正在聊天。

仿佛心有灵犀,云娆也侧过头,目光立时找到了他。

她脸上的笑意敛了些,似是看不明白他此刻的表情。

只见靳泽迈开长腿,大步朝她走来,冷白的肤色映着灼灼日光,如通透的玉,玉面泛着些微水光,刚擦净的脸不知怎的又淌下两滴汗来。

他来到云娆面前,不由分说地将她抱进怀中。

遛狗的老太太识趣地牵着她的泰迪走开了。

云娆抬起胳膊,柔柔地回抱了他一下:"学长,怎么了吗?"

"不是让你别出来吗?"

他的声音很沉,声带带动胸腔,闷闷地震着。

云娆笑了笑:"美国也是人生活的地方,哪有那么危险?"

她究竟有多娇弱,在他眼里,竟然连门都出不得?

靳泽回答说:"这一带,经常不太平。"

其实他心里知道,不太平也只是偶尔的,这一片是居民区,就算住的人三教九流了些,总体而言还是稳定和谐的。

他就是单纯地不太想让她出门。

最好她无论去哪儿,都有他陪着,最好她永远待在他保护得到的地方。

最好的最好,只属于他一个人,别人看都看不见。

云娆大概也能察觉出来靳泽这份有些幼稚的独占欲。

她觉得新奇有趣,可爱极了。

要知道,年近三十的"靳孔雀",占有欲也很强,是个醋坛子成精,但他生了一张舌灿如莲的嘴,想她的时候、吃味的时候、占有欲爆棚的时候,无一例外,他都喜欢调戏她。

明明是他自己情绪不稳定,却非要把她臊个透。这就很无赖。

不像现在的小靳泽……

"你还好吧,娆娆?"他突然贴在她耳边念了一句,嗓音轻得像羽毛扫过,"可以叫你'娆娆'吗,或者叫'宝宝'?"

云娓蓦地一激灵。

开始了，"花孔雀"基因好像要觉醒了！

云娓的耳朵被他念得通红，身子不自觉地颤了颤。

他牵着她慢悠悠地回到家，两人挤坐在小小的书桌旁吃饭。

靳泽一边给云娓夹菜，一边抱歉地说："本来应该带你去高档餐厅吃的，可我还想攒点机票钱，以后可以经常回去看你。"

云娓眨巴眼睛："这个已经很好吃了。"

顿了顿，她又说："我相信学长以后一定会非常成功，非常有钱的！"

靳泽笑了下，琥珀色的眼睛微垂着，眸光蕴着融融的暖意："嗯，那我相信你。"

云娓："我们以后会住非常豪华的大别墅，门口还带一个大花园，用漂亮的铁艺围栏围起来，花园里再种一棵圣诞树，树下还有猫咪和狗狗追逐打闹，猫咪就养英短金虎斑，狗狗就养威风凛凛的大白熊……"

她说得动容，杏眸亮闪闪的，仿佛一切是她亲眼所见。

靳泽凝视着她的眼睛，好像也亲眼看到了她描述中的场景。

"一定会实现的。"

他对自己充满了自信。

两人聊得激动，靳泽笑时，身体晃了晃，从裤子口袋里忽然掉下来一盒东西。

那东西是纸盒包装，覆着塑料膜，落地后弹了两下，正好停在云娓脚边。

她垂了垂眼，眸光不禁狠狠愣住。

靳泽也瞧见了。

他立刻弯下腰，以迅雷不及掩耳盗铃之势将那东西拾起来，用掌心包住，然后起身走到旁边的立柜，将东西藏进了柜子里。

云娓分明瞧见了，此时却呆得厉害，异常尴尬地问了句："什……什么啊？"

靳泽很快回到她身边。

他抽出一张纸巾，擦了擦自己的嘴，挺拔的身子忽然俯下，单手扣住她下颌，对着少女略显油光的小嘴，径直吻了下来。

双唇厮磨，温柔缱绻。

一吻毕，少年颊边带着一抹可疑的红晕，嗓音沉磁入耳，回答了她的问题："不是我们娆娆最喜欢的东西吗？"

云娆更呆了。

片刻后，又听他用那温沉的声音，一本正经地解释道："昨晚那个，差点意思。"

云娆茫然许久，脑中忽然电光石火地擦亮了一瞬，从呆愣中惊醒，吓得直接抱住了靳泽的脸，质问道："老公，是你吧？你也穿进来了吗？"

靳泽脸上没什么赘肉，却还是被云娆挤出了圆鼓鼓的两坨。

他不明所以地眨两下眼："什么老公？"

云娆心里突突跳了跳，手却没有立时缩回来。

手感太好了，有点舍不得。

被她掌心抱着的那张脸，墨色的眉忽然往下压了压："什么老公？"

他又问一遍，语气带了几分质问。

云娆终于收回手，手指蜷着，背到身后。

她也不知道刚才怎么了，大孔雀小孔雀，本来就是同一个人，所以她说话的时候也没太走心。

直至此刻，云娆才意识到，自己在一只醋坛子面前说了多么离谱的话。

她故作淡定地捡起筷子，夹了口菜，含含糊糊地说："老公嘛……是你啊。"

被女朋友叫了老公，他本应该非常高兴才对。

靳泽扯了扯嘴唇，发现自己笑不太出来。

"你很奇怪。"他沉沉地说了句。

云娆："哪里奇怪了？"

她的嘴皮子利索极了，眼睛却不敢看他。

靳泽往前挪了挪，单手掰过她的脸。

云娆故意在嘴里塞了很多菜，脸蛋像金鱼那样鼓着："干吗，我要吃饭。"

"什么叫'你也穿进来了吗'？你确定在和我说话吗？"

"不然呢？难道我还有别的老公吗？"

她咽下嘴里的菜，决定倒打一耙，

"我只不过随便说了一句话而已,没想到你竟然这样想我!"

他还什么都没说,就被她扣了顶"好厉害"的帽子。

他怎么可能误会她的感情,他只是……

"好吧,我错了。"靳泽决定放过自己,女朋友永远都是对的,"你快吃你的,我什么也没听见。"

云娆侧着脸,没搭理他,其实她现在心虚得要死。

虽然他们确实是同一个人,但是此老公也确实非彼老公。

幸好眼前这个小老公年纪还小,三两句就能堵得他说不出话,要是换成年近三十的那个,不知道要怎么折磨她呢。

等等,"小老公"是什么鬼?

她又在无形中把这两人割裂开了。

胡思乱想间,云娆快把自己绕进去,心底甚至油然生出一股背德感。

她慢吞吞地吃完午饭,筷子一搁下,旁边就伸过来一只白皙修长的手,指间夹着张餐巾纸,细致地帮她擦干净嘴。

云娆转脸过去,"谢谢"两个字还没出口,刚擦干净的嘴巴就被人衔住了。

他把她抱到自己身上,让她比他稍高些,然后仰头,一毫一厘地吻舐她的唇。

云娆顺势捧起他的下颌,及肩的头发从耳后滑下来,羽毛般扫过靳泽脸侧。

他们吻了很久,直到云娆有些气短,脸蛋埋下去,窝在靳泽颈间,小口喘着气。

"学长,不亲了。"

她抱着他的脖颈,身体被他硌到,心尖上惴惴的,半是难耐半是羞赧。

靳泽扣着她的腰,指尖在薄薄一层软肉上掐了掐:"不是老公吗?怎么又叫学长了?"

那只"大孔雀"才刚向她求婚成功,她还没喊过几次老公,哪有那么习惯。

现在倒好,被一个二十岁的毛头小子掐着腰强迫。

云娆不依,他就抱着她站起来,动作行云流水,作势要把她往床上扔。

想到昨夜的遭遇,云娆的头皮一阵麻,骨头缝里也"咯吱咯吱"的,仿

531

佛被人捏碎了。

她慌忙抱紧靳泽的肩膀，像只八爪鱼似的缠着："老公你最好了。下午还要上课吧？再不去上学该迟到了。"

"嗯。"靳泽淡淡应了声，手绕到她臀下，将人往上颠了颠，"还舒服吗？"不用说也知道在问哪里。

云娆下唇都快咬破了，一字一顿说："不、舒、服。"

靳泽漂亮的琥珀色眼睛淌过一丝关心："那就躺下歇会儿，晚上说不定就好了。"

云娆双颊染上绯色，心说哪有那么快能好，但还是听从他建议缩进了被褥里。午饭后困倦的感觉涌上心头，没一会儿她便昏昏沉沉地睡了过去。

…………

再睁眼时，原本红着眼吻她的少年，忽然坐到了她身边，干燥而温热的大手紧紧握着她的手，琥珀色眼中满是担忧。

在他身旁，还有另一张熟悉的女人的脸。

"你可吓死我们了！"黎梨原本蹲在云娆身边，此刻扶着沙发站起来，"是低血糖吗，还是头砸到了？"

云娆抬手揉了揉眼睛，有点不适应采光如此通透的空间。

她此时平躺在别墅客厅的沙发上，除了靳泽和黎梨，汤圆、西几、葫芦妹，三只小东西也围在她的身边。

云娆睁着眼睛发了好一会儿的呆。

脑袋里的那段记忆过于清晰，不像是梦，更像一段平行世界的遭遇。

她回到七年前高三毕业的暑假，现在又回来了。

云娆撑着上半身坐起来，顺势靠到靳泽怀里。

三只小家伙乖乖坐在茶几旁边，平时最皮的汤圆好像蔫了似的，夹着尾巴坐，头都不敢抬起来，看样子是被人教训过了。

靳泽捏了捏云娆的手，嗓音低回："你可真把我吓死了。"

云娆："我没事啦。你不要怪汤圆，它没有扑到我，是我自己被阳光眩晕了眼，站不稳。"

说着，云娆从沙发上站起来，脚步轻快地转了个圈，展示自己健康无虞的身体。

黎梨见她没事，便不再多留，牵着葫芦妹继续遛狗去了。

送走了黎梨，云娆回到屋内，见靳泽独自在厨房捣鼓着，她便跟了进去。

她一边走，肚子一边"咕噜咕噜"地叫，这才想起自己做那个大梦之前，才和某人折腾过了饭点，正饿得头晕眼花。

厨房内，靳泽站在冰箱冷藏柜前，犹豫着该做点什么吃。

云娆亲昵地勾住他臂弯："现在都几点了，热点即食的小菜就行。"

靳泽："菜还是现炒吧，肉可以热一下。你想吃牛肉吗？或者鸡、鸭、鱼？"

云娆眨了眨眼："嗯……都可以。"

她话音落下，靳泽转过头，眼尾弯了弯，瞳色变得幽深，语气也有些轻浮："好的呢。"

她脸颊烧起来，忙不迭撤出勾在他臂弯的手，五指握拳，又羞又愤地在他背上狠狠捶了一下。

靳泽挨老婆一下胖揍，故意"嘶"得很大声。

大舅哥果然说得没错，这小姑娘急眼的时候，确实很暴力。

虽然是他自己惹得被老婆打，却没有丝毫反省。

云娆揍人之后，脸皮实在挂不住，脚尖一转，哼哼唧唧地就跑了。

换作任何一个脑袋正常的人，此时都应该先做饭，喂饱老婆的肚子，等老婆气消了，再觍着脸上去求饶讨好。

但是靳泽不太正常。

他觉得老婆气哄哄地跑走的样子实在太可爱了，此时不追上去逗一逗她，更待何时？

云娆见他跟出来，头也不回："你不做饭吗？"

靳泽优哉游哉："李叔会帮忙的。"

他一路跟着云娆走到卧室，人家往桌边一坐，他就拉一张转椅，硬凑在人家身边。

533

"宝贝生气了?"

男人语调很低,尾音微微上扬,像藏着一个钩子,随时准备勾人。

云娆转过去一点,不看他:"还好,就是暂时有点不适应。"

不适应?

靳泽脸上的笑敛了些:"不适应什么?"

云娆摸了下自己滚烫的脸,不禁回味起平行世界里二十岁的"小老公"。

嗯……虽然他也有点喜欢逗她,不过大部分时候还是很纯情的,性格也比较好拿捏,估计是"孔雀羽毛"还没长齐的缘故……

靳大影帝最擅长研究人物的表情神态,此时看到云娆一副神思游荡,甚至有点春心萌动的样子,而她春心萌动的对象,显然不是坐在她面前的他。

靳泽眼皮狠狠一跳,换了个问法:"那你适应什么?"

云娆张了张嘴:"……纯情男大学生?"

她怎么敢,竟然真给了个答案?

云娆感觉自己就是开了个玩笑,还朝靳泽眨巴眼睛:"好啦,我真没生气,一起去吃饭吧。"

"大老公"和"小老公"还有其他区别,那就是"大老公"虚长"小老公"几岁,性格比较稳重,遇到问题的时候不会像少年人一样冲动,第一时间就刨根问底。

但是小问题在心里憋久了,很可能变成大问题。

当天深夜,入寝后。

云娆早早裹着被子睡大觉,靳泽也没有去打扰她。

他靠坐在床头,点一盏暖橘色床头灯,身形轮廓在光晕中隽永如画。

他的指尖在手机屏幕上跳跃,拉了两个年轻漂亮的妹妹,组了个三人群聊。

黎梨:【嗯?】

温柚:【嗯?】

温柚:【这是个什么群?】

靳泽:【大佬救命!】

黎梨、温柚:【嗯?】

靳泽：【大佬们，我最近发现，云娆对我好像有点厌倦了。】

此言一出，黎梨和温柚两个人的手机问号按键都快摩擦起火了。

刷完一排问号，终于有人开始说人话。

温柚：【学长，你怕是多虑了。】

黎梨：【我也觉得。】

靳泽深吸一口气，垂头打字：【她今天和我说，她喜欢纯情男大学生那样的。】

黎梨和温柚的问号键再次起火。

终于。

温柚：【我想起来了，"公举"最近是不是被她同事拉去玩乙游了？】

黎梨：【对对对，她好像确实挺喜欢游戏里面那个"奶狗"弟弟的。】

靳泽：【嗯？】

他大概知道乙游是什么意思，但是以防万一，他还是百度了一遍。

离开百度，心如死灰。

如果云娆知道他们在聊什么，绝对会一个一个用枕头把他们捂死。

她前段时间确实发了几条乙游小广告在群里，但是她只玩了两天，不是她不爱玩游戏，是她太忙了，每天工作连轴转，如果有空下来的时间，她宁愿用来对付她那影帝老公，何至于沉迷乙游。

但是，此时在靳泽心里，已经把他心爱的老婆认定为对乙游男主左拥右抱的"花心女"。

难怪她不适应我了。

因为她"外边"还"包养"了好几个各种颜色各种款式的便宜老公。

而且，她喜欢他已经十年了，每天只想着一个人，就像每天只吃一种菜，十年如一日，口味总归会腻。

靳泽欲哭无泪，想了半天还是只能发：【大佬救命[大哭]！】

黎梨：【好的，包在我们身上了！】

温柚：【嗯？】

黎梨：【大柚子，你之前不是做过游戏策划吗？咱俩一起给靳泽学长量身定制一款乙游，怎么样！】

温柚：【你的意思是……】

温柚：【学长一人分饰多角？各种性格来个遍？】

黎梨：【没错！学长好歹是影帝，演过的角色千千万，这种小 case 还不是信手拈来。】

靳泽：【等等，我没听明白……】

黎梨：【学长不是嫌"公举"口味变了吗？那你就多演几种，给她换换菜，尝尝鲜，多方面增进感情。】

靳泽好像有点听明白了。

好家伙。

他有点被这两位大佬的脑洞震慑到了，佩服得五体投地。

靳泽：【谢谢大佬。】

靳泽：【敢问两位大佬什么时候能把游戏开发出来？】

黎梨：【@温柚，问大策划师。】

温柚：【今晚吧。】

黎梨、靳泽：【？？？】

温柚：【这点小事，现在就给你们手打出来！】

番外二
/ 我的定制老公 /

早上，靳泽是被怀里的笑声给吵醒的。

他睁开惺忪睡眼，眸光下瞥，落在怀中女孩乌黑的发顶。

她的发丝胡乱铺将在身下，还有少许挂在了他身上，随着她压抑的轻笑动作，簌簌打着颤。

靳泽抬手摸她的脸，嗓音带着晨间独有的喑哑："笑什么呢，这么开心？"

云娆抱着手机，终于可以任由自己"咯咯"笑出声："梨子和柚子为我量身定制了一款真人乙游，说是送给我的婚前礼物，让我在嫁人之前体验一下各种各样不同款式的男朋友。"

靳泽挑了挑眉："有这种好事？"

云娆仰头看向她："她俩还说，她们已经和你沟通好了，说你愿意为演艺事业现身，陪我玩这个游戏。"

靳泽："宝贝看起来很想玩？"

"嗯……"

云娆犹豫了下，终是忍不住，小幅度点了点头："我觉得好有趣哦。"

其实，比起和各种各样的男生谈恋爱，云娆更期待的是靳泽的演技。她从来没有去过片场，一直很想近距离看看靳泽将自己投入剧本，扮演另一个人的样子。

和在电影荧幕中观看的感受不同，这次，他就在她的身边演，她也算是戏中角色。

靳泽从善如流："既然宝贝想玩，那我肯定奉陪到底。"

云娆枕着他的胳膊，双手抓手机，正在和她的闺蜜们激情聊天。

"她们叫我抽卡了！"她声音透出一丝兴奋，"让我掷个骰子，每个点数分别对应一张男主卡面。"

她一边说，一边仰起头，对靳泽眨巴眨巴眼睛："老公，你准备好了吗？"

不等靳泽回答，云娆伸出食指，郑重地按下微信表情包中的骰子表情。

昨天晚上，靳泽已经提前得知了他的六个"人设"。

然而，除了人设之外，策划温大师既没有给他准备故事线，也没有帮他填好台词。

一句"学长你已经是成熟的影帝了，要学会自己飙戏"就把他打发了。

聊天框中的骰子表情缓缓停下。

点数五。

片刻后，策划温大师发出了今日的定制男主人设：【高岭之花冰山男神，女主的联姻对象，联姻之前两人从未有过任何接触。】

云娆睁着乌溜溜的眼睛，把手机展示给靳泽看："天啊，要你假装高冷哎，你能行吗？"

怎么能问一个男人"你能行吗"这种问题？

更何况，他在外界大众眼里的形象，一直都是非常冷感的，只不过在她这儿，热度集中输送罢了。

"没有我演不出来的角色。"靳泽十分自信，"宝贝是想现在开始，还是等会儿起床再来？"

云娆兴奋得直哆嗦："现在吧。"

"好的。"靳泽朝她温柔地笑了笑。

然后，刹那间，男人唇角的笑意如潮水退去。

他不由分说地将手臂从云娆脖颈下边抽出，动作虽不至于粗鲁，但还是把云娆吓了一跳。

她撑着床坐起来，如瀑青丝垂落，歪斜的睡衣领口露出一片雪色春光，撩人而不自知。

然而，床边的男人连一个正眼都没给她。

他兀自拉开落地窗的窗帘，透亮的晨光倾泻入内，照得云娆不禁眯起了眼。

等她在睁开眼是，刚才还站在窗边的那道挺拔身躯已然消失。

云娆爬下床，趿着拖鞋走到洗手间门口。

听门内的声音，他应该在刷牙。

主卧洗手间很大，他们以前经常一起刷牙洗脸。

云娆抬手握住门把手，向下旋了旋。

好家伙，竟然反锁了？

靳泽洗漱完毕，离开洗手间后，又目不斜视地进入了衣帽间。

不用说，肯定也反锁了。

云娆懒得和他一般见识，独自琢磨自己的应对策略。

他们两个既然是第一次见面的联姻对象，那么，她是不是不能表现得太热情？

待她换好衣服，下楼走进餐厅的时候，靳泽已经坐在主位上吃早餐了。

晨间清透的日光洒落在他肩上，白色T恤亮得发光，那一缕光边描着他极宽的肩，顺着起伏的肌肉线条，向下束入劲瘦腰间，轮廓立体得就像罗马特雷维喷泉中伫立的大理石雕像。

不知是否是入戏了的缘故，春末暖亮的日光照在他身上，竟泛出了丝丝冷意。

云娆垂了垂眼，轻轻走到他身旁，坐下。

她只是表面看起来平静，实际上，全身上下所有战斗力都被他激出来了。

如果两个人都冷冷淡淡地不说话，那这场戏演起来也太没意思了。

有人防守，那么肯定也要有人进攻，摩擦碰撞，才能激出火花。

云娆眸光一瞥，忽然伸出柔白的手，轻如羽毛地覆在靳泽手上，指尖微微拢起，按陷进他的皮肤。

那只骨节分明的大手倏地僵硬，很快从她掌下撤出。

539

他根本就受不了她的一点撩拨。

"云小姐,请你自重。"

男人清冷的声调自耳边响起,如山巅初化的雪泉,冷意刺骨。

摸帅哥的手惨遭拒绝,云娆倏地红了脸。

她有点害臊,更多的,是感受到了前所未有的刺激。

下一秒,她干脆紧紧捏住了男人修长的手指,柔声道:"靳先生,我们马上就要结婚了,你对我这么冷漠,不太好吧。"

靳泽掀起眼帘,淡漠地睨着她,轻而易举地将自己的手抽了出来。

高岭之花的精髓就是话少。

靳泽收回目光,嘴唇都没有动一下,以漠视化解她的所有攻势。

好得很……

云娆切下一块牛排,送入口中,后槽牙细致地研磨了许久。

看来是时候放大招了。

她咽下嚼得稀烂的牛肉,眼尾弯弯,软声说:"老公,我们领证吧。"

果不其然,听到这句话,靳泽的眼皮猛地跳了跳。

他做不到冷漠地无视她,只能尽量用淡定的声音问:"什么时候?"

云娆偏过头,想了想:"这周末,怎么样?"

靳泽回得干脆,生怕她反悔似的:"好。"

云娆笑得像只狐狸:"怎么,靳先生好像很想和我结婚?"

靳泽又不说话了。

云娆放下手里的刀叉,聘聘婷婷地起身,向前一步,然后一屁股坐到了靳泽的腿上。

她的坐姿很不安分。

她双手勾着男人修长的脖颈,红着脸,在他耳边吐气如莲:"是不是啊,靳先生?"

刚才的靳泽确实被惊喜冲昏了头脑。

不过,他的演员天性深入骨髓,就算遭到狂喜的冲击,也能维持极其严肃的演员素养。

"父母之命媒妁之言罢了。"

"云小姐,届时请你带好身份证和户口本,我会派人过来接你。"

听他稀松平常的语调,仿佛对这段婚姻完全不在意。

云娆在他大腿上转了转身子,岔开细白的两条腿,身体向前逼近:"靳先生不自己来接我吗?"

"我很忙。"

云娆:"今天也忙吗?我今天下午下班得早,想去电影节红毯给你应援,你来接我吗?"

靳泽避开她灼热的视线,眼底一片清明:"我会让助理联系云小姐的。"

哼。

云娆眼睫一颤,突然凑上前,在他淡色的唇上"吧唧"亲了一口,然后飞速从他身上跳了下来。

这么能演。

今晚的影帝要不是你,我就背个炸药包,帮你把电影节组委会炸喽。

距离申城一个半小时车程的N市,金梧桐电影节红毯仪式即将拉开帷幕。

云娆下班时,靳泽派来接她的车已经停在写字楼下。

乐言跟着靳泽提前去到现场,今天来接云娆的是工作室刚招不久的新助理。

新助理是个留着短发、打扮十分中性的酷女孩,云娆刚认识她的时候,还是问了靳泽,才知道人家是男是女。

助理以前也是靳泽的粉丝,云娆和她一路都在聊曾经追星的感想。

"读书的时候追泽哥,觉得他特别有气质,为人低调,很有神秘感。那时候,我虽然很喜欢他,但心里还是认为,这估计是工作室给他造的人设。"

助理感慨地说:"直到最近在他身边工作了三个多月,我才发现,泽哥是真的,除了拍戏冲奖之外,什么事情都不在乎,看起来待人很温和,实际性格超级冷淡的。"

云娆:"有……吗?"

助理:"倒也不至于高冷,就是有点……嗯,漫不经心、超凡脱俗?"

云娆笑起来:"被你说的,他好像快要成仙了。"

助理也笑:"他哪舍得成仙啊。"

云娆:"怎么说?"

助理侧过身,从前排探出头来,小声对云娆说:"因为他发现了比拍戏冲奖更有意思的事情,那就是,和嫂子你结婚。"

云娆头顶一个问号。

助理:"听乐言哥说,早在半年前,他就和经纪团队开过会,让大家做好充分的宣布婚讯的准备。"

云娆头顶两个问号。

半年前?那时候他们不是才刚刚在一起吗?

助理:"最近几天更好玩,有导演和出品人找他合作,他倒好,上来第一句话就是'我要结婚了,你们做好心理准备'。笑死了,人家还什么都没说,先被他喂一嘴狗粮。"

确实很像他会做出来的事。

助理:"哎呀,我不说了,泽哥在我心里的形象还是非常高大上的……除了有那么一点点结婚狂之外。"

她一边说,一边用余光偷看后视镜中的云娆。

刚进工作室的时候,听说靳泽有对象,对象还是他高中时代的学妹,当时她觉得,这个女生未免也太幸运了。

后来偶然听华哥提到他们的爱情故事,她一时间,又不知道该说谁更幸运。

来到红毯现场,云娆没有跟助理一起进内场。

她想留在红毯的粉丝应援区,想亲眼看着靳泽从远处走来,然后带起耳边一片震耳欲聋的山呼海啸。

在保镖的护送下,云娆挤到了一个绝佳的应援位置。

隔着一条松松垮垮的警戒线,往前一步就是红毯。

整个粉丝应援区的位置都很靠后,许多明星根本没走到这里,就拐上签名墙签名拍照去了。

身边的人群挤挤攘攘,云娆脸上蒸出了汗,头发也有点乱了。

正巧这时,红毯起点的方向传来一阵海浪般汹涌澎湃的尖叫声。

他来了。

云娆的心提了起来,不用听报幕,就知道是他。

今夜的靳泽身穿一套深灰色高定西服，衣料质感高级，颜色如深空一般沉着而璀璨。内搭黑色衬衫，没有系领带，衬衫领口微敞着，露出半截冷白的锁骨，衬托出的气质融合了落拓和禁欲，叫人无论如何挪不开眼。

他走得比其他明星快很多，长腿阔步，左手维持着挥手的姿势，无名指上依然戴着上次慈善晚会所佩戴的那枚简约对戒。

来到签名墙附近，靳泽的脚步渐渐慢下来。

云娆身边，好几个粉丝开始扯着嗓子喊他的名字，尖叫声不绝于耳。

云娆没忍住，也跟着"啊啊啊"了几声。

然后，她就看见红毯正中央西装革履的男人足尖一转，朝着她所在的粉丝应援区走了过来。

偶像骤然降临，云娆身边的姐妹们傻了一片。

走近些看，才发现，靳泽今夜的造型颇有些雅痞气质，发蜡梳得一丝不苟，双眼皮加深，眼型拉长，横扫过来一眼时，视线不是全然的清冷，还掺了些若有似无、意味深长的笑意在里头。

换句浅显的话来描述，就是今夜的他，过度散发魅力了。

高大俊美的男人停在粉丝们面前，大家立刻会意，给他递上一支签字笔。

在电影节红毯的签名墙前，抛下主持人和一众媒体，先给粉丝签名，就算是那些为粉丝而生的流量偶像，也很少有人能做出这种举动。

更别提从不走流量路线的靳大影帝了。

他从左往右签，每一次动笔的时间都很长，不仅仅签自己的名字，还破天荒地为每个人都写了一句祝福语。

云娆身旁的姐妹没有带本子，于是把自己的一只手臂递了出去。

然后，疯狂地掐人中，防止自己激动晕过去。

轮到云娆了。

靳泽单手执签字笔，眸光淡淡垂下，好整以暇地看着她。

就在靳泽以为她肯定也要伸出手臂的时候，云娆从自己的背包里，飞快摸出一个笔记本。

她翻本子的动作非常快，可靳泽还是看见了，笔记本的扉页上，贴着他几年前拍的某张时尚杂志封面照片。

刚才靳泽给别人签名的时候，每个粉丝都对他进行了一番激情告白，云娆此时要是一声不吭，会显得非常奇怪。

镁光灯频频闪烁，现场环境热烈高涨，云娆哪还记得别的东西，现在的她就是靳泽的真爱粉，张嘴就能告白："靳泽，我喜欢你很久了！能不能给我签一个'泽被百川，甘霖永驻'，谢谢谢谢谢谢！"

那是靳泽的一句应援词，"甘霖"则是他粉丝的代号。

男人拿走她的笔记本，大手一挥。

签完后，云娆和所有粉丝一样，点头哈腰地接过偶像递回来的本子。

光洁的纸页上躺着六个字，筋骨舒朗，笔法遒劲，浑然天成。

云小姐，请自重。

云娆头顶无数个问号。

他怎么还没出戏？

哪有这样的高冷人设？分明更像幼稚鬼。

目光触及女孩骤然薄怒的眼，靳泽唇角扬起一抹忍俊不禁，潇洒地转身离去。

电影节颁奖仪式现场。

乐言将云娆接进会场内，给她安排了一个不起眼的位置。

落座后，云娆拿出手机，第一时间给某个幼稚鬼发了一条消息。

【靳先生，鉴于你当众捉弄我，领证这回事，我们还是从长计议。】

不过半分钟，对方的回复便跳了出来：【那可由不得你。】

云娆：【怎么就由不得我了？】

"靳·高岭之花·泽"又不回了。

隔着近百米的距离，凭借极佳的视力条件，云娆勉强能辨认出某人那个形状完美的后脑勺。

他似乎正在和隔壁座的资深电影人攀谈。

颁奖典礼场馆的天顶上挂着几盏吊灯，除此之外没有别的照明。室内并不很亮，温暖的浮光跳跃着，远处有几道追光灯斜直照下，映亮舞台上致开场词的影坛名宿。

云娆渐渐敛了气，心脏却跳得越发快了。

她相信靳泽一定能获奖，而她激动的是，自己竟然能坐在这里，亲眼见证这至关重要的一刻。

颁奖流程来到年度最佳男主角，云娆不禁屏住了呼吸。

人影幢幢中，男人背影英挺，仍是淡定自若的模样。

颁奖嘉宾上台，翻开组委会成员递上来的信封。

云娆听到靳泽的名字，欢呼声瞬间盖住了她勃然的心跳。

舞台后面的 LED 大屏画面一转，开始播放获奖人出演电影中的精彩片段。画面下方缓缓浮出两行金红字样：

第 46 届金梧桐电影节最佳男主角：靳泽

获奖电影：剧情片《岷山》

隔壁座的媒体工作者低声攀谈起来，话题无外乎关于"最年轻的三金影帝""一年六部戏，简直拍片狂魔""活着就是为了冲奖"等等。

在他们眼里，靳泽好像只是一个无欲无求的冲奖机器，眼里只有电影，人生目标就是不断地突破演技巅峰。

对于一个流量庞大的巨星来说，这样的评价，并不算坏。

而真实的他是什么样的，旁人也不需要知道。

云娆自己心里清楚就好。

在一束追光灯的簇拥下，身着深灰西服的男人信步走上颁奖台。

他比为他颁奖的男嘉宾高了半个头，宽肩窄腰九头身，明晃晃的追光灯照射在他身上，显得锋芒毕露。

靳泽双手接过奖杯，与嘉宾合影后，独自留在颁奖台上发表获奖感言。

他的获奖感言每次都差不多，云娆听了无数遍，几乎能背下来。

首先，介绍一下他获奖的这部电影，打打广告。

其次，表达一下他的荣幸之至，非常淡定地表示他非常激动。

最后，发表对顺序固定的一干人等的感谢。

"……今天能站上这个领奖台，获得最佳男主角，是我梦寐以求的事情。我必须感谢我的粉丝们，感谢付出努力的导演、出品方、合作演员，以及所有给予我支持和鼓励的人。"

台上的男人微笑着，稍稍托起手中的奖杯，目光从奖杯顶部扫了一圈，忽而抬起，重新落向人影浩渺的观众席。

他仿佛只是顿了顿，很快再次启口，嗓音如金石轻撞，沉磁悦耳："最后，还要感谢我的妻子，虽然她今天没有来到现场，但是我人生中所有称得上辉煌的时刻，都想要献给她。今后我会更加努力，以此回馈大家对我的期待，同时也回报她愿意将后半生交给我的这份无私的、珍贵的信任。"

男人深邃温柔的目光仿佛穿过遥远的距离，精确定格在了云娆脸上。

云娆嘴唇动了动，眼眶一酸，不知所措地回望着他。

说好了扮演高岭之花的。

刚才还坏笑着戏弄她，镜头一转，又对着台上台下所有人向她示爱。

哪有这样崩人设的……

观众席上哗然之声四起，几乎所有人都瞪着眼睛交头接耳，不敢相信素来冷静自持的靳泽会在这样一个场合公开婚讯。

言辞之中，尽显他对新婚妻子的缠绵爱意。

颁奖台上，主持人原本准备的采访稿显然不顶用了。

幸好她经验丰富，临场应变能力强，一时半会儿就打好了新问题的腹稿。

"我还记得，去年圣诞节的时候，有几位狗仔朋友闹出了大乌龙。"

指的是靳泽和他亲姐传绯闻的事儿。

"当时靳老师和简老师出来澄清的时候，不光是我，还有成千上万的粉丝都松了一口气。"主持人小姐姐摆出淡淡的惆怅，唇边仍挂着笑，"靳老师能给我们说说吗，怎么突然决定闪婚的？又或者，早就已经结婚了？"

既然靳泽愿意在公开场合主动提起私事，主持人也就默认这个问题是能聊的。

虽然和电影节关系不大，但是，这绝对是一个促进收视率暴增的好问题。

靳泽平静地笑了下，眉宇舒展，灯光映照着他棱角分明的俊颜，投下极为深隽的轮廓形状。

"是最近的事。"

他淡然启口，眼尾余光不经意瞥向云娆所在的角落。

其实还差一道法律程序。

不管了，就当他几天的法外狂徒又如何。

主持人眨了眨眼："看来真是闪婚了？"

"这样理解也可以。"靳泽垂下眼睑，低沉的音色由话筒传至场馆内每一处，"于我而言，其实是蓄谋已久。"

刹那间，"嗡嗡"低语的观众席安静下来，所有人的目光都汇聚在他脸上。

不等主持人问，靳泽径自给出了答案：

"我爱了她十年。在这十年里，每时每刻，我都愿意和她闪婚。"

自靳泽说出那句惊天动地的"十年爱恋"言论，受冲击最大的人，一是粉丝，二是负责维护微博服务器的程序员们。

电影节颁奖典礼结束后，直至当天深夜，微博的服务器还瘫痪着，热搜那个界面死活刷不出来。

睡前，廖启华给靳泽打来一通电话。

说是有个吉尼斯世界纪录——造成微博瘫痪时间最久的新闻事件以及当事人，问他有没有兴趣领这个奖。

靳泽十分无语，反问他："你没事吧？"

廖启华在电话里"哈哈"大笑。

终于笑完，他一边喘一边说："给你当经纪人，真的很苦。"

靳泽："那你把挣的钱还我。"

"我睡着了晚安。"廖启华说罢，顿了顿，又笑起来，"不胡说了。祝我们的三金影帝新婚快乐，晚安。"

靳泽的声音一下子柔和许多："谢谢华哥，晚安。"

547

这一夜，靳泽早早躺上了床。

云娆还记挂着他的高岭之花人设。

她今晚被感动得够呛，本来想找个机会和他说说，先别高冷了行不行，这么好的氛围，不用来卿卿我我的话，实在太浪费了。

结果，她洗完澡，坐到床边，话还没说一句，就被他吻住了。

他吻得激烈又动情，云娆有点受不住，趁他脱衣服换气的时候，小声抗拒："说好的高岭之花呢？"

靳泽言之凿凿："高岭之花都是这样的。"

云娆表示听不懂。

男人凑到她耳边，一边咬她珍珠似的耳垂，一边哑声低语："在床上把热度耗完，下了床才能冷得起来。"

云娆傻了。

这又是什么"花孔雀"自创的歪理！

敢情她白天遭受他的冷气攻击，晚上还要帮他吸收热气？

"呜呜呜……我要换个老公人设……"

这是云娆今晚说出来的最后一句整话。

无数个周五中的一天，无数个晴天中的一天，平平无奇的一天。

甚至没有找温大仙算过，不知福祸吉凶，只有他俩口头约好，说来就来了。

偌大的民政局，门口空空荡荡，微风卷起地面的落叶，骨碌碌向前滚去，这就是周遭最响亮的动静。

这番光景，可想而知，今天绝不是传统意义上适合结婚的日子。

可是靳泽一秒钟都等不下去了。

为了表示尊重，他低头问云娆："现在就进去吗？"

云娆急吼吼地点头："嗯嗯！"

她和他考虑的点不一样。这里是公共场合，她只怕他遮掩得不够严实，被哪个眼尖的路人瞧出端倪。

至于要不要在今天结婚，她没有任何意见。

只要对象是他，无论什么时间，什么地点，都好。

得到肯定的答复，靳泽拉起云娆的手，两人毅然决然走进空旷的民政局大厅。

登记，拍照，宣誓，然后领到他们的红色小本本。

相比他们相恋的漫长时光，登记成为正式夫妻，这个流程快得好似一眨眼。

两人都有些得意忘形，这就导致流程的最后发生了一点小插曲。

他们本该领完证就走，但是靳泽今天心情实在太好，于是他特地留下，和几个民政局的工作人员合影留念。

然后，就被另一对前来领证的夫妻认出来了。

那对夫妻都是靳泽的粉丝，一时间，尖叫声几乎冲破了民政局的屋顶。

吃瓜群众渐渐围上来，靳泽和云娆兵分两路，在保镖的护送之下，匆忙逃回车上。

后车厢内。

"太惊险了！"云娆靠在靳泽肩上大喘气，"我好几次做噩梦都梦到今天这样的情节。"

靳泽不以为然："噩梦？"

"嗯？"

"和我领证是噩梦吗？靳太太？"

他伸手捏了捏云娆的下颌，指尖擦过她颈下软肉，带起一阵酥酥麻麻的痒意。

云娆坐直了些，本就泛红的双颊颜色更为可观："大美梦，行了吧？"

靳泽笑了下，唇角肆意牵起向上的弧度，眼睛也是弯的，任由眼角褶出浅浅的笑纹。

大约在十年前，云娆才常常见到他这样笑，放松又惬意。

前两天，云娆抽到她的第二个定制老公人设——纯情男大学生。

不得不说，靳泽演得非常好。

他会挠着头害羞地送她玫瑰花，在她上班的时候偷偷发游戏组队申请问她要不要一起玩，还带她去附近的大学城美食街，吃一些没什么营养但口味一级棒的街边小吃。

就连微信聊天的时候，他说话的样子也像第一次谈恋爱的纯情男大学生一样呆呆傻傻的。

【在吗？［龇牙］［龇牙］】

【晚上要不要一起吃夜宵？】

如果她过了很久才回复，他就会故作云淡风轻地说：【没事，你不回我都忘了！下次再找你。】

非常纯情，非常可爱，非常阳光。

那两天，云娆过得特别开心。

然而，每到午夜时分，她窝在靳泽怀里准备入睡的时候，心里总会泛起一层又一层，犹如海潮一般的酸。

靳泽演的男大学生很真实，演技没有一点出戏的地方。

但是云娆知道，他只是在演大学里的大部分男生，而不是在演大学里的他自己。

他觉得男大学生应该阳光开朗，应该爱打游戏，应该在喜欢的女孩子面前犯傻。

所以他把这些演给她看。

而不是那个阴郁的、卑微的、浑浑噩噩的他自己。

云娆始终记得另一个时空里，二十岁的靳泽的模样。

他自卑得都不敢碰她，找不到她的时候，眼里写满了惊慌失措，抱着她的时候，用力得几乎想把她按进自己的骨骼里。

云娆清楚地知道，那只是一个神奇的梦境罢了。

身旁这个拥她入眠的男人，在那九年里没有见过她一面，无论十九岁、二十岁、二十一岁……所有痛苦的、毫无希望的日子，他都是自己一个人熬过去的。

幸好，多年后的今天，还能看见他像十七岁时那样，放松又肆意地笑，琥珀色的眼睛亮亮的，堪比朝阳。

"靳太太，你一直盯着你老公干什么？"靳泽颇为自恋地摸了摸脸，"法律保障都有了，想亲他就直接上……"

难得有一次，是云娆用吻堵住了"靳孔雀"说骚话的嘴。

她温柔地环住他的脖颈,异常细致地啄食他的唇。

小巧的舌尖探入他口中,轻轻刮过他整齐的牙口,而后深入齿关,触碰到他滚烫的舌。

靳泽享受了一会儿,很快就控制不住,想要反客为主。

云娆的手机就在这个不恰当的时点,不恰当地响了起来。

果不其然,是她的两个姐妹,疯狂地在群里艾特她,问她证领完没,领完赶紧回来抽卡,开启婚后第一个定制老公人设。

靳泽瞥见她们群聊里满屏的"新婚快乐"祝福语,被打搅的郁闷之情收了一些回去。

"抽吧。"靳泽搂着云娆的肩,下巴在她额际磨来蹭去。

云娆没理他,兀自丢了个骰子出去。

骰子转啊转,点数停在一。

靳泽眉梢一挑。

如果他没记错的话,温大策划师设计的点数一人设应该是……

温柚:【热情温柔的邻家大哥哥,女主被迫和高岭之花联姻后的出轨对象。】

靳泽头顶无数个问号。

原来的人设计划里明明没有这个!

更重要的是,就在二十分钟前——

他们才刚刚结婚!

这个集狗血、刺激、背德于一身的人设,还真不是温大策划师想出来的。

云翡佳苑某幢别墅内,黎梨一人抓着两部手机,一唱一和,自己做自己的气氛组。

温柚斜坐在她身旁,目光瞥着自己的手机,后又挪开,干脆随她去了。

闺蜜三人群聊内。

云娆:【学妹们好,我是靳泽。】

云娆:【今天这个日子,扮演这个角色似乎不太吉利。】

靳泽拿着云娆的手机,尽量心平气和地和她们说话。

黎梨早就想好了应对：【我都是为你好呀，学长。】

黎梨：【你看，婚外情对象都是你本人了，娆娆还怎么找别人出轨嘛。】

强词夺理。

靳泽光看她发出来的那行字，都感觉眼睛痛。

紧接着，温柚也在群里毫无主见地附和黎梨，黎梨说一句，她就跟一句。

靳泽当然看不出来此温柚非彼温柚。

他和云娆的姐妹聊不下去，讪讪地将手机还给云娆。

两人的指尖轻微擦碰，云娆顺势握住了他的手，安慰道："演不来就算了吧。"

演不来？

靳泽的人生中，不存在"演不来"这三个字。

倏尔，他轻叹了口气，不甚爽快地说："就怕演到一半，我精神会出现问题。"

他声音轻得像气体滑过耳郭，云娆听得很含糊："什么？"

靳泽耸了耸肩："没事。"

换个角度想想，这个人设，不仅刺激，还很有发挥空间。

而且……

靳泽不知想到什么，唇角忽然向上扬起一道弧度。那弧度很浅，更像皮笑肉不笑，转瞬即逝了。

这一次的角色扮演游戏，大约在到家的那一刻拉开序幕。

两人走进玄关的时候，不像往常一样手拉着手，亲密无间。

靳泽落后云娆一步，房门在身后自动关闭，而他微微欠身脱鞋，嗓音礼貌而温醇："打扰了。"

为了在电影中给自己配上贴戏的声音，靳泽学过专业的发声技巧，声带控制能力很强。

此时，他的嗓音虽然没有发生太大变化，但是声带震动的颗粒感减弱了，音色变得极为柔和，语气也不似往常的自在随意，隐隐透出几分谨慎来。

变化虽然微妙，可他整个人宛若改头换面。

他只说了三个字，云娆却几乎感觉有一丝电流通过空气的震颤，从耳膜滑入她的脊背。

不愧是影帝，演技太可怕了。

云娆这样一个毫无演艺经验的人，这一刻都被他带进了戏。

她感到一阵难言的刺激。

回头，见靳泽仍站在玄关外没动，云娆才反应过来，连忙弯腰从鞋柜里取出一双拖鞋，放到他面前。

她踌躇了一会儿，憋笑道："……王哥，你穿这双吧。"

听见她对自己的称呼，靳泽的脸色微不可察地绿了绿。

"这是你老公的鞋吗？"他平静地问。

"是的。"云娆回答完，顿了顿，又补上一句，"他今晚有会，很迟才会回来。"

说这话的时候，她双颊通红，眼神躲闪，将那种羞怯、期待，又紧张惶恐的状态表现得淋漓尽致。

你可以不用演得这么好！

他抬起瘦长的手，指尖勾住扣至喉间的白衬衫领口，向外扯了扯，似是有点热了："方便让我洗个澡吗？"

话音落下，云娆引着他走上二楼起卧区，进入他们的主卧。

云娆出门前洗过澡，一趟回来没出什么汗，靳泽洗澡的时候，她就在衣帽间里脱掉拍照用的白衬衫，随意套了件宽松的居家服。

浴室里的水声淅淅沥沥，刚开始，云娆像只无头苍蝇，在屋子里乱转，手里拿着一本翻译工具书，却一个字也看不进去。

转到电视墙附近，她余光一扫，瞥见半人高的壁柜中层，板板正正地摆着两本红本本。

十分钟前才放下的东西，现在又被她捧了起来，百看不厌。

照片中的男人女人，顶着最清爽的造型，因为心里太高兴，他们笑得很不腼腆，鲜艳唇色映衬洁白牙齿，眼睛像一片片弯窄的月牙，然而瞳孔是极亮的，没经过任何后期处理，也不知倒映了哪里的光亮，竟能如此璀璨。

看着这张双人证件照，云娆忽然想起几个月前在靳泽的旧皮夹里见到的老照片。

2011年，初秋的那阵狂风，将他们从高中运动会的领奖台上，遥遥地吹到了民政局的宣誓台后面。

他们的脸都瘦了些，岁月带走了少许脂肪和胶原蛋白，留下了靳泽逼人的帅气，还有她那有点憨傻的崇拜目光。

云娆正感慨着，忽而听见不远处浴室门打开的声音。

回头，没瞧见靳泽，他应该径直转进衣帽间换衣服了。

云娆将红本本放回原位，轻手轻脚走过去找他。

她停在衣帽间门口，倚着门框欣赏他换衣服。

靳泽套上一件浅灰色家居服，乌黑的短发擦到半干，发尾漫出浅浅潮意，冷白色的皮肤被热气烘暖，颈间也残留了几道暧昧的水痕。

他穿好衣服，转头朝云娆那儿望过去。

男人新浴后的眼睛似乎也是潮的，宛如琉璃的琥珀色瞳孔蒙着一层浅淡的雾气，透出一股云山雾罩般的温柔。

云娆的心脏在他这一瞥中狠狠跳了跳。

两人在半空中相遇的目光如有实质，仿佛拉出了一条又一条水光清浅的银丝。

她差点忘了，他们在玩角色扮演呢。

云娆脸皮薄得像纸，立刻又涨红了。

她就顶着这么一个通红的脸蛋，忽然计上心头，樱唇轻抿，说出了一句几乎难以启齿的应景台词：

"你……你怎么穿上靳泽的衣服？还用人家的东西啊？"

靳泽听罢，拿浴巾擦头发的动作倏地一顿。

他垂了垂眼，唇角微微上勾，英挺的眉峰也向上挑了挑："既然要追求刺激，就贯彻到底了。"

他的声音依旧醇淳温润，字里行间却带着一股散漫的得意，竟然真的有点像这句台词的原主人了。

以云娆的演技根本接不住他的戏。

可她既然起了头，必然要有始有终。

只见这姑娘脸红如血,臊得连脖子耳朵都变成了粉色,却还是咬牙坚持了下来,颤抖的指尖掐进柔软掌心,有进气没出气似的,终于挤出了她的关键台词:"你好骚啊。"

话音方散,云娆的身子不受控制地哆嗦了一下,如靳泽所料,她突然捂住了脸,脚尖一转,溜得比风还快。

两米宽的大床旁边。云娆像甩麻袋似的将自己甩到了床上。

你、好、骚、啊。

这句她在心里吐槽过一亿遍的话,今天,居然以这种方式,当着靳泽的面说了出来。

云娆被自己的演技尬得头皮发麻,同时,心底还有一阵爽感油然而生。

仿佛压抑了太久,终于得偿所愿似的。

靳泽早已信步跟来,此时正静立在床边,垂眼看她抱着被子扭成各种形状。

"云娆。"他忽然喊了她一声。

女孩停下动作,扬起头,凌乱长发衬托粉白小脸,像个眼眸迷离的洋娃娃。

他全名全姓地喊她,眼睛半眯成狭长形状,坐到她身边,一边温柔地抚摸她的脸蛋,一边问她老公具体几点回来。

再然后,拥抱,接吻,异常温柔地挟持了她。

今天是周五,云娆请了假,而她的"新婚老公"高岭之花还在忙着赚钱养家,深夜才能回来。

春末的日光显得黏稠,斜照进卧室里,似乎把室外混杂了泥和草的湿热气味也带了进来。

正巧此时,不远处的小道上传来一阵车辘辘声。

离他们所在的别墅还有一定距离。

靳泽忽然扣着云娆的腰,将人抱开来,皱眉说:"你老公好像回来了。"

云娆脑子里一片糨糊,只吐出了一个无意义的单音节。

她勾着他的脖子,继续动情地吻他的唇角。

几分钟后,楼底下忽然传来开门声。

靳泽眯了眯发红的眼,中断得太过生硬,他额角上的青筋都跳了起来:

"你老公真的回来了。"

云娆的大脑完全处在过载状态。

我老公不就是你吗？

她现在很难受，像坐过山车冲到山巅上突然刹车，真的没有余力思考太多……

别墅一楼，李叔刚遛完狗回来。

他正弯着腰，细致地给狗狗擦脚，忽然听到二楼卧室区传来一声摔门巨响。

"砰"的一声，震得他耳朵一颤。

一串仓促的脚步声紧随其后。

李叔茫然地眨了眨眼，虽然有点好奇，但是主人家的事，他还是不要插手比较好。

此时的主卧内，云娆拍了拍自己的脑袋，费了好大劲才从床上爬起来。

她拢好衣服，光脚踩上地板，腿还打着颤，眼睛也不甚清明。

她揉了揉眼睛，一脸憏然地循着靳泽离开的方向走过去。

来到隔壁次卧门前，房门紧锁着。

直到现在，云娆才有点缓过劲来。

他这是在……演戏吗？

有必要这么敬业吗？

相较之下，云娆就非常不敬业。

被人家亲了几口之后，她就什么都不记得了，后面的事情完全出自本能的爱意。

而他竟然能临时刹车，凭借超强的意志力把自己赶了出去。

云娆搂紧衣服，抬起纤细的右手，准备用手背敲一敲门。

谁知，她的指节还未触到房门，门内突然传来"轰"的一声重响，伴随木料"咔嚓"的断裂声，仿佛有重物狠狠摔到了木质的落地衣柜上。

之后，接连不断的摔砸声、破碎声穿过房门传入云娆的耳朵。

仿佛屋内正进行着剧烈的打斗。

她在那一阵阵锵然巨响中彻底呆住，心脏也缓缓揪了起来。

终于，声响渐止，云娆还来不及歇口气，又听到一声沉重的闷响。

那响动发生于别墅外的草地上，是一道极其真实的高空坠落声。

从这时起，所有杂乱的声音戛然而止。

别墅重归寂静。

又过了半分钟，次卧房门终于从内打开。

靳泽从里面走出来，身穿一件微皱的黑色软质衬衫，不知何时竟换了一套衣服。

云娆抬眼看向他，倏尔，她竟不由自主地退了一步。

她忽然想起曾经看过的靳泽主演的犯罪片，他在片中饰演一位穷凶恶极的魔头，白天和正常人无异，每到夜晚，杀机浮现的时候，他浅色的眼睛总会聚起浓浓的、令人胆寒的诡气。

就像现在，他的目光像鹰隼一样凌厉，幽深之中，还藏着一抹显而易见的阴鸷。

靳泽忽然向前抵进一步，抬手掐住了云娆的脖子。

他的动作快而狠戾，手指却完全没使劲，几近温柔地触着她的脖颈肌肤。

云娆眨了眨眼睛，忽然明白过来。

他现在既不是他自己，也不是偷情的老王，他在演那个惨遭戴帽的高岭之花。

"你怎么分饰两角呢？"云娆抬手碰了碰靳泽掐在自己颈间的手，不知为何，她还是有点害怕，"那个……你把王哥怎么样了？"

靳泽为了不吓到她，先用平静的语气回答了她的上一个问题："因为我已经被你和你的姐妹们玩出人格分裂了。"

他就不应该接受这个角色。

和她亲密的每一秒钟，他都被演员素质和愤怒撕扯着。

这是他第一次清晰地感受到，自己身体里那种远超常人的道德感、忠诚度以及占有欲。

他必须承认，这个角色他演不来，一旦尝试投入进去，他身体里的每一个细胞都在疯狂地叫嚣抗拒，几乎要把他自己撕裂。

顿了顿，靳泽忽然俯下身，英俊的眉眼陡然变得凛冽阴沉。

他贴到云娆耳边，用轻飘飘的气音回答她的第二个问题，宛若恋人的低语，又宛若恶魔的呢喃。

"你问我把他怎么样了？"高岭之花笑起来，薄唇上勾，笑意似淬骨寒风，"没怎样。我杀了他。"

最后一句台词说完，不过半秒，靳泽便松开了手，神情恢复淡然。

他的指尖在云娆颈下留恋地蹭了蹭，语气温和："演戏罢了，眼睛瞪那么大干什么？"

云娆这才后知后觉地缓过神来。

她眨了眨眼，让自己的表情看起来没那么紧张："我有吗？"

回应她的是一声若有似无的轻笑。

下一瞬，她的身体被人拥入怀中，熟悉而温暖的体温环绕着她，云娆微微收紧的脊背渐渐放松下来。

"如果真的发生那种事……"靳泽贴近她耳边，音色轻缓，语气却有些艰难，"绝对不会伤害你的。"

云娆听罢，反应了一会儿，才听明白他所指何事。

这一秒之前，她只把这场角色扮演当成单纯的游戏，而他又是专业的演员，穿梭于无数人生之中，想来应该比她更加云淡风轻才对。

直到此时，她才意识到自己忽略了他曾经的经历。

他该有多害怕被所爱的人抛弃，她本该知道的。

而他现在，竟然做这种假设……

"不会发生那种事的。"云娆严肃起来，唇瓣抿紧，倏尔又松开，语调柔和了些，"老公，你就算对我没有自信，也该对自己有自信吧？"

靳泽一瞬似乎没听明白。

云娆往他怀里埋了埋，隔着一层衣料，她的声音又闷又软："喜欢你之后，还怎么喜欢别人嘛，要不然我也不会可怜巴巴地暗恋这么久。真能喜欢上别人倒好了……"

话音未落，她腰际的软肉就被人掐了一下。

"你敢？"靳泽音调降下来，沉声威胁道。

"不敢不敢。"云娆忙不迭环住他的腰，两条小细胳膊箍得可紧，语气带着笑，"我还怕你跑了。"

云娆挂在靳泽身上，两人像连体似的。

靳泽也乐意抱她，走哪儿抱到哪儿。

路过主卧的壁柜，靳泽瞥见摆在中层的两本结婚证，目光便黏在那儿了，怎么也挪不开。

他把云娆放下来，掏出手机："我想发个微博。"

云娆看他走过去拍小红本，连忙挤到他身边，扯住他的衣袖："大前天才在电影节上官宣结婚，前天发了婚戒特写，昨天换了西几穿新郎小西服的照片当头像，今天又发结婚证照片，网友会觉得你有毛病的。"

靳泽侧过头，静静看着她："我本来就有毛病。"

中了秀恩爱的毒，病得不轻。

最终，在云娆和华哥联手劝阻之下，靳泽勉强克制住了发结婚证微博的冲动。

不发微博，那就用来当主页背景。

朋友圈也要安排上。

沅沅姐所言不虚，云娆算是见识到了，这家伙是真的很爱秀。

比起展示成就，他更喜欢分享幸福。

偶尔闲下来的时候，他还会挑几条网友的祝福评论回复。

由于前后反差过于巨大，曾经高冷禁欲的形象不复存在，于是粉丝和网友们越发好奇，能让靳泽产生这么大变化的女人，究竟是何方神圣。

面对无所不用其极的记者和狗仔，靳泽也兑现了他对云娆家人的承诺，用尽一切办法将云娆保护得很好，就算偶尔失误被拍到，也能第一时间动用资源将所有新闻封锁得严严实实。

就连婚礼当天，直到靳泽在微博发布了一段汤圆叼着戒指花篮朝他们跑过来的小视频，大家才后知后觉地发现，原来他们连婚礼都办了。

559

从视频中，网友们只能获取两个信息——他们家有一只威风凛凛的大白熊，以及他们是在一片简单空旷的草坪上举办的婚礼。

阿尔卑斯山南麓，意大利一个普普通通的小镇，随处可见碧青如洗的草地，远处的山峰覆盖着皑皑白雪，百米开外，还有零星几只牛羊，悠闲地一边散步，一边填饱肚子。

他们只邀请了最亲近的几十个亲朋好友。

靛蓝色的天空仿佛触手可及，清凉的空气混杂着绿草与泥土的芳香，一切是如此心旷神怡。

他们在天与地、在所有亲友的见证下宣读誓言，交换戒指，拥抱，接吻。

期间不出意料地刮起了好几阵山风。

云娆雪白的婚纱在风中鼓动翩飞，就连裙摆也差点被卷了起来。

西几和汤圆被爸爸安排着坐在妈妈雪堆般的曳地裙摆上，老实地充当两枚镇纸。

又一阵大风袭来，靳泽微微侧身挡在风口，笑着为云娆拨开扑到脸上的发丝。

摄影师偶然捕捉到了这一刻。

两只宝贝的毛绒脸蛋被风吹得轻微变形，男人和女人仍然是极美的，尤其是那两双弯成月牙的眼睛，在飘然欲飞的山风中含笑凝视着对方。

后来，这张照片被安放在别墅中最显眼的位置。

只要一推开门，进入客厅，他们就能感受到那一阵卷着野蛮爱意的风，吹过高中的操场，吹过阿尔卑斯山的青草地，似乎永远也不会有停歇的那天。

连着放松了小半年，度完蜜月，云娆和靳泽渐渐恢复了工作狂的生活常态。

云娆比靳泽稍微好一些，她的工作比较规律，不至于高强度地连轴转。

而靳泽就不一定了，一旦进了片场，什么时候能放出来都是未知数。

比如这一回，说好了上周就能杀青，结果一直拖到这周末，连着补拍了好几场大夜戏，原定的航班改签再改签，终于确定周六晚上能回来，谁承想飞机又因为天气原因延误，折腾到天快亮才落地申城。

靳泽到家的时候，昏晦的晨雾已经散尽了，朝阳爬进窗棂，木地板上亮起一片暖白色。

一楼客厅的挂壁电视开着,正播放着他去年上映的某部电影。

云娆横卧在沙发上,瓷白的小脸枕着手掌,胸口下方披着一条薄薄的短绒棉毛毯,等他等得睡着了。

靳泽俯身吻了吻她的额头,见她不醒,怕她这样躺着会着凉,于是双手绕到她腋下和腿窝下,想把她打横抱起来。

云娆在这时睁开了眼。

条件反射似的,她紧紧抱住了靳泽的脖颈,绵软的声音透着一丝哑,似是埋怨:"你怎么才回来呀?"

靳泽遂抱着她坐下,让她躺靠在自己怀里,然后柔声道歉:"我错了。"

云娆瞥见他下颌冒出一片来不及刮干净的胡楂,心知他此时一定劳累得紧,是连夜赶回来见她的。

她屈起食指,在他胸口画圈圈:"以后不许坐红眼航班了。"

"好。"靳泽乖乖应了声,抬眼,看见电视里播放的电影,忽然笑起来,"怎么看这部?我感觉我这部拍得一般。"

云娆转头瞥电视一眼:"哪里一般了?这可是去年春节档的票房冠军,我和哥哥还有爸妈一起……"

她话说一半,声音蓦地消失了,好像有什么东西堵在了喉咙口。

靳泽:"怎么了?"

云娆的眼神有些发直,慢慢又垂下来,落在男人搭放在她腰间的那只白净修长的手上。

"宝贝怎么了?"靳泽又问一遍。

云娆抿了抿唇,不由自主地伸手过去,扣住了他的那只手。

片刻后,她仰起头,状似轻松地问他:"学长,去年春节的时候,我给你发过一条短信,你还记得吗?"

她最近已经习惯喊他"老公"了,突然又喊"学长",让靳泽一时间有些不习惯。

他缓慢地眨了眨眼睛,电视的光影落在他浓黑的睫毛上,再坠进浅色瞳孔,投下斑驳浮动的光点。

靳泽握她的手收紧了些:"当然记得。"

云娆另一只手继续戳他胸口,嗓音涩涩的:"那你只回我两个字。"

同乐。

这么多年了,她第一次鼓起勇气主动联系他,就被一盆冷水泼得透心凉。

靳泽解释道:"这个号码是我回国的时候从别人那里高价买回来的,用作私人号,联系人很少。去年春节那段时间,电影宣传特别忙,所以我一直只用工作号,等到看到你的短信,已经过了一天了。"

云娆撇撇嘴:"可你过了两天才回我。"

靳泽握住她在他胸口作乱的那只小手,指腹摩挲她软嫩的指尖。

过了很久,他才不太情愿地低声说:"那时候,我以为你有对象。"

那天是大年初二,烟花绽满夜空,随处可见欢声笑语的团圆景象。看见她短信的那一刻,靳泽独坐在安静的书房里,情绪非常复杂。

经过了那么多年,他觉得自己应该释怀了,甚至有很长一段时间,他以为自己已经忘了她。

那些痛苦而绝望的单恋记忆随着一条短信涌上心头。

靳泽考虑了整整一天,最终,还是决定放过他自己。

听见靳泽的话,云娆脸上浮起一层薄怒,将手从他掌心抽出,用力拍了两下他的手背:"你胡说什么!我哪儿来的对象?"

靳泽心甘情愿挨她的打,然后又觍着脸,再牵住她的手:"我想着……小云娆这么漂亮,肯定早就有对象了,怎么轮得到我呢?"

云娆再想把手抽出来,却不能够了。

她脸上的薄怒散去,清亮的杏眸无端涌出一抹水雾。

眼眶很快承受不住,水雾凝结成一滴热烫眼泪,迅速坠了下来。

她将脸埋到靳泽胸前,嗓音哽咽着:"那如果……我没有发短信给学长,也没有阴错阳差地上热搜,再和你联系上,我们是不是就这样错过了?"

女孩子的想象力总是太过丰富,满脑子这样那样的"如果"。

靳泽就从来不对过去赋予"如果",他的过去太多故事不堪回头,所以他从不做无谓的幻想。

直到此时，在云娆可怜兮兮的啜泣声中，他才极为无奈地回想了一遍"如果"。

关于那条短信，前前后后，他想起了许多事。

他始终坚信命运的齿轮只有那一条走向，而回想一遍"如果"，答案甚至更为清晰了。

靳泽用指节温柔地擦掉女孩眼角的湿润。

他轻缓地叹了叹，嗓音温沉地告诉她：

"无论你怎么'如果'，我们都会在一起，只是等待的时间长短罢了。"

"为什么？"

为什么？

靳泽渐渐陷入回忆，想起了很多他从前几乎不以为意的细节。

为什么云娆一毕业回国，他就独自跑回亲人所剩无几的容州老家过年？

为什么明知今晚是除夕团圆夜，他还要约云深出来打球？淡了多少年的兄弟情，人家大过年的，他没事刷什么存在感？

甚至更早之前，他为什么决定买云翡佳苑那套别墅？

房产中介挑选了好几套豪宅摆在他面前，各有优缺点，几乎难以抉择。云翡佳苑二期的那套房子过于大了，他一个人住，又不爱请用人，其实没必要浪费那个钱，给自己买罪受。

可他一看到这个小区名字，就想起来，他暗恋了很久的那个女孩，最好的朋友就住在这里。

还有姐姐家母猫生孩子的时候。

靳泽并没有很喜欢小动物，他工作忙，没心思养，可他就是鬼使神差地拜托姐姐给他留一只。

留下来干吗呢？如果有人问那时候的他，他也不知道。

像一种潜意识控制的，不需要缘由的行为。

他做的无数个决定，当下可能都没有意识到自己在干什么。

如今再回想那段时间的经历，再梳理那些看似毫无关联的故事情节。

其实可以很清晰地得出结论——

因为他潜意识里牢牢记着，她毕业了，要回来了。

辩证唯物论这样说，必然性存在于偶然性之中，通过大量的偶然性表现出来。

前进的道路是曲折的，或许他的曲折比常人多了很多，但他一直在向她靠近，这就是他的必然。

或迟或早，他们必然会相逢。

"没看出来呀，老公，你竟然是个哲学家。"云娆脸上仍带着泪痕，颇为动容地攀着他的肩索吻。

清晨柔和的日光照射进来，一寸一寸，推着阴影向前走。

他们相拥倒在沙发上接吻，再然后，枕着对方的身体，沉沉地睡了一会儿。天光渐亮，一阵突兀的门铃将两人吵醒。

云娆昏头昏脑地揉着眼，靳泽却一下子精神起来："这么早就来了？"

"谁啊？"

靳泽摸了摸她的头，顺手抚平她衣服上的褶皱，温声说："你哥。"

云娆傻了："啥？"

靳泽："下周不是要回容州看望爸妈吗？我叫你哥过来教我做几道菜，回家给二老露一手。"

"我们家那么多大厨，哪轮得到你进厨房。"

"轮不到我也得挤进去，至少让爸妈知道，我的手艺，不至于饿坏他们家小宝贝。"

云娆"咯咯"笑起来，两人一道起身去给云深开门。

路上，她好奇地问："我哥那块臭石头，你是怎么让他大清早自己跑过来的？"

靳泽耸了耸肩："敬伟大的兄弟情。"

真相是，云深原本不想来，两人打嘴仗的时候，他随口问靳泽能给他多少时薪。

靳泽："一千。"

还挺多，云大厨有点动心了。有钱不赚是傻子。

云深："不如两千？"

靳泽："呃……"

云深："明早九点，不见不散。教学时长二十四小时，需要您包吃包住哦。"

一天四万八，工作时间充其量三小时，米其林大厨都没他这么金贵。

然而，云深很快就发现了，靳大影帝的钱一点也不好赚。

教他做饭倒是没什么难的，他一板一眼学得很认真，做出来的东西勉强算得上好吃。

叫人难以忍受的，是他无时无刻不在疯狂输出的痴汉属性。

午饭后，云娆上楼睡觉，靳泽拎了两套VR装备出来，和云深两个人在客厅玩起了CS。

用VR玩CS，玩的就是一个沉浸。

然而，姓靳的脸上戴着VR眼镜，耳朵却长在楼上。

战场上，炮火轰鸣声连成一片，枪林弹雨之中，靳泽突然摘下眼镜来了句："我听见云娆在楼上掸被子。"

云深内心：这你都能听见？

"她怎么不睡觉？我得上去看看。"

云深头顶一个省略号。

帮老婆掸完被子，再整整齐齐挂到阳台上晒太阳，靳泽终于舍得下楼了。

云深刚被敌人乱枪打死，瘫在沙发上翻白眼，靳泽走过去把他拽起来，好言好语劝着再玩一把。

云娆下楼的时候，就看到这两人戴着VR，双手攥着游戏手柄，在客厅玩得很疯。

落地窗的玻璃门开着，微风吹进纱窗，带起垂落在两旁的雪白纱帘，午后的阳光将客厅分隔成明暗相接的两块。

靳泽站在阴影里，不知道他们是不是携手干掉了什么大Boss，云深突然笑着勾住靳泽的肩膀，将他一把拖进了亮光笼罩的地方。

两人身上一瞬间落满了温暖的光点。

那副放肆张狂的样子，哪像两个奔三的成熟男性。

云娆轻手轻脚绕过他们。

她牵着汤圆和西几走到花园的草坪上。西几比较独立，自己抱着玩具滚来滚去；汤圆喜欢和人玩，一直缠着云娆给它丢球或者飞盘。

初夏的午后，气温很高，云娆陪它玩了一会儿就出了一身汗。

她躲到树荫下乘凉，汤圆眼巴巴地跟过去。

它吐着舌头在云娆身边坐了一会儿，忽然，它缓缓地弓下了腰，屁股撅起，表情紧了紧。

云娆瞪大了眼，声量抬高："坏汤圆！又乱拉屎！"

与此同时，别墅内。

靳泽再一次将VR眼镜摘了下来。

"等我一会儿，我去捡个屎回来。"

云深眼角一抽："等下吧，不急。"

靳泽没理他，放下东西就走了。

云深就想不明白了，他妹妹是没手没脚还是捡屎不懂得戴手套？小时候挺勤快一小孩，怎么结婚之后，好像失去了独立生活能力了。

待到靳泽洗干净手回来，云深干脆也摘了眼镜，沉黑的眸子半眯着，悠悠地调侃道："你干脆给我妹当个腿部挂件吧，老实挂着，别下来了。"

靳泽挑眉："好主意。"

云深好不容易消化了一点的肚子又被狗粮撑饱了。

其实，真要比黏人，云娆绝对有过之而无不及，她只是胆子比较小，安安静静的，大部分时间不会表现出来。

他们两个，一个是呆呆的闷葫芦，一个是轻浮的行动派，十分互补，当真算得上天作之合。

"还玩吗？"靳泽问云深。

云深抻了抻懒腰，有点困："'挂机狗'伤我太深，我要上楼哭一会儿。"

两人在客厅分道扬镳。

云深来到二楼起卧区，在一排客卧中挑了一间朝南的，走进去，发现这房间还带了个不小的飘窗，窗外就是风景秀美的花园和青草地。

花园临近围栏的地方栽了一排香樟，葱葱郁郁，高大如屏障。

云娇站在树下逗狗狗玩。靳泽刚从别墅里出来，手里捏着一瓶矿泉水，瓶盖开着，等她什么时候转头过来，就递给她喝。

他们穿着颜色相同、款式相近的T恤，云深直到此刻才发现，今天好像是他第一次看见靳泽穿粉色的衣服。

饱和度很低的粉色，既清新活泼，又不显得艳俗。

他俩都生得很白，即便躲在树荫下，白皙的肌肤依然亮得晃眼。

对于无关紧要的所见所闻，云深的记忆力一向差。

可是，此时他望着楼下花园里的二人，却突兀地想起了很多年前的一串画面，没有任何关联性，深埋在脑海中从未探出头的一段记忆。

那应该是个晴朗的初冬。

隔壁省地震了，容州震感强烈，校园广播的避难警报震耳欲聋，全校师生紧张而有序地从教学楼撤离到大操场。

没有人组织队形，各个班级的学生混杂在一起，只能勉强分出高一、高二和高三三个年级阵营。

那天的天气虽然寒冷，阳光却和今天一样，透亮晃眼。

高三学生们聚在操场的最外围，云深心眼贼大，逃命的时候还不忘带一本错题集。

只不过，他始终没顾得上看。

云深虽然自己不怕死，也觉得这场地震不至于如此兴师动众，他唯独有点担心云娇。

那家伙胆子那么小，不知道这会儿吓成什么样呢。

谁承想，说曹操，操场就到了。

"我正打算去找你。"云深抬起手，在妹妹脑袋上胡乱揉了揉，"怎么和狗泽一起来了？"

云娇用余光飞快地瞥了靳泽一眼，苍白的小脸泛起一抹红晕，谎话说得很不利索："就……我想过来看看你，然后偶然碰到了靳泽学长。"

云深身旁的兄弟们一下咋呼开了。

"有妹妹真好啊，这么关心哥哥。"

"怎么都没人关心一下我。"

"就是，我好酸。"

…………

云深扬手给了他们一人一下，唇角的弧度明明都快憋不住了，张口仍是贱兮兮的："这有什么好稀罕的？"

"这还不稀罕？"靳泽突然接话，琥珀色瞳孔映着光，张扬望着他，"你不要妹妹，让给我算了。"

云深豪气道："给你给你。"

话音未落，他睨一眼靳泽额角的纱布，笑骂道："给你你也得有命受啊，你个脑震荡。"

"说我脑震荡？你不要命了？"

"你确实不要命了，要不怎么一头撞柱子上。"

两人你一句我一句地斗嘴，要不是靳泽今天磕破了脑门，他们绝对还要扭打在一块儿。

云娆在旁边当了一会儿背景板，看靳泽生龙活虎的，似乎伤得不严重，她于是默默地冒出一句："我去找我们班同学，先走了。"

云深："行。"

靳泽："等等。"

云娆扭过头，水润的杏眼微微抬起，对上靳泽含笑投来的目光。

"既然是我妹妹了，我理应送一送。"他立刻丢下身旁的狐朋狗友，三两步走到云娆身边，"走吧学妹，我送你过去。"

十年后的今天，云深想起的，就是他们离开时的那个画面。

云娆的身影纤细柔弱，小步走在前面。

她的头发很短，低头时，一截雪白的脖颈露出来，反射着阳光，在黑发的映衬下亮得晃眼。

靳泽比云娆高了大半头，穿着与她相似的冬季校服，背影高瘦挺拔，亦步亦趋地跟在她身后。

操场上，学生们沸反盈天，心惊肉跳者有之，乱跑乱窜者也有之。

杂乱无章的人潮中,他们两人却通行无阻。

但凡有人不长眼地挤过来,不等碰到云娆的校服边角,就会被靳泽无情地扫开,来一个赶一个。

他看似走在她身后,却罩住了她的前后左右。

直到他们的背影消失在云深视线范围内。

十七岁的云深是个钢筋一般的铁直男,看到这样的画面,估计并没有想太深,顶多啐一句:臭不要脸献殷勤。

此时回想起来,他不由得扯了扯唇角,付之一笑,然后啐了自己一句:好大一个有眼无珠的傻瓜。

十年前的那个午后,靳泽送云娆离开的路程,比云深想象中长得多。

他们穿行在拥挤的人潮中,云娆担心靳泽头上的伤,好几次让他不要送了,快点回去歇着。

走到人最多的地方,云娆生怕有人撞到他,干脆停下脚步,转头对靳泽说:"学长,你不要再跟着我了。"

她说这话的时候,脸颊微微泛着红,七分担忧,剩下的三分则是害羞。

靳泽扬了扬眉,"哦"了声。

云娆继续向前走。

没走几步,她也不知道自己怎么了,没听到身后人的脚步声,她又不由自主地回头找他。

这一回头,撞上少年清亮含笑的目光,她的脸颊倏地涨得通红。

原来他还没有走。

只是放轻脚步,安静地拉远了距离。

"你……你别跟着我了。"

说完这话,云娆转过头,快步向前,心跳快得像火车轧过铁轨。

偏偏她走得越快,靳泽跟得越紧,甚至赶上来与她肩并肩。

"小学妹是担心我吗?"他低磁的嗓音带了明显的笑意,像一片羽毛刮过她耳畔,引起心室更加剧烈的震颤。

云娆不说话了,而靳泽兀自回答道:"我好得很。"

似是怕她不高兴，他慢慢地又落后半步，眸光温柔地笼着她洁白而美好的侧颜。

而他一旦降低了存在感，云娆还会像上次一样，情不自禁地回过头来，在纷乱的人群中频频寻觅他的身影。

人影幢幢中，她总能找到他。

那时候，他们还不懂什么叫一眼万年。

靳泽偶尔也会回忆起这一天。

好像十几岁的时候，他就做好这样的准备了。

想要永远跟在她身后，守在每一个她转身就能看到的地方。

只要她愿意回头，一定能第一眼就找到他。

就算她不回头也没关系，他可以自己跟上去，然后，轻轻拍一下她的肩膀，故作云淡风轻地对她说：

"今天天气不错。

"明天来看我打球吧？这点小伤，马上就能好。

"为报刚才的救命之恩，后天我请你吃饭怎么样？

"还有大后天，大大后天……

"未来的每一天，我都会陪在你身边，永远永远。

"约好了哦。"

番外三
/ 岁岁平安 /

"你还记得去年除夕是怎么过的吗?"

"当然记得,一辈子都忘不了。"靳泽闻言,颇为紧张地看着她,"怎么突然问这个问题,是不是我那时候有什么地方做得不够好?"

云娆笑起来:"没有,我就是感慨一下,转眼过去一年了啊。"

今年是个暖冬,他们留在申城过年。

云深在城郊新买了一幢别墅,逼着父母从老家搬来定居在申城。他们今年就在这幢别墅里过年。

房子装修得豪华又气派,门前环绕着一片花园,在老姜的打理下,时值冬日,花园依然郁郁葱葱,生机盎然。别墅二楼还有个宽敞的露台,云娆和靳泽现在就支了两张躺椅坐在露台上,吹着南方冬夜含蓄的晚风,等待新年的到来。

一墙之隔就是客厅。

电视播放着《春节联欢晚会》,热闹纷呈的歌声乐声,还有老云老姜快活的说笑声时不时透过落地窗传进他们耳朵。

两张躺椅并排摆着,云娆手肘搁在扶手上,白皙纤细的手指被男人时紧时松地握着、把玩着。

不知想到什么,她忽然屈了屈手指,指尖拢进他指缝,渐渐收紧,与他十指相扣，嘴上开玩笑似的说："我妈好面子，可能更想在《春节联欢晚会》上看见你，要不，你明年姑且上台唱首歌给她听？"

靳泽无奈地耸了耸肩："看来我要和妈说声对不起，除非《春晚》以后不直播，否则她不可能在《春晚》台上看见我。"

云娆笑得揶揄："这么绝对？"

"不然？"

靳泽松开她的手，改为揽着她的肩膀，将那粉面桃腮、盈盈含笑的脸庞往自己肩上扣了扣："就冲房间里那个小家伙，春节假期说什么也不工作。"

大年三十，是房间里的小家伙的"破壳日"。

也是云娆的"受难日"。

靳泽大概一辈子也忘不了去年的今天和昨天。所以刚才云娆问他的时候，他有些紧张，生怕自己哪里做得不好，老婆一直憋在心里没说。

这对于素来自信的他来说是生活中少有的不自信的时刻，因为他知道自己确实有做不好的地方。

其实云娆在他面前也不像学生时代那么懦弱憋屈了，但是说不定产后激素不稳定让她的性格又倒带回从前。从前的她心里可能藏事儿了，靳泽深有体会。

幸好，今天的她只是浅笑着摸了摸自己的肚子，倚在男人肩上的身体越发放松，声音像初春吹来的暖风，轻轻柔柔地和他一起回忆起了去年冬天待产的那段时间。

云娆的预产期在正月初四。

靳泽请了一整个月的产假陪在她身边，却在年前接到经纪人的电话，说工作室里一个和他关系很好的后辈获了一项含金量很高的新人奖，将在腊月二十九那天在某卫视年终庆典上领奖，问靳泽能不能抽几个小时的时间来到庆典现场为他站台撑场面。

这个后辈云娆也认识，知道他和靳泽关系亲厚，是工作室重点栽培的对象，所以在靳泽犹豫的时候，她表现得非常大度，极力怂恿老公去忙工作。

因为预产期将近，靳泽连续一整周都寸步不离地守在云娆身边，她走哪儿他就跟哪儿，比牛皮糖还黏人。

"才几个小时，你离开我这么一会儿，能出什么事儿？"

云娆扶着足月的大肚子站起来，围着靳泽转了一圈，一副虽然身怀六甲依然身轻如燕的态势，云淡风轻地拍拍他的肩膀："放轻松啦。"

这话说的，仿佛他才是即将临盆的那个。

腊月二十九那天，靳泽应邀来到庆典现场。

庆典举办地位于申城以北一座庄园酒店。

靳泽的座位被安排在第一排居中，紧邻庆典投资商和两位德高望重的导演，头顶上华丽繁复的水晶吊灯投射下璀璨的光芒，映衬着他一张精致俊美的脸庞，鼻梁高挺，眉眼深刻，琥珀色的眼珠子宛如水底捞出来的帕托石，清润、温柔，浑身上下透出一股与从前高冷清傲截然不同的温暖和平易近人来。

庆典现场的直播摄像机频繁扫向他，靳泽朝镜头微笑，时不时还亲切地挥挥手，引起坐在电视机前的影迷观众频频尖叫，五迷三道地在直播弹幕和话题广场上疯狂刷屏。

——这就是美满婚姻的力量吗？感觉泽哥好像变了一个人，如果我没看过他演的那么多战争片文艺片，肯定会以为他是演甜宠剧出身的，他以前有这么爱笑吗？

——和美满婚姻没啥关系，主要是因为美丽嫂子吧 QAQ。

——我简直不敢相信，已经两三个月没见到靳泽出席电影发布会和其他大型活动了，这还是我印象中那个一年拍五部戏的影圈劳模吗？

…………

诸如此类的评论犹如铺天盖地的雪花。

靳泽作为临时请来的嘉宾，一时间将庆典奖项候选人和其他主要嘉宾的风头全盖过去了，然而主办方为了节目效果和营销利益最大化，仍然频频将摄像机对准他那张帅得人神共愤的脸蛋，热搜也是一派喧阗。

靳泽隔着两排的距离和后排曾经合作过的童星打了个招呼，就这样稀松平常的举动也窜上了热搜前十名。

而他打招呼的瞬间被童星的粉丝做成氛围感十足的慢动作动图在网络上广泛传播，蹭热度蹭得明明白白。

靳泽右手边坐着去年金鸡奖影后洪辰，她去年那部获奖电影是前年产后复出拍的第一部电影，产后状态好得让一众无良媒体怀疑她到底有没有亲自怀孕。

当然，这些都是捕风捉影的谣言，人家辛辛苦苦十月怀胎生下孩子，之后又经历了更为艰辛的恢复过程才达到现在这个状态。

靳泽作为圈内人多多少少从旁人那里听了几嘴，但是他和洪辰不熟，知道得不多，如今恰逢云娆临产，今天主办方又把他和洪辰的座位安排在了一起，在外素来淡漠话少的靳泽忽然一改往日作风，主动找洪辰咨询起了产后恢复的经验。

"洪姐，你觉得盛佳阁月子中心怎么样？"

"我就是在这家月子中心坐的月子，除了提供的饭菜对我这个来说太清淡了点，其他都很好，对得起价格。"

"我老婆也挺爱吃辣的。"靳泽一脸虚心求教，继续问，"月子中心的月嫂、护理师和产康老师资历经验都足够吗？还有会所和套房的卫生条件，大概多久做一次彻底清扫？能不能落实分区清洁的原则？"

说了一长串，靳泽才意识到自己问题太多太细了，讪笑着坐直了些，神情依然谦卑得体。

洪辰笑得眼底冒出几道细纹："我老公要是像你一样贴心，我就不用做那么多功课了。"

她细致地回答了靳泽的所有问题，指导他应该怎样核查护理人员的资质，入住之前怎么检查卫生条件，入住之后怎么和营养师以及管理员沟通。

靳泽又问了一些照顾产妇的细节，洪辰知无不言，最后，尤为郑重地提点了几句：

"我产后恢复阶段我老公做得最差的一点就是没有全方位地体贴我的心情。虽然那段时间我确实非常敏感脆弱，一点就爆，但是，这就是考验他对我的感情的时刻。直到现在他的表现都让我挺伤心的。说真的，维持产妇的好心情非常重要，比一切护理啊营养餐啊都重要。"

靳泽宛如醍醐灌顶，异常受教地点了点头。

他们两人亲密地凑在一块儿窃窃私语不停的画面被摄像头捕捉到，同一时间传播至五湖四海，引发了网友们对他们聊天内容的各式脑补和讨论。

两方的经纪团队都有点慌，毕竟两人之前算得上毫无私交，而现在，网上已经开始传他们将要合作某大导的新作，还有更离谱的直接对着两位已婚人士嗑起了CP，廖启华坐不住了，径直给靳泽发了条消息问他在和洪辰聊什么。

靳泽回得很快：【洪姐在教我如何呵护产妇的心情。】

廖启华无语。

他知道现在的靳泽脑子里除了要生孩子的老婆其他什么都顾不上了，在靳泽问他怎么了是不是有舆情的时候，干脆回复道：【没事，你聊你的。】

一点舆情而已，处理公关问题他最拿手，这段时间就让老靳松快松快，不要负担太重了。

很可惜，靳泽的心情实在松快不起来，和洪辰聊得越多他越紧张。

原来产后抑郁的发病率这么高，很多产妇生病而不自知，家人的关爱不到位，她们只能靠自己的力量慢慢疗愈自己，直到激素水平回归正常，抑郁症好似离开了她们，却在她们心头留下一道久久难以消弭的伤疤。

绝对不能让娆娆独自伤心难过，一定要照顾到她的方方面面，由内而外。靳泽暗自下定决心。

然而，上天就在这个晚上给他开了个莫大的玩笑。

即便身在庆典会场，靳泽隔几分钟就会给云娆发一条消息，问她在干什么、身体舒不舒服等等。云娆待在家里无所事事，一般五分钟之内都会回复。

她看到电视机里靳泽和身旁的影后姐姐热聊不止，猜测他们应该在谈公事，但还是忍不住好奇，于是大大方方地问他们在聊什么。

靳泽却回答得很不大方，甚至撒了个谎，说他们在交换投资理财方面的心得。

这之后，云娆那边沉寂了十分钟，靳泽见她不说话，又问她晚上想不想吃点夜宵解解馋。

云娆孕晚期嘴特别馋，隔一会儿就想吃东西，但是胃口不大，什么东西都只尝个味儿就腻了，所以靳泽经常给她买夜宵，并不怕她吃多。

又过几分钟，微信对话框依然安静无声。靳泽这时候察觉到一丝不对劲了，心上好像降落了无数只麻雀，细细麻麻地啄着他，没有任何征兆地，连周身血液都开始逆流。

就在这时，同公司的后辈上台领奖，发表获奖感言的时候甚至提到了靳泽，感谢他无私的指导和支持。

靳泽压下心底的异样，当镜头对准他，脸上依然是完美无瑕、光风霁月的巨星风范。

待到后辈的获奖致辞结束，镜头再度转向今夜的流量密码靳泽时，主办方摄影组和导演组工作人员都傻眼了。

一分钟前还坐在座位上含笑春风的英俊男人，这一刻突然人间蒸发，空荡荡的座位处在一排巨星名导之中扎眼极了。

庆典导演连忙让摄影师切换镜头。

然而，前一段画面已经直播出去，虽然持续时间很短，还是有不少眼尖的观众发现靳泽的位置空了。

人有三急，嘉宾有事暂时离席很正常，但是，受邀嘉宾只参与了庆典前三分之一流程，突然离席之后再也没有回来过，这就很不正常了。

尽管导播再也没有把镜头转回观众们期待的那个方向，但是总有几个"福尔摩斯"观察远景镜头发现，靳泽是真走了，像平地生了一阵横风，他在风中瞬间消散。

坐在靳泽周围的明星大咖们则是眼睁睁看着这阵风一路横扫离去。

从来没有人见过他露出那样紧张的表情。

尽管强自镇定，眼底的张皇和呼吸的急促仍然出卖了他的心情。

他快急疯了，如果这里不是庆典现场，没有这么多嘉宾观众和摄像机镜头，他会把领带撕开丢到地上，蛮不讲理地推开每一个有意无意阻碍他行动的人，斯文和礼貌是什么，通通见鬼去吧。

可是多年的演艺经历和教养，让他即使在仓皇离去时，摄像机偶然捕捉到的背影，依然清俊英挺，气质绝然。

庆典末尾的记者采访环节，果然有人问洪辰之前和靳泽在聊什么，为什么靳泽突然消失。

洪辰只是笑，明艳杏眼弯成月牙，却连一个字都不肯透露。

气氛僵持许久，记者尴尬地拉起一张苦瓜脸，这时才听洪辰开口，音色轻快愉悦："今天是个好日子，别苦着脸。"

"什么好日子？"记者追问。

"快过年了。"洪辰的回答滴水不漏，"迎接新的一岁，怎么不算好日子？"

相比庆典现场的人声鼎沸，医院妇产科这边，输液管中液体流动的声音在靳泽耳中都听得清晰分明。

距离云娆刚开始出现临产症状，已经过去整整三个小时了。

原本在家里好端端地玩手机看电视，忽然捂着肚子喊疼，可把在家陪护她的姜娜吓得不行，着急忙慌地就带着女儿和待产包赶到了医院。

路上，她先给老公和儿子打电话，絮絮叨叨说了半天，直到躺在车座上的女儿忍痛扯她衣袖，让她快点打电话给靳泽，姜娜这才反应过来，应该先通知女婿才对。

因为各种巧合以及丈母娘的疏忽，靳泽成了全家最后一个赶到医院的。

他自责极了，寸步不离地守在云娆身边，帮她捏腿，扶她走路，紧紧牵着她的手，恨不得把她受的苦全部转嫁到他身上。

云娆暂时不具备进产房的条件，经过了一整夜的宫缩，医生才点头让她打无痛。

东边天幕泛起鱼肚白，大年三十的朝阳渐渐升起，距离云娆第一次阵痛，已经过去整整九个小时。

产房大门在家属面前无情关闭。

靳泽两手捂着额头和眼睛，坐在门外一动不动，掌心慢慢变得湿润，不知是毛孔蒸出的汗水还是其他什么。

被推进产房时，云娆朝靳泽绽开了一个坚强的笑颜。正是这个笑容，让靳泽心底更加难受了千倍万倍。

云深在他身旁悄无声息地坐下，不知从哪里摸出一包湿巾递给他，嗓音是前所未有的轻柔："擦擦汗。"

靳泽没有抬头，抽了张湿巾，捂到脸上，继续维持着不敢动不敢看的雕塑状态。

云深拍了拍他的肩膀，语气总是正常了些："狗泽，你知道我现在非常想打死你吧？"

"嗯。"

"那就振作点，别被我一拳就干趴下了，不得劲。"

听见这话，靳泽总算哼笑了声，腰杆直起来，微红的眼眶半眯着，音色嘶哑："我都想打死我自己。"

"很有自知之明。"

两人有一搭没一搭地说着话，不知过了多久，好像很快又好像特别漫长，产房的红灯转绿，大门由内打开，靳泽茫然又急切地望过去，好像从来没见过如此神圣又令人胆战心惊的仪式。

"是个女孩。

"足月，孩子很健康，产妇的状态也很好。

"孩子爸爸先过来。"

医生说罢，抬头看了靳泽一眼。这个万众瞩目的巨星在她眼中不过是个平凡又温柔的父亲，她将孩子虚虚往他手里塞了塞，很快又抱走，整个"爸爸先抱"的仪式过程进展得非常迅速，孩子爸爸对宝宝没有一丝留恋，满心满眼全是产床上喘着粗气大汗淋漓的女人。

"老公……"云娆累坏了，放肆地撒娇抱怨，"痛死了呜呜……"

"都怪我都怪我，等你出院了，想怎么欺负我都行。"

他将云娆的手贴到自己脸上、唇上，不停地吻，不停地向她表白。

云娆瞥见他泛红的眼眶，心脏揪了下："其实没有很痛啦，打了无痛之后就没感觉了，我生得也很顺利，你别难过。"

话音落下，她却见他眼底的潮水更汹涌了些。

云娆抬手揩了揩他脸颊上的湿润，说："我想睡觉了，你陪我一起睡觉好不好？"

"没问题。"男人眉眼弯起来，终于破涕为笑。

这一觉睡了整整八小时，云峣醒来的时候，麻药劲全退了，她的精神无比清醒振奋，肚子以下的部位则是无比酸痛滞涩。

第一顿吃了医院提供的清淡营养餐，云峣直喊馋，想吃带油沫的东西。靳泽在附近餐厅千挑万选买了碗干干净净的牛肉面给她，喂到嘴里才一口，云峣的脸色霎时变了。

"这是什么呀，这么辣！"

她含着面汤，眉心出现几道褶皱，语气也苦哈哈的。

产妇味觉因激素而失衡不是什么大症状，但靳泽表现得非常担忧，因为云峣看起来很不开心，难道是抑郁了？

他想起洪辰对他的指教，这段时间一定要小心谨慎，温柔贤惠，凡事以老婆为先，绝不能顶一句嘴。

云峣在医院躺了一天就出院了，然后入住月子中心，靳泽和她一道住。

他们订的月子中心是全城最高档、私密性最好的一家，月嫂和护理师们对云峣关怀备至，靳泽跟着蹭吃蹭喝，不拍戏不跑商务的日子里他比咸鱼还闲，仗着一张帅翻全场的脸从月子中心的顶级康复师那儿兢兢业业学来一套按摩手法，有事没事就给他老婆招呼上，简直比月子中心的服务人员还热心周全。

某日，靳泽为云峣按摩毕，帮她穿好衣服从按摩房抱回卧室，轻放到床上，盖紧被子，摸摸她可爱的小脸，问："宝贝现在想干什么？看书吃东西还是睡觉？"

"饿了，想吃东西。"云峣贴过去蹭蹭男人的手，"还想亲亲。"

这话正中靳泽下怀，他俯身吻住她的唇，厮磨了不过几十秒，就听见宝宝摇篮里传来哭声，云峣从床上撑坐起来，靳泽已经走到宝宝身边，将她抱起来好声好气地哄。

"是我的问题，被子可能盖多了，宝宝有点热，实在对不起。"

宝宝的哭声很快止住了，云峣愣了愣，没头没尾地问了他一句："你为什么要这样说话？"

579

她觉得靳泽最近变得有点奇怪，说话特别小心翼翼，以前多么喜欢胡作非为、满嘴跑火车的人，现在都不像他了。

襁褓里的宝宝白嫩又健康，明明只是奶娃娃一时不爽号了声，他却莫名揽责道歉，真奇怪。

靳泽脑袋里的想法和云娆截然不同。

他的眼睛只看到她皱眉了。

她生孩子之前很少皱眉，甚至连表达反感的表情都很少展露出来。

难不成是是抑郁了？

正好这天晚上，一家人在月子中心的餐厅聚餐，还叫上了黎梨和温柚。其中最重要的嘉宾是温柚，因为她将在今天晚上施展大仙神力，在几十个宝宝的备选名字中挑选出运势好的来，再给宝宝父母做最终抉择。

饭后，约莫八点多钟，靳泽收到一份好听又好运的宝宝名字清单。

靳泽一眼就看中了"舒好"这个名字。

这个名字最开始不是他想出来的，但是他现在最喜欢。

舒好，意味着舒心美好，既能保佑孩子，又能抚慰妈妈。

云娆也很喜欢这个名字，就这么愉快地定下了。

深夜，两人挤在一张床上，云娆搂着男人的腰，好奇地问他为什么中意"舒好"这个名字。

靳泽踟蹰许久，终于反问了她一个埋藏心底许久的问题："娆娆，你生完孩子之后为什么经常皱眉头？这样会加速变成小老太的。"

"啊，我有吗？"云娆呆呆地回想了会儿，"噢，我明白了。"

靳泽："明白什么了？"

他的心脏稍稍提了起来，既希望她没有抑郁，又希望她如果真的抑郁了的话能够把她的心情完整地告诉他。

云娆："打了无痛针之后腰很痛，直到最近还时不时腰酸，腰酸的时候就会忍不住皱眉，控制不住。"

云娆："这两天已经好很多啦，很快就会痊愈的。"

话音落下，身畔的男人忽然欺身压了过来，将她紧紧搂在身下。

"怎么了……"

靳泽一只手落在她腰间，不轻不重地揉，清沉低磁的音调流淌在耳边，比初春消融的泉流声还要动听：

"没什么，就是有点开心，又好像更难过了。"

"什么嘛。"

"我爱你。"

"我也是。"云娆不禁脸红，"干吗突然表白。"

靳泽笑："说我突然表白，你答复得不也很快很顺口？"

回忆在此处完结，新年还有五分钟就要到来。

申城主城区内禁止居民私自燃放烟花爆竹，他们所在的地方正好踩在主城区和郊区的分界线上，身后的主城区一片寂静，而不远处的郊区吵闹又红火，星星点点跃上夜空，为浓重的黑夜增添了一抹绚烂的年味。

隔着躺椅的扶手，云娆倚在靳泽肩上不太尽兴。

她回头望了眼客厅内，忽然轻快起身，像片迷途的羽毛，受到某只"花孔雀"的吸引，迤迤然落到了他的身上。

两人的身影交叠在一张藤编躺椅上，缱绻而暧昧。

靳泽在云娆耳边低声说："快到零点了，许个新年愿望吧。"

云娆郑重闭上眼，双手交握："希望舒好新的一岁快乐成长……"

尾音拖腔带调，迟迟没有下文。

"完了？"

云娆挑眉："还想听什么？"

靳泽："没有了。我也希望舒好健康快乐地成长，除此之外没有其他愿望。我和你之间，不需要许愿。"

这一生如此幸福笃定，不再有其他枝节可能。

"那就许诺下一生。"云娆忽然又闭上眼，"有许愿的机会怎么能放过？我要许愿和你的生生世世。"

云娆话音刚落，很近的地方忽然传来一声又一声清晰的礼炮升空声音，来自小区毗邻的城市公园，跨年零点的烟花表演开场了。

靳泽在漫天缤纷的彩光中亲吻云娆光洁的额头。

"你的愿望一定会实现，礼花已经代你将它送达天听。"

"那你的愿望呢？"

"我的愿望很朴实，从始至终只有一个你。"

"我早就是你的了，换一个嘛。"

"好吧。"

靳泽环紧了她的腰，琥珀色眼眸倒映着天幕中闪烁的礼花，低低地、温柔地许下他的新年愿望：

"唯愿年年如今日，烟火奔星辰，所愿皆成真。"